本书为国家社科基金重大项目"元明清蒙汉文学交融文献整理与研究"(项目号:16ZDA176)阶段性成果。

元明清蒙汉文学交融
研究论文集

米彦青　主编

中国社会科学出版社

图书在版编目(CIP)数据

元明清蒙汉文学交融研究论文集 / 米彦青主编 . —北京:中国社会科学出版社,
2017.6
ISBN 978 - 7 - 5203 - 0092 - 6

Ⅰ.①元… Ⅱ.①米… Ⅲ.①蒙古族 - 少数民族文学 - 比较文学 - 汉族 - 中国 -
元代 - 清代 - 文集 Ⅳ.①I207.912 - 53②I209.48 - 53

中国版本图书馆 CIP 数据核字(2017)第 060553 号

出 版 人　赵剑英
责任编辑　宫京蕾
特约编辑　孙少华
责任校对　郝阳洋
责任印制　李寡寡

出　　版　中国社会科学出版社
社　　址　北京鼓楼西大街甲 158 号
邮　　编　100720
网　　址　http://www.csspw.cn
发 行 部　010 - 84083685
门 市 部　010 - 84029450
经　　销　新华书店及其他书店

印刷装订　北京市兴怀印刷厂
版　　次　2017 年 6 月第 1 版
印　　次　2017 年 6 月第 1 次印刷

开　　本　710 × 1000　1/16
印　　张　30.25
插　　页　2
字　　数　496 千字
定　　价　109.00 元

序　言

刘跃进

2014 年应米彦青教授邀请，我参加内蒙古大学古代文学学科研究生学位论文答辩。在交流中，我发现米彦青教授很有科学规划意识。她指导的学生，无论博士生还是硕士生，选题大多以元明清蒙汉文学交流为中心，或溯源考察，或个案研究，具体而微，渐成系列。她本人更是身先士卒，开疆拓土，在这个领域辛勤耕耘，至此已初具规模。欣喜之余，我们一起来参会的几位专家一致建议他们尽快将这些研究成果修订结集，早日出版，让更多的读者深入了解中华多民族文学在其发展繁荣过程中，相互交融，走向兴盛的轨迹，必将增强中华民族的向心力和文化自信心，这是很有意义的工作。

这些年，我有机会到民族地区院校讲课，注意到一个现象：民族院校文学系除开设各民族文学经典外，通常还有汉民族文学经典的阅读课。《诗》《骚》、李、杜、元、白、韩、柳，都有详略不同的介绍。反观内地一些综合性大学的中文系，有多少院校开设民族文学经典课程？我虽没做过具体统计，但估计不会太多。如果真是这样，中文系便名实不符。中文系，是中国语言文学系的简称。中华各民族文学经典，当然是中国文学的重要组成部分。

回顾一百多年来中国文学研究的历史，在看到巨大成就的同时，我们也不能不遗憾地指出，20 世纪以来沿袭多年的中国文学研究，尤其是中国古代文学研究，主要还是依照传统的历史分期、地域划分或者社会学的民族概念，将本属于整个中华民族的古代文学，分割成孤立或单一的历史、地域、王朝、民族去研究，鲜有涉足不同时期、不同地域、不同民族之间文化与文学的交汇、交流、交融的动态性研究，缺乏对中华民族历史上各民族之间文化与文学多元一体的综合性研究。事实上，中华各民族文学经典，是我们多民族长期以来水乳交融的共有的文化命脉，是中华优秀传统文化的重要组成部分，值得永久珍惜，发扬光大。

为此，我在《中国社会科学报》发表《书写中华文学历史的绚烂篇章》，呼吁重视中华多民族文学的经典作家作品。与此同时，我们又倡议中国社会科学院文学研究所主办的《文学评论》《文学遗产》联合举办"中华文学的发展、融合及其相关学科建设"学术研讨会，希望通过多种形式凝聚共识，并将这种共识扩展开来，在一个更大的范围引起关注，引发共鸣。这项工作，得到民族文学研究所《民族文学研究》编辑部以及北京高校、科研单位众多学者的支持。大家一致认为，科学地认识、研究中华文化多元一体、同源共生的本质，重新认识各民族文学在推进中华文化历史形成中的重要作用，确实还有很多工作要做。从目前学术发展情况看，最迫切的工作，是系统深入地清理史料，准确描述中国历史的不同时期，中华各民族文学汇聚、融通的历史过程，再现中华文学的整体风貌，为构建新世纪中华文学史宏大叙事的理论体系奠定坚实基础。

对此，米彦青教授深表赞同。事实上，她早就通过组织各种学术活动，尤其是通过自己以及带领的科研团队，一直在努力践行这一重要主张。她很谦虚，觉得成果还不是很成熟，还需要沉潜的思考，精心的打磨。但我想，磨刀不误打柴工，思想永远在进行中。与其等待思考成熟，还不如将阶段性成果公布出来，接受广大读者的审读和批评，更有助于思考的深入。米彦青教授愉快地接受了我们的建议，在很短的时间里，就将论文集编就。全书收录了29篇论文，论述的范围非常广泛，有几篇是讨论唐代诗歌对于蒙古族汉诗创作的影响，还有几篇论及蒙古族文人对传统儒家思想及佛教思想的接受，更多的论文讨论的是蒙古族的家族文学以及重要作家作品的文学价值及其意义。

米彦青教授2006年在苏州大学获得文学博士学位，学位论文《清代李商隐诗歌接受史稿》次年由中华书局出版，获得内蒙古第二届哲学社会科学政府奖二等奖。任教于内蒙古大学文学与新闻传播学院汉语系后，她根据实际工作需要，及时调整研究方向，由过去关注的江南氏族文化转向清代蒙古族文化家族研究。她最初对清代蒙古族、尤其是八旗学术史诸多问题感兴趣，清理了清代八旗文人著作佚存情况。她注意到清代八旗学术研究中一个非常有意思的现象，即从事某种研究的家族性特点非常突出。像纳兰成德家族，在《易》学、《礼》学以及文学创作上，成就都很突出。她还注意到，乾嘉时期大批八旗士人在清代考据之风盛行背景下所持守的态度以及这些态度背后的若干复杂原因。经过深入思考和研究，完成了《清代中期蒙古族汉文创作的唐诗接受史》的写作，2009 年交由内蒙古教育出版社出版。这是她从传统唐诗影响研究转向蒙汉文化交流研究的开端。对她而言，具有里程碑式意义。

在蒙汉文化相互交融过程中，蒙古族汉诗创作逐渐发展、成熟。蒙古族作家在接受汉族文学影响的同时，也在通过独特的表达方式，叙写着本民族的传统思想和审美追求，形成既有蒙古族文化底色，又有汉族文化意蕴的一种新型文学。《元明清蒙汉文学交融研究论文集》中的绝大多数论文，主要是对这种交融互进的新型文学形态作深入系统的阐释，在一定程度上弥补了以往中国文学史叙述比较薄弱的部分。事实上，中华多民族文学交融，远不止于此。米彦青教授所带领的这个团队的研究成果，给我们展示了广阔的学术空间。

多年来的辛勤耕耘，米彦青教授积累了丰厚的学术资源，有条件有能力对元明清蒙汉文学交融的文献作系统的整理和深入的研究。她正计划以元明清三代蒙汉文学交融大事编年为纲，从三个方面拓宽研究领域：第一是对蒙古族三百多位作家的汉文创作做综合整理。我们知道，元朝建国后，大量蒙古族诗人到中原地区为官或游历，元顺帝撤出中原后，有一些蒙古族文人改名换姓继续留在中原地区。明清以后这种交往更加频繁。粗略统计，元明清三代的蒙古族诗人就刊行了《雁门集》《顾北集》《谷原诗集》《存素堂诗集》等上百部汉语诗集，共有六千多首诗作。第二个计划是收集先秦至清代汉族诗人在蒙古族聚居地区描述其游历、仕宦、交游、题咏等体现蒙汉文化交流的诗歌，目前所知的有五千多首。第三个计划是从正史、杂史、传状、碑志、年谱、序跋、诗话笔记、诗文集等诸多文献典籍中搜辑反映中国古代蒙汉文化交流的诗作及其他资料，包括唱酬、题咏、诗人评价等情况。至于与蒙汉诗歌交流相关的政治制度、经济往来等背景材料，更是不胜枚举。这是一个庞大的系统工程，需要深厚的学养和持久的恒心。

2011 年，米彦青教授获得中组部、教育部、科技部"西部之光"项目的支持，进入文学研究所深造，我们得以相识，成为师生。这些年来，我们经常通过电邮讨论学术问题，我从她那里获得很多关于民族文学的宝贵知识。2014 年，我第一次到内蒙古大学汉语系参加论文答辩，看到她率领的学术团队所获得的学术收获，看到她本人取得的巨大进步，所以才会提出编纂论文集的建议，也有理由相信她有完成上述学术愿景的学养和恒心。

2016 年 4 月，我再次有幸获邀到内蒙古大学讲学，米彦青教授拿出这部沉甸甸的书稿让我作序，叫我既感动，又惊讶。感动的是，她不以我为民族文学研究外行，依然引为同道，让我有机会向民族地区院校的老师表达敬意；惊讶的是，在短短的两年时间里，他们编就了这样厚重的文集。我不由地赞叹："西部之光"，确已焕发出耀眼的光芒。

我为他们取得的学术成就感到骄傲，故不揣谫陋，略述浅见，敬请方家批评指正。

2016 年 6 月写于京城爱吾庐

目　录

第一辑　影响研究

论李杜对清代蒙古族诗人梦麟诗歌风格和意象形成的影响

米彦青

作为清初文名与科名俱显的诗人，学界对梦麟早有关注①，研究内容涉及其身世、诗歌中的民族特点和诗歌风格，但俱是简单叙说，与其在文学史上的地位颇不相称，因此，在细读梦麟诗作的基础上对其诗歌风格和意象进行研究，对于彰显梦麟在清代文学史上的地位具有重要作用。

一

梦麟，字文子，一字瑞占，号谢山，又号午塘、耦堂、喜堂，蒙古正白旗人，姓西鲁特氏。《清史稿》云："梦麟早年负清望，参大政，方驾邃税，惜哉。"② 所谓早负清望者包括两个方面：一是政绩；二是诗歌创作上的成就。《清史稿》梦麟本传在列传第九十一，属于政界大臣一类。而李元度的《国朝先正事略》却将他归于"文苑传"，曰："梦麟，字文子。蒙古人。乾隆十年进士。官至工部侍郎。工诗。乐府宗汉人，五言古诗宗三谢，七言古诗宗杜韩，皆能具体。一时台阁中无出其右者。惜早逝，未竟其才。"③ 重其文化上的贡献。国子监祭酒和翰林院掌院学士，这两个清要之职只有通儒才得以担任，梦麟以二十一岁官祭酒，三十一岁署掌院学士，可见他具有非凡的才华。

梦麟自幼便以能诗著名。初有《行余堂诗》，入词馆有《红梨斋集》，继而有《梦喜堂集》，后重订为《大谷山堂集》。《大谷山堂集》共六卷，

---

① 如荣苏赫、赵永铣、梁一儒、扎拉嘎主编《蒙古族文学史》第二卷，内蒙古人民出版社2000年版；高人雄《古代少数民族诗词曲家研究》第一章，民族出版社2004年版等。

② 赵尔巽：《清史稿》卷三百四十，中华书局1998年版。

③ 李元度：《国朝先正事略》卷四十三，同治刻本。

收诗 328 首。梦麟诗歌内容广泛，有反映人民疾苦的，有抒写个人情怀及政治抱负的，也有描写山水风光及军旅行役之作。梦麟生活于"乾嘉盛世"，当时诗坛上盛行沈德潜主张的诗作应温柔敦厚、效法古人的"格调说"，翁方纲主张的以义理为主、以学问为主的"肌理说"和袁枚倡导的写诗须抒写性情、关注个人内心怀抱的"性灵说"。在这众多的诗学思想中，梦麟对沈德潜所倡温柔敦厚的复古思潮最为感兴趣，但他对这些学说所造成的诗坛上脱离现实的风气并不满意。梦麟认为"丈夫读书务实用"①，在他十几年的畅达的仕宦生涯中，个体的生命价值和儒家伦理关怀始终紧密结合，兼济天下是梦麟不变的追求。所以，当诗坛上高歌盛世繁音时，梦麟却独辟蹊径，写出了很多关注苍生的现实主义佳篇。正如沈德潜对《大谷山堂集》的概括一样："诗凡若干卷，皆奉使于役，经中州江左，成于登临校士余也，凭吊古迹，悲闵哀鸿，勖励德造，惓惓三致意焉。准之六义，比兴居多，盖得乎风人之旨矣。至平日歌天宝，咏清庙，矢音卷阿，铺张宏体，扬历伟绩，应有与雅颂相表里者。"② 在梦麟的诗集中，《河决行》《敖阳夜大风雪歌》《沁河涨》《舆人哭》《哀临淮》《悲泥途》诸篇，通过诗人选择的冷峻、豪骤、跌宕的意象，呈现出了生活于"乾隆盛世"的劳工、舆夫等疲于奔命、朝不保夕的众生世相图，以其深广的力度、更具典型性的生活面来反映现实。

　　黄淮水患历代为害甚大，特别是明清以后为便利内河行船，筑闸积水，致使河床淤积，时有决堤。乾隆十八年（1753），黄河在山东铜山一带决口。作为这场水患的目击者，梦麟曾写了反映人民疾苦的诗篇《河决行》。乾隆二十一年（1756），黄河又在孙家集决堤，次年春梦麟奉命驰勘，并兴办荆山桥工程，工竟议叙加一级。同年，乾隆皇帝南巡阅视河工，又命梦麟前往勘治六塘河以下积潦。身为河工大臣，梦麟脱略官吏行迹，深入工程第一线，勘察河形、督理河工，对水害的肆虐、人民的灾难以及治河大员们借机肥私等情状都有了深入了解。于是，他又写下了《沁河涨》《敖阳夜大风雪歌》等描写人民在河患危害下家破人亡、妻离子散境况的诗篇。《沁河涨》云："涛翻浪吼大堤决，冲屋屋塌墙坍墙……东家携孩稚，西家呼爷娘。苍茫未识天地意，夫挽妻袖牵儿裳。传

---

① 梦麟：《大谷山堂集》卷二，辽东三家诗钞本，1918 年刻本。
② 梦麟：《大谷山堂集》，沈德潜《大谷山堂集序》，辽东三家诗钞本，1918 年刻本。

闻泽州水更大，冥冥暴雨连宵堕。沁源村户数千室，十家遭水死五个。时见浮尸逐堤岸，半日已阅数人过。"用白描的手法，刻画出暴雨涨河中仓皇出逃的百姓的惨状，"呼""堕""时见""逐"这些颇具力度的词，用在"爷娘""急雨""浮尸""堤"这样的物象前后，更深切地展示出了面对自然灾害时的人微物渺，把哀鸿遍村野的惨状描绘得淋漓尽致。而"冲屋屋塌墙坍墙"这样适度的重字运用在强化诗歌节奏感的同时，呼应了诗人心理情绪的节奏，也为诗歌营造了更深层次上的冲击力。《敖阳夜大风雪歌》云：

> 嗟乎！儿泣尚可休，无衣之人何以活？君不见，铜山县东四十里，筑堤十日工方起。呼集丁壮谐汝声，下扫日仅尺与咫。手僵脚冻扫不稳，眼见千夫万夫死。我乞天神顾神已，此风莫入黄河水。呜呼！此风莫入黄河水！

质直的语言展示了震撼人心的效果。"君不见"句式，在南朝宋诗人鲍照《拟行路难》十八首后渐成风气。李白二十八次使用了这一句式[1]，他常常把此句式同历史反思联系起来，在强化诗歌气势中产生振聋发聩的效果。梦麟在使用这一句式时，虽没有同历史反思联系，但结合"君不见"后惨酷的纪实性诗行来读，依旧可以让人触目惊心。《触目行》中诗人又写道："仁恩如海民弗及，费而不惠空嗷嗷。岂必官吏肆吞噬，偏全极次分纤毫，我历徐淮逮高宝，触目未免中切切。收因所见道余意，作歌聊当陈风谣。"大胆写出皇恩浩荡而不及民的现状。此时的梦麟在经过多年水患灾区的实地考察后，对现实有了更加深入的了解。他的诗歌从写作《河决行》时歌颂"天子纡策促使忧悴民命也"到《触目行》的"仁恩如海民弗及"，诗歌的思想性明显增强。不惟如此，诗人在《新安坑卒行》里更有"君王自有函谷关，何与新婚更垂老"这样把矛头直接指向最高统治者的诗句。

梦麟承载了太多沉重的社会责任感，因而当他为朋友送行时，他勉励友人"使君何以筹苍生"（《送何西岚出守凉州》）；当同僚宴请时，席间他高谈"君不见，东南其亩稼与禾，高坟潦退茎穗罗。卑壤浸渍犹盘涡，

---

① 杨义：《李杜诗学》，北京出版社 2001 年版，第 427 页。

河声昨夜奔前坡"（《检沁楼宴歌》）；独居四望时，他期盼"顾祝百室盈，吾亦心安居"（《园居夏夜》）。之所以有这样的情怀，是因为当梦麟倾听着盛世下的悲吟，常常感受到生命在大变动到来时候的无助，"天地深恩在，苍生痛哭存"（《从谒景陵》）。梦麟以关注社会、关注民生的态度和愤世嫉俗的感情，燃烧自己的内心，写作了大量伤时忧世、体恤百姓的诗篇。尤其是描写灾害使老百姓流离失所、民不聊生的场景，写得惊心动魄、感人至深。在整个蒙古族诗学史上，没有一个诗人的"灾害诗"，尤其是"水灾诗"，写得像梦麟这么多、这么好的。梦麟以其《大谷山堂集》在我国 18 世纪中叶的诗坛上崭露了头角。"四方才俊，揽其所作，无不变色却步"①，可见影响是颇大的。

　　作为一名蒙古族诗人，梦麟虽然没有生活在牧区，但他的诗作中对北方牧区生活状况还是多有关注的，如其《榆台行》："朝登榆台，暮登榆台，榆台高高胡天开。天四垂，风倒吹，牛羊日暮声大来。军中甲士歌胡歌，胡人坐地吹胡笳。胡笳声悲，胡歌声苦。吹笳胡人泪如雨，壮士拔刀夜中舞。夜中舞，悲向天，健马死途人死边。"胡天开阔，风吹草低，胡人吹胡笳、讴胡歌、旋胡舞，一幅牧区民俗民情图。然而，生活在牧区的人们和戍边的兵士们的生活却并不仅仅是感受"天苍苍，野茫茫，风吹草低见牛羊"这样简单。他们在胡歌和胡笳声中，倾诉的是死边的恐惧和悲情。似梦麟这样描写牧区人民艰辛生活的诗篇，比那种浮光掠影、单纯描写风光景色的作品，自是高出一筹。蒙古民族的生活和命运，作为一种斩之不断的精神根脉和挥之不去的生命记忆，早已构成了诗人丰厚的创作资源和强烈的言说冲动，使他在面对和驾驭这一切时，足以激情澎湃并得心应手。更重要的是，长期以来，伴随着社会的变革，他一直回望着、咀嚼着和反思着与自己休戚相关的蒙古牧民的生活与命运，努力发掘着其中的精神元素与文化内涵，从而构成了记忆的深度和历史的重量。正是这种感受与思考的双重积累，使得他的诗集质文俱佳，显示出较高的社会价值与审美意义。《企喻歌》对牧区的贫富悬殊作了揭示："鹞子经天飞，黄羊窜黄丛。有钱生风云，无钱莫抬头。"有钱人可以呼风唤雨，无钱人连抬头的权力都没有。这首诗对牧民贫困生活的描写更深一层，揭示出穷匮的只是人民，而鱼肉人民的统治者则可以任意横行。除此而外，梦麟对

---

　　① 王昶：《春融堂集》卷五十二，清刻本。

当时少数民族间的征伐也有描述，同一首《企喻歌》中他还写道："闻说单于来，歇马青海西。不愁人不多，但愁心不齐。"可见，无论民族怎样不同，人心俱是思安的。梦麟的民族类诗歌多系白描之作，他在这些作品中选择有分量的意象，承担沉重的历史，像《企喻歌》中的"生风云""莫抬头"，《榆台行》中的"泪如雨""死边"等皆是如此。

"感于哀乐，缘事而发"本是诗歌创作之大旨。梦麟以其朝官之身份，竟能感同身受，作品几达与吴嘉纪的民生诗相近之境地，沈德潜称他"得乎风人之旨"盖为知言。在那个特定的历史时期，当清诗反映社会矛盾趋于淡漠之际，《大谷山堂集》出现于帝都京师，流布诗坛，此事是值得大书一笔的。无怪乾隆朝及后世的诸多学者名流、文坛耆硕曾给梦麟的诗以这样的评价："午塘先生未弱冠而入词垣，未三十而跻入座，且屡掌文衡，进参枢务。而其为诗……方处春华之时，已造秋实之境，盖得于天分，非人力所能与也。"① 青年梦麟诗歌中的深厚的思想内涵确乎是同时代诗人中罕见的。可惜诗人早逝，若天假以年，可以想象，他的诗歌造诣必不同凡响。

二

意象是中国文学史上重要的理论概念。作为某种思维形式和文化心理积淀的结果，意象在诗人笔下具有灵动的生命和丰富的解释可能。意象是个复合词，"意"在"象"先，"意"指的是作者的主体意念，主体意念对应的是构成作者精神气质的时代背景、作家心志、人生际遇和文化素养，所谓"意"融入"象"，也就是这些因素注入作者选定的"象"中，必然拓展了"象"的内涵。梦麟诗歌在选取意象上，常常有自己的独到之处，并因之而使自己的诗歌形成了特殊的艺术风格。梦麟在诗歌的造型艺术中，常选择具有阳刚之气的意象，而这样的意象，最能反映人类本质力量的情态，如昂扬向上、积极奋发、富于理想、永不停止等。

梦麟的古体诗除了关心民瘼之作，还有一部分驰骤豪荡、浪漫飘逸的诗篇，如《六朝松石歌》《登清凉山绝顶展眺放歌》《谒岱庙》《明堂》

---

① 李桓：《国朝耆献类征初编》卷四十三，张维屏《听松庐诗话》，光绪七年（1881）刻本。

《渡江望金山放歌》《梦游缥缈峰歌》《登长干浮图绝顶放歌》等，后者云：

　　……脱我薜荔之衣切云之冠，翱翔何必凌霜翰，贾勇直上两千尺，微躯径造青云端。云端猎猎秋风酸，欲堕不堕身蹒跚。我足蹀蹀衣翩翩，天乎天乎吾其仙。仿佛来双童，乘风骑紫鸾，招我游太虚。下见万里之波涛，千里之关山，阊风元圃置眼前，奔流东去何时还，城郭良是人变迁，但见秋晖日日悬，不见昔人颜再丹……

　　在梦麟的这首诗中，意象大多是超越现实的，诗人驰骋想象于广阔的空间和时间，穿插以幻境，用一些表面看来互相没有逻辑联系的意象，拼接成具有强烈艺术效果的画面，在豪宕中带有飘逸之气，颇得李太白诗旨。"七言古诗，概曰歌行"[①]"歌行之畅，必由才气。"[②]

　　李白正是"七古"才气超人。梦麟诗歌以主体精神的积极张扬为动力，打破四平八稳的程式规范，由收而放，纵横驰骋，变化出奇。虽然在气象上终不及李白，但已有李白歌行的"入神"途径。再如《登清凉山绝顶展眺放歌》："骑鼋我昔邀平羌，宦游直过萧丹阳。送江入海半天下，鲸鱼夜吼翻枯肠。"用"骑鼋""邀平羌""鲸鱼夜吼"这样气势宏阔、动态鲜明的意象，虚中有实，让我们随着诗人的足迹，在烘托想象中感受了生动的画面效果。梦麟这两首诗所呈现的阳刚美足以撼人心魄，振奋精神，读之如李白《梦游天姥吟留别》《蜀道难》一类诗句展现目前。"惟歌行大小短长，错综阖辟，素无定体，故极能发人才思。"[③] 他的身上有李白式的潇洒，这大约是源出血液中的草原文化的影响，所以，歌行体这种诗歌体式非常适合"天才奇纵"[④] 的梦麟。

　　梦麟长于古体诗歌，但近体亦有佳作。"日出大旗高，霜腾万马豪。雷霆朝伏垒，鼓角昼鸣刀。"[⑤]"积气盘空曙色开，丹屏翠盖郁崔嵬。龙归雾失东甘涧，风起雷奔舞剑台。半岭白封云似带，上方墨点海如杯。悬知

---

① 胡应麟：《诗薮·内编》卷三，上海古籍出版社 1979 年版。
② 胡应麟：《诗薮·内编》卷一，上海古籍出版社 1979 年版。
③ 胡应麟：《诗薮·内编》卷三，上海古籍出版社 1979 年版。
④ 法式善：《梧门诗话》卷一，文海出版社 1980 年版。
⑤ 梦麟：《大谷山堂集》卷二，辽东三家诗钞本，1918 年刻本。

绝顶闭关客，目极干旄拂地来。"① 均是选择具有阳刚之美的意象，所选择的意象虽然也有想象的成分，但总的看来偏于写实，与古体不同。前人曾言，梦麟"五言则萧廖澄旷，七言多激楚苍凉"②，无论是萧廖澄旷，还是激楚苍凉，都是通过对物象的选择，参之以一己之意念，出为意境后所生发出来的艺术风格。而此种艺术风格的形成与诗人对意象的选择是大有关系的。文坛耆宿沈德潜对他倍加激赏，称其"乐府胚胎汉人，五言含咀选体，即降格亦近王韦，七言驰骤豪宕宗太白，沉郁顿挫宗少陵，离奇环伟宗昌黎，近体亦不落大历以下。"③ 事实上，梦麟在诗歌的创作中是无意苦学前人而诗旨暗合前人的，如《大谷山堂集》卷一《冬日观象台二首》其一：

> 木落风高画角哀，霜浓野阔一登台。云旗天转桑干出，日驭烟横碣石开。黑水迟对思禹迹，金方借箸失边才。汉家养士恩如海，谁伏青蒲请剑来。

味之颇有杜甫诗歌风貌，是诗人展示抱负的代表作。梦麟当时供职翰苑，是为儒林中人，然而，他并未沉溺于安逸闲适的生活，崇尚读书致用，文武兼备，立志赤心报国。西陲用兵，他曾意欲投笔从戎，为国出力，故王昶挽诗有"夜台有恨观难尽，未遂骠姚斩骨都"之句。《冬日观象台》正是这一志向的绝好写照。在诗中，梦麟把观象台作为古迹来凭吊，从中生发出深厚的历史感，而诗中感慨悲凉的气氛，增加了全诗的沉郁分量。梦麟七言近体诗中的意象的组合比较紧密，往往把几个意象压缩在一句诗中，显得凝重、老成、深沉，所以，法式善认为："沉雄瑰丽，独出冠时，百余年来北方学者未能抗手。"④
《登燕子矶旷望大江》是梦麟五言中的佳作：

> 危矶尽天地，独立悲风多。落日送大江，万里明颓波。四顾何茫

---

① 梦麟：《大谷山堂集》卷二，辽东三家诗钞本，1918 年刻本。
② 李桓：《国朝耆献类征初编》卷四十三，张维屏《听松庐诗话》，光绪七年（1881）刻本。
③ 梦麟：《大谷山堂集》，沈德潜《大谷山堂集序》，辽东三家诗钞本，1918 年刻本。
④ 法式善：《梧门诗话》卷一，文海出版社 1980 年版。

茫，孤鸟飞江沱。川原接杳霭，秋色来岷峨。西望峨眉山，奔涛胡坡陁。遥思大海东，万代同此过。来者固未已，逝者将奈何。我怀在古人，但见山与河。谁当识予意，泪落空山阿。

　　诗人在秋日独上燕子矶的时候，从脚下的大地放望四方，此时的心境清虚如风，潜在的精神活力与眼前的秋日景色在诗学的世界相逢，想象与现实互相交融：秋风寂寥的薄暮，万里长江浩瀚却又苍茫，失群的鸟儿在空旷的天地间倏然飞逝，让追逐着它的目光更感到天荒地老的人间的孤寂。哀恳的词笔传达出了悲怆的诗情，萧条的秋日里诗人抒发的是陈子昂跨越千年而不衰的"前不见古人，后不见来者，念天地之悠悠，独怆然而涕下"的感喟。在梦麟诗歌的宏大视野中，他的山水吟唱往往蒸腾着浓郁的沧海桑田、人生如寄的时间意识和生命意识。诗歌的力度存在于有现实背景支持的气势非凡的艺术夸张中，它不仅提供了社会史料，也提供了精神文化史料。因为在这里我们深切地感受到了人与自然之间的生命对峙的力度。

三

　　梦麟诗对于汉魏乐府、唐风吟唱，往往于继承中多有变异，于熟悉处制造陌生，于整合时实现创造。参差对应之间的多元选择才造就了属于他的艺术风格。主体生命中的一种丰沛的元气，与历史人物的情感交换，皆由于散发着青春气息的生命力量。

　　施蛰存在《唐诗百话》里论及格诗律诗时这样说，《文镜秘府论·论文意》云："凡作诗之体，意是格，声是律。意高则格高，声辩则律清。格律全，然后始有调。"可知古诗重在内容，故称格诗，格是风格；近体诗重在声韵的美，故称律诗，律是音律。古诗意高而声韵不美，近体诗声韵美而意不高，都还不够，因此要求格律全。格高律清的诗，才可以称为有调的诗。调是风调，也就是现在我们所谓格调或风格。① 梦麟古体诗或为直接干预政治、服务现实的吟唱，或追取太白，发驰骤豪宕之意气，展示壮美之景象。而近体则揣摩少陵，展示沉郁苍凉之气。所谓格高律清

---

① 施蛰存：《唐诗百话》，上海古籍出版社 1988 年版。

者，在梦麟诗集中有所展示。《大谷山堂集》卷三《汤阴岳忠武祠》云：

> 啼鸟徒闻唤奈何，君王久已厌挥戈。紫宫霄冷铜驼梦，碧血秋添鄂渚波。三字一经称信谳，六师不复望争河。可堪遗庙烟荒里，无数昏鸦响暮柯。

以时间的体验，对执持一己之信念、英勇抗金的岳飞的生命价值，作出了赞颂式的审视，在时空的交错回溯中，融进对历史人物的叹惋和现实景物的描述，深沉的史语脉动体现的是诗人的历史感，而现实的物语回味的是生命意识。这时的诗人，早已抛却了狭隘的民族观念，只是从人性的角度来看待往日的英雄。其诗歌之格高，从另一方面得到体现。

清代本身即是以少数民族来统治，统治者又刻意学习汉族先进的文化知识，所以，民族融合超过以往朝代。身为蒙古族诗人，梦麟认为“短衣射虎平生事”[1]，他还愿自己“踏涛北去追风鸟，长绳生系南单于”。[2]无论是古体诗还是近体诗，梦麟常常选用具有阳刚之美的意象来表现自己的或质直，或豪宕，或沉郁的艺术风格，但这并非他诗歌的全部。事实上，梦麟诗集中有相当一部分是表现向往田园归隐生活的倾心之作。《寄题云壑草堂四首之四》云：“旧出乌衣系，今成谷口身。闲披种树传，老作看花人。鱼鸟为知己，烟霞自写真。待寻餐玉诀，来结孟家邻。”梦麟少年得志，功成名就，然正因如此，他常年奔波各地，无由闲暇，诗人心中渴望着诗家清静，田园之乐，所以写下这首五律，表达千载之后对于孟浩然能与邻人“把酒话桑麻”的欣羡之情，而其《朝往香山山》云：“梦觉钟鱼清，褰裳月在栋。盥洗辞精庐，山僧出林送。苔光上芒属，昨霄知露重。乱泉听乍失，溪涧涩馀冻。石骨生清寒，行吟抱朝甕。日出照幽谷，山鸟发新哢。微风被空翠，流云散崖洞。永怀煨芋者，隔岫闻清诵。”味之颇得王维诗歌的清虚。

自小生在官宦之家，接受正统的儒家文化的教育，让梦麟幼即知规矩，系时运，所以，他常常忧时悯世。梦麟少年得志，严肃刚正，从容行走在荆棘丛生的宦海，寻规矩对他而言是人生的常态，所以，读其诗，感

---

① 梦麟：《大谷山堂集》卷二，辽东三家诗钞本，1918 年刻本。

② 同上。

其志，叹其人，我们常常感觉到丰富的生民乐趣和深致的生命意味。梦麟在其短暂的生命过程中，以宦海生涯中的人文关怀，以诗歌写作中的笔力思致，表达出了其内心中的生发感动之力量，也为其后的蒙古族诗人汉诗创作提供了良好的范式，故其在诗歌史上当有不朽之地位。

【原发表于《阅江学刊》2013 年第 2 期】

论唐代"王孟"诗风对法式善诗歌创作的影响

米彦青

法式善（1753—1813），原名运昌，字开文，号时帆，又号梧门、陶庐。蒙古伍尧氏，祖籍察哈尔。内务府正黄旗人。乾隆四十五年（1780）进士。后因乾隆皇帝赏识，中式时赐改今名，"法式善"即满语"勤勉"之意。累官至侍讲学士、国子监祭酒，是乾隆时期知名的学者和诗人。著有《存素堂集》《梧门诗话》《陶庐杂录》《清秘述闻》《槐厅载笔》等。

在法式善浩繁的著作中，与唐诗关系最为密切的当是代表他的诗学思想的《梧门诗话》和他的作品集《存素堂文集》《存素堂诗集》。法式善"幼喜讲声律，泛览百家"[1]，科考登第后，又长年在馆阁供职，诗歌创作也因此成为其生活、生命中的一部分。法式善曾自言："士君子之志无穷，而职各有守。唯能尽职者其志之无穷乃愈见。"[2] 守馆阁之职份，求无涯之诗美胜境就是法式善一生竭力去做的事业。作为诗人，法式善创作了大量的古、近体诗。这些诗主要保存在《存素堂诗集》系列里，初集2331首，二集1010首，续集58首，诗稿120首，合计有3500多首，多是晚年所作。法式善早年诗作曾准备由其友汪云壑编次刻印，后汪云壑病殁，诗稿大多散失，所以我们现在所看到的法式善诗歌并非其全貌。

一　追摹王维所成的清雅的山水风光诗

法式善诗歌，俱在精心的语言锤炼下显出含蓄、省净的特点。尤其是清新素雅、澹远悠长的景物描写，超迈于清代众多写作汉诗的蒙古族诗人

---

① 法式善：《恩福堂诗集序》，《存素堂文续集》卷一，《续修四库全书》本。

② 法式善：《使琉球日记序》，《存素堂文集》卷一，《续修四库全书》本。

之上。潘瑛、高岑《国朝诗萃二十集》云："先生嗜古爱才，诗宗唐贤，逸韵遥情，味之不尽。"法式善的诗学思想是兼容并包的，但他的诗作主要反映他的审美趣味，是非常典型的宗尚神韵说、取法唐代王孟韦柳诗歌风格的创作。法式善的同时代人也感觉到了他的这种偏好，所以宗室昭梿《啸亭杂录》卷九曾云："蒙古法祭酒式善……好吟小诗，入韦、柳之室，颇多逸趣。"① 钟骏声《养自然斋诗话》："法梧门学士作《诗龛向往图》，以陶公为宗主，而以王孟韦柳及己侧其间。"② 宗法王孟韦柳，追摹他们的诗歌作品，从而使法式善形成了清雅的诗风。法式善诗"清"，因为他能以思运物，不以物累思，于情景互渗、虚实相比中增强诗歌的活性。同时，他也在"清"中求"雅"，从而把山水田园在安宁和从容的书写中文人化，由此更可拓展山水诗歌的抒写外延和意蕴内涵。在具体的创作中，法式善常常通过选择清雅之词入诗来诱发诗歌的意境美。这些清雅之词又往往不加色泽，以淡泊取胜。法式善曾谓"诗以工胜，亦以拙胜。以泽胜，亦以味胜。吾则有取于拙焉味焉，非谓工与泽之不可为也。"③

从诗人的运思角度和关注焦点看，法式善的诗思旨趣大致可以分为两类：一是描写山水风光的诗；二是表现劳动和描写田园风光的诗。描写山水风光在法式善的诗作里占有很大比例，并且代表了他的创作风格，成就比较高。这些诗主要描写的是京城的山水风光。如其代表作品《西涯诗》其二：

> 路折李公桥，吾庐一水隔。杨柳绿依依，不见李公宅。桔槔亭已颓，清响落林隙。微风散稻田，斜月上松石。菜园全荒凉，莲花总幽僻。惨淡经檀花，照人尤深碧。李公社稷臣，杯酒非所适。挥涕白鸥前，散发秋堂夕。竹林寄馀兴，禅房时着屐。偶然出诗句，幽怀感今昔。蝦菜尚难具，平泉安足惜？惟有法华庵，空廊黄叶积。

诗人自注："西涯，即今之积水潭，在李文正旧宅西，故名，非别业也。余既辨李广桥之误，因绘西涯卷子，并摹文正像于帧首。"西涯是明

---

① 昭梿：《啸亭杂录》卷九，《清代史料笔记丛刊》，中华书局 1980 年版，第 275 页。

② 钟骏声：《养自然斋诗话》，同治刻本。

③ 法式善：《谷西阿诗集序》，《存素堂文续集》卷二，《续修四库全书》本。

朝武宗年间著名大学士李东阳的旧居名，法式善对李东阳很感兴趣，曾写下《李东阳论》和《西涯考》。《西涯诗》和《续西涯诗》是他著名的山水诗，诗中对西涯的来历、景观颇多考辨，在法式善的笔下，快读西涯诗，久坐西涯居，是他在时空隧道中和前贤相晤，"翩然神其来，面目落吾手"后，诗人写下三首《西涯诗》。诗中有画、意境清远，颇有"英特之思，超悟之味"①。

　　自然美及自然顽强的生命力，是人类的精神源泉。对于自然的某种细微的生发变化，法式善有着敏锐的反应、特别的感知和超强的审美能力。审美的主观成分是很大的。审美需要想象，更受情感的驱使。法式善对大自然的感受，出自他对自然生命力的接受和理解，也出自内心的幽雅情怀。法式善的这类诗歌主要取法王维，刻意营造诗中有画的境界。如其《和西涯杂咏十二首用原韵·响闸》："春流静无声，烟绿一溪满。偶逐白鸥行，云掩石桥短。"他写的是春流寂静、云淡鸥飞的山间景色。在作者笔下一切仿佛都凝固在淡烟浓翠之中，但这个静止的画面是以我观物，"我"并没有消失到"物"中。实际上，这也是法式善学王维诗而又有新变的地方。王维受佛教思想影响，向往空寂，向往自然，常在诗歌中营造"无我"之境，把自身融化在"物"中。法式善天性淡泊，亦好禅，但他在向往自然的同时，对人和自然的相互影响也颇关注，所以常常不忘在空寂的境界中点出观者。《续西涯杂咏十二首·积水潭》："何年积此水，浸润春明城。西山一夜雨，万柄荷花生。"润物细无声的一潭清水、雨后才露尖尖角的万柄荷花，诗人通过对自然敏锐的观察，选取典型物象唤起对以往积水潭优美景象的美好追忆。

　　法式善的一些五言绝句善于体察自然景物，撷取自然风光中转瞬即逝的妙境，所以显得玲珑剔透、意境优美。正如林昌彝《海天琴思续录》："吟怀澄淡似苏州，三昧都从五字求。气义云霞诗性命，梅花尊酒话清愁。"徐世昌《晚晴簃诗汇诗话》也说道："时帆论诗主渔洋三昧之说，出入王孟韦柳，工为五言。"法式善诗学王孟，提倡"神韵"，以淡雅之意象，竭力在诗歌中营造了清新淳雅的意境。不过，作者有时也一改习惯手法，用浓重的笔调和浪漫的手法把它们表现出来。如其《樱桃沟》：

---

① 　杨钟羲：《雪桥诗话》，《近代中国史料丛刊》（续集）影印本，文海出版社1985年版。

夕阳明远山，残红滴入水。水纹晕樱桃，玲珑光琐碎。我从谷口出，眉鬓染寒黛。曲折历数版，始与孤亭对。乍疑枫树林，经霜逞酒态。又似糁丹砂，涂抹峰腹背。筐尝恨未携，攀折恐不逮。

作者选取了傍晚时色调绚丽的特定时刻，用夕阳、远山、谷口、孤亭、枫林、樱桃，勾勒出一幅深秋丽景，然后用夕阳残红、酒态枫林、丹砂峰腹这样缤纷红色渲染樱桃沟色彩的迷离，最后点出深秋迷失在美景中的缘由是樱桃美色所致，这种充分调动视觉的诗常常能一下子抓住读者，不由自主地随他的诗句进入那幽深清远的境界。这样浓墨重彩的诗歌不是法式善常写的，然而他依旧可以心中之画境写出眼前之化境。由此可以看出其诗学王维所形成的诗中有画的特色。有学者言法式善"五言律学王孟"①，王维非常擅长以语词在读者视界中凸出鲜亮的色感，比如"嫩竹含新粉，红莲落故衣"（《山居即事》）、"荆溪白石出，玉川红叶稀"（《山中》），跳动而鲜明的色彩立刻就在读者的脑海中呈现出一幅幅豁亮的图画。

法式善还有一些同样诗中有画，但感情冷峻而孤清的诗。如《和氏园林》：

空堂流白云，斜阳媚时筱。开窗万山纳，随墙一溪绕。主人何处去，咏苔但秋鸟。耽幽客不乏，佳趣得偏少。老僧桥上行，曲径通深窈。忽闻钟磬声，恍惚出云表。

在白云流水、秋鸟幽客、老僧曲径衬托下，仿佛闻得仙乐，神飞天外。清初徐增在《而庵说唐诗》卷首云："今之有才者，辄宗太白；喜格律者，辄师子美；至于摩诘，而人鲜有窥其际者，以世无学道人故也。"有学者认为，这说明王维不易学，因为学者少有淡泊虚静、随缘任运的心态②。而虚静对于法式善来说，似乎是先天所赋有的一种生命气质，是其内在气质和生命精神的深刻规范，而且，诗人也自觉、自然、自在地生成这样的人生价值取向。正因为他的这种生命气质，他表现出与王维相似的

① 严迪昌：《清诗史》，浙江古籍出版社 2002 年版，第 869 页。
② 王志清：《纵横论王维》，齐鲁书社 2008 年版，第 18 页。

以安命为起点、为宗旨的生命自觉。他们本能地在自身与社会不能和谐相处产生矛盾时，先天的虚静因素就会使主体暂避红尘扰攘，以使生命和心灵免受侵害，表现出万物归宗的淡泊，表现出于内心寻求平衡和宁静的自足性。再如《僧寮听雪》："寺深惟有树，入夜益孤清。松叶偶然响，栖禽时一惊。隔窗猜月上，归院少僧行。侵早开门看，谁知雪满城。"深宅寺院，寒树孤清，偶有松叶响动唤醒栖禽。侵早开门，屋外已是白雪皑皑。这首诗特意选用多种幽冷的意象入诗，颇得"清瘦坚苍"① 之境。再如其《梅花》：

> 但有梅花看，何妨常闭门。地偏车马少，春近雪霜温。老剩书藏箧，贫馀酒在樽。说诗三两客，往往坐灯昏。

法式善的一生正如此诗所述，追求的就是与二三友朋赏梅、论书的清淡境界，而梅花的孤标也正是诗人的精神写照——"萧廖澄澹"②。这也就是说，法式善表现于风格上的审美追求，同他的性情是相契的。法式善的这种淡泊个性，在为其提供了虚静心态的同时，自身也转化为一种审美追求。虚静在处世上，是恬淡无为的超功利，而在审美上，则是物我不辨的超意识。虚静的人生态度在其审美时得到艺术的转换，诗人虚廓心灵，荡涤情怀，静观群动，虚待万物，是很容易进入空明澄淡的审美心境的。以虚静为其主体精神的法式善，虚静的人生状态，与虚静的审美观照互动，彻底化入自然山水之中，将客观之物内化为虚静之心。他的《赠王芑孙》诗有句云："取我淡花句，较君孤月词"，俞陛云《吟边小识》以为"颂其诗可知其性行矣"。

清人论及法式善大都认为其诗学王孟，长于五言，如潘德舆③、张维屏④等。实际上，法式善的七言也颇多佳作。如《万寿寺》："万竹忽低池

---

① 阮亨：《瀛舟笔谈》，清嘉庆二十五年（1820）刻本，第1611页。

② 张维屏：《国朝诗人征略·听松庐诗话》，《续修四库全书》本，第1612页。

③ 潘德舆：《夏日尘定轩中取近人诗集纵观之戏为绝句》"梧门潇洒五言中，王孟门庭结体工。可似前修梦文子，银潢屈曲涌天风。"转引自《清诗纪事》，凤凰出版社2006年版，第1612页。

④ 张维屏：《国朝诗人征略·听松庐文钞》引《惕甫未定稿》"时帆用渔洋三昧之说言诗，主王、孟、韦、柳，又工为五字，一篇之中，必有胜句，一句之胜，敌价万言。"《续修四库全书》本。

上风，水烟吹到寺门空。斜阳不管花开未，一角西山各自红。""法式善
以七绝较有情韵，颇多'神韵味'，而且善于借景。"① 再如《命儿子宿
大觉寺养病忆山中景况示以诗》："晚踏山花十里行，山家楼阁与云平。
板桥步过无尘土，木叶声中流水声。"傍晚散步，人在山花丛中迤逦而
行，远观楼阁，近闻流水，生活情趣浓郁，令人心旷神怡。很明显，无论
五言还是七言，法式善的山水风光诗是在追求一种恬淡幽美的意境。

二　接受孟浩然写就的清醇的田园诗

除了山水诗歌之外，法式善集中的另一大类就是表现劳动和描写田园
风光的诗，这类诗歌风格大抵"清醇"②，取法孟诗更多。《梧门诗话》
卷四云："余最爱孟襄阳诗，每诗寒夜挑灯读之至四鼓不倦。拟作十余
章，愧弗肖。"法式善一生在京做官，老年告病住在内城地安门，偶去农
村游览涉足，曾写下不少田园诗。《黄安舆孝廉过访出友渔斋家集欠赠并
乞题驯鹿庄卷子信以新句集序图记皆老友郭君之笔感触成诗》云："白云
日渺漫，青草春芊眠。从古读书人，不敢忘耕田。"写出自己对田园风光
的向往和对农事之乐的羡慕。《秋日田园杂咏同汪云壑作》云："既不如
农劳，又不及农拙。羡彼落体足，胜我争口舌。"农民的春种秋收虽然忙
碌，但远胜过官场的倾轧争吵。"荷锄吾所愿，生平乏幽筑"（《蔬圃》）；
"我有百亩田，远在北山北。性弗辨菽豆，地乃委荆棘。老仆买一牛，行
将学稼墙。"（《吴谷人前辈斠定拙诗并许为序》）荷锄、筑房、置田、买
牛，俨然一副躬耕稼穑的样子。从法式善的传记中可以获知他一生并没有
真正去种过地，但素性淡泊的法式善厌倦官场应酬，向往大自然赐予农家
的欢乐倒是真的。"绿蓑何处借，吾意欲躬耕"（《秋雨净业湖上》）这样
的诗句在他的集中频频出现，当不是偶然。《题画》云："我亦喜蓑笠，
素心久已违。青山何处好，茅屋看人归。松叶带云绿，稻花含雨肥。田家
有真乐，慎勿去荆扉。"茅屋看人归是世间最好的景致，田家的欢乐是最
纯朴自然的真正欢乐，对法式善而言是"虽不能至，心向往之"。他还有

---

① 严迪昌：《清诗史》，浙江古籍出版社 2002 年版，第 869 页。

② 康发祥：《伯山诗话》"长白铁梅庵保宫保与法时帆式善二公诗，雄浑清醇，各极其
妙。"清咸丰十年（1860）刻本。

很多描写农家风光的五言断句也写得很美。"晚稻今已收，村居亦多暇。卧听田水流，直到前溪泻"（《稻田》），选取农民大忙已毕暂得休息这一特定时节，表现农家在收获以后，卧听田水汩汩而流的喜悦心情。读之可以想到孟浩然的"开轩面场圃，把酒话桑麻"，可谓情景交融。"松花与梅花，落地香风碎。前村人未还，笛声在牛背。"《牛拘》这一首小诗简直可以说是一首牧童歌。松花和梅花在微风中轻扬散落，茂林掩映下牛背上牧童的笛声与花香盘旋萦绕，让人耳鼻一新。平易的语言表现出情景交融的诗境，这种诗境是经过艺术提炼后具有自然美感的诗境，是把味觉、听觉、视觉充分调动，构成的一幅恬淡幽美的田园风光图。这样的田园正是孟诗所长的滤去尘劳的清新田园，是《春晓》式的具有"自然素朴"①的美的诗歌。所以苦拟孟诗的法式善还是习得了孟襄阳真谛的。

孟浩然一生中曾两次入长安应试或求职，虽然他有着"归赏故园间"（《秋登张明府海亭》）、"予意在山水"（《听郑五愔弹琴》）的追求，但是"魏阙心恒在，金门诏不忘"（《自浔阳泛舟经明海》）也是他孜孜难以忘怀的。孟浩然求仕而不得的苦闷给他诗歌带来的变化就是终其一生也无法真正融入自然，感受自然的恬淡与平和，虽然他的诗因其语意的淡泊、语脉的流畅、词语的朴素而颇似陶渊明。法式善的苦闷是仕途不畅，或者说仕隐依违，这同样使得他的诗句中有陶影却无陶魂。艺术风格的追摹源于心灵中某些情愫的相通。殊徒而同归的心灵的苦闷，让法式善在追求陶公诗心的路上先看到了孟浩然的足迹，所以他从孟诗中得到了更多的启迪。

《大觉寺憩允云轩晚坐》云：

> 夕阳下西岭，丛木响阴壑。归云无定踪，随意卧山阁。暗泉咽危石，孤磬出秋箨。劳生亦已倦，得地思立脚。霜气上篱菊，风味足园蔌。富贵岂不佳，达人安淡泊。

诚如徐复观所说："在中国艺术活动中，人与自然的融合，常有意无意地，实以庄子的思想作其媒介。"而其作品的境界"便于不知不觉之中常与庄子的精神相凑泊"，甚至可以说，是"庄子精神的不期然而然的产

---

①　罗宗强：《隋唐五代文学思想史》，中华书局1999年版，第95页。

品"①。法式善"达人安淡泊"的独好幽寂素淡的性情，个体化为与老庄朴素阴柔美学观有关的诗歌境界，而他的"随意卧山阁"的归隐情怀又在客观上提升了自己的人生态度。虚静在法式善，有处世和审美两方面的价值内涵，其审美态度正是人生态度的自然转换。中国古代的美学基础是伦理化的，审美实际上就是对物化了的自我人格的欣赏。王孟韦柳诸人正是通过山水田园诗来表现他们与自然和社会的审美关系，因而，我们从王孟韦柳诗中可以反观其人生态度和人格意蕴，也同样地可以从法式善的山水田园诗中领略其人生哲学的精义。

袁枚《随园诗话补遗》中有大段评论法式善诗歌的文字。"法时帆学士造诗龛，题云：'情有不容已，语有不自知。天籁与人籁，感召而成诗。'又曰：'见佛佛在心，说诗诗在口，何如两相忘，不置可与否。'余读之，以为深得诗家上乘之旨。旋读其《净业湖待月》云：'缓步出柴门，天光隔桥溆。溪云没酒楼，林露滴茶笼。秋水忽无烟，红蓼一枝动。'又，'抠衣踏藓花，满头压星斗。溪行忽有阻，偃蹇来醉叟。攘臂欲扶持，枕湖一僵柳'。此真天籁也。又，《读稚存诗奉柬》云：'盗贼掠人财，尚且有刑辟。何况为通儒，腼颜攘载籍。两大景常新，四时境屡易。胶柱与刻舟，一生勤无益'。此笑人知人籁而不知天籁者。先生于诗教，功真大矣。《咏荷》云：'出水香自存，临风影拂乱。'可以想其身分。又曰：'野云荒店谁沽酒，疏雨小楼人卖花'。可以想其胸襟。"袁枚对法式善的评价可以看作是乾嘉诗坛的代表性观点。

法式善诗作追求的是王孟恬淡之意境，这种意境的构成源于其对意象的精心选择，法式善诗常用的意象有"梅""鹤""清""静""幽"之类，如"梅真清似我，鹤亦懒如人"（《樊学斋中作》）；"林深仙鹤导，潭静毒龙依"（《赠徐浣梧》）；"月隐万松顶，清光君早知"（《柬陶琴坞》）；"选石素琴张，泠泠写幽抱"（《唐子畏水亭午翠》）；"归来坐茅屋，默忆足幽趣"（《陆叔平溪山余霭》）；"老鹤孤舟守"（《八月廿四日樊学斋道人招同谢芗泉徐星伯游大觉寺过海甸别墅小憩》）等，"时帆开诗龛，供摩诘庐陵诸贤像以示瓣香所在。"所以时人认为"论时帆之诗而以为摩诘"②，因为法式善处于清王朝康乾盛世时代，当时弥漫诗坛的

---

① 徐复观：《中国艺术精神》，春风文艺出版社1987年版，第216页。

② 吴锡麟：《存素堂文集序》，《存素堂文集》，《续修四库全书》本。

"神韵说"对其影响巨大，所以写作轻巧恬淡之诗既是诗人的个性所致，也是时代的特性所成。

　　法式善曾有诗句："自古情至语，中必无色泽。"符葆森《国朝正雅集·寄心庵诗话》云："时帆先生为诗得冲淡之旨，标萧廖之趣，创为诗龛，以禅为喻，所谓三昧之说，由此推出。"正是解人之语。法式善的诗学旨趣，从这句话中亦可见出。诗人一生在艺术上追摹王孟，追求清雅逸远之境。当然，他的某些诗，细味之下，较之王孟，少了点灵动，而多了些僵滞；少了点清远，而多了些苍茫；少了点温润，而多了些冷涩。特别是，具有程式化的缺憾。这种差异性，表现出他们的社会历史感、人生价值取向与艺术才能的差别，也从客观上反映了封建社会鼎盛时期的盛唐和正走向封建没落的康乾盛世两个时代诗歌的不同特点：充满活力与日趋保守僵化。

三　广阔唐诗胜景影响下的多样性创作

　　王孟诗歌对于法式善诗歌创作颇多启迪。事实上，这种启迪既让法式善形成了自己的创作主导思想，同时也带给他更为广阔的唐诗胜景。在法式善的一些诗中，他突破并超越了王维、孟浩然诗歌的思想境界。史载："（法式善）两试翰詹并以下考左迁，先生固泊如也。盖先生虽雄于文而楷法殊不逮，故每试多以此见绌。性爱闲素，于世俗之以便捷驰骛见长者屏迹弗染。虽挂朝籍，而苦志力学，口吟手钞靡停晷"。[①] 当法式善自身文学职志与审美风致随着年龄和宦海生涯的左迁发生变化的同时，他对于清雅诗风的追求并不仅仅停留在单纯的语音阶段，而是在内容和思想性上变革、深化。如果说扈从应制的馆阁文臣生涯使得法式善诗作在声律和语言等外在形式的技巧方面达到成熟，那么宦海不畅的贬谪时期则进一步为他的诗作注入真切深沉的情感，因为，贬谪使法式善认识到升迁无望，使他把对仕途的关注转移到纯粹的文学创作中，把目光从狭窄的宫廷朝堂移到广阔的市井农家。这种心理位移使得他的心理情境发生巨大改变，客观上开拓了他的视野，为他的诗歌注入了新的内容，并结合触目所及的山水田园，使他创作出一大批寓情于景、内蕴丰富的感人之作，促其诗歌达到

---

　　① 李柏：《国朝耆献类征初编》卷一百三十二，广陵书社 2007 年版。

更高的水准。

当法式善逐渐把表现同情人民疾苦的内容提到抒写性情的重要地位时，杜甫、元白类诗歌对他的影响也日渐明晰。《七夕汪杏江招同吴谷人鲍雅堂谢苎泉赵味辛张船山芥室小集分赋洗车雨》："洗车雨，天上来。眼中泪，心里灰。长桥宛宛云门开，尔车不行胡为哉，安得祝风吹雨行？银河倒泻玉垒城，洗车不如还洗兵。长安春雨贵如油，秋霖过多农夫愁，车上之尘盍少留。君不见，郎牵牛。"悲情的诗人从洗车雨想到秋霖过甚，淹没庄稼，雨涝成灾，农夫哀愁。他忍不住眼中流泪、心中酸楚，进而想到"安得祝风吹雨行"。这句诗让人不由得想起杜甫的"安得广厦千万间"的民胞物与思想。虽则这样的诗句在法式善的诗行中并非主流，但是像他这样的馆阁诗人，能够如此体察民心、同情黎庶，已属难能可贵。把视野在民生问题上停留的诗人，一旦观察角度放在百姓的立场上，便立刻发出了"民心即我心"（《送何兰士出守九江》）、"民安即我安，陶然百忧释"（《送桂未谷馥出宰滇南》）的声音。

贬谪对文人而言是一种不幸，但痛苦的经历却往往能成就艺术上的高峰。正如清代尤侗所论："古之人，不得志时，往往发为诗歌，以鸣其不平。"① 法式善在诗歌中注入关心民瘼的思想内容后，使得他的诗歌更为充实了。法式善曾写作了不少表达农事欢乐的诗篇，但思想性更强的还是表现对人民痛苦生活同情的诗歌。"谁知养蚕人，苦逾叱牛客。一般桑叶云，夜夜春风陌"（《桑田》），农民的生活是痛苦的，养蚕人的生活更痛苦。法式善用白描的手法展示了养蚕人的苦况。他还进一步希望当权者除暴安民。"君今官县尹，当函求安民。奸究亦易除，要使归忠淳。玉琴偶一弹，不若幽风陈。安邑乡俗古，种菜能疗贫。""治裕小事耳，我望君治人。"在《赵伟堂大会之官安肃出种菘图乞诗》中，诗人希望当权者能把除暴安良、解决人民温饱当成头等大事，从中可以看出作者由于切身经历和社会现实种种原因，使他的诗作终于突破逃避现实的藩篱，对社会现实有所触及。在法式善的诗歌美学趣味中，自然冲淡含蓄蕴藉是主体，但他并非完全脱离生活，所以他也倡导"言须有物"，讲究抒情主体的褒贬须显豁，不朦胧，不深藏。这关系到他的诗一部分与现实社会切近，能写民生之哀。在这点上，他不但继承了杜甫，也继承了元白的新乐府传统。

---

① 尤侗：《叶九来乐府序》，《西堂杂俎》一集卷三，《四库禁毁书刊》丛本。

在此基础上强调的含蓄蕴藉，显然有针砭时弊的意思。

法式善现存诗歌创作，还有《存素堂诗稿》咏物诗一百二十首。诗前作者自序写作缘由："余诗多写意，雅不欲妃红俪紫，然未免入于萧飒一派。适案头置唐贤李巨山咏物诸作，喜其壮丽，有拔天倚地之概。爰依题拟其体为之。只以自矫所短，非敢与古人争长也。"① 集中的诗如《瑟》："胶柱谁能鼓，安弦信可挥。金丝弹越女，珠泪掩湘妃。雪艳瑶台散，云和玉轸飞。好竽真是僻，吾守晏龙徽。"诗句从唐钱起《湘灵鼓瑟诗》意境入手，通篇运用各种有关瑟的典故，诗境绵密，与法式善其他诗作显然不同，或许正如诗人序中说要矫正自己诗多写意之弊，但咏物诗太过胶着所咏之物，就显得有些矫枉过正了。诗集后施朝斡跋云："取材之博，修辞之雅，固不待言。其中如'春风绿一江'、'梅花雪一桥'等句，风神淡荡，右丞襄阳之遗韵也。'风劲击中原'、'拳老雪天骄'等句，气骨苍浑，供奉拾遗之宏轨也。"此跋写出时人对法式善诗歌师承唐人并能转益多师的认识。而王昶《湖海诗传·蒲褐山房诗话》所说的："为诗质而不癯，清而能绮"，则是对法式善诗歌风格非常恰切的评价。从法式善的咏物诗中，我们可以看出他学王孟而不尽摹王孟的诗歌风格的变化。

"文变染乎世情，兴废系乎时序。"② 五七言诗在经历了漫长的诗史衍变后，在唐代定型。唐诗成为后世诗歌创作的恒久母题。其音律、词汇、句式，已积淀为古代诗人的一种"集体无意识"。只要言及格律诗，就会自觉或不自觉地认为必须具备唐人那种丰神情韵。法式善作为一名承平时代的馆阁诗人，虽然一生勤奋，但毕竟没有丰富的社会实践，没有跌宕的人生际遇，这一切都注定了他的诗歌内容没有太多的变化。崇尚自然的思想，对于自然的美的追求和淡泊天性，是法式善诗学王孟的基础，也成就了法式善的诗才。但是，他在致力于对唐代王孟的摹写中，把自身的世情、人生际遇和人文关怀融入诗歌后，同时也呈现出师法杜甫、白居易和晚唐诗风的诗歌倾向，客观上还是表现出了在唐诗影响下所致创作的多样性。

【原发表于《南京师大学报》2010 年第 1 期】

---

① 法式善：《存素堂诗稿序》，《存素堂诗稿》，嘉庆十二年（1807）王埔刻本。
② 刘勰：《文心雕龙》，浙江古籍出版社 2001 年版，第 244 页。

从《梧门诗话》看法式善的唐诗观

米彦青

法式善（1753—1813），原名运昌，字开文，号时帆，又号梧门、陶庐。蒙古伍尧氏，祖籍察哈尔内务府正黄旗人。乾隆四十五年（1780）进士。后因乾隆皇帝赏识，中式时赐改今名，"法式善"即满语"勤勉"之意。累官至侍讲学士、国子监祭酒，是乾隆时期著名的学者和诗人。著有《存素堂集》《梧门诗话》《陶庐杂录》《清秘述闻》《槐厅载笔》等。

据学者统计，清代在朝廷要职的蒙古族人甚多①，法式善却因其不善官场斡旋，始终处于中低等文官之职，然而这也使得他把自己的全部心力都投身于诗歌写作和品评上。《梧门诗话》是法式善历时多年所撰成的一部诗话著作。在这部诗歌理论作品中，法式善评点了清代乾嘉诗坛的众多诗人诗作，提出了自己的"唐诗观"诗歌理论，并且通过为他人诗文集作序等途径将这一理论广为传播。法式善的"唐诗观"有以下两个特征：

一是法式善在对唐诗的接受中，其诗论主体意识一旦形成，便产生了一种向后延伸的历史积淀，为自己及其后诗作追随者对唐诗的接受和评价定下了一个主调。"唐诗多以丰神情韵擅长"②，风神情韵的根基在于诗人的性情，而对诗写性情的强调，一再为法式善重复或发挥，成为他品评诗歌的基础理论。法式善对清代乾嘉诗坛诗人诗作的评价广泛。从法式善评论对象来看，涉及官宦、幕僚、文士等不同的社会阶层。其中有法式善的师友，也有未谋一面的仰慕者，更多的是与法式善同时期的文士诗人。王昶《湖海诗传·蒲褐山房诗话》曾云："时帆自登仕版，即以研求文献，

---

① 张力均：《清代八旗蒙古汉化初探》，《内蒙古大学学报》2006 年第 5 期，"清代在京城各重要衙门任职的八旗蒙古官员，官至内阁大学士有 10 人，内阁学士有 41 人，军机大臣有 9 人，军机章京有 54 人，六部尚书有 22 人，六部左、右侍郎有 57 人。此外，理藩院、都察院、翰林院等重要部门也有八旗蒙古多人次担任要职。"

② 钱锺书：《谈艺录》，中华书局 1984 年版，第 2 页。

宏奖风流为事。……所居在厚载门北，背城面市，一亩之宫，有诗龛及梧
门书屋。室中收藏万卷，间以法书名画。外则移竹数百本，寒声疏影，如
在岩谷间。经师文士，一艺攸长，莫不被其容接。"从法式善评价的内涵
来看，也各不相同：有的才华被欣赏，有的语言清丽被欣赏，有的是被称
赞构思奇特，皆是正面的赞誉。但有一个非常显著的特点，就是这些诗歌
均属性情之作。

　　法式善诗歌理论主要揭示诗歌的本质是情感，并且意识到诗歌的本质
与功能之间的内在关系，只有写"真性情"的诗歌，才能产生"动人心"
的效应，而诗写性情恰是唐诗的典型特征。在法式善看来，"诗者合性情
而已矣。欲知人之性情，必先观其诗。"① 法式善的这种认识，并非空穴
来风。"唐人之诗，无论工与不工，第取而读之，其色鲜妍，如旦晚脱笔
研者；今人之诗，即工乎，然句句字字拾人牙饫，才离笔研，已似旧诗
矣。夫唐人千岁而新，今人脱手而旧，岂非流自性灵与出自模拟者所从来
异乎！"② 这是明人对唐诗内在精神的发掘之论，表达了晚明诗人提倡性
灵，视唐诗为诗人真性灵的自然流露，视真性灵为唐诗千岁常新的生命之
源的诗学思想。而这里所说的性灵实质上也就是性情。据此也可以看出，
注目于唐诗是表述性情之作这一论点在明代已经被重视。清代康乾时期，
由于皇权话语导向，诗坛接受明诗的审美范式，依旧大倡唐诗。王士祯、
沈德潜、袁枚、翁方纲等诗坛代表人物虽然理论各不相同，但对唐诗的接
受是共同的。因此我们可以肯定地说，对唐诗的接受既是法式善个人学术
追求，同时也是时代的需要。

　　"文学作品有三个主要因素：审美因素，指作品中为审美需要和形式
结构所决定的因素；心理因素，指那些为作家个人所决定的因素；文化因
素，主要有某个时期特定社会中产生某作品的背景决定的因素。"③ 每位
作家所具有的审美趣味、心理因素、文化积累的差异，决定了他们作品的
差异。康乾时期是清代集古典诗学之大成的时期，也是诗话发展的鼎盛
期。根据不完全的统计，这一时期的诗话数量达上百种之多，几乎占清诗
话的三分之一。就理论价值而言，以王士祯的"神韵说"、沈德潜的"格

---

① 法式善：《蔚嶒山房诗钞序》，《存素堂文集》卷一，《续修四库全书》。

② 江盈科：《敝箧集引》，《雪涛阁集》卷八，见黄仁生辑校《江盈科集》上册，岳麓书社
1997 年版。

③ 王先霈：《文学批评原理》，华中师范大学出版社 2001 年版。

调说"、翁方纲的"肌理说"、袁枚的"性灵说"最有影响。他们分别从神韵、格调、肌理和性灵的角度对传统诗歌理论作出了超越明人的总结。法式善的《梧门诗话》主要受到了王士祯和袁枚的影响，同时对沈德潜和翁方纲的学说也有所吸收。不过法式善并非盲从这些理论，而是在杂糅他们诗学理念的基础上，重新构建了自己的强调唐诗范式的诗歌理论。

　　法式善取法唐诗所提倡的性情之论与同时期的袁枚提倡的性灵之论同中有异。袁枚的"性灵说"，提倡写个人的性情遭际，写个人的情怀，要求突破传统的束缚，反对翁方纲的以学问为诗，认为文学创作主要是靠个人才力。但法式善始终强调"性情说"和"性灵说"是有区别的。《梧门诗话》卷七谓：随园论诗专主性灵。余谓性灵与性情相似而不同远甚。门人鲍鸿起辩之尤力。尝云："性情者，发乎情止乎礼义而泽之以风骚汉魏唐宋八大家，俾情文相生辞意兼至以求其合。若易情为灵，凡天事稍优者类，皆枵腹可办。由是街谈俚语无所不可，芜秽轻薄流弊将不可胜言矣。"余深是之。在法式善的诗论中我们明显可以看出，他认为性情之情并非滥情，而是有限度的，当以礼义为准绳、以风骚汉魏唐宋八大家这样的符合道统的高格之作为指导，方能写出好作品。法式善的这一诗歌理论与盛唐诗风是相契的，是在他吸收了沈德潜理论的精髓，对于诗歌的格调问题教化作用加以重视的情况下产生的。比较之下，袁枚看重诗人才华远甚于重视诗格，因而对于情之约束也就没有这么严格。而唐人之好诗，皆诗格高标，王昌龄《文镜秘府论·论文意》云："凡作诗之体，意是格，声是律。意高则格高，声辩则律清。格律全，然后始有调。"可知唐人对诗歌内容辞章非常看重，并非逞才率意而为之。为了弥补袁枚提倡信手写诗独抒性灵所致的率露和俚俗之病，法式善认为后天学力绝不可轻忽。"诗之为道也，从性灵出者，不深之以学问，则其失也纤俗；从学问出者，不本之以性情，则其失也庞杂。"[1]　"诗有经指授始工者，学问为之也；诗有不经指授即工者，性情为之也。"[2]　学问之诗虽然是在宋代成型，但溯源自晚唐李商隐，即是性情和学问兼胜。只有以真性情加之学问或词采，这样的诗歌才能流传。"君之诗笃于性情，能神明于古人之法以自尽

---

① 法式善：《鲍鸿起野云集序》，《存素堂文集》卷二，《续修四库全书》。
② 法式善：《香雪山庄诗集序》，《存素堂文集》卷二，《续修四库全书》。

其才。"① "夫世之以词翰求知于人者，非炫其所长以为名高，将挟以博富贵利达也。其词翰往往不工即工矣，其流传必不久。何也？无真性情以贯之其中耳。"② 只有把性情和对社会人生的体验融合，才能源源不断地写作。法式善就是这样杂糅诸家理论取其所长，然后形成了自己的以性情为根本的唐诗观。

在诗写性情的理论基础上，法式善对诗中表现的性情还提出了"真"的要求。"夫人之性情，则其人之真。"③ 唐代著名诗人无论诗味淡泊抑或高蹈，无一不是真性情之人。正是在广泛接受唐诗的基础上，法式善认为诗道性情，哀乐寄予其中，诚伪大有不同。性情真，则语言虽质朴也有余味，性情不真则虽然用绮语写就也无味。正是从这一诗学观出发，他对那些表现真性情之作给予充分肯定。

在对具体的诗歌体式评价上，法式善还特意强调了清初诗坛的吴梅村对唐代元白纪事诗的接受。"纪事之诗委曲详尽，究以长庆一体为宜，不得议其格之卑也。然元白合作亦少，至梅村而始臻极盛。则此体自当以娄东为大宗。"④ 反对当时有人认为纪事诗诗格不高的说法，并肯定了从元白"歌行体"到梅村"诗史"间一脉相承的记言历史的诗歌作用和地位。"诗能包括史事，一语胜人千百者"，⑤ 而元白体的形成，同样离不开其发轫者白居易诗作颇有性情的渊源。"有学人之诗，有才人之诗。学人之诗，通训诂精考据，而性情或不传。才人之诗，神悟天解，清微超旷，不可羁绁。唐之太白乐天，宋之放翁诚斋，各得其所近。"⑥ 法式善诗论对唐诗的接受范围之宽泛，在康乾诗坛诗话中是少有人及的。

法式善的诗学理念不止体现在《梧门诗话》和《存素堂文集》中，同时在选本中也可以看出。法式善曾校《全唐文》，还曾协助铁保编选《熙朝雅颂集》。铁保是清中叶满族诗坛上的重要人物，其诗论主张与法

① 法式善：《吴兰雪香苏山馆诗文集序》，《存素堂文集》卷二，《续修四库全书》本。

② 法式善：《王延之遗诗序》，《存素堂文集》卷二，《续修四库全书》本。

③ 法式善：《具园记》，《存素堂文集》卷四，《续修四库全书》本。

④ 法式善：《梧门诗话》卷十四，张寅彭、强迪艺编校《梧门诗话合校》，凤凰出版社2005年版，第396页。

⑤ 法式善：《梧门诗话》卷十一，张寅彭、强迪艺编校《梧门诗话合校》，凤凰出版社2005年版，第327页。

⑥ 法式善：《容雅堂诗集序》，《存素堂文集》（续集）卷二，《续修四库全书》本。

式善如出一辙，"夫诗之为道，即以言性情也"（《秀钟堂诗钞序》）是铁保诗歌观的核心。共同的诗学宗旨决定了他们编选诗集的入选作品的标准是相同的。除此而外，法式善的唐诗观，从他的存书中也可约略见之。法式善《存素堂书目》四卷①，卷三集部总集藏有《唐诗》《选四朝诗》，别集类存白居易《白氏长庆集》、李商隐《李义山诗文集》、韦应物《韦苏州集》、王棨《麟角集》、权德舆《权文公文集十卷》、独孤及《毗陵集》、元结《漫叟拾遗》、陆龟蒙《笠泽丛书》、李之芳《李文公集》，卷四总集类藏有金元好问编《唐诗鼓吹》、明吴琯方一元全编《唐诗纪》、清王士禛《唐贤三昧集》《唐人万首绝句》《十种唐诗选》、赵孟龙编《唐诗解》、徐增编《说唐诗》、杜诏编《唐诗叩弹集》、吴瑞荣编《唐诗笺要》、赵瑗臣编《唐诗别裁集》。《诗龛藏书目录续编》又有顾况《华阳集》、独孤及《毗陵集》及《唐四杰集》②。

二是诗话中对王孟诗渊源的探讨及其"清""淡"艺术风格的寻绎。

法式善平生最喜唐诗，因而论诗常以此为标准。《梧门诗话》卷一评李丹壑绝句《抵润州》和《毘陵舟中寄友》"雅有唐人风致"；卷十五评价张青溪诗"予最爱其忆李婉兮、陆素窗二十字，颇近唐人。"最爱某诗的缘由只是"近唐人"，此理由朦胧而又饱含情感，恰可让我们见到一个诗论家的感性一面。而近唐人的评语也充分说明法式善对唐诗的喜好。其实，法式善诗论中多饱含情感的印象式描述，这也是源出唐人诗评中的一个特点。

在众多的唐代诗人中，法式善最喜爱的就是王维和孟浩然。《梧门诗话》卷四云："余最爱孟襄阳诗，每诗寒夜挑灯读之至四鼓不倦。拟作十余章，愧弗肖。"很显然，王孟式的清新冲淡的诗歌旨趣不但影响了法式善的创作，而且在这样的美学范式导引下，他主张诗作应该蕴藉、含蓄，以冲淡、清远为尚。《梧门诗话》中这样的表述有很多。如"诗者，心之声也。声者，由内而发于外者也，惟清为最难。四时之声，秋为清，物之声，鹤为清。"③"清"是法式善诗美的终极旨归。他称赞史震林的诗谓：

---

① 法式善：《存素堂书目》四卷稿本，现存国家图书馆善本室。
② 法式善：《诗龛藏书目录续编》二册稿本，现存国家图书馆善本室。
③ 法式善：《涵碧山房诗集序》，《存素堂文集》卷三，《续修四库全书》本。

"皆能造意造句，清妙绝伦"①；评施蒙泉"诗才清新"②，同卷又评汪剑潭"诗笔清艳处，绝去俗万里"；评刘大櫆诗"清微古淡，可入《极元》《三昧》集中"；③ 评靳荣藩诗"词既流逸，意亦清微"④。除了"清"，"淡"在法式善的诗论中出现频率也很高，法式善曾说："天下事，惟平淡可以感人，真切可以行远。而诗尤甚。"⑤《梧门诗话》卷八评如皋吴梅《题罗两峰秋苔画册》诗"淡远有致"。除了上述评论，《梧门诗话》中还多"清空""清远""清迥"等字眼，以此美学范畴来评价诗人诗作，反映了法式善所追求的诗美风尚。法式善对追求天然入妙、余味无穷的"神韵"诗美，是颇为心仪的。就康乾诗坛的诗学思想的相互渗透和对峙来看，法式善在品评诗歌的审美范式方面，对王维、孟浩然特别偏爱，明显受到了王士禛"神韵说"的影响，也表明了他对王维、孟浩然诗歌趣味的本质认同，标示出法式善对王、孟清淡幽雅的美学观的传承和发扬。

陆元铉《青芙蓉阁诗话》谓："法时帆学士五言多王孟门庭中语，清远绝俗，未易问津。杨蓉裳序其诗云：'桃花流水，灵源自通。桂树小山，清梦常往。'可以想其旨趣矣。"就审美趣味而言，陶诗的平淡自然和王、孟、韦、柳诗的清微淡远都是他宗尚的，但在个人写作中，对唐诗的摹拟似更为明显。故论者多认为法式善"论诗主渔洋三昧之说，出入王、孟、韦、柳"。不过需要指出的是，法式善偏爱王孟诗风，但并不排除唐诗的其他艺术风格。法式善对诗歌创作和评论的审美趣味的多样性及其合理性有非常融通的认识，认为"凡物不相掩，入秋皆有声"。主张"诗家宗派不同，各有所至。世之执一以例百者，观此当爽矣"⑥。正是基于这样的审美观，他编"诗话"或其他选本时，一以"性情"为准，凡

---

① 法式善：《梧门诗话》卷三，张寅彭、强迪艺编校《梧门诗话合校》，凤凰出版社 2005 年版，第 115 页。

② 法式善：《梧门诗话》卷二，张寅彭、强迪艺编校《梧门诗话合校》，凤凰出版社 2005 年版，第 87 页。

③ 法式善：《梧门诗话》卷四，张寅彭、强迪艺编校《梧门诗话合校》，凤凰出版社 2005 年版，第 136 页。

④ 法式善：《梧门诗话》卷八，张寅彭、强迪艺编校《梧门诗话合校》，凤凰出版社 2005 年版，第 258 页。

⑤ 法式善：《寄闲堂诗集序》，《存素堂文集》卷三，《续修四库全书》本。

⑥ 法式善：《梧门诗话》卷六，张寅彭、强迪艺编校《梧门诗话合校》，凤凰出版社 2005 年版，第 198 页。

抒写真性情之作，无论师法王孟韦柳、李杜、元白抑或温李，也不管表现出何种风格，如沉雄悲壮、明畅轻俗、幽雅清秀、绮丽深婉等，一并收录，并给予肯定。《梧门诗话》兼收并蓄，唯美是赞的态度，在清代众多诗话中是较为突出的。

法式善的诗歌主张以性情为根本，以清雅为艺术风格，以意境浑融为旨归，唐人诗佳者无不以意境胜，法式善认为"境界实出于蕴真。"法式善现存诗，大部分是写景之作，故其对写景诗的主张，实是个人诗论之精华所在。他认为"写景诗，真则不伤肤阔，雅则不落纤巧"①，这里所谈的"真"即真性情；"雅"即清雅，脱离琐屑饾饤。为了达到这样的境界，法式善在诗歌气象，诗歌语言及具体的诗歌体式、艺术风貌写作上，在细味王孟诗的基础上，提出了切实的理论纲领。法式善《梧门诗话》卷二：诗有气象。诗贵幽不贵冷，贵峭不贵涩。气骨语入诗中最足动人。卷四：诗贵神似不贵形近。诗之工拙不在字句多少。并说：咏古事诗以浑融蕴蓄出之乃佳。卷七：七言绝句最忌衰飒，以神韵绵长为极则。讲究诗歌的幽峭、神韵并非就是要完全以"神韵说"为宗旨，其实，《梧门诗话》对于"神韵说"始终是有接受也有克服的："近来尊渔洋者，以为得唐贤三昧；贬之者或以唐临晋帖少之。二说皆非平心之论。夫渔洋自有不可磨灭之作，其讲格调，取丰神而无实理，非其至者耳。后人式微，不克振其家声，可为悼叹。"建立在真雅基础上所形成的诗歌境界是法式善多年诗学理论和实践结合的产物，更是师法王孟诗境所形成的。法式善品评世举诗时称："余尤爱其《宿松山寺》"，并评价说："风神散朗，有物外之致。""风神"指诗歌的风格、趣味。"有物外之致"与唐代司空图所指出的"象外之象"的理论主张有密切联系。司空氏说的"象外之象"指的是诗歌艺术的形象特色，好的诗歌，能使读者产生联想和想象，并在读者头脑中重新创作出艺术形象和意境，这就是"象外之象"。前一个"象"是指作品本身的艺术形象，后一个"象"是读者通过想象和联想重新创造出来的意境和形象。法式善在这里指出的"物外之致"中的"物"就是指诗中所描绘的物象，"致"指的是意态，情趣。"物外之致"是要求诗歌作品的含义应当深远，要超越他所描写的物象本身。法式善在前人的基础上，从诗歌的意境和形象的美

---

① 法式善：《梧门诗话》卷八，张寅彭、强迪艺编校《梧门诗话合校》，凤凰出版社 2005 年版，第 242 页。

学高度上，提出了"物外之致"的新的见解，这是司空图"韵外之致""象外之象"、王士禛"神韵"说的发展。这正是法式善的《梧门诗话》美学观在接受唐代诗学思想的基础上，丰富中国古代文论的一个方面。选取眼前物象入诗，以眼中景写心中情，诗境须含蓄有味，这样的诗歌必能有"物外之致"。法式善曾说"余最喜戴松崖五律，有超然之致，"① 意境的特色最能体现风格特征，所以司空图的《二十四诗品》，就是通过描绘不同意境的特征来说明各种不同风格的。如王孟诗歌艺术风格中的"冲淡"：素处以默，妙机其微。饮之太和，独鹤与飞。犹之惠风，荏苒在衣，阅音修篁，美曰载归。遇之匪深，即之愈稀，脱有形似，握手已违。实质上也就是法式善追求的含蓄蕴藉和自然天成。

一个有着多方面艺术才华的诗人，他的诗歌总会出现新的审美品格，像唐代的王维，法式善同样把诗歌、绘画、金石审美集合在一起，融合个性、学问、世情之助和考据，拓展了诗学的疆域，确立了乾嘉时期以宗唐为内核，同时又兼容并包的美学原则，成为唐诗接受理论的倡导者和践行者。法式善为解析清代蒙古族汉诗创作，理解"唐诗接受"的内涵、方法和意义，提供了一个重要的范例。

蒙古诗人法式善的理论思辨与直觉感悟相会通，从而形成具有民族特色和文化生命感的诗歌创作体系。法式善理论性的思考和归纳与实践同步，于创作实践中体现"诗写性情"的诗学观。经过五十年左右的反思和精心积淀，迨至晚年，已有足够的实践感受和时空体验。于是，其理念性的思辨亦臻于成熟。又因为思考的从容，所以新锐纷出。在当时诗坛就已经显示法式善的诗学见解，特别是对抒情主体的个性特质的辨认和对唐代王孟诗风的品评上，已经卓然于当时。成为与袁枚、沈德潜、翁方纲并称的大家。法式善性情高逸恬淡，但对社会人生并非忘却，而是以明净之心在诗歌中感受和思考着生命的哲学，并潜入诗学思维方式的深处，写下不朽的《梧门诗话》。《梧门诗话》作为探视法式善美学趣尚的标本，全面展示出法式善的"唐诗观"，表现了其以王孟趣味为趣味所作出的美学选择，客观上反映了法式善诗论中的唐诗接受状况。

【原发表于《内蒙古大学学报》2010 年第 2 期】

---

① 法式善：《梧门诗话》卷一，张寅彭、强迪艺编校，《梧门诗话合校》，凤凰出版社 2005 年版，第 49 页。

清代蒙古诗人博明与其《义山诗话》

米彦青

一

清代中期的蒙古族诗人博明曾作有诗论《义山诗话》，这一诗论在目前的李商隐研究中尚未见。因文本较短，故引全文如下：

语云：诗无达诂。然有本事在者，不为笺释，何以得解？顷见扬州陈午桥所补朱长孺笺注其显有事迹者，无论矣。最可议者，则碧城三首也，因论之如左。

碧城三首，不唯朱竹垞之辨甚确。末首直出武皇内传，即作者亦恐人误认，而明言之必曲为公主入道之说，则所谓人间不知者何事，诗人何为，而郑重言之乎？今为逐句笺之，然后义山之意可见。贵妃以女道士入宫，故三首皆作仙家语。第一首首联以仙山比宫禁，三句言选入，四句言进宫，三联星沈雨过盖指武惠妃殂后而阿环乃专承恩幸，末联以赵家姊妹馈遗之物寄意，言武惠若未殂，犹得交相妒宠，或不致佚乐而受祸。诗人忠厚之旨也。二首乃指入宫时事，对影闻声，人言妃之美也，玉池莲叶。竹垞谓妃以处子入宫，萧史者，寿王，洪厓指帝，皆以仙人喻之也。或曰洪厓谓禄山者，非。盖唐人咏妃事，多言其入宫怙宠，未有斥及阿荦者。紫凤一联骄纵已极，鄂君怅望亦谓寿王焚香独自眠，即薛王沉醉寿王醒之意。有谓此言妃殁后帝思妃，非是。盖三首始言妃之死也。七夕相逢溯入宫之日，帘幙至今垂，人不见矣。桂轮生魄喻月缺，珊瑚无枝喻花残，神方驻景隐鸿都客事，凤纸相思即长恨歌意。唐人无不以秋风客拟南内人，作者已显言之，更何必出己意以为曲说哉。①

文中提到的"朱长孺笺注其显有事迹者"指朱长孺所作《李商隐诗集笺注》一书。朱鹤龄（1606—1683），字长孺，号愚庵，吴江（今江苏吴江）人。明末诸生。明亡后绝意仕进，以著述为业。长于笺疏之学，撰有《杜工部集集注》《李义山诗集笺注》，行于世。其诗文结集十五卷而成《愚庵小集》。《愚庵小集》卷七《笺注李义山诗集序》曾道出其笺注李商隐诗集的缘由及对义山诗品、人品的再认识，在李商隐诗歌接受史上具有重要意义。朱鹤龄自谓曾"翻阅新、旧《唐书》本传，以及笺、启、序、状诸文所载于《英华》《文粹》者，反复参考"，并得出结论，"义山盖负才傲兀，抑塞于钩党之祸，而《传》所云'放利偷合'、'诡薄无行'者，非其实也。""义山之诗，乃风人之绪音，屈宋之遗响，盖得子美之深而变出之者也。"推究其意，朱鹤龄认为之所以造成史传中对李义山的曲解，是学者"不能论世知人之故"，从而在义山诗歌研究史上进一步强调了当以史实为依托来探究义山诗的观念，并且论证了义山写男女之情的诗（包括《无题》诗）多比兴寄托的原因，明确指出义山诗"楚雨含情皆有托"的特点。对时人及后人研究义山这类诗的审美接受有重要的启迪作用。有关李商隐诗歌的笺解工作，从晚唐至晚明的八百年间，一直进展缓慢，虽然对义山诗的审美接受，不同时代都有热衷摹写者，但由于李商隐的个人隐衷和广博学识在诗歌中造成的隐谜连比现象，他的诗歌的普及接受长久以来成为一个难题。朱注本的出现虽在晚明释道源之后，但由于朱鹤龄的笺疏功底，和个人创作中对义山诗有意识的接受所感知的义山诗心，使得"朱鹤龄的《李义山诗集笺注》为义山诗提供了第一个完整的注释比较简明、间有笺解大体稳妥、不务为穿凿的笺注本，这就为义山诗的接受奠定了一个比较坚实可靠的阅读文本的基础"。"是此后一系列补注本、新注本的主要蓝本，也成为此后评论李诗的主要文本依据。"② 不过，朱鹤龄书对《碧城三首》的笺注，却有些语焉不详，所以博明认为有再谈的必要。朱鹤龄曰："义山诗，往往借仙境作艳语。首章，言阆苑女床，而以飞燕晶盘结之。次章，言萧史洪崖，而以鄂君绣

---

① 博明：《西斋偶得》（卷中），光绪二十六年（1900）刻本。

② 刘学锴：《李商隐诗歌接受史》，安徽大学出版社2004年版，第92页。

被结之，同一风旨。"并说："七夕有期，至生魄之后，久而不来，是犹之网珊瑚口枝尚未生也。然神方凤纸，内传所载，人间共知，今犹不肯我顾，何哉？潘眄曰：首章曰'一声长对'定其情也。次章曰'怅望'、'独眠'，致其思也。末章不免於怨矣。然曰'帘幙至今垂'，是盼望之情，终未有已也。义山诗，用意多如此。"① 没有明言这组诗究竟是唐明皇与杨贵妃情事之叙写还是借仙家语讽当时皇室贵主。

在朱鹤龄之后，清代与博明同时期或更早期尚有多人谈及《碧城三首》。其中较知名的有刊于乾隆八年（1743）的程梦星（1675—1755，一作 1678—1747）的《重订李义山诗集笺注》；成稿于乾隆二十五年（1760），以三卷稿本及抄本行世的姜炳璋的《选玉溪生诗补说》（又名《玉溪生诗解》）；乾隆二十八年（1763）初订，乾隆四十五年（1780）重校的冯浩（1719—1801）所著的《玉溪生诗集笺注》（又名《玉溪生诗详注》）；成书于乾隆十五年（1750），在光绪十四年（1888）由朱记荣校刊印行的纪昀的分上、下两卷的《玉溪生诗说》。前两部书在时间上虽有先后，但程氏和姜氏在笺注李义山诗歌的思路上是一致的。他们都采用传统的以比兴论诗解诗的方法，通过对李商隐身世的探究，从而考订其诗歌中所蕴蓄的真正内涵。其中程梦星认为《碧城三首》是李商隐劝惩"唐时贵主之为女道士者"②。后两部书是清代李商隐诗歌接受史上非常有影响的作品。《玉溪生诗集笺注》是清代李商隐诗集最详赡精审的笺注本，也是李商隐研究和接受史上最重要的著作之一。《玉溪生诗说》是专论李商隐诗歌艺术特色、艺术美学的著作。无论纪昀还是冯浩都不同意《碧城三首》是咏明皇和杨妃事的看法。纪昀认为诗中寄托深远，而冯浩则明确指出是刺入道公主者。以上四部书，生活在同一时期的博明即便没有完全看过，但部分了解是没有问题的。所以博明在自己的诗论中提出"诗无达诂"，并表明自己对于《碧城三首》的观点，认为只有朱彝尊之辨"甚确"。朱彝尊《曝书亭集》卷五十五云：李商隐《碧城三首》一咏（杨贵）妃入道，一咏妃未归寿邸，一咏帝与妃定情系七月十六日。证以"武皇内传分明在，莫道人间总不知"，是当时诗史矣。对于诗歌的笺解历来注家纷见迭出，所谓道理愈辩愈明。博明以自己的学识肯定了朱

---

① 朱鹤龄：《李义山诗集笺注》，清光绪二十四年（1898）刻本。

② 转引自刘学楷、余恕诚《李商隐诗歌集解》第四册，中华书局 1998 年版，第 1671 页。

彝尊的观点，虽然这一观点在当时后世都属少数派，但毕竟显示了博明在学术上不轻易苟同的个性。值得注意的是，朱彝尊的这段话还曾被博明的好友翁方纲引述："义山辟《碧城三首》，或谓咏其时贵主事，盖以诗中用萧史及董偃水晶盘事。阮亭先生亦取其说。然竹垞《跋杨太真外传》……此说当为定解，而注家罕有引之者。"[①] 翁博二人是多年知交，他们对义山诗的共同感受，更证明了文友间的同气相求。

乾嘉时期文字狱严重，文人重考证，但是深情绵邈、带有惟情倾向的李商隐诗风却受到重视，这一时期关于义山诗的评论、考据文章丰硕而博杂，这一方面说明重考证的功夫对义山诗的笺注有所裨益，另一方面也说明时代对士人心灵带来的重负，使得他们愿意把对国家民生的关注之情，向对心灵世界有着开拓而又幽眇的李商隐式诗歌方向转移，既深情，又谨慎地不愿让他人窥知。

清代李商隐诗歌接受史研究是以绵延持续的诗史上的李商隐接受的存在为依据的，是晚唐李商隐诗歌本文潜在意义的外化形式在清代的衍化史，是李商隐作品在整个清代不同时间流程中经读者解释后所呈现的具体面貌，也就是读者阅读经验的历史。这一时期的不同接受者，既有普通读者，也有诗评家及作家，在民族性上不但包括汉族受众，更有像博明这样的蒙古族学者，对作品不断作出鉴赏、阐释及在创作中吸收借用，等等。

艺术史的流水总是奔腾向前的，诗歌属于审美型文学体式，接受诗歌时既不能脱离创作主体，也不能脱离审美主体而存在。对于接受史的考察，既要注目于后代对前代的发展和推进，也要同时把握失去和不及，这样才能准确全面地把握接受史。作为一位诗史上的杰出诗人，李商隐总是善于领会包含在日常生存情感中的超越性存在，善于将艺术构思的技巧与这种超越性的领悟能力统一起来。而少数民族诗人、诗评家对李商隐诗歌的接受美学意义就在于沟通古今各民族的审美经验，实现晚唐历史视野与清代视野之间的融合，从而发挥文学的造型功能。清代诗歌史上对义山的延绵不绝的接受，其实也正说明了这二百余年来李商隐诗歌的接受史，正是一部感性的民族心灵史。

---

① 翁方纲：《石洲诗话》卷二，郭绍虞编选，富寿荪校点《清诗话续编》（下），上海古籍出版社1983年版，第1394页。

二

博明的《义山诗话》出自他的笔记杂录《西斋偶得》。《西斋偶得》共上、中、下三卷，是博明的成名之作。凡 96 条，包括天文、地理、器物、历史、文学艺术、音乐等，涉猎广博，颇有见地。按照现代学术的观点来看，其中的文史杂考类堪称学术笔记，而探究自然界现象的篇什实属科学小品。此著的写作延续了近二十年，嘉庆六年（1801），广泰据邵楚帆净写本连同《凤城琐录》合刻于广陵节署，是为《西斋杂著二种》，由翁方纲撰序。光绪二十六年（1900），杨钟羲重刻《西斋偶得》于杭州，谭献序之。

《西斋偶得》中文史杂考篇什补充考订了文学史和史学史上早有定论的较多议题，并多有发覆。就文学论之，有《朝鲜诗人》《义山诗话》诸条。朱彝尊在《明诗综》中收录朝鲜诗人若干名，博明在任职凤凰城权使期间致函朝鲜，委托该国专家代为检核，增补 48 人，爵里、创作明晰无误，使《明诗综》更臻完备。唐代大诗人李商隐的《碧城三首》是一首讽喻李唐皇室的政治诗，诸家笺释歧见迭出。博明对该诗进行逐句考释，直道义山原意。杨钟羲充分肯定了博明的见解，认为"其说诗可谓融洽分明"。①

博明虽在乾隆朝任职多年，文坛上也有一定建树，但《清史稿》《清史列传》等官纂史书无博明传。方志、诗文总集所收小传甚为简略。清末民初，徐世昌《晚晴簃诗汇》收六千一百余家诗作，凡二百卷，是搜罗清代诗人创作最全的一部诗歌总集。卷八十一选博明诗二首，小传曰："博明，字希哲，号晰斋，满洲旗人。乾隆壬申进士，改庶吉士，授编修。历官云南迤西道，降兵部员外郎。有晰斋诗。"② 称博明为满洲旗人，族属不明。清末满族名儒盛昱编《八旗文经》，杨钟羲为之撰作者考，博明小传条云："博明，字希哲，一字晰斋。博尔济吉特氏，隶满洲镶蓝旗，两江总督邵穆布孙。"③ 由此可知，博明虽隶籍满洲八旗，但其姓氏

---

① 杨钟羲：《雪桥诗话》（初集）卷六，《近代中国史料丛刊》（续集）影印本，文海出版社 1985 年版。

② 徐世昌：《晚晴簃诗汇》卷八一，中国书店影印本 1989 年版。

③ 杨钟羲：《八旗文经作者考》，见盛昱编《八旗文经》卷末，光绪刻本。

为博尔济吉特氏。关于此点，道光间沈涛说得更为明白，"蒙古博西斋洗马明为元代后裔，有《西斋偶得》一书，中论辽金元掌故，颇足以资考证"。① 雍正间官纂的《八旗满洲氏族通谱》载博明始祖为琐诺木，世居乌叶尔白柴地方。天聪时归附清朝，任散骑郎。子图巴，官护军参领兼左领。孙舒穆布，官至江南、江西总督，此即杨氏所指两江总督邵穆布也。曾孙为德成、纳兰泰。元孙二人，其一为博林，任中书硕瞻，尚公主，为和硕额驸。另一位即博明也。至此，博明家族谱系基本清晰。

对于博明的学识，学界也有论评。清末谭献曾为光绪二十六年（1900）刻行的《西斋偶得》撰写了一篇序文，其中写道：

> 蒙古西斋兵部先生，凤官禁近，揽柱下之藏万卷研求，学有心得，随笔纂录。掌故舆地，经典之纲要，援古证今，无游移傅会之陋说。学人也与，史才也与。②

这是对博明才学的恰切的评价。在清代蒙古作家中，博明的创作和著述影响极大，流传也颇为广泛。清代诗文集《熙朝雅颂集》《白山诗介》《国朝正雅集》《八旗文经》，民国期间的《晚晴簃诗汇》《永昌府文征》等都收有其诗文，他所撰写的《题评本昌黎诗集》《义山诗话》等也都作为文论名篇得到学人的赞誉。

关于博明仕履的记载，散见于各家编著，大同而小异，阙遗既多，任职时间又往往失载。博明祖父邵穆布于康熙年间官两江总督，博明生长于京师。乾隆初，曾任主事。乾隆十二年（1747），在哈克散佐领下应丁卯科顺天乡试，中举。乾隆十六年（1751），肄业官学。次年（1752）赴会试，廷试列第二甲第七十名，赐进士出身。据严懋功《清代馆选分韵汇编》卷十一记载，博明中进士后被选入庶常馆，乾隆二十年（1755）散馆，授翰林院编修，寻充办翰林院事。《清秘述闻》卷六，乾隆二十一年（1756）丙子科广东乡试考官中列有其名，作"编修博明，字晰斋，满洲镶蓝旗人，壬申进士"。又，《皇朝词林典故》所列教习庶吉士一官中亦有博明，二十七年（1762）以洗马充任，次年，教习癸未科庶吉士。自

---

① 沈涛：《交翠轩笔记》卷一，上海古籍出版社影印本 1985 年版。
② 谭献：《西斋偶得叙》，《西斋偶得》（卷首），光绪二十六年（1900）刻本。

举进士以后，博明一直在翰林院供职。其间，除任考官、充教习之外，还参与了朝廷的修书工作。如修功臣传，成官员传 2900 余篇，又附无考者 27 人。在博明仕履中，供职翰林院时间最久，故同时代多以洗马冠其名前，以示尊崇之意。《西斋诗辑遗》收有《千叟宴纪恩诗恭和御制元韵》一诗，自注曰："臣以戊寅充起居注官者七年，岁时筵宴皆入值。"① 戊寅为乾隆二十三年（1758）。《皇朝词林典故》之"翰林院办事官"条，记载博明于乾隆二十七年（1762）以洗马充办事官。洗马者，司经局专掌书籍之官，清制，由满洲、汉人各一人充任，秩从五品。乾隆二十八年（1763），以洗马出守广西庆远府，即翁方纲所谓观察广西者。《八旗文经》作者考及其《奉天通志》等均漏掉此段经历，唯戴璐提到"博西斋明，满洲人。壬申编修，外任府道"②。语焉不详。《雪桥诗话》则明确记载了出任的时间和相关事宜。"乾隆癸未，博希哲以洗马出守庆远，翁正三约钱箨石作红兰图以赠其行，以庆远多红兰也。"③ 任至何时，诸小传更无记载。翁方纲说："余视学粤东，西斋观察粤西，余寄诗有十同之咏。"查《清秘述闻》，翁方纲于乾隆二十九年（1764）至三十五年（1770）以侍读学士任广东省并院，掌地方学政事务，据此，乾隆二十九年（1764）二人同时在粤之东西是可以肯定的。王昶于乾隆三十五年（1770）奉命在云南办理靖边左副将军、云贵总督阿桂军务，博明闻讯专程由广西前往拜访挚交，王氏为此作诗一首，题为《博观察晰斋明至永昌携樽酒歌伶见过有作》，诗中有"隽唐云树渺天涯，细柳军中过使车"④之语，是为博明此时仍任职广西庆远之一证。乾隆三十七年（1772），博明任云南迤西道，在广西期间，他曾于乾隆三十三年（1768）自腾越赴滇城襄赞试事。在云南迤西道任上，又曾于乾隆三十七年（1772）参加征缅甸的军事行动。乾隆四十二年（1777），博明因事降职，由迤西道入为兵部员外郎。是年春，又外任凤凰城榷使。乾隆五十年（1785）正月，时逢高宗御极五十年，复得元孙，朝廷在大内举行千叟宴，博明与宴，并作恭和御制诗一首。

---

① 博明：《西斋诗辑遗》卷三，嘉庆六年（1801）刻本。

② 戴璐：《藤荫杂记》卷六，北京古籍出版社排印本 1981 年版。

③ 杨钟羲：《雪桥诗话三集》卷七，《近代中国史料丛刊》（续集）影印本，文海出版社 1985 年版。

④ 《劳歌集》，王昶《春融堂集》卷十二，据内蒙古师范大学图书馆藏清刻本。

　　关于博明卒年，翁方纲的《〈西斋杂著二种〉序》曾云："而西斋之卒，予适出使江西。西斋以所著此二编，于疾革时始托同里邵楚帆给谏，遂有脱误，不及尽为订正。今又十余年，给谏将为付锓，而属余序之。"①查翁方纲生平，他于乾隆五十一年（1786）九月，奉差督学江西，任至五十三年（1788）。《西斋杂著二种》刻于嘉庆六年（1801）辛酉，"今又十余年"者，与出使江西的交差时间基本吻合。翁方纲与博明有十同之谊：同生京师，乡试同举，会试同甲，同出桐城张树彤少詹若需之门，同选庶常，同授编修，同为中允，同充讲官，同通考馆纂修，同在庶常馆供职。他断不会误记好友的生卒年份。因此博明卒于 1788 年是可信的②。

【原发表于《内蒙古大学学报》2009 年第 5 期】

---

① 翁方纲：《西斋杂著二种序》，博明《西斋杂著二种》（卷首），据嘉庆六年（1801）刻本。

② 博明生卒年，参看白·特木尔巴根《古代蒙古作家汉文创作考》，内蒙古教育出版社2002 年版。

清代边疆重臣和瑛家族的唐诗接受

米彦青

一

和瑛（1741—1821），原名和宁，为避道光帝旻宁之讳，改名和瑛，字太菶，号太庵（亦作泰庵）。姓额尔德特氏，蒙古镶黄旗人。乾隆三十六年（1771）会试中辛卯科进士。以主事用，分户部，荐升员外郎。后历任安徽布政使、四川布政使、陕西布政使、内阁学士兼礼部侍郎衔兼副都统、理藩院右侍郎兼正白旗蒙古副都统、工部右侍郎、户部左侍郎、仓场侍郎、叶尔羌帮办大臣、喀什噶尔参赞大臣、刑部尚书、内大臣充翻译会试正考官等。

和瑛从科举入仕为宦凡五十年，屡迁屡谪，屡谪屡迁，足迹遍及南北。其间在藏八年，先后驻节新疆七年，任职边疆的十五年在他的整个仕宦生涯中为时最长，其政绩彰著于边陲，《清史稿》称他"久任边职，有惠政"[①]，所以他是清史上有名的边疆重臣。去世后，被道光帝诏谥简勤。

和瑛虽为朝廷重臣，然而并非为附庸风雅才习文墨，早在参加科考之前十年，他就开始了文学创作。和瑛自己创作的诗集有两部，即《太庵诗稿》和《易简斋诗钞》。《太庵诗稿》今已不存。《易简斋诗钞》四卷，现存道光初刻本，收诗五百七十六首。卷首有当时被尊为"浙西六家"之一的吴慈鹤撰于道光三年（1823）的一篇序文。《易简斋诗钞》中的诗是按年代次序编排的。检读《易简斋诗钞》，其开篇之作是《太平府廨八咏》，作于乾隆丙午（1786），当时诗人在安徽太平府知府任上。压卷之作则是写于道光辛巳（1821）的《春分前一日雪》，而诗人逝世也在该

---

① 赵尔巽：《清史稿》卷三百五十三，中华书局 1987 年版。

年。和瑛一生笔耕不辍，他从乾隆二十六年二十一岁时开始创作直至道光
一年八十一岁逝世，终身不离笔墨。诗人历时六十年的勤奋著述，诚如吴
慈鹤在《易简斋诗钞》序中所说："公挺河岳之英，应玑衡之曜，有楷模
之范，为宗栋之资，孜孜穷年，娓娓好学。其始也，虽名胄华阀而惟事缥
细；其继也，虽南北东西而必携铅椠；其允升也，虽高牙大纛不废雅歌；
其耆艾也，虽黄发儿齿犹事绨素。可谓聿修厥德，终始于学者矣。"

　　《易简斋诗钞》中的诗作历时三十五载，除少量的应和之什外，其他
大多为纪游诗。读其诗，可以清晰地感知诗人对唐代诗人诗风的揣摩，对
语言运用的习练，和以此方式所展示的少数民族风情及边疆风光。

　　1. 转益多师中蕴蓄的性情之作

　　与同时期的蒙古诗人相比，和瑛诗中所表现的对唐代诗人诗风的深入
了解，以及在此基础上的摹写非常突出。如在梦麟的《大谷山堂集》和
法式善的《存素堂诗集》中也都有对唐代诗人的学习，但远不如和瑛这
样频繁和宽泛。

　　《易简斋诗钞》卷二《诗囊》曰："梁园杜荀鹤，一枕泥可叹。更拟
香山老，乐地黄居难。数数詅痴符，诗名怕野干。国称诗坛将，何独师黄
韩。"和瑛此诗写于嘉庆戊午（1798），此时在诗坛上，正是袁枚
（1716—1798）"性灵说"影响深远之时，袁枚明确强调诗歌抒写性灵，
而不要以时代化疆界，对前代的诗歌，只要合乎己意，便都在取鉴之列，
否则概不盲目崇拜，无论唐宋。和瑛一生宦海沉浮，走遍南北，又翰墨须
臾不离，所以对性灵说当是熟知的，而他在这首诗中所言，也恰如性灵派
所主张的理论。但颇可玩味的是在这首表述自己诗学理念的诗歌里，他提
出的四位诗人中有三位就是唐人，可见唐代诗人或唐诗给他带来的潜移默
化的影响是实实在在的。

　　和瑛对唐代诗人的诗句或诗歌意象的引用揣摩在他的《易简斋诗钞》
中随处可感。卷三《百尺垂虹》云："君不见，蓝关雪磴嘲迁韩；又不
见，玉门沙幕娱老班。"卷四《赋得家在江南黄叶村》曰："坡老题名迹，
秋风忆故园。短笺山有色，淡墨水无痕。摩诘图中客，渊明记里村。江天
万里梦，家室五更魂。落叶应怀友，扁舟欲到门。空林归未晚，荒径喜犹
存。笔笔抒闲趣，声声见寓言。那徒歌李氏，诗画悟真源。"在以上所列
诗中，和瑛不仅对唐代诗人的诗风行迹非常熟悉，而且对一些典故的运用
也谙熟于胸。如其化用韩愈"雪拥蓝关马不前"而来的"蓝关雪磴嘲迁

韩"。似这样的例子很多。如其诗集卷二《草亭》"南阳报琴庐，西蜀浣花圃"一句，显然是化用刘禹锡《陋室铭》"南阳诸葛庐，西蜀子云亭"而来。同卷《中秋玩月简后藏湘浦司空二首》其一："问月月无语，停杯对影三。朗开无我抱，清共太虚涵。勿醉谪仙酒，聊观摩诘龛。广陵空有曲，漫聒老瞿昙。"更是把李白"对影成三人"、孟浩然的"涵虚混太清"之诗语、诗境融入自己的诗思中。而以上所引诸诗中，他屡屡提到诗画俱佳的王维，对王维的推崇之情更是显而易见。

　　除了在诗中多次提到唐代诗人之外，和瑛对这些诗人的了解更多体现在他用其诗韵和诗。《易简斋诗钞》卷二《拟白香山乐府三十二章》。白居易是中唐"新乐府运动"的发起人，他和元稹等人以新题乐府的形式，来反映社会问题，针砭政治弊端，以期达到实际的社会效果。同时在艺术表现上，这群诗人也大多努力以平易浅切的语言、自然流畅的意脉来增加诗歌的可读性。其中白居易的《新乐府》五十首，成为这一新诗潮的代表作。和瑛模拟之作三十二首，无题，俱以每首诗第一句为题，以古戒今，托物言志，充分反映了诗人的儒家思想，而且都是感事而发之作。如《周雅咏棠华》写兄弟手足之情，《世称知己交》信朋友也，《南阳张中丞》《人面中六矢》《中丞入睢阳》三首诗则写出了"安史之乱"时的英雄许远、张巡、雷万春、南霁云的忠烈英勇。和瑛本人仕途虽然比较显达，但一生中也屡遭贬谪，可是读其诗，感其人，并不见文人常有的忧事叹己的牢骚，这大概既与诗人的蒙古民族生性旷达的血缘有关，同时也和他在常年边地生活的所见及其所好也有很大关系。卷三《泰安试院七柏一松歌用少陵古柏行韵》是诗人在山东巡抚任上所作。诗中借咏古柏古松"树人树木百十年，霜根合近量才尺"说到"文章不朽德不孤，门前立雪座上春"，诗的旨归依旧在文章千古事上。不过，在和瑛所有的和古人诗作中，最为后人所激赏的当数他的两首和李商隐的长篇纪游诗。卷二《纪游行》一诗序曰："山庐寂静，梵阁清寒，偶忆丙午已未游十四载山川风景如在目前爱效玉溪生转韵体作纪游一百七十六句。"卷四《续纪游行》序云："前诗纪游起乾隆丙午止嘉庆己未，盖行十万余里。自庚申至癸酉阅十四载，又历四万余里，其间景物聊可更。仆兹留守陪都，公余仿李义山转韵二百句为续纪游行，恐阳里子华未免操戈逐儒生也。"这两首诗的价值正如符葆森《国朝正雅集之寄心庵诗话》所云："太庵先生官半边陲，有纪游行、续纪游行两诗，自云前行十万余里，续行四万余里，可谓劳于王事矣。诗述诸边风土，可补舆图之缺。"诗人的两首长诗不但展示了自己的创作能力，更显示出其对唐诗的接受。

2. 清新意境中的自然山水

人们在欣赏自然美时，由于各自秉性气质、生活经历和艺术素养的差别，对绰约多姿的自然美的欣赏，便有不同的爱好与兴趣。和瑛生活阅历深广，视野开阔，感情豪迈奔放，因此，他最爱欣赏和表现的，是那些在美的现象形态上属于"阳刚之美"的、壮丽雄奇的山水自然景物。表现自然美是和瑛诗中呈现的主要艺术风格，艺术风格是作者的创作个性在具体作品中的鲜明表现，诗人善于同时把握和表现外物和主观心境的变化，故能在诗中展现出变态无穷、毫不雷同的意境。和瑛的诗集中既有表现气象峥嵘，彩色绚烂的诗句，也有"外枯而中膏，似淡而实美"的诗行。无论哪种都呈现出其多姿多彩的艺术风格，而底蕴却都是清新的。

《易简斋诗钞》卷一《四月十日城北刘秀才勺园牡丹盛开阜阳张松泉大令携榼邀赏坐未定暴风大作遂罢燕还赋绝句四首》中一首云："扑面黄云走白沙，百忙争渡颍之涯。天公羡我清贫守，恐恋人间富贵花。"这是诗人运用"拟人化"手法描写的暴风，它同人一样有感情，能行动，栩栩如生的文字表现出了诗人以"物色带情"的状物手法，同时也反映出诗人的乐观旷达的胸襟。读之如唐代岑参边塞诗风情在目前。《出巡后藏夜宿僵里》中的"河山环野暗，霜月带沙明"不但展示了西藏的独特风光，而且善于在动态中捕捉自然景物的光和色，在诗里表现丰富的色彩层次感。"环""带"和"暗""明"这些词语的使用有如传神之笔，诗人在这里创造出的清雄奇富、变态无穷的意境，使诗句寓有了图画美，给读者留下丰富的想象空间。这种恰当运用个别词语以增加诗味的特点在和瑛的作品中屡见不鲜。卷三的《巩宁城望博克达山》"博达神皋拥翠鬟，行人四望白云间。遥临地泽千区润，高捧天山一掬悭。弥勒南开晴雪圃，穆苏西接古冰颜。钟灵脉到伊州伏，为送群峰度玉关。"诗中的"拥""捧""送"这些表现动态的词，是寂处之音，静中之动，是以不易觉察的轻微细小的动态来反映自然的空旷和幽寂。而在"边沙夜净马蹄印，岭雪春消燕爪痕"（《喀什噶尔巡边》）和"山如卷目巢春燕，水似弯弓射宿禽"（《过大宁故城》）、"不见人烟只见驼，一丛田鼠拜荆窠"（《喀浪圭》）这样工整的对句中，不仅可以看出作者如上述的驾驭诗歌语言的功力，而且让我们看出边疆独特的地理风貌带给诗人的独特的艺术感染和想象。不过在《易简斋诗钞》中，诗人的更多作品，明显地是从着意表现大自然蓬勃旺盛的生机和奔腾磅礴的气势出发去描写动态的。如其《甘州歌》所云："朔风渾波霜天高，弱水冻涩流沙焦。行人到此缩如猬，况复西指瀚海遥。……"这样的动态就绝非轻微细小的动，而是强烈鲜明、持续不止、气胜势飞的动，这样的动比静更美。对边塞诗内容的开拓，始于盛唐岑参。岑参的诗歌较为集中于边塞题材，西域的奇丽风光，少数民族的奇风异俗涉入了他的笔端，拓展了边塞诗的内容。而和瑛笔下这样的边塞风光描写也只有在盛唐高岑笔下才可见到。和瑛习练唐诗既久，高、岑诗讲究语言的运用对他影响很大，所以和瑛的边塞诗大抵遣词炼句，在精心的语言锻造中写出明白晓畅的诗行。

　　歌咏西域的山川景物、风土人情，这是每个少数民族诗人必不可少的题材。与梦麟、法式善等诗人相比，和瑛的作品在表现内容和情感基调上，都具有更为鲜明的地域特征和艺术个性。和瑛在边疆任职时间的确很长。乾隆五十八年（1793），以副都统衔充西藏办事大臣，在藏凡八年。嘉庆七年（1802），遣戍乌鲁木齐，寻充叶尔羌帮办大臣，调喀什噶尔参赞大臣。嘉庆十一年（1806），复出为乌鲁木齐都统，在新疆七年。此外，还曾任陕甘总督，盛京将军，一为西北、一为东北。除了他的守边大臣的实践因素外，和瑛边塞诗的成就和他对边塞诗人的普遍推崇、对盛唐风骨的自觉踵武也是分不开的。他在对边塞诗歌的学习和模仿中，逐渐把北方士子固有的经世致用、崇尚功名的进取精神写进诗中。他的作品不仅写了边塞自然风景，而且更重要的是他还描写了历史上重要事件、文物古迹、少数民族宗教信仰、生活习俗等。他不仅对边塞文化建设做出了贡献，而且扩大了中国边塞诗的写作范围和创作深度，他的创作促进了蒙汉文学的交流。

二

　　和瑛是以科第而为边疆大吏的儒臣，关于和瑛的家世，现有科举齿录是可以援据的原始资料。同治七年（1868），和瑛曾孙锡珍赴戊辰科会试中式，载其家族传承为：始祖廷弼—二世祖旺鏊—三世祖满色—高祖德克精额—曾祖和瑛—祖壁昌—父同福—锡珍。始祖廷弼名下注有"原住喀喇沁地方"字样，可见和瑛先世为喀喇沁人。《八旗通志》初集卷十一，记载喀喇沁部蒙古于天聪六年（1632）归附，分隶于镶黄旗蒙古左右参领属下 28 个佐领中。自和瑛贵显之后，其父祖均追赠尚书衔，其实都是担当过侍卫的武职人员。和瑛以下代有显宦、金榜题名者亦不乏其人，著名的文学士子则有壁昌、谦福、锡珍三人。

和瑛之子壁昌，字星泉，号东垣，蒙古镶黄旗人。因系和瑛之子，故由工部笔帖式铨选河南阳武知县，改直隶枣强知县，后擢直隶大名府知府。咸丰四年（1854）卒。壁昌以三出峪关，经营西域，复镇八闽，开府江左入于清史守疆名臣之列。又因文武俱备而扬历中外。壁昌是一位注重兵备的官吏，他根据其亲身体验，著有《叶尔羌守城记略》《守边辑要》《牧令要诀》《兵武闻见录》等书。除了继承父辈存经存史之家学渊源，壁昌亦有和瑛的文学遗传。《清诗纪事》载其雅善诗画，著有《壁参师诗稿》一部，惜诗稿迄今未见。许玉年为此集题诗，有"肩事心逾勇，淫书气自平"之句。曾画《担秋图》《虎》等，当世之人颇有题咏。又著有《兵武闻见录》《叶尔羌守边纪要》《牧令要诀》，合刻为《壁勤襄公遗书》，瑛棨为之撰序。《清诗纪事》载其诗《题担秋图》："昨夜西风太寂寥，旧篱新圃灿琼瑶。秋光烂漫闲收拾，和露和霜一担挑。"杨钟羲《雪桥诗话续集》："壁勤襄公星泉……尝画《担秋图》贻许玉年，题云云，盖韩魏公以晚香自励之意。"① 因为现存资料有限，所以壁昌的文学才能不能充分展露，但从这首小诗看其诗风雍容，承续和瑛、延展家族文学是不争的事实。

壁昌有二子，一为恒月川、一为谦福，后因其弟奎昌无嗣，将谦福过继，并以奎昌之字榆村命为小榆。谦福（1809—1861），字光庭、吉云、小榆，号六吉。道光十四年（1834）举人，十五年（1835）进士，历官詹事府詹事。道光二十四年（1844）因患痰疾注门籍。左图右史，一卷萧然。日与名流文康、董恂酬唱。自谓："天教多病翻藏拙，性本耽闲谬托高。悟道敢云宗柱史，无忧酷爱读离骚。"② 有《桐华竹实之轩诗抄》，收诗 268 首。著名作家文康在为该集所撰序文中说："小榆虽履厚席丰雅，不愿翩翩裘马。侍养之外，唯一意浸经史、括帖功，因得以道光甲午

① 钱仲联：《清诗纪事》，凤凰出版社 2004 版，第 2729 页。

② 谦福：《斋中偶作》，《桐花竹实之轩诗草》，同治二年（1863）刻本，现藏国家图书馆，下文引诗同出此。

（1834）举孝廉，乙未（1835）成进士。得继简勤公，以书香世其家者，小榆一人而已。……暇辄洗桐芟竹吟啸其间以为乐。即颜其读书处曰桐花竹实轩，以示崇实黜华之意。其为诗也，试帖谨严，以中矩胜；近体空灵，以写性胜。有梅花诗若干首板行于世，一时和者如云。"① 谦福曾自叙辞官后生活常常是："观书卓午常撇饭，得句中宵每度眼"（《斋中偶作》），可见在诗歌创作上颇下功夫。另有《桐华竹实之轩梅花酬唱集》，收本人及他人诗凡百余首。

　　法国著名伦理作家拉罗什福科曾说："当人被别人引导时，他常常以为是自己在引导自己，而当他靠自己的精神趋向一个目标时，他的心灵则不知不觉带走别的心灵。"② 这是悖论，但用在谦福这里却不是。盛年辞官后，谦福一意浸淫诗作，全心追求诗歌所带来的静穆的世界。当时的他在自己的创作道路上并没有意识到自己在不知不觉中已经承担了延续家族文学发展的重任。然而，当我们隔了一个多世纪的现在审视他的作品时，却可以清晰感知此间对于唐诗接受的一种深远传承。而我们也在阅读谦福的诗歌时，被他用心灵体会写就的诗歌所吸引。同和瑛一样，谦福常常在诗作中化用唐人成句，这一点在清代蒙古族诗人的汉文创作中和瑛家族是最为突出的。如其《游郊外二首》其二云："山枕清郊水泊堤，半阴天气雨鸠啼。一村高柳青无际，百亩新秧绿欲齐。细读残碑寻古迹，缓随流水步春畦。归途更绕城东路，野渡无人落照低。"末句显然用到了韦应物"野渡无人舟自横"之语，而全诗意境则更似孟浩然的清新淡远。《题斋壁》末句云："华屋山丘皆莫恤，明朝散发弄扁舟"，自然源出李白"人生在世不称意，明朝散发弄扁舟。"《广宁门外三貌庵送月川兄之山右藩任》云："车尘马迹总鸿泥，转眼风沙咫尺迷。惟有梦魂遮不住，随军飞过太行西。"末二句用李白"我寄愁心与明月，随君直到夜郎西。"而且整首送别诗意境也极似李白的《闻王昌龄左迁龙标遥有此寄》。《秋眺》云：

　　　　霜林落尽见栖鸦，迤逦青山郭外斜。万井人烟排雁户，一泓秋水近鸥家。夕阳远寺明孤塔，古戍高楼起暮笳。极目帝城双阙迥，碧云

---

① 文康：《〈桐花竹实之轩诗草〉序》，谦福《桐花竹实之轩诗草》卷首。

② 何怀宏译，拉罗什福科：《道德箴言录》，新星出版社 2008 年版。

深处闪红霞。

　　"青山郭外斜"虽然是自然中之常景，然而自从李白在诗中使用后，已成成句。诗人在诗作中屡屡用到李白诗句，可见唐诗是其后来习诗的根本。这首《秋眺》虽然用到太白诗句，但从诗风来说并无盛唐气象，而是入于晚唐风景。"霜林""栖鸦""夕阳""远寺""孤塔""古戍""暮笳"俱是清寥意象，不过诗人内心并不很寂寞，所以在遥望帝城之时，尚能看到夕阳西下时闪动在碧云深处的红霞，而不似义山诗中的"夕阳无限好，只是近黄昏"那样无奈和凄苦。谦福对于唐诗化用总是能结合自己诗歌的情境，自然而又和谐。和瑛家族的文学创作整体上都呈现一种舒朗的艺术特色，很少看到凄苦之调。

　　以萧然散淡为生活旨趣的谦福，并未因自己退出吏事而不关注民生，在寄给兄长的诗中，他曾说："欲谈诗务嫌多事，无补生民即废材。寄语长公须努力，方今圣世正需才。"（《重阳日得月川兄书即赋长句寄呈》）给儿子的诗里，他又谆谆嘱托，"累叶吾门诗水清，青毡故物旧儒生。家贫尚有书千卷，儿好何须金满籯。莫以疏慵志温饱，要期远大励功名。眼前画地原堪守，可惜鹏博九万程"（《示锡庄》）。李白《上李邕》曾云："大鹏一日同风起，扶摇直上九万里。"谦福就以此示儿，期望他戒疏慵，励功名。

　　谦福的诗歌承续了和瑛的创作，诗学主张都是袁枚的"性灵说"，强调写出诗人的真性情。《病骨》末句曾云："脱尽寻常拘束态，清狂饶有性灵诗。"而谦福的性情之作，或者说是他的诗歌中最为世人称颂的就是和张问陶的梅花诗。张问陶（1764—1814）字仲冶，号船山，四川遂宁人，是清代中期著名诗人。乾隆五十五年（1790）进士，曾任翰林院检讨、都察院御史、吏部郎中。后出任山东莱州知府，因违背上官意志，辞官居吴县虎邱。晚年遨游大江南北，病卒于客舍。诗作多描写日常生活，诗风清新自然，以七绝最胜，但有一部分诗篇情调沉郁。著有《船山诗草》二十卷，《船山诗草补遗》一卷。张问陶主张诗歌应写性情，有个性，反对模拟。他的诗论与性灵说相吻合，为袁枚所称赏。在诗歌审美上，张问陶主张空灵、有真趣，内涵要广，它不仅要求意象灵动，而且追求意境深、韵味长。张问陶的《梅花》向称名作。诗云：

一林随意卧烟霞，为汝名高酒易赊。自誓冬心甘冷落，漫怜疏影太横斜。得天气足春无用，出世情多鬓未华。老死空山人不见，也应强似洛阳花。

野鹤闲云寄此生，暗香真到十分清。转怜桃李无颜色，独抱冰霜有性情。赠我诗难应束手，笑他人俗也知名。开迟才觉春风暖，先听流莺第一声。

花中资格本迟迟，铁石心肠淡可知。此世何人能领略，为君终夜费相思。看来风雪无多日，香到园林第几枝。自是不开开便好，清高从未合时宜。

梦绕寒山月下村，一枝相对夜开樽。繁华味短宜中酒，攀折人多好闭门。风信严时清有骨，尘缘空后淡无痕。从来不识司香尉，只伏东皇雨露恩。

铜瓶纸帐老因缘，乱我乡愁又几年。莫笑神情如静女，须知风骨是飞仙。生来逸气应无敌，悟到真空信可怜。世外清名原第一，不修花史亦流传。

回首山林感旧踪，雪花吹影一重重。记从驿使春前折，又向瑶台月下逢。对客岂无能舞鹤，赏心还是后凋松。天人装束天然好，便买胭脂画不浓。

香雪濛濛月影团，抱琴深夜向谁弹。闲中立品无人觉，淡处逢时自古难。到死还能留气韵，有情何忍笑酸寒。天生不合寻常格，莫与春花一例看。

腊尾春头放几枝，风霜雨露总无私。美人遗世应如此，明月前身未可知。照影别开清净相，传神难得性灵诗。万花何苦争先后，独自能香亦有时。

梅花是中国古代咏物诗中的恒久母题。张问陶的这八首诗，很少正面咏梅花，所描写的大多是梅花气格，从用韵来看，八诗有点像晚唐李商隐，因此和者的风格大都为西昆体，少见佳作。但谦福诗能从众多和诗中脱颖而出，自是不凡。谦福《梅花诗用张船山先生原韵》云：

绿蚁香浓泛紫霞，一瓢相对兴偏赊。剧怜北地春光晚，才见南窗月影斜。高士吟成新眷属，美人洗尽旧铅华。天然骨格何嫌瘦，不是人间富贵花。

　　修到仙缘定几生，今宵风景喜澄清。家山不作思乡梦，驿使凭传寄远情。境入罗浮皆幻想，赋夸宰相总虚名。隔墙忽听霓裳曲，知是邻家玉笛声。

　　疏影横斜月上迟，一般清趣少人知。临池绰有凌波态，倚槛频兴望雪思。劳我耽吟开小阁，任他向暖发南枝。无心更问和羹事，寂寞空山亦正宜。

　　竹篱茅舍傲山村，古屋闲消酒一樽。不比春花移曲槛，怕招俗客掩重门。空中著色参新悟，梦里题诗认旧痕。冷落莫教桃李笑，天容孤峭亦殊恩。

　　独标高格绝尘缘，风雪侵寻不计年。世外地宽寒料峭，梦中天阔酒神仙。香来淡远浑无著，质抱冰霜只自怜。如此风骚谁得似，放翁诗句至今传。

　　一从邓尉问芳踪，踏遍青山几万重。妙有情时聊独赏，悄无人处恰相逢。不惟晚节香同菊，直拟寒盟健比松。时尚慢争眉样好，便娟还让古妆浓。

　　回头几日百花残，春去春来指一弹。冷淡缘中知己少，繁华队里隐身难。修成净业心俱澈，梦到香魂骨亦寒。莫叹风尘终落漠，烟霞深处有人看。

　　猩红飞上玉虬枝，酝酿天心总不私。冷艳最宜泉石癖，好春未许蝶蜂知。忍寒且酌杯中酒，写影难摹画里诗。我爱此花清澈骨，檐前索笑立多时。

　　两诗用韵完全相同，不但整首诗韵脚一样，押韵字亦同。张问陶诗是原作，既有创作的难度，但转圜也便捷，而谦福虽然省却原创的冥想，但因是和作，所以更多了和原诗的苦思。从艺术风格上来看，张诗选择意象绵丽，意境空灵、深邃，处处点染梅花的孤清气格。而谦福诗意象舒隽，意境清宛、悠长，更强调梅花的品貌特征。张诗写梅花的孤标自赏，处处可见诗人影子，若"也应强似洛阳花""清高从未合时宜""独自能香亦有时""不修花史亦流传"。而谦福诗则见出其心性的平和雍容，若"天容孤峭亦殊恩""寂寞空山亦正宜""烟霞深处有人看""檐前索笑立多时"。如果把张问陶诗和谦福诗相比较，可以看出，他们的诗作都是从梅花的叙写上，让读者体悟出一种咏物诗的兴发感动的深意。然而细味他们的感发却大不同。张诗是以其盘旋郁结的极似义山的深情取胜，而谦福诗则别有一种理性清明之致，更似王孟风格。在圆融莹澈中有一种温柔的情意。诗风往往是由诗人的身世遭际、心灵情怀所决定的，官宦世家的谦福盛年引退与张问陶被迫辞官自是不同。谦福诗成后，时人好评者颇多，所以诗集中屡见叠韵之作，如《月川兄寄示沈云巢沈舜卿孙云溪三前辈曹铁香工部见和梅花诗之作仍叠前韵奉答寄月川兄》和《沈云巢诸前辈与余唱酬梅花诗一时京外诸友和作不下百余首韵藻纷披各极新颖兹复再叠前韵咏梅花八首贪搜韵语未免捃摭伤纤附录诸作之未始备一格云尔》，等等。彭蕴章《桐花竹实之轩诗草序》云："（谦福）近体佳句嗣响晚唐，古诗疏宕风骨高骞，各极奇妙。虽早岁辞荣隐居家巷，而有和平之气，无抑塞之情，非天怀高旷而能如是耶。"可为知人之语。

和瑛之曾孙锡珍，字仲儒，号席卿。同治六年（1867）举人，次年连捷登进士第，官至总理各国事务大臣、吏部、刑部尚书。著有《锡席卿先生遗稿》，为著者自订稿本。凡 14 种，附 4 种，17 册。其中有文学创作数种，如《奉使朝鲜纪程》，附诗草、《使东诗草》《渡台纪程》，附诗草、《使东琐记》等。除游记之外，收各种体裁的诗歌近 200 首。徐世昌《晚晴簃诗汇》："席卿冢宰师承简勤、勤襄二公之绪，早年登第，扬历清华，洊陟正卿，年未强仕，令甲一品。大臣六十以上，遇旬寿有赐寿之典，上方文绮，世人为荣。师以四十得之，中朝知国故者，金谓前所未有。乃未及数年，师遽捐馆。长衢中税，贵寿难兼，不胜挝门墓过之感。师于同治甲戌赐莫喀尔喀。光绪辛巳，颁诏朝鲜；乙酉，谳狱台湾，皆有日记。海陆遄征，咨缌所及，地形夷险，民气惨舒，尤三致意焉。诗无专集，今所录者，皆采自日记中。登高能赋，倚马成章，亦足见其大概矣。"[1] 徐世昌《晚晴簃诗汇》收锡珍诗 9 首。锡珍另有《奉使喀尔喀纪程》，游记与诗歌珠联璧合，展示了特定历史时期漠北蒙古族的风土人情。《朝鲜贫弱时事棘矣慨然有作》云：

营州逾海地东偏，犹是箕封礼俗传。赫赫中天依日月，茫茫下土奠山川。海潮终古无消长，人事于今有变迁。漫说通商为受命，他时

---

① 徐世昌：《晚晴簃诗汇》卷一百六十四，中国书店 1989 年版。

涕出更谁怜。

郭则沄《十朝诗乘》："锡席卿冢宰承简勤、勤襄门绪，早跻清秩，洊陟正卿，年未强仕。光绪辛巳，奉使颁诏朝鲜，目睹藩封贫弱，慨然有作云云。所言竟成先兆，盖为最后天使矣！"① 家族精神遗产和心理情结作为一种文化基因，是会对一个人影响终身的。和瑛家族所作都以揣摩唐诗、融入个人特性为根本，并在创作中呈现出雍容娴雅的特色，表现出相似的艺术风格。和瑛四代既是科第世家，也是官宦世家，作为"思精体大，亦复趣远旨超，自成一家"② 的和瑛家族文学，不仅对边疆文化建设，而且对蒙汉文化交流也做了杰出的贡献。和瑛成为清代除法式善外，影响面最广的蒙古族汉文诗人。和瑛及其后人的影响遍及朝野，为世人所推崇。

【原发表于《民族文学研究》2010 年第 2 期】

---

① 钱仲联：《清诗纪事》，凤凰出版社 2004 年版，第 2990 页。
② 吴慈鹤：《易简斋诗钞序》，和瑛《易简斋诗钞》，道光三年（1822）刻本。

"易"学与和瑛精神境界及其诗境之关系

马　涛

　　和瑛是清中期重要的蒙古族诗人，亦是历仕乾、嘉、道三朝的封疆大吏。其人学问淹博，著述宏富，《易简斋诗钞》便是其诗才的集中体现。和瑛对于儒家经典多有参究，著有《读易拟言内外篇》《经史汇参上下编》《读易汇参》《易贯近思录》，诸作都是极具形而上性理色彩的著述，呈现着沟通天人之际的哲学思悟。这些经史易理潜移默化中影响着诗人的性情。所以，儒家关于生死、伦理、政治的观念深深地影响着和瑛，这些在他的诗中随处可见，无形之中呈现出独特的"观物"视角。在儒家经典中，和瑛对《周易》颇为爱重，其数部易学专著即是明证。《珍珠泉上玩雪》云："假年渐学易，更欲乞灵著。"和瑛的立身处世明显受到《周易》的影响，在宦海浮沉以及处身绝塞的艰难困苦中，《周易》的人生哲学成为他的精神支柱。杨钟羲《雪桥诗话》云："（和瑛）平生湛深经术，尤邃于《易》。……间事吟咏。"① 更为重要的是《易》道之于和瑛，已不是一种单纯的学术兴趣或个人修养的门径，而变为其家族性的"信仰"，构成一种门风或家学，这或许也是和瑛一族文脉绵延、英才辈出的精神保障。翁心存在为和瑛之子璧昌《兵武闻见录》所作的序言中云：

　　　公之烈光，炳焕昭明；公之惠泽，沾渥给足。人既知之矣，亦知公之学之所本乎？盖公之先德和泰庵尚书，湛深经术，尤邃于《易》。尝著《读易汇参》一书。公习闻庭训，默会乎阴阳消息之原，故能触处贯通，用能开物，而成务师之象。曰："容民蓄众，正言行师，必以得民为本也。"比之象曰："建万国，亲诸侯。"又曰："邑人不诚言，御外必以安内为先也，杂卦传首言乾刚坤柔，而即继之以

---

　　① 杨钟羲著，雷恩海、姜朝晖点校：《雪桥诗话全编》，人民文学出版社2011年版，第586页。

比乐师忧言。理天下者，必抱先忧后乐之怀，而后用协刚柔，乾坤清晏也。"然则公之学谓非本于《易》乎？月川秉吉甫文武之略，蕴召虎肇敏之才。镇遏岩疆，拊循畿辅。必有以使吏畏民怀，内绥外靖，成公未竟之志者矣。①

于此可见《易》学对和瑛及其家族的深远影响。和瑛将自己的书斋命名为"易简斋"，诗集亦从其斋名，"易简"二字正自《周易》。《周易·系辞上》云："乾以易知，坤以简能。易则易知，简则易从。易知则有亲，易从则有功。有亲则可久，有功则可大。可久则贤人之德，可大则贤人之业。易简而天下之理得矣。"② 王弼注曰："天下之理，莫不由于易简而各得顺其分位也。天下之理得，而成位乎其中矣。成位至立象也。极易简则能通天下之理，通天下之理，故能成象，并乎天地言其中，则并明天地也。"③ 孔颖达疏曰："若据乾坤相合皆无为，自然养物之始也，是自然成物之终也。是乾亦有简，坤亦有易，故《注》合而言之也。用使圣人俱行易简，法无为之化。"④ 人居天地之中，亦应效法圣人"与天地合其德"，天地的运化乃至为简易，无为而化成天下，使万物各安其位，各成其性，这一切亦启示着人要以一种平易清简的立身处世之智慧，使万类可亲可从，依附顺应自身，从而扩其贤德，成其伟业。同时"易简"之道亦可培养一种平泊、随顺、安和、达观、利物的精神境界，如果渗透入诗学中，或许将倾向于古淡天真、淳朴自然一派，因为"易"与"难"对，即屏抛雕琢做作、炫才弄技；"简"与"繁"对，即要刊落浮华繁缛、靡丽词藻。总之，滴水而知大海味，"易简"二字无疑是我们透视和瑛其人其诗的一把密钥。

鉴于此，本文拟结合和瑛诗歌与易学著作，以呈现其人心性修养所至的境界，并进而探析易学精神影响下所呈现出的"雄健"诗风。

---

① 震钧：《天咫偶闻》，北京古籍出版社 1982 年版，第 80 页。

② 王弼、韩康伯注，孔颖达疏：《周易正义·系辞上》卷七，中国致公出版社 2009 年版，第 251 页。

③ 同上书，第 251 页。

④ 同上书，第 252 页。

一　《易简斋诗钞》中所流贯的"易"学精神

《易经》效法天地以立象，通过爻辞、卦象这类文字与符号的变化，象征性地呈现宇宙生命运动发展的内在逻辑。它虽然植根于夏商周三代以来的原始宗教观念，然而在历代的阐释之中，亦不断融入新的时代精神，可谓源远流长。《周易》作为"群经之首"，是文化传统之根基，亦为几千年来思想、学术之渊薮。故而它所深蕴的宇宙图示、生命境界，启迪着文人的形而上觉解，同时也在其世界观、人生观中培养出卓异的人格精神。和瑛《易简斋诗钞》所流贯的"易道"精神，集中呈现为以下三方面：

首先，对《乾》卦为代表的"刚健"精神的接受。

《乾》卦作为《易》之开篇，《象传》云："天行健，君子以自强不息"，朱子《周易本义》注曰："但言天行，则见其一日一周，而明日又一周，若重复之象，非至健不能也。君子法之，不以人私害其天德之刚，则自强而不息矣。"① 便奠定了《易》的基调：健劲、阳刚。在《周易》的哲学体系中，乾者，天也，为阳、为刚，是盛大、尊荣的象征。乾卦六爻皆取龙象，乃为阳刚之物也。《周易》的"刚健"精神贯穿始终，它呈现为一种坚不可摧，奔涌向前的生命冲力。生命的本质即是向上健进，宇宙的进化生生不已，永无休止，而人作为三才之一，居天地之中，更应德配天地，在宇宙精神的感召下，尽性知命，圆成内在生命得之于天的崇高道性，如此达到个体生命与天地同其高远的永恒性，完成超越。《周易》所呈现的宇宙生命健劲的本性，是一种不可被遏制、挫败、改变的力量。《大壮·象传》曰："大壮，大者壮也；刚以动，故壮。大壮，利贞。大者正也。正大而天地之情可见矣。"② 可见，刚而动、正而大，正是天地之情。《周易》的刚健精神更呈现出一种百折不挠、愈挫愈勇的斗志。《乾卦·九三》云："君子终日乾乾，夕惕若，厉无咎。"朱子注曰："性

---

① 朱熹：《周易本义》，凤凰出版社 2011 年版，第 63 页。
② 同上书，第 57 页。

体刚健……忧惧如是，则虽处危地而无咎也。"①《周易》肯定人自身大无畏的力量，敢于直面残酷、灾难、痛苦，并始终以乐观积极、昂扬奋发的精神超越或战胜一切。

在《易简斋诗钞》直接以《易经》语汇入诗的作品中，这种刚健精神时有体现：如《登岱》"我游羲图极否地，冰梯万仞摩苍穹。抽身已度化城里，放眼今越扶桑东。"其中就关涉到了"否"卦的义理，此诗作于嘉庆七年（1802），作者回忆起乾隆五十九年（1794）入藏的艰险处境，行于雪山之上，如攀万仞冰梯，其情形之恶劣，历历在目。然而当此之时，诗人意志坚定，情怀豪迈，坚信否极而泰来，顺利抵达驻地，以后立功扬名；在拜谒孔庙时，当面对历经风霜打击与时间摧折的苍松翠柏，诗人亦感受到了一种刚健不息的天地精神，"地轴天根壮，龙蟠虎踞真。秦松与汉柏，难得并长春"（《恭谒圣林》）；同时在陶渊明笔下清逸悠然的菊花，也因霜雪的侵凌而浸透着一脉正气，"百草俱腓日，亭亭菊放黄。延龄堪作客，正色独凌霜。止酒留仙骨，颠茶助冷香"（《鞠有黄华》）；萤火虫微弱的点点光焰，亦感发出诗人积极的生命觉解，"一点陈根焰，中涵剥复机"（《咏萤火》）。

嘉庆七年壬戌（1802），金乡发生冒考被控案，和瑛误听知府所言诬断此事，被给事中汪镛所劾。嘉庆谕曰："和瑛身任巡抚，于特旨交审事件并不亲提研鞫，一听承审之员偏袒，拘私任情，诬枉以株累乡民绅士，酷暑滥刑，实不料和瑛如此负恩。著交部严加议处。寻如部议革职。"②是年秋天和瑛作《月令诗》（组诗），自注云："落职西役途中杂咏"，其中《雉入大水为蜃》一诗，精义入神，豪气飞扬，借助易理来化解仕途失意的阴霾。诗云：

　　翟禽舒藻绘，仙蜃应珠胎。离坎交时见，飞潜变处猜。彰身怜锦绣，吐气幻楼台。不作沉沦想，凌空志未灰。（《雉入大水为蜃》）

---

① 朱熹：《周易本义》，凤凰出版社2011年版，第57页。其他呈现刚健之德的如：《需·彖传》曰："需，须也；险在前也，刚健而不陷，其义不困穷矣。需，有孚，光亨，贞吉，位乎天位，以正中也。利涉大川，往有功也。"《困·彖传》云："困，刚掩也。险以说，困而不失其所亨，其唯君子乎！"

② 赵尔巽：《清史稿》卷三百五十三，《和瑛传》，中华书局1987年版。

此诗正是借《离》《坎》二卦之意来表达自己的处世哲学。《离·象传》曰:"离,丽也。日月丽乎天,百谷草木丽乎上。重明以丽乎正,乃化成天下。柔丽乎中正,故亨,是以'畜牝牛,吉也'。"①离卦,阐释依附之义。处乎险难,必有所攀附依凭,方可解脱。然所附丽者,贵得乎中正,不务偏邪,方可亨通久远。母牛性情温顺,以喻柔顺之德,故君子处世效之以德,可利贞吉祥。《坎·象传》曰:"习坎,重险也,水流而不盈。行险而不失其信,维心亨,乃以刚中也;行有尚,往有功也。天险不可升也,地险山川丘陵也,王公设险以守其国"②。"习坎"者,艰险重重之意。水流陷穴不见盈满,处身于凶险之境而坚定地持守其不流不盈之本性。因为内心安泰,道以贯之,德行刚毅中正,故功有所成。所以面对外在的天险地险,若能不退畏惊怖,善加利用,或可化险陷之局为功成之利。通过卦义的解读,可见诗人所表达的正是自己在身处险坎与有所依附之时的道德操持,并觉悟到升沉飞潜之理。末句流露出贯注于和瑛一生的"行健"精神,于逆境之中不沉沦委顿,而是志气飞扬,自强不息。

其次,对宇宙运化无穷的"生生"之德的接受。

《周易·系辞上》云:"旧新之谓盛德,生生之谓《易》"又"天地之大德曰生""天地氤氲,万物化醇""生生之谓性"。在《周易》的哲学构建中,宇宙万类都在一个氤氲生化,流动洋溢的世界之中浮沉流连,这生气远出的世界是一个流动、欢畅、生生不已、绵延不尽的生命之流。人亦是宇宙大生命中的一部分,故而万物与我感而遂通,在此等处识得自身之无限与庄严。和瑛关于"生生之德"的咏叹,颇为丰富:

> 生意超千界,空花出寸田。(《以诗索衮静斋墨梅画幅》)
>
> 塔静相风铎,楼暄爱日窗。化工无语偈,达赖已心降。(《九月望登布达拉朝拜圣容礼毕达赖喇嘛禅室茶话二首》)
>
> 慈根分野寺,生意壮吾庐。(《山庄落成题曰挹翠用杜少陵游何将军山林韵赋诗十五首》)
>
> 种菜悟生理,浇瓜息争机。脱手满园绿,不知春水肥。(《瓜菜园》)
>
> 茶寮饭钵闲中趣,意树心花物外春。(《再游罗卜岭冈》)

---

① 朱熹:《周易本义》,凤凰出版社2011年版,第23页。

② 同上书,第55页。

《周易》的"生生"宇宙观经由后世理学家的发挥，构建出一个极富诗意的生命空间。特别是周濂溪"窗前草不除"之典，成为一个极具"母题"性质的义理表征。和瑛诗中"生意"二字，便取自茂叔之语，"茂叔护门草，陶公润笔花。""茂叔青林社，西来镇赤氏。"（《山庄落成题曰挹翠用杜少陵游何将军山林韵赋诗十五首》）"远公白莲社，濂溪独名青。"（《青社》），"窗前草不除"是从易学延伸出的一个极为重要的命题。

　　　　周茂叔窗前草不除去，问之，云："与自家意思一般。"① （《二程遗书》）

　　　　万物之生意最可观，此"元者，善之长也夕。茂叔窗前草不锄去，云与自家意思一般。观天地生物气象，静坐独处，不难居。"② （《和靖集》卷四《壁帖·圣学》）

可见，茂叔是欲从草木中体会出生生的"春"意。朱熹对此作了进一步阐发，"（问）周子'窗前草不除去'……此即天地生物之心，而人物所得以为心者，盖仁之事也。圣贤千言万句，所谓传心者，惟此而已。"③ 在他看来"窗前草不除去"正是体现了天地"生物之心"，人与物各得此心，皆秉赋有此天地之生意，生之事即"仁之事"，从物的生机春意中，人也应化解、涤荡因心的凝滞与枯索，达到自我生命的萌动与苏醒，体会到天地运化之机，觉悟此"生意"本自有之，毫无欠缺，故物之春意与"自家意思一般"，即与自家生命情态相契，从而达到内外皆生，与天地为春的境界。正是出于对此种生机"春"意的理解，和瑛热情地对这种宇宙间永无止息的生命力给予礼赞：

　　　　阳春不择地，学圃超骞英。（《蔬畦》）
　　　　朝过绣衣偶，暮对麒麟楦。嗟彼争妍辈，有似范靡曼。我作藏花坞，普度春光褪。春光镇可留，要在根柢健。秋霜可以傲，冬雪亦无

---

　　① 程颢、程颐：《二程集》，中华书局1981年版，第59—60页；王应麟：《困学纪闻》卷二十，《杂识》："司马公时至独乐园，危坐读书堂，尝云：'草妨步则芟之，木碍冠则荃之，其他任其自然，相与同生天地间，亦各欲遂其生耳。'……观此，则见周子'窗前草不除'之意。"

　　② 《和靖集》卷四《壁帖·圣学》。

　　③ 朱熹：《晦庵先生朱文公文集》卷五十八，《四部丛刊》初编本。

怨。护花花解语，岁岁锦堆万。(《花坞》)

一气元消长，秋迟涧水涯。海潮初达岸，江涨渐沈沙。白小黏池块，红丁落野槎。莫愁膏泽尽，泉动应飞葭。(《水始涸》)

草木毓灵性，繁华应候收。沙明千里月，风静万林秋。会得荣枯转，当从剥复求。三阳荫动日，生意故根留。(《草木黄落》)

最喜天心复，阳和动水泉。生生干不已，虩虩震无边。硕果终难剥，匏瓜非久悬。伍乔星气朗，端合照羲编。(《长至日宿水泉堡》)

白社青云路，华夷正色同。精英舒耗土，根柢费春风。(《对菊书怀送项午晴秩满还蜀八首》)

　　"生"机"春"意作为宇宙生命的象征，亦呈现出一种刚健不已的向上力量。虽然有春夏秋冬的季节流转、荣悴兴衰的形质异变，但是宇宙间却始终贯注着一种永不停歇的生命力，故而诗人在流连万象之际，提醒自己不要因现象世界的生灭变化而忽视了对宇宙生命力之"恒常性"的把握，"莫愁膏泽尽，泉动应飞葭""会得荣枯转，当从剥复求。三阳荫动日，生意故根留"。正如朱子所言"春夏秋冬虽不同，而同出于春"，因为其各各季节只是"生生之意"在不同时段的表现而已。同样在阐发《周易》乾卦的四种基本性质"元亨利贞"时，朱子亦将具有本体、本源性的"元"字以"春"来类比，"只如四时：春为仁，有个生意；在夏，则见其有个亨通意；在秋，则见其有个诚实意；在冬，则见其有个贞固意。在夏秋冬，生意何尝息！本虽凋零，生意则常存。大抵天地间只一理，随其到处，分许多名字出来。"[①] 所以"春"之生生之性是宇宙精神与气机的核心，是"天地之心"的本质呈现。以上所引的《花坞》一诗，极富思致，正体现出了诗人这种渊深的儒学修养。面对朝朝暮暮，争妍取荣之徒，诗人对其喧嚣粉饰而徒有其表的生存状态是嗟叹不已的。因为外表的绚烂靡曼并不具有永久性，故诗人作"藏花坞"，意欲留春永驻，将一时之春色繁华，"普度"向永无生灭的恒常之境。一"褪"字，见渐渐然消逝的隐痛，"普度"二字，却极为有力，佛祖发大慈悲意欲"普度"众生脱离苦海，然诗人却"普度"春光，永驻人间。然春色果可留驻耶?诗人坚定地相信："春光镇可留，要在根柢健"。因为在《周易》影响下

---

① 朱熹：《朱子语类》卷六，中华书局 1996 年版，第 105 页。

所形成的宇宙观中，健劲不已的乾元之力，是宇宙间一切生命运化的"根柢"，只要此生命力不停歇，则触目无非生机，物物皆有春意。有了这样的生命觉解，则心中满贮春意，刚健奋发，那么无论秋霜冬雪，皆可超然视之，略无怨尤。因为"春"不仅是天地间的生物之理，更是人内心里的一脉生生之泉，所谓"拍拍满怀都是春"（邵康节语）。外在"色相世界"的春时春景可以改换、流逝，然而宇宙的生生之意与人灵明的"春"心，却绵延无尽。故而末句言道"护花花解语，岁岁锦堆万"，此处之"花"，不仅是自然界绚烂华彩的象征，更是"心花"的喻示。如此浩荡的春色，正来自诗人刚健不已的内在精神。清代易学家张惠言亦深通此理，词曰："难道春花开落，又是东风来去，便了却韶华？花外春来路，芳草不曾遮"（《水调歌头·春日示杨生子琰》），经学家俞樾亦言："花落春仍在"。"春"在花间，亦在花外，更在人心，周遍宇宙，无有遮蔽。可见诗人"普度春光"的洒落与豪迈正来自对天人之际的觉解。

最后，对民胞物与的仁者情怀的接受。

和瑛在以《周易》为核心的儒家形而上心性之学的影响下，无形中亦陶养出了一种积极高昂、仁民爱物的情怀。《周易》的阴阳哲学在宋儒那里得到了进一步的引申发挥，而成就了天人一体的"大爱"。张载《西铭》云："乾称父，坤称母；予兹藐焉，乃混然中处。故天地之塞，吾其体；天地之帅，吾其性。民吾同胞；物吾与也。大君者，吾父母宗子；其大臣，宗子之家相也。尊高年，所以长其长；慈孤弱，所以幼其幼……凡天下疲癃、残疾、茕独、鳏寡，皆吾兄弟之颠连而无告者也。"[1] 这一思想对和瑛影响极深，他曾在《署圃杂咏十八首·青社》中云："窗前生意满，理足补西铭。"此句即是针对张载"民胞物与"之精神而言。《周易》言："一阴一阳谓之道"，宇宙之运化皆是以阴、阳二气为其根本原动力的，《西铭》在此基础上进一步将天、地、人及宇宙万类融为一体。张载认为，人生于天地之间并不是一个孤立的存在，天地为人类及万物的父母，塞乎于天地之间的"气"是人的身体，统帅天地的是人的本性。人与天地大生命是至亲至近的，宇宙犹如一个大家庭，无论他人他物皆与我一样是秉受天、地精神而生，故当如骨肉兄弟一般，悲悯怜爱之，不可将一气流通的生命本性因个体私心私欲的膨胀而割裂之，戕丧之，所以个人

---

① 张载著，章锡琛点校：《张载集》，中华书局1978年版，第62页。

对于他者应怀同胞之情，平等待之，即使对于万物，也要关怀体贴，有一种生命间的共感与交流。特别是对于那些疲癃、残疾、㷀独、鳏寡等处于社会下层的不幸者，人更因体会其"颠连而无告"的生命苦难，担荷之，救赎之。张载进而认为个体只有爱己、爱人，做到"立并俱立，知必周知，爱必兼爱，成不独成"①"民相趣如骨肉……谋人如己，谋众如家"②才可达到宇宙的大和谐，同时个体也才能超越一己躯壳的限制，以一种更高迈博大的天地精神获得观照宇宙人生的广阔的视野，以此超越个体生命在时空中的限制，建立安身立命的信仰。

张载的这一思想极为精粹地呈现了"推己及物""推己及人""天人合一"的博爱精神。"天人合一"实践层面即呈现为"民胞物与"，中国哲人认为人之所以能觉悟到物我同体，是因为人内心的澄明没有被一己之私心欲念所隔截、遮蔽。冯友兰言："仁，已不是我们所谓的一种德，而是一种精神状态。有此种精神状态者，觉天地万物与其自己为一体，别人所感者，他均感之。"③所以"民胞物与"境界的呈现，需要主体通过自身修养来涵育博大的襟怀，使自身的"闻见之知"转化"德性所知"而进入从心所欲，自在显发的境界。这样的诗性境界和仁者襟怀，唤醒、点亮了万物，使它们摆脱了凝固的存在状态，而成为一种与人流涟顾盼、真气远出的生命体，于是一切都在人的观照、关切、悲悯之中。所以，拥有"大心"的人必然能够走出自身的狭隘视线，逐渐形成包容万物之心，这是"民胞物与"思想的必经过程。《易简斋诗钞》中正呈现出了这种境界，如：

　　　　窗前生意满，理足补西铭。取泥放蚯蚓，埋珠宥蜻蜓。理会蝼蚁穴，修养黄雀翎。斯事近佛理，度厄鸣钟听。俗缘未尽者，莫漫叩吾扃。（《青社》）

　　　　鹿角优游一勺水，不愁理会蝌蚪尾。凭栏时见人影亲，方壶疑有蛟龙起。鹳鹆不堪供匕箸，鲲鲕岂中佐酒醴。忆昔坡老迁池鱼，未许潜师得专美。君不见天寒冰冻池水涸，困于泥沙绝流沘。不如放之大江中，免叹游魂沈釜底。（《放鱼用东坡韵》）

---

① 张载著，章锡琛点校：《张载集》，中华书局1978年版，第21页。
② 同上书，第282页。
③ 冯友兰：《新理学》，《冯友兰谈哲学》，北京当代世界出版社2006年版，第89页。

海鸥时狎客，山兽解随人。自饱池中物，知无化外民。我惭驱鳄手，君试钓鳌缗。回首巴江上，应怀抚字仁。(《项午晴和前诗赋四韵答之》)

以上诗例中，自然界的生物皆唤起了诗人的一份同情悲怜，于是在其笔下"海鸥时狎客，山兽解随人"，心忧池鱼，情悲蝼蚁。特别是《放鱼用东坡韵》，诗人仿佛已化身为一条游鱼，"凭栏时见人影亲"句，正见出物我之间的和谐亲近，"君不见"以后诸句处处替鱼着想，意欲将其放之浅池勺水中，又恐天寒池涸，困于泥沙，于是末句气局顿开，拟将放鱼回归大江，悠游足岁，保全生命与本性真情。此诗取意颇近于支道林放鹤典，支公言"尔冲天之物，宁为耳目之玩乎"，于是使其自由飞去，同时放鱼归大江，也是诗人通过物情而体证到了"倏游从容"的快意欢畅。《蕙风词话》云"唐张祜《赠内人》诗：'斜拔玉钗镫影畔，剔开红焰救飞蛾。'后人评此以谓慧心仁术。金景覃《天香》云："'闲阶土花碧润。缓芒鞵、恐伤蜗蚓。'与祜诗意同。填词以厚为要旨，此则小中见厚也。"① "厚"与浅薄、轻薄、浮薄、薄情相对，"慧心仁术"正是"厚"的点睛之处，即那种至情洋溢，真情沛然，推己及他，民胞物与，深怀万物一体之爱的仁心善意。② 和瑛"取泥放蚯蚓，埋珠宥蜻蜓。理会蝼蚁穴，修养黄雀翎"等诸句，无不呈现出这一思致。清人何绍基言："'温柔敦厚，诗教也。'……将千古做诗人用心之法道尽。凡刻薄吝啬两种人，必不会做诗。……非胸中有余地，(同腕) 下有余情，看得眼前景物都是古茂和蔼，体量胸中意思全是恺悌慈祥，如何能有好诗做出来。"③ 嘉庆十一年（1806）诗人由新疆官任上被调还京，作《巢燕去而复返呢喃似作别意》"群离玉鹊与谁徒，君子堂前托抱雏。小智漫夸明戊己，世间他事了然无。晓起喃喃教语频，定要秋去返来春。谁知燕燕秋为客，送客还乡作主人。"虽云燕燕有情，实是诗人仁心慈厚，善于体贴，故下笔蔼蔼动人。乾隆五十四年己酉

① 况周颐撰，屈兴国辑注：《蕙风词话辑注》，江西人民出版社 2000 年版，第 126 页。
② 此处关于仁心与诗心之关系参拙作《"尔汝群物"与"强草木以还泪债"——从钱锺书的"物我"观中看古典诗学中的三种境界》，《陕西学前师范学院学报》（社会科学版）2013 年第 4 期。
③ 何绍基：《题冯鲁川小像册·论诗》，《何绍基诗文集》，岳麓书社 2008 年版，第 729—730 页。

（1789）和瑛于四川按察史任内作《成都呈鸡雏待饲图呈李云岩制府》，其中有句："啴孩□鷿初长，生全在饲之。……恤民千古鉴，愿勖小臣司。"为何题咏"鸡雏"？程子曰："鸡雏可以观仁，满腔都是生意，满腔都是恻隐，斯可与识仁，可与言诗矣。"① 可见此诗有深刻的理学意蕴，在诗中流露的正是一种温柔悱恻、仁民爱物的胸襟。再如《饲池鱼》：

> 方塘青见底，瀺灂快纤鳞。欲饱波心鲋，看浮水面萍。唼花空自逐，纵壑渺难伸。体具含生性，功施发育仁。不惊残月钓，肯上巨鳌纶。柳子文章在，庄生笑语频。会心知尔乐，得意向人亲。帝泽涵无外，忘机任小臣。

"体具含生性，功施发育仁"句，一篇之眼目，深富理趣。"会心"句典出《世说新语》，简文帝游华林园曰："会心处不必在远，翳然林水，便自有濠、濮间想也。觉鸟兽禽鱼，自来亲人。"② 正是在此"仁心"的光照下，诗境中那些草木虫鱼等无生、无情之物皆成为有生命的对象，以至情爱之。于是自然被生命化、审美化，诗人用自己的痴情体贴着自然的情理，一片同情、慈悲之心③。

此外，和瑛还将《易》学精神融入自己的执政理念中，"默会乎阴阳消息之原，故能触处贯通，用能开物，而成务师之象。"④ 在咏史怀古、新乐府等论政治及教化之作中，多有显现，此处无遑多举。

二 "易"道影响下对李、杜、苏"刚健"诗风的接受

和瑛一生乐观奋进，自强不息，接受了良好的教育，"我有扪虱庵，六经为庖厨"（《书架》），作为一个蒙古族诗人，他以自己深厚的学养，对群经之首的《易经》融会于心。这种经学的心性修养不仅指引着他的

---

① 程颢、程颐：《河南程氏遗书》第二卷，《二程集》，汉京文化事业有限公司1983年版，第15页。

② 刘义庆著，黄征、柳军晔注：《世说新语·言语》，浙江古籍出版社1998年版，第45页。

③ 参见拙作《"尔汝群物"与"强草木以还泪债"——从钱锺书的"物我"观中看古典诗学中的三种境界》，《陕西学前师范学院学报》（社会科学版）2013年第4期。

④ 震钧：《天咫偶闻》，北京古籍出版社1982年版，第80页。

立身行世，而且成为《易简斋诗钞》"刚健豪迈""沉著宏放"之美的内在源泉，于是那些极为豪壮奇崛的意象涌现于诗人的笔端，如雄视天下的泰岳、高耸入云的雄峰、遒劲矫健的苍松、奔腾咆哮的巨流、骏马等，它们在空间上体积巨大，形势上宏伟壮阔，无不展现出健劲的力量美与气势美，以一种充满深度能量与爆发力的存在状态与诗人的审美心理结构、心性气质形成一种"同构""共鸣"，进而引发激越、兴奋、发扬蹈砺的情感流泻。

故而，和瑛一些作品颇近于李白之雄迈与苏轼之豪旷。对于李白与苏轼，和瑛是极为钦慕的，《望太白楼》与《雪台》二诗正传达了异代相赏的深情：

> 海上钓鳌豪乃尔，江边捉月兴何如。观澜亭畔今宵梦，怕听相如赋子虚。（《望太白楼》）
>
> 东坡绘雪堂，藩外藏身固。何如天然台，写照寒光素。长空笑云倚，大江叹波注。流连一物耳，鱼鸟何所慕。峨峨普陀山，蔼蔼长生树。欲揩望乡眼，早辨朝天路。（《雪台》）

"海上钓鳌""江边捉月"[①] 皆关涉太白，风流豪兴亦已极矣，至若夜阑入梦，闻听"飘飘然有凌云气"之《子虚赋》，则心动神驰不能禁也。故虽言"怕听"，实有豪气干云，风流自赏之快意。《雪台》一篇，古典与今典、他情与己情浑融一体，一时之性情襟抱，如见如闻，诚为集中佳作。东坡"乌台诗案"后被贬黄州，于茨棘瓦砾之场，勤苦躬耕，命此营地为"东坡"，取义于白香山《东坡诗》，以见放旷自达之情，后著堂于此，名曰"雪堂"。《雪堂记》云："苏子得废圃于东坡之胁，筑而垣之，作堂焉，号其正曰'雪堂'。堂以大雪中为之，因绘雪于四壁之间，无容隙也。起居偃仰，环顾睥睨，无非雪者。"[②] 雪堂寄寓着东坡处身逆境，入世与出世的矛盾及洒脱超拔的人格光辉。"万人如海一身藏"，任职西藏的和瑛在宦海浮沉之中，亦有一种远离竞逐，藏身藩外的深意，

---

① 王定保《唐摭言》言："李白着宫锦袍，游采石江中，傲然自得，旁若无人，因醉入水中捉月而死"，见王琦《年谱》，《李太白全集》，中华书局 1977 年版，第 1612 页。

② 苏轼：《雪堂记》，《苏轼全集》卷十二，上海古籍出版社 2001 年版，第 914 页。

他从东坡诗文中获得了无穷的慰藉。西藏的雪山素岭是天然的"雪台",他也笑看长空云倚、大江东去,在旷朗的心境下消解现实世界的逼仄与促迫。太白、东坡,皆是几经漂泊浮沉,"身行万里半天下"者,他们身上不低靡、不委顿的精神境界,使接受易学影响的和瑛对之心领神会,体现在自己的诗中。集中和东坡韵者,就有《放鱼用东坡韵》《题屋圃五峰祷雨图用东坡张龙公诗韵》《五月朔东郊观麦泛大明湖燕集小沧浪用东坡迁鱼西湖诗韵》等,除了用韵、意象方面,在"落想""取意"上亦追踪东坡,如《黄溢浦渡江遇风》云:

> 远樯出没隔蓬岛,驶如点翅蜻蜓巧。金龙有灵施无患,奔流远称帆力饱。须臾震起吸江风,浩浩黄溢渡杯小。起视童奴面色青,灭烛危坐意悄悄。乾坤一噎本偶然,戏我何如戏坡老。楼船六丈万顷波,我觉身轻如过鸟。

在险风危浪之中,作者胸襟坦荡,临危不惧,反而靠着对宇宙精神的领悟与自我超拔的意志,从危难中解脱出来,面对此情境作出审美观照,呈现出矫健豪宕的气势与崇高美。"楼船六丈万顷波,我觉身轻如过鸟",这是和瑛一生精神境界的形象写照,江山在扩充其心胸的时候,他也以自己的诗情为笔底的自然山水染上了一抹豪奇之气。诗中有"乾坤一噎本偶然,戏我何如戏坡老"之句,在江上遇险时,诗人很自然地想起了苏东坡。其实,此诗之取意正与东坡《六月二十日夜渡海》诗与《书合浦舟行》文神理潜通。[①] 诗文中通过描写旅途中的诸种险境,而呈现出临危不惧的勇气及深切的文化担当。《黄溢浦渡江遇风》正是很巧妙地化用了此一诗一文的笔意章法,此类诗还有《东俄洛至卧龙石》《中渡至西俄洛》《小歇松林口》《甘州行》等。概而言之,诗境中皆先言所遇环境之

---

① 元符三年(1100)六月,东坡结束了流放于海南岛的逐臣生涯,欲渡过琼州海峡赴大陆,于是作了《六月二十日夜渡海》一诗:"参横斗转欲三更,苦雨终风也解晴。云散月明谁点缀,天容海色本澄清。空余鲁叟乘桴意,粗识轩辕奏乐声。九死南荒吾不恨,兹游奇绝冠平生。"东坡从海南岛北归,紧接着以琼州别驾的身份被调往廉州安置(今属广西),故乘舟赴其地,《书合浦舟行》一文记述了此行之经过。途中"连日大雨,桥梁尽坏,水无津涯",在如此险恶的境况下,诗人不禁四顾叹息,尝有人劝告移棹别往,然东坡心中另有一番信念,"所撰《易》《书》《论语》皆以自随,世未有别本,抚之而叹曰:'天未丧斯文,吾辈必济!'"后果然渡海。

险难，然后再叙他人处此境地的惊惧退缩与我之坦荡从容，两相对比，呈现自我穷且益坚的精神本色，除以上引例外，东坡《石钟山记》《后赤壁赋》等诗文亦同此章法。显然，和瑛在接受东坡诗艺的同时，思慕的更是其人格境界。

在《易简斋诗钞》中，《登岱》《登城望千佛山》《泰安试院七柏一松歌用少陵古柏行韵》《马衔鱼歌》《马洞酒歌》《七夕浓阴》《城堞春阴》《百尺虹垂》《九日书怀和颜岱云制军用陶诗拟古韵》《宿松树塘》《轮台饯马行》《甘州歌》诸作，能明显感知到太白、东坡诗的风调。即便如两篇《纪游行》，虽受李商隐转韵体之影响，然只学其运韵之法，而气势、意趣、格调乃太白、东坡之遗意。以上所举诗例大多为长篇歌行体，此体形式自由，可融写景、状物、叙事、抒情、议论为一体，放情长言，步骤驰骋，凭借诗人才力、心量之广博深厚，宛转变态，掩抑生姿。神妙尽兴者，每如骏马驰原，惊湍涌动，以气、势、力之流行，呈现异致奇观。太白、东坡正是此中作手，如太白之《襄阳歌》《天马歌》《梁甫吟》《北风行》《扶风豪士歌》；东坡之《次韵子由柳河感物》《欧阳少师令赋所蓄石屏》《百步洪》《十月十六日所见》等。且看和瑛与之同调的诗作：

> 忽焉入水吁可怪，破浪似探眠骊珠。拨剌满吻喷雪沫，吐地泼泼银鳞鱼。意者此马信龙种，鳌宫寄到尺素书。不然此鱼本鲲鲸，吞舟西海残鲋鲤。世无斩蛟驱鳄手，天公收缩生神驹。（《马衔鱼歌》节选）

> 房星之精天驷光，渥洼青海名驹场。饥食雪山草，渴饮天池水，化为刚中柔顺之潼浆。潼浆生不入烟火，蒸云沃雪羞杜康。清于醍醐冽于泉，酿蜜缩头甘醴藏。曲生风味岂不好，用物终嫌谋稻粱。身处脂膏不自润，屏绝麦黍头低昂。圣贤中之聊尔耳，井花冰液足清凉。清凉却走丹田暖，春风入髓筋骨强。东坡真一过酽烈，洞庭春色名虚张。饮中八仙倘得此，当年肯入无功乡。（《马洞酒歌》）

《马衔鱼歌》频频出现的"酒""鱼""马""鲲鲸""龙种"等意象，无不流露出矫矫不群的神气，风驰电掣般的动作变换，裹挟着一种力量，随着诗意的展开而蓬勃着，"忽焉入水""破浪""探""拨剌""喷"

"吐地"，诗人仿佛自己也腾动起来了，以追光蹑影之笔，将神驹姿态横生的第一个瞬间都呈现出来，于是动态生发出了速度，速动涌动着激情，生命的刚健与冲击感亦借此以见于言外。《马洞酒歌》更为奇绝，李太白《将尽酒》唱道："五花马，千金裘，呼儿将出换美酒，与尔同销万古愁。"将神驹、美酒放置在当下的醉意沉迷与万古情愁的对抗之中，于是人生无所顾忌的醉态挥洒与无法消解的悲剧命定互相冲击。在这种时空结构的巨大错置下，豪情与悲情，激荡着沉潜而又郁勃的复调性的生命旋律，极富张力。同样是"马"与"酒"的诗意生发，如果说李白之句侧重于情感的激发与宣泄，大有歌哭无端的豪兴，那么和瑛诗则倾向于人格境界、胸襟怀抱的自我标举与砥砺。房星之精化作天马，天马又幻作潼浆，诗人的心灵从"酒名"之中突作奇想，于是腾天潜地，彼此比并，将酒入豪肠的感受与历史典故贯通起来，处处呈现着自己磊落淡泊，洒脱大气的人格美。"曲生风味岂不好，用物终嫌谋稻粱。身处脂膏不自润，屏绝麦黍头低昂。"这种在咏物之中，自抒怀抱而以"意格"取胜之诗境，其实正可与杜甫、东坡诗相参证，如杜甫《高楠》《画鹰》《房兵曹胡马》，如东坡咏海棠花之作《寓居定惠院之东杂花满山有海棠一株土人不知贵也》《红梅三首》《戏作种松》等。和瑛取法于前贤此类之作，诚可谓"说物理物情，即从人事世法勘入，故觉篇篇寓意，含蓄无限。"[①]

和瑛对"松"与"马"意象情有独钟，"冬雪厉松柏，秋霜汰蒲柳。"（《九日书怀和颜岱云制军用陶诗拟古韵》）"清秋月照松间雪，雪月交光松心壮。四时盘错不改柯，夭矫虬龙茁无恙。"（《宿松树塘》）"庭有参天柏千本，翠螺松涛响半空。绕屋盘桓刚半载，后凋知耐岁寒风。"（《泰安试院七柏一松歌用少陵古柏行韵》）"灵谷池中影，亭亭写照松。禅枝龙虎迹，梵叶雪霜容。"（《苍池松影》）"我心悬旆鹿马东，岁寒不凋摩顶松。林间六白决耳牖，照天蜡烛梦苍穹。"（《纪游行》）"天风吹落天山高，天星毓此天马骄。……东野子，九方皋，权奇逸力空群豪。岂如幻青知马性，性同君子相独超。"（《轮台钱马行》）清人叶燮《原诗·内篇》云："诗人之基，其人之胸襟是也。有胸襟，然后能载其性情、智慧、聪明、才辩以出，随遇发生，随生即盛。"[②] 黑格尔指出：

---

① 杜甫著，仇兆鳌注：《杜诗详注》，中华书局 1979 年版，第 1536 页。

② 叶燮：《原诗·内篇》，《中国美学史资料汇编》，复旦大学出版社 2008 年版，第 495 页。

"在艺术里，感性的东西是经过心灵化了，而心灵的东西也借感性呈现出来。"① 文本中的意象就是诗人心灵之光的感性呈现，而典型的意象背后更潜藏着一个与之交融不昧的灵魂。每个被重复"唤醒"的意象皆是诗人以他深情敏锐的眼睛洞彻万物的自身神理，并用心体贴之后，终将自己的性情襟胸流贯其中的产物，是心与物交融互映的结合体。正如一滴水中可显现大千世界，对于一个真诚的诗人来说，其诗中的意象也呈现着完整的自己。故而和瑛诗中"松""马"等意象无不成为诗人坚韧不拔、奇逸超迈的人格精神之象征。

此外需要说明的是，诗人对意象的择炼运用不仅受个体当下情境的影响（包括当下的文化语境，政治环境，个体的人格、天性、心境等方面），还受一种历史性的"诗性传承"过程的作用，故而意象所具有的文化性、情感性、直觉性等方面的内蕴是被不断累积浸透的。"松""马"等意象在杜甫诗中曾受到极大的重视，一度成为诗人人格精神的化身，和瑛在此类意象选择上或许是受杜甫的影响。杜诗中如《房兵曹胡马》《天育骠图歌》《高都护骢马行》等作，皆达至表理相宜，物我一体之境。宋人黄彻言："杜集中马与鹰甚多，亦屡用属对……盖致远壮心，未甘伏枥；嫉恶刚肠，尤思排击。《语》曰：'骥不称其力，称其德也。'《左氏》曰：'见无礼于其君者，如鹰隼之逐鸟雀也。'少陵有焉。"② 随着少陵阅世日深，深感壮志难伸，仕途蹭蹬，时代与个人的悲剧交叠在一起，他笔下的"松""马"等意象在强作奔突、不甘沉沦的刚毅背后更有无可奈何的低吟与悲怆，寄托着一份沧桑之感。于是病柏、瘦马、病马，频频走进诗境，映现诗人坚韧而又悲苦的灵魂。像杜诗那样，和瑛所咏之物及诗中的意象，不是一些诗人案头吟赏、自许风流的"清玩"，而是将深远博大的精神贯注其中的"力量型"作品，当然由于时代背景与个性的关系，这些意象中所寄寓的情感还是较单纯，很少有悲慨难言、沉郁顿挫的多重感情之冲击交融。和瑛毕竟生活在安定繁荣的乾隆时期，虽然亦遭宦海浮沉，但是并非不受知遇，身历三朝，多有政绩，位列封疆大吏，虽经劳苦，然未尝忧患，他内心的冲突矛盾与情感积蓄的深广度自然是不及少陵了。

---

① 黑格尔：《美学》第一卷，商务印书馆1979年版，第49页。

② 黄彻：《䂬溪诗话》卷二，知不足斋丛本。

　　然而，在相近的"豪雄"风格下，不同的诗人又有其独具的特色，那么和瑛诗又呈现出怎样的异质？"境界有大小深浅"①"有此词心，方有此词境"②，故而我们不妨深入辨析李白、杜甫、苏轼、和瑛具有不同生命肌理的"豪雄"，在旁观互证中，以便给和瑛诗一个恰切的美学定位。清人杨廷芝论太白之"豪"颇具慧眼："豪迈放纵。豪以内言，放以外言。豪则我有，可盖乎世；放则物无，可羁乎哉！"③所以太白诗中无所羁縻的自由精神、自尊自信与现实"世网"在时空、功名、死生、进退等方面的约束构成一种紧张的矛盾。他以浪漫的想象、奇绝的神思，做着突围的努力，然而异己的力量同时压抑着他，正如大河巨流受到礁石峡口的阻碍，于是飞扬与敛抑、高傲与沉迷、豪气与悲情交相共振，使其诗的生命节律呈现跳荡飞越之态，然而依然不掩那种处于宇宙中心而上下纵横的大气。相比而言，杜甫的"豪"源于深沉博大的情感力量，在时代与个人的双重作用下，生命节律的沉郁顿挫使他的"豪"近于儒家德配天地的境界，与自道身世之戚不同，他的诗"俨然有释伽基督担荷人类罪孽之意"。这种无限的担荷悲悯的精神，与厚德载物、自强不息的道德律相融，构成了杜甫之"豪"的精神内核。然而，苏轼之"豪"更倾向于"旷"的一面，他将一切置之度外，超然视之，并对其进行审美观照。同时，经常对雄奇险怪之境投以欣赏探索的热情，呈现出起伏跌宕的气势。作为哲人，他常怀有一种超绝沉雄的文化精神与高度的道德自信力。"天不灭斯文也""云淡月明谁点缀，天容海色本澄清。九死南荒吾不恨，兹游奇绝冠平生。"这里已然有了"以道自乐"、不待外求的"天地精神"。

　　那么，相较而言，和瑛诗中之"豪"气，除了儒家"雄健"的大易精神与佛家心无滞碍（多次运用"吸江"之典，可见其气质）的修养外，又源于哪里呢？一是来自对国力强盛的赞美、自豪感。二是山川自然在地理形态上的直观美感作用，即雄奇壮阔。三是在景物呈现中融入对历史事件的宏大叙述。四是多年外地的行游本身造就了一种大气豪迈的情性，开拓了其眼界与心量，故呈现出向外扩张与奔放不羁的情感脉动。以下诗作颇见其致：

───────────────

　　①　此意见于王国维《人间词话》，上海古籍出版社 2008 年版。

　　②　况周颐：《蕙风词话》，江西人民出版社 2000 年版，第 9 页。

　　③　杨廷芝：《二十四诗品浅解》，孙昌熙、刘淦校点《司空图〈诗品〉解说二种》，山东人民出版社 1962 年版，第 104 页。

　　天地气交山泽通，山独名泰为岳宗。左浮右拍涵众象，伯仲昆仑低华嵩。医巫间脉跨海底，主宰生气转鸿蒙。经日万物出乎震，艮实成始而成终。我游羲图极否地，冰梯万仞摩苍穹。抽身已度化城里，放眼今越扶桑东。黄河一线渺金沙，清汶百折流玉虹。世人登岱尽皮相，绝顶那觉凌罡风。乃知山川莫禹力，大陆既作称兹雄。(《登岱》节选)

　　平湖倒影朱阑干，螵蛛没空水椿残。螭腰鲸背跨碧澜，使君屧响游鱼观。忆昔普陀持节还，绳桥栈梁难述殚。芜词窃比郦经看，自愧腐儒多素餐。侧闻瀚海无险滩，昆仑快睹奇峰峦。君不见，蓝关雪磴嘲迁韩。又不见，玉门沙幕娱老班。此园池沼足盘桓，那须武骑题柱端，古来利济名不刊。(《百尺虹垂》)

　　朔风滙波霜天高，弱水冻涩流沙焦。行人到此缩如猬，况复西指瀚海遥。老我崛强兴不浅，夜半起舞听鸡号。欲写胸中磊块气，挑檠炙砚濡冰毫。(《甘州歌》节选)

和瑛对佛教的接受及其"清淡"诗风的形成

马　涛

佛教于清中期颇盛，禅风遍于朝野，风气所被，和瑛亦深受其影响，其名作《西藏赋》中所运用之佛教故实，多而精切，可为一证。在内地任职期间，和瑛常出游名山名刹，并与僧人酬唱往来，不时流露出佛家思想，特别是在素有"佛国"之称的西藏任职期间，这里圣洁的自然与浓厚的宗教文化无不触动着他的诗心，使他笔下的部分纪游之景，多了一层佛教哲理的光照。和瑛在《重阳九咏·梦梵》中云："无我牛饲病，日把诵经珠"，佛教对和瑛思想的影响在《易简斋诗钞》中随处可见，不仅在意象、义理的层面上构筑着一个诗意世界，而且直接内化为一种处世态度、人格信仰，也启发着诗人对生命意义的思考。

一　和瑛对佛教思想接受的实质

在笔者看来，和瑛对佛教的接受其重点并不在因果轮回与生老病死终极问题的困惑上，也不在俗常之流对来世福报的希羡以及对现实社会担当的否定，他所赏慕倾心的乃是佛教精神修养的境界。即使是在宗教神秘气息极为浓厚的藏区，他的这种理性态度也没有改变过，他对宗教性的狂迷与盲目是有清醒认识的，"佛不佞人人佞佛，安边须读古人书"（《闻项午晴刺史抵前藏粮台任寄赠》）。儒家关于天地万物生生之理的体悟，以及仁民爱物、尽心君国的情怀依旧是他的精神基点。

关于和瑛亲近佛禅的缘由，在社会风气与"名言、义理"性的文字背后，还有其具体切实的现实根源。和瑛宦海浮沉的具体经过，史书载之颇为疏略，我们无法探知细微的历史情境，但是其与松筠（湘浦）的赠答酬唱之作却微露端倪，或可知其蛛丝马迹。清代驻藏大臣的任期一般为三年，松筠因和珅多受乾隆重用，而与之政见不合，不甘屈服，一直请求留藏地办事五年。至嘉庆四年（1799）方召为户部尚书。① 然而，和瑛连任八年驻藏大臣，抑或也因官场倾轧、人心难测，意欲任职边地，以远离朝中是非鼎沸之势所致，这与乾隆末期，和珅把持朝政，吏治腐败有直接关系。《手煎白菜羹饷湘浦并致以诗》正传达了驻守于远在天涯的边藏，知音相感的劝慰之意："小圃霜菘劚，调羹淡不妨。瓢儿甘让美，瓜子味兼芳。世羡扬汤沸，人酣啜汁忙。与君多古意，白水菜根香。"我们联系二人此时的心境遭际，可以悟知"世羡"句并非文人自命清高的泛泛之言，其中带有着切身的甘苦。《和松湘浦司空咏园中双鹤元韵》以鹤喻人，可见二人之性情与风仪：

> 鹤本天仙姿，性爱云山驻。受养不受羁，可招不可捕。我学张云龙，来驯雅园素。清神警夜半，雪氅披春煦。俯仰如桔槔，争识高闲度。万里修羽毛，庶免群鸡妒。有如德不孤，应此青田数。时作九皋鸣，自足惊野鹜。

"万里修羽毛，庶免群鸡妒。"高自标致，有所讥讽之意已露。《中秋玩月简后藏湘浦司空》将二人长期驻藏的一点微怀隐情、心志襟抱又一次呈现了出来：

> 四海漫相识，西风叹聚蚊。偶寻袁粲竹，还读谢庄文。独忆人千里，关心月十分。最高峰顶宿，身外是浮云。

其中首联与尾联皆有一片幽深情怀寄托其间，非泛泛之笔。"西风叹聚蚊"，喻小人谗邪趋炎，众口诋毁，典出《汉书·中山靖王传》②。末句用王安石《登飞来峰》"不畏浮云遮望眼，只缘身在最高层"之典。浮云

---

① 《清史稿》："和珅用事，筠不为所屈，遂留边地，在藏凡五年。"（赵尔巽：《清史稿》卷三百四十二，《松筠传》，中华书局1987年版。）和珅一方面依靠乾隆，掌握着朝中的大权，同时利用手中的大权，拉帮结派，培植亲信，不断扩大自己的势力。和珅拉拢亲信军机大臣福康安，还有山东巡抚伊江阿，他的老师吴省钦和吴省兰等。他的弟弟和琳，更是几年之内就从一个内阁言官升为四川总督。和珅对那些不听他指挥的正直大臣，不择手段地排挤、压制和打击。大学士松筠，在和珅面前从来不屈服，就被发配到边缘地区任职。

② 班固：《汉书》，中华书局2007年版。

者，暗喻奸佞之小人。汉陆贾《新语》："故邪臣之蔽贤，犹浮云之障日日也。"① 唐李白《登金陵凤凰台》："总为浮云能蔽日，长安不见使人愁。""最高峰顶宿"句乃言在政治识见与精神境界上皆能高瞻远瞩，超拔流俗，故不畏奸邪，视之若浮荡无根、终将消散之物耳。诗人留下了大量咏物之作，其中大部分皆是对趋炎附势、蝇营狗苟、口蜜腹剑之徒的讥讽②，如：《蜘蛛》《叩头虫》《狗蝇》《两物》《蝎》等，此外从《古柳行》《重阳九咏·架菊》等寄怀之作，亦可揣知一时之世道人心与诗人之志节操行。这些诗作无不从另一个侧面深刻地揭示了和瑛接受佛家思想的现实根源。

实际上，对和瑛而言，佛教哲理化为一脉甘泉，可以涤荡灵襟，消息尘念，凭借此而获得"胸无滞碍"的境界，以摆脱在官场与世俗世界中的羁绊与压抑。柳宗元《送僧浩初序》云："且凡为其道（佛教）者，不爱官，不争能，乐山水而嗜安闲者为多，吾病世之逐逐然唯嗜利为务以相轧，则舍是其焉从？""浮图诚有不可斥者，往往与《易》《论语》合，诚乐之，其于性情爽然，不与孔子道异。"③ 即使排佛甚利的韩愈亦认为禅者"能外形骸，以理自胜，不为事物所乱"④，与之接触，"胸中无滞碍"⑤。和瑛是以儒家自称的，"吾儒重现在，百年责当躬"，他自己对佛教的接受与前贤略无二致。在他看来，心灵对于安闲、洒落、自由无滞之境的追求，在佛理的荫庇中能得到陶养与满足，通过精神境界的修养，可使他从现实物欲的耽溺与权利竞逐的倾轧中超脱出来，心静神闲，泊焉而无求，返回生命的本真状态。正如他在《鼓殿钟声》中所云："午夜凭虚应，高秋发响重。两般醒世意，并作一枢春"，秋夜霜钟，醒彻一晌尘梦。

于是基于以上对佛教的接受心境，在《易简斋诗钞》中，和瑛对"空""无我""无心"等义理长言永叹，如"向空心已淡，于我意俱迟。

---

① 陆贾撰，庄大钧校点：《新语》，辽宁教育出版社 1998 年版，第 8 页。

② 此类诗与《红楼梦》中宝钗之《螃蟹咏》"眼前道路无经纬，皮里春秋空黑黄"同一思理，"这些小题目，原要寓大意，才算是大才。——只是讽刺世人太毒了些！"从此类题材中，或可察知一时风气。

③ 柳宗元：《关僧浩初序》，《中国佛教思想资料选编》二之四，第 354 页。

④ 朱熹：《朱子语类》百三十七，中华书局 1996 年版，第 3275 页。

⑤ 朱熹：《书韩昌黎与大巅坐叙》，《朱子语类》二十八，中华书局 1996 年版，第 394 页。

梦觉澄江远，仙凡野竹迷。"（《赠云山在上人》）"空心无凝物，直节出清流。"（《曲水流觞》）"溪水无容心，一片天光收。"（《鹫溪》）"至妙岂能名，真空究莫状。"（《妙空禅院》）"且向空门看活水，漫劳彼岸渡迷津。"（《再游罗卜岭冈》）"朗开无我抱，清共太虚涵。"（《中秋玩月简后藏湘浦司空二首》）在佛教看来，万法皆空，皆是因缘和合的产物，故一切因缘而起，因缘而灭，并不具有永恒的自性。如果对外在世界与自身过于直执迷恋，便会生贪嗔痴爱诸苦，它们共同表现了人在尘俗物欲的竞逐耽溺过程中的诸种心境。人若能洞彻宇宙"万法皆空""聚散浮生"终归一梦的本质，即不生贪嗔痴爱，贪嗔痴爱不生，便可生慈悲心，舍己利人，不造恶因。即如《金刚经》所言："于一切有为法，生无所住心"，"心无挂碍，故远离颠倒梦想"（《心经》），于是世间功名得失、富贵荣达皆在一种淡泊洒落、无执无住的精神觉解中被超越了①。和瑛显然对这种佛教义理深会于心，如《宿三里甸再赠云在上人其一》云：

> 借问云何在，那从色相寻。人归幽洞晓，日薄大江阴。岂有为霖志，而无出岫心。浮云看富贵，岑寂此山深。

全篇运笔灵动精妙，以一"云"字结穴，贯通始终。首句将"云何在"之名与佛理化合为一，略无痕迹。云者，一片云水禅心之象征喻示也。可析为二义：其一，上人如"白云"般缥缈无踪，游行自在，无任何行迹可供寻觅；其二，"云"喻佛境、法身，《金刚经》言"可以以身相见如来否？不也，如来所说身相，即非身相，是名身相。"②故直执于外在色相世界，便难顿悟真如之境。颔联人归幽洞，而晓色初曙；日薄大江，顿见天际浓阴，造境一深微，一沉雄，开合腾挪，将"小景""大景"（王国维语）调合一处，正可见一种随行自在的气魄。"岂有""而无"虚字传神，将一片无滞无执之心境和盘托出，以我"云水"禅心看"浮云"般之富贵，于是心性之淡泊宁静愈显其可贵，而万物之繁华一瞬更悟其无实，两相镜入，洞达幽怀。"云"意象运用

①　此处关于佛教"空"理所蕴的解脱精神可参考拙作《"通灵"宝玉与"灵明"之心——论〈红楼梦〉中"通灵宝玉"的哲学象征内蕴》，《黑河学刊》2013 年第 1 期。

②　林世田、李德范编：《金刚经》，《佛教经典经华》，宗教文化出版社 1999 年版，第 8 页。

于句末，正合钱锺书"比喻多柄"①之义，契会于此，愈见文心之妙也。

诗人这种"浮云看富贵"的淡泊情怀，无论在与友朋的酬唱应和，还是自抒性灵之时，都有着真切的体现，所以"冷宦""热宦"这样的对比性描写常出现于诗中：如"炎凉随洞晓，苦乐独君空。"（《宿三里甸再赠云在上人其一》）"我来频拍掌，喧静两皆空。"（《空阶应掌》）"有空宜宦冷，无暑自心凉。""地僻留残客，门闲止沸羹。"（《山庄落成题曰"挹翠"用杜少陵游何将军山林韵赋诗十五首其一》）"朱门信华盖，如市复如海。冷公醒而狂，叹彼轮焕采。……寄语热宦流，扫径天西待。"（《柴扉》）"冷官云淡淡，热宦路悠悠。却老青灯业，投闲赤子忧。"（《中秋和裴梅亭寄怀元韵》）"富贵春婆梦，萧闲㬠子情。天涯无热宦，切莫挤渊明。"（《对菊书怀关项午晴秋满还蜀八首其一》）"不爱黔黄不爱红，禅关色界一时空。秋来结得柔金子，惯向人间医热风。"（《咏栀子花》）"生灭固有时，幸不因人热。"（《形答影》）凭将炙手戒，消却热中情。（《谢范六泉馈火钴》）。

引诗中所言的"冷""热"之义，其思想渊源正来自佛教与《庄子》，佛、道思想对功名利禄等外在追逐下人性的扭曲与异化有着同样的深切关怀，具体体现为"火灾"与"内热"（热毒）两种象喻性的义理构建：

> 三界无安，犹如火宅，众若充满，甚可怖畏，常有生老病死忧患，如是等火，炽然不息。（《法华经·警喻品》）②
> 遁其天，离其性，减其情，亡其神，以众伪。故卤莽其性者，欲恶之孽，为性蔺苇蒹葭始萌，以扶吾形，寻擢吾性，并溃漏发，不择所出，漂疽疥臃，内热溲膏是也。③（《庄子·则阳》）

---

① 参见钱锺书《谈艺录》论李长吉诗一节，生活·读书·新知三联书店 2008 年版。

② 《法华经·警喻品》，"火宅"又见于以下之文："其家广大，唯有一门，多诸人众，一百、二百、乃至五百人、止住其中。堂阁朽故，墙壁隤落，柱根腐败，梁栋倾危，周匝俱时、欻然火起，焚烧舍宅。……诸人等，于火宅内、乐著嬉戏，不觉不知，不惊不怖，火来逼身，苦痛切己，心不厌患，无求出意。"（王彬译注：《法华经》，中华书局 2010 年版，第 114 页。）

③ 王先谦：《庄子集解》，上海古籍出版社 2009 年版，第 271 页。"内热"又见于《庄子·达生》和《庄子·人世间》，"有张毅者，高门县薄，无不走也，行年四十而有内热之病以死。""吾食也执粗而不臧，爨无欲清之人。今吾朝受命而夕饮冰，我其内热与？吾未至乎事之情，而既有阴阳之患矣；事若不成，必有人道之患。是两也，为人臣者不足以任之，子其有以语我来！"

所谓"火宅"，佛家比喻烦恼的俗界，言人爱欲纠缠，困于生、老、病、死、爱别离、怨憎会、求不得、五阴盛八苦之中，如居火坑。"热毒"乃是因世人一味沉迷耽溺于尘俗物欲与功名富贵之追求中而因迷失本性真情，偏离天道，所患的躁烈竞逐的心热之疾。这类人趋炎附势，怀着热烈而激荡不已的欲心、偏执心，故欲"热"而心遭荼"毒"。① 可见，佛、道皆认为欲通达生命的真正价值，获得解脱，必须摒除各种外欲之引诱，而心神宁寂，回归到纯然本真、自由超脱的本性之中。当然作为一个在官场中浮沉跌宕的大吏，我们不能断定和瑛的现实姿态是否亦"悠然飘然"，但是"见于文者，往往为与我周旋之我"②，在诗中确实呈现了他在佛教思想影响下所企慕的生命境界。

二 佛禅思想影响下的"清凉"诗境及其美感特性

宗白华先生言："艺术境界的实现，端赖艺术家平素的精神涵养、天机的培植。"③ 佛教对和瑛精神境界的影响，最终被投射到了诗境之中。于是诗之"清"境成为《易简斋诗钞》极重要的美感色调，它深刻地影响着诗人的感兴心理机制、对意象的择炼以及抒情手法的运用等方面。

"清"字在其576首诗中屡次出现，极为引人注目，从这些频繁拈举的用例中，呈现了诗人对此种趣味的执着与热烈。仅就"诗文格调"的"清"而言就有："清诗少凿痕，神工巧乃藏。"（《上元观番童跳月斧次杨览亭韵》）"清诗饷我观云海，醉翁泉注醒心湾。"（《纪游行》）"破梦心符熟，敲诗腹稿澄。觉花欹压枕，夜气净含冰。"（《夜雨书怀用蠡涛西园夜月韵》）"食料供何补，诗肠洗更清。"（《旅食》）"箇中抽妙绪，不让晋人清。"（《谈（得清字）》）"清诗堪供佛，敢诩曲弥高。"（《吟（得高字）》）"一发穷庐兴，清讴足写怀。"（《歌（得谐字）》）"文墨论文醉亦应，敲诗唤酒共寒灯。壮怀不让骞英使，雅韵全无本淡僧。"（《联句》）"帝乡旧雨人如昨，变语新诗也梦牵。万里鸣沙无雁使，凭将禅味好风传。"（《次徐玉崖同年见寄元韵》）

---

① 此处关于"热"所蕴含的形而上义理可参见拙作《藕叶清香胜花气——论香菱名字的文化寓意与现实批判性》，《西安文理学院学报》（社会科学版）2014年第1期。

② 钱锺书：《谈艺录》，生活·读书·新知三联书店2007年版，第429页。

③ 宗白华：《美学与意境》，江苏文艺出版社2008年版，第162页。

　　"清诗堪供佛，敢诩曲弥高"，这是和瑛对诗境之"清"与佛禅关系最醒目的自我表白。"曲弥高"之"高"，不是一些学唐之作所呈现的高腔大调，势大声宏之境，也不是诗法奇崛令凡手兴叹的高险，它是一种"风流高格调"，是在精神境界与意蕴层面所投射出的人格气象的高度。那么，"清"又是一种怎样的审美趣味呢？明代胡应麟言："绝涧孤峰，长松怪石，竹篱茅舍，老鹤疏梅，一种清气，固自迥绝尘嚣。"①"迥绝尘嚣"四字是"清"境的核心内蕴，它是人心摆脱了尘俗物欲后自在洒落、健爽开朗的境界，正如光风霁月一般，在诗境中则往往呈现为超然的气蕴与澹净意象的完美融合。故而，通过以"佛"眼观物，和瑛一些咏物或自抒性情之作中的意象常透着一种清凉淡泊之气，它们以冷色调为主，呈现出清雅简静的风格。如以下诗句："清虚散步尘心洗，沆瀣朝餐睡眼醒。"（《古树晨烟》）"禅枝龙虎迹，梵叶雪霜容。路转又林古，云藏雪霜容。"（《苍池松影》）"上界清凉地，寒流曲曲香。觉花随意转，活水到时忙。"（《曲水流觞》）"方诸印月明，手谈涵星幽。……溪水无容心，一片天光收。"（《鹫溪》）"碌碌风尘中，吾泉倚翠岚。……凡襟劳一漱，胸吻余芳甘。"（《题煎茶坪吾泉》）"宜晴宜雨下疏帘，无暑清凉气自严。"（《喜吟碧山房竹胜往年次吴蠡涛方伯韵》）"夕览平泉月，涵虚无尽灯。波明珠点点，藻暗翠层层。乍觉嚣尘洗，全销烈暑蒸。……觉花欹压枕，夜气净含冰。"（《夜雨书怀用蠡涛西园夜月韵》）"俯瞰濯缨湖，涵空地镜衍。回首琉璃界，更觉尘襟遣。"（《登城望千佛山》）"一洗嚣尘耳，能通觉性灵。"（《金丝堂听乐》）"皎洁山河壮，高寒雨露浓。朗开无我抱，清共太虚涵。"（《中秋玩月简后藏湘浦司空二首》）"雨洗尘霾静，沾衣作碧苔。"（《山庄落成题曰"挹翠"用杜少陵游何将军山林韵赋诗十五首·其一》）"何如天然台，写照寒光素。"（《雪台》）"历下恋光政，夏月敲冰新。练响达清越，依声和绎纯。"（《庐凤珠观察寄到灵璧石磬廿四片喜而赋诗》）"欲洗筝琶耳，全凭太古音。悠然流水意，默尔远鸿心。月净窗前影，风停竹外吟。何当孤馆夜，为我涤尘襟。"（《旅夜怀西安徐琴客》）

　　在以上诗境中，我们确实体会到了一种心静神闲、尘襟顿彻的意趣，它明快而澹净，浸着一种由透明感而唤起的凉意，呈现出诗人在心思安宁

---

①　胡应麟：《诗薮》外编卷四，中华书局1958年版，第183页。

后对光影与温度深锐的感知。澄寒的星光、雨后的静夜、平泉上动荡的光影、夏月敲冰的清音，气局显得高朗开阔，而非幽深凄怆。当然这种"无我抱""流水意""远鸿心"的洒脱人格，流露于诗境中也往往呈现出一种清明气象。外在世界的澄澈光明，源于内心的空灵超妙，无所滞碍。如邵雍《清夜吟》"月到天心处，风来水面时。一般清意味，料得少人知。"① 其实真正具有深永意味的"清"，源于一颗学养深厚、境界高迈的诗心，否则"清"则趋于"单薄"与"浅近"。和瑛笔下的"清凉"之境正有其深厚的佛教渊源：

> 清凉之风喻能除烦恼炎热，四来吹四门，四门喻常、乐、我、净四观……经譬台七宝楼观，有四阶道，清凉之风来吹四门。②（《金光明最胜王经卷》）
>
> 舍利子，譬如极炎热时，于日后分，有一丈夫，热所逼故，奔趣克河，投于水中，沐浴身体，热乏既息，清凉悦乐。③（《大宝积经》）
>
> "银碗盛雪，明月藏鹭。""鹭鸶飞入芦花里，雪月映交俱不及。""无限白云犹不见，夜乘明月出芦花。"④（《五灯会元》）

在佛典中，大凡佛国，比如"心净国土净"的当下所在以及"西方极乐世界"，往往都被称为"清凉佛国""清凉国""清凉世界"。和瑛在诗中也多次用"清凉"二字，如"冰衔此去清凉界，天语回春入梵云。"（《冬至月奉命以内阁学士兼副都统充驻藏大臣恭纪》）"问君离垢年年洗，要洗清凉几世身。"（《再游罗卜岭冈》）"甲错天摩顶，清凉蔑以加。"（《甲错岭风雪凛冽瘴气逼人默吟》）"百丈禅师应许可，清凉世界在无为。"（《答吴寿庭学使同年见寄元韵四首》）等。在某种意义上说，"清凉"是一种解脱的精神、一种淡泊的人格、一种理想境界的象征。宗门大德言："道人之心……譬如秋水澄渟，清净无为，澹演无碍。"⑤ "秋水澄渟"正是冷峻清幽，绝尽尘滓之境。以上诗例中出现的"雪霜""清

---

①　北京大学古文献研究所编：《全宋诗》第七册，北京大学出版社，第 4574 页。

②　《金光明最胜王经卷》，净地陀罗尼品第六。

③　《大宝积经》卷三十七。

④　宋·普济（撰）：《五灯会元》，中华书局 1984 年版。

⑤　宋·普济（撰）：《五灯会元》卷九，中华书局 1984 年版，第 521 页。

凉""寒流""藻暗""气净""含冰""皎洁""高寒""碧苔""夏月""敲冰""清越""清秋""雪月交光"等无不呈现出清淡、冷静的基调。

故而《易简斋诗钞》中，"冷香""月""白色""雪""云""菊""琉璃""功德水"等具有冷淡气韵的意象，在构建出一个"清凉"世界的同时，亦通过色、声、香、味、触、法六尘，无不启示着诗人对佛禅精义的领悟。当看到凌寒傲霜的白菊花时，诗人咏道"寒生虚室露华流""人淡喜逢秋色淡"（《宿上涨渡民家咏白菊花》），"寒生虚室"便是极富意蕴的，"虚室"典出《庄子》，道家往往着眼于"虚室"之"闲静空明"，而和瑛著一"寒"字，便流溢出一脉清凉佛韵；牡丹将谢，清游未果，诗人却体悟到了"真空无相"的佛理，"身作天香花作相，要知无相是真空"（《第穆呼图克图园中牡丹将谢遂不果游》）；上元佳节的明月，也有一番形而上的启悟，"乐行苦住果何凭，皎洁婵娟悟上乘。"（《上元春灯词二首》）；常被用作人格象征的梅花与俗常的桃花，亦佛音流溢，"高宜斜笼月，低合淡含烟。……色香真寂静，留取伴余年。"（《以诗索裴静斋墨梅画幅》）"寂静"是涅槃的佛境，达至永无生灭的恒常性，言画艺将瞬间荣悴之物凝为永恒。"不羡凡花色，常培自在根。"（《园中桃熟》）自在根者，言人人皆有之真如佛性，清静圆明，不生不灭，然而常被客尘外"色"所遮蔽，故须操存葆养，常自培植；特别是被称为富贵之花的牡丹，在和瑛笔下成为清妙佛境的象征：

自入琉璃界，戎葵不校芳。折摇琪树影，插映玉盘光。佛国全无色，禅天别有香。任开花万万，冷淡属空王。

瑶池仙种别，夏雪逞孤芳。桃李漫山俗，盘盂拂案光。染根犹是色，众妙自无香。富贵天西独，花中白净王。（《咏白牡丹》）

此诗于牡丹题咏之作中，可谓别开生面，清净妙香，一洗千年俗艳。《药师琉璃光如来本愿功德经》云："愿我来世为菩提时，身如琉璃，内外明彻，净无瑕秽。"[1]在所有经典中，"形神如琉璃"是极高的精神修养境界，亦象征着佛国佛境，此处"琉璃界"乃指圣洁的雪域佛国——西

---

[1] 林世田、李德范编：《药师琉璃光如来本愿功德经》，《佛教经典经华》，宗教文化出版社1999年版，第511页。

藏，一名而蕴两意。与红紫芳菲的他种相比，白色的牡丹更能代表清净的佛性与佛境，不著尘染，不住色相，无声无嗅，如此"真空妙有"的境界，方臻至境。"冷淡属空王""夏雪逞孤芳""花中白净王"，其中"冷""淡""空""雪""白""孤"诸字点化出一派"清凉"佛境。这首咏花诗是和瑛诗才与禅悟的集中体现。

需要说明的是，"清"作为一种在佛禅思想影响下常见的诗美境界，在不同心性修养的诗人笔下总会呈现出不同的风调。如王维的"清"是在参禅静坐后所呈现出的闲逸静谧的"无我"之境，这种"清"中深蕴着一种幽玄微妙的禅趣；大历诗风的"清"中更多地浸有盛世繁华寂灭后的凄冷寂寥，造境精致幽细，颇有衰飒气象。① 然而和瑛诗中的"清"却与一脉"豪雄"之气交融涌动。"风雨怀逾旷，江山助更豪。清诗堪供佛，敢诩曲弥高。"（《吟（得高字）》）"一发穷庐兴，清讴足写怀。心随黄鹄志，落响入云谐。"（《歌（得谐字）》）可见，和瑛内心的"清"境并非如一些山水田园诗那样，呈现在幽静小巧的意象择炼上，如深潭幽花、暮霭远钟；而是始终伴随着"江山风雨"所激扬起的"豪旷"与"落响云霄""志随黄鹄"的大气。"清诗饷我观云海，醉翁泉注醒心湾"此句正可为其诗"清雄"之境的象征。当然，从深层次的心性修养来看，"清雄"则是佛禅思想陶冶下的淡泊情怀与《易经》的"刚健"精神相融互渗的产物。以下我们细味其流贯"豪气"的"清"境，或可领会其有别于他人的独特风格。如："俯瞰濯缨湖，涵空地镜衍。回首琉璃界，更觉尘襟遣。"（《登城望千佛山》）"皎洁山河壮，高寒雨露浓。朗开无我抱，清共太虚涵。"（《中秋玩月简后藏湘浦司空二首》）"清秋月照松间雪，雪月交光松心壮。"（《宿松树塘》）"兀坐湖心里，澄澄一水清。由来绘天影，难得画泉声。静止逾三笑，涵空亚四明。"（《澄碧新秋》）"不用圣贤中之聊尔耳，井花冰液足清凉。清凉却走丹田燠，春风入髓筋骨强。"（《马洞酒歌》）"梯上清虚台，台与广寒齐。虽无蟾桂影，下见

---

① 如以下诗句："明月松间照，清泉石上流。"（王维《山居秋暝》）"人闲桂花落，夜静春山空。月出惊山鸟，时鸣春涧中。"（王维《鸟鸣涧》）"独坐幽篁里，弹琴复长啸。深林人不知，明月来相照。"（《竹里馆》）"白露蚕已丝，空林日凄清。"（钱起《卧疾达刘道士》）"洗钵泉初暖，焚香晓更清。"（钱起《送原公南游》）"潭静宜孤鹤，山深绝远钟。"（钱起《药堂秋暮》）"水暗兼葭雾，月明杨柳风。"（李端《山中期吉中孚》）"漱泉春欲冷，捣药夜窗深。"（李端《云阳观寄元稠》）"人息时闻磬，灯摇乍有风。"（司空图《同苗员外宿荐福常师房》）。

山河低。"（《蜀圃杂咏·月户》）"万斛清还浦，千重彩彻壶。愿从瀛海上，错落网珊瑚。"（《珍珠泉上玩雪》）"穆苏天畔玉壶清，雅尔山头夏雪明。"（《寄别湘浦将军瘦石参赞四首》）"到处清光满一轮，那关千里悟三身。"（《简裘静斋范六泉二首》）"雨树风亭坐晚凉，果然热似老年强。蒸腾月桂花无恙，消彻冰壶水不妨。"（《秋热》）"太清点缀非无意，收敛光芒魄里安。"（《答前韵》）

诗中与"清"关涉的意象大都呈现出极为开阔的空间感和上下游走的观照视角，同时将一种自强不息的精神贯注其间。在空间上如："涵空""太虚""山河""天影""瀛海""天畔""山头""地境""琉璃界""万斛""千重"，可谓极尽"宏大之观"；观照视角如："俯瞰—回首""梯上—下见""还浦（地，俯视）—彻壶（天、仰观）"，《兰亭序》言："仰观宇宙之大，俯观品类之盛，所以游目骋怀，足以极视听之娱"，从观照视角极具空间跨度的自由移动中往往可以体现出诗人内心向外发扬扩张的自由与豪迈，于是诗境并非"逼仄狭小，气局顿衰"；自精神境界而言，一切景语皆情语，意象所呈现的风调往往是诗人胸襟气度的外化①，从"春风入髓筋骨强""蒸腾月桂花无恙"等句中颇能见出老当益壮的豪迈奋发之情，其时诗人已是老年，却没有常见的叹老伤贫之暮气。当然和瑛之所以营造出此种"清雄"之境，与其一生的行游经历有直接的关系，他的身心所历往往是雪岭白日、大漠长河等极为壮阔的物象，故"风物化人"，无形中陶冶了他豪迈的性情；并且他作蒙古族诗人，有其民族个性与文化所"天赋"的豪气，故而"清"更突出地表现为一种精神层面的俊爽与明朗。

钱锺书《谈艺录》云："阮圆海欲作山水清音，而其诗格矜涩，望可

---

① 王国维：《人间词话》云："境界有大小，无以分优劣。'细雨鱼儿出，微风燕子斜'，何遽不若'落日照大旗，马鸣风萧萧'？'宝帘闲挂小银钩'，何遽不若'雾失楼台，月迷津度'也？"（上海古籍出版社 2008 年版，第 2 页）关于"大景""小景"所呈现的境界与诗人"胸襟气度"的关系，徐复观颇不同于王国维，其论甚为精深，"按写景之大小，各因诗人当时的所遇。从这点来说，是不应以此而分优劣的。但大小景的把握，关系于作者的胸襟气度，所以古今能写小景者多，能写大景者少。可以这样说地，大诗人能写大景，也能写小景；小名家则只能写小景，若写大景，便如《姜斋诗话》卷下所讥的'张皇使大'。"（徐复观《中国文学精神》，上海古籍出版社 2006 年版，第 71 页。）大历诗人幽寂精巧之"清"境与和瑛"豪迈高旷"之"清"境相比，在美感及艺术技巧上当以前者为胜，然而就胸襟而言，似乎后者更为高。然而时势造英雄，亦不可苛责于古人，故此节只辩其差异，不评其高下。

知为深心密虑，非真闲适人，寄意于诗者。"① 可见"心气"通乎"诗格"，所谓"寄"者，乃着意刻画，有心作态之意。然世间大诗文、真诗文，皆胸中一腔真气之自在流露，风行水上，自然成文。此皆因作者所养深厚，内力充沛，触物起兴，故真气流溢，略无虚饰造作之态。对于和瑛，我们观其行迹，览其遗文，可悟知其"清凉淡泊"之境，渊源有自，非如达官贵人，口不言阿睹物，暗中营三窟者可比。

三 "佛""易"之道影响下的"陶"诗接受及 "寓刚健于淡泊"的人生

吴慈鹤在《易简斋诗钞》序言中说"（和瑛）更历三朝，夷蹇一节，虽梁木其坏而遗馨益昌，是谓老成，是谓国纪。……若夫立朝之节，方面之勋，具有国史；根本之行，忠孝之悃，尽在家范。"② 在《易简斋诗钞》中，我们能真切地感受到"其中有人，其人有品"。《诗大序》言："诗者志之所之也，在心为志，发言为诗。"按朱自清先生的说法："志是源于政治教化与伦理道德的一种情感意念。"③ 在和瑛诗集中没有一首呈现花间闲情、儿女私情、得失哀情的作品，几乎所有诗都反映着诗人作为一个政治家、学者所秉具的道德理想、生活情趣与对家国的担当情怀。正如上文所论，在形而上的义理层面，和瑛对儒、佛二家的哲学在见其异趣的同时亦求其融通，那么在儒、佛之道的共同作用下，其人格精神又呈现出了怎样的特质？《清泉咽竹》一诗颇能道出全貌，"空心无凝物，直节出清流，底是洗尘念，兼之医俗侉。""空心"指不滞于外物的佛禅之境，"直节"指儒家对名节品性的砥砺，而最终表现为"洗尘念"与"医俗侉"。"俗"并非仅是与艺术化、充满诗意色彩的"雅"相对，而是指功名物欲的缠陷，即前文屡言的"热"。在《四月十日城北刘秀才勺园牡丹盛开，阜阳张松泉大令携榼邀赏。坐未定，暴风大作，遂罢宴，还赋绝句四首》中言："扑面黄云走白沙，百忙争渡颍之涯。天公戏我清贫守，恐恋人间富贵花。"诗人对自己的廉洁自守是颇为自安的，《颍州府试院赋赠诸广

---

① 钱锺书：《谈艺录》，生活·读书·新知三联书店 2007 年版，第 427 页。

② 和瑛：《易简斋诗钞》，《续修四库全书》（影印本）第 1460 册，上海古籍出版社 2002 年版，第 454 页。

③ 朱自清：《诗言志辩》，湖南人民出版社 2010 年版，第 32 页。

文》："居官共矢玉壶冰，抡才明月倒海索。他年快意称无私，华萼楼前无曳白。""玉壶冰"正是志节清正廉明的象征。可见，"淡泊质朴"与"为官清正"是互为因果的。

从人格境界而言，理学与禅宗中都有对"淡泊"境界肯定。《论语·八佾》"素以为绚""绘事后素"，特别是"孔颜乐处"所代表的淡然自适的人生境界，给了士人一种抗拒浮华的精神指引：

> 饭疏食、饮水，曲肱而枕，乐亦在其中。不义而富且贵，于我如浮云。① （《论语·述而》）
>
> 其为人也，发愤忘食，乐以忘忧，不知老之将至云尔。② （《论语·述而》）
>
> 贤哉，回也！一箪食，一瓢饮，在陋巷，人不堪其忧，回也不改其乐。贤哉，回也！③ （《论语·雍也》）

"孔颜乐处"是面对现实世界的物质困境时，依然能自得其乐，所乐者，非故作清高之态与放达之举，而是由于内心之中有超越于富贵荣达的精神信仰在，是道德理想或对天人之际的形上之道有深切的觉解，令人产生了一种富足、充裕、求仁得仁，不待外求的"乐感"。实际上是一种超越世俗常情的内在精神之乐。和瑛作为一个儒家学者，他对这种精神意蕴是深会于心的，"多欲复多求，世人无乃苦。南阳抱琴庐，西蜀浣花圃。落落一草亭，风流足千古"（《草亭》）。佛禅精神对他的"淡泊"人生亦无形中产生影响，诗人的"雅韵全无本淡僧""佛教徒的衣食起居是简朴的，佛教徒的心境是恬淡的，佛教徒与人相处是和善的。平实简朴和恬淡，构成了佛教徒个体行为的基本特征。"④

于是在理、禅的综合作用下，一个架菊种蔬、淡然无华，同时对生命有诸多思考的诗人形象出现于我们面前，在这里我们仿佛看到了陶渊明的影子。在笔者看来，和瑛对陶渊明别具异彩的接受正好呈现了在儒、易之道影响下所形成的人格风标。和瑛曾作《追和陶渊明形影神三首元韵》，

---

① 朱熹：《四书集注》，凤凰出版社 2008 年版，第 92 页。
② 同上书，第 93 页。
③ 同上书，第 83 页。
④ 祁志祥：《佛学与中国文化》，学林出版社 2000 年版，第 281 页。

《形影神》原是陶渊明哲学思想与人生观的集中体现①，然和瑛的和作亦是以理、佛哲学为基点，来阐发自己的人生观。"冠簪等泡幻，昕夕漫相思。恐子无特操，日昃泣涟洏。""生灭固有时，幸不因人热。"诸句呈现了对不为物诱的淡泊境界的赞许。最后在形、影、神三者的"辩难"中，诗人所领悟到的理想境界是"涉世齐易险，持身无咎誉。真元抱以静，年华任来去。无为常欣欣，无为徒惧惧。落落与天游，何思复何虑?"此句言通过内心的修持，将易险、咎誉淡然处之，摆落世事所带来的悲喜忧惧，而达到自在无碍、与天同游的高远境界。显然这种境界和陶渊明所企慕的人生已有相通的地方。

陶渊明对后世极重要的精神滋养是其淡泊自然、质朴淳厚的人格美，他在"性刚才拙，与时为忤"的处境之下，摆脱功名物诱，独守天真。宋人邢恕言："余尝读阮籍、陶潜诗，爱其平易浑厚，气全而致远。二人之学，固非先生（邵雍）比，然皆志趣高藐，不为时俗所汨没，事物所侵扰。其胸中所守者完且固，则为诗不烦于绳削而自工，又况于正声大雅之什，不为陶、阮乎?"②真德秀言"渊明之学，正自经术中来，故形之于诗，有不可掩，荣木之忧，逝川之叹，贫士之咏，箪瓢之乐也。"③以上所引皆认为陶渊明"志于道"，从其志节和品行修养着眼立论，"胸中所守者"正是"以道自励"，葆养天赋之善德。故而淡泊中的"持守"，这一精神境界亦对和瑛产生重要影响。于是，对"淡泊"之境的咏叹一直是《易简斋诗钞》的重要内容。如《柴扉》《蔬畦》《苔茵》《山庄落成题曰挹翠用杜少陵游何将军山林韵赋诗十五首·其一》云：

> 朱门信华盖，如市复如海。次公醒而狂，叹彼轮焕采。寂寂此柴扉，独掩南山嵬。中有康衢老，雪毫霜刺改。剥啄喜闻声，家宾闹花蕾。寄语热宦流，扫径天西待。
> 阳春不择地，学圃超骞英。石田数十席，朝朝劳目耕。硗确变膏腴，雨甲烟苗荣。绿菘间红蓝，土蔬杂芜菁。撷此书生味，调我黑黍羹。莫采钟馗菌，异味防伤生。

---

① 参见陈寅恪《陶渊明之思想与清谈之关系》，《陈寅恪集·金明馆丛稿初编》，生活·读书·新知三联书店 2009 年版。

② 邢恕：《康节先生伊川击壤集后序》，《击壤集》附录。

③ 《跋黄瀛甫拟陶诗》，《西山先生真文忠公文集》卷三十六，四部丛刊本。

　　石发染山翠，水衣濯江流。唯此地上锦，坐卧襟怀幽。映日铺翠毹，带露团花球。庄生栩栩幻，王孙依依愁。矢此寸草心，点缀江南留。何必沙石篆，梦挟风雅舟。

　　寒木春华性，山中乐养年。雁堂淹岁月，狱坐味林泉。白下瓢儿菜，青门燕子田。十年歌偃息，回首意悠然。

　　这样的句子中颇有陶渊明的风调，无论是意象结构还是精神内蕴，都在朴实自然之中有一种深永的意味，其中无不呈现出人格光照下的独特美。《蔬畦》《苔茵》二首亦可见出平淡中的生活热情，"硗确变膏腴，雨甲烟苗荣。绿菘间红蓝，土蔬杂芜菁。"特别是颜色字的运用，适足以呈现五彩缤纷的生机春意。当然对于和瑛与陶渊明，我们不能一概而论，"淡泊"的精神共性中，有其不同的处境与心境。陶渊明的"淡泊"出于天性，退守田园后，在"自己的园地"中，带着对生命本质深沉的思考，回归自我，虽然时有金刚怒目、猛志骞云的豪气，但与官场政治毕竟疏离了；而和瑛作为卦疆大吏，陶渊明隐逸的快意与艰辛是与他不愿或者无缘领受的，在和瑛诗中更能看到陶渊明那种淡泊精神氤氲下的"豪"气，如清正廉明的人格、在浮沉苦难中的坚韧以及随时欣赏生活的热情反而给和瑛更大的感召。关于淡泊之境的诗意表达多集中在以下组诗中，如《山庄落成题曰"挹翠"用杜少陵游何将军山林韵赋诗十五》《重阳九咏》《署圃杂咏十八首》《对菊书怀关项午晴秩满还蜀八首》等，并且"菊花"意象出现频率甚高，颇呈异彩，更能反映出他对陶渊明"淡泊"境界接受的侧重点：

　　菊盆三百本，结架近危楼。不到风霜肃，安知雨露周。人依仙圃淡，花动木山秋。胜寄东篱下，凋残号隐流。(《架菊》)

　　最喜陶家径未荒，数丛冷蕊过重阳。凝晖不怕遭梅妒，未到霜时已傲霜。(《宿上涨渡民家咏白菊花》)

　　布地黄金满，飘零惜战场。劫来参静妙，难得撷幽香。夏倚南山雪，秋听北雁霜。感时频溅泪，不独断离肠。(《对菊书怀送项午晴秩满还蜀八首·其一》)

　　岂恨花时晚，寒梅发更迟。寄人篱下俗，得地月中奇。囊可三冬枕，香团一局棋。归期凭写照，黄色起双眉。(《同上》)

百草俱腓日，亭亭菊放黄。延龄堪作客，正色独凌霜。止酒留仙骨，颠茶助冷香。世间若如意，甘谷一齐芳。(《鞠有黄华》)

"人依仙圃淡""劫来参静妙""颠茶助冷香""良友淡如水"诸句皆是着眼于菊所呈现的淡泊"冷香"，不趋炎势。然而淡泊之外，诗人更体悟出一种"正色独凌霜""未到霜时已傲霜"的坚韧风姿以及"剥月号重阳，乃识天心厚"哲理启示。《架菊》一诗便颇具妙谛，"菊"于众香国中本称高逸，疏篱荒径不减标格，然诗人欲结架于"危楼"，于是此一象征性细节，便透出了一种独超众类、高寒独立的气象，"不到风霜肃，安知雨露周"堪称警策，风霜之摧残不见其忧惧，反而翻出一层，见否泰相推，下起贞元意。和瑛对那种寄迹东篱，然以凋残枯窘之态号称"隐逸"者，颇不为意，他笔下之菊于平淡超逸中有一种英爽刚毅之概。此诗是和瑛人生观极好的象征，淡泊质朴并非走向枯索与麻木，而是有一种生生不已的活力流贯其间。

通过透视和瑛对陶渊明"淡泊"精神的接受，可见看出：佛教思想对和瑛来说，是功利竞逐、权势倾轧的"火宅""热风"之中的一颗"冷香丸"，一脉"功德水"[1]，是可以培植自在根，留住清净性的精神荫庇。正是因为对佛教所阐扬的精神境界的积极汲取，使他不像"禄蛀"之流一般，一入官场便趋炎附势、聚敛逞欲，而是葆有一颗淡泊之心。同时，《大易》刚健积极的入世精神，又使他凌寒不惧，"民务丝千缕""一生忧喜关君国"，切实做了诸多惠利百姓的事，以致青史流芳。和瑛去世后，道光诏曰："刑部尚书和瑛服官五十余年，抚绥封圻，内擢正卿，总理部务，老成勤慎。骤闻溘逝，深为珍惜。……寻赐祭葬，予谥简勤"[2]。"简勤"二字，千秋史笔，可堪定评。"简"者，见其性情之清正简淡，得乎佛理；"勤"者，朝乾夕惕，忠于厥职，通乎易道。《卫藏和声集》中的《联句》一诗或可看成诗人的生命自白：

文墨论文醉亦应，敲诗唤酒共寒灯。壮怀不让骞英使，雅韵全无本淡僧。安稳苍生聊尔耳，超离苦界果何曾。吟成漫听空阶雨，一枕

---

① 功德水之含意与和瑛关于功德水的诗。

② 王钟翰点校：《清史列传》，《国朝耆献类征初编》卷一百，中华书局1987年版。

黄粱最上乘。

诗人也曾舞文弄墨，敲诗唤酒，常以书生儒士自诩，然而在宦游之中，渐已消解了一般文人的风雅浪漫，只余如僧一般的淡泊。虽然游心于佛禅之境，然而他并未真正"超离苦界"，获得解脱，"安稳苍生""壮怀激越"的入世担当依然萦于胸中，"聊尔耳""果何曾"六字中有深深的自慰与自伤之感，更是对心系君国的重申。诗末"吟成"句，大有蒋竹山"而今听雨僧庐下，鬓已星星然，一任滴前点滴到天明"（《虞美人·听雨》）的况味，然而和瑛并未表现得那么孤绝和颓丧，在空阶夜雨之中，人生如梦的思索依旧警醒着他对生命"空"境本质的领悟。

第二辑　家族研究

清代中期蒙古族家族文学与文学家族

米彦青

明末满族崛起于东北，势力强盛，地处东北的蒙古部落率先归附清廷，之后，其他蒙古诸部也相继入清。出于民族统治的需要，清王朝定鼎中原后，在政务上归复明代纲纪，在文化上尊崇儒术，从而加速了汉化的进程，实现了历史上为期最长的满汉民族大融合。这种历史环境也使蒙古族游牧文化获得了与中原农耕文化互相交流的极其有利的条件，为蒙古文学学习和吸收先进的汉族文学提供了最广泛的可能性，从而在蒙古族文学史上出现了继元朝之后蒙古族作家汉文创作的第二次高峰。清代蒙古族文学的日趋繁荣，促进了一批文学家族的产生。而清中期的蒙古族家族文学因其民族融合进程中的文化地位及文学特征，具有鲜明的时代性。清代蒙古族家族文学一直为学界所冷落。本文着力梳理了清代中期蒙古文学家族的基本状况，揭示出清代蒙古族文学家族的文教特征，分析其成因和影响，由此勾勒出清代中期蒙古族家族文学的来龙去脉和总体风貌。

一 清代中期蒙古族文学家族概况

清代蒙古族文学家族早在清初开始萌芽，因为蒙古族家族势力的营建没有形成大的规模，所以文学传承有限，为文献典籍记载者数量并不多。至乾嘉时期情况开始发生变化。随着社会经济的发展，文学日趋繁盛，在日渐注重才情声望的汉族社会风气导引下，蒙古族家族为了提高门第威望，也开始注重家族成员的文学修养，他们或以理学相标榜，或以文学享誉社会，因而清中期出现了不少规模较大的蒙古族文学家族。如以诗文词著称的法式善、来秀祖孙；以诗歌写作著称的和瑛、壁昌、谦福、锡珍家族及博卿额、国栋、国柱、文孚家族。这些家族或出自功臣后裔，或是官宦世家，在清代政治、文化等领域皆有较为显赫的地位或持久的声望，也正因此，这些家族的学术文化优势才得以建立和凸显。

其中，和瑛、博卿额俱是蒙汉文兼通。而且，法式善家族、和瑛家族、博卿额家族均在入清后以科考起家，代代显宦不绝。这些家族因为有着很好的文化传承和文学修养，家族多能文之士，文学创作也较为丰富。

法式善家族。法式善始祖代通，以武功起家。五传至广顺始为儒臣。广顺于乾隆二十五年（1760）中为举人，初任笔帖式，后补为御园织染局司库。他雅好词章，作有《夜步》《赠僧》《秋晚玉泉山即事》等诗，收于《熙朝雅颂集》。不佞佛而深于禅，据法式善《本生府君逸事状》言，广顺曾游万寿山寺，见五百应真像，徘徊移时，若有所思，夜半忽起，索笔疾书，得偈五百首。法式善的母亲端静娴人本为汉军旗人，亦出过诗集。法式善子桂馨，嘉庆十六年（1811）进士，官内阁中书，以疾卒。法式善嗣孙来秀，字子俊，又作紫莜，道光三十年庚戌（1850）进士，亦为诗人。来秀妻妙莲保出身于内务府镶黄旗满族完颜氏家族，一门文学之人。

和瑛是以科第而为边疆大吏的儒臣，和瑛家族自和瑛贵显之后，其父祖均追赠尚书衔，其实都是担当过侍卫的武职人员。和瑛以下代有显宦、金榜题名者亦不乏其人，著名的文学士子则有壁昌、谦福、锡珍三人。和瑛之子壁昌，字星泉，号东垣，蒙古镶黄旗人。因系和瑛之子，故由工部笔帖式铨选河南阳武知县，改直隶枣强知县，后擢直隶大名府知府。壁昌是一位注重兵备的官吏，他根据其亲身体验，著有《叶尔羌守城记略》《守边辑要》《牧令要诀》《兵武闻见录》等书。《清诗纪事》载其雅善诗画，著有《壁参帅诗稿》一部，但诗稿迄今未见。壁昌有二子，一为恒月川，一为谦福，后因和瑛次子奎昌无嗣，将谦福过继，并以奎昌之字榆村命为小榆。谦福（1809—1861），字光庭、吉云、小榆，号六吉。道光十四年（1834）举人，十五年（1835）进士，历官詹事府詹事。道光二十四年（1844）因患痰疾注门籍。有《桐华竹实之轩诗抄》，收诗 268 首。和瑛之曾孙锡珍，字仲儒，号席卿。同治六年（1867）举人，次年连捷登进士第，官至总理各国事务大臣、吏部、刑部尚书。著有《锡席卿先生遗稿》，为著者自订稿本，凡 14 种，附 4 种，17 册。其中有文学创作数种，如《奉使朝鲜纪程》，附诗草、《使东诗草》《渡台纪程》，附诗草、《使东琐记》等。除游记之外，收各种体裁的诗歌近 200 首。徐世昌《晚晴簃诗汇》收锡珍诗 9 首，并在诗话中说："诗无专集，今所录者皆采自日记中。登高能赋，倚马成章，亦足见其大概矣。"

博卿额家族出自勋门。博卿额、国栋、国柱，皆忠顺公明安五世孙。博卿额字虚宥，乾隆戊辰（1748）进士，累官奉天府尹，著有《博虚宥诗草》三卷。首卷为乾隆庚辰典试四川时作，次卷为壬午视学四川时作，皆名《使蜀草》。三卷为戊子典试浙江时作，寥寥篇什，近体多而古体少，亦未见其全集也。国栋，号时斋，乾隆七年（1742）进士，官至安徽布政使。有《时斋偶存诗钞》一卷，收诗 84 首，《钦定八旗通志》艺文志和《八旗艺文编目》著录，《八旗人著述存目》又作《时斋偶存诗稿》。据其子文孚所撰跋文，诗钞在乾隆年间已锓版，后散佚。乾隆四十七年（1782）以事去官之后回塞上，创作弘多，但不自珍重，遂付之白草黄沙。嘉庆初，文孚再度搜集，编成是集，清末恩华藏有其书。国柱，国栋之胞兄，字天峰，官至总兵。诗无专集，《熙朝雅颂集》卷七十五，收其诗 19 首。符葆森《国朝正雅集》收其《伊犁》《定边县道中》二首。文孚，字秋潭，国栋之子。以国子监生考取内阁笔帖式，官至文渊阁大学士。《八旗艺文编目》著录其《秋潭相国诗存》。

锡缜的先祖为元朝帝系后裔，入清后，又世代簪缨，至清朝末年始出现风雅儒士。锡缜于道光二十年（1840）在西安随侍乃父桓靖公保恒，从湖北诸生杨澹如游，学为诗古文。其文学创作结集为《退复轩全集》，又作《退复轩诗文集》。体裁上可分为五类。《退复轩文》凡二卷，共 50篇，其中诗论、文论若干篇。《退复轩随笔》凡二卷。《退复轩诗》凡四卷，收诗 383 首。《退复轩时文》《退复轩试贴诗》各一卷，共 10 卷。锡缜之弟锡纶，字子猷。同治七年（1868）出任布伦托海办事大臣，提兵绝塞，劳于守边。张文襄作诗专咏北五将，锡纶与焉。亦善诗，清人诗文集中附载其诗若干首，《北征诗》是其中较有影响的篇什。

上述文学家族，无论是从军功起家，还是贵族后裔，都有一个共同的特点：不仅可以从文学的角度进行考察，而且集政治、学术于一体，家族的文学特征往往被他们的政治性遮蔽，一定程度上就决定了清代蒙古族家族文学研究遭遇的冷落。相对汉族文学家族而言，随满清贵族入关的蒙古族家族，来源往往驳杂，有武功、贵族，他们向文化士族的嬗变，既是由于和汉族融合的要求，更多是迫于社会环境和生存压力的无奈选择，与汉族士人营建起来的文学家族相比，他们的文化底蕴和文学成就略显逊色，家族的持久性也没有那么久远。

二　文学家族的文化教育及科举对文学的影响

无论是由士人发展而成，还是从武将转变而来，清代蒙古族文学家族都非常注重家族的文化教育，这主要包括文化素养和道德品质两个方面。这种有意识的文化教育，正是清代蒙古族文学家族得以产生和发展的温床。

文学家族的文化素养教育自不待言，顺康以来，社会上大兴儒学，形成了日渐注重才情声望的社会风气。满蒙世家大族越来越清晰地看到，一个家族没有一定的汉学文化修养，即使在政治上称雄一时，也难以被整个社会接受。

文学家族兴衰与科举密不可分。在门第社会中，祖宗的功德可以成为泽被后代的强大力量，门第高望的家族后代们，常常不必努力就能坐享其成。但要将这种家族威望持续下去，依旧需要后人的努力。所以，清代蒙古族文学家族的成员都积极参与科举考试。

清代少数民族科宦家族的大量出现，促进了整个朝代文学家族的繁荣，并有利于汉族文学家族。"科举考试在一定程度上，鼓励了文学才能的培养，而一旦这些士人进入文学的交际圈，也许他们就影响了当时文学发展的面貌。"① 有清二百六十多年间，从顺治二年（1645）到光绪三十年（1904）从未中断科考，其间所取蒙古进士不下百人，举人又数倍于此，这些人中绝大多数都是颇有才气的诗人。清官学也每年从蒙古各旗定期选拔生员，送国子监、咸安宫官学、景山官学以及八旗各属下官学就读深造，这些入学生员大多娴熟经典、兼擅辞赋，许多人成为一代名家。

清代文学家族从清初到清代中期，明显地发生由尚武向崇文的转变趋向，即由军功入显向文学家族转变。无论是和瑛家族、法式善家族，他们的祖上在后金时期均是任武职者，并且以军功致显。入清以来，清世祖偃武兴文，崇重礼乐，特别是圣祖柄政后，更是大力推行科举制度，满蒙贵族为了保族，也随俗雅化，与时俱进，投身到科举进士竞争的行列中了。但需要注意的是，虽然科举考试普及，而且有满蒙汉举之

---

① 林岩：《北宋科举考试与文学》，上海古籍出版社 2006 年版。

分，但因为大量居住在东北或代北的蒙古语言环境中的百姓没有接受教育的权利，他们并不能通过科举入仕，因而也就没有机会学习汉语，用汉语进行创作更是无从谈起。这样，进行汉语创作的蒙古族家族主要由蒙古官员或蒙古八旗成员组成。因为，除了在京师供职的蒙古官员之外，蒙古八旗散驻各地并屡有迁徙，由于久居汉地，耳濡目染，从语言到习俗均产生了变化。

随着社会的发展，个人的才学德识对于家族的文化地位起着越来越重要的作用，而文化上的优势对于取得和维护家族门户地位有着重要的意义。因此上举这些少数民族家族对于家族的文化教育非常重视。法式善曾记载母亲对自己的教诲"太淑人戒条甚密，一篇不熟，则不命食，一艺不成，则不命寝。太淑人亦未尝食未尝寝也"。① 家族长者的身教言传对后人影响深远。从这篇文章也可看出，清代蒙古族家族已经很注重学术追求及家族内部的文化教育。和瑛之孙谦福，以萧然散淡为生活旨趣，但并未因自己退出吏事而不关注民生，在寄给兄长的诗中，他曾说："欲谈诗务嫌多事，无补生民即废材。寄语长公须努力，方今圣世正需才。"（《重阳日得月川兄书即赋长句寄呈》）给儿子的诗里，他又谆谆嘱托，"累叶吾门诗水清，青毡故物旧儒生。家贫尚有书千卷，儿好何须金满赢。莫以疏慵志温饱，要期远大励功名。眼前画地原堪守，可惜鹏博九万程"（《示锡庄》）。这首诗表达了前辈对后来者的真情嘱托和谆谆教诲，也可看出清代中后期的蒙古族家族成员对家族的道德教育的重视和对家族发展的关注。

清代中后期，蒙古族家族已经有家世与德行合而为一的趋势。文化素养和道德品质的教育一定程度上保证了某些家族的历代不衰，也促成了文学家族产生和发展的绵延不绝。

三　清代中期蒙古族文学家族和家族文学的基本特征

为了对清代蒙古族文学家族和家族文学有一个清晰准确的直观把握，我们选取几个代表性的文学家族，将他们的创作简单列表如下：

---

① 　法式善：《存素堂文集·先妣韩太淑人行状》，清嘉庆十二年（1807）程邦瑞刻本。

家族	家族成员	现留存作品
法式善家族	广顺	现存诗十数首
	法式善	《梧门诗话》《陶庐杂录》《清秘述闻》《槐厅载笔》《存素堂文集·文续集》八卷、《存素堂诗集》初集 2331 首，二集 1010 首，续集 58 首，诗稿 120 首。
	来秀	《扫叶亭咏史诗》230 首；《扫叶亭花木杂咏》40 首；《来子俊望江南词》40 首
和瑛家族	和瑛	《读易拟言内外篇》《经史汇参上下编》《读易汇参》《易贯近思录》《风雅正音》《回疆通志》十二卷、《三州辑略》九卷，《西藏赋》《太庵诗稿》《易简斋诗钞》《山庄秘课》。
	壁昌	《叶尔羌守城记略》《守边辑要》《牧令要诀》《兵武闻见录》《壁参帅诗稿》
	谦福	《桐华竹实之轩诗抄》268 首、《桐华竹实之轩梅花酬唱集》百首
	锡珍	《锡席卿先生遗稿》（如《奉使朝鲜纪程》，附诗草、《使东诗草》《渡台纪程》，附诗草、《使东琐记》等）
博卿额家族	博卿额	《博虚宥诗草》共三卷，现存诗 29 首
	国栋	《时斋偶存诗钞》一卷 84 首
	国柱	无专集，现存诗 30 余首
	文孚	《秋潭相国诗存》百余首

　　本文提出清代蒙古族文学家族的范畴，并从两个方面讨论清代蒙古族文学群体的形成。首先，从时间维度来考察蒙古族文学家族的崛起，认为蒙古族文学家族经历了一个从武到文，即从武力强宗到文学世家或经史世家的过程。其次，蒙古族文学群体的构成颇复杂，就地域和族姓来分析，分别有东北蒙古、代北蒙古等几部分组成。这是一个庞大而又松散的创作群体，他们一方面各成特色，另一方面又因从龙入关，迁徙流动，促成交流融合。

　　与元明相比，清代蒙古族文学家族中能够进行文学创作或有文学作品流传于世的成员人数明显增多，不再局限于父子两代，有的一代数人甚至几代人都有文学创作，在家族内部保持了良好的文学和学术传统。法式善家族、和瑛家族、博卿额家族莫不如此。

　　由于家族内部有意识的文化培训，共同的文义商讨，密切的交流切磋，使清代蒙古族家族成员形成了相同、相近的文学观念和创作群体，他们的作品随之呈现出明显的家族共性或群体特性。如法式善家族所作都以清新自然为特色，而且以唐诗的接受为传承。和瑛家族所作都以雍容娴雅为特色，表现出相似的艺术风格。这种家族共性是清代之前的蒙古族文学家族所普遍没有形成的。

　　比照清代汉族文学家族，蒙古族文学家族明显处于一个初级阶段。有清一代，汉族家族文学盛极一时，文学家族群星闪耀，文坛俊彦层出不穷。虽然汉族家族文学昌盛不绝，但正因为蒙古族家族及其他少数民族家族文学的介入，才构成了清代家族文学史的完整性和稳定性。

　　由武质而文质，由政治性而文学性，由代表性而社会性，由中央化而区域化，由经济性而形而上趋向，标志着清代蒙古族文学家族的确立和独化。清代蒙古族文学家族的建立，为清代家族文学文化注入了新的生机，并逐渐融入其中。

　　　　　　　　【原发表于《内蒙古大学学报》2010 年第 2 期】

蒙汉诗歌交流视域中的柏葰家族文学创作

米彦青　赵延花

柏葰是道咸时期重要的政治家，也是文名卓著的蒙古族诗人。有清一代，他是因科场案被杀的官职最高者，同时也因为数次担任科考主考官而门生遍天下。柏葰及其孙崇彝创作丰赡，但目前学界对他们的文学创作关注很少。① 对他们现存诗集所受唐诗影响的研究，有助于揭示清代道咸以降诗坛的家族文学主体风貌，也有助于多民族文化融合与文学创作关系的思考。

一

柏葰（1795—1859），原名松葰，字静涛，号听涛、泉庄。巴鲁特氏，蒙古正蓝旗人。道光六年（1826）进士，选庶吉士。道光九年（1829），散馆授编修，历任山东乡试副考官、翰林院侍讲学士、内阁学士、礼部、刑部、吏部、户部侍郎，总管内务府大臣、左都御史、兵部尚书、户部尚书。咸丰八年（1858）拜文渊阁大学士，主顺天乡试，受舞弊情事牵连，咸丰九年（1859）被诛。自道光十二年（1832）至咸丰八年（1858），柏葰曾五次出任乡、会试考官，掌文衡，拔俊才，功不可没。《清史稿》卷389有传。

柏葰集《薜萝吟馆钞存》十卷，刊于咸丰三年（1853），载诗八卷730首，赋二卷28篇。符葆森辑《国朝正雅集》，录其诗4首，韵文《避暑山庄赋》载于《八旗文经》卷五。柏葰曾撰有自订年谱。《奉使朝鲜驿程日记》一卷，有道光间刊本，流传较广。

关于柏葰先世的资料甚少。巴鲁特氏之人物见于清代文献者，要数拜

---

① 现有柏葰、崇彝研究论文，多是史学方面的，文学研究方面笔者尚未及见。

材为较早，曾从清兵征吴三桂，因功授一等男。柏葰家族世代簪缨，曾祖成德，曾任理藩院员外郎；祖明庆（亦作明兴），曾任钦天监五官正；父和瑸额，曾任广东惠州府知府。柏葰兄弟六人，其中三人登进士第，一人中举，这在清代科举史上实为罕见，在八旗蒙古人中更是绝无仅有。

对于柏葰牵连舞弊案的情由，清人于此有记载，如薛福成《庸庵笔记》、朱克敬《雨窗消意录》、毛祥麟《墨余录》等。著名历史学家邓之诚极称此事实属诬陷，谓："柏葰，咸丰朝官大学士，以积忤载垣、端华、肃顺，罗戊午科场之祸，横尸西市。世颇冤之。予遍求当时官私记载，证以旧闻，撰为《戊午科场大狱记》，以破近人纪事之诬。"①柏葰的诗作都存在《薛菻吟馆钞存》中。作为一名志意高迈的蒙古族诗人，他在潜移默化间受到的唐诗影响颇多，并且结合自己的生活体验，内化为个人诗作的艺术特色。

二

通过对柏葰《薛菻吟馆钞存》接受唐诗现象的分析可知，他除了在语言艺术表现技巧方面传承唐诗外，还力求能够把握唐诗的精神实质，追求意新、格高、气厚和韵胜。符葆森《国朝正雅集·寄心庵诗话》云："静涛先生两主江南省试，爱才下士，如饥如渴。诗以兴象为主。"②兴象是唐诗特有的艺术特征，而唐诗的兴象就包括意新、格高、气厚和韵胜。

集句诗是集唐人诗句而成的诗，也可称为"集唐诗"，是学习唐诗句法的一种方式。柏葰在宗氏夫人殁后，曾有《感逝词集唐二十首》，这20首绝句分别选用白居易、李商隐、李白、温庭筠、许浑、韩偓、元稹、章碣、顾况、岑参、张籍、翁承赞、卢照邻、李郢、释贯休等人诗句。这些诗句大都出自他们的七言律诗。律诗往往意脉连贯、平仄协调、声韵和谐，能为学诗者提供写景言情的范例。其中白居易诗使用最多，用到12句。如绝句一中"旧事思量在眼前"源自《得湖州崔十八使君书喜与杭越邻郡因成长句代贺兼寄微之》、"红屏风掩绿窗眠"源自《寄答周协律》。这20首悼亡绝句或以时光流转表现今昔不同的感物体验，或通过画面的对比形成意在言外的情韵。

---

① 邓之诚：《骨董琐记全编·三记》卷二，生活·读书·新知三联书店1955年版。
② 符葆森：《国朝正雅集》卷七十三，咸丰七年（1857）刻本。

如果说集唐人句为诗属于初学唐诗的门径，那么以唐人诗句入词则属于化用了。蒙古族汉语创作诗人作诗化用前人事典语句是非常普遍的接受唐诗的方式，柏葰在这方面尤见圆熟。"洞门高阁板桥横，细草茸茸石路平。水不在深清可挹，树犹如此碧无情。偶寻竹屿科头坐，又见花栏照眼明。才使通幽多曲径，杖藜便拟到蓬瀛。"（《重游贾氏别业》）① "树犹如此碧无情" 显然化用李商隐 "一树碧无情"（《蝉》），而 "才使通幽多曲径" 则是来自常建 "曲径通幽处"（《题破山寺后禅院》）。

柏葰《行途杂咏》四首，分咏牧笛（平芜不见人，但闻村笛响。瞥见牧牛儿，倒骑牛背上）、炊烟（一带树槎枒，炊烟几缕斜。遥知山脚下，早饭有人家）、野花（野花红可怜，灼灼依林薄。平野阒无人，风来自开落）、夜月（片影落红皋，山空天复高。不因伴行旅，暮暮自朝朝）。这四首诗分别用王维五绝《鹿寨》《竹里馆》《辛夷坞》《送别》的意境写就。王维诗歌取景幽微、笔法工巧、意境清淡悠远的句式，意新、韵胜的思致受到柏葰的特别关注，而且这种以意为诗的方式，在柏葰的诗歌中有着明显的表现。如其《康家滩》《青龙山》《道出鸣谦驿》都是如此。除了山水田园诗，王维边塞诗的写作功力也不容小觑，《塞下曲》就充分展示了其边塞诗的魅力，柏葰亦有同题诗作。其一云："金簇铁胎弓，开围大漠中。射雕看血雨，探虎识腥风。"其二云："飞将龙城镇，天骄不敢侵。开边上策府，岂止献猊心。"读来虽然也是浑成之作，但不如王维的写意性质的诗歌那样动人。

柏葰曾作有《赋得二月黄鹂飞上林》诗，"二月黄鹂飞上林"是钱起《赠阙下裴舍人》中的诗句。赋得体是科举考试习见的赋诗体式，因诗题常用 "赋得" 二字得名，起源于唐代的 "试帖诗" 或 "帖经"，诗作多为五言六韵或八韵，清初科考废除不用，但乾隆二十二年（1757）于乡会试加试五言八韵诗。格式限制比前代更严，出题用经、史、子、集语，或用前人诗句或成语；韵脚在平声各韵中出一字，故应试者须能背诵平声各韵之字；诗内不许重字；语气必须庄重；题目之字，须在首次两联点出，又多用歌颂皇帝功德之语。柏葰这首诗虽是四平八稳的应试之作，但读后依旧能感觉到在他纯熟的诗艺技巧中包蕴的对唐诗意韵的取法。柏葰

---

① 柏葰：《薜萩吟馆钞存》，咸丰三年（1853）刻本。

"生平好吟咏"①（钟濂《薛荪吟馆钞存》序），因此其诗集中酬答类诗作很多，虽然其中应酬的成分居多，但依旧充分表达了自我的真实情感，并能感受到其间的从容与自信，如其《太安驿有韩文公诗亭树斋次韵戏简同人亦和一绝》。"非无谪仙才，龙标能夺锦"（《尹杏农用东坡监试诗步韵来质和之》），酬答类诗歌中柏葰不忘用盛唐著名诗人李白、王昌龄自喻，可见对自己诗才的自信与对唐人的尊崇。

"诗者本于性情，其人有廉介之节，忠信之行，则其发于诗者，必有醇雅之音。"柏葰"以廉直受知宣宗，由词林跻位冢宰"②（朱学勤《薛荪吟馆钞存》序），忠耿之个性和雅好诗赋是相伴柏葰一生的特性。而在诗歌创作中，柏葰征引或化用唐诗多是建立在自己的人生经历和体验基础之上，多以抒发自己的主观情感为目的，情感的审美特征比较突出，是自己主观情感的主动参与。柏葰诗歌风格除了清新淡远一面外，还有沉雄悲壮的一面。以习杜诗句、韵律，熟练用典隶事而造老杜浑成之境，是柏葰学习杜甫句法、诗法，最终在此基础上自出新意，使诗歌创作进入摹杜的化境的外因。而最终能在命意方面取得突破，时局动荡造成柏葰命运多舛，则是其内因。《环庆秋兴用杜少陵韵》是柏葰用杜甫诗韵写就的诗歌，实际上这首诗不只是用了杜甫《秋兴》诗韵，诗句也多有引用。如其四的"独上高楼对落晖，暮云无际夕烟微。渚清沙白千山静，风急天高一雁飞。但使有花兼有酒，总叫相赏莫相违。江乡佳味君知否，红稻花香紫蟹肥"。其中不但用到了杜甫《登高》中的诗句，还化用了《曲江二首》中的诗句。《朔平府别张椒云同年》云：

> 兰交喜晤五原间，春暮归来月又弯。使溯张骞穷九塞，政推魏尚泽三关。主人漫拟歌骊待，游子应如倦鸟还。别后与君同怅望，朔云燕树万重山。

暮春时节，柏葰与好友张椒云在五原相聚又别离，张椒云时辖朔平府，雍正三年（1725）置朔平府，治所在右玉县，属山西省，因此，柏葰在诗中把朋友比作汉代数次出使西域、穷九塞的张骞，同时也期望在政

① 柏葰：《薛荪吟馆钞存》，咸丰三年（1853）刻本。
② 同上。

绩上朋友还能超越西汉时期的云中（今内蒙古托克托东北）太守魏尚。魏尚镇守边陲时，防御匈奴作战有功。后因上报朝廷的杀敌数字与实际相差六颗头颅，被削职查办。郎中署长冯唐认为，对魏尚的处理不当，因而当面向皇上直谏。文帝派冯唐持符节去云中赦免魏尚的罪过，恢复了他云中太守的官职。魏尚治军严明，关心部下，军帛租税全用来犒劳部下官兵，并用自己的俸禄，杀牛宰羊，每五日一次宴请自己的部下，部下都很拥戴他。全军气势很高，匈奴畏惧。这首诗作领联的典故运用展示了柏葰的史才和诗笔结合而形成的浑融且贴合实际的景况。尾联在友朋相隔的时空遥想中，以沉雄之描述作结。柏葰诗歌"抒写性真，鼓以浩气，缠绵悱恻，古直苍凉"①（赵鸿仪《薜荔吟馆钞存》序），得盛中唐诗歌真谛。再如其《晨夕》云："晨夕谁从论素心，闭门摇膝且长吟。六经零落余班马，五岳游行负向禽。旧雨不来虚客席，冬官无事点朝簪。海鸥汀鹭皆俦侣，且自浇园学汉阴。"柏葰七律模仿杜甫，对仗工稳，善于用典，早期生活顺遂，风格舒卷明快之中时有雄浑之气，后期宦海生活波诡云谲，姿态横生下更多呈现的是沉郁悲壮的诗歌风格。

　　道光后期，随着外侵迫近，朝中争斗也更为激烈。柏葰曾写有《摄山最高峰》，诗云："石磴层层路几盘，天峰高接碧云寒。长江狭甚钟山小，人在最高峰上看。"其襟抱如杜牧《长安秋意》中之"南山与秋色，气势两相高"，因之，后人赞曰"何等襟抱"！② 咸丰年间，肃顺等在朝中专权，柏葰《读史》云："光武功臣三十六，中兴王业众星开。可怜江水茫茫外，不见云台见钓台。"汉光武中兴，36 员大将助其成就事业，然后人记忆更多的是其隐居富春江边披裘钓泽的隐士同学严子陵，更有传说是他帮助刘秀打下江山，而众多将星凋零而逝，名遂不显。柏葰未必不知历史真相，只是想要在诗歌中表达历史的诡异处才是最意味深长的。后人读其诗，深感"其讽意自在言外，真精于史学者"③。柏葰博览群书，尤喜读史籍，因此诗集中读史、咏史诗颇多，大都是感怀时世之作。其《读史有感》曰："君子本无朋，小人扇危辞。幸灾而乐祸，一倡百和之。一篋谗谤书，四言鸱鸮诗。若非王圣明，其祸不可知。世憎兹多口，孟亦慰

---

① 柏葰：《薜荔吟馆钞存》，咸丰三年（1853）刻本。

② 符葆森：《国朝正雅集》，咸丰七年（1857）刻本。

③ 同上。

藉词。我生有定命，语久问辛毗。"杨钟羲《雪桥诗话余集》谓："柏静涛相国《读史有感》云云。作于咸丰初年，竟成诗谶。"① 徐世昌《晚晴簃诗汇诗话》对此际科场朝政作了说明，表达了对柏葰遭际的慨叹。"道光之季，法令宽缓，科场颇丛诟病，沈子惇广文与同时人简札多微言及之。静涛不幸而丁斯厄。戊午闱中，彗星见，时尹杏农侍御为监试，用东坡监试诗韵相酬，答静涛诗有云：'时也祆星明，帚形倍砢磦。相告而静观，往来人踔躇。晚现斗杓旁，晓扫扶桑萐。天道远难知，使我心谨凛。'不知祸在眉睫间，是亦可哀也已。"② 今人分析彼时政局认为，"是时载垣、端华、肃顺用事，以柏葰资较深，性颇鲠直，畏而恶之，欲借此事兴大狱以树威"③。祸起萧墙之前，感时局艰危、朝纲难振，柏葰还曾作有《值班纪事》，诗云："几度暄和几度凉，乱山高下又斜阳。我如开宝闲鹦鹉，日向风头哭上皇。"时人观此诗，曰："静涛在政府与肃顺同列久，凿枘不相容，其《值班纪事》云云。托感深矣。道、咸间法令积弛，科场规律亦成虚设，关节枪替，恬不为怪。静涛适奉命典京兆试，是科满洲平龄浼人枪替，入闱获隽。平龄好演剧，场期中实在外氍演，为人指讦，因及关节请托数事。静涛罪止失察，本可以议贵宽减，而肃顺力持之，遂与同考官浦安等俱罹大辟。案涉副主试程公少子，以长子承之，亦弃市，人尤冤之，然自是场规始肃。"④ 亦算持平之论。

　　柏葰将自身特殊的生活遭际、气质禀赋糅合在效法杜甫的诗歌创作里，其浓烈真朴的情感充盈于作品之中，形成鲜明的沉雄悲壮的诗歌风格。他不仅在对唐诗的接受学习上做出了榜样，也推动了清代蒙古族汉诗创作的水平。

三

　　柏葰之孙崇彝（1890？—？），字泉孙，号巽庵，别署选学斋主人。清末官户部文选司郎中。少承家学，博览多识，雅好文学，旁及书画艺

---

　　① 杨钟羲：《雪桥诗话全编·余集》，人民文学出版社 2011 年版。

　　② 徐世昌：《晚晴簃诗汇诗话》，中华书局 1990 年版。

　　③ 萧一山：《清代通史》，华东师范大学出版社 2006 年版，第 323 页。

　　④ 张寅彭：《民国诗话丛编》第 3 册，郭则沄《十朝诗乘》，上海书店出版社 2002 年版，第 2396 页。

术，尤长于载记文字。有《选学斋诗存》《选学斋集外诗》（封面题《汉碑杂咏》）、《枯杨词》等。《选学斋书画寓目笔记》三卷、《选学斋书画寓目续编》三卷是赏鉴书画艺术的小品文，卷首有袁励准序文。其成名之作是《道咸以来朝野杂记》八卷，书中记叙道光、咸丰以来，直到20世纪30年代北京的掌故旧闻，包括园林宅第、寺庙古迹、节令游览、人物逸事等。道光、咸丰年间的蒙古大臣、文人的逸闻逸事，蒙古族祭祀典礼等亦在此杂记中得以记载。前人记述京师史事，大都详于乾隆以前，同时期震钧的《天咫偶闻》只限于清末，陈宗蕃的《燕都丛考》则以街道为径，史料尽管丰富，然与北京的民俗风情语焉而不详。崇彝的这部笔记恰好填补了这个空白。故此，邓之诚先生曾于1947年撰文评价此书，谓："巽庵先生撰《道咸以来朝野杂记》，字字珍秘，皆亲见亲闻，当与《啸亭杂录》并传，非《天咫偶闻》等书所能望其肩背也。"[1] 对崇彝的史才给予高度评价。其实，崇彝的诗笔亦是时人倍加赏誉的。

崇彝晚岁自号梅坞散人，其《选学斋集外诗》之三《花信》是效仿唐人李峤咏物诗而写的二十四侯五言咏物诗。书中还有朱笔圈点。仿唐人而作，已是对唐诗最好的接受，崇彝在诗作中多处引用、翻用唐诗，更是对唐诗的二重接受。如其《雨水二侯杏花》诗云：

> 别筑争春馆，风流艳曲徵。莺雏慵语乍，燕子误归曾。树暗红芳湿，枝高绛蜡凝。江南清梦里，消息雨声凭。

其中"莺雏慵语乍"一句翻用司空图诗"解笑亦应兼解语，只因慵语倩莺声"诗意，而"燕子误归曾"又翻用戴叔伦诗"燕子不归春事误，一汀烟雨杏花寒"。唐诗的转用中扩大了自己诗歌的涵量，更以曲笔写出莺声燕语、春雨江南催生的杏花。《立春二侯樱桃》中有句："玉窗吟太白，五度写相思。"诗后自注：李白诗"别来几岁未还家，玉窗五见樱桃花"。可见诗人对李白诗的熟悉。《大寒二侯兰》诗云："香草为君子，寥寥空谷音。报春知有待，一曲托鸣琴。写韵明窗底，移根野石阴。离骚如可诵，哀怨动湘吟。"这首诗将《离骚》中香草即兰咏为君子，借此颂其高洁，后世诗人中李商隐是将香草美人喻君子中最成功者。《雨水三侯李

---

① 崇彝：《道咸以来朝野杂记》，北京古籍出版社1982年版，第2页。

花》诗句："西园一株树，摇落感同攀。"诗后自注用昌黎诗意。《惊蛰一侯桃花》诗句"楚宫春寂寞，肠断息夫人"，显然运用晚唐李商隐以典故入诗写出婉美华章之手法，桃花般息夫人在亡国被掠的寂寞楚宫中无言观春来春去，愈加衬托桃花之美丽。《惊蛰三侯蔷薇》有句"洒衣闻妙露，结幄剪神霞"。后句自注：皮日休咏蔷薇诗"应是董双成偶戏，剪得神霞寸寸新"。又梁元帝于竹林堂中结蔷薇作幄。《春分二侯梨花》诗云："看到东阑雪，花过已二分。溶溶花底月，默默梦中云。妆靓因风展，香繁带露闻。江村寒食路，相与赏殷勤。"① 颔联出自晏殊"梨花院落溶溶月"，但整首诗境却更似杜甫的《江村》。

　　崇彝在诗作中对唐诗的娴熟接受，得力于他的学养。"蒙古先达，文章学问以梦文子博希哲法时帆三先生为最著。道咸间则静涛相国称巨擘焉。巽庵吏部为相国文孙，胚胎前光，济以通敏，游心六艺，浏览群籍，固不得仅以诗人目之……丙子冬裒辑所著为选学斋诗存四卷。雄浑似大谷山堂、典雅似西斋洗马、元澹有韵似诗龛居士。"② 作为晚清著名的蒙古族诗人学者，杨钟羲对蒙古族汉诗创作者源流、高下，见解深刻而客观。在崇彝诗集序言中他不仅叙述了清代蒙古族文学史上，前期梦麟、博明、法式善是文章学问最著之人，后期则以崇彝祖父柏葰为优，而且高度评价崇彝学诗源流有自，故其诗能得梦麟之雄浑、博明之典雅和法式善之元淡，终成一代名家。

　　崇彝《选学斋诗存》四卷，选诗194首，分别作于甲辰（1904）至丁丑（1937）间，他对唐诗的接受，在这部诗集中宛然可观。其中题画诗和题诗诗占有相当比例。崇彝题画诗既有因图画而兴寄者，也有拓展画境、再现画面者。其《题王石谷仿龙暝山庄图》题注为：青绿小幅，步文衡山题高彦敬山村隐居图元韵。诗云："寒碧绕山庄，幽人葺林屋。卓荦观群书，笃学不干禄。涧水听潺湲，闲庭满松菊。缅怀高士风，此意时往复。剑门有樵客（石谷自署），六法世称独。笔擅造化工，幽居傍吾谷。环室蔚修篁，当轩森灌木。图成迈前贤，久要鉴赏目。张之素壁间，怡然心自足。无限好山青，此境何时卜。"③ 再现画面的同时，表达了因

---

① 崇彝：《选学斋集外诗》，民国间刻本。
② 崇彝：《选学斋诗存》，民国间刻本。
③ 同上。

图画而想要学高士寄情山水、隐于林下幽居的愿望。同样,《题汪子贤前辈半山课耕图》云:"廊庙江湖总系思,看云忆弟叹栖迟(半山在西湖,令弟子谷居杭州经营丝业,置田舍为久居计)。梧桐东府连床夕,春草池塘入梦时。燕市雨声归伏枕,临安山色对支颐。他年闲话桑麻趣,好续田园杂兴诗。""渊明高洁在柴桑,种豆南山约肯忘。春雨一犁秔水活,晓风十里稻花香。且抛朝服还初服,欲乞江乡恋帝乡。负郭人家应最乐,鉴湖终属贺知章。"这两首诗歌借图画表达了想要学陶渊明逃离官场、隐居世外的想法。而"逃禅画里玉鳞飞,历历师承写折枝。所惜禹功遗迹少(徐禹功为扬补之弟子,工写梅只墨,缘夤观记其雪梅一卷,后有逃禅题词),元章墨妙观当时(王元章自号煮石山农,此卷即仿其笔)。"和"漫道花飞似絮轻,几生因果证分明。不堪重对江南客(放翁咏梅句云'与卿俱是江南客'),留得新春共此情(东坡诗'冷烟湿雪梅花在,留得新春作上元')。(《题崇文勤公画》)"借图画表达的则是禅意了。还有的题画诗仅是借诗歌来拓展画境,如《题画》:"万壑锁秋荫,雨余山翠静。红树晚风来,远度前峰磬。树色苍茫里,岚光杳霭中。欲将泉石趣,逸响寄孤桐。"而《为萧云章题杜衡斋处士山水遗墨》只是再现画面。当然也有的题画诗展示了画法与诗法相融的情景,如《题江杏村侍御精楷纨扇幅》《庚申上春得两峰山人墨梅小卷因步苏长公和杨公济梅花诗韵漫题十绝句于卷尾时上元夜也》,后一首诗云:"之子栖栖作客回,陇头谁寄一枝开。断云流水孤山路,若有幽香入梦来。"细致的描摹传达了图画的消息,读诗则可见画图。

除了借画图兴寄、拓展画境等题画诗之外,崇彝诗集中还有一类特殊的题画诗,就是观书画收藏、前人书画集或拓本集之后的题诗。这类诗歌如《庚申小除日记一年所得书画偶成俳体一律》《题金寿门梅花古衲研拓本》《题明人所刻山水大研拓本次李时英韵》《壬戌所得书画未至岁除衮然盈笥仿前岁例再成俳体一章以志欣幸》《题散氏盘拓本》《新莽残量拓本为志叔壬题》《题索绰罗文端公麟魁大楷书临中兴颂册》等,从一个侧面展示了崇彝丰富的书画知识。

题咏图画而作诗,可谓源远流长。自楚辞《天问》、两汉画赞以来,六朝有咏画扇、咏画屏风等,略具规模。至唐代,题画诗成为诗歌中之一大宗。初唐上官仪、宋之问、陈子昂、袁恕己等人题咏画障屏风,盛唐唐玄宗、张九龄、李颀、王昌龄、储光羲、王维、李白、高适、岑参、杜甫等多人继踵前人，题咏颇多。① 其中，杜甫作品最多，品质最好。"……
杜子美始创为画松、画马、画鹰、画山水诸大篇，搜奇抉奥，笔补造化。
嗣是苏、黄二公，极妍尽态，物无遁形……子美创始之功伟矣。"② 杜甫
题咏图画之作凡 23 首，题画山水者 8 首，崇彝题画诗大都是题画山水者，
他在艺术表现手法上承传了杜甫拓展画境、再现画面，艺术技巧上同样承
传杜诗，或因图画而兴寄，或画法与诗法相融。

　　在承传唐人的同时，崇彝也有自己的开拓，他不但有题画诗，还创作
了部分题诗诗，他的题诗诗常常是观他人诗集有感而作。如其《题所思
吟卷后》云："蓬山一去路迢迢，青鹊音书隔绛宵。追忆华年吟豆蔻，暗
将小字记兰苕。漫劳燕使遗仙带，每陟秦台感洞箫。底事漓江风浪恶，争
教倩女不魂消。"用晚唐温李艺术风格写下的这首诗歌，以婉美、流丽辞
藻追忆逝水年华。《读龚定庵集》绝句四首，其一曰："公卿争道贾生才，
丞相车茵五度来。惜誓文成偏去国，淮南乞食不胜哀。"以汉贾谊之才来
比拟龚自珍，并在诗后自注：道光壬辰畿辅旱灾，诏求直言陈事，公屡草
奏，乞长官代陈，时宰富文诚公俊屡造门咨询，其条陈不果行，见己亥杂
诗中。言明龚自珍的代表作己亥杂诗的写作缘由。其二曰："委巷长停问
字车，承平梦想道光初。春官三友人争说，慷慨曾为十上书。"叙述自己
家族与龚自珍的交谊，诗后自注：定庵与梅伯言先生同为先伯祖雪庄公同
年友，又同官礼部。流连文讌，时人目为仪曹三名士。其三曰："摩挲汉
玉并秦金，翠墨琳琅集羽琛（定庵斋名），入手婕好双凤印，拼飞妄念白
头吟。"将一段众说纷纭的传说指实，诗后注谓："定庵曾为某邸西席，
觊觎主人才姬，一时颇不理于清议，汉玉印诗见集中，多寓意之词，可约
略指之。"龚自珍与顾太清的情事，经过晚清民国史家的分析，基本上被
认为仅是传言③，但崇彝这里又加以指认，颇为费解。其四曰："女不蚕
桑子不耕，一家才调太纵横。胸中枉自饶奇气，名教沦胥负此生。"论说
龚自珍身后儿女的情形，诗后自注云：定庵子女多不肖，江左老辈类能道
之。这组题诗诗从不同的侧面对龚自珍发表议论，名为读诗集后的感慨，
但事实上已将对诗歌创作者的人生思考融入其中。

---

①　孔寿山：《唐朝题画诗注》，四川美术出版社 1988 年版，第 35—157 页。

②　王士祯：《带经堂诗话》卷二十二（书画类上），人民文学出版社 1982 年版，第 650 页。

③　孟森：《心史丛刊·丁香花》，辽宁教育出版社 1998 年版，第 192—204 页。

　　崇彝的诗歌多流连光景、和赠酬答之吟唱，很少触及重大社会主题，但诗篇的艺术技巧成熟，诗作大多有浑融完美的意境，如《春柳和张坚白韵》《中秋夜坐》等，这是他袭风唐诗所形成的艺术风格。其实，崇彝诗的最大特色，还在于化用唐诗成句之纯熟，很多接受唐诗而进行创作的诗人也都会在诗歌中引用或化用唐诗成句，但似崇彝这样信手拈来，却使得自己的诗歌浑融流丽毫无滞重之感者并不多。诸如"十年旧梦春明雨，几辈浮名蜡炬灰"（《邻叟延师言将移居赋诗送之》）化用杜牧《遣怀》"十年一觉扬州梦，留得青楼薄幸名""枫叶明山路，芦花秀水田"（《秋兴用少陵重过何氏五首韵应徐又濮农部教》之五）化用温庭筠《商山早行》"槲叶落山路，枳花明驿墙""剧怜露下天高夜，绣被无端忆鄂君"化用李商隐《无题》"鄂君怅望舟中夜，绣被焚香独自眠""老干临风欺玉树，疏英妒雪缀银钗"（《白梅八首》之六）诗下自注：杜牧诗"妒雪聊相比"等。

　　崇彝喜爱唐诗，自谓"邑管政声宽以惠，贞元诗格正而葩"（《夏日杂咏和蛰云韵》）。虽然崇彝推崇贞元时期大历十才子诗歌格正而有奇气，但实际上在他作诗时，取法的并非仅是中唐诗人，盛唐和晚唐诗歌他也常常取为己用。《秋兴用少陵重过何氏五首韵应徐又濮农部教》云："天末凉风起，良朋渺素书。黄花余老圃，落叶满蘧庐。露警猱山鹤，烟寒笠泽鱼。浮沉前定事，经术重端居。"虽然诗语多大历十才子之风，却是用杜甫诗韵写下的忆友之作。《春柳和张坚白韵》四首都是典型的模范唐诗之作，其一云："解舞长腰出汉宫，灵和前殿暗房栊。柔条袅娜舒新翠，垂缕芊绵绾落红。无复青旂霑晓露，只今羌笛怨春风。那堪太液池头树，憔悴零烟细雨中。"虽然诗句是以汉宫出之，但"羌笛怨春风""太液池头树"这些典故都是出自唐王维、白居易诗歌，一述春柳之别愁，一述春柳之思情，不着一柳字，而柳之意蕴尽在。其二云："津桥一树晚风斜，照影清流漱浅沙。莺地光阴归昔日，龙池烟雨属谁家。高楼锁恨留青眼，野店吹香送白花。回首五陵游侠尽，廿年肠断曲江衙。"颔联"莺地光阴归昔日"后诗人自注用唐吴融"自与莺为地，不教花作媒"（《新柳》）中诗境，而"龙池烟雨属谁家"后亦谓：钱起诗"龙池柳色雨中深"。尾联后又注：唐时曲江遍植杨柳，时人呼为柳衙，此借用之。崇彝对唐诗的化用和唐俗的借用，都表明他的诗歌在创作中须臾没有脱离对唐诗的传承，即或有所变化，也离不开唐诗创作的主旨。其三云："送暖风来岁序更，攀条人去短长亭。江潭美荫逢三月，上苑灵根托两星。到眼忽成今日碧，关心宛似去年青。莫教飘尽杨花雪，又堕汀州化作萍。"颔联"上苑灵根托两星"后诗人自注：白乐天《诏取永丰柳移植禁中诗》"柳宿光中添两星"。崇彝对中唐诗人白居易诗歌非常熟悉，在诗作中常有化用诗句或诗境者。《前诗意有未尽再赋一章》云："素影阑干月一奁，朝攀夕揽不伤廉。乱翻玉珮随风舞，尽放晶盘怯露霑。（白牡丹有名水晶盘者）梦作琼瑰花不染，唾成绀碧袖初黏。纷纷姚魏何须数，一捻轻红露指尖。"这是崇彝的赋牡丹诗，诗中颔联"乱翻玉珮随风舞"诗下注：李义山《牡丹诗》"垂手乱翻雕玉佩"。其实，不只是这句诗翻用了李商隐诗歌，就是整首诗境也是常见的李商隐妍丽婉约之特色。《丙子除夕守岁用去岁答张孟劬见寄韵》诗云："星回寅纪岁阑珊，来复光阴去莫攀。朔雪暗将春雪换，岩风好待惠风还。客来茶熟香温侯，树在回黄转绿间。拟践生平招隐约，何缘得买沃洲山。"这是写于立春后七日的一首诗歌（首联"来复光阴去莫攀"后自注：先七日已立春），尾联"何缘得买沃洲山"后诗人自注：刘长卿"莫买沃洲山，时人已知处"（《送上人》），此处显然是翻用其意。

崇彝也有少数感时怀事或托古讽今的篇章，多是七律作品。如《辛亥除夕》《中秋夜坐》等，其中七律《辛亥除夕》，气格沉郁，音节雄亮，是难得的佳篇。诗云：

> 一自昆明见劫灰，铜驼陌上忍重来。滔滔江汉东流去，寂寂河山夕照催。出处漫教讥小草，唱酬谁与寄芳梅。昨宵灯影分明记，听到晨钟春又回。

辛亥年是中国历史上最为重要的一年，从此，延续了两千多年的帝制倾覆，共和制在中华建立。亡清对于崇彝这样的士人来说，是天地大劫已尽，犹存的生活不过是劫后余灰而已。天下大乱后，宫廷变成荒野，宫廷前的铜驼会没入荆棘之中。诗歌首联连用"劫灰""铜驼陌上"两个典故，表述了翻天覆地变化在诗人心中所留刻痕。这年的除夕对崇彝来说，必定是忽睹衣冠换昨年的惊心之夜，是昨宵灯影犹未灭尽，而新春晨钟已然敲响的时刻。前朝山河、前尘往事，都成旧影了，而自己分明感受到往事和今日如影随形，这叫诗人如何能不喟叹呢。这首七律沉郁之中有疏淡之气，萧瑟中含有苦涩繁华，是杜甫诗风和中唐诗风结合后而形成的诗人自己的诗歌风格。

崇彝和其祖父柏葰在诗法唐人时，都在习练唐诗，而又结合自身性情、史笔、诗才的基础上，形成了共有的沉雄真剀的诗歌特点。因为共有的自身见识多、才力厚，所以处处可以感知其运用唐诗却又能生新的特点。他们是晚清蒙古族诗人中的佼佼者，也是典型的接受唐诗的文学家族。

【原发表于《内蒙古大学学报》2014 年第 4 期】

瑞常的家世生平述论

张 博

瑞常家世方面的研究处于空白状态。

关于瑞常生平的研究,米彦青教授在《接受与书写:唐诗与清代蒙古族汉语韵文创作》第十一章第一节《杭州驻防起家的瑞常和贵成》中引用了瑞常大量诗作详细论及了瑞常诗歌对唐诗的接受,是瑞常诗歌研究的开山之作。除此之外,关于瑞常的资料在多洛肯《元明清少数民族汉语文创作诗文叙录》、包桂琴《清代蒙古官吏传》、赵相璧《历代蒙古族著作家述略》、云广英《清代蒙古族人物传记资料索引》、张瑞萍主编《近代蒙古族人物传》、云峰《蒙汉文学关系史》均可见到,但是上述著作中所列的原始资料仅有《清史稿》与《清史列传》,与《三十三种清代传记综合引得》所列的书目相同,且关于瑞常生平的研究大多以小传的形式出现,即便详细如包桂琴《清代蒙古官吏传》,其实也只是对《清史列传》中的"瑞常传"翻译而来,除米彦青教授引用过《国朝正雅集》外,其余均未能脱出《三十三种清代传记综合引得》的范围,即便是《清史稿》与《清史列传》,也有记载错误的地方,如《清史稿》评语"端谨无过"并不准确,事实上瑞常在道光二十五年(1845)因恩麟事降三级留任,咸丰十年(1860)正月因山东省孟传冉一案降一级留任,又以刑部京察保送不实降两级调用,同治二年(1863)又以失察内阁撰颁外藩"清"字敕书誊写错误议处。《清国史》与《清史列传》相同,关于瑞常的生平介绍最详细,且大致准确,但仍有需要补充之处,如道光三十年(1850)瑞常充教习庶吉士,同治元年(1862)、同治四年(1865)瑞常充殿试读卷官,在《会试考官年表》和《乡试考官年表》都有记录,而《清史列传》皆漏载,关于瑞常任朝考、会试、乡试阅卷大臣,武闱乡会试校射、监射大臣,《清史列传》更是只字未提。另外,由于《清史列传》记载的是作为官员的瑞常的生平,所以其侧重点在咸丰年之后,而此时瑞常已年过五旬，至于作为十九岁就开始作诗，主要活跃在道光年间的诗人瑞常，则需要结合瑞常的诗作和其他文献重作梳理。

此外，还有一些传记资料也有瑞常的相关记载，如《光绪昌平州志》《同治上江两县志》《词林辑略》《旧典备征》《杭州府志》《道咸以来朝野杂记》《赵文恪公年谱》《清代朱卷集成》《曾国藩日记》《翁同龢日记》等，但记载的大多是琐碎之事或是相互承袭的简介，对瑞常的研究意义不大。

一　读书励品数代显宦的家世

瑞常，字芝生，号西樵，石尔德特氏，蒙古镶红旗人①，杭州驻防，道光壬辰（1832）进士，瑞常的弟弟瑞庆为道光丙申（1836）进士。《杭州八旗驻防营志略》卷十有载的进士共七人，瑞常家一辈之中独占两人，这已经让人啧啧称奇，更难能可贵的是瑞常官至"浙人士至以为重"的文华殿大学士，这就使得瑞常的家世考成为了解瑞常的一把关键钥匙。

瑞常的始祖石达，随顺治帝入关，原任三等护卫，授武德骑尉。三世祖色塞尔布被封为镇浙镶红旗蒙古佐领，瑞常家族也是从这时候起开始驻防杭州，瑞常的高祖伍什，祖父穆特布，父亲雅凌河皆被诰赠光禄大夫，瑞常的高祖母、祖母、母亲也均为诰封一品夫人，恩骑尉自高祖伍什始，后由瑞常承袭，家世不可谓不显赫。在瑞常之前，家族里并没有人中过举人，但从瑞常《春闱报捷》诗的自注："家大人以读书励品为训"一句来看，瑞常家族对读书举业是很看重的，从赫特赫纳、裕贵这些与瑞常同为杭州驻防的八旗诗人诗文中也可以看出这批人都是从小就开始读书识字的。可见，将读书举业作为安身立命之本在当时的八旗杭州驻防中是很普

---

①　《国朝正雅集》瑞常小传载："瑞常，字芝生，蒙古镶黄旗人。"《国朝正雅集》为符葆森所撰，瑞常为其座师，并为《国朝正雅集》写序一篇，署曰："咸丰丁巳三月既往长白芝生瑞常"，可知作序时间是在咸丰七年（1857），由于咸丰五年（1855）瑞常被任命为镶黄旗护军统领，所以符葆森以为瑞常是蒙古镶黄旗人。《八旗文经》将这篇序收入集中，关于瑞常的小传也因循了《国朝正雅集》："瑞常，字芝生，号西樵，石尔德特氏，隶蒙古镶黄。"商务印书馆出版的《中国人名大词典》将瑞常写为蒙古镶蓝旗人，或许和道光二十八年（1848）三月，瑞常署镶蓝旗护军统领有关。本文按瑞常三世祖色塞尔布被封为镇浙镶红旗蒙古佐领，固称瑞常为蒙古镶红旗人，《清史稿》《清史列传》《清代科举人物家传资料汇编》《杭州八旗驻防营志略》《国朝杭郡诗三辑》《两浙輶轩续录》等都主此说。

遍的，嘉庆朝杭州驻防只有一位进士，而道光朝则增至六人可为佐证。瑞常便是在这个有着良好读书氛围的环境中长大的。

瑞常的父亲雅凌河任正白旗蒙古佐领，后承袭恩骑尉，改任八旗前锋翼领。瑞常的母亲达尔哈斯氏，诰封一品夫人。两人生卒年按《清史列传》瑞常传记载，"二十六年（1846）五月，丁父忧……十二月，承恩骑尉，旋丁母忧。二十七年（1847）四月，百日孝满"①，可知雅凌河卒于道光二十六年（1846）五月，达尔哈斯卒于道光二十七年（1847）四月，相距仅一年，瑞庆《哭女嬰诗》"已痛椿萱齐委化"即是指此。关于雅凌河的行踪，目前所能考知的仅有道光二年（1822）瑞常的诗作《冬至日随家大人北上》《随家大人入值西华门》，可知雅凌河在道光二年（1822）的时候曾带瑞常进京。

姐姐名字不详，从瑞常作于道光三十年（1850）的《哭家姐》四首，中"洒扫庭除手未停，为筹家计苦劳形。家无儋石贫如洗，病入膏肓药不灵"之语，可知瑞常姐卒于此年，且生前并不宽裕，瑞庆同年所作②的《呈芝生兄》也有"说到家常泪暗流，年来事事费深筹。盘殽空荐先人食，斗米难销家姊愁"③之句可为作证，此外瑞庆另有为悼亡家姐所做的《哭女嬰诗》④诗一首。

家谱记载瑞常的弟弟有四个：瑞成、瑞恒、瑞庆、瑞亮。其中瑞庆与瑞常同为进士且相交最好，瑞庆，字雪堂，蒙古镶红旗人，道光十四年（1834）举人，道光十六年（1836）进士，以知县选补湖北郧县，历任：宣化、清苑县知县，易洲知州，遵化州直隶州知州。同治中开缺，以道员归隶补用，寻卒。其生卒年没有记载，但从瑞庆作于道光三十年（1850）的《岁暮书怀》"四旬已届徒增齿"，可以推知瑞庆生于嘉庆十九年甲戌（1814）。瑞庆同样工于诗作，《杭州八旗驻防营志略》卷二十一《撰述志目》载瑞庆有《乐琴书屋诗稿》四卷，可惜今只存手抄本《乐琴书屋诗抄》一卷，录诗仅百首，三多《柳营诗传》载"（瑞常）与弟雪堂观察在都时均以诗名，人比之二宋双苏云"⑤。瑞成和瑞亮为骁骑校，皆死于

---

① 《清史列传》，中华书局出版社 1987 年版，第 3642 页。

② 关于瑞庆诗歌的考证详见后注。

③ 瑞庆：《乐琴书屋诗集》，清代抄本。

④ 同上。

⑤ 三多：《柳营诗传》，清光绪十六年（1890）刻本。

咸丰十一年（1861）杭州失守。瑞恒没有官位，生卒生平皆不详。

瑞常三任妻子皆诰封一品夫人，家世生平皆不可考，从瑞常道光七年（1827）所作的《授室后示内》可知，第一任妻子伍弥特氏是在道光七年（1827）与瑞常成婚的。道光九年（1829）瑞常有《寄内》一首，也是写给伍弥特氏的，由瑞常作于道光十五年（1835）的诗句"噩耗传来正暮春，客中难遣此酸辛"（《悼亡》）可知伍弥特氏卒于道光十五年（1835）春，后续娶瓜尔佳氏，道光十六年（1836）元宵节前瑞常有《上元前二日赠内》，可知此时瑞常已经续弦。瓜尔佳氏卒于道光二十八年（1848），瑞常为其写《悼亡》诗一首。道光二十九年（1849）瑞常有《寄内》诗一首，是年第二任妻子已经亡故，所以可以确定是写给第三任妻子瓜尔佳氏的，"两子皆愚鲁，垂怜独仗卿"是请求她照顾好第二任妻子的两个孩子。这一任妻子卒于何年不可考，但从瑞常作于咸丰三年（1853）的诗句"举案有人非旧侣"（《五旬初度》）一句看，至少在咸丰三年（1853）第三任妻子瓜尔佳氏依然健在。

瑞常在咸丰四年（1854）《十月七日庄儿生和镜泉贺诗原韵》中"奢心敢望燕山五"自注云："予先后共举五子"，可知瑞常共有五个孩子，又从下句"摩顶聊成鼎足三"可知为三男两女。长子文晖，为瑞常第二任妻子瓜尔佳氏道光十八年（1838）正月十三日所生，瑞常有诗《正月十三日拴儿生》，承袭云骑尉兼袭恩骑尉，二品荫生，瑞庆《呈芝生兄》"荫好何庸再请缨"① 即是指此。字葵卿，曾任通政使司副使，夏同善的序中"故因葵卿通副之请而言其诗之所本者如此"之中的"葵卿通副"指的就是文晖。瑞常死后，同治帝谕曰："伊子礼部员外郎文晖……以该衙门郎中即补"② 官至盛京户部侍郎兼管内务府大臣。有妻博尔济吉特氏，为文渊阁大学士琦善女③。次子文德与文晖一母所生，由瑞常作于道光壬寅（1842）的《七月廿七日存儿生》可知文德生于道光二十二年（1842）七月二十七，承袭云骑尉，四品顶戴，曾任理藩院员外郎。三子文俊，即《十月七日庄儿生和镜泉贺诗原韵》中的庄儿，由第三任妻子瓜尔佳氏生于咸丰四年（1854）十月七日。

---

① 瑞庆：《乐琴书屋诗集》，清代抄本。
② 《清史列传》，中华书局出版社1987年版，第3674页。
③ 来新夏主编：《清代科举人物家传资料汇编》第74册，学苑出版社2006年版，第357页。

　　瑞常长女嫁与双庆长子庆亮，从其诗作《介庭壻署沁州官声甚好喜而有作》"思量一事心难慰，我女何时脱旧疴"可知其有旧疾缠身，其余不详。庆亮为咸丰元年（1851）恩科翻译举人，丙辰（1856）科翻译进士，任山西平定直隶州知州。瑞常咸丰二年（1852）有诗《二月介庭壻抵都》，作于庆亮中举第二年，"暂阻青云路，终偿白雪才"，诗人自注有："予派知贡举，介庭例应回避"之语，从时间上来推算，介庭指的就是庆亮。其后庆亮去山西做官，瑞常作诗《介庭壻署沁州官声甚好喜而有作》，赞其"少年竟得老成名，悬镜虚堂听断明"。次女嫁与候选知府惠吉，完颜氏，其余不详。

二　屡司文柄　宦海沉浮的一生

　　瑞常在《清史稿》与《清史列传》均有传，但生年都没有记载，从他作于咸丰三年（1853）的《五旬初度》可以得知瑞常在这一年刚好五十岁，所以瑞常应生于嘉庆十一年丙寅（1804）。

　　瑞常的童年时期已不可考，只在其作于道光十八年（1838）"忆我垂髫年，摊书坐窗牖。稍长知识开，文义辨某某"（《述怀》）和"联床客邸数年俱，索处今番独怅余。缓步我频来问字，闭门君只爱摊书"（《再和藕香见答原韵》其二）对杭州旗营的读书生涯可以约略推测。

　　目前所能收集到对瑞常生平记载的材料都是从道光十二年（1832）瑞常中进士之后开始的，是年瑞常已经二十九岁。所幸《如舟吟馆诗抄》选录的瑞常诗歌从道光壬午年开始，使得瑞常生平考可以提前到道光二年（1822），即瑞常十九岁的时候。

　　据《杭州八旗驻防营志略》卷十记载，瑞常为道光壬午（1822）举人，随后瑞常便跟随父亲北上进京参加次年的会试[①]，隔年瑞常有诗《出

---

　　①　瑞常何时参加会试并无记载，但据道光九年（1829）瑞常《寄内》"回顾青袍泪欲弹，年来三度困征鞍。春闱阻隔谁能遣，秋思缠绵强自宽"可知瑞常此时已参加了三次科举，往前推算最早一次应是道光三年（1823）。

京途次两餐甚劣诗以解嘲》①，应是会试不第后离京时所作。道光六年丙
戌（1826），瑞常再次进京参加会试②。进京途中经过苏州③、山东④，会
试不中后出京，归途过苏州⑤。道光七年（1827）瑞常有《授室后示内》，
可以得知瑞常在这一年与伍弥特氏成婚。道光九年（1829），瑞常第三次
赴京参加会试，依旧名落孙山。接连三次不第对瑞常的打击很大，此后瑞
常读书更加刻苦，甚至到了"不是窗前风雨搅，那知明日是重阳"（《重
九前一日作》）的程度，而这番辛苦也没有白费，道光十二年（1832），
"频年名落孙山外"的瑞常以殿试二甲第七名的成绩中进士，入翰林院学
习。道光十三年（1833）四月，瑞常被授散馆编修。七月，适逢大考，
以落叶为题，瑞常获得了二等，被赏文绮，于次月被提为侍讲，又于同年
十一月被提为詹事府右春坊右庶子。道光朝三十年共举行六次大考，平均
五年一次。瑞常中进士的次年就连遇散馆恩科⑥和大考⑦，由七品连至四
品，这种难得的机遇，难怪瑞常会感叹"晒腹无书臣职旷，章身有服圣

① 《如舟吟馆诗抄》为分年编次，道光壬午（1822）到咸丰丁巳（1857）每年皆有诗作选录，独缺癸未（1823）一年。各年诗作都按成诗时间先后排列，独壬午（1822）一年例外，如其第四首为《暮春》，作于春天，第七首为《冬至日随家大人北上》，作于冬天，第十五首《新秋》，作于秋天，排列顺序明显与成诗时间不符，且该年选诗达十七首之多，数量上为各年之最。如果分析其第十首诗《玉河桥晚望》由"玉河春水漾粼粼"一句可知作于春天，若以第一首《盆兰》到第九首《盼雪》为壬午（1822）所作，第十首《玉河桥晚望》到十七首《除夕》为癸未（1823）所作，则壬午癸未两年诗作均按成诗时间排列，也弥补了癸未（1823）一年未收诗的空白。所以笔者认为《如舟吟馆诗抄》编订时漏印了年份癸未（1823），导致本该属于癸未（1823）年的诗作归入了壬午（1822）年，《出京途次两餐甚劣诗以解嘲》应为癸未（1823）年诗作。
② 据乾隆十年（1745）谕："向来会试之期在二月，则三月发榜，四月初间殿试。雍正五年（1727），乾隆二年（1737），会试改期三月，则四月发榜"（《光绪会典事例》卷三六一）可知会试日期在三月，瑞常过苏州有《阊门遇雪》，可知出发时间为冬天，《四月十一日出京》可知离开时间为四月，时间上吻合。
③ 由《阊门遇雪》可知。
④ 由《南沙河》《宿茌平》《苦水铺大风》可知。
⑤ 由《微雨过辛丰》可知。
⑥ 庶吉士在馆授课三年期满，由掌院学士请旨定期散馆，如遇恩科，则散馆提前。（详见邸永君《清代翰林院制度》，社会科学文献出版社2007年版，第108页。）
⑦ 大考之制，始于顺治十年（1653），成熟于乾隆朝。乾隆规定"自少詹以下，编、检以上满汉各员一律参加考试，倘有称病托词者，著务行具奏，朕必加以处分，考试之日，并令乾清宫侍卫查看。"详见《大清会典事例》卷一〇五三。

恩宽"（《大考二等蒙赏鞋匹》）。然而即便如此，瑞常在京生活依旧不如意。首先是俸禄低微，据《春明梦录》载"从前京官，以翰林最清苦，编检俸银，第季不过四十五金"①，这一点瑞常在给好友、弟弟、妻子写的诗中都有提及。如"燕台客况君休问，仍是盘堆苜蓿时"（《寄怀吟香》），"莫道家计贫，买书乏清俸"（《书寄雪堂弟》），"绸缪家计须卿力，莫为清贫便蹙眉"（《上元前二日赠内》）。其次是第一任妻子伍弥特氏去世。更重要的是，虽然从编修检讨中脱颖而出进入詹事府，假以时日便可升迁②，但直到道光十六年（1836）瑞常仍未被提拔，瑞常自己在诗中表现的毫不在意，但从好友裕贵劝瑞常的"功名有定数，迟早亦何妨"（《柬瑞芝生学士》）一句可以看出，实际上瑞常对此耿耿于怀。

就在这一年前后，瑞常续娶瓜尔佳氏，道光十七年（1837）瑞常被擢为翰林院侍讲学士，道光十八年（1838），瑞常乞假返杭，小住四月有余③，回京之后是将近一年的等待补官过程，瑞常《接家书有感》用"旋都将匝岁，皇皇无栖枝"来形容，其愁苦可知，好在就在这首诗写后不久，瑞常就被补原官，仍充日讲起居注官。此后瑞常在京的生活与回乡之前并无差别，也渐渐地安于清贫闲适的翰林院生活。

道光二十三年（1843）八月充顺天乡试考官是瑞常人生的重要转折，四个月后，瑞常便被升为詹事府少詹事，充文渊阁直阁事，次年正月，又被授稽察右翼觉罗学，三月，擢光禄寺卿，五月二十，擢内阁学士，兼礼部侍郎，清代内阁虽然徒有虚名，但仍是清代最高级的官署，短短五个月时间，由四品到三品再到从二品，真可以用青云直上来形容了。升为内阁学士之后次年二月，瑞常又被擢为兵部右侍郎，成为中央六部的副长官，进入了清代权力的中心区域。然而就在瑞常仕途顺畅之际，是年五月，就因候补主事恩麟收受书吏年终陋规，瑞常坐失察，降三级留任。清代从嘉庆开始，唯利是图已成风气："（官员上任前）各揣乎肥瘠，及相率抵任矣，守令之心思不在民也，必先问一岁之陋规若何"④，道光初年，大臣

---

① 何刚德：《春明梦录》卷上，上海古籍书店1983年版。

② 按：乾隆十八年（1753）谕："詹事府东宫僚佐，储贰未建，其官原可不设，第以翰林叙进之阶，姑留以备词臣迁转地耳"。

③ 由戊戌年所作《仲冬乞假旋杭省亲》可知回乡日期为道光十九年（1839）农历十一月，由己亥年所作《三月偕喀清堂姻长入都》可知回京日期为道光十九年（1839）农历三月。

④ 洪亮吉：《卷施阁集》，中华书局民国9—23年（1920—1934）版。

英和也曾提出整顿陋规，道光帝同意并批准执行，要地方官务必清查，存者存，革者革，违者议处，但很快就因遭到激烈反对而作罢，甚至亲自道歉"朕不慎不敏，为君之难，诸臣亦当谅朕之心"英和也"遂罢直军机，专任部务"①，可见陋规作为不成文的规矩已经是公开的秘密。连道光帝都不管的陋规，瑞常却要被此所连累，可见事情的真相远比史料记载所复杂，这也让刚进入权力中心的瑞常感到个人的命运在宦海中不由自主，"侈谈广厦原非易，风雨聊期蔽一椽"（《腊月廿八日入直六班有怀雪堂》）便是瑞常此时心情最真实的写照。

道光二十六年（1846）五月，父亲雅凌河去世，百日孝满后不久，隔年正月母亲又去世。瑞常清明有"风木萦怀倍惘然，松楸盘郁起苍烟"（《清明》）的感叹。道光二十七年（1847）正月，为瑞常生有两子的妻子瓜尔佳氏去世，瑞常写有《悼亡》诗一首。道光二十九年（1849）十月，瑞常充册封朝鲜正使，于道光三十年（1850）正月归来，有诗《正月下浣归自朝鲜》为证。是年二月，署刑部左侍郎，寻充实录馆副总裁。三月，调吏部左侍郎，授右翼总兵。五月，稽察会同四译馆。七月，转左翼总兵，充教习庶吉士，授正白旗护军统领。

咸丰元年（1851），正月，署正黄旗蒙古副都统，正黄旗护军统领。三月，署国史馆副总裁。四月，署正黄旗蒙古都统，充十五善射，赏戴花翎。六月，充江南乡试正考官，九月署正白旗满洲副都统。十一月，定郡王载铨将二等司员题升步军统领衙门主事，瑞常以越次升补违反定例，力争之，最终载铨将一等奏撤以二等用②。载铨，贝勒奕绍子，乾隆皇帝四世孙，道光时的钱粮赋税，皆由载铨领衔奉旨复议，道光三十年（1850）正月，道光帝病死，载铨与其余几位大臣一起宣示御书皇四子奕拧立为皇太子，即是先朝的元老，又对本朝有拥立之功。敢于违抗这样的权贵自然没有好下场，瑞常之后便被免除了左翼总兵职务。这件事对瑞常影响极大，咸丰三年（1853）瑞常怀念友人的诗里，感叹"尺书欲写胸怀事，豪气消磨岁月骎"（《怀伊笑山盟兄》），何以短短两年时间，与位高权重的载铨"力争之"的豪气就被消磨掉了，秉公办事却被开缺必然是最重

---

① 赵尔巽：《清史稿》，英和传，中华书局1987年版。
② 《清史稿》此处为"定郡王载铨管步军统领，越次题升主事，瑞常力争不得"本文此处按《清史列传》。

要的原因之一。

咸丰三年（1853）太平军攻占南京，并建立了政权，为了让"江上几番成壁垒，天心何日厌干戈"（《即事》）的时局有所缓解，"作宦敢云清似水"（《答贵镜泉见寄原韵》）的瑞常拿出自己的积蓄捐备军饷，以期能"瓣香默向苍苍祝，梅子黄时唱凯歌"（《即事》）。

咸丰四年（1854），载铨病死。太平天国起义的一个导火索就是道光末年州县亏空而载铨追缴太激，以曾国藩、袁三甲为代表的官员对其恨之入骨。咸丰二年（1852），袁甲三上书弹劾载铨"载铨营私舞弊，自谓'操进退用人之权'"，"刑部尚书恒春、侍郎书元潜赴私邸，听其指使。步军统领衙门但准收呈，例不审办；而载铨不识大体，任意颠倒，遇有盗案咨部，乃以武断济其规避。又广收门生，外间传闻有定门四配、十哲、七十二贤之称"，咸丰谕曰："诸王与在廷臣工不得往来，历圣垂诫周详。恒春、书元因审办案件，趋府私谒，载铨并未拒绝。至拜认师生，例有明禁，而息肩图题咏中，载龄、许诵恒均以门生自居，不知远嫌"① 最终罚载铨王俸二年，所领职并罢。载铨死于九月，隔年瑞常便被署为镶黄旗护军统领，可以猜想咸丰帝刚即位就遇到了有清以来最大的起义，究其根源，很难不对载铨心有不满，瑞常不让载铨越次提升是得到咸丰帝支持的，只是介于载铨系先朝重臣，党羽遍布朝野，没有合适的时机，袁三甲给了咸丰帝处罚载铨的机会，而作为比袁三甲更早间接与载铨对抗的瑞常，也在载铨一死便被署为镶黄旗护军统领，紧接着在咸丰七年（1857）授都察院左都御史，赐紫禁城骑马。

咸丰八年（1858），御史孟传金疏劾士子平龄朱墨不符，由是引出了震惊朝野的"戊午科场案"，瑞常奉命查办此次案件，奏请办理乡闱供给的大兴和宛平两县知县，这次案狱的结果是一品大员柏葰等五人被斩，先后共惩处90余人，是有清一代最大的科场案狱之一，于该案被诛的柏俊，既是清朝唯一的因科场案被处斩的一品大员，也是自隋唐开科取士以来，为科考而遭重辟的职位最高的官员，咸丰帝对整顿科举舞弊的决心可见一斑。戊午一案过后，清廷急需启用一些植品端方之臣来充任顺天考官，秉公办事，刚正不阿的瑞常被授文柄也就在意料之中了。咸丰九年（1859），瑞常被选定为顺天乡试的副考官，此后经历引《国朝杭郡诗三

---

① 赵尔巽：《清史稿》，安定亲王永璜传，中华书局1987年版。

辑》："癸巳充顺天乡试同考，乙巳会试充知贡举而典试秋闱。甲辰则福建，己酉则山东。咸丰辛亥己未，同治壬戌甲子丁卯庚午皆顺天总裁，八拜文衡之命，海内一人而已。"①，评价不可谓不高。卒于同治十一（1872）年，入祀贤良祠，予谥文端。

同治帝谕曰："受先朝知遇之隆，由翰林洊陟正卿，屡司文柄。朕御极以来，擢晋纶扉，并总管内务府大臣，兼理部旗事务。"②，《清史稿》亦延用了"屡司文柄"四字，科举作为清政府选拔官员的渠道，其重要性自不待言，清政府将选士的权柄交到瑞常手里，一方面说明瑞常的风格是符合朝廷审美标准的，而这种标准会变成科举考试的尺度，参加考试的学子为了中举，或多或少地要向着以瑞常为代表的风格靠拢；另一方面也使得瑞常有了许多门生，将瑞常的影响进一步扩大，如编纂《国朝正雅集》的符葆森就称瑞常为座师。这样看来，称瑞常为清中后期最重要的蒙古族诗人也并不为过。

　　瑞常年谱
　　嘉庆十一年丙寅（1806）瑞常生

　　嘉庆十九年甲戌（1814）瑞庆生

　　嘉庆二十三年戊寅（1818）瑞常十五岁
　　裕贵中举
　　《杭州八旗驻防营志略》卷十，举人，嘉庆戊寅恩科，裕贵，浙江乡试中式第六十八名。

---

① 丁申、丁丙《国朝杭郡诗三辑》卷九二，清光绪九年（1883）刻本。此处并不准确，第一，瑞常任顺天乡试同考的道光二十三年（1843）是癸卯年，而不是文中的癸巳，第二，据《钦定大清会典事例》卷三百三十三《礼部贡举·乡会考官》"道光二十九年（1849）奉旨，向来题请简放顺天正副考官本内，大学士及协办大学士衔名，如经开列，仍照常办理或向不开列。即自本科为始，嗣后一体开列，并于各衔名下，将历经简放学政并乡会试正副考官及同考官之处，分析注明，某年某科，毋稍疏漏"，顺天直接隶属京师，其乡试的主考一般都为从一品的大学士及协办大学士担任。瑞常同治元年（1862）十月才以吏部尚书协办大学士，咸丰辛亥、己未根本不可能作为顺天乡试的主考，此外瑞常担任顺天总裁，仅同治甲子一年，壬戌、丁卯、庚午三年皆为顺天乡试副考官，"八拜文衡之命，海内一人而已"实属过誉。
② 王钟翰点校：《清史列传》，中华书局出版社1987年版，第3674页。

嘉庆二十四年己卯（1819）瑞常十六岁

喀朗中举

《杭州八旗驻防营志略》卷十，举人，嘉庆己卯年，喀朗，浙江乡试中式第六十名。

道光元年辛巳（1821）瑞常十八岁

赫特赫纳中举

《杭州八旗驻防营志略》卷十，举人，道光辛巳恩科，赫特赫纳，浙江乡试第二十五名。

道光二年壬午（1822）瑞常十九岁

壬午科举人

《杭州八旗驻防营志略》卷十，举人，道光壬午科，瑞常浙江乡试中式第九十一名。

随父亲雅凌河进京

《如舟吟馆诗抄》有诗《冬至日随家大人北上》《随家大人入值西华门》

赫特赫纳中进士

《杭州八旗驻防营志略》卷十，进士，道光壬午恩科，赫特赫纳，会试中式，殿试三甲第四十五名。瑞常诗《春闱报捷》有："早抟鹏翮钦前辈"自注："谓藕香太史"。

万清中举

《杭州八旗驻防营志略》卷十，举人，道光壬午科，万清，浙江乡试中式第三十二名。

是年诗作：《盆兰》《学诗》《效外》《暮春》《苏小小墓》《田家》《冬至日随家大人北上》《喜晤郝荡香庶常即赠》《随家大人入值西华门》《盼雪》

道光三年癸未（1823）瑞常二十岁

是年诗作：《玉河桥晚望》《寄意》《出京途次两餐甚劣诗以解嘲》《书所见》《新秋》《落叶》《除夕》

道光四年甲申（1824）瑞常二十一岁

是年诗作：《湖上》《早起》《山雨》《新竹》《郊居》《晚坐》《吴山远眺》《友人惠蟹》《放鹤亭怀林和靖》

道光五年乙酉（1825）瑞常二十二岁

梅青书院老师卒

《如舟吟馆诗抄》有诗《哭杨晴皋师》，其二云："几席荒凉岁序骎，满堂弟子涕沾襟。梅花院落凄风甚，从此音容何处寻"。

伊勒哈图中举

《杭州八旗驻防营志略》卷十，举人，道光乙酉科，伊勒哈图，浙江乡试中式第四十七名。

是年诗作：《春草》《春晴》《育蚕词》《早秋湖上》《斗蟋蟀》《猎鸟歌》《哭杨晴皋师》《冬日闻晨钟》

道光六年丙戌（1826）瑞常二十三岁

参加道光六年丙戌科，途经浙江，江苏，山东。

《如舟吟馆诗抄》有诗《塘栖舟次》《阊门遇雪》《南沙河》《宿茌平》《苦水铺大风》《御河早柳》《四月十一日出京》《微雨过辛丰》

是年诗作：《塘栖舟次》《阊门遇雪》《渡江》《南沙河》《即景》《宿茌平》《苦水铺大风》《御河早柳》《四月十一日出京》《荒村书所见》《微雨过辛丰》《野外》《冬日即景》

道光七年丁亥（1827）瑞常二十四岁

娶妻伍弥特

《如舟吟馆诗抄》有诗《授室后示内》

是年诗作：《湖上》《出郭》《初夏》《水阁》《湖上看莲花》《授室后示内》《闺中吟》《拟读书四时乐》《山行》《十月十二鲁班茶社迟八桥孝廉不至》

道光八年戊子（1828）瑞常二十五岁

文秀读书于菩提禅院

《如舟吟馆诗抄》有诗《文吟香茂才读书于菩提禅院即赠》

苏讷中举

《杭州八旗驻防营志略》卷十，举人，道光戊子科，苏讷，浙江乡试中式第八十一名。

是年诗作：《文吟香茂才读书于菩提禅院即赠》《韶光》《大雨行》《漫兴》《日游宝云庵》《古松》《初冬》

道光九年己丑（1829）瑞常二十六岁

参加道光九年己丑科会试，途经苏州。

《如舟吟馆诗抄》有诗《王江泾晚眺》《舟次苏州》

是年诗作：《王江泾晚眺》《舟次苏州》《渡江有风》《抵都偕苏笑梅孝廉同作》《寄内》《即景》《重九前一日作》《冬日早起》《湖上》

道光十年庚寅（1830）瑞常二十七岁

是年诗作：《春闺》《西湖晚眺》《雪夜漫兴用东坡聚星堂原韵》

道光十一年辛卯（1831）瑞常二十八岁

是年诗作：《南屏》《挽郝云皋孝廉》《秋暮》《读阿房宫赋有感》《冬日晨起访赵锦堂》

道光十二年壬辰（1832）瑞常二十九岁

中进士，改翰林院庶吉士。

《杭州八旗驻防营志略》卷十，进士，道光壬辰科，瑞常会试中式，殿试二甲第七名。

《如舟吟馆诗抄》有诗《春闱报捷》《柬花松岑舒云溪两同年》

《杭州八旗驻防营志略》卷十，举人，道光壬辰科，盛元，浙江乡试中式第七十一名。

是年诗作：《渡江》《春闱报捷》《陶然亭》《中秋感怀》《柬花松岑舒云溪两同年》《闻雁》《除夕》

道光十三年癸巳（1833）瑞常三十岁

四月，散馆，授编修。七月。大考二等，赏文绮。

《如舟吟馆诗抄》有诗《大考二等蒙赏鞾匹》

八月，擢侍讲，充日讲起居注官。

《如舟吟馆诗抄》有诗《晋秩侍讲寄内》

十月，转侍读。十一月，擢詹事府右春坊右庶子，十二月，转左庶子。

苏讷中进士

《杭州八旗驻防营志略》卷十，进士，道光癸巳恩科，苏讷会试中式，殿试三甲第三十四名。

是年诗作：《自嘲》《夏日闲咏》《大考二等蒙赏鞾匹》《寄怀吟香》《晋秩侍讲寄内》《书寄雪堂弟》

道光十四年甲午（1834）瑞常三十一岁

瑞庆中举人

《杭州八旗驻防营志略》卷十，举人，道光甲午科，瑞庆浙江乡试中式第四十一名。

《如舟吟馆诗抄》有诗《雪堂弟得捷秋闱》

是年诗作：《春寒》《题听琴图》《燕子》《初夏》《病中吟》《怀卧云上人》《雪堂弟得捷秋闱》《初寒》《初冬早起》

道光十五年乙未（1835）瑞常三十二岁

妻伍弥特卒

《如舟吟馆诗抄》有诗《悼亡》

是年诗作：《悼亡》《夏日闲咏》《送客南旋》《饮酒》《七夕》《秋暮》《重九日集同乡友小酌》《唐花》

道光十六年丙申（1836）瑞常三十三岁

瑞常移居

《如舟吟馆诗抄》有诗《移居赠邻友周云舫孝廉》

裕贵《铸庐诗剩》丙申有诗《柬瑞芝生学士》，中有："功名有定数，迟早亦何妨"可猜想这次移居或许与仕途不顺有关（也许说的是裕贵自己）。

赫特赫纳假满回京，互有唱和。

《如舟吟馆诗抄》有诗《藕香赞善假满旋京书赠四律》《再和藕香见答原韵》

瑞庆中进士

《如舟吟馆诗抄》有诗《雪堂春闱报捷》

《杭州八旗驻防营志略》卷十，道光丙申恩科，瑞庆会试中式，殿试三甲第五十八名。

盛元中进士

《杭州八旗驻防营志略》卷十，道光丙申恩科，盛元，会试中式，殿试三甲第六十三名。

《如舟吟馆诗抄》有诗《七月杪盛恺廷明府偕雪堂买舟南旋》记载的应当是两人同年中举之后南旋的事情。

是年诗作：《上元前二日赠内》《雪堂春闱报捷》《思乡》《七月杪盛恺廷明府偕雪堂买舟南旋》《移居赠邻友周云舫孝廉》《藕香赞善假满旋京书赠四律》《再和藕香见答原韵》《周云舫以春日放船图索题即赠》《九月朔接雪堂袁江信》《寄衣曲》

道光十七年丁酉（1837）瑞常三十四岁

四月，擢翰林院侍讲学士。七月奉命赐祭喀拉沁郡王。

《如舟吟馆诗抄》有诗《七月下浣喜峰口偶作》

是年诗作：《古镜》《春暮书怀》《骤雨》《七月下浣喜峰口偶作》《遵化州旅次》《陈鲁山先生六十寿》

道光十八年戊戌（1838）瑞常三十五岁

正月十三日，长子文晖生。

《如舟吟馆诗抄》有诗《正月十三日拴儿生》

奏请开缺，回籍省亲。

《如舟吟馆诗抄》有诗仲冬乞假旋杭省亲。

是年诗作：《正月十三日拴儿生》《暑退》《寄玉亭诸弟》《述怀》《仲冬乞假旋杭省亲》《湖山看山》《除夕》

道光十九年己亥（1839）瑞常三十六岁

三月协喀朗回京

《如舟吟馆诗抄》有诗《三月偕喀清堂姻长入都》《还都》

文瑞中举

《杭州八旗驻防营志略》卷十，举人，道光己亥恩科，文瑞浙江乡试中式第四十一名。

《如舟吟馆诗抄》有诗《接文冠梅捷音》

文秀中举

《杭州八旗驻防营志略》卷十，举人，道光己亥恩科，文秀，浙江乡试中式第五十五名。

是年诗作：《三月偕喀清堂姻长入都》《还都》《园中》《送秋》《接文冠梅捷音》

道光二十年庚子（1840）瑞常三十七岁

移居

《如舟吟馆诗抄》有诗《移居鹁鸽市》

三月，补原官①。四月仍充日讲起居注官。十一月，转侍读学士。

重阳与喀朗，赫特赫纳，苏讷，裕贵的等小聚。

裕贵《铸庐诗剩》有诗《庚子重阳，瑞芝生学士招同扎云柯比部，连心斋同年，喀清堂表兄，赫藕香苏笑梅伯仲，作茱萸会兼为陆研畊洗尘爰赋一律》

是年诗作：《移居鹁鸽市》《接家书有感》《答贵镜泉见寄原韵》《答文月湖》《漫兴》《贺英梅臣新婚》《中秋书怀》《忆梅》

道光二十一年辛丑（1841）瑞常三十八岁

裕贵移居法华禅院，与瑞常互有唱和。

《如舟吟馆诗抄》有诗乙垣移寓法华禅林即赠

裕贵《铸庐诗剩》有诗《移寓法华寺芝生学士赠以诗中寓规谏之意，予感其学之深而谊之厚也，遂不计工拙依韵奉答》《瑞芝生学

① 《移居鹁鸽市》后一首《接家书有感》有句："旋都将匝岁，皇皇无栖枝""一载未补官，薪水如何支"，可知移居在补官之前。

士复叠前韵见示亦叠韵奉酬》

是年诗作：《花朝》《酒家》《乙垣移寓法华禅林即赠》《夏夜即景》《秋夜》《再寄冠梅》《重九日漫兴》《游仙》《岁除日书怀》

道光二十二年壬寅（1842）瑞常三十九岁
喀朗卒
《如舟吟馆诗抄》有诗《挽喀清堂姻丈》
裕贵《铸庐诗剩》壬寅有诗《哭喀清堂表兄》
二子文德生
《如舟吟馆诗抄》有诗七月二十七日存儿生。
是年诗作：《感怀》《挽喀清堂姻丈》《书示拴儿》《秋夜》《七月廿七日存儿生》《秋暮》

道光二十三年癸卯（1843）瑞常四十岁
二月瑞庆来京
《如舟吟馆诗抄》有诗《二月雪堂赴选来京作此以赠即和其韵》
八月充顺天乡试同考官
《如舟吟馆诗抄》有诗《分校秋闱》
十二月，擢詹事府少詹事，充文渊阁直阁事。
贵成中举
《杭州八旗驻防营志略》卷十，举人，道光癸卯科，浙江乡试中式第六十五名。
是年诗作：《二月雪堂赴选来京作此以赠即和其韵》《饯春》《初夏》《晚眺》《分校秋闱》《早朝》

道光二十四年甲辰（1844）瑞常四十一岁
正月，稽察右翼觉罗学。三月，擢光禄寺卿。
五月二十日，擢内阁学士，兼礼部侍郎。
七月，与福建乡试副考官杨福祺在桐庐子凌钓台饮酒，瑞常为正考官。
《如舟吟馆诗抄》有诗《七夕泊子凌钓台邀子厚杨君小酌》

八月，充福建乡试正考官。①

《如舟吟馆诗抄》有诗《闱中》

九月十六日自福建启行，经过二十天抵杭，住家一月有余。

有诗《九月既望自省启行》《抵家》

是年诗作：《舟泊维扬》《七夕泊子凌钓台邀子厚杨君小酌》《洪山桥晓望》《闱中》《九月既望自省启行》《衢州舟次》《抵家》

道光二十五年乙巳（1845）瑞常四十二岁

正月，充会试知贡举。

《如舟吟馆诗抄》有诗《入闱口占》

二月，擢兵部右侍郎。

四月，充朝考阅卷大臣。

五月，以候补主事恩麟收受书吏年终陋规，瑞常坐失察，降三级留任。

九月，授镶红汉军副都统。十一月，管理新旧营房。

充武闱乡会试校射大臣

贵成《灵石山房诗草》有诗《秋日感吟寄瑞芝生少司马》

是年诗作：《入闱口占》《游二闸》《武闱校射》《腊月廿八日入直六班有怀雪堂》

道光二十六年丙午（1846）瑞常四十三岁

三月随道光帝出巡南苑

《如舟吟馆诗抄》有诗《三月随扈南苑恭纪》

五月，父雅凌河卒，八月，百日孝满。九月充乡试阅卷大臣。十二月，承袭恩骑尉。充武闱乡会试校射大臣。

是年诗作：《三月随扈南苑恭纪》《忆孤山林和靖》《海甸值班》《书怀》《怀伊笑山》《移居》

---

① 此处《清史列传》为五月，京卿年表也载五月十日闽乡正考。按清代乡试一般在八月，又瑞常《闱中》有："琐院秋深夜月高"，《九月既望自省启行》有："闻罢木樨香，榕城客倚装"，五月充正考官，九月才离开，也不符合情理，故改为八月。

道光二十七年丁未（1847）瑞常四十四岁

母达尔哈斯卒。四月，百日孝满，充朝考阅卷大臣，充会试覆试阅卷大臣。

五月，管理圆明园八旗，包衣三旗官兵。六月，考教习作诗呈王广阴、曾国藩。

《如舟吟馆诗抄》有诗《六月考教习闱中作此呈王蔓堂前辈、曾涤生阁学》

充武闱乡会试校射大臣

是年诗作：《小有余芳》《乙垣抱恙诗以慰之》《六月考教习闱中作此呈王蔓堂前辈、曾涤生阁学》《纨扇词》《八月十七知雪堂抵杭》《腌冬菜》

道光二十八年戊申（1848）瑞常四十五岁

正月，瑞常妻瓜尔佳氏卒。

《如舟吟馆诗抄》有诗《悼亡》

二月，充稽察七仓大臣。三月，署镶蓝旗护军统领。

重阳节与杰纯等乡友饮酒。

《如舟吟馆诗抄》有诗《重九柬石硕庭隆华平诸乡友同饮》

十月，充武英殿总裁。

苏呼讷辞官。

《国朝杭郡诗三辑》卷九十二第 20 页，苏呼讷道光戊申引疾归，优游十稔乃卒。

是年诗作：《悼亡》《题春宵听雨图》《蜂窠》《采莲吟》《重九柬石硕庭隆华平诸乡友同饮》《岁暮入直园班》

道光二十九年己酉（1849）瑞常四十六岁

正月，署正黄旗护军统领，寻转左侍郎。二月，充右翼监督。四月，调正蓝旗满洲副都统。闰四月，署户部右侍郎，监管钱法堂事物。七月，充山东乡试正考官。

《如舟吟馆诗抄》有诗《大明湖》

十月，充册封朝鲜正使。出行前与同乡王广阴，赫特赫纳，裕贵父子，万清，伊勒哈图，苏呼讷等人同饮。

《如舟吟馆诗抄》有诗《远行有日同乡王霭堂，赫藕香，裕乙垣贤乔梓，万花农，伊萼楼，苏宝峰并爱新楣八人公饯于敞庐邀玉亭弟同饮诗以志感》

充武闱乡会试校射大臣

是年诗作：《春日早起》《清明》《大明湖》《寄内》《远行有日同乡王霭堂、赫藕香、裕乙垣贤乔梓、万花农、伊萼楼、苏宝峰并爱新楣八人公饯于敞庐邀玉亭弟同饮诗以志感》

道光三十年庚戌（1850）瑞常四十七岁

正月自朝鲜归

《如舟吟馆诗抄》有诗《正月下浣归自朝鲜》

二月，署刑部左侍郎，寻充实录馆副总裁。三月，调吏部左侍郎，授右翼总兵。四月，充朝考阅卷大臣，会试覆试阅卷大臣。

五月，稽察会同四译馆。充教习庶吉士。

七月，转左翼总兵，充教习庶吉士，授正白旗护军统领。

九月，瑞庆赴京候选。

《如舟吟馆诗抄》有诗《九月雪堂弟赴京候选》

充拔贡覆试阅卷大臣

瑞常姐于是年去世

《如舟吟馆诗抄》有《哭家姊》四首

贵成中举

《杭州八旗驻防营志略》卷十，道光庚戌恩科，翻译会试中式。

是年诗作：《正月下浣归自朝鲜》《六月值总戎班偶题》《九月雪堂弟赴京候选》《书所见》《哭家姊》《冬夜》

咸丰元年辛亥（1851）瑞常四十八岁

正月，署正黄旗蒙古副都统，正黄旗护军统领。三月，署国史馆副总裁。四月，署正黄旗蒙古都统，充十五善射，赏戴花翎。六月，充江南乡试正考官。七月自京启行。

《如舟吟馆诗抄》有诗《七月初旬出都》，注云：时为江南考官。

《赠金可亭侍讲即用其韵》，注云：时与可亭同主试江南。

回京途中过徐州查勘

九月回京，署正白旗满洲副都统。

十一月，定郡王戴铨升步军统领衙门主事，瑞常以越次升补违反定例，力争之，寻开左翼总兵缺。

是年诗作：《七月初旬出都》《过赵北口》《途中即景》《漫兴》《临城驿途次偶成》《赠金可亭侍讲即用其韵》《抵金陵宿朝天宫》《九月十四任邱道中晓行》《感怀》

咸丰二年壬子（1852）瑞常四十九岁

充会试知贡举

四月，充朝考阅卷大臣。

《如舟吟馆诗抄》有诗《闱中事毕竟日无事得诗三首》

是年诗作：《二月介庭壻抵都》《闱中事毕竟日无事得诗三首》《金鱼》《秋雨》《马嵬怀古》《书怀》《煮雪》

咸丰三年癸丑（1853）瑞常五十岁

以捐备军饷，下部优叙。

是年诗作：《正月十二日昌雪赴圆直庐遣兴》《无题》《五旬初度》《怀伊笑山盟兄》《园中秋晓》《咏菜》

咸丰四年甲寅（1854）瑞常五十一岁

十月，三子文俊生，与贵成有诗唱和。

《如舟吟馆诗抄》有诗《十月七日庄儿生和镜泉贺诗原韵》

除夕张祥河赠瑞常手卷诗画

《如舟吟馆诗抄》有诗《张诗龄少宰除夕赠手卷诗画即步韵志谢》

咸丰五年乙卯（1855）瑞常五十二岁

署镶黄旗护军统领。

瑞庆调任宣化知县。

《如舟吟馆诗抄》有诗《雪堂调任宣化作诗勉之》

是年诗作：《雪堂调任宣化作诗勉之》《初夏遣兴》《凉篷》《冰箇》《中秋日作》《送薛鹤门侍御归里》《书怀》《冬日海淀即景》

　　咸丰六年丙辰（1856）瑞常五十三岁

　　双成回京，瑞常有诗赠。

　　《如舟吟馆诗抄》有诗《双就园述职入都即赠》

　　《题双就园都护义马图》

　　万清以失守去官

　　《如舟吟馆诗抄》有诗《闻万花农同年落职》

　　是年诗作：《元旦和八桥见赠原韵》《介庭壻署沁州官声甚好喜而有作》《清漪园》《时斋弟抵京》《双就园述职入都即赠》《静明园值日》《苦雨》《闻万花农同年落职》《破寺》《九月初六值班偶作》《题双就园都护义马图》

　　咸丰七年丁巳（1857）瑞常五十四岁

　　三月，与张祥河极乐寺看海棠。

　　端午节与张祥河，周祖培登平安园楼。

　　八月，授都察院左都御史。

　　十一月，赐紫禁城骑马。

　　《如舟吟馆诗抄》有诗《十一月杪赏紫禁城骑马谢恩恭纪》

　　是年诗作：《奉题》《三月晦日张诗翁约极乐寺看海棠即和原韵》《挽阿阆珊同年》《四月朔与宝佩蘅少农同值六班话雨》《浃水途中见蛹子有感》《端阳散值张诗翁周芝台前辈同登平安园楼》《感怀》《闰夏偶吟》《即事》《秋夕口占》《世事》《岁暮写怀》《十一月杪赏紫禁城骑马谢恩恭纪》

　　咸丰八年戊午（1858）瑞常五十五岁

　　四月，署礼部尚书。

　　七月，充经筵讲官。

　　九月，授理藩院尚书，充乡试阅卷大臣。

　　十二月，擢刑部尚书。

　　咸丰九年己未（1859）瑞常五十六岁

　　四月，充殿试读卷官。

　　四月，充朝考阅卷大臣。

充会试覆试阅卷大臣

八月，充顺天乡试副考官。

武闱乡会试监射大臣

咸丰十年庚申（1860）瑞常五十七岁

四月，充殿试读卷官。

四月，充朝考阅卷大臣。

五月，充教习庶吉士。

九月，管理户部三库事务。

十一月，以督办巡防，下部优叙。

咸丰十一年辛酉（1861）瑞常五十八岁

九月，调工部尚书。

十月，调户部尚书。

武闱乡会试监射大臣。

同治元年壬戌（1862）瑞常五十九岁

四月，充殿试读卷官。

四月，充朝考阅卷大臣。

充会试覆试阅卷大臣

调吏部尚书

七月，管理宗人府银库。

八月，充顺天乡试副考官。

九月，充乡试阅卷大臣。

署工部尚书

十月，以吏部尚书协办大学士。

充拔贡覆试阅卷大臣

武闱乡会试监射大臣

同治二年癸亥（1863）瑞常六十岁

四月，充殿试试读卷官。

四月，充朝考阅卷大臣。

充会试覆试阅卷大臣

五月，充教习庶吉士。

充拔贡覆试阅卷大臣

武闱乡会试监射大臣

同治三年甲子（1864）瑞常六十一岁

奏杭州殉难之驻防官兵暨民间妇孺，请给旌恤。

上命瑞常等轮流进讲治平宝鉴

八月，充顺天乡试正考官。

九月，充乡试阅卷大臣。

武闱乡会试监射大臣

同治四年乙丑（1865）瑞常六十二岁

四月，充殿试读卷官。

充会试覆试阅卷大臣

制科孝廉方正阅卷大臣

大考翰詹阅卷大臣

考试试差阅卷大臣

汉御史阅卷大臣

汉荫生阅卷大臣

奉旨偕户部尚书罗惇衍驰往查办陕西布政使林寿图一案

《曾国藩日记》同治四年（1865）四月二十二日有载："因闻钦差瑞芝生，罗椒生至陕西查办案件，霞仙甫被菜寿祺之谤而又有此相煎之举，何以为怀!"

十月，咸丰帝定陵奉安礼成，瑞常敬题神主。

同治五年丙寅（1866）瑞常六十三岁

调工部尚书，兼署刑部尚书。

柳营诗传载善能诗一首《七夕瑞芝生大司寇招饮自怡园赋呈》

同治六年丁卯（1867）瑞常六十四岁

六月，充翰林院掌院学士。

八月，充顺天乡试副考官。
九月，充乡试阅卷大臣。

同治七年戊辰（1868）瑞常六十五岁
四月，充朝考阅卷大臣。五月，充教习庶吉士。
充拔贡覆试阅卷大臣
充优贡朝考阅卷大臣
武闱乡会试监射大臣

同治八年己巳（1869）瑞常六十六岁

同治九年庚午（1870）瑞常六十七岁
八月，充顺天乡试副考官。

同治十年辛未（1871）瑞常六十八岁
三月，授文渊阁大学士，命管理刑部事务。
充殿试读卷官
充会试覆试阅卷大臣
七月，授文华殿大学士。
十二月，充文渊阁领阁事。

同治十一年壬申（1872）瑞常六十九岁
卒。加恩晋赠太保，入祀贤良祠，予谥文端。

晚清桂林梁氏家族文学研究

刘国婧

一　梁氏家族及姻亲的文学活动概述

钱穆在《中国学术思想史论丛》中阐述："家风与家学共同统一于家教之中，即希望门第中人一能具孝友之行，二能有经籍文史学业之修养。遂有不同类别之世家，如科第世家、礼法世家、文章世家等，然而自称一世家经过数百年的延绵瓜瓞，必不会是单一传承，而是逐渐混溶而又有偏重"①。如杜甫曾言"诗是吾家事""吾祖诗冠古"，吟咏先人清芬，既怀有无限崇敬，又对自身及子孙在道德修为、人生志向和文学书写上不断激励。梁氏家族"举家工诗"，既是外人对其家族的称誉，又是梁济述说家学的自豪之语。所谓忠厚传家久，诗书济世长，道德与诗书便是桂林梁氏家族始终绵延传承的两项事业。

（一）桂林梁氏家族及姻亲中男性成员的文学活动

梁承光之父梁宝书，道光甲午（1834）考中举人，庚子年（1840）取进士，为第三甲第十七名［见《道光二十年（1840）庚子科殿试金榜》］，蒙古族②，广西桂林人，梁家自梁宝书来京师参加会试之后，便一

---

①　钱穆：《中国学术思想史论丛》，九州出版社 2012 年版，第 303 页。

②　关于梁家家世，在乾隆四十三年（1778）所修旧谱及同族梁焕奎民国时主持撰修的《梁氏世谱》（原刻本为《梁氏世谱三十二篇》）中皆载梁氏始祖为元世祖忽必烈之后也先帖木儿，"承祖恭按宗图，吾家始于仕元之也先帖木儿公，居河南汝阳县，子孙世其官为右翼万户"。在《河南省蒙古族来源试探》一文中，将此一支梁氏归为在河南定居的源为元朝的蒙古和色目官员一类，作为来源之二，并就以湖南湘潭梁氏之祖为例。而湖南湘潭与桂林梁氏实出一源。在梁漱溟兄弟为其父所作的《年谱》当中亦用《世谱》之说法，"吾梁氏之先可考者，当元世居河南之

直留寓北方，据梁焕鼐、梁焕鼎所编梁济《年谱》："吾家自遵化公以会试来京师，两代宦游北方，子孙侨寓京车辇，遂未归桂林，迄今三世亦"①。梁宝书一度任直隶定兴、正定、清苑等地知县，后升任遵化直隶州知州，其中在定兴时间最长。梁承光曾在途过定兴时作诗《定兴道中》，记述其父在定兴时考证古迹，等等，志书称其"有清二百余年，得循吏二人，其先有谢某，迨后则公是也"。然而梁宝书最终于直隶知州第三年因忤逆上官被罢去，具体事因细节志书并无详载，且无作品留世。

　　梁承光（1831—1867），字稚香，梁宝书长子。梁承光于道光己酉（1849）中举，时年十八岁，供职内阁中书，同治元年（1862）任山西永宁知州，后因积劳成疾卒于官任，年36岁。世言其人磊落豪放，交游甚广，喜谈兵，好骑马。著有《淡集斋诗钞》，分别为《负米集》《薇垣

世也汝阳……一先帖木儿公为梁氏始祖。"而且梁漱溟在其自己的著述《我生有涯愿无尽》第一辑《我的自传·我的自学小史》中也曾提到自己的家世："从种族血统上说，我们本是元朝宗室。中间经过明清两代五百余年，不但旁人不晓得我们是蒙古族，即便自家不由谱系上查明亦不晓得了。在几百年和汉族婚姻之后的我们，融合不同的两种血统，似亦一中间性"。《世谱》所载，先祖梁虓也先帖木儿（有的书中也译作额森特尔）是元世祖忽必烈第五子和克齐之子，至元十七年（1280）袭封云南王，后改封为营王。和他的两个儿子并为右翊万户，而且其后世代袭封，一直到元朝灭亡。明初，凡未跟随元顺帝北归的皇裔都为避祸改旧姓名，汝阳之地属于大梁，因此以梁为其姓氏。从五世成开始进入明朝，六世为梁铭，在《明史》中有传，以典兵建功被封为保定伯。不久梁铭之弟梁鉴一支迁移至应天府江宁（现在的南京江宁），梁铭子梁珤为七世公，在《明史》中亦附有传，因平定贵州苗祸立功，进封爵为保定侯。至清乾隆年间十八世梁兆鹏即梁承光高祖，为广东永安县令。从十九世梁垕即梁兆鹏第三子开始迁居广西桂林，从此隶籍桂林，梁垕育有三子，分别为宝善、宝书、宝儒。长子宝善就是梁焕奎的曾祖父，次子宝书即梁承光的父亲，梁济的祖父。梁宝善一家在1851年太平天国爆发之前一直居于桂林，过着闲适自在的生活，后因起义爆发，带领家人逃出桂林，去往长沙，途经湘潭，因有族人在此，后便于此安家，此为梁焕奎家族湖南湘潭梁氏一支的经过，后梁焕奎成为一代名人实业家，与梁漱溟交往甚密，且后代有姻亲关系，以至于有"托孤"之举，两家之关系由此可见一斑。关于桂林梁氏始祖也先帖木儿，有学者质疑其是否真正具有蒙古族血统，抑或是取蒙古语名字的汉人。笔者查阅《元史》，并未有取有蒙语名字的汉人能居右翼万户这样高的官职，《元史·太平传》："台端非国姓不以授"。《元史·百官志》一云：中央或地方官，"其长则蒙古人为之，而汉人、南人贰焉"。元中书省、枢密院、御史台等中央统治机构中的三个重要正官，非蒙古人不授。就其汉人任中书省右、左丞相之职而言，终元之世只有史天泽、贺惟一二人。右翼万户这一官职除了蒙古族功臣和王室后代更是其他人所无可祈翘的，因此子孙世其职的也先帖木儿公不可能是冠以蒙古语姓名的汉人，而确是蒙古族。

　　①　梁焕鼐、梁焕鼎：《年谱》，《梁巨川遗书》，华东师范大学出版社2008年版，第6页。

集》《山右前集》《山右后集》。梁承光的诗歌创作以赴任山西为界，分为前后两个时期，前期多酬唱赠别、寄怀性情之诗，多抒发胸中理想豪情和谋生艰辛的感慨。后期诗歌以描写民生疾苦、社会现状为主，抒发对家国多难的忧思以及自身的家园、身世之感。即事起兴，长于叙事，善于用典，诗歌往往意深而词粹，感情真挚，风格时而幽微清隽时而刚健苍凉。

梁济（1859—1918），字巨川，又字孟匡，梁承光之子，清末民初著名学者、思想家、社会活动家。梁济 6 岁开蒙，母亲课读，训督勤勉，27 岁举顺天乡试，其后多次参加会试却榜上无名。先后做过教师、幕僚、内阁侍读、民政部教养局总办等，1918 年 11 月 10 日投湖自杀，《清史稿》有传。梁济著有《梁巨川遗书》，分为：《遗笔汇存》《感劬山房日记节钞》《侍疾日记》《辛壬类稿卷上》《辛壬类稿卷下》《伏卵录》《别竹辞花记》。梁济的散文沿承了明清时期唐宋派古文的传统，尤其是归有光的"至情"散文，基于对人间真情的珍视，以真挚之笔发掘家常琐屑之中的人情之美。梁济散文中运用小说笔法，善于通过语言、动作及生动传神的细节塑造性格突出栩栩如生的形象。也因为饱尝了生活的苦涩，人生时局的残酷变幻使得文章往往流露出一种冷静与从容，甚至是"含泪的微笑"，因而表现出一种冲淡平和之美。

梁漱溟（1893—1988），原名梁焕鼎，字寿铭，梁济次子。在父亲实用主义和时代的影响下，梁漱溟较早地接受了现代教育，他开蒙的书籍中就有《地球韵言》，是专门介绍世界历史地理的教科书。小学时就读"中西小学堂"，接受新式教育，最初就开始的中西结合的教育为梁漱溟的学识广博学贯中西作了基础。在中学时梁漱溟得遇良师益友，组成自学小团体①，同时养成了自学的习惯。通过报纸关注社会，尤其崇拜梁启超，也在此期间积累了许多近代国家法制知识，尤其是西方政治制度。同时在思想上初步踏出功利主义、实用主义的界限，开始"尊重哲学"，明白修养身心的重要性。其后梁漱溟先后归心佛法、由佛归儒，出入佛儒之间。梁

---

① 汪东林：《梁漱溟问答录》，湖南人民出版社 1988 年版，第 14 页。记载在顺天中学读书时，梁漱溟有三个与自己性情相投的同学：廖福申、王毓芬、姚万里。其中廖福申是最成熟的一个，他提议组成一个互助自学小团体，其他三人都纷纷赞成，并主张以每个人缺点取个名字，以此呼名，以资警醒。王毓芬得"懦"字，姚万里得"暴"字，梁漱溟得"傲"字，廖福申得"惰"字。从此开始自学，效果自然非常显著。参与自学小团体的经历对梁漱溟后来的教育改革有非常大的影响和启发。

漱溟一生不断追求的两个问题：一是人活着为了什么？二是中国将走向何处去？带着这两个问题，他一生求索，每有收获，便付诸实践，不做"坐地论道"的空想家。主要著作有《印度哲学概论》《中国文化要义》《东西文化及其哲学》《人心与人生》等；主要活动有：投身辛亥革命，从事乡村建设，参与筹组中国民主政团联盟等，成为中国 20 世纪最著名的社会活动家和爱国民主人士。而在《人生与人心》中包含了独特的文艺美学思想，对新儒家的文艺美学思想产生很大的影响。

梁焕奎（1868—1929），字辟园，又字辟垣，湖南湘潭人，梁焕奎是梁漱溟曾祖梁宝书胞兄梁宝善的后代，梁焕奎是年长梁漱溟 25 岁的堂兄。梁漱溟的外甥女邹德惠又与梁焕奎的儿子梁君大在北京结合。

梁焕奎一生致力于振兴国家实业，创办湘中矿政学务，他为中华昌盛一手创办了纯锑矿，成色、产量均为世界第一（当时湖南纯锑产量占世界总产量 80% 以上，湖南的锑又多出自华昌炼矿公司）；积极参与维新事业，创办湖南高等实业学堂；他关心教育和文化，他还是提倡捐建湖南图书馆的第一人，提倡选送湖湘学子留学日本。梁焕奎是晚清民国时期湖南一代最有名望的实业家，热爱思想更热衷实际行动的梁漱溟对爱国实业家梁焕奎非常敬重、钦佩。1917 年湖南受到军阀的影响，政局不稳、人心遑动，梁焕奎一家到北京避难，在缨子胡同梁济家中借住一年（这也导致梁济自杀的计划推迟）。梁焕奎来到北京后，与梁漱溟同在北大任教的杨昌济就经常到梁焕奎家拜见恩师兼老友梁焕奎，[1] 于是，杨昌济家鼓楼豆腐池胡同也就成了梁焕奎与梁漱溟时常光顾之地。而当时青年毛泽东正寄住在老师杨昌济家中，因此当梁漱溟一访延安时，毛泽东曾好奇询问其与梁焕奎的亲缘关系。梁漱溟与梁焕奎交往密切，经常书信往来，梁漱溟也曾专程探望这位德高望重的兄长。梁焕奎十分信任梁漱溟这位老弟，因此曾有"托孤"之举。1929 年梁焕奎去世，梁漱溟代其子女写下《哀启》，沉痛地描述了梁焕奎的一生。时隔多年，1984 年，梁漱溟作《梁焕奎事略》怀念梁焕奎，1987 年作《我国锑矿开发的先驱者——梁焕奎五兄弟与华昌炼矿公司》发表在《人物》月刊第四期上。梁焕奎虽以实业

---

①　1903 年梁焕奎在任湖南省学务处文案时，其从乡试落第的试卷中选拔可深造人才派赴日本留学的建议为当局采纳，并由当局任命他为留日学生监督，亲率他所选拔的杨昌济、陈天华、刘揆一、朱德裳、杨均等湖南学子东渡日本留学。因此，梁焕奎之于杨昌济是恩师。

闻名，其实亦颇善诗文，著有《青郊六十自定稿》。

陆澹吾一家是桂林梁氏的表亲，陆澹吾妻为梁承光长姐，梁济姑母，陆澹吾长子陆荫宇、次子陆静存都是梁济的老师，陆静存尤善诗词，对梁济影响很大，曾有《竹枝词》《独门竹枝词》等作品。三子陆午庄，七子陆芸史都与梁济年纪相仿一同成长，相互影响。而陆澹吾公长女陆嘉来即梁济表姐嫁与云南张励吾，而张励吾又是梁济妻张春绮的叔父。后来梁漱溟任职司法部司法总长张镕西秘书，而张镕西（曾参加云南义师讨袁，组织南北统一内阁）正是陆嘉来与张励吾的长子，梁济的表外甥，同时又是梁漱溟母亲张春绮的侄子。陆嘉坤，字荇洲，亦陆澹吾之女，陆嘉来之妹，嫁长乐郑叔忱（官奉天府丞），曾受聘为北洋女子高等学堂总教习，郑叔忱为现代文学名家郑振铎叔父。陆氏一家皆学识丰厚，对梁济青少年时期的学习有很大的影响。

从梁承光磊落豪迈的性情及其为政一方殚精竭虑、鞠躬尽瘁的精神；梁济凛然坚卓的殉道悲歌；梁漱溟"三军可以夺帅，匹夫不可夺志"的傲骨，不难看出这种独立秉耿、宁折不弯的儒士气概是这个家族精神气质最重要的一部分。而这种对儒家孔孟之道的信仰是桂林梁氏家族家学传承中最核心的部分。

（二）桂林梁氏家族闺秀文学活动

在文学家族的家庭成员中，除去男性成员有诗文行世之外，家族中的女性亦善吟咏，颇能挥洒，这也是历来文学家族中不可忽视的一面。一个家族的闺秀文学活动，往往也是文学家族发展的一股强大的力量，在家庭中，她们的角色大都是母亲、妻子、女儿等。从表面上看，她们不是文学创作的主力，但是她们的学识功底可以通过女性的家庭角色发挥出强大的影响力，因此闺秀文学活动往往与家族姻娅网络有着千丝万缕的关系。婚姻是文学世家"融汇与生新"①的必然机制，文学女性的出嫁，带出父母家的家教，这样作为一种新的能量与夫家的家教汇合强化，形成一股新的推动力量，促使产生更大范围的文学活动，如家族间举办的诗文活动等，与之相随的是新的文化交谊圈生成或原有的文化交谊圈的扩大。婚姻可以将不同地区不同场域的文学群体相连接，多重联姻类聚，更是将有着内在

---

① 徐雁平：《清代世家与文学传承》，生活·读书·新知三联书店 2012 年版，第 57 页。

联系的不同文学活动、文学群体汇聚起来，进而形成流派。这一点反映到桂林梁氏家族则表现为忠义德行诗书之家族间的婚姻叠稠：桂林梁氏家族与贵州毕节刘氏家族，桂林梁氏家族与陆氏家族，桂林梁氏家族与云南张氏家族，桂林陆氏家族与云南张氏家族，桂林陆氏家族与岱阳郑氏家族，桂林梁氏家族与江苏彭氏家族，桂林梁氏家族与江苏邹氏家族。

梁承光妻子刘氏（？—1890），直隶通永道贵州毕节春坪刘延熙之女，通史书，能学问，性格刚毅，气象严正有威。丈夫梁承光去世后，家境陷入贫困之中，曾课徒捣衣，与夫妾一起抚育独子梁济，对梁济的成长及道德人格养成产生了极大的影响。她一生以完整的儒家道德要求自己，教育儿子，同时负责梁济幼年学业。在家境贫寒，生计窘迫的情形下，刘氏亦能抽身繁忙之外，取片刻闲暇时光吟咏诗词。刘氏遗诗数十首，主要是与丈夫、姑嫂之间的唱和之诗，据梁济回忆，这些诗歌最终因数次搬迁佚失。从梁承光《淡集斋诗钞》中《寄内》诗可知内室必能与之唱和应答。《淡集斋诗钞》中有五首是专门为其妻刘氏所写，此处取其中一首，诗云：

> 浪说狂名杜牧齐，翩翩裙屐玉骢嘶。灯红酒绿非无分，野草闲花未易迷。
> 迹似征鸿常印雪，心如飞絮不沾泥。色空妙悟知多少，只落言荃品便低。（《再柬内子》）

首联颔联写诗人自身的形象及其所处的环境，同时表白了自己的心志：虽然我才华出众风度翩翩，而且处在一个灯红酒绿的环境中，但是我不会被轻易迷惑。这里一方面写男女爱情的坚定，同时表达自己内心不与世俗同流合污，只坚定自己的理想。颈联尾联以佛教禅语入诗，表达自己内心不染纤尘，心向高远的境界。"征鸿印雪"是梁承光最喜欢的意象，出自苏轼《和子由渑池怀旧》："人生到处知何似，应似飞鸿踏雪泥。"后喻指人生中留下的痕迹，梁承光这里表达自己的现实状态与人生追求。"禅心已如沾泥絮，不随春风上下狂"，飞絮泥沾表示心境沉寂不再波动，诗人反其意用之，"心如飞絮不沾泥"，表达自己仍然心志蓬勃，想要做一番事业，没有消沉之意。最后"只落言荃"出自《庄子·外物》"不落言荃"，原意指不局限于言辞的表面，而有言外之意。古人以为不落言荃的言说才是最好的言说。严羽《沧浪诗话》："所谓不涉理路，不落言筌者，上也。"诗人此处在向妻子说明自己一直洁身自好，心若磐石，要妻子相信自己。再如：

> 塞头春早角声寒，解冻风来雪未残。蝴蝶梦萦三月远，鲤鱼缄报一家安。
> 攀余悔觅封侯易，无米怜教作妇难。惭愧画眉闲旷久，每逢山色秀频餐。(《和内子见寄韵》)

这是一封给妻子的"回信"，虽然已经无法寻找刘氏原诗，但从梁承光和诗中可以推知刘氏在诗中写了自己对远人的担心与牵挂，向丈夫诉说了生活的困苦，也寄寓了思念之情。梁承光的回信向家中报了平安，同时也表达了自己的愧疚之情和对妻子的思念。

这种以诗为信寄寓思念的方式足以证明梁承光妻子刘氏必是一位精通文史诗词的女性，二人在心灵情感上亦是知音。而后梁承光去世，刘氏失去了丈夫也失去了心灵挚友，全心培育独子，又迫于生计，吟咏渐少。可惜梁承光妻刘氏与丈夫频传鸿雁，姑嫂雅兴唱和之作都没有保存下来，据梁济回忆，刘氏馆名碧梧翠竹，曾有作品赠答亲戚，然而后来屡次搬迁，竟不得见。《淡集斋诗钞》末跋记中提到母亲的诗作，打算等到检查整理之后另外续刻，而梁济在自杀前还是没有找到，因此也成为心头遗憾之一。这种情况对于古代女性来说较为常见，古代传统女性并不以诗书见长，吟咏诗歌对于她们并非用以成就文章事业功名的经济要务，而是以娱情冶性为主要目的，也因此不善保存，在闺中交往间，亦羞于显世。相较于男性，自觉创作并留心保存的很少。

自古以来，谈诗论赋在文学家族间就是常事，既是一种促进文学繁荣兴盛的文学活动，也是增进婚姻、世家关系的途径。在这些文学活动中往往能崛起一批青年才俊，在老一辈大家的提携与指点下，逐渐成长，引领一代风骚。与此同时，自然会产生一大批优秀的作品，在这样的相互作用下，不断促进文学的发展。梁承光曾有诗歌形容过家庭诗书聚会时的情形："团圆人影坐灯青，煮茗论诗气觉醒。夜半难邀童子对，泥中还有侍儿听。十年琴瑟鸿齐案，五夜埙篪鲤过庭。烽火南天断消息，失群寒雁久飑零。"(《春夜偕内子弟妹谈诗感作》)。由于家运渐衰，桂林梁氏家族虽然不似常熟钱家、汪家等经常在家族内部和家族之间定期举行大型的文学集会，但是从亲友间的吟诗作赋，雅兴唱和也可以看到在贫困中的桂林梁氏一家仍然保留着文学家族常见的文学活动，无论是灯下论诗，还是品茗赋对，仍坚守着一个诗书之家应有的传统。

此外，在刘氏后来为梁济婚姻择偶时的标准与考虑也能够看出，这个家族对婚姻亲戚中人的诗书涵养很看重，这也是文学世家自觉传承诗礼的内在要求。在《梁巨川遗书·侍疾日记》中写道彼时刘氏反复掂量、彻夜踌躇，除了人情世故之微妙复杂（担心得罪媒人，又考虑对以后事业之助益）与体谅儿子心思之外，一个最重要的因素便是"诗书因素"，最终因"张氏讲书礼"定于张氏。刘氏曾对儿子说："我愿张氏，其诗书科第风气未远，李虽世族，目下少佳子弟，汝孤苦无援助，胡不深思？倘日就式微，何望恢复？因陋就简，人谓我何？"[1] 李家虽然是世族大家，但诗书风气不佳，刘氏的一番言语可以看出这个家族虽然衰落困窘，但在婚嫁姻缘的联结上还是十分慎重，尤其注重一家之家风与学风，不愿因陋就简，否则只会沦落。而且不以经济显达论世家，两者之间更加注重诗书礼法之世，也就是更看重其家族成员的品行学识。这一方面反映了梁氏家族在姻亲联络方面之标准，另一方面揭示了姻亲关系与一家之兴衰有着互为因果之关系。

梁济的母亲曾经在 1875—1882 年家设帐课徒[2]，先后在石碑胡同、历安福胡同、新帘子胡同、皮库胡同招收童蒙，所教授的学生前后三十多人，学生中亦不少成为济世之才。张仲礼在《中国士绅的收入》中引《吴门袁氏家谱》卷八中的"世范二"："士大夫之子弟苟无世禄可守，无常产可依，而欲为仰事俯首之计，莫如为儒。其才质之美能习进业者，上可以取科第，致富贵；次可以开门教授，以守束脩之奉。其不能习进士业者，上可以事笔札，代笺简之役；次可以习点读，为童蒙之师。"可知设蒙馆课徒既是古之士大夫的一条出路，也是读书人的收入来源之一。

刘氏尚能以女师的身份从事教育事业并以此谋生，与男士无异，足见

---

① 梁济：《侍疾日记》，《梁巨川遗书》，华东师范出版社 2008 年版，第 134 页。

② 《侍疾日记》云："戊己庚辛壬，臣在义塾就馆，慈亲在家设帐，颇劳累，月进三两，聊以自给……"又《小己记》中云："乙亥、丙子、丁丙等年，先母在家设蒙馆课徒，以所入为余在愿学堂膏火"。笔者查阅前后时间略有出入，故将开始时间和结束时间之间的年段记为持续时间。

其兴旺家族的动力与信念之强大；胆识之不凡；才识之过人。而在桂林梁氏家族，并非刘氏一个女性从事教育，梁济妻子张春绮亦"继此衣钵"。

张春绮（1859—1912），梁济妻，出身书香世家，为直隶候补宣化府知府壬戌进士云南大理张士铨长女，通史书，工翰墨。梁济怀念亡妻，述其生平："内子崇信阴骘，抱施财拯灭恤孤之愿。忆二十年前，曾两次以双百金捐入慈幼堂义塾。此事为吾兄经营。当时承寻来历，未以奉白，盖不欲露名也。又若庚寅、壬申、癸巳水灾奇重，迭出巨款，交义绅散放急赈，至其人因劝捐而得保官阶，官昌平州多年，而不知钱出自谁手。此外，并交余揩珊师暨俞幼莱、翁弢夫诸君巨款放赈，皆未尝露名。又尝交顾景棠君收养贫童，办理义塾，（原注：此塾在鞭子巷。款目与前相等。此皆举其最著者言之耳，其余矣不及悉数。）"① 梁济原意为称赞妻子宅心仁厚，乐善好施的品性。我们也能读出张春绮女士关心苍生疾苦，热心教育，于这两者，不惜银钱尽当捐出，这已经不只是个人信仰力量，更有着大丈夫的风节襟怀与责任担当。当然这也是桂林梁氏家风感染在女性身上的投射。梁漱溟在《吾生有涯愿无尽·我的自传·我的自学小史》中介绍自己的家庭时提到"我母亲之温厚明通，赞助我父亲和彭公的维新运动，并提倡女学，自己参加北京初创第一间女学校女学传习所担任教员等类事情都未及说到。然读者或亦不难想象得之。就从这环境中，给我种下了自学的根本：一片向上心……"② 思想开明，热心女学，亲自参加创立"女学传习所"，并担任教员，从这一点看，又是对其婆母的课徒事业的继承并发展。

此外，梁济的四姑母有《箫台遗韵》，大姑母、二姑母、三姑母也颇能为诗，只是遗憾没能保留。又如梁济表姐陆嘉年通明有学识，梁漱溟等曾拜师承教。表妹陆嘉坤曾受聘为北洋女子高等学堂总教习等，可见梁氏家族及姻亲中女性才学卓越，并能为人师范，这在当时已经拓出一家一户的局限，逐渐成为女性事业的一种了。

总而言之，桂林梁氏家族虽处于飘摇末世，也不是高门显第，但家学礼法、门风学业并没有因此而凋敝，反而在苦难的磨砺中更加隆盛。"国

---

① 梁济：《年谱》，《梁巨川遗书》，华东师范出版社 2008 年版，第 36—37 页。

② 梁漱溟：《我的自传·我的自学小史·自学的根本》，《梁漱溟全集》第二卷，山东人民出版社 1990 年版，第 673—676 页。

家不幸诗家幸"①，在那个变局叠生的时代里，他们不仅坚守、传承了"保天下者，匹夫之贱与有责焉耳矣"②的儒家精神，而且促使儒家文化走向了新的阶段，焕发出新的生命力。

二　梁承光与《淡集斋诗钞》

一直以来梁承光及其《淡集斋诗钞》，并没有从文学的角度进入研究者的视野。作为一个文学家族的主要人物之一，梁承光常常只是作为资料出现在梁济的研究当中。而关于梁济的研究又多在近代史研究范畴，只有一小部分的人探讨了以他为典型代表的群体在时代中的曲折心路。这些原因就使梁承光诗歌文学的本来面目不得其现。《淡集斋诗钞》共含 182 首诗，大多五言七言，结合梁承光生平，分析诗歌，可谓知人论世，亦能找寻个人意志、历史事件在诗歌里的折射。

（一）梁承光的交游考论

考论一个人，除了他的身世，他的德义修行，他的社会关系即人际交往圈对我们了解其性情怀抱、风仪名节、学问风流也尤为重要。正如鲁迅先生所讲："倘要论文，最好是顾及全篇，并且顾及作者的全人，以及他处的社会状态，这才较为确凿，要不然，很容易说梦的"③。因此只有我们通过对咸同时期的政治、文化、德业、世风学风的探析，才能更为真切地感受到诗人当时所处的"文化气候"，也可以找到梁承光主动改由外任的深层原因。

梁承光自 18 岁举顺天乡试后，就以弱冠之年官于京洛，十多年间结交者甚多，若不是遽然谢世，梁承光与其留存于世的作品必然是另一番景象。梁承光是家中嫡出长子，有一弟名梁承华，是梁宝书侧室所出。梁宝

---

①　赵翼："身阅兴亡浩劫空，两朝文献一衰翁。无官未害餐周粟，有史深愁失楚弓。行殿幽兰悲夜火，故都乔木泣秋风。国家不幸诗家幸，赋到沧桑句便工。"《题遗山诗》，赵翼著，李学颖、曹光甫校点：《瓯北集》，上海古籍出版社 1997 年版，第 772 页。

②　顾炎武著，黄汝成集释，栾保群、吕宗力点校：《日知录集释·正始》，上海古籍出版社 2013 年版，第 757 页。

③　鲁迅：《鲁迅全集·卷六·且介亭杂文二集"题未定"草（七）》，人民文学出版社 1981 年版，第 30 页。

书自罢官归家，家计全赖梁承光一人全力奔走，《淡集斋诗钞·序》中陆
润庠提到梁承光生前与潘文勤、孙文恪都是同辈同行，才望相捋。而与崇
地山、翁同龢、宋雪帆、江蓉舫、景秋坪、汪迪甫等都交好。以致二十年
后潘、翁等人遇见故人之子（梁济）感慨唏嘘。检《淡集斋诗钞》，在
1862 年之前，所涉及的人物有：宋雪帆、江蓉舫、钱萍矼、崇厚、李小
湘、谦小榆、汪迪甫、陈息凡、叶小山、崇雨铃等。而这些人恰恰是清朝
同治前中期的名士，内部以师徒、同年、同乡等关系稠叠交错形成了以
翁、潘为中心的名士交际圈。1862 年以后，梁承光主要的生活与创作是
在山西，这一时期与梁承光交往的主要人物有徐松龛、李东樵等。

1. 与崇厚的交往

崇厚（1826—1893），满族镶黄旗人，完颜氏，是金代皇室完颜氏的
后裔，祖、父之辈皆位高权重者；家族世代辉煌，一门曾有五代进士。崇
厚于道光二十九年（1849）中举，先后出任长芦监运使、三口通商大臣、
署直隶总督和盛京将军等职。崇厚曾先后参与过普鲁士、葡萄牙、丹麦、
荷兰、西班牙、比利时、意大利、奥地利等国的约章签订；在洋务运动
中，他曾创设天津机器制造局，购买并制造军火；此外，在天津组织枪队
进行西式训练，与捻军对抗。同治九年（1870）天津教案，中法关系紧
张，清廷派出崇厚任使法团钦差大臣。光绪四年（1878）派赴沙俄，交
涉伊犁谈判。次年，因为擅自签订《里瓦几亚条约》，回国后光绪四年
（1878）被捕入狱，定"斩监候"。朝廷拒绝批准条约，派遣曾纪泽赴俄
改约。七月，加恩出狱，罢免居家。光绪十年（1884）八月，捐粮三十
万两助军。十月，值慈禧太后五十寿辰，特赏给二品衔。

梁承光与崇厚是为同年举人，崇厚一生忧心国事，亦有豪侠之气，性
情为人与梁颇为相合。在京谋生时，崇厚对梁承光一家颇为照拂，又曾一
起参与过对抗捻军。共同志趣与经历，崇梁结下深厚的情谊。尤其是对梁
承光来说，崇厚亦师亦友，因而唱和颇多，如一首七律《寄别崇地山同
年》："轻裘缓带总翩翩，自道三河侠少年。忧国头颅星鬓璨，照人肝胆
月轮圆。才名轶辙珠双树，家世金张尺五天。记得霓裳同日咏，谊兼师友
一生缘。明珠白璧紫骅骝，不我瑕疵任取求。分自隔云情不减，交原如水
爱偏周。办装前后囊三解，祖帐殷勤束再投。更忆十年居不易，米珠薪桂
赖谁谋。试灯风里拜旌旓，星橄纷飞使者劳。动勣不矜三战捷，轻肥重话
十年豪。为憎多口投金药，怕损雄心脱宝刀。珍重武乡侯语意，服膺常共

佩弦牢。江湖河洛战云昏，几见妖星薄帝阍。将帅功垂新竹帛，疮痍民失旧桃源。少年揽辔澄清志，圣主如天覆载恩。北路长城君记取，明珠薏苡且休论。"① 在寄怀对友人的思念与鼓舞的同时，忆及两人的金兰交谊。同时赞誉友人的风度才学、不凡的品格以及卓越的功绩。情感真挚，激扬向上。虽为寄别诗，却充满奋发向上的激情与热望，没有离别的伤感失落，更多的是对友人的倾慕与激励，充满乐观昂扬的精神。

2. 与王拯的交往

王拯（1815—1876），初名锡振，字定甫，号少和，也称少鹤，别署忏甫、忏庵、茂陵秋雨词人、龙壁山人等，广西马平人②。著有《龙壁山房诗文集》《茂陵秋雨词》《归方评点史记合笔》等。道光十七年（1837）王拯中举，二十一年（1841）考中进士，授户部主事。太平天国爆发后，咸丰元年（1851）王拯曾随大学士赛尚阿到广西督师，条奏《团练十则》。后升任大理寺少卿、军机章京。咸丰十一年（1861），任内阁大学士。同治三年（1864），迁太常寺卿，署左副御史，擢通政使。王拯曾为朝廷举荐了不少优秀人才，如大力整顿厘务的郭嵩焘，是由王拯保奏由两淮盐运使升为广东巡抚。也多次上疏议政，直言不讳，被当时权贵忌恨。告老还乡后曾先后在桂林榕湖经舍、秀峰讲舍作主讲。王拯为桐城派古文广西五家之一，兼善诗词、书画。

王拯自幼父母双亡，跟随少寡的姐姐长大，年少孤苦，家境衰败贫寒，深感生活的不易。在他的诗词中经常有沉痛悲郁的身世之感。道光二十四年（1844），王拯曾请友人绘制《媭砧课读图》，记述"刘氏姊"抚育之恩，《媭砧课读图序》因其"发于至性，真乃神似归有光"③ 于当时、后世广为流传。同样的经历也发生在梁承光的身上，梁承光九岁丧母，后父亲罢官，家中债务累重，生活极其艰难。同样的身世背景使得梁承光与王拯多了一层同病相怜的情感。而在创作上也颇能共鸣，多抒发身世之感。

梁承光与王拯都是广西人士，太平天国运动爆发后，广西一度成为战

---

① 梁承光：《淡集斋诗钞》，清光绪铅印本。

② 王拯祖籍是浙江山阴，从祖父一辈开始迁到广西，王拯出生于桂林，两岁丧父，七岁丧母，他只好到柳州与姐姐相依为命，后来因以柳州府马平县籍参加童子试，于是从此籍贯为柳州马平。

③ 《续修四库全书提要》，中华书局1993年版。

火连天之地。这使得广西籍贯的士子对故乡的灾难痛心忧愁，尤其是对于怀有深重的社会责任感并关注现实关心民生的梁承光和王拯来说，家园遭毁，人民逢难是他们心中最为焦虑忧愁的事。因此在他们的笔下常常流露出共同的家园之感，如王拯有"举目山河之概"的叙事诗《书愤》，还有"漫惜柑黄荔紫，多应鹤怨猿愁"（《木兰花慢·自题画册四解·其一》）等。在梁承光的诗歌中亦常常可见忧心故乡的诗句，"烽火故园仍未息，墓田回首不胜悲"（《喜见冠臣兄又言别》），"极目天南征战地，几家食息得安贫"（《旅次述怀留别汪九》）。

梁承光、王拯虽为文人，但都有过随军打仗的经历，王拯曾随大学士塞尚阿赴广西督师，抵挡太平军，并根据当时军队的实际情况，提出中肯的建议《团练十则》等，所谓"坛坫雍容又战场"。而梁承光在山西永宁时，也曾亲自上阵带兵防御捻军。共同的投笔从戎体验使得他们对战争有了更为深刻的感受，因而更有一种惺惺相惜之情。这在梁承光寄怀王拯的诗中可以明显读出："代耕借奉荣椿日，抚字深惭偃草风。每到防河河上望，记随篝火话从戎"。（《寄怀王少鹤太常拯》）

王拯自幼聪颖，尤善诗词。初期受李白、王维影响较大，后期则尊崇韩愈、孟郊、欧阳修。到了晚年宗尚宋诗，同时的诗人有莫友芝、郑珍等，"本之性情而可达政事"① 是他的诗论主张。他认为性灵派"适以导人食色之性"②。同时，反对乾嘉汉学，认为"所谈既不以行于身，为文至不能通其意"③。王拯宗尚桐城派古文，与朱琦、龙启瑞友善，与朱、龙等并称"粤西五大家"，是桐城派古文流衍广西的代表人物之一。王拯在京城时，经常与姚鼐弟子梅曾亮同游，关心时事，议论政治。

3. 与景秋坪的交往

景秋坪，翰林出身，五年而至侍郎。咸丰末年，遭肃顺等人排挤，外任西北领队大臣，活跃于回疆天山南北，战功颇丰。后来召为总宪，又升为户部尚书兼军机大臣。后因云南报销案降官，历转卿曹，方升兵尚，又因甲申枢臣案全体被罢，不久去世。梁承光与景秋坪为同年，且梁素来喜论兵事，而景秋坪性情耿直，以军功称著，因此两人性情相投，唱和颇

---

① 王拯：《林颖叔方伯诗序》，《龙壁山房诗文集》，清咸丰刊行本。
② 王拯：《陈心芗诗序》，《龙壁山房诗文集》，清咸丰刊行本。
③ 王拯：《大学格物解》附记，《龙壁山房诗文集》，清咸丰刊行本。

多。梁承光曾作《次韵和景秋坪同年军中即事作》："别来七见岁星移，两地悲欢各自知。甘苦几经龙塞路，乱离会守凰城陴。分符人是曹词使，揽辔情输邺下儿。料得柳营春信早，长条面面好风吹。"①

4. 与陈钟祥的交往

陈钟祥，字息凡，生卒年不详，贵阳人，晚清举人，历任知县、知州，曾奉使入西藏。著有《依隐斋诗钞》十二卷，《香草词》五卷。此外，还有若干诗词载于民国年间《黔南丛书》第四集。其中，以《香草词》影响最大。梁承光评价陈息凡："雄才一世气千夫，宦辙纵横自古无。十载光阴三万里，不嫌独立影长孤。"（《寄题陈息凡观察鸿爪八图册子》）

5. 与徐继畬的交往

第二个时期，在山西知州任上的三年，与梁承光在文学上相互来往的人可查可证的只有徐松龛。徐继畬（1795—1873），字健男，号松龛，别号牧田，书斋名退密斋。山西五台人，嘉庆十八年（1813）举人，道光六年（1826）进士，开始入翰林院，后任陕西道监察御史，广西浔州知府、福建巡抚、闽浙总督，总理衙门大臣，首任总管同文馆事务大臣等。1851 年徐继畬因福州神光寺事件被弹劾，撤去福建巡抚之职，降职内调，后又因事被革职返乡为民，直至 1865 年复出，在各国总理事务衙门行走，与此同时，重印《瀛寰志略》。徐继畬是近代著名的史地学家，是中国睁眼看世界的先驱、洋务运动的倡导者之一。著有《瀛寰志略》《古诗源评注》《退密斋时文》《退密斋时文补编》。其中《瀛寰志略》成为当时中国包含地理、历史、政治、文化、军事等的地理书籍，不仅为中国人更精确更直观地了解世界创造了一个良好的渠道，为中国了解世界各国状况提供了极大的便利，而且在世界各国广为盛行，也使得外国人对当时中国传统士人认识世界的水平有所了解。徐继畬利用官职之便，与洋人交往，从而获得了关于世界地理及政史的丰富知识，同时开阔了视野。他孜孜不倦，经过翔实的考证与搜集，几易其稿，终于完成了《瀛寰志略》这样一部伟大的著作，由此徐继畬被称为"东方伽利略"。《瀛寰志略》刊刻之初便在国外也引起了很大的反响，与国内的反应平平形成鲜明对比。在日本、英国、美国都有过该书的书评，对其人其书给予了很高的评价。

---

① 梁承光：《淡集斋诗钞》，清光绪铅印本。

首先，徐继畬作为理性睁眼看世界的先锋，尤其是《瀛寰志略》的刊行，自然对关注世界关心社会的有志青年产生影响。如张一麟"余年十六岁时，得五台徐松龛先生《瀛环志略》，读至华盛顿故事，辄为心醉，自忖民主政体安得及吾身而亲见之"①。光绪五年（1879），康有为"涉猎群书，始见《瀛环志略》、地球图，知万国之故，地球之理"，始知"西人治国有法度，不得以古夷狄视之"，"乃复读《海国图志》《瀛环志略》等书，购地球图，渐收西学之书，为讲西学之基础"②，自此决心研讨西学。梁承光自然也不例外，他曾经向外国来使求证《瀛寰志略》中的知识，几乎都与实际相符。至少我们可以获知梁承光在试图了解外国形势的态度上也是比较开放的。

其次，徐继畬籍贯山西，曾在广西任职，徐继畬于1851年罢官归乡，至1865年复出，15年间一直在山西平遥书院授书。梁承光籍贯广西，而在山西任职，这样的生活经历，使得二人有着共同的关注点。

最后，梁承光曾参与制定创立各国总理衙门的章程，徐继畬复出后即被任命在总理衙门行走，这又是一次缘分。于是，梁承光在山西永宁知府任上曾去平遥拜访徐继畬，并纪之以诗《平遥谒徐松龛太仆赋呈》："台斗光韬朗少微，德星归自蜀江陂。人师媲美河汾日，俗吏胆颜泰岱时。堂上三鳣神舞蹈，云中一鹤认须眉。乐忧怀抱闲逾挚，脱口春来麦壤滋。宦游历遍好风光，桂岭情难每饭忘。自昔甘霖虚膏黍，几从劫火慨沧桑。年来乡国枪新扫，话到瀛寰剑有芒。边事重劳亲指授，不嫌问字晚登堂。"③宦游一句自注曰：公昔奉命巡抚广西旋移福建而谈及桂林山水辄欢赏不置盖守浔时所尝历也。末句自注：在闽刻有瀛寰志略备言□国事，光从事总署证之来使无不符。

（二）《淡集斋诗钞》评述

《淡集斋诗钞》是梁承光的遗著，从创作时间来看，主要分为前期即京城时期和后期即山西时期。京城时期创作的《负米集》《薇垣集》和在山西时期创作的《山右前集》和《山右后集》。从创作数量上看前（88

① 张一麟：《汤济武为梁伯强尊人震三先生墓碑文稿题词》，《心太平室集》卷二，第127页。沈云龙主编《近代中国史料丛刊》第一辑，文海出版社1966年版。
② 康有为：《康南海自编年谱》，《中国近代史资料丛编·戊戌变法》第四册，第115页。
③ 梁承光：《淡集斋诗钞》，清光绪铅印本。

首）、后（96 首）期基本相当。从内容上看，大体可以分为忧心百姓疾苦的忧患之诗、咏史怀古诗、羁旅行役之诗、酬唱应答之诗和咏物诗。本文将就不同题材的诗歌加以分析鉴赏，并就其艺术风格作出探讨。

1. 《淡集斋诗钞》的思想意蕴

（1）用追慕往者抒现实身世之感的怀古诗

梁承光诗集中有不少怀古伤今的诗作，这些诗中或以历史事件为题，或以历史人物、历史地点为对象，以历史为友，也以历史为鉴，展现了诗人对历史中的人与事的思考与对话。并还化于现实当中，将古往圣贤的人格魅力与传奇光芒投射到自己身上，相互映衬，起到对后者的指引、激励作用。正如沈德潜所言："怀古必切时地。"① 因此，在诗中，不管是赞叹仰慕还是怅惘惋惜，都寄寓了诗人自己的理想豪情及内心的惶恐惆怅，可谓怀古伤今。

在梁承光咏史诗中，出现次数最多的人物是"韩信"，有《威邾井陉东北五十里》《井陉口》《淮隐墓》等。

梁承光《重过韩侯岭》通过再一次去到韩侯岭这个历史故地，祭拜这位千古英雄，面对荒草丛生中破败的祠堂，诗人百感交集，不胜悲从中来：

> 汾东一岭属淮阴，重拜荒祠百感侵。亭长入关人逐鹿，王孙失路虎成禽。
>
> 澄清侧拭中原目，灵爽孤悬大将心。云物迷离榛莽合，漫空高鸟自幽森。
>
> 一饭衔恩况解推，朝廷何事更疑猜。功人分合终菹醢，国士名常震草莱。
>
> 授首本非君父命，剖心赖有史公才。萧曹袖手称元佐，都是相从患难来。②（《重过韩侯岭》）

诗人愤慨难当之中也对韩信的一生作了分析评价，表达了对王侯将相集于一身的将神的雄才大略、丰功伟绩的赞赏。通过将韩信的遭遇与其同

---

① 沈德潜著，霍松林校注：《说诗晬语》，人民文学出版社 1979 年版，第 244 页。

② 梁承光：《淡集斋诗钞》，清光绪铅印本。

时代的萧何曹参相对比，为韩信见疑，功人分离的遭遇鸣不平。这首长律首先写景记行，接着记述了当时的历史背景："亭长入关人逐鹿，王孙失路虎成禽"。秦朝末年，农民起义风起云涌，秦王子婴投降刘邦，之后楚汉争霸。"亭长"就是曾经做过泗水亭长的刘邦。"秦失其鹿，天下共逐之"①，"逐鹿"就是源于此，是指争夺权力。"王孙失路"指的是秦朝灭亡。第三联议事论人，基调变为沉郁悲壮："澄清侧拭中原目，灵爽孤悬大将心。"此句为倒装句，按通常的语序为"侧拭澄清中原目，孤悬灵爽大将心"。"灵爽"是指自然界的云气，后引申为精气、神灵和神明抑或内心。诗中此处的"灵爽"应该指的是"内心"。心镜孤悬，既是指韩信内心昭昭朗朗，清白而本无私心，又写出了韩信当时被猜疑功高盖主时的孤立孤独。诗人痛诉天公不仁，人心迷惑，不分忠奸。"云物迷离榛莽合，漫空高鸟自幽森"，诗人从悲郁激愤中回过神来，环顾四周，只见愁云迷离，杂草丛生，更增添了凄苦荒凉之感。如俞樾在《春在堂随笔》中写道"兵燹以来，名胜之地，化为榛莽"，所谓物本无情人有情。同时也指政治环境的艰险狡诈，扑朔迷离。"漫空高鸟自幽深"一句与"映阶碧草自春色，隔叶黄鹂空好音"一句有着异曲同工之妙，任凭高飞之鸟再多，却仍然只能独自幽深，原因就在于前路迷离，环境险恶。写自然之景的同时也是诗人的处境自况。

　　"一饭衔恩况解推""一饭之恩""解衣推食"皆出自《史记·淮阴侯列传》②，韩信对一饭之恩尚且千金回报，更何况是解衣推食这样的知遇之恩呢，朝廷原本完全不用猜疑韩信这样的伟丈夫。"功人分合终菹醢，国土名常震草莱"，写韩信最终在萧何与吕后的设计下的悲惨遭遇。"菹醢"是古代极为残酷的刑罚，就是把人剁成肉酱。传说曾用于桀纣两大暴君身上，最后由汉高祖妻吕后废除。但实际上韩信并没有受此刑罚，因为刘邦曾诺韩信"五不死"，且只要顶天立地，绝不兵刃加身。所以，韩信是被惨烈地活活打死，草木都为之战栗。

　　最后梁承光说杀害韩信本来不是刘邦的意思，是吕后和丞相萧何设计。"授首本非君父命，剖心赖有史公才"。这与历史不符，当然诗人并

---

　　① 司马迁：《史记·淮阴侯列传》，中华书局 1982 年版。

　　② 司马迁："汉王授我上将军印，予我数万众，解衣衣我，推食食我，言听计从，故吾得以止于此"。《史记·淮阴侯列传》，中华书局 1982 年版。

非有意扭曲历史，而是将批判的对象指向当时的社会环境，具体而言是指君王周围的险恶之人。因此诗人颇具讽刺地写道："萧曹袖手称元佐，都是相从患难来。"这些从患难中来的开国元老，尤其是成也萧何败也萧何，却安然无事，在韩信身经艰险百战打下的江山上袖手成功。在感叹缅怀中充满激愤之情，同时寄寓着感物思人的情怀，章法婉转曲折，紧凑连贯，几度深转，大有《蜀相》的风神。

梁承光有一系列关于"井陉口"的诗，此处列其中的两首：

> 背水功成日，淮阴此驻军。低昂山腹路，呼吸岭头云。
> 地轴悬西掖，入烟淡夕曛。雄关高踞处，铃语远来闻。① （《井陉口》）
> 烟霞僻处偶停车，耕凿风犹近古初。比屋深藏图画里，人家多在半山居。
> 我来风雪正盈门，炙冷杯残暗客魂。却忆故园春信早，数枝梅蕊破前村。② （《威邨井陉东北五十米》）

"井陉口"两首是诗人来到历史故地，触景生情之作。井陉口，也称井陉关，又称土门关，是中国古代著名的九大要塞之一，《吕氏春秋》《淮南子》中皆有记载。井陉关位于今河北省井陉县。地形四面高平，中部低凹像井一样，因此得名，属于太行山内八大隘道之一，关于井陉口的名称及作用在历史中不断地沿革，至清朝时，多称作井陉关。井陉口历来为兵家必争之地，战略位置非常重要。从战国时期的秦赵之战一直到北宋末年宋金作战井陉口，宋军为金军所败，期间井陉口上演大小战争17次，其中包括最著名的楚汉时期韩信指挥的井陉之战，又称背水之战。

井陉口地理位置重要，是重要的交通枢纽和军事战略基地。此外，自然风光也十分奇特，山环水绕，峰笼翠叠，"低昂山腹路，呼吸岭头云"。加之作为历史悠久的人文遗迹，历来为文人墨客流连忘返，将目光与思绪伸到远古深处，思考兴亡得失，感叹命运旋转。如唐边塞诗人王昌龄的乐府诗《少年行》（其一）："西陵侠少年，送客短长亭。青槐夹两道，白马如流星。闻道

---

① 梁承光：《淡集斋诗钞》，清光绪铅印本。
② 同上。

羽书急，单于寇井陉。气高轻赴难，谁顾燕山铭。"又如陈子昂《还至张掖古城闻东军告捷赠韦五虚已》："闻道兰山战，相邀在井陉。屡斗关月满，三捷虏云平。"再如陆游的《观运粮图》："马声萧萧阵堂堂，直跨井陉登太行。"《露坐》："浩气吞云梦，危途塞井陉。"苏轼也曾有《龙云山观烧得云字》："崩腾井陉口，万马皆朱幘，摇曳骊山阴，诸姨烂红裙。"

除了咏史感怀，梁承光也经常即事兴怀，将所见所闻写入诗中从而表达自身的态度与情怀。如《阅顺天题名录有感》：

> 一纸传来竞俱观，大都扼腕少含欢。名称千佛经非妄，境比重霄到更难。
> 得意最怜知己少，关心都作自家看。春风回首三磨折，发箧应有换骨丹。①

杜甫《将赴荆南寄别李剑州》，"戎马相逢更何日，春风回首仲宣楼。""春风虽欲重回首，落花不再上枝头。""发箧应有换骨丹"，箧是指用竹子编成的箱子，发箧就是打开箱子。如曹操曾写下的《谣俗词》："瓮中无斗储，发箧无尺缯。友来从我贷，不知所以应。""换骨丹"本来是一种主治中风瘫痪、半身不遂的药，对病寒者多效，有三种配方：其一出自方贤《奇效良方》；其二《医学纲目》；其三《御药院方》。诗人选取考试放榜这一事件加以客观议论，通篇看不出诗人自身的情况，但是已透露出此刻的凄凉心境。

又如《感事》："征戍何时歇？斯民亦已劳。流难满沟壑，行旅困泉刀。敢问人持节，能无自为蒿。迢迢南去路，群盗尚如毛。"② 这首诗写征戍之苦，没有像传统的边塞征戍诗那样写战士的艰苦，环境的恶劣，而是写了征戍对人民造成的苦难与对社会造成的混乱。"泉刀"是指古代钱币。战争劳民伤财，百姓流离失所，诗人沉痛地揭露了战争对一个国家的灾难性危害。路途所见都是"流难满沟壑""群盗尚如毛"的氓流遍地、匪盗丛生景象。同时也抨击了统治者、当政者们为自身牟利置百姓性命生计于不顾的丑陋行径。开头一句设问就一针见血地指出了全诗的主旨：斯

---

① 梁承光：《淡集斋诗钞》，清光绪铅印本。
② 同上。

民已劳。诗人一向关心黎民百姓，面对满目疮痍的情形，内心痛苦不言而喻，同时对统治者发出严厉的批判"敢问人持节，能无自为蒿"，既是替百姓吁求，又是抒发自己内心的怨愤。

（2）酬唱赠答诗

在梁承光的酬唱赠答诗当中，最有代表性的是《和张船山太史梅花韵八首呈恒月川中丞并寄谦小榆年伯》，《梅花八章》原作者是清代著名杰出诗人张问陶。张问陶（1764—1814），字仲冶、柳门，号船山。张出身书香官宦之家，祖上自高祖时期便一直在朝廷做官，高祖张鹏翮是康、雍两朝的名臣，官至文华殿大学士，太子太傅。曾祖官工部侍郎，祖父官山东登州知府。父亲张顾鉴官至云南开化知府。张问陶于乾隆五十五年（1790）中进士，先后做过翰林院检讨、江南道监察御史、吏部郎中、山东莱州知府等。晚年辞官畅游祖国大好河山，《清史稿》有传。著有《船山诗草》，存诗3500多首，张船山是元明清巴蜀第一大诗人，与袁枚、赵翼合称清代"性灵派三大家"①"清代蜀中诗人之冠"等。尤其是张问陶是诗书画三绝奇才，时人及后人称颂不断，有"青莲再世"之称，在清代文学史上有很重要的地位。张问陶在诗歌创作中原本"性灵说"，并加以发展，重视灵感直觉的体验，主张以自然纯真的心境去创作，达到空灵悠长的意境美。张问陶兄张问安、弟张问莱都诗才卓绝，且张问安妻子陈慧殊、张问陶妻子林韵徵与张问莱妻子杨谷雪都是有名的女性诗人，成为当时有名的文学家族，"一门三兄弟三姒娌皆诗人"。

梁承光和张《梅花八韵》诗：

和张船山太史梅花韵八首呈恒月川中丞并寄谦小榆年伯

其一

载帐深处璨朱霞，梅谱吟成迹未赊。凡艳久随红雨散，灵根新托绿窗斜。

开逢舞雪丰年玉，用作和羹盖代华。宋相诗兼唐相赋，品题都异等闲花。

---

①　性灵派三大家，学界一般认为是袁枚、赵翼和蒋士铨。但因为蒋士铨与其他二位的风格并不相似，因此有人提出应把张问陶列为性灵派三大家之中。如钱锺书在《谈艺录》中云："袁、蒋、赵三家齐称，蒋与袁赵议论风格大不相类……宜以张船山代之。"（生活·读书·新知三联书店2008年版，第351页）

其二

修到花时阅几生，天然风韵格尤清。霜华饱孕偏无语，明月亲锄倍有情。

处士西湖仙眷属，郎官东阁旧才名。江城几度闻羌笛，未许秋商作变声。

其三

百花头上似迟迟，培养深沉许自知。杯酒屡招名士醉，寸缄常系故人思。

二分游记扬州路，一样开先岭上枝。到底珊珊灵秀骨，茅檐华屋总相宜。

其四

访寻难向旧烟村，欣赏频开蓟北樽。千种繁华春似海，满庭芳润月当门。

鹤巢仅许天寒寺，鸿爪空留雪霁痕。胜有后雕松柏在，数枝零落冀承恩。

其五

教从花下续吟缘，宏奖风流胜昔年。红蕊覆深铃阁地，碧纱笼遍玉堂仙。

寄逢驿使能辞远，句出骚人转可怜。八首新诗千迭韵，后先黎枣姓名传。

其六

满身风雪远游踪，踏遍西来山万重。天外云从千里落，塞头春得一枝逢。

高寒为近楼台月，倚芘向瞻泰华松。多感东君深护惜，垂垂不改旧香浓。

其七

每愁炙冷与杯残，满抱琴心未肯弹。韩节使能邀一识，阮途穷已破千难。

春融鼓角声逾壮，风动檐牙影不寒。匹马太行山下路，有花都趁腊前看。

其八

雪花偏丽向西枝，怪底天公意也私。六出祥霙千片瑞，三边钜任九重知。

　　暗香疏影都蒙泽，缓带轻裘命赋诗。归去定携芳袖满，冲寒驿路正开时。①

　　张问陶的《梅花八韵》从问世起就名震海内，与之和者无数，引起了穿越时空界限性别界限的普遍共鸣，与王士祯的《秋柳四章》相媲美。所以无论是当时还是后世的文人皆叹服不已，做过很多和诗，梁承光就是其中的一位。梁承光出生时，张船山已经过世17年，梁承光作此诗时是在京城任内阁中书时期，至少又20年过去了，也就是说在清代张船山身后的半个世纪里，与《梅花八韵》的唱和高潮仍然没有过去，传唱不休。乃至在近代的鸳鸯蝴蝶派作家张恨水，现代武侠文学宗师金庸都在自己的作品里做过《梅花八韵》的和诗，可见其影响之广泛与久远。实际上梁承光的诗歌在风格上也深受张问陶的影响，诉诸性灵，追求自然本真的流露。

　　另外一首《题赠孙丹五蜨花吟馆诗集》，是梁承光为他人的诗集所题之诗，从中可以看出诗人对此诗集的评价，从而可以看出一些他本人对诗歌的艺术观点。孙丹五即孙枟，字丹五，号诗桥，清直隶遵化人，自命"燕山孙丹五"，是晚清监生，诗歌绘画双绝，后来因为其父官于粤西。随从南来，活跃于广西各地，在桂林、梧州等地寓留较长。早年创作《百景诗笺》，含诗百首，又称"艺园百咏"，融诗入画，因诗而画，以画为诗。山水、人物皆动静有致，惟妙惟肖，赏心悦目；诗歌清新自然，超俗脱颖。不仅展现了画家的高超的技术，同时也表现了清末文人高雅的审美内涵和诗墨情怀。孙枟的父亲是于同治五年（1866）来到广西做官，孙枟在桂林生活期间创作《余墨偶谈》《蝶花吟馆诗钞》及词一卷附在诗后。梁承光去世于1867年，那么梁承光看到《蝶花吟馆诗钞》的时间也就是1866年，且已经刊印。梁承光自八岁起就随父到遵化官任，而孙枟本为直隶遵化人，梁承光与孙枟订交应为早年直隶遵化时期。孙枟后来随父任到了桂林，桂林又是梁承光的故乡，自然交往频繁。"丽句清词字字安，不嫌庸腐不单寒。落花依草春如许，远水无波画最难。别后目真三日刮，养深翻待九秋博。义山全稿樊川集，愿共吟窗努力餐。"钟嵘《诗

----

　　① 梁承光：《淡集斋诗钞》，清光绪铅印本。

品》评价南北朝诗人邱迟："范诗清便宛转，如流风回雪，邱诗点缀映媚，似落花依草。""远水无波"典出《山水赋》，"远水无波高与云齐，此是决也。"《山水赋》传为五代荆浩的画论著作，又认为是唐王维所作，还有认为是李成所作，关于作者的争议至今没有定论。从这两句可以看出诗人对友人孙栎的诗、画评价非常高，并且对其寄寓很大的希望。

之官山右　雪帆仓帅以诗赠行赋答四章

十年京洛走骎骎，踏遍缁尘绝赏音。无计谋生多难日，爱才如命大臣心。

门前桃李云中树，爨下梧桐海上琴。窃比彭宣差似否？受知亲切感恩深。①

话到伤贫易感凄，年来头向此中低。揶揄鬼亦张人焰，薄笨车能困马蹄。

五秉急周君子粟，一缄飞致故交缔。伍胥箫管淮阴饭，终古怀思论并提。②

玉堂金殿郁崔嵬，七试春明倦翻摧。临去尚劳邀一掷，清时敢不计重来。

已拼牛马风尘老，尚说骅骝道路开。乍着青衫倍惆怅，牧民深愧济时才。③

笳鼓中原几战争，抗辞谁解赋东征。噬脐千古功无补，假手三年政有成。

国脉待培先减赋，远人方服莫言兵。临歧不敢伤离别，相业巍巍祝广平。④

这四首诗作于1862年梁承光即将赴任山西之时，友人宋雪帆以诗赠别，梁承光答之。因此诗人此时内心的想法于此诗中格外分明。第三首自注云："去年促令会试礼。云临去一掷必可。"

诗人感慨十年京洛生活匆匆而过，在京城世俗污垢生活已经使他非常

① 梁承光：《淡集斋诗钞》，清光绪铅印本。
② 同上。
③ 同上。
④ 同上。

厌恶。道咸以降，考据学盛行，及至梁承光做官的时代，人们沉湎于金石之学，一方面出于学术风气，另一方面逢迎当权者的喜好，用来结交攀缘而不务实际。因此，精于金石者必仕途顺利，而不于此合者必然郁郁不得志。他们名为考古，是为以金石为借口结成的权力圈子。相比之下，梁承光等人，留心时务，忧君思民，"犹忆艰危日，君能誓慨慷。抗辞争履虎，失计叹亡羊。"（《雪帆赠诗三首其二》）自然不能融于当时的世俗圈子。"门前桃李云中树，爨下梧桐海上琴"，诗人连举四个表示高贵典雅与美好绝尘意象，表示自己内心的追求，与此处"缁尘"格格不入。然后以彭宣自比，表示这个决定是深思熟虑，志在必行。《其二》《其三》讲述自己的生活经历与此时对前途茫然的惆怅。《其四》一转低沉的基调，从回想拉到现实"笳鼓中原几战争"，面对国家这样的景况，个人的得失又有什么值得言说，更不要临别时作小儿女态，哭啼不休，应该大展身手为振兴国脉做一番事业。

（3）离别诗

"黯然销魂者，唯别而已矣"，江淹一首《别赋》唱出了千古离人的心。无论是"洛阳亲友如相问，一片冰心在玉壶"还是"杨柳岸晓风残月"，都是离别之人的表白和断肠之语。自古以来离别总是惹得人们黯然伤神，因此中国自古就有了伤离别的传统，源头可溯至《诗经》之"昔我往矣，杨柳依依。今我来思，雨雪霏霏。"离别诗无不寄寓着诗人对离别的亲人、友人一片牵挂与思念，同时也表白着自己的心志，可以看出诗人自己的哀愁喜乐，理想志向以及生活的景况。

送冠臣兄之官宜城——一舟两灵榇亦赖兄携归①

莫嗟仙梦断蓬瀛，小就何妨宕请缨。一命也堪成利济，千秋原不重科名。

宦游有伴同痴叔，生死论交陋巨卿。岂敢泛为离别话，绿波春草送君情。

宜城形势控荆襄，县令官真一面当。冲要地须筹战守，凋残民贵恤流亡。

不矜报最斯为上，便拙催科也未妨。有日归南沿路访，快听交口

---

① 梁承光：《淡集斋诗钞》，清光绪铅印本。

颂甘棠。

这首送别诗中没有缠绵悱恻的离别之苦，更没有前途未卜的担忧，而是用一种积极乐观的基调相送，节奏明快，意气昂扬。"绿波春草"表示诗人对朋友的思念之情。此外，诗人站到对方的角度分析了目的地宜城的重要性，鼓励友人要有一番作为，希望有一天沿途中可以听到百姓对他的歌颂，对友人给予了希望，充满了乐观积极的创造精神。

再如一首留别诗《旅次述怀留别汪九》"磨遍轮蹄乞一官，名场未历胆先寒。势成骑虎浑无奈，牢补亡羊幸自宽。涉世始知更事少，谋生终觉傍人难。年来领得闲中趣，富贵闲云乐静观。劳人草草究何求？奔走空惭类马牛。未展足时容伏枥，易怜怀处怕登楼。不堪世事同棋局，最好年华付水流。安得尘缘尽抛却，烟波归泛五湖舟。"[1] 这首留别诗体现的就是一种完全不同的心态，此时诗人刚步入官场，名利场的种种争斗刺激了这位怀抱理想的青年才俊，他与环境格格不入。然而家境贫寒又使得他不得不忍受如此熏染，因此发出无奈的叹息。他内心的惆怅与痛苦又能说与谁听呢？此时的梁承光已经清醒地认识到世事险如棋局，稍有不慎，满盘皆输。最后"安得尘缘尽抛却，烟波归泛五湖舟"，发出他的内心渴望：抛却尘缘，归隐逍遥。梁承光的这种表达正反映了当时京城官场风气的黑暗腐朽，这也构成了他外任山西的主要原因。

《淡集斋诗钞》离别诗数十首，如《别内》《喜见冠臣兄又言别》等都以抒发思念之情为旨，多勉励之语，较少缠绵凄凉之意。

（4）咏物述怀诗

这一类题材的诗歌是《淡集斋诗钞》中数量最少的，共五首，其中四首是传统的花竹菊柳。在意趣手法上亦乏善可陈，此处简略示之，《花影》《竹夫人》《鞋》《水晶枕》《新柳》。以《新柳》一诗为代表：

　　　　草际风归路几重，晴光今又陌头逢。温柔可掬诗人旨，娟秀将礜处女容。
　　　　碧到无情春渐老，黄才微褪晕犹浓。一年一度输君绿，鬓影回看客思慵。

---

① 梁承光：《淡集斋诗钞》，清光绪铅印本。

　　柳树是最先感知春天的，因此也成为诗人们最喜吟咏的对象之一。春天的景象总是令人欢欣鼓舞，"晴光""陌头""草际"、娟秀温柔的柳姿，这些事物足以看出春光无限好。然而美好事物总是容易消逝的，由喜转悲，"碧到无情春渐老，黄才微褪晕犹浓"一想到只要柳树绿盖如荫时，便是春天结束的时候，使人不禁伤心，美往往是绝情的。年复一年之中，鬓影回首，人已老去。

　　通过对梁承光诗歌内容的探析，可以发现其诗歌在总体的思想意蕴上呈现出一颗对民生疾苦的忧患之心和一片羁旅行役的悲苦之情：

　　（1）对民生疾苦的忧患之心

　　梁承光曾供职内阁中书，后因为设立总理衙门草创规划有功，供职于恭亲王府。1862年，梁承光请求外任赴山西。按照梁济的说法是家庭贫困力不能支，负债累累，而梁承光在京都的公职没有俸禄，数次科考也终究没有成功。家庭原因固然是一方面，然而京都士人沉湎声色，结交攀缘，声气求和，空谈义理不见行动等风气使得一贯忧心国事的梁承光无法在京城优游下去，生计的逼迫，对战争的焦灼都使得梁承光决心辞别帝京，做一番实事。如他在《寓保定月余汪迪甫朝夕过从作此奉柬》中写道："天涯沦落本相亲，况复兰交结契真。旅况萧条同此日，异乡骨肉更何人。功名久失封侯望，慷慨空余报国身。极目天南征战地，几家食息得安贫。"①

　　晚清状元孙家鼐②在《淡集斋诗钞》的序文中回忆初识梁承光时的情形："咸丰壬子，余应礼闱试，既入号舍，时将薄暮，闻邻号二人谈论，一人清言屑玉娓娓动听。时广西方用兵，论及军事慷慨激昂，关心桑梓，知必粤西人也。因趋往视之，询姓氏、里居、科分，则梁君稚香……"③这是孙家鼐与梁承光初相识，孙对梁的印象，时梁承光21岁，孙家鼐长梁承光四岁。1851—1852年太平军自金田起义以来在广西境内转战了一年半的时间，先后在桂平、武宣、象州，又在永安休整半年接着北攻桂

① 梁承光：《淡集斋诗钞》，清光绪铅印本。
② 孙家鼐（1827—1909），字燮臣，号蛰生、容卿、澹静老人，安徽寿州（今寿县）人。清咸丰状元，与翁同龢同为光绪帝师。累迁内阁学士，历任工部侍，署工部，礼部、户部、吏部、刑部尚书。1898年7月3日以吏部尚书、协办大学士受命为京师大学堂（今北京大学）首任管理学务大臣，1900年后任文渊阁大学士、学务大臣等。卒后谥曰"文正"。
③ 梁承光：《淡集斋诗钞·序》，清光绪铅印本。

林，进战全州，清军因为将帅不和、数月僵持、粮草殆尽，伤病交加。尽管各要害地位都重点把守，但仍然为太平军前后围裹，连连败退。事后，统兵主帅塞尚阿连降四级处分，前线主将向荣、乌兰泰被革职留任。太平天国运动中的主要领袖杨秀清、石达开等大都出自广西，且广西是太平天国农民起义最初的兴起之地，并以燎原不挡之势，给清廷以当头棒喝，广西一带当时是清朝最为敏感头疼的地区。作为广西人士青年才俊梁承光，自幼喜读兵书，关心时事，自然时时忧心国家局势和家乡黎民百姓，强烈的社会责任感使得这种忧思一直萦绕在诗人胸中。故园伤毁，家国多难使得梁承光诗笔下呈现的多是民情疾苦和战火不熄带来的伤痛。在与友人的唱和之中多包含战火连天的忧心与故园不再的感慨。在《寓保定月余汪迪甫朝夕过从作此奉柬》这首诗在表达和友人惜别之情的同时抒发了对家国局势的忧愁，神州大地的苦难与空有报国之心却无法施展的苦闷和愤慨。"极目天南征战地，几家食息得安贫"，尖锐地描述了当时的社会状况，连年战祸，生灵涂炭，人民生活苦不堪言，面对这样的状况，又联想到自己的处境，国家一日不宁，人民便一日不安，个人的生活更是无从保障，忧心忡忡又悲凉激愤。

从太平天国运动自广西起，诗人的家乡便一直处于战乱之中，这就构成了诗人心中最难以平复的故园之痛，因此在多处提起家乡的苦难时，诗人悲痛难已，将这种忧国忧民的情感融进个人遭遇的抒写中，从个人到家乡再到整个国家，诗人感喟天下苍生黎民，更显得沉郁悲怆、慷慨凄凉。在《喜见冠臣兄又言别》一诗中："忽从天外慰相思，握手先惊面有髭。昔别只为三载约，此来已是十年期。重提往事真如梦，才得欢逢却又离。烽火故园仍未息，墓田回首不胜悲。"[1] 与友人的忽然相见又匆匆相离的短暂时间里，感慨一别经年，面容苍老，今非昔比，往事如梦，又不得不忍痛别离。在这样的气氛中，诗人感慨造成这一切的原因便是"烽火故园仍未息"战火的蔓延将亲友阻隔。同时也悲叹在离别这么长的日期里，战争仍然没有停止，因此诗人不忍回首不胜悲凉。即事起兴，抒发山河破碎的深痛之感。

这样即事起兴，融入个人遭遇与家国灾难，从而抒发对整个国家江河日下的担忧。这种将个人悲痛投射到整个国家的苦难之中的写法是梁承光

---

① 梁承光：《淡集斋诗钞》，清光绪铅印本。

较为擅长的写法，有的甚至直接用即兴之事命名。如：

车行阻水

一派汪洋势若吞，空蒙难辨月黄昏。客来几误身临海，道梗遥看
水没村。（其一）

麦陇了无新播种，树尖犹认旧淹痕。嗷嗷待哺哀鸿遍，饥溺空教
扰梦魂。（其二）①

《车行阻水》一诗从题目上看便知是诗人一次行车途中遭遇洪水阻道
的情景，诗人描述了当时大水将村庄、庄稼、树木等淹没的迅猛情形，气
势若吞，水天难辨。遭遇这样的情形诗人忧国忧民的责任心又使他不得不
想到百姓的生活，而现实似乎更加残酷，"嗷嗷待哺哀鸿遍，饥溺空教扰
梦魂"。

再如一首《苦旱》"可畏云如火，难求雨似丝。雄心诛旱魃，低首拜
风姨。守土能无忝，祈灵枉费词。村村门插柳，迭鼓正丛祠。"② 唯有诗
人生活在百姓之间，近距离接触，方能与百姓共命运。诗中描绘了当时天
灾给劳苦人民带来的不幸，生活水深火热，此种悲惨景象更让诗人有心无
力。天气干旱，云气如火，滴水不降，任凭人们怎样祈求都不为所动……
这样忧心的心境是纸醉金迷的京洛贵族青年无法体会的。梁承光的诗在反
映咸、同时期人民生活实际状况上有一定的广度，对有关战争、洪涝、干
旱、国际形势变幻等对底层人民生活的影响作了纪实性的补充。

如果说到山西永宁之前的梁承光是胸怀建功立业之心又辗转不得志，
那么，同治元年（1862）以后出任永宁知州便是梁承光践行理想之路。
外就赴任永宁，记载解释是为生活所迫，清代官员俸禄较低，外任是比京
官同等品阶俸禄略高，这也是鼓励官员外任的方式之一，但也只是略高而
已，并没有多大的吸引力，清朝知州的俸禄在500—2000元，在咸丰后
期，连年的战乱以及割地赔款，国库入不敷出，再加上长期以来的俸禄改
革的失败，官员们的俸禄更是少之又少，接近区间的最低限，普通官员仅
仅依靠俸禄已经难以糊口，更别说迎来送往，因此也造成一时期贪污风气

---

① 梁承光：《淡集斋诗钞》，清光绪铅印本。

② 同上。

盛行……经济原因固然是主要原因之一，但是值得注意的是，虽然梁济一再强调父亲梁承光当年在京城与京城才士潘文勤、江蓉舫、钱萍矼、孙莱山、徐星叔等人交好，在陆润庠的序文中也提到"朝中名目如潘文勤孙文恪诸公未达时皆同辈行才望相埒"等，但是在《淡集斋诗钞》中并没有一首与潘伯寅相唱和或赠别之诗，而潘的作品当中也同样没有，如果说是志同道合，心志相谐的挚友，交往之间怎么会少了用以寄托情志的诗歌呢，也就是说梁承光和潘伯寅、翁同龢等人并非挚交，而只是普通朋友，这也许是导致梁承光、潘伯寅同为当时京城青年才俊但结果却迥然不同的原因。这和当时的社会风气尤其是以金石学为主流的学术风气有着很大的关系，咸、同时期的朝中重臣，尤其以帝师翁同龢、潘文勤、李雨农为代表的圈子，无一不是因金石结缘，或者说投当权所好，被沉迷金石学，进而形成一个权力集团。而梁承光出任山西正是这个集团形成的早期，或以同籍地方为由，或以声气相投为因，集会宴游，极尽文人雅士之欢愉，而这样的情形与清朝的内忧外患实际景况实在难以相称。文人士子不能为国解忧，替民解难，而是在一个乱世之中享清平之乐，非儒家精神之所在。梁承光选择之官山右也正是由于内心的信仰，不愿与当时世人的攀缘结附、声气求和、附庸风雅，宁愿选择远离京城为政一方，务以实功。

在山西的几年之中，除了案牍经济之外，梁承光亲自带领防河，当时捻军肆虐，在山西、陕西一带滋扰生祸，人民不得安宁。捻军与官兵对抗，颇为猖獗。因此梁承光所到任所，任务繁重，以儒生上阵带兵也是常有之事。在与崇厚（地山）的书信《寄怀崇地山同年》中提到自己当时在永宁的风云生活："节车六月近如何，齐鲁重挥上将戈。海国波恬鱼信杳，边城秋老雁声多。牙旗玉帐三年别，缓带轻裘百战过。独对滔滔流不返，重阳风雪事防河。"①

上文提到王拯是梁承光较为敬重的文人之一，为桐城派古文广西五家之一，兼善诗词、书画，是祁寯藻②的得意门生，才华出众。在梁承光的怀念之中可以看出，王拯与梁有着共同的志向而且彼此欣赏，在防河望远时，面对滔滔的流水，也自然记起曾经的场面。

---

① 梁承光：《淡集斋诗钞》，清光绪铅印本。

② 祁寯藻（1793—1866），身经嘉道咸同四朝，参与政事五十年，在晚清的政坛上有着深远的影响，精研经史，也是宋学派、朴学家的代表人物。

寄怀王少鹤太常拯

　　杜诗韩笔老枢郎，坛坫雍容又战场。挥泪六军会扣马，犯颜雨疏等鸣凰。

　　邺侯语有机先中，贾传心从谪后长。衮衮貂蝉纷奏捷，功高莫问旧鹓行。

　　尘踪才定转如蓬，州岭青山未是穷。五夜梦回双阙凰，十年人仰九霄鸿。

　　代耕借奉荣椿日，抚字深惭偃草风。每到防河河上望，记随篝火话从戎。①

　　虽然是怀念友人，引经据典，一气呵成。梁承光诗中多次提到防河，这便是其中一首，可知梁承光到达永宁后开始着手解决当地的问题，即使在怀念友人的诗里也频频出现，说明当时情况之严峻以及诗人为官的勤苦。

　　此外，梁承光曾专门就防河诸事作了一组诗《防河四首》，也正是在此之后不久，梁承光便病倒不起。此《防河四首》对于当时当地灾情有着真切的记录，是非常宝贵的资料，此处取《其一》和《其四》作分析：

　　烽烟横塞战云昏，风鹤声声厌晋门。雪涕未收诸将老，露章犹报故侯存。

　　黄流瞬息三年戍，赤地萧条西岸村。升米百钱租税急，疮痍西望不堪论。（《其一》）

　　策马冲寒胜气粗，谁知俗吏本迂儒。塞垣风味闺中杵，石岫云形阵上图。

　　百战功名虚草莽，十年身世近蓬壶。青青梦陇经冬雪，喜见春来有荷锄。②（《其四》）

　　防河《其一》描述了当时山西战火横绝、军中无将、灾荒遍地、民

---

①　梁承光：《淡集斋诗钞》，清光绪铅印本。

②　同上。

不聊生的惨象。军中情势紧逼，战争急收租税，知府诗人愁痛顿生，一筹莫展。万般无奈之下，梁承光以文人之躯率兵防河。《其四》便是诗人自己情状写照，鼓舞自己同时也激励身边人打起精神。策马冲寒，豪气冲天，激励昂扬中看到了希望，"青青梦陇经冬雪，喜见春来有荷锄"。然而好景不长，梁承光便因此患病去世。两首诗中都写到他时刻忧心的百姓，一忧一喜，忧，为百姓生活而忧；喜，为百姓生活而喜。

（2）羁旅行役的悲苦之情

梁承光一生劳苦驱驰，大部分时间在他乡、在路上，深感羁旅之辛酸寂寞。他曾作过组诗《旅怀五首》：

> 仆马萧条客路歧，浪游随处问疮痍。未能匡济心空热，每感兴忘胆尚奇。
> 四海蓬蒿千劫转，一官萍梗十年迟。荒鸡喔喔宵如水，坐对寒檠极远思。（《其一》）

梁承光诗歌中经常出现"寒宵独立"的自我主人公形象，如在《月当头夕途次寄内》："如此清宵偏独立，天涯知否客销魂"，此处又是"荒鸡喔喔宵如水，坐对寒檠极远思"。寒宵之夜正是酣然入梦之时，诗人不欲入眠而是独坐到天明，除了羁旅途中的劳累和对家人的思念，自身漂泊无成，民生潦倒艰难都使诗人内心无时无刻不紧张着这个末世所透出的危机，充满了对社会的忧患，这样的忧愁使得诗人积郁满怀，彻夜难安。

如果说诗人清宵独立，所虑为何？那么《其二》所言便是答案："慷慨胡为砧地歌，不堪世事日江河。鸿嗷盈耳庚呼警，鹤唳惊心子夜多。天语动关方策在，人才争奈斗筲何。东南沃壤秦中险，惆怅连年士荷戈。"江河日下，世事难料无常，连年战火纷飞，人们经常处于胆战心惊的心灵边缘，梁承光哀民生之多艰，发出无奈的叹息。

另外一首《顾影》，也写极羁旅之人的辛苦与孤独："茫茫人海渺知音，对此须眉感易侵。无可自怜情太惄，未能免俗疚常深。毁誉每误千秋鉴，得失难欺五夜衾。壮志摧余孤剑在，夜阑时拂作龙吟。"顾影即有自怜之意，只有孤独的人才会顾影，形影相吊。因此说"茫茫人海渺知音，对此须眉感易侵。"因为没有理解他心中所想，所以倍感孤独。"毁誉每误千秋鉴，得失难欺五夜衾"，人生的是非得失自己内心最清楚。"龙吟"就是龙鸣，原意形容声音深沉或细碎，也指乐器的声音，后借指大声吟啸。心怀壮志、手握孤剑，却每到夜阑时分向天吟啸。古人在大喜或大悲时喜吟啸，汉李陵在《答苏武书》中写道："夜不能寐，侧耳远听，胡笳互动，牧马悲鸣，吟啸成群，边声四起。"此中吟啸应为凄厉惨绝的呼叫声，是悲意。苏东坡《定风波》："莫听穿林打叶声，何妨吟啸且徐行"，则是高声吟唱之意。梁承光此处吟啸定为悲意，诗人壮志难酬，对家庭家族的愧疚使得他寒宵独立，对天吟啸，用这种特殊的方式发泄心中的愤郁。

2. 《淡集斋诗钞》的艺术特色

清代诗坛在从传统转向近代历史进程的途中，兴起了偏于宋诗格调的流派，世人称"宋诗派"。宋诗派的领袖人物一为程恩泽，一为祁寯藻。主要作家分别为出自两位领袖门下的文人，如何绍基、郑珍、莫友芝、曾国藩等。宋诗派主张以开元、天宝、元和、元祐诸大家为旨，以杜甫、韩愈、苏轼、黄庭坚为宗。主张诗歌要有独创性，自成面目。梁承光的诗歌主要受宋诗派的影响，形成了兼有苏轼慷慨苍劲又有黄庭坚表现愁苦寒的贫瘦硬峭拔的风格。

（1）长于叙事，据事直抒，善为歌赋

《淡集斋诗钞》中即事起兴之诗大约40首，占全集的将近四分之一的比重。诗人将所见所闻及所发生的事件记述在诗歌里，或就事议论或因事生发感慨。梁承光的叙事诗往往通过形象的事件和细微的情节向读者展示一种社会现象或者社会面貌，并以此关照人生和命运。

诗人通常直接以事件入题，如《潞河买舟赴津》《车行阻水》《十三日仆马戎途往别冠臣阻于泥淖怅然出都口》《途中遇雪》《伏夜不寐》等篇，都是详于叙事的诗篇，当然诗人也不是遇事就诗，而是经过了艺术的过滤，选取了有典型意义的现象加以描述，并抒发自己的情感。如《十三日仆马戎途往别冠臣阻于泥淖怅然出都口占四章奉怀并呈楚白叔》：

　　特因送别来京国，岂意灯前早别君。冲淖恨无乐氏勇，江天从此怅离群。

　　十年前事怕重提，何日春明手再携。别后长途如念我，姓名为祝榜头题。

疏狂讵抱出群才，敢说科名唾手来。除却青云梯直上，此身端合死蒿莱。

入口艰虞寓蓟东，故园音讯断鳞鸿。此行若遇南来使，为把平安报粤中。①

这首诗本来是一首送别诗，然而因为送别时遭遇泥淖阻车，因此这种情况就使得诗人的感情加剧酝酿，并在抒发时找到一个突破口，因而更加喷涌。"冲淖恨无乐氏勇，江天从此怅离群。"友人离去本来就使得诗人倍感孤单，离群失所。车阻泥淖就催发诗人的离别凄凉意，也加深了诗人对生活艰辛，挫折重重的感叹。个人的艰难又使他联想到故乡的战火，"此行若遇南来使，为把平安报粤中"。由一己之痛联想到家国之痛，诗人的眼光始终注目在家园百姓之上，表现出强烈的忧患意识。

又如在《潞河买舟赴津》中："绕罢南辕北辙行，扁舟又自趣修程。事多磨蝎从心少，身似飞鸿着迹轻。两鬓渐添霜雪影，十年不听水风声。河干快睹千艘集，海运初收米价平。"由潞河买舟赴河一事联想到人生蹉跎不如意之事十有八九，仕宦生涯的磨难似乎从未减少过。即使这样，诗人还是盼望着能够复兴国运，有"安得广厦千万间，大庇天下寒士俱欢颜"般的襟怀与愿望。

梁承光诗较少绝句，大多五律，七律，而且有多篇长律，这是他的体裁上的特点。

（2）旁征博引、善用典故

梁承光学识渊博，兼富文史，这在他的诗歌中充分表现为创作时善用典故，用精省的词语表达丰富的诗歌内涵。如《通州题壁》"走马京华类转蓬"，就是化用李商隐《无题》诗："走马轮台类转蓬"一句，诗人十年京洛生涯，因此他十分理解并体会那种对变幻不定的现实没有把握，暗自伤怀的感情。感慨自己的生命像蓬草般飞转，那种飘零无依就是诗人彼时内心的真实写照。《之官山右雪帆仓帅以诗赠行赋答四章》中"爨下梧桐""海上琴"等都取自典籍。再如《在柬内子》："迹似征鸿常印雪，只落荃言品便低"即用了"飞鸿印雪""不落言筌"等典故。诸如此类在《淡集斋诗钞》中有很多，便不一一举例。

---

① 梁承光：《淡集斋诗钞》，清光绪铅印本。

（3）直抒胸臆，情理相融

梁承光诗歌本之性情，自然流露，因此往往直抒胸臆，慷慨昂扬。同时又受到宋诗派的影响，注重情与理的结合，于是形成了他直抒胸臆又情理相融的风格。如《迪甫迭韵见次韵在柬》："漫云庸俗少知亲，团聚家庭乐最真。但使毛生能奉母，未妨之武不如人。繁华渐醒年来梦，傀儡全消醉后身。事有数存休自馁，丈夫岂必竟终贫。"诗人与友人的书信往来，虽然写羁旅生涯的疲惫与艰辛，但同时心存乐观，毫无气馁消沉之意，全诗直抒胸臆，无半点儿晦涩隐曲。

总之，梁承光的《淡集斋诗钞》有着丰厚的思想内蕴和独特的艺术风格。他以一种大器大用的儒家精神，从自身的理想出发，关注着现实，关注着民生，并在自己的心灵世界留下印记，也在现实生活中留下了痕迹。

三　梁济与其文学创作

梁济六岁时与祖父、母亲随父亲官任生活，九岁，父亲积劳成疾卒于永宁官任，后随母亲扶柩归京。自祖父梁宝书罢官以后家道日渐衰落，乃至负债累重。《别竹辞花记》中载："吾家两代廉吏，祖官遵化直牧，恢廓大方，挥金如土，以长厚受人欺骗，负债累累，罢官后至饔飧不给，而人以前此豪奢，不信其穷，余自幼赤贫，毫无恒产……"①。梁济一家由山西归来便避债埋名，借住梁宝书长女女婿陆澹吾家，直到同治八年（1869）才移居高碑胡同，而梁济仍在陆府读书。1873—1883 年，梁济在愿学堂，其中五年为生，五年为师。起初跟随陆静存表兄就读愿学堂，直到 1878 年陆静存病故，梁济接替陆的职位，成为愿学堂教师。在愿学堂得遇知己潘佐阶，亦师亦友。在此授课期间结识寿廷、荣光等人。1883—1885 年梁济在顾康民家坐馆。1883 年辞去愿学堂，在刑部侍郎顾康民家坐馆课读，因为顾康民结识一生挚友兼亲家彭翼仲先生（长子梁焕鼐娶其长女彭清绮），也在此期间与同里邹嘉来（后长女新铭嫁其侄子）、张廷銮结为兄弟。1885 年，27 岁顺天乡试中举，主考官是常熟翁同龢、吴县潘祖荫，出徐花农阁学。后来先后在慈幼堂司事、李仲约府学幕、那苏

---

① 梁济：《别竹辞花记》，《梁巨川遗书》，华东师范大学出版社 2008 年版，第 271 页。

图公爵家课读公爵子女、为孙莱山记室、任内阁中书、供职民政局，兼职教养局，从 1910 年起，四次恳退不成，作《留上赵智庵书》、奏议等。1912 年在手指竹中照相，开始作《别竹辞花记》。1914 年在积水潭书斋作《小己记》《伏卵录》《敬告世人书》。1918 年三月湖南梁焕奎一家到京避乱，九月去徐花农房师家拜访侍候起居，十月初七清晨，整理留置遗言，自沉积水潭。后整理出版遗书《梁巨川遗书》，在内包括《遗笔汇存》《感劬山房日记节钞》《侍疾日记》《辛壬类稿卷上》《辛壬类稿卷下》《伏卵录》《别竹辞花记》。

（一）椿萱遗芳：梁济所秉承的家教与其人生抉择

1. 梁济所秉承的家教

上文已谈到梁济对父亲的了解、理解和感知大多不是通过直接的接触，更多的是通过别人的回忆构建而成，幸而父亲的遗作《淡集斋诗钞》为梁济提供了一个可以通往父亲内心世界的通道，由此梁济可以对父亲的人格信仰、品格情操及才华意志充分感知体会。而母亲对梁济的成长教育、品格道德的养成则起到了最直接、最主要的作用，因此梁济曾称自己一生节概皆出母训。

梁济自幼失怙，在他的记忆中最为深刻的便是母亲刘氏艰难抚孤、寒宵刻读的情形，在他的遗著中多次感念记述，如《侍疾日记》《感劬山房日记》《别竹辞花记》《小己记》等都有对母亲劬劳辛酸、刻苦节啬的艰难之状的回忆，《小己记》："同治六年丁卯，先母刘恭人、陈恭人携三姑母随侍祖父，由山西扶先君灵柩北来，四月初六日到京。避债埋名，未能自立家宅，在兵部洼中街陆澹吾姑丈家借住。祖父寓于客厅，先母住西厢下房。此屋三间，先母、三姑母率余及长生表兄住一间，先生母率两婢住当门一间，其他一间则陆姑母前表兄弟午庄芸史随两乳媪居之。拥挤瑟缩，屏营困苦。每日除侍祖父两饭外，不花一文……正月不买年糕元宵，端午不买樱桃，秋节不买月饼，其余更想可耳。盖实无一钱之入，亦不解向同乡故旧告帮。如是者三四年，母乃出篋底银二百二十金，又酌将袍褂皮衣卖去，合并银款密交吴表姑母家缎局生八厘息，以资日用，二十年无舛误，至余完姻，始将银取回……"寄人篱下的日子使得刘氏练就了贫苦坚忍的精神，"刻苦忧勤，此时为最，一切洒扫浣濯，生慈力任，无所谓女仆，盖除茶烟情连升买，终年不用一钱，不见一人，不出一门，凡事退后，全不敢做主，几至下侪凡伍，不自知为命妇，幸祖父得年交周助，家人得以糊口"①。

在对梁济的教育上，梁母刘氏更是以强大的精神和决心去培育梁家的遗孤独苗。寒灯授读，影响了梁济的成长、思想、行事甚至影响了他的离世。《别竹辞花记》云："故谓余近年之行，以及今兹最终之局，为同治六七八九年间吾母寒宵课读之结果，至此时而始成熟发见可也。"②

刘恭人对梁济寒宵刻读的主要学习内容为《大学》《中庸》《论语》《诗经》《五种遗规》《唐诗》《试贴诗》《陈太仆制艺》等，梁济所接受的传统教育主要是孔孟之道和科甲举道。

刘氏对梁济的道德品行教育更是贯穿一生的。梁济人格气质的形成，与母亲的谆谆教诲密不可分。一生节概，皆出母训。

> 慈亲严正有威，管涉周密，少时受外祖大人诲，得秋冬气，严凝刚塑，言动起居法度不苟，故责备不稍从宽。男每侍侧，手容足容色容皆十分督责，稍涉于玩，必加痛挟，尤以说诳为厉禁，倘出言一有诳诞游戏等处，立变色斥责，恒至终日谯诃，不稍懈怠，且恐男背面不如当面，或有任性之时，常暗中考察，并遍恳长者大家纠督，男偶有荒嬉戏游戏，动作不庄，随即察觉，又善能逆料，不必目睹，亦尽发其覆，深中其心，故益慑惧不敢恣，盖慈亲以全付精神，全分心血贯注于男之身，凡所以饬躬接物事长诸处，皆谆谆密密，几无终食之懈，如是者十余年，而男顾资质愚下，觉悟太迟，致慈亲焦劳忧虑，此心无刻不提起，憔悴神形，勤苦岁月，虽勾践尝胆，未逾于此也。男所以自弱冠在外交际，凡遇先生长者，咸以谨饬见许，从未以轻佻躁率开罪于师友之前，实赖慈亲教育燕翼之力耳。③

刘氏劬劳课读，育子成人，承担了守护家族根苗与诗礼相承的责任，使得子孙气象皆刚毅卓坚，严厉志行，德意风骨皆异于旁人，成为世人眼中的佳子弟。梁济在回忆儿时母亲教育之时无不带着一种钦佩敬畏之心，

---

①　梁济：《侍疾日记》，《梁巨川遗书》，华东师范大学出版社 2008 年版，第 128 页。

②　梁济：《别竹辞花记》，《梁巨川遗书》，华东师范大学出版社 2008 年版，第 267 页。

③　梁济：《侍疾日记》，《梁巨川遗书》，华东师范大学出版社 2008 年版，第 129 页。

这在中国古代文化世家中颇有典型意义，母亲因为社会地位的限制，在无形之中将这种潜在的能量通过对儿子的抚养教育传输，另一方面，在家族没有男性家长的情况下，传统儒家的家国责任心又不断地强化一个文化母亲对儿子的督责与勉励，尤其是在家国道德上，以使不辱家门，不败家风。

> 男一有过失，以及经人告诉，必严怒重责，不少姑息。颇有人质疑责打太过，近于苛刻者。而慈意谓蒙童之始，必使有忌惮，每一责罚，必言明责之故，并教以当如何改过，于众人诽之词，全不暇计，此在己未、庚午、辛未数年矣。①

因为积劳忧惧过多，刘氏身体一度抱恙，她自己也经常砥砺精神，强自支撑，常言："只肯努力，天下事无不行者，小病岂能累人，要心中有振作气，则周身皆是力量……"② 这样的身教使得梁济看待事物的态度就特别强调人的内部力量，即道德、意志的力量。

刘恭人曾感念家族兴衰，"每见世家多不肖，易起争端嫌隙，往往行出悖谬之事，窃幸嫡母庶子如吾家真诚者决不多得，今而后可以自信。非是吾轻量当世之人，亲母子尚有笑柄，况系嫡庶，吾家其可兴乎?"③ 当时梁济学业略有起色，相比较于之前时光，顽劣之气减去，于学习做事亦自觉用心的多，得到人们的赞许，因此让母亲感到稍许欣慰，多年的苦心并没有白费掉，同时也看到了希望，内心自然唤起了对振兴家族的渴望以及随之而来的焦虑：梁济在《侍疾日记》中曾这样记叙他长子梁焕鼐的出生："丁亥十一月十四日辰刻，鼐生，臣未尝感慨，无心之中见慈闱手弄小孙，眼中有泪，亦不禁响度泫然。慈亲自以运值艰屯，不料晚境渐舒，我亦抱孙，故悲惋也。"④

婚姻和子息是一个家族最重要的两个问题，家学的传承必然是以家族人丁兴旺为前提的。梁济一代单传，既少伯叔，终鲜兄弟。梁焕鼐的出世，预示着梁家下一代有后，因此刘恭人内心颇感欣慰。任何一家的家学

---

① 梁济：《侍疾日记》，《梁巨川遗书》，华东师范大学出版社 2008 年版，第 129 页。
② 同上书，第 139 页。
③ 同上书，第 131 页。
④ 同上书，第 139 页。

传承轨迹都需要一定的载体为之呈现，并且无论在形式还是在内容上都呈现出特定的规律。而其中对母教的回忆，或以文字或图像，几乎是每一个文学世家的学人所钟爱的符号，或者说是不能绕过的主题，这也就反映了母教对一个古代世家的诗书礼法道德传承上的重要性。

2. 梁济的殉道悲歌

梁济在《敬告世人书》中言明：自己殉死并非以清朝为本位，而是殉中国数千年的诗礼纲常和自幼所受教育，匹夫对世道的责任主义。尽管如此，当时已经退位的溥仪听闻此事，仍然感此忠心，下诏赐谥，而《清史稿》将其列入忠义传，为二十五史忠义之首。"梁济，字巨川，广西临桂人。父承光，卒官山西，贫不能归，寓京师，喜读戚继光论兵书暨名臣奏议。光绪十一年，举顺天乡试，时父执吴潘祖荫、济宁孙毓汶皆贵，济不求通。迨毓汶罢政，始一谒之。大挑二等，得教谕，改内阁中书，十余年不迁。举经济特科，亦未赴。三十三年，京师巡警司招理教养局，济以总局处罪人，而收贫民于分局，更立小学课幼儿，俾分科习艺，设专所售之，费省而事集。由内阁侍读署民政部主事，升员外郎。在部五年，未补缺。逊位诏下，辞职家居。明年，内务部总长一再邀之，卒不出。岁戊午，年六十，诸子谋为寿，止之，不可，避居城北隅彭氏宅。先期三日，昧爽，投净业湖死，时十月初七日也。遗书万馀言，惓惓者五事：曰民、曰官、曰兵、曰财、曰皇室，区画甚备。予谥贞端。有吴宝训者，字梓箴，蒙古人。尝为理藩院员外郎。素与济游，闻济死，痛哭。越日，亦投净业湖死。"①

梁济的殉道壮举与其所秉承的家教是分不开的。梁济主张道德完整，并通过完美的道德透过自身和品德教育施与社会，从而达到治理国家的目标，即儒家的内圣外王思想。而他一生所致力的事业便是他思想的最好证明。他用近乎严苛的行为准则要求自己，同时充满着道义牺牲精神。因此当他满心期待的民国并不像他设想的那么完美，甚至完全不同时，他除了义愤填膺，除了失望伤绝，就是决定用自身的努力去挽回这个日渐沦丧的国家，哪怕是用生命。而这种思想与之前我们谈到的梁济秉承的家教是有因果关系的。

---

① 赵尔巽：《清史稿·列传二百八十三·忠义十》，中华书局1977年版。

（二）抒情记事散文《别竹辞花记》解读

《别竹辞花记》是梁济作品中最具有艺术性的作品，写于民国元年（1912）至民国三年（1914）期间，在这几个不寻常的年份里，局势发生了很大的变化，梁济已经心存死意，只是种种未尽事宜牵掣，没能如愿，"吾有种种牵掣未完之事，骤难如愿。常念岂可徒死，当看明事局弊害，遗留言语，敬告同人然后死，故数年来虽迫不容缓，骤难履行"①。在《遗笔汇存》的注释里也提到当时梁济对家事的安排也有未交代之处，长子远在陕西，并不在家等。1912 年 7 月，梁济在缨子胡同寓宅前举行了颇有象征意味的辞别仪式：在自己手植的竹林中，与次女合影留念，意为别竹辞花，由此成题，"以志永诀"②。

《别竹辞花记》所记之事都是梁济平生欲为之事，而死意已决，却又不得为之事，因此每件所记"恨事"的末尾都写着"而今不可得矣"之句。人活一生，不可能没有遗憾，尤其是在心境坦然将要赴义之前，定会思忖归纳一生所作所为，一生想做想为和一生未作未为，如此必有叹息一生未能如愿者，梁济此文即是追忆往事，记述并抒发自己的遗憾，然而行文亦轻松流畅，读来哀而不伤，典雅醇厚。因为辞别之义已决，所以心境亦清澈坦然，也因此别竹辞花一文是《梁巨川遗书》中最能见梁济才志性情与格调的一部分。

《别竹辞花记》所记家道衰落后童年生活之事以及书画扇对的旧事，比较其他文章，明显可以读到于家国政治道德之语变少，而于寻常生活勾取者多，寻常中娓娓道来，又不觉酸迂；似有几分落寞，却又明澈清新。旧日的孤苦生活在作者笔下也不再只是苦涩味道，而是另外一种风味。梁济散文的冲淡平和之美得益于对晚明散文大家归有光的尊崇与学习，他与归有光一样饱尝苦涩的生活滋味，字里行间往往透着对人生残酷而冷静的思考。不过度宣泄，亦不事张扬，他们以一种欲语还休的克制与简省流露着无限悲思。

1. 故园之思

从梁承光到梁济，我们从他们的作品中感受最多的除了一种强烈的社

---

① 梁济：《遗笔汇存》，《梁巨川遗书》，华东师范大学出版社 2008 年版，第 51 页。

② 梁济：《别竹辞花记》，《梁巨川遗书》，华东师范大学出版社 2008 年版，第 259 页。

会责任感的儒家的信仰之外，就是两代人悠悠的故园之思。故园是一个人生于斯长于斯的地方，同时又与身世紧密相连，因此有时"故园"又是一个人心灵栖息之地，灵魂的根。那么对故园的思念自然也包含着不同的层次的情感。如岑参"故园东望路漫漫，双袖龙钟泪不干"（《逢入京使》），范仲淹"浊酒一杯家万里，燕然未勒归无计"（《渔家傲》），此处的故园、家指的便是一个人年少时生长生活的地方，他们有的还可以"少小离家老大回"，而大部分一直在自己做官或游历的地方终老。纳兰性德在写厌倦羁旅随扈生涯时经常会提到故园："聒碎乡心梦不成，故园无此声。"（《长相思》）"杨柳乍如丝，故园春尽时……旧事寒朝梦，啼鹃恨未消。"（《菩萨蛮·问君何时轻离别》）此处的故园思忆更多的是词人内心萦绕的一种深重久远的身世之感。这种故园之思是历代文人的心中的"乡愁"，挥之不去。在梁承光的诗歌里有很多写到故乡的诗句，对梁承光来说，桂林是他童年成长之地，有他的童年回忆，他虽然远离故乡，但在记忆中的距离还不是太遥远。而对梁济来说，岭南粤西在他的心里是一个故乡的符号，他真正生长的地方是北方（北京、山西等地），在故园的感知上并不是直接的，但是这种生命之根的牵引是愈久远愈强烈的。

梁济于诸多遗憾之中，置于卷首的便是昔日计议还乡广西一事："余生长北京，幼年妄思发达，俟家境稍舒，能筹百五十金旅费，回广西，到祖母墓前一祭，以慰父心，盖祖母生男只父一人，祖母柩在家乡，父宦游在外，未葬而身逝，后来虽葬，而未获躬亲，吾父吾姑皆有孝思，赍志不得一展，余故尝思回家祭扫，使祖母见孙而欢，且余得意与族中长幼聚首浃旬，兼托族人照顾也。乃自幼伶仃，才能薄弱，勉强经营功名家室，始终未得发荣，年复一年，虚悬盼望，今衰病日逼，穷厄日深，在丛竹中拍照一像，决计遗书世人，说明为国身死。夙昔拟议还乡一行，而今不可得矣。"生长于北京一句自注：己未年（1859）生于潘家河沿，六岁至山西，九岁丁忧，由山西回京，祖庭穷窘，不能过粤。

梁济一家自从祖父梁宝书于道光庚子年（1840）参加会试中进士后便再也没有回到过故乡桂林，从 1840 年到梁济作文的时间（1912），已经有 72 年，包括梁漱溟这一代，已经四代居住北京。梁承光从 6 岁开始就没有回过祖籍，但他们仍然时时强调自己的故乡是广西桂林，对故乡一直怀着一种难以割舍的情怀。陆润庠在梁承光《淡集斋诗钞》的序言中谈道："桂林诸山空灵奇秀甲天下，生其间者大都瑰异磊落旷然而不群，而敦厚雄杰气象终不若燕赵之士，则地使然也。稚香梁先生籍临桂而生长于此直，钟毓气禀独异乎人。壮岁负奇气，读书泽古长。益博达能通知天下事……"就是从桂林的地域风格论及人文风格进而论到文风。梁漱溟在自己的著述中也时时强调自身祖籍桂林。"我家原是桂林城内人。但从祖父离开桂林，父亲和我们一辈便都生长在北京了。母亲亦是生在北方的；而外祖张家则是云南大理人，自从外祖父离开云南后，没有回去过。祖母又是贵州毕节刘家的。在中国说：南方人和北方人不论气质上或习俗上都颇有些不同的。因此，由南方人来看我们，则每当成我们是北方人；而在当地北方人看我们，又以为是来自南方的了。我一家人，兼有南北两种气息，而富于一种中间性。"①

清道光二十年（1840），梁宝书的夫人带着不满九岁的儿子承光，随夫弟宝儒，从桂林经湘江北上，到其夫宝书在河北定兴的任所去。途经湖南湘潭时在船上突患疾病去世，仓促之间举目无亲。从岸上居民处得知有梁姓江南人居住在此，于是上门探访求助。双方出示族谱，方知这位梁锡勋（号竹君）与本家都是梁氏十五世祖梁正銮（江宁湖墅支系）的第五代孙。当即竹君先生就热心为梁宝书的夫人筹办丧事，如同家人一般。可见梁济的祖母在梁宝书进京做官之初就已离世，距离梁济作文时间亦70多年，在这么长的时间里，梁济从出生到将要离世，一直没有回过家乡，就连梁承光也因为生计繁重、疲于奔波，最终病死在官任，在有生之年也没有机会回到家乡，没有机会亲自为母亲入葬。梁济纯孝，于内心中体会父亲的遗憾，从而发愿有朝一日能够帮父亲了却心愿，也回到自己的根须所在之地。这种萦绕在宦羁旅游人心中的强烈的乡愁是中国古代文人都难以摆脱的情愫，是一脉相承的。

梁济一直打算可以偿自身之愿，以慰亡父之心，而最终"今不可得矣"，没想到父亲的遗憾到了梁济这里仍然是个遗憾。同时也包含着自己最终没能如母亲所期望而光耀门楣，振兴家业的惭愧。这一遗憾放在文章开头的用意又是如何？无非就是希望儿孙能够完成他没有完成的心愿，归乡祭祖。这种上辈对下辈的期待与指示，下辈替上辈了却心愿，完成对自身家族的维护与凝聚便是家族传承的一种通用的方式，梁氏家族也不例外。

---

① 梁漱溟：《吾生有涯愿无尽·我的自传·我的自学小史》，《梁漱溟全集》第二卷，山东人民出版社1990年版，第662页。

2. 童年生活的回忆

余幼年在高碑胡同情景极不能忘，每春日早起赴书房，门犹未启，立望晴空，紫燕飞舞，爱听春城卖物之声。如"一竿红日卖花声"之句，最为留意，又静存表兄《竹枝词》有"满城微雨卖丝糕"之句，亦高碑胡同情事。又"箫声吹暖卖饧天"。则年年三月有此况味。又六七两月卖菱角之声最感人心，在喜时则为"一年好景君须记"，在哀时则为"客心惊岁月，天气换云烟"。凡经此趣，皆余所欲领略者。又静存《都门竹枝词》"最爱晚来风力劲，筝弦齐奏九重天"，此亦嬉戏之事耳。余幼年尝欲放风筝而不得，今老矣，无官事羁身，无学课相督，苟以一二元买纸鸢花瓶鼎炉之风筝，日斜风定之时，芳草平芜之地携幼邀朋，放筝消遣，尚非放辟邪侈。谁以旷废相纠。其他如隙地艺菊，野寺寻花等等，不胜枚举，此似不伤雅者，而力又非不能为也。又或不待外求，家中自然真乐，如"老妻画纸为棋局"，此造物靳而不予我者；"稚子敲针作钓钩"，造物尚未全靳我不予。予次女谨铭，女孙二昭最适吾意，一年来，二昭尤依恋余，年仅七岁，颇知爱亲，常念陕西不置，余每将赴积水潭，二昭必云："爷可勿赴北城，在家饭菜较好，又可与我玩耍，何必赴北城？"否则云："明日再去何如？"否则云："何日回来？"其幼稚亲爱之状，煞是可人。余屈指默记，自今与谨铭、二昭团聚之时至多不过数月耳。

以上为《别竹辞花记》节选片段，梁济写的是其在高碑胡同童年生活的回忆以及年来无官事羁绊时日的生活真趣。梁济的散文喜欢通过小说的笔法行文，通过人物的语言、动作以及生动传神的细节描写塑造了人物的形象。通常只是寥寥数笔，便极为精致地把一个活脱的形象勾勒了出来。如梁济写小孙女二昭（梁焕鼐之女）："爷可勿赴北城，在家饭菜较好，又可与我玩耍，何必赴北城？"她用孩子特有的天真思维与童稚的语气挽留祖父，虽然只六七岁，已经懂得用孰好孰坏的比较来动摇诱惑自己的祖父留下，因为家中饭菜可口，因为家中可以和自己玩耍。当可口饭菜和玩耍娱乐挽留不成，便退一步央求"明日再去何如？"为了能和祖父陪伴左右，用一种"讨价还价"的方式做最后的努力。又说"何日回来"，最后所有的努力央求都无济于事，只好盼望着祖父早点归来。虽然只有三句话，一个非常细小的片段，却给了读者一个非常鲜活的生动的温情画面。孩子当然不知道祖父每日赴积水潭的原因何在，面对这样的温暖亲情，此时的梁济内心自然无比留恋，然而想到自己的使命，"蓄谋已久"且不得不做出的行动，内心自然五味杂陈。他用淡然之笔，写出心中的叹息，却隐藏着极为深痛的情，亦见出对人间真情的珍视。

梁济散文注重情与趣的和谐。梁承光散文这一特点受到晚明小品文的影响，题材趋于生活化、个人化、注重真情实感。文章通常反映自己日常生活的状貌及趣味，渗透着作者的生活情调和审美趣尚。①沈复在《童趣》中云："余忆童稚时，能张目对日，明察秋毫，见藐小之物必细察其纹理，故时有物外之趣"②，这也是梁济的童趣的写照。梁济回忆幼年高碑胡同生活，"春城卖物之声"：卖花声、卖菱角声、卖丝糕声都成了他记忆深处最鲜活、最温情的一部分，胡同的卖场里那些浸着香味的吆喝声显得那么亲切感人。风筝也是他童趣里的一部分，一直就有"筝弦齐奏九重天"的渴望，至年老，终于了却心愿。"芳草平芜之地，携幼邀朋，放筝消遣"此真极大乐趣。亦可读出梁济童心未泯的至情纯真一面，其他若隙地艺菊，野寺寻花等也都充满雅趣。

梁济的散文还讲求冲淡平和之美，哀而不伤，清俊灵巧，富有情韵，通俗清丽，情文俱佳。梁济一生坎坷，早年丧父，壮岁丧妻，几次会试不第，家贫几度不支，晚年稍舒。适逢国内时局变动，对他的生活产生了很大的影响。由于经历了重重磨难，使得梁济的散文中亦有着对生命、对生活残酷而冷静的思考，以极挚之情出于极淡之笔。一方面是个人生活遭遇使得梁济沉积了太多的悲喜，生活中处变不惊，安命知天。另一方面梁济尊崇晚明散文，从作品中亦可读到梁济对这位"懂得文学之真趣""获古人文传真传"的归有光的学习接受。

梁济文章艺术韶华为思想所掩，作为清末民初的思想家，人们大都关注他儒者风骨、慷慨忠义和他所代表的一个时代对中国政治命运的思考的群体性以及他的家族在晚近时期为中国社会思想、学术史上做出的贡献，鲜有人能透过他的思想光环，把他的作品放在一个文学的、家族传承的视

---

① 参见袁行霈主编《中国古代文学史》第四卷，高等教育出版社2005年版，第178页。

② 沈复：《浮生六记》，中国画报出版社2010年版，第50页。

域去探讨去欣赏。笔者认为，从文学的角度看，《别竹辞花记》是梁济的代表作，是其文章的最高水平。其中可以看到梁济除却士绅的政治身份后作为一个普通文人的幽微情志和英雄风骨气概下的一颗温厚澄明的心。他在轻描淡写中写出内心对家族复兴无望的痛苦和对家园的留恋，无奈世间悠闲与家国抱负不可兼得。正所谓以"淡笔写至情"表达上情感沛然诚挚，文风也随之不同，如果说《敬告世人书》《伏卵录》都是慷慨奇崛、峭拔凌厉又存浩然之气之作，那么《别竹辞花记》一文则崇尚平实幽雅，不事雕琢，往往即事抒情，亲切感人。

四　梁漱溟的文艺思想

梁漱溟是晚清桂林梁氏家族家学的第三代代表人物，是新儒家思想的开山者。梁漱溟的思想成就与其归心佛法，弃佛归儒，出入佛儒两家的思想过程及状态相伴而生。由于梁漱溟本人的思想在不同时期有不同的变化，他的勤奋自觉、争强好胜的性格致使他心中每有所悟便奋笔疾书躬身实践，因此梁漱溟每个阶段都有思想著作，逐渐形成了一个完整的思想体系。

（一）梁漱溟思想形成与家庭教育的关系

梁漱溟曾经总结过，"一个多方面荟萃交融的家庭，住居于全国政治文化中心的北京，自无偏僻固陋之患，又遭逢这样一个变动剧烈的时代，见闻既多，是很便于自学的。"[1] 可以看出促使他能够自学成才的原因主要有：第一，多元荟萃的家庭环境；第二，生长于全国经济、政治中心：北京；第三，时代巨变；第四，自身愿望强烈。第二和第三是客观原因，第一和第四是主观原因。

从家庭方面来说，梁漱溟接受新式教育，由于时代使然，当时一部分人已经认识到青少年全部研习诸子六经已不太实用，无法解决当前的现实问题，这在一定程度上影响了梁济对待西方文化的态度。因此梁漱溟六岁开蒙所读之书不是《大学》《论语》，而是由张士瀛先生编著的《地球韵言》，该书虽然形式上仍以四言一语为句式，但内容确实是全新，主要介绍

---

① 梁漱溟：《我生有涯愿无尽·我的自学小史》，《梁漱溟全集》第二卷，山东人民出版社1990年版，第663页。

世界地理政治经济知识。梁漱溟七岁在北京中西小学堂读小学，这个小学堂是北京第一个"洋学堂"，一年后因为义和团运动的影响，小学堂被迫关闭，梁漱溟休学。后来相继在南横街公立小学堂、蒙养学堂读书。

梁济对梁漱溟自学的养成影响很大，"因其秉性笃实而用心精细，所以遇事认真。因为有豪侠气，所以行为只是端正，而并不拘谨。他最看重事功，而不免忽视学问。前人所说'不耻恶衣恶食，而耻匹夫匹妇不被其泽'的话，正好点出我父一副心肝。——我最初的思想和作人，受父亲影响，亦就是这么一路（尚侠、认真、不超脱）。"① 父母对子女为人行事的风格影响是通过身教言传和潜移默化的人格感召，梁漱溟早期受父亲的影响，亦有着实用主义的功利哲学的思想。不过梁济对梁漱溟影响最大的是他民主放宽的启发式教育，这一点在当时是非常难能可贵的。梁漱溟曾举例"小串铜钱"的故事说明父亲的教育方法②。此外，梁济较多注重生活治理方面的引导。及至后来，梁漱溟时有对时局政治发表看法，梁济亦任由其发言，甚至有时父子争论得面红耳赤，但从来不去影响他的判断。

从个人方面来说，梁漱溟从蒙养学堂时期便开始养成自学的习惯。蒙养学堂的创办人就是彭翼仲先生（1864—1921），他对梁漱溟的成长非常重要。彭翼仲出身于江苏省有百年历史的名门望族，祖父彭蕴章曾官至文渊阁大学士，父亲彭祖贤官至湖北巡抚。彭翼仲血气方刚，有豪侠气，与梁济交好，后成为儿女亲家。他先后创办了《启蒙画报》《京话日报》和《中华报》，以报纸为依托，积极开展反帝爱国社会活动，对中国社会思想启蒙，报纸媒体的发展做出很大的贡献。

关于《启蒙画报》梁漱溟曾这样形容过："《启蒙画报》最先出版。它是给十岁上下的儿童阅看的。内容主要是科学常识，其次是历史掌故、名人轶事，再则如'伊索寓言'一类的东西亦有；却少有今所谓'童话'

---

① 梁漱溟：《我生有涯愿无尽·我的自学小史》，《梁漱溟全集》第二卷，山东人民出版社1990年版，第664页。

② 梁漱溟：《我生有涯愿无尽·我的自学小史》。"还记得九岁时，有一次我自己积蓄的一小串钱（那时所用铜钱有小孔，例以麻线贯串之），忽然不见。各处寻问，并向人吵闹，终不可得。隔一天，父亲于庭前桃树枝上发现之，心知是我自己遗忘，并不责斥，亦不喊我来看。他却在纸条上写了一段文字，大略说：一小儿在桃树下玩耍，偶将一小串钱挂于树枝而忘之。到处向人寻问，吵闹不休。次日，其父亲扫除庭院，见钱悬树上，乃指示之。小儿始自知其糊涂云云。写后交与我看，亦不做声。我看了，马上省悟跑去一探即得，不禁自怀惭意。"（《梁漱溟全集》第二卷，山东人民出版社1990年版，第665页）

者。例如天文、地理、博物、格致（'格物致知'之省文，当时用为物理化学之总名称）、算学等各门都有。全是白话文，全有图画（木板雕刻无彩色）。而且每每将科学撰成小故事来说明。讲到天象，或以小儿不明白，问他的父母，父母如何解答来讲。讲到蚂蚁社会，或用两兄弟在草地上玩耍所见来讲。算学题以一个人做买卖来讲。诸如此类，儿童极其爱看。历史如讲太平天国，讲'平定'新疆，等等。就是前二年的庚子变乱，亦作为历史，剖讲甚详。名人轶事如司马光、范仲淹很多古人的事，以至外国如拿破仑、华盛顿、大彼得、俾斯麦、西乡隆盛等都有。那便是长篇连载的故事了。图画为永清刘炳堂先生（用烺）所绘。刘先生极有绘画天才，而不是旧日文人所讲究之一派。没有学过西洋画，而他自得西画写实之妙。所画西洋人尤为神肖，无须多笔细描而形象逼真。计出版首尾共有两年之久。我从那里面不但得了许多常识，并且启发我胸中很多道理，一直影响我到后来。我觉得近若干年所出儿童画报，都远不及它。"

《京话日报》创办于1904年，在彭翼仲创办的三份报纸中影响最大，也是北京第一家销量过万份的报纸。《大公报》发行人英华曾赞誉道："北京报界享大名者一，要推《京话日报》为第一。"[1]

1904年8月16日，《京话日报》在北京创刊，宗旨为：以浅显之笔，述朴实之理，记紧要之事，务期雅俗共赏，妇稚咸宜。报纸设有：演说、紧要新闻、本京新闻、各国新闻、宫门抄、告示、电报、时事新闻、小说、儿童解字等栏目。彭翼仲创办《京话日报》有着明确的目的，"即对下层民众进行启蒙。在办报过程中，他开创并形成了一系列启蒙的新形式，被后来者竞相仿效"，报纸在语言上全部采用白话，满足了广大下层民众文化层次的要求；在栏目上既反映了国内外重大事件，又可使老百姓能更直观地认识社会形势。

因为彭翼仲先生一生致力于维新，豪侠慷慨、一心爱国，最为梁漱溟敬重。梁漱溟在彭翼仲创办的蒙养学堂学习，使得梁漱溟接触到的知识、信息很广。

另外，在上学期间，还有一位对梁漱溟的思想影响很大的人便是同窗郭人麟，在他的启发下，梁漱溟开始意识到修养身心、磨炼意志的重要

---

[1]　《北京视察识小录》见1907年11月26日《大公报》。

性。"我一向狭隘的功利见解为之打破，对哲学始知尊重。"①

梁漱溟思想的形成与其自学习惯有着很大的关系，而他的自学习惯又是在他所受的家庭教育的基础上形成的，正是因为早年间他所受的教育以及个人非常积极的自学习惯才使得他的思维能够有一个旁人无法达到的高度，同时使得他能够学贯中西，形成独具特色的思想体系。

从表面上看，梁漱溟与其祖、父有着很大的不同：第一，梁漱溟接受的教育是全然不同的新式教育；第二，梁漱溟成名极早，年方二十，以中学学历任教北大，成为名动一时的北大名师；第三，梁漱溟以其思想和社会活动闻名，而非文学。然而成就梁漱溟的"不同"正是桂林梁氏家族家学一脉相承的那份开放而执着的"同"。

所谓开放，是他们对待新事物的较为开明的态度，梁承光在山西曾经拜谒过眼界开阔、学识渊博的徐松龛，徐松龛既是《瀛寰志略》的作者，也处理过很多外事事务，同时他曾参与并指导过洋务运动。徐松龛是清代睁眼看世界的人物之一，他的思想较同时代人自然是开放的。梁承光前去拜谒后留下诗作，此中充满了对这位前辈的景仰与崇敬，并对《瀛寰志略》赞赏不已。由此可见，在当时的时代背景里，梁承光虽然是传统士人却没有一味地排外抵制，对新事物的态度还是较为开放的。梁济遵循实用主义，凡事以有益无益判断。从他对子女的教育上（开蒙所学为《地球韵言》，小学读《中西小学堂》，还曾极力主张子女出国留洋不干涉梁漱溟的婚姻等）、对西方先进技术的态度上便可以看出梁济对待事物的心态也是开放的。正因为家学中有着开放的因素，梁漱溟才得以受到两种不同文化的教育，走上自学的道路，并且可以自由地选择自己的追求。这是仅有中学学历的梁漱溟能够学贯中西，充分发挥自己的思考的基础。

所谓执着，是指这个家族对中国传统文化的守成的执着，对儒家精神信仰坚守的执着和知行合一的人生态度的执着。梁承光积劳成疾卒于官任；梁济为挽救社会道德而死；梁漱溟一生思考两个问题：一是人为什么活着？二是中国将走向何处？为了这两个问题，梁漱溟一生思考奔走，上下求索，一有所得便去实践。他致力于解决人生困惑；他比较中西文化以说明中国文化是世界上优秀而古老的文化，历久弥新仍有着强大的生命

① 汪东林：《梁漱溟问答录》，湖南人民出版社 1988 年版，第 18 页。

力，代表着未来世界文化的新进向；他开启了为儒学谋求现代化出路的征途；他为国难东奔西走；为中国教育改革不懈努力；为中国农村探索新的出路；为建立新中国竭力调解……

总之，梁漱溟的文艺思想是其文化哲学的重要组成部分，他提出的"人心说"对人们认识文学艺术的本体、要素及其功用有很大的帮助，同时他的文艺思想为新儒家的文艺美学思想开辟了先河，有着非凡的意义。

（二）梁漱溟的文艺思想

所谓现代新儒家，是相对于宋明新儒家而言的，宋明新儒学是相对于以孔孟学说为宗的传统儒学而言的。因此现代新儒家是新儒家的第二个时期。第一时期的新儒家也就是宋明儒家的学说是在传统儒家的基础上，大量吸收佛、道两家思想，在交融荟萃下形成，而且适应了当时的社会政治环境，于是得以生存。现代新儒学是在传统儒学去粗取精的基础上吸收和改造了西方哲学，建立起一套全新的哲学体系。众所周知，梁漱溟作为现代新儒家的开启者，在"五四"运动时期，他是反对唯科学主义的先锋。在中国传统文化遭遇全盘否定时他论证了人类文化的路径及中国文化的特殊性，反对西方中心主义。并因此认为只有中国传统儒家文化才能真正解决中国问题，还提出了确切的解救方案：他主张中国"认取自家的精神，寻取自家的路走"，即发扬中国优良精神，复兴中国传统文化。在他的思想基础上，中国现代新儒家学说的主力军熊十力、钱穆、方东美、徐复观等人着力阐发中国传统文化在当今时代的不可忽视的现实意义，谋求孔孟之道的现代转换，进而争取中国文化在世界文化中取得平等的地位和话语权。梁漱溟的文艺思想是其文化哲学系统的重要组成部分，是在他对传统文化的吸收和对西方哲学方法的运用基础上形成的。在《人心与人生》一书中第十六章"略谈文学艺术之属"与第十七章"未来世界之艺术化"中集中阐述了他的文学艺术观点"人心说"。

梁漱溟认为文学艺术是一种人世间的从身到心，又往返于身心之间的真的感情。这种"真的感情"与科学上的哲学的"真"有着根本性的区别。他认为文学艺术的评价标准是"美"，但是"美"的标准又是什么？柏拉图认为和谐是美，亚里士多德说悲剧是美的，黑格尔对美的定义为美是理念的感性呈现，还有人认为残缺就是美，再比如说"中国人论美，在德不在色"①，那么梁漱溟此处评价文学艺术的"美"之标准的定义是什么？"凡此者大抵可以美或不美为其概括地评价。美者非止悦耳悦目，怡神解忧而已。美之为美，千百其不同，要因创作家出其生命中所蕴蓄者以刺激感染乎众人，众人不期而为其所动也。"②他解释文学艺术之美首先是作家的真情实感，其次是真情的流露能够愉悦身心进而能使人到达一个新的精神境界。

"人的感情大有浅深、厚薄、高低、雅俗，这不大未可一例看待但要而言之，莫非作家与其观众之间藉作品若有一种精神上的交通。其作品之至者、彼此若有默契，若成神交，或使群众受到启发，受到教育。"首先，文学艺术能达到的"美"的程度因接受者个人素养不同而不同，人的感情各不相同，当然所能接受的事物也是不同的。也就是"观众"的先在经验不同必然导致其欣赏所能达到的境界也不同。其次，他认为文学艺术，是一种往返于身心的感情，也就是一种作家通过作品和观众之间的沟通（交通），一种共鸣。在重视作家、作品的同时，也重视观众的接受，这与接受美学中期待视野的理论相契合，在作者—文本（作品）—读者三者关系中，不仅强调作者和作品的关系，更重视读者与作品的关系，而且读者的期待视野也随着时间变化而变化。不同的是梁漱溟的三要素是作者—作品—观众。观众是指观看表演、比赛、展出等的人，与读者即偏重阅读书籍的人比较而言，范围更为宽泛。这主要源于他对文学艺术的定义如此："说文学，涵括诗歌、词曲、小说、戏剧、电影等等。说艺术，涵括音乐、绘画、舞蹈、雕塑、建筑等。"③不过梁漱溟在阐述文学艺术时对外部的因素有所忽略，或者说是含糊的，他把世界和生命融合起来。例如他在讲戏剧时说："戏剧最大的特征，即在能使人情绪发扬鼓舞，忘怀一切，别人的讪笑他全不管。有意的忘还不成，连忘的意思都没有，那才真可即于化境了。能入化境，这是人的生命顶活泼的时候。化是什么？化就是生命与宇宙的合一，不分家，没彼此，这真是人生最理想的境界。"④这与他的思想受佛学的影响有关，这种"物我相融"的唯心主义表达导致了他的含混。

---

①　钱穆：《现代中国学术论衡》，生活·读书·新知三联书店 2004 年版，第 272 页。

②　梁漱溟：《人心与人生》，山东人民出版社 1990 年版，第 120 页。

③　同上。

④　梁漱溟：《梁漱溟全集》第二卷，山东人民出版社 1990 年版，第 119—120 页。

梁漱溟受巴甫洛夫关于人的第一系统和第二系统的生理学学说影响，并将其理念引进到他的文艺观点中，将文艺创作主体分为艺术型与思维型。他认为艺术型创作主体的特质在本能与理智之间偏于本能；思维型创作者则优于理智而依从第二信号系统来工作。他强调艺术型创作主体偏于本能特质但与动物的本能相区别。如有人的生理本能，气味、色彩、声音等；斗争本能；游戏本能等。艺术家的理智与常人的理智有本质不同。常人的理智与精明往往有害于文学艺术的创作，但如果没有文学艺术的引导就将使人们陷入自私而无法自拔，因此文学艺术那种"无所私的感情"的特质既是创作的基本特质，又是使人类走向美好情感的途径。

梁漱溟从文学艺术的外在结构的角度，将作品分为单一型和混合型。"文学艺术有孤单一项若音乐演奏，若绘画展览者，更有文学而藉歌唱、音乐、舞蹈和合为一事以演出之，如中国京剧者……如雕刻便是单一型，而戏剧就是混合型。"①

关于悲剧与喜剧的感染力他如此说："然须知生命本性在于流畅。生命得其畅快流行则乐，反之，顿滞则苦闷。是故文学作品（小说、戏剧）引人嬉笑固俗所欢迎，其使人堕泪悲泣者乃具更大吸引力。二者同样促使生命流行，然前者（嬉笑）之动人感情不免浅薄，而后者（悲恻）之动人却也深得多也。"② 肯定悲剧的感染力与震撼力大于喜剧。

梁漱溟对文学艺术的社会功用也作了阐述，他认为文学艺术之属是往复于人的"身""心"之间的，其作用就在于引导人类摆脱种种"本能"的束缚，逐步获得一种合乎"理性"的精神生活。在达到这种效果的途径就是"心"，就是"理智"。"理智"充分发挥其应有的作用，才能帮助人们到达"无所为"的冷静状态里，如此人们就会不期然地获得了一种"无所私的感情"，一种理性的、平和的、澄明的精神生活。这与儒家通过礼乐诗教完成政治教化的过程是一致的，这种理性的精神生活也与儒家诗教强调的温柔敦厚相一致。此外，梁漱溟曾不止一次强调未来世界的文化精神一定是孔子的礼乐文化、"仁"的精神。在《未来社会人生的艺术化》一节中他设想了以美育代替宗教的未来社会图景，而美育的核心精神便是中国传统文化中的礼乐诗教。"宗教在过去人类历史上是大有助

---

① 梁漱溟：《梁漱溟全集》第二卷，山东人民出版社1990年版，第120页。
② 同上书，第121页。

于社会人生之慰安行进的，而种种艺术—礼乐—则是其起到作用的精华所在。今后很长时间宗教落于残存，而将别有礼乐兴起，以稳度新社会生活。"① 这与他关于未来世界文化进向理论相一致，他坚信未来世界文化必然是以中国传统文化为进向。"人们在世俗得失祸福上有求于外的心理，则俗常宗教崇信所由起，亦即宗教最大弊害所在。此弊害以学术文化之进步稍的扫除，但唯礼乐大兴乃得尽扫。即唯恃乎此，而人得超脱其有求于外的鄙俗心理，进于清明安和之度也。要之，根本地予人的高尚品质以涵养和扶持，其具体措施唯在礼乐。不有以美育代宗教之说乎？于古中国盖尝见之，亦是今后社会文化趋向所在，无疑也！"②

梁漱溟一生中并未创作严格意义上的文学作品如诗歌、小说等。但他留下了几篇优美的散文，如《我的自学小史》《思亲记》《自述》等。这些散文就是他文艺思想的体现，如《思亲记》记述了梁漱溟成长中与父亲之间的点点滴滴，情感真挚浓烈，父子情深，文章多从小事叙来，表达对父亲深深的怀念。如梁漱溟写到童年的生活："溟生而孱弱，又多罹灾病，公育之也，独难矣！公之于少子，又所爱深矣。"少年时期梁漱溟开始留心时务，喜欢读梁启超等人维新改良的言论，这与其父意气相投，乃至得到父亲"肖吾"的爱称。后来，随着年龄的增长，阅历的深厚，梁漱溟逐渐养成独立思考的习惯，开始转向革命，于是父子之间经常关于政体之优劣辩论甚至争吵至深夜，等等。《思亲记》情感沉痛哀极，语言有着强大的感染力，整体基调浑厚凝重。又如梁漱溟在《我的自学小史》中详尽地记述了他的家庭出身、幼年生活及小学中学生活，初入社会向往革命，皈依佛法，出入佛儒之间的历程。叙事不疾不徐，多亲身经历；语言简洁凝练，朴实而真切。

---

① 梁漱溟：《梁漱溟全集》第二卷，山东人民出版社 1990 年版，第 126 页。

② 同上书，第 127 页。

那逊兰保文学家族研究

杨　兰

自东汉起，中国的文学创作逐渐出现地域化、家族化趋势。与之相随，文学创作的群体有所变化，"地方世家大族"开始成为文学创作的重要基地，登上历史舞台。近几年，学界对文学创作群体演变的变化趋势有了一定的认识，并对这一现象进行了一系列探索性的分析研究尝试，"一个旨在将文学与家族以及地域文化、社会史等综合分析，力求借鉴不同知识体系的思想资源，通过多域鉴摄以深化文学研究的新方向——'家族文学研究'正在形成。"①

一　那逊兰保文学家族谱系梳理

家族文学的兴盛是清代文学史上的重要特征。"清代比较典型的49个文学世家，大都出现于清前、中期，主要集中分布于环太湖的苏南、浙北及皖东南经济发达地区。"② 而北方也出现了法式善、和瑛、那逊兰保等蒙古族文学家族。那逊兰保作为一位女性诗人，以她为纽带连接了夫家及其母家的几代几姓文学家，这个大世家文学创作颇为丰富。

那逊兰保（1824—1873），字莲友，博尔济吉特氏，蒙古族，喀尔喀部落女史。多尔济旺楚克之女，宗室恒恩之妻，祭酒盛昱之母。那逊兰保生于库伦，道光七年（1827），四岁的那逊兰保随父母进京，从此远离家乡，长居京城。移居京城后住在外祖母家，深受外祖母完颜金墀（人称英太夫人）的影响，勤于诗书。17岁嫁与满洲宗室恒恩，出嫁之后"上

---

①　罗时进：《家族文学研究的逻辑起点与问题视阈》，《中国社会科学》2012年第1期。

②　兰秋阳：《清代文学世家及其家学考略》，《河北北方学院学报》2009年第8期。

事姑嫜，下和娣姒。家务之暇，不废吟咏"。① 同治五年（1866），恒恩去世，由于"内事摒挡，外御忧患，境日以困"②，自此以后诗人就很少再作诗了。同治十二年（1873）秋那逊兰保去世后，其子盛昱搜集整理其遗诗91篇，付梓刻印成《芸香馆遗诗》两卷，流传至今。

那逊兰保的外祖母英太夫人完颜金墀，为满洲旗人侍卫费莫英志之妻。费莫英志是温福之孙。其父费莫永保，曾任伊犁将军③，为成国保家做出了很大的贡献。完颜金墀"子文禧，官知府，孙斌越，官甘肃巩昌府知府。"④ 著有诗集《绿芸轩诗集》。

那逊兰保的丈夫恒恩，出生于一个汉化程度较深的满族宗室官宦家族。恒恩的祖父永锡，袭爵肃亲王，乃清太宗皇帝太极的五世孙。其家文化收藏颇丰，书画及金石文度藏于官邸"意园"中的郁华阁。相关资料记载只是提到恒恩很有才华，但并未有记载的文学作品流传下来，此为一憾事。

盛昱乃那逊兰保和恒恩之子，是晚清有才学的文学家和政治家，官至国子监祭酒。盛昱在文学、考据方面成绩显著，著有诗词集《郁华阁遗集》，文集《意园文略》及史书《蒙古世系谱》，编有《八旗文经》，辑有《郁华阁金文》《成均课士录》《雪屐寻碑录》《康熙几暇格物编》等。盛昱本有一兄长盛昌，盛昌早年夭折，有一妹名猗，其婚嫁情况资料未记载，但也是一个非常有才学的女子。李慈铭有《翠春楼　赠伯熙》一词，"最爱千朵娇红，似绛幡朱节，舞鸾飞坠。天风环佩响，更深院沉沉歌吹，艳情谁寄。正钿匣裁诗，金凫添麝，人微醉。锦屏双影，折枝横髻。""锦屏双影，折枝横髻"一句看似赞美了春景，实则嘉赞了盛昱的妹妹和妻子都是善诗的女子。

盛昱的妻子亦是文人之后。其父恒福，额尔德特氏，蒙古族，官直隶总督。恒福之父壁昌，有《兵武闻见录》《叶尔羌守边纪要》《牧令要诀》等著作。恒福之祖父和瑛，官至尚书，著作累累，有《西藏赋》《三洲纪略》等。关于盛昱后人，唯有杨钟羲《意园事略》记载盛昱有三子：

---

① 盛昱：《芸香馆遗诗跋》，那逊兰保《芸香馆遗诗》，清同治十三年（1874）写刻本。

② 同上。

③ 伊犁将军，全称总统伊犁等处将军，是清代乾隆年间平定准噶尔和大小和卓之乱后设立的新疆地区最高军政长官。驻伊犁惠远城（今霍城县惠远镇）。

④ 那逊兰保：《绿芸轩诗集序》，完颜金墀《绿芸轩诗集》，光绪乙亥（1875）刊本。

荣轼、荣旗、善宝，但并未有具体而系统的记载。

二　那逊兰保文学家族的主要人物及作品研究

具有成吉思汗皇室血统的才女那逊兰保，从小受其外祖母影响，嫁与夫家之后又对子女的文化教育产生不可忽视的影响，因此，母家及夫家的所有文人，以那逊兰保为纽带，构成一个庞大而复杂的文学家族。本文只挑选彼此影响较为深远，具有代表性的完颜金墀、那逊兰保、盛昱三位文人及其作品进行详尽研究，以此来梳理那逊兰保家族文学的文化脉络，探析其庞大而复杂的家族文学之文化精髓。

（一）那逊兰保与《芸香馆遗诗》

那逊兰保自幼聪颖好学，盛昱在《芸香馆遗诗》跋中道："先母七岁入家塾，十二能诗，十五通五经"①，是一位"蕙性夙成，苕华绝出"②的女子，但限于时代因素，其聪慧才智并未得到充分发挥。尽管如此，那逊兰保的《芸香馆遗诗》对后世仍然有很大的影响力。其诗歌横溢的才华，足以和宋代汉族女词人李清照相提并论，因此被称为蒙古民族的"易安居士"。

盛昱所作《芸香馆遗诗》跋中说先母"家务之暇，不废吟咏。所作诗已裒成巨帙"。那逊兰保一生所作诗歌如果能搜集在一起的话已然能"裒成巨帙"，可那逊兰保对子盛昱道，自己对于诗学尚为肤浅，如若终去，勿将诗歌结集出版。③那逊兰保谦逊地认为自己所作之诗不足为后世传。同治丙寅（1866）丈夫恒恩去世，不但使那逊兰保精神受创，而且直接影响了她的创作。徐世昌《晚晴簃诗汇》卷一百九十说她以后"遂绝不为诗"。其子盛昱跋文中则说母亲中年以后开始研读经史，很少作诗，尤其是父亲离世之后，国家内忧外患，"遂绝不复为诗"。同治十二年（1873）秋那逊兰保弃世而去，其子盛昱据其1857年手抄本并搜辑遗诗91首，于同治十三年甲戌（1874）刻印成《芸香馆遗诗》二卷。卷首

---

① 盛昱：《芸香馆遗诗跋》，那逊兰保《芸香馆遗诗》，清同治十三年（1874）写刻本。

② 李慈铭：《芸香馆遗诗序》，那逊兰保《芸香馆遗诗》，清同治十三年（1874）写刻本。

③ 盛昱：《芸香馆遗诗跋》，那逊兰保《芸香馆遗诗》，清同治十三年（1874）写刻本。

题"喀尔喀部落女史那逊兰保莲友著",前有清代杰出的文学家李慈铭序,后有盛昱跋,刊印极精,流传至今。

1. 咏物、写景、记游之闲暇之作

那逊兰保的诗作,多半以咏物、写景、记游为主要内容。作品中所描绘的风景和实物,大都取自诗人生活的北京市区和郊区,如大觉寺、海淀、西山等。诗人对周围环境、事物,观察细腻,认识深刻,加之作者再现的艺术真实耐人寻味,绘声绘色,那逊兰保的诗作在读者情感深处引起强烈的回响。《游西山》二首就是其中的佳作,诗云:

> 清晨驾巾车,日晡到山脚。颠簸不辞劳,山灵如有约。转路入烟霞,回头隔城郭。危磴杂松楸,远寺闻钟铎。孤青表遥峰,万绿争一壑。行行下笋舆,径窄步引却。还与叩僧寮,荒荒红日落。
>
> 我爱秘魔崖,怪石高撑天。复爱宝珠洞,下瞰及平田。快哉御风行,顷刻如登仙。探幽及穷僻,选胜防人先。所愧腰脚劣,呼婢相引牵。夹路橡实厚,嵌石孤花鲜。流连剧忘归,峰峰凝暮烟。

西山是北京西郊的风景区,诗人身临其境,从中体会到一种美的享受,于是把它描绘在纸上:峰峦、瀑布、松阴,写得形象生动,丝毫没有孤寂凄凉的气氛,所绘奇峰异景,壮观雄伟。作者不仅以观赏者身份去刻画自然景观,更是将自己融入其中;不仅站在高耸入云的山峰脚下感受,更是身居高峰之巅,目穷千里抒怀。最引人入胜的还是从僧房里飘出的微香、磬声,加之游人、笑语,真是一幅美轮美奂的图景。诗人在这里并不单纯是写景,而是寓意于景,借雄伟山河和壮丽景观,抒发了诗人对自然的热爱之情。

2. 寄远、怀人之作

在那逊兰保的诗集中,送别诗和酬赠诗所占比例最大。这些诗作写给姐妹、兄长、仆人、师长或是朋友,诗句洋溢着亲情、友情,读来情深意厚、催人泪下。这类题材的诗有《题〈冰雪堂诗稿〉》《和友兰三姊留别韵》《五月廿八日即席再别友兰三姊》《和友兰三姊杭州见怀原韵》《祝归真师八十寿》等。如《冬夜读书有怀竹君妹》:

> 读罢闲将绣枕敧,书声歇处漏声迟。风来竹院一堂韵,月照芸窗

两地思。碧简多情容我伴，青灯有味许君知。重重别绪绵绵道，樽酒
何时共论诗？

读书间歇，凉风习习，月光朗朗，想起了远方的姐妹与我青灯伴读。
分别已久，什么时候才能够再度重逢，樽酒共诗啊。再如《祝归真师八
十寿》：

真业来蓬岛，修龄衍麦邱。性同松柏茂，身与水云游。大节千秋
定，新诗万古留。绛纱称弟子，惭愧鹤衔筹。

"性同松柏茂，身与水云游"一句赞美了老师的品性和才智；并借
"大节千秋定，新诗万古留"祝愿老师的诗作名垂千古。诗中充满对老师
的无尽感激之情和崇拜之心。

3. 提倡平等、自由之作

那逊兰保作为贵族女性，却反对封建等级制度。首先表现在她非常理
解和同情下层的仆人，基本上做到平等友善。家有一仆人李氏，诗人视她
如姐妹，与之一起料理家务、缝纫刺绣，朝夕相处，感情尤深。因此，当
女仆人李氏将随诗人的大嫂前往沈阳时，那逊兰保实为不舍，作诗《仆
妇李氏随余六七年，今为家大嫂凤仪夫人携往盛京，因成十韵以畀之》：

聚散原无定，亲疏各有缘。料应难惜别，无那总情牵。意逐疗东
水，思萦蓟北烟。随人千里外，伴我十年前。挑绣资分线，梳妆倩整
钿。他时我还忆，此去汝堪怜。衣服随行笥，平安好寄笺。离怀飞鸟
迹，心绪落花天。旧主思休切，新知礼欲虔。沈阳吾旧里，古迹待
归传。

又作《以布衣一袭赠仆妇李氏》："缕缕丝牵别绪真，布衣一袭赠离
人。前途冷暖原难料，借得斯名要谨身。"诗人用"随人千里外，伴我十
年前。挑绣资分线，梳妆倩整钿""旧主思休切，新知礼欲虔"等来表达
恋恋不舍之情。短短几句，但字里行间流露出了深切关怀和惜别留恋之
情。诗人虽然长期生活在朱门高楼，自幼受封建伦理的教育，但是，她对
一些封建理教却是深恶痛绝。因此，她的诗并未完全受闺秀圈子的约束。

这首诗中她就摒弃了主仆关系，表达了她对这位劳动妇女的关切，从而给人一种姐妹之情的感觉。像这样专门为仆人写送别诗且与仆人关系如此亲密的诗人，在中国古代文学史上是极为罕见，这更足以显示那逊兰保的举动和为人的可贵之处。

其次，那逊兰保身为皇族贵妇，能够敢于抨击封建社会的弊病，明确主张自由、平等的思想，在她所处的时代、环境中是进步的。诗人有很多闺阁挚友，在这些知音的酬赠诗作中，那逊兰保对于男尊女卑的不平等社会现象发出了抗争之声。几千年来的中国封建社会，"唯小人与女子难养""女子无才便是德"的观念统治着人们的思想意识，根深蒂固。但是，那逊兰保在其诗《题冰雪堂诗稿》中明确地指出："国风周南冠四始，吟咏由来闺阁起。漫言女子贵无才，从古诗人属女子。"即"诗歌的起源应该归功于妇女"，这一声呐喊在当时的封建社会里确实具有震撼天地的意义。

4. 忧国忧民的爱国篇章

作为一个四岁就从家乡库伦来到北京的"少小离家"的女子，作为朝廷官员之子、之妻，那逊兰保有一种与生俱来的思念故土，关心国事，忧国忧民的爱国情操。19 世纪中叶，鸦片战争爆发，咸丰十年（1860）英法联军占领北京以前，那逊兰保的丈夫恒恩跟随咸丰皇帝避难到承德避暑山庄。国家和家庭的不幸给诗人带来了极大的痛苦和不安。她在《庚申冬寄外，时在滦阳》中表达了这种情感。

> 漫道相思苦，从悲行路难。烽烟三辅近，风雪一袭寒。去住都无信，浮沉奈此官。亲栽三百字，替竹报平安。

诗文虽不长，然而意义很深刻。"烽烟三辅近"，说明战争已逼近。可见，作者极其形象地概括了侵华列强燃起的战争火焰已烧到京都附近的严重局势。诗的尾句，饱含着双重意义。既希望丈夫平安归来，又希望多灾多难的祖国早日得到安宁。把对亲人的爱和对国家、民族的爱，融为一体，表达那逊兰保的忧国忧民之情操。

那逊兰保的这种爱国思想还表现在其对家乡的惦念和对祖先成吉思汗的讴歌。1840 年鸦片战争以后，帝国主义对我国开始了更加猖狂的侵略，特别是沙皇俄国，把蒙古地区作为他扩大版图和利益的重点侵略对象。在国家危难、民族危亡的关键时刻，诗人大义凛然，以民族利益为重，鼓励其二兄出使边塞，展现了一个女子的民族气节和爱国热忱。其诗《送瀛俊二兄奉使库伦》就表达了这一情怀。

> 我兄承使命，将归昼锦堂。乃作异域视，举家心彷徨。我独有一言，临行奉离殇。天子守四夷，原为捍要荒。近闻颇柔懦，醇俗醨其常。所愧非男儿，归愿无有偿。冀兄加振厉，旧业须重光。勿为儿女泣，相对徒悲伤。

这几句诗中，面对即将赴边疆的兄长，那逊兰保不但毫无离别悲伤之感，反而勉励其兄出使边塞，保家卫国捍卫边疆。在同一首诗中作者还写道："四岁来京师，卅载辞故乡。故乡在何所，塞北云茫茫。"诗人自四岁进京，在天子脚下生活三十余年，但是他并没有忘记生之育之的塞北大草原，每时每刻都在念着自己的故土。而这里不光有一种淡淡的思乡愁，更重要的是流露出作者对蒙古民族的热爱。

那逊兰保一生中所作之诗远不止于此，其子盛昱说："太夫人之意，本不欲以诗传，故散失已多，无从收拾。即以此论，亦不过存什一于千百。"由于相关资料有限，我们对诗人的创作道路所知仅限于此，但从其现有诗稿当中，我们可以了解到一些她对生活的感受及其志趣。她热爱生活，热爱祖国，热爱民族，同情劳动妇女，抨击封建传统观念。这对一个封建时代身居宦门之家的女子来说，确实是难能可贵的。

当然，由于时代和社会地位的局限、家庭的影响，她的诗篇中也有一些格调消沉的东西，我们前面提到，同治五年（1866）以后，那逊兰保便无心作诗了。封建制度的束缚，加之本人思想的局限，这位女诗人的才华没有得以充分地发挥，这的确是一件憾事，然而却磨灭不了这位蒙古族女诗人早年的诗歌成就。

（二）完颜金墀与《绿芸轩诗集》

完颜金墀，字韵湘，侍卫费莫英志的妻子，知府文禧的母亲，甘肃巩昌府知府斌越的祖母，那逊兰保的外祖母，生卒年不详。著有《绿芸轩诗集》。

完颜金墀出嫁后，家庭显贵，家中女子相聚时，诗词唱和，其他人多以气格、声调称胜，完颜金墀则独抒性灵。她性情平和，从不疾言遽色。满族女性写诗，多不轻以示人。大学士伊桑阿室满洲乌云珠"著有《绚春堂吟草》，不以示人，常云：'闺阁能诗固属美事。但止可承教父兄，赓歌姊妹。若从师结友，岂女子事耶！'"至清末，这种观念仍根深蒂固。那逊兰保为其外祖母金墀的诗集作序，尚谓旗藉女子为诗"相戒勿令外人见，以故传者遂鲜"。完颜金墀也不赞成女子的诗歌互相传阅，发现有这种行为的亦持反对态度，这与当时的风气息息相关。因此传世的闺阁诗词就很少，那逊兰保虽极力搜罗外祖母完颜金墀的作品，但由于出嫁后不能相伴左右，不能收录完整的作品，仅得《绿芸轩诗集》。

《绿芸轩诗集》共有诗 119 首，于清光绪元年（1875）刻印成《绿芸轩诗集》，在国家图书馆古籍馆留存至今，并未广为流传。卷首题"金源女史完颜金墀韵湘著"，前有其外孙女那逊兰保于同治十二年（1873）作的序，全文用行楷刊印，极其精致。这 119 首诗便成为女诗人完颜金墀留给我们唯一的探索其诗歌创作的印记和线索。根据诗歌的内容和主题，我们可以把它们分为生活闲适诗、写景诗、咏物诗、游玩诗、思亲诗，等等。

完颜金墀的丈夫费莫英志是清代乾隆年间有名的将领温福之孙，其父费莫永保自乾隆末年便开始担任伊犁将军，到英志这一代迁至京城做侍卫，可谓是富贵世家。完颜金墀嫁到费莫氏后，家庭显贵，家中女子相聚时，不谈柴米油盐之事，诗词唱和，每当月朗风清之时，完颜金墀常常执笔吟诗，故在其诗集中出现许多生活闲适诗。如《秋日偶成》：

> 阑干倚遍独徘徊，落尽芙蓉菊未开。最恨园庭多树木，秋声先到我家来。

伤春悲秋历来是文人的闲吟之作，当然诗人也毫无例外地对秋有种淡淡的闲愁。独倚阑干看夏去秋来，暖消凉袭。夏季的芙蓉花已落尽，但秋菊尚未开放，夏已尽而秋未至，让人有一种时空断裂感。不由使人联想到王湾的《次北固山下》中的"海日生残夜，江春入旧年"一句，夜未尽而黎明已至，冬未尽而春意已露。同样是两个季节的交替，不同的人却有不同的感触。诗的最后两句很有味道，"最恨园庭多树木，秋声先到我家来。"运用拟人的修辞手法，将秋日早到的原因归罪于庭院里的萧萧落木，读来让人觉得无理却很巧妙。又如《闲吟》：

> 树影重重竹影疏，曲栏深处小窗虚。梦回庭院人声寂，卧看风翻案上书。雨余烟重柳丝低，不断蝉声竹院西。绿乳浮香几案净，闲拈小笔拟新题。

本诗描写夏日的雨后。诗人家世显赫，虽然不是在江南，却是住在京城的园林，景致胜似江南，所以雨后仍旧会有雾锁重楼的朦胧迷离之美。树影斑驳，曲径通幽，卧床闲梦。烟雨迷蒙，柳丝低垂，蝉声间歇，香意浓浓，这样的景致，不得不让文思泉涌的女诗人提笔作诗。貌似平常的声、嗅、景、形，却传达出恬淡闲适、仙境般的美妙。

诗集中的写景诗占有一大部分，尤其是作者对四季景致的感悟。比如《秋夜》《秋柳》《秋晚》《春晓》《春晚》《早春即景》《春雪》，等等。如《秋感》

> 西风且莫苦相催，催到黄花又近梅。有梦怕听难唱早，无书空见雁归来。痴心未忍随秋冷，愁绪何堪逐叶堆。最是离情消不得，几番抛去又重回。

诗中仅仅通过西风、黄花、空归雁、落叶四个意象，就将繁华将尽，思念远方的亲人却至今杳无音信的离别情绪表现得淋漓尽致。又如《春晚》"凭阑深院里，楼外晚风微。蝶倦寻花宿，莺慵觅柳归。远山凝暮霭，高树恋余晖。极目丛林处，昏鸦逐队飞。"晚风习习，倦蝶寻宿，慵莺觅归，雾霭笼罩远山，余晖装扮着高树，丛林里，昏鸦也陆续归来，诗人将晚风习习的春天刻画得生机勃勃。再如《秋夜》："西风吹老一天秋，露自无心草自愁。砧韵谁家敲断续，声声随月上南楼。"写的是秋夜时分闺阁的愁绪，听着断断续续的砧声，心情也不平静，大概牵动了她对远方亲人的忧思吧。

作为一位多愁善感，心思细腻的女诗人，咏物诗自然是自己作品重要的一部分，用以表达自己的某种情怀，从而达到借物抒情的目的。如《咏白菊》："东篱菊蕊散幽香，傲骨清奇别样妆。最是夜凉看更好，一层明月一层霜。"诗人写深秋夜晚的白菊，越是凉夜，她便开得越是幽香清奇，傲然挺立。这更寓意了女诗人自己清奇傲然的诗风和人格。又如《咏梅》：

> 冲寒傲雪伴松筠，江北江南第一春。冷艳只应仙比韵，琼姿惟倩月添神。芳心未展香先透，玉蕊全舒粉细匀。零落不甘轻委地，含章檐下助妆新。

诗人用寥寥几笔不仅勾勒出梅花琼姿，呈现出了梅花的粉，散发了梅花的香，还把梅花冷艳琼姿的气质、冲寒傲雪的气骨、零落助妆新的气度刻画得淋漓尽致。

作为官宦家庭的贵夫人，不会为生活中的柴米油盐之事操劳，游山玩水必然成为他们生活中很重要的一部分，所以完颜金墀诗集中的游玩诗也颇为不少。诗人的游玩诗亦多以北京周边的景致为主，如《紫竹院看莲花》："荷叶田田荇叶长，乱山围住一池塘。菱生软角莲开半，水面风来几样香。"一首七言绝句，为我们展现了莲花的"半开"态和"风来几样香"的嗅觉享受，描绘出莲花的清奇、淡雅之美。又如《游翠微山》："步步踏青行，烟岚雨后生。山深苔色古，泉细水声轻。随蝶寻花处，逢樵问树名。回头看归路，几缕断云横。"春日雨后去翠微山踏青，古老的深山里涓涓细流。一路走来追逐着恋花的蝶，不知倦怠，蓦然回首，已爬至山顶。句句平淡无奇，却句句能触动读者贪恋春天的心。

完颜金墀的女儿，也就是那逊兰保的母亲，从北京远嫁至蒙古草原，加之后来金墀的孙子斌越又去甘肃做官，那种对远方亲人的思念在中晚年之后一直萦绕着诗人的心。有诗《送女》：

> 伴我如形影，相依二九年。升沉原有命，离合岂无缘。定省随郎后，承欢让嫂先。羹汤虽易作，愿汝小姑贤。谁厚与谁亲，何须论假真。昔年褓褓女，今日远游人。奁薄客兄补，装轻愧我贫。若能知自爱，尤胜寄书频。此去为人妇，娇痴莫似先。修身惟自省，处事见休偏。道理无难学，贤名不易传。再来虽有日，我已过中年。最小偏怜汝，天然一派真。但知宽婢仆，那解论疏亲。问字承兄喜，折花畏母瞋。而今成远别，怎得不伤神。

完颜金墀在教女儿如何与婆家人相处的谆谆教诲中，透露出对女儿的依依不舍和无尽的思念。大概后来的那逊兰保对待仆人的真挚善良的品质也来源于外祖母完颜金墀。大概是对女儿的思念，金墀的一切活动似乎都会想到自己远嫁他乡的女儿。如《盆菊》："爱菊如爱女，栽培日最长。"道出了对女儿的关爱有加。而在《放蝶》中有"养蝶如养女，养成难久留"句，又渗透着对女儿的恋恋不舍和思念。又如《二女自库伦来京喜成》："匆匆一别几经年，闻有归期喜欲颠。命仆早安看月榻，嘱儿多办买花钱。酒开新瓮香初冽，菜煮春畦味正鲜。人力岂能成此会，天怜远胜自家怜。"表现出女儿归来的难以言表的喜悦。

"太夫人所著诗甚多，余于归后不得久侍左右，比没臧获不知敬，慎半就散佚，此从敝簏中搜得者署签曰《绿芸轩诗第三本》，盖所佚者多矣。"完颜金墀一生的诗作甚多，而我们仅得一小部分，实为遗憾。

完颜金墀的诗，清新淡雅，独抒性灵，感情温婉而细腻，言有尽而意无穷。她的写景诗几乎不用华丽的语言，却通过最平常的身边的景物，表达出绮丽的情感和韵味。

（三）盛昱及其《郁华阁遗集》

盛昱（1850—1899），字伯熙，又作伯羲、伯兮，号意园，又号韵莳。爱新觉罗氏，隶满洲镶白旗，清太宗皇太极之长子、肃武亲王豪格之七世孙，肃恭亲王永锡的曾孙。

盛昱出身满蒙勋贵家族，"少即劬学，十岁赋《缘豆诗》"。同治九年（1870）中庚午科顺天乡试第一名举人。光绪二年（1876）中会试第一名贡士，最后中二甲第十名进士，改翰林院庶吉士，散馆后授翰林院编修，而后陆续充詹事府右春坊右中允、翰林院侍讲、文渊阁校理、国事馆协修等职。光绪十年（1884）授国子监祭酒。盛昱虽出身显贵，但一生中并未担任高官要职，政治上极不得意。光绪十四年（1888）任山东正考官，因不满慈禧太后当政的清廷，典试山东时以"立乎人之本朝而道不行，耻也"命题，"其情亦可悯矣"[1]，遭到某些人的排挤。在救国之心有余而力不足的情况下，第二年便以病请归，再未出仕，直至光绪二十五年（1899）病卒，年仅50岁。

---

① 见于《意园文略》序，清宣统二年（1910）刻本。

《郁华阁遗集》是盛昱唯一一本诗词集，共四卷。前三卷为诗，共182 首；第四卷为词，13 阙。盛昱所处的清朝末年，正是国家多事之秋，清政府面临内忧外患，社会动荡不安，文人墨客再也不能 "两耳不闻窗外事，一心只读圣贤书" 了。作为宗室的诗人盛昱，已然把抒写反映现实生活矛盾之作品当成己任，再也不能只写脱离现实的消闲之作。他说："昱之所以报国家者，如此每一思及，食不下咽"①，但拳拳爱国之心却不能得到支持和理解，报国无门，只能以病隐退。而所有无法诉说的苦闷只能诉诸文字，集结成《郁华阁遗集》。"天下爱重盛祭酒，读其诗词，肮脏悱恻，入人肝脾"② 便是这一情况的真实写照。

1. 忧国悲己之作

盛昱至死都未真正淡然于清朝的命运，一直心系国家安危，实为一位深感国家养育之恩的诗人。他想要有所抱负却又郁郁不得志的心绪反而成了其诗集的主要内容，感慨抒怀之作颇丰，但其赤诚之心仍然表现得淋漓尽致。《送门人张季直南归二首》之二是展示了诗人忧国之情的作品：

> 同是忧君国，吾生早自捐，纷坛今日拯，涕泪十年前。诗稿怀中字，琴心海上天，愿除干净土，跳足看耕田。

光绪十五年（1889）诗人因病请归，直至十年后即光绪二十五年（1899）诗人病卒，所以由 "涕泪十年前" 一句，我们可以断定此诗作于诗人去世前不久。虽当时已是隐退，过着悠闲的农耕生活，然十年前也曾是为民族之危亡涕泪的 "自捐" "忧国" 之人，心中对国家安危的那丝惦念还在。"纷坛今日拯，涕泪十年前" 诗人与门人谈论陈年往事时，娓娓道来，让我们仍能看到诗人对十年前的 "涕泪" 生活的自豪和留恋，尽管最终已不关心时事，但绝对是一件极不情愿之事。

其诗集中更多地抒发了那种身虽退而心未隐 "端居深念，樱心篇目，益郁郁寡欢"③ 的痛苦和失意的情怀：

---

① 盛昱：《与张制军书》，《意园文略》，清宣统二年（1910）刻本。

② 郑孝胥：《郁华阁遗集跋》，盛昱《郁华阁遗集》，清光绪间（1875—1911）刻本。

③ 盛昱：《意园文略》集中之《意园事略》篇，清宣统二年（1910）刻本。

> 瑟缩深居气不扬，因君脚发少年狂。游山随俗携茶具，久病从人集药方。半世声名皆瘠瘢，八年风雨话沧桑。侧面投足知无所，省识桃源是醉乡。
> ——《赠云门》之二

这是作者赠送友人的一首诗作，大约作于光绪二十三年（1897）。诗人开篇急于倾诉自己退隐多年而不能有所抱负有所作为的衷肠，"瑟缩深居气不扬"；故友重逢，重叙旧情，回首往事，不曾想却撩拨了潜藏在心而又未能如愿以偿的少年心事。少年壮志已然褪去，多年的隐居生活却换来了"半世声名皆瘠瘢"，数十载苍茫历尽，纵然想重树雄心抱负，年华已不再，最后也只能独自安慰："省识桃源是醉乡"。又如《奉谢仲华二叔馈鹿尾九叠与云门倡和韵时公方谒假》：

> 斌就高杆待播扬，当年曾指是儿狂。少年谈笑匡时略，晚岁经营避四方。匠石程材全大栋，伶伦艳瑟奏空桑。达门潭上神仙鹿，一离分尝念故乡。

此诗亦是表达作者怀才不遇的痛苦遭遇和悲伤心绪的退官之后的作品。"少年谈笑匡时略，晚岁经营避四方"两句将自己一生前后做了鲜明对比，晚年的自己为避世而退隐耕田，虽竭力让自己耽于山水诗画，但仍是万分凄凉，何等酸楚；遥想少年时谈笑风云，指点江山，又是何等威风，何等狂傲。而这一切皆因未遇识马之伯乐，识才之"匠石"，所以即使是雄才大略者，也只好"伶伦抱瑟奏空桑"了，难怪诗人要发出"大抵我所贤，必为世不喜，有才皆困厄，达者亦数子"的愤愤之音呢。

2. 田园归隐的闲暇之作

诗人在长达十年的辞官归隐的日子里，一直心系国家兴衰，但未泯的雄心却屡遭打击，当时清廷"内外臣僚，无可倚仗，群心离间，阴阳稗间"的局面，使诗人只好耽于隐居归田的诗文，沉迷于桃源山水之景，以寻求失意之后的解脱。如《游西山和王廉生》：

> 官职声名亦偶然，百年鬓雪不能坚。衰迟语爱即灵鞠，闲适诗吟白乐天。小女能编藏画籍，门生时送买书钱。短衣匹马西山下，好趁

春风一放戴。

诗人终于看破红尘，看穿了功名利禄的虚无缥缈，摆脱了官场功名的纷扰，开始让自己全身心投入在吟诗作画之事，陶醉在儿女绕膝的家庭温馨之中，习惯于朝耕夕辍的悠闲生活。

诗人还有一首《文山先生双寿诗》，看似是为友人写的祝寿诗，实则表现了其隐居思想：

> 幅巾野服共徜徉，卯角门生鬓亦苍。避世私传伊洛学，落年不用握仓方。大廷衬策青阳集，小筑依山绿野堂。闻说鹿车同志好，白头百岁总相庄。

诗中描述了朋友归隐的一生，实则是为表现自己对这种"幅巾野服共徜徉"的生活的极度向往。朋友居家从容，"落年不用但俊方"尽享归隐之逍遥自在，"白头百岁总相庄"。

闲适的田园生活的切身体验，使得诗人对待生老病死极为淡然，处世极为豁达乐观。《病小愈》《病中效倚松老人体》《徕水病足示来臣》都是诗人对自己病情的真实写照，虽已病入膏肓，但未见悲观之意和恋世之感。人之生老病死虽为自然平常，但能够像盛昱这样安之若泰者实为罕见。《意园事略》有载：诗人大病时，"语涉目录源流，尚娓娓不倦"。诗人的生死观在其绝诗《病占口革》中表现得淋漓尽致："怕死作为已死，有生便是无生。纵然白有余岁，不过多得浮名。"后人评论盛昱说："幸以己亥投耳，若至庚子，必殉国矣。"[1]

3. 游山玩水寄情于景之作

诗人辞官隐退后，研读诗书古籍、精神上笔耕不辍之余，脚步也从未停止，足迹遍及大江南北，"暇则出游，丁酉（1897）踏雪飞狐，戊戌（1898）浮渡徐水"[2]，游玩写景之作在其诗集中占很大比重。

盛昱的写景诗，动静结合，刚柔兼济。如《铁锁崖》，风格气势非凡，粗犷豪迈。

---

① 盛昱：《意园文略》集中之《意园事略》篇，清宣统二年（1910）刻本。
② 盛昱：《意园文略》序，清宣统二年（1910）刻本。

巨马西湘来，远挟高屋势。燕南万顷田，洪涛与态肆。壮哉铁锁崖，成此甘元地。排空万马奔，一拳与之拒。待其怒势杀，安流遂东势。众渠合两流，天设离堆利。麦稻无早涂，有时或双穗。阴崖自终古，屹立无所事。

诗人并未直接写铁锁崖的巍峨气势，而是将从崖上飞奔而下的瀑布比喻成巨马从高处奔流直下，暴虐地毁坏万顷良田，"远挟""态肆"将巨马河的凶猛与残暴推到了极点。而前文的瀑布之威猛，即是为写铁锁崖作铺垫。纵然是面对"排空万马奔"的巨流，"壮哉铁锁崖"只"一拳"即刹住了其怒势，寥寥几笔，便写出了铁锁崖的气势巍巍。诗人还有一首《丽水桥》，"细水穿沙微有路，薄云似雾不成荫"，读来似有纤细一丝之态，细品来却依然给人一股豪迈之浑然气势。

盛昱写景诗的另一风格则清新淡远，有王（维）、孟（浩然）之痕迹。其有五言绝句《且园八景》（佚三），兹录其二首：

沙浅晒轻鸥，云深留睡鹤。绮仗不逢人，絮飞还自落。

　　　　　　　　　　　　　　　　　——柳桥晴絮

清新小诗，寥寥几句，将山中的那份难得的闲适写得引人入胜，有景有人，人景相映。

几日寒芳艳，一园秋声新。幽香和冷月，清绝卷帘人。

　　　　　　　　　　　　　　　　　——菊圃晚香

正值晚秋，本是凉意侵罗裳之季，诗人却享受着簇簇清幽菊香，淡淡的菊香和幽幽的月光，清绝了卷帘人，更清绝了芸芸读者。

4. 题画论诗之作

盛昱博学多识，书画古玩样样精通，其一生写了不少题画诗，《郁华阁遗集》第一首诗《题消寒诗图》便是一首七律题画诗：

往事轻尘一霎过，龙猪真幻果如何。挥泥汩水新生理，日日携犁和牧歌。清尊接席偶然同，莫赋高轩又恼公。九陌红尘飞不了，此闲松竹自秋风。

精悍短小，短短几句将画中田间风光、九陌红尘、松竹秋风跃然纸上，读来清新淡然，却又饶有风味。

盛昱虽退隐江湖，可一直没有真正放下国家兴衰。他的题画诗往往通过对历史的描述来借寄托爱国救国情怀。如《题廉孝廉小万柳堂图同凤孙作》，此诗大约写于1896年，彼时正值清王朝风雨飘摇之季，西方列强展开了瓜分中国的历史狂潮。面对内忧外患，忧国忧民的盛昱怎能无动于衷，他挥笔写下了这首题画诗。诗字面看来是为廉泉的小万柳堂图而作，实则并无太多文字描绘小万柳堂图景本身，而是通过议论，无限哀婉满洲民族文化的衰微，表达诗人渴望挽救大清帝国，"尊王攘夷"、重振满族的主张。

盛昱一生诗作不多，唯有《郁华阁遗集》一本，且可供参考的前人对其诗风的相关评论很少，其诗的风格并不是很明显，较难把握，但细细品味，我们对其诗的主要特色仍能略知一二。总的来说，其诗可用"娴雅谐练，沉郁酸楚"八字来总结。

诗人盛昱对社会现实不满，对命运愤愤不平却终不能够在文字中尽情抒泄，而这种矛盾就成就了盛昱的诗歌写作方法的特征：善于用典并议论，写景、咏物、题画均为曲折委婉表达思想感情服务。如《失题》一诗，抒写了诗人对当时清王朝的岌岌可危之势的局促不安。全诗用了韩信、澶渊、灞上军等典故，以议论为主，"近日秋声不可闻"，委婉地暗示了局势的危急；"诸将仍屯漏上军"则鞭笞了官僚们的无能与怯懦。又如《自南滩至五安镇》，表面看来是在绘景，诗人却用"山外事正多，大道生尘墩"一句暗示了诗人对当朝的不满与忧虑。仅这两首诗，我们便可以看出盛昱的诗并不成风，但然自己有自己的独到风格。

作为清代满族最后一批宗室文人，盛昱的政治主张和其诗文，都未逃出满族宗室的窠臼、命运。国家风雨飘摇、内忧外患之时，盛昱从国家民族利益出发，提出了一些主张试图拯救满族贵族的统治地位，并通过写作一些反映社会现实的文学作品用以抒发自己心有余而力不足的封建文人的无奈和痛苦。

三　那逊兰保文学家族内部文化传承性

家族文学研究最重要的主题在于"家族"与"文学"的密切关系。在很长的历史时期，密切相关的"家族"与"文学"相互影响，齐头并进，由此，"文学与血缘、地域相关联，催生出具有文化意义的家族性文学共同体，并产生了丰富的创作成果"。① 那逊兰保从小生长在外祖母家，外祖母在文化教育上对她言传身教；作为那逊兰保这样一位生于书香门第，又嫁与书香世家的女性诗人，对子女更是悉心教导，致使儿子盛昱成为清末有名的宗室诗人，女儿猗也善作诗。而这种代代言传身教的文学家族，其家族文学作品之间必然有不可忽视的传承性。

首先，在完颜金墀和那逊兰保对春花秋月之景均有的特殊感悟。完颜金墀和那逊兰保虽然一满一蒙，但都出生在封建贵族家庭中，受过良好的封建家庭教育，而且出嫁以后过的仍然是优裕的贵族生活。所以，宁静安逸的生活使两位诗人产生了恬淡闲适的诗歌作品。完颜金墀的《绿芸轩诗集》119 首诗中写景咏物诗占了大部分，那逊兰保的《芸香馆遗诗》近百首诗歌中，也有近一半是表现咏物和游记的写景主题。完颜金墀的《绿芸轩诗集》当中有很大一部分是对四季的抒写，如《秋日闲吟》《初冬》《夏昼》《春晓》等，而那逊兰保亦有同外祖母一样对四季的感悟诗，如《初夏》《晚秋偶成》《春晓》等；完颜金墀的咏物诗有《咏菊》《咏梅》《咏雪》，那逊兰保的诗集中也有《咏菊》《赏雪》等。

其次，在诗中表现出了反对封建思想的萌芽。古代女子地位低下，"女子无才便是德"的思想在人们心中根深蒂固，可是完颜金墀和那逊兰保从不这么认为，他们认为女子在做好绣事之时，能够以我笔写我心，抒写自己的性灵才行。完颜金墀有诗《戏成》："吟诗女子原多事，每羡人皆有一长。皿使聪明折尽福，不甘埋没性灵肠。"那逊兰保有诗《题冰雪堂诗稿》："国风周南冠四始，吟咏由来闺阁起。漫言女子贵无才，从古诗人属女子。"都表明了女子于诗的重要性，诗歌的起源应归功于女子。

封建社会一直主张封建专制统治，本身就是不平等、不自由的，而完颜金墀和那逊兰保能够勇于突破这种封建束缚，主张平等自由。而这类作

---

① 罗时进：《家族文学研究的逻辑起点与问题视阈》，《中国社会科学》2012 年第 1 期。

品主要表现在与仆人之间的关系上。完颜金墀有诗《送女》：

> 最小偏怜汝，天然一派真。但知宽婢仆，那解论疏亲。问字承兄喜，折花畏母瞋。而今成远别，怎得不伤神。

还有诗《吾爱吾庐》：

> 吾爱吾庐小似舟，仲冬时节味如秋。庭空月许通宵得，壁曲香客隔窗留。遣兴诗常教婢读，消寒酒每向儿谋。贫中多少天真乐，笑听他人论马牛。

那逊兰保也有诗歌《仆妇李氏随余六七年，今为家大嫂凤仪夫人携往盛京，因成十韵以畀之》《以布衣一袭赠仆妇李氏》（见于第二章《芸香馆遗诗内容》一节）。无论是完颜金墀还是那逊兰保，她们都主张宽婢，亲婢，把仆婢当成姐妹对待，这在当时极为少见，实在令后人敬重。

最后，作为贵族官宦世家，三位诗人都有着强烈的忧国忧民的爱国情感。完颜金墀有诗《秋夜病中忆大儿时在滦阳》：

> 月影侵罗幕，虫声近曲栏。眼慵偏爱夜，身瘦早知寒。霜虑山中重，衣愁马上单。一镫相对卧，听彻五更残。

秋夜凉风袭来，身体欠安，罗衾不耐五更寒，此时作者想念自己的儿子，可是儿子远在他乡为国奋战。想到这里，作者虽然戚戚然，可是她仍然义无反顾地支持自己的儿子。那逊兰保生活在清朝岌岌可危的时刻，尤其是中年以后，面对国家的危难，她从来就是舍小家为大家。其诗《瀛俊二兄奉使库伦，故余家也，送行之日，率成此诗》就体现了这一点。还有诗《庚申冬寄外，时在滦阳》，表现作者对国家遭遇的痛苦和不安。

这个家族中的女子尚且如此，男子更是不逊色。作为一个深感国家养育之恩的诗人，盛昱时刻关注国家的兴衰，时刻为改变国家的命运献计献策。由于其《郁华阁遗集》是其归隐之后的作品，所以类似的作品远不如其之前的文集多，但是我们仍然能从其作品中看到他对国家的一片忠心。如其诗《送门人张季直南归二首》之二："同是忧君国，吾生早自捐。纷坛今日拯，涕泪十年前。诗稿怀中字，琴心海上天。愿除干净土，跳足看耕田。"就展现了诗人的忧国忧民之情。

当然，由于所生活的年代不同，三位诗人的作品亦有自己的个性。完颜金墀所生活的年代还是比较安定的，故其诗歌以恬淡安适以及病中闲吟的闲愁之作为主；那逊兰保前期作品还比较悠闲积极，可是到后期，随着时代变迁，国家命运的不济，其作品慢慢显现出对国家和自己命运的忧虑，色彩比较消极；而盛昱生活在国家风雨飘摇的关键时刻，其对国家命运的担忧以及对清政府的领导者的不满和感慨在其诗集一部分有所表示，可是随着作者对清政府的失望和对国家命运的无能为力，他选择了辞官而隐居田园，所以其诗歌既有逃离官场的失意，又有看破红尘的淡然，他把自己的注意力集中于田园山水，以求内心的安宁。

那逊兰保的外祖母完颜金墀是满族，那逊兰保本人是蒙古族，儿子盛昱为宗室，而来自不同民族的人却能在文化上一脉相承，并构成一个庞大的文学家族，这与当时清王朝的民族政策和文化大融合是分不开的。中国历史上由少数民族建立的王朝，清代不是第一个，而在少数民族建立的朝代里，能够使各民族文化大融合，民族文化空前繁荣的，却非清朝莫属。为了统治各个民族，协调各民族之间的关系，清政府在总结历代民族统治经验教训的基础上，制定出"和亲联姻""封官赐爵""以夷制夷"等一系列特有的民族政策，而这些民族政策的制定和实施，不仅有利于清王朝的统一和历史地位的巩固，客观上也促进了民族文化的大统一，使蒙满汉文化出现了历史上空前的大融合，促成了诸如那逊兰保这样的文学家族的发展和繁荣。

第三辑　作品研究

试论金末元初文人的蒙古之行及创作

樊运景

　　十三世纪初期，蒙古汗国建立，哈喇和林、开平相继为都城。大量人员遂北行蒙古，有的经由蒙古高原远徙西域、中亚。其中就有一批文人儒士乃至方外之士，负有神圣使命，不远千里觐见蒙古帝王，谏之以天下苍生为念，施行仁政。这些人大都生于金朝，有的或其父祖辈在金朝举进士，为官辅政。他们在新朝的思想与心态，其游历漠北西域等地所形成创作的特点，此行的影响与意义，都值得深入研究。

一　背景及途径

　　蒙古最初臣服于金，成吉思汗时期仍然向金纳贡称臣。金代后期，蒙古各部族相互融合，发展壮大起来。成吉思汗逐渐统一蒙古诸部，开始改变对金的外交策略，并于金大安元年（1211）揭开伐金序幕。大安三年，以女真同蒙古会川堡之战惨败为转折，大金王朝开始走向衰落。此后，"贞祐南渡""壬辰之难"等重大失利事件接踵而至，中原继燕云而陷入丧乱。面对急剧变化的社会形势，女真走向屈膝求和之路。从大安初年至天兴元年，金朝派往蒙古的使者络绎不绝。如马庆祥、乌古孙仲端、冯延登等。金朝使者北行目的在于求和，消弭干戈，然皆不如所愿。

　　金朝末年，蒙古铁骑攻掠杀伐之余，有些孩童被蒙古大将收养。如刘敏，其父母为避乱弃之而逃，"大将怜而收养之"，"帝（成吉思汗）见其貌伟，异之，召问所自，俾留宿卫"[①]。王德真"九岁而孤。太祖败金军于野狐岭，获德真，爱其风骨，命后宫抚养之。稍长，通蒙古语，善于译说。太祖以德真汉人，定官名为奉御，与也速拜儿、塔布台、札固刺台三

---

　　① 宋濂：《元史》卷一五三《刘敏》，中华书局1976年版，第3609页。

人同列，皆当时勋贵也"①。杨惟中，"字彦诚，弘州人。金末，以孤童子事太宗，知读书，有胆略，太宗器之"。②

还有一部分女真旧臣归附蒙古。如契丹人"粘合重山，金源贵族也。国初为质子，知金将亡，遂委质焉。太祖赐畜马四百匹，使为宿卫官必阇赤"，太宗窝阔台时期为左丞相，曾直言劝谏："臣闻天子以天下为忧，忧之，未有不治；忘忧，未有能治者也。置酒为乐，此忘忧之术也。"③女真人蒲察七斤以通州降，成吉思汗以之为元帅，西征中守蒲华城。首相脱合台太师者，"乃兔花太傅之兄，原女真人，极狡猾，兄弟皆归鞑主，为将相。……又有女真人七金宰相，余者未知名，率皆女真亡臣。向所传有白俭、李藻者为相"，所谓白俭当作白伦，"泰和八年太学生李藻上书言事"，"白伦、田广明者亦上书劝北伐，主以为擅欲兴师，窥图进用，皆杖一百，四人携其家亡之北地"④。

有些人经由蒙古帝王的征召由仕金改仕蒙古，如耶律楚材。兴定二年（1218），耶律氏应征到达漠北，年底扈从成吉思汗西征。正大三年（1226），耶律楚材自西域返军中。正大四年（1227），又自漠北抵燕京，正大六年（1229）返漠北，辅佐窝阔台继承汗位。自正大八年（1231）以来，耶律氏常住和林，晚年处境不尽如人意。耶律氏作为大蒙古国三朝辅臣，人生很多时光在蒙古及西域度过，留下了大量关于漠北西域文化风俗的创作。有些方外之士亦为大蒙古国建言立策。如丘处机，成吉思汗素仰其名，诚邀其来，以求"当世之务"和"保身之术"⑤。丘处机于是亲率弟子李志常等远赴漠北西域，觐见成吉思汗。

忽必烈更积极地征天下名士而用之。壬子岁（宪宗二年，1252），忽必烈驻帐于滦水上游，"开邸金莲川"。有史可考进入金莲川藩府的就有六十余人。藉此，他们多有北行蒙古的经历。这些人进入藩府的方式是，已成名的学者由忽必烈遣使礼聘。如姚枢在金末随父移居于许，天兴元年（1232），蒙古铁骑攻破许州，姚枢逃至燕京投靠杨惟中，被荐北觐窝阔台，因而留居岭北多年，后弃官归隐，忽必烈特遣使征聘，以上宾之礼相

①　柯劭忞：《新元史》，吉林人民出版社 1995 年版，第 2339 页。

②　宋濂：《元史》卷一四六《杨惟中》，中华书局 1976 年版，第 3467 页。

③　宋濂：《元史》卷一四六《粘合重山传》，中华书局 1976 年版，第 3465 页。

④　王国维：《王国维先生全集》（初编 7），大通书局 1976 年版，第 2793、2794 页。

⑤　陶宗仪：《南村辍耕录》卷一〇《丘真人》，中华书局 1959 年版，第 120 页。

待，"世祖在潜邸，遣赵璧召枢至，大喜，待以客礼"①。许衡被征召前，曾隐居泰安东馆镇。戊戌岁（太宗十年，1238），窝阔台汗沿袭金朝旧制，用儒术选士，许衡中选占籍为儒。庚申岁（中统元年，1260），忽必烈继位开平，召许衡至京师，衡得召书，立即赴京，随即拜谒忽必烈。此后许衡多次被召入上都，为元世祖制定朝仪官制，筹划立国规模等，立下汗马功劳。郝经自幼饱受战乱之苦，却能发奋读书、学业有成。1252 年忽必烈征召郝经，向他咨询治国安民之道，郝经条上数十事，对答流畅，遂留王府。张德辉，丁未岁（定宗二年，1247）奉召北上。窦默亦曾被召至上都。进入忽必烈幕府之人，也由朋友引见，如张易、王恂、李简、张耕、刘秉恕等。还有业有专长的人，如贾居贞等。②

金莲川幕府之外，金源名士杨奂亦被征聘。杨奂戊戌选试中第，北上和林谒耶律楚材。"戊戌，天朝开举选，特诏宣德课税使刘公用之，试诸道进士。君试东平两中，赋论第一。刘公因委君考试云燕。俄，从监视官北上，谒领中书省耶律公。"③"壬子（1252），世祖在潜邸，驿召奂参议京兆宣抚司事，累上书，得请而归。"④杨奂在金莲川王府留居少许时日，取道河中府归乡。当时的文坛领袖金源遗老元好问曾随张德辉拜谒忽必烈，"壬子，德辉与元裕北觐，请世祖为儒教大宗师，世祖悦而受之。因启：'累朝有旨蠲儒户兵赋，乞令有司遵行。'从之"。⑤元初名臣王恽亦曾奉诏北上，"辛酉岁（中统二年，1261）二月癸巳朔。五日丁酉，行省官奉旨北上"⑥。

另外，泽州守段正卿也曾北觐，李俊民赠诗相送。《送郡侯段正卿北行二首》："征途万里朔风寒，过尽阴山复有山。岁既在于辰巳后，星多客向斗牛间。漫漫积雪无冬夏，劫劫飞鸿自往还。若到龙庭试回首，太行一片白云闲。""猎猎霜风堕指寒，一鞭行色抵天山。马嘶衰草孤烟外，

---

① 宋濂：《元史》卷一五八《姚枢》，中华书局 1976 年版，第 3711 页。

② 参见忽必烈"潜邸旧侣"考，载萧启庆《元代史新探》，新文丰出版公司 1983 年版，第 263 页。

③ 见姚奠中《元好问全集》卷二三《故河南路课税所长官兼廉访使杨君神道之碑》，山西人民出版社 1990 年版，第 577 页。

④ 宋濂：《元史》卷一五三《杨奂》，中华书局 1976 年版，第 3622 页。

⑤ 宋濂：《元史》卷一六三《张德辉传》，中华书局 1976 年版，第 3824 页。

⑥ 王恽：《开平纪行》，见贾敬颜《五代宋金元人边疆行记十三种疏证稿》，中华书局 2004 年版，第 312 页。

雁没长空落照间。入塞尽穿毡帐过，去乡须待锦衣还。功名大抵黄粱梦，薄有田园便好闲。"① 且为代撰《郡守段正卿上中书书》《上行省中书书》。

二　境遇及心态

出使蒙古求和的金朝大臣，大都未能完成使命，他们与蒙古汗国的关系较为疏远，有些人还保持了对金朝的节操。如马庆祥于金大安初使蒙古，成吉思汗对其赏识有加，"皇帝赏君谈吐辩捷，欲留不遣。君百计自解，竟获复命。……君以死自誓，行议遂寝"。后来马君为蒙古铁骑所驰，最终与其子俱被俘，"竟然不屈而死"。② 冯延登，正大八年（1231）春奉国书朝见窝阔台汗于虢县御营，可汗以之劝降凤翔帅，面对威逼利诱，冯氏不为所动。后来蒙古铁骑围汴京，仓促逃难，为骑兵所得，欲拥而北行。延登辞情慷慨，义不受辱，遂跃城旁井中。③ 乌古孙仲端出使蒙古，"并西夏，涉流沙，逾葱岭，至西域，进见太祖皇帝，致其使事乃还"④。刘祁极力赞赏："公以苍生之命，挺身入不测之敌，万里沙漠，嘻笑而还，气宇恢然，殊不见衰悴忧戚之态。盖其忠义之气素贮乎胸中，故践夷貊间若不出闺阃然。身名偕完，森动当世，凛乎真烈丈夫哉。"⑤ 以上这些人并未有损使臣的尊严，但其行藏未涉对女真王朝与蒙古新贵或拥戴或否定的政治态度，他们也未被蒙古权贵所用。

随着蒙古铁骑由燕云深入中原，开始利用汉人治理国家。一批文人儒士由此进入蒙古可汗帐下效劳。这些人大都亲历了金末丧乱，目睹了生灵涂炭的惨痛现实，其个人命运也在历史转圜时期漂泊不定。他们较少受传统"夷夏之辨"思想影响，对于蒙古汗国并未有宋人那样强烈的民族情绪。这也是女真、蒙古相继入主燕云、中原后，北方士人为维护自身生存所采取的灵活对待沧桑变化的处世方式。世宗尝言："燕人自古忠直者鲜，辽兵至则从辽，宋人至则从宋，本朝至则从本朝，其俗诡随，有自来

---

① 薛瑞兆、郭明志：《全金诗》第 3 册，南开大学出版社 1995 年版，第 218 页。

② 李修生主编：《全元文》第 1 册，江苏古籍出版社 1998 年版，第 606 页。

③ 脱脱：《金史》，中华书局 1975 年版，第 2701 页。

④ 同上书，第 2701 页。

⑤ 刘祁：《归潜志》，中华书局 1983 年版，第 169 页。

矣。虽屡经迁变而未尝残破者，凡以此也。"① 如耶律楚材由仕金转而奉职蒙古，而不固守于专事一姓的陈腐观念。"汝亦东丹十世孙，家亡国破一身存。而今正好行仁义，勿学轻薄辱我门。"② 方外之士丘处机亦以"我之行也，天也"③ 为托辞，拒绝宋金之请，亲赴漠北。金末山东名士杨弘道亦对传统的"华夷之辨""华夷之大防"进行了深刻反思，"华夷两牢井，宇宙一刀砧"④。这些人眼中，"华夷千载亦是人"，给予了其他民族充分的尊重。再如窦默，到达潜邸后，忽必烈"问以治道"，默"首以三纲五常为对"。世祖曰："人道之端，孰大于此。失此，则无以立于世矣。"默又言："帝王之道，在诚意正心，心既正，则朝廷远近莫敢不一于正。"⑤ 强调帝王当以儒家的诚意正心为本治理国家，以实现王道之大端。金源名士杨奂更加鲜明指出"王道之所在，正统之所在也"⑥，对以世系土地为重的正统观是一次拨乱反正。元初名士郝经亦云："能行中国之道，则中国之主也。"⑦ "王统系于天命，天命系于人心。人心之去就，即天命之绝续，统体存亡于是乎在。"⑧ 只要顺应时势人心，虚心接受儒家王道思想，实施仁政，就可以为中原之主。可以说，推行儒家仁义思想，以夏变夷，是当时士人普遍的心理情绪。

当时很多文人达到漠北西域后，大都受到蒙古汗王的礼遇，为其所用。成吉思汗曾指楚材谓窝阔台云："此人，天赐我家。尔后军国庶政，当悉委之。"⑨ 对耶律氏重视与倾慕有加。窝阔台时期，耶律楚材更是受到重用。对于丘处机，成吉思汗亲下诏书，情辞恳切。再如张德辉，丁未

---

① 脱脱：《金史》卷八《世宗本纪》，中华书局 1975 年版，第 184 页。

② 耶律楚材：《湛然居士文集》卷一一《送房孙重奴行》，中华书局 1985 年版，第 160 页。

③ 李志常：《长春真人西游记》卷上，中华书局 1985 年版，第 1 页。

④ 杨弘道：《自述》，见薛瑞兆、郭明志《全金诗》第 3 册，南开大学出版社 1995 年版，第 507 页。

⑤ 宋濂：《元史》卷一五八《窦默传》，中华书局 1976 年版，第 3730 页。

⑥ 李俊民：《正统八例总序》，见《全元文》第 1 册，江苏古籍出版社 1998 年版，第 128 页。

⑦ 郝经：《与宋国两淮制置使书》，见《全元文》第 4 册，江苏古籍出版社 1998 年版，第 14 页。

⑧ 郝经：《琢郡汉昭烈皇帝庙碑》，见《全元文》第 4 册，江苏古籍出版社 1998 年版，第 391 页。

⑨ 宋濂：《元史》卷一四六《耶律楚材传》，中华书局 1976 年版，第 3456 页。

岁（定宗二年，1247）赴召北上，"每遇燕见，必以礼接之，至于供帐、裳褥、衣服、食饮、药饵，无一不致其曲。则眷顾之诚可知矣！"对于王庭的礼遇，张感慨系之："自度衰朽不才，其何以得此哉！原王之意，出于好善而忘势。为吾夫子之道衰而设，抑欲以致天下之贤士也！德辉何足以当之，后必有贤于隗者至焉！"① 窦默，应召受命，与忽必烈相谈甚欢，"一日凡三召与语，奏对皆称旨，自是敬待加礼，不令暂去左右。世祖问今之明治道者，默荐姚枢，即召用之。俄，命皇子真金从默学，赐以玉带钩，谕之曰：'此金内府故物，汝老人，佩服为宜，且使我子见之如见我也。'"② 郝经，戊午岁（宪宗八年，1258）被征召为藩府侍从，忽必烈对其恩抚礼遇有加。"诏以怀、河阳为今上汤沐邑，于是经在藩府，得赐第怀，赐田河阳。"③ 对于李俊民，忽必烈以安车征召，"遣中贵护送"，体贴王鹗年老不耐漠北冬寒，便遣人护送南返，临别时仍殷殷垂询。对于亲近之臣赵璧亦极有分寸④。可以说，忽必烈对于任何贤士都能曲尽其能地款待，极为礼遇。

逢此良机，被征聘文士竭尽其能建言献策，为蒙古汗王的政治统治及文化建设做出了很大贡献，只是他们大都具有仕与隐的纠结心态。原因之一，这些文士大都历经金末丧乱，奔波一生，思想上具有浓重的忧患意识。如杨奂，面对蒙古帝王的征聘，反而流露出极其沮丧的情绪："主人情烂漫，客子自奔忙。不见犹频梦，相逢合断肠。秋凉抛药里，夜雨倒壶觞。回首高城北，幽燕去路长。"⑤ 其《抚州》亦云："北界连南界，昌州又抚州。月明鱼泊夜，霜冷鼠山秋。为客无时了，劳生有许愁。残年缨世网，吾欲谢浮鸥。"⑥ 此诗乃出燕山往和林时作⑦，写诗人晚年仍要做客他乡，免不了愁绪满怀。同时期的李俊民《送郡侯段正卿北行二首》，诗亦表达了类似的情绪。另一方面，有些士人出仕蒙古，挫折在所难免，内

---

① 王恽：《玉堂嘉话》卷八，中华书局1985年版，第86页。

② 宋濂：《元史》卷一五八《窦默传》，中华书局1976年版，第3730、3731页。

③ 郝经：《殷烈祖庙碑》，见《全元文》第4册，江苏古籍出版社1998年版，第401页。

④ 忽必烈"潜邸旧侣"考，见萧启庆《元代史新探》，新文丰出版公司1983年版。

⑤ 杨奂：《冠氏留别赵帅》，见薛瑞兆、郭明志《全金诗》第3册，南开大学出版社1995年版，第407页。

⑥ 薛瑞兆、郭明志：《全金诗》第3册，南开大学出版社1995年版，第405页。

⑦ 见王庆生《金代文学家年谱》下册，凤凰出版社2005年版，第1343页。

心往往会产生哀叹伤感的情绪，归隐之念就会更加鲜明。如耶律楚材在西域时期并未得到重用，不免牢骚满腹："惆怅天涯沦落客"①"生遇干戈我不臣"②，于是产生归隐山林之念，"撇去尘嚣归去好"③"不如归去乐余龄"④。然而耶律氏的归隐并未彻底，"学术忠义两无用，道之将丧予忧惶。有意攀龙不得上，徒劳牙角拔犀象。唯思仁义济苍生，岂为珍羞列方丈"⑤。功业无成，退隐亦非所愿⑥。窝阔台时期，耶律楚材被委以重任，出任宰相，辉煌至极，境遇相对较为安泰，他身在庙堂，已然心系山林。"旧隐西山五亩宫，和林新院典刑同，此斋唤醒当年梦，白昼谁知是梦中。"⑦"登车凭轼我怡颜，饱看和林一带山。新构幽斋堪偃息，不闲闲处得闲闲。"⑧既爱功名又爱山，在蒙古汗王所征聘的其他文士中也有鲜明的体现。如许衡、刘秉忠、郝经、窦默、姚枢、王鹗等都是如此⑨。可以说，当时文人内心大都具有仕与隐的矛盾。

三　创作特点

金元之际，大批文人奔赴漠北西域，行程深远，行旅之余留下一批创作，描绘了十三世纪蒙古高原、西域中亚等地的山川地理、风俗人情等，大都充满了奇趣：

---

① 耶律楚材：《湛然居士文集》卷六《西域寄中州禅老》，中华书局1985年版，第78页。
② 耶律楚材：《湛然居士文集》卷三《和移剌子春见寄五首》其二，中华书局1985年版，第30页。
③ 耶律楚材：《湛然居士文集》卷六《蒲华城梦万松老人》，中华书局1985年版，第78页。
④ 耶律楚材：《湛然居士文集》卷五《壬中西域河中游春十首》，中华书局1985年版，第61页。
⑤ 耶律楚材：《湛然居士文集》卷二《用前韵感事二首》，中华书局1985年版，第17—18页。
⑥ 参见么书仪《元代文人心态》，文化艺术出版社1993年版，第40页。
⑦ 耶律楚材：《湛然居士文集》卷一四《题新居壁》，中华书局1985年版，第208页。
⑧ 耶律楚材：《湛然居士文集》卷一四《喜和林新居落成》，中华书局1985年版，第208页。
⑨ 参见杜改俊《论元初金莲川文人集团的文学创作》，《文学遗产》2008年第4期。任洪敏《金莲川藩府文人仕与隐的冲突》，《中央民族大学学报》（哲学社会科学版）2011年第3期。

（一）奇异的山川地理

刘祁《北使记》记吾古孙仲端"身使万里，亘天之西，其所游历甚异，喜事者不可不知也"。其间所见少数民族地名较多，"历城百余，皆非汉名。访其人云，有磨里奚磨可里、纥里、讫斯乃蛮、航里、瑰古、途马、合鲁诸番族居焉"①。耶律楚材《西游录》亦记载了不少异域城市，如回鹘城、轮台县、和州、无端城、不剌城、阿里马城、虎司窝鲁朵、塔剌思城、苦盏城、芭榄城、八普城、讹打剌城、寻思干城、蒲华城、斑城，等等②。《长春真人西游记》等亦如此。

纪行之作亦详细记述了异地奇特的山川景象。如《北使记》："山曰塔必斯罕者，方五六十里，葱翠如屏，桧木成林。山足而泉。"③《长春真人西游记》："有石河，长五十余里，岸深十余丈，其水清泠可爱，声如鸣玉。峭壁之间有大葱，高三四尺。涧上有松，皆十余丈。西山连延，上有乔松郁然。行五六日，峰回路转。林峦秀茂，下有溪水注焉。平地皆松桦杂木，若有人烟状。寻登高岭，势若长虹，壁立千仞，俯视海子，渊深恐人。"④ 所写山河高险、林木奇异。耶律楚材《西游录》描绘了"河中"地区之胜景："讹打剌之西千里余有大城曰寻思干。寻思干者西人云肥也。以地土肥饶故名之。西辽名是城曰河中府，以濒河故也。寻思干甚富庶。用金铜钱，无孔郭。百物皆以权平之。环郭数十里皆园林也。家必有园，园必成趣，率飞渠走泉，方池圆沼，柏柳相接，桃李连延，亦一时之胜概也。"⑤ 其《壬午西域河中游春十首》亦描绘了"河中"地区一派欣欣向荣的旖旎春景及二月游春时的喜悦心情："溪畔数枝红杏浅，墙头半点小桃明""花藏径畔春泉碧，云散林梢晚照明""含笑山桃还似识，相亲水鸟自忘情""临池嫩柳千丝碧，倚槛妖桃几点明"。⑥ 其纪行之作亦展现了雄奇壮丽的山川风貌："越明年，天兵大举西伐，道过金山。时方

① 刘祁:《归潜志》卷一三《北使记》，中华书局 1983 年版，第 167 页。
② 耶律楚材:《西游录》卷上，《中外交通史籍丛刊》本，中华书局 1981 年版，第 2—3 页。
③ 刘祁:《归潜志》卷一三《北使记》中华书局 1983 年版，第 168 页。
④ 丘处机:《丘处机集》附录《长春真人西游记》卷下，齐鲁书社 2005 年版，第 208 页。
⑤ 耶律楚材:《西游录》卷上，中华书局 1981 年版，第 3 页。
⑥ 耶律楚材:《湛然居士文集》卷五，中华书局 1985 年版，第 60 页。

盛夏，山峰飞雪，积冰千尺许。""金山之泉无虑千百，松桧参天，花草弥谷。从山巅望之，群峰竞秀，乱壑争流，真雄观也。自金山而西，水皆西流，入于西海。噫，天之限东西者呼！"① 郝经《怀来醉歌》《北岭行》《居庸行》《铁堠行》《古长城吟》《界墙雪》，刘秉忠《过天井关》《过也乎岭》《清明后一日过怀来》《过界墙》等亦都描绘了边塞或雄伟或肃杀或绮丽的景象。

行旅中亦惊讶于当地奇特的物产。刘祁《北使记》云："种树亦人力。其盐产于山，酿葡萄为酒，瓜有重六十觔者。海棠色殊佳。有葱蕨，美而香。其兽则驼而孤峰，牛有□脊，羊而大尾。又有狮、象、孔雀、水牛、野驴。有蛇四跗。有恶虫，状如蜘蛛，中人必号而死。自余禽兽、草木、鱼虫，千态万状，俱非中国所有。"② 耶律楚材《西游录》云"八普城西瓜大者五十斤"③，其《赠高善长一百韵》亦云："甘瓜如马首，大者孤可藏。采杏兼食核，餐瓜悉去瓤。西瓜大如鼎，半枚已满筐。"在诗中亦提到其他西域物产，"家家植木绵，是为垄种羊""烂醉葡萄酒，渴饮石榴浆""芭榄贱如枣，可爱白沙糖"④。像瓜果、石榴、葡萄等这类物产在其他人作品里亦不胜枚举。

（二）奇特的人情风俗

一是涉及了蒙古族狩猎、游牧、祭祀等风俗。耶律楚材《扈从冬狩》："天皇冬狩如行兵，白旄一麾长围成。长围不知几千里，蛰龙震慄山神惊。长围布置如圆阵，方骑云屯贯鱼进。千群野马杂山羊，赤熊白鹿奔青獐。壮士弯弓殒奇兽，更驱虎豹逐贪狼。独有中书倦游客，放下毡帘诵周易。"⑤ 描述了蒙古帝王率兵狩猎的壮举。其《扈从羽猎》亦云："长围四合匝数重，东西驰射奔追风。"⑥ 张德辉《岭北纪行》则记述了蒙古族游牧及祭祀等习俗："抵扼胡岭，下有驿曰孛落。自是以北，诸驿

---

① 耶律楚材：《西游录》卷上，《中外交通史籍丛刊》本，中华书局1981年版，第1—2页。

② 刘祁：《归潜志》卷一三《北使记》，中华书局1983年版，第168页。

③ 耶律楚材：《西游录》卷上，中华书局1981年版，第2页。

④ 耶律楚材：《湛然居士文集》卷一二，中华书局1985年版，第174页。

⑤ 耶律楚材：《湛然居士文集》卷一〇，中华书局1985年版，第139页。

⑥ 同上书，第142页。

皆蒙古部族所分主也，每驿各以主者之名名之。由岭而上，则东北行，始见毳幕毡车。逐水草畜牧而已，非复中原之风土也。"又云："洒白马湩，修时祀也。"①

纪行之作亦记录了异域人的面貌特征、性格嗜好等。刘祁《北使记》："其人种类甚众，其须髯拳如毛，而缁黄浅深不一。面惟见眼、鼻。其嗜好亦异。有没速鲁蛮回纥者，性残忍，肉必手杀而啖，虽斋亦酒脯自若。有遗里诸回纥者，颇柔懦，不喜杀，遇斋则不肉食。有印度回纥者，色黑而性愿。其余不可殚记。其国王阉侍，选印都中之黔而陋者，火漫其面焉。"对于当地人的衣食住行亦较多描述："其国人皆邑居，无村落。复土而屋，梁柱檐楹皆雕木，窗牖瓶器皆白琉璃。"言其穿着则云："其俗衣缟素，衽无左右，腰必带。其衣衾茵幕悉羊毳也。其毳植于地。其食则胡饼、汤饼而鱼肉焉。""其妇人衣白，面亦衣，止外其目。间有髯者，并业歌舞音乐。其织衽裁缝皆男子为之。"②《长春真人西游记》卷下："妇人出嫁，夫贫则再嫁。远行逾三月者，则亦听他适。异者或有须髯。"③

纪行之作既描述了大量奇异见闻，又寄寓了深厚情感，如《北使记》首先描述旅途见闻，最后抒发个人感慨。耶律楚材《西游录》上卷描述风土人情，下卷表达个人志向："大丈夫立志已决，若山岳之不可移也。安能随时而俯仰，触物而低昂哉！"④《长春真人西游记》中亦有丘处机的一些诗作，抒发了个人或闲适或忧虑的情感。郝经、刘秉忠等人的纪行诗作亦多将写景与抒情融合。

（一）历史兴亡的感慨

那个时代的文士大都目睹了蒙古铁骑烧杀抢掠的悲惨情状，每当忆及这段经历，都会引发他们对金末社会动荡、历史兴亡的深沉慨叹。如耶律楚材感叹金末政局混乱不堪，民生凋敝，其《用张道亨韵》："大安之季军政乖，屯爻用事符云雷。边军骄懦望风溃，燕南赵北飞兵埃。民财已竭

---

① 张德辉：《岭北纪行》，见贾敬彦《五代宋金元人边疆行记十三种疏证稿》，中华书局2004年版，第338—339、348页。

② 刘祁：《归潜志》卷一三《北使记》，中华书局1983年版，第168页。

③ 丘处机：《丘处机集》附录《长春真人西游记》卷下，齐鲁书社2005年版，第220页。

④ 耶律楚材：《西游录》卷下，《中外交通史籍丛刊本》，中华书局1981年版，第13页。

转输困，元元思治如望梅。""喋血京师万人死，君臣自此相疑猜。"①
《乙丑过鸡鸣山》是耶律氏往返于燕京与和林之间，路经黄帝败蚩尤的鸡
鸣山时所写，流露出兴亡无常的无限感伤："三年四度过鸡鸣，我仆徘徊
马倦登。寂寞柴门空有舍，萧条山寺静无僧。残花溅泪千程别，啼鸟伤心
百感生。今古兴亡都莫问，穹庐高卧醉腾腾。"② 丘处机西行途中亦不由
感叹历史沧桑之变："日月循环无定止。春去秋来，多少荣枯事。五帝三
皇千百祀，一兴一废长如此。"③ 郝经的纪行之作则感叹金朝兴亡："当时
金源帝中华，建瓴形势临八方。谁知末年乱纪纲，不使崇庆如明昌。"
"遽令逆血洒玉殿，六宫饮泣无天王。清夷门折黑风吼，贼臣一夜掣锁
降。北王淀里骨成山，官军城上不敢望。更献监牧四十万，举国南渡尤仓
皇。""但留一旅时往来，不过数岁终灭亡。"④ 其《界墙雪》描绘了雄奇
的雪景，充满了历史沧桑变化的感慨，"雪盛马尤肥，皇天助幽朔。资赋
不畏寒，自得生处乐。可笑嬴秦初，更叹金源末。直将一抔土，欲把万里
遏。隐墙甘避冷，手弄不龟药。救死恐未能，奚暇更守捉？"⑤

（二）心系苍生的现实情怀

金元之际，中原经历战火的劫难尚未清理，人民依然流离失所，衣冠
之士多处境堪忧，为生计而奔走四方。其中入仕蒙古的很多文人，自身也
经历了战乱之痛，目睹了蒙古铁骑深入中原给个人及普通百姓所带来的苦
难，他们多心系苍生，其济世怀抱并未泯灭，一旦机遇再次降临，难免豪
情满怀。如耶律楚材，成吉思汗征聘之际，满腔热血，渴望再建功业。
"乍远南州如梦蝶，暂游北海若飞鹏。""安得冲天畅予志，云舆六驭信风
乘。""千山风烈来从虎，万里云垂看举鹏。"⑥ 郝经在接受征聘之际亦欣

① 耶律楚材：《湛然居士文集》卷一一，中华书局1985年版，第153页。

② 耶律楚材：《湛然居士文集》卷四，中华书局1985年版，第55页。

③ 《凤栖梧》其二，丘处机著《丘处机集》附录1《长春真人西游记》，齐鲁书社2005年版，第216页。

④ 郝经撰，秦雪清点校：《郝文忠公陵川文集》卷一〇《居庸行》，山西古籍出版社2006年版，第129页。

⑤ 郝经撰，秦雪清点校：《郝文忠公陵川文集》卷三，山西古籍出版社2006年版，第36页。

⑥ 耶律楚材：《湛然居士文集》卷五《过阎驹河四首》其一、其二、其三，中华书局1985年版，第6页。

喜满怀，"南风绿尽燕南草，一桁青山翠如扫""鱼龙万里入都会，泓洞合沓何扰扰"①，对实现个人抱负无比自信。当时很多士人应忽必烈之召赴漠北，老友亦赠诗相送，其中不乏对朋友出仕的鼓励和支持，如李庭对张德辉的北上，流露出无比自豪的情绪："旌车走遍太行东，晚得嘉宾自幕中。莫比草茅参国论，已从橐龠补天工。四时葱岭书年雪，六月松林解愠风。久识天孙机上石，更休擎下斗牛宫。"② 许衡《赠窦先生行二首》《送姚敬斋》对窦默、姚枢的入仕亦是积极支持③。

方外之士丘处机，拯救生民于水火的济世情怀亦非常强烈，"十年兵火万民愁，千万中无一二留。去岁幸逢慈诏下，今春须合冒寒游。不辞岭北三千里，仍念山东二百州。穷急漏诛残喘在，早教身命得消忧。"④ "我之帝所临河上，欲罢干戈致太平。"⑤ 劝成吉思汗勿杀生："上劳之曰：'佗国征聘皆不应，今远逾万里而来，朕甚嘉焉。'……'真人远来，有何长生之药以资朕乎？'师曰：'有卫生之道而无长生之药。'"⑥

（三）通达的民族观念

当时士人的纪行之作，打破了传统的"华夷之大防"观念，体现了对蒙古王朝统治下的西域及漠北新的认知，获得了与汉唐西域诗截然不同的审美描写、意象和意境塑造。如在耶律楚材笔下的怯绿连河畔的汗庭大帐壮阔绮丽，写蒙古铁骑则骁勇善战，道出了耶律氏审美倾向性及价值认同。丘处机对漠北人生活场景的叙述亦多如此。⑦ 对于蒙古帝王，耶律楚材、丘处机多正面颂扬。"一圣龙飞德足称，其亡凛凛涉春冰""尧舜徽

---

① 郝经撰，秦雪清点校：《郝文忠公陵川文集》卷九《入燕行》，山西古籍出版社 2006 年版，第 118 页。

② 李庭：《送张耀卿北上》，薛瑞兆、郭明志《全金诗》第 4 册，南开大学出版社 1995 年版，第 469 页。

③ 参见任红敏《金莲川藩府文人群体之文学研究》，博士学位论文，南开大学，2010 年，第 176—177 页。

④ 丘处机著，赵卫东辑校：《丘处机集》附录《长春真人西游记》，齐鲁书社 2005 年版，第 206 页。

⑤ 丘处机：《丘处机集》附录《长春真人西游记》，齐鲁书社 2005 年版，第 221 页。

⑥ 同上书，第 218 页。

⑦ 参见王筱云《蒙元新西域诗与蒙古王朝认同建构》，见陆建德《中国社会科学院文学研究所学刊（2011）》，中国社会科学出版社 2012 年版，第 285—286 页。

猷无阙失，良平妙算足依凭"，认为"华夷混一非多日"①，体现了通达的民族观念。面对诚挚邀请，丘处机感恩戴德，对成吉思汗大加称颂："伏闻皇帝天赐勇智，今古绝伦，道协威灵，华夷率服。是故便欲投山窜海，不忍相违。"② 当时的文坛领袖、金源遗老元好问亦如是，其《送高雄飞序》有云："天家包举六舍，臣属万国，立武事以兼文备，由草创而为润色。延见故老，网罗豪隽……以成长治之业，以建久安之势。""有怀不摅，生才奚用？是则为吾高子者，亦岂轻负所学，弃以为双璧之甘饵、九迁之捷迳乎？"③ 称颂忽必烈功勋、纳贤诚意，高雄飞正可借此机会尽展其才。郝经《虎文龙马赋》《开平新宫五十韵》等称颂蒙古帝王。这些人都不同程度地将蒙古王朝纳入华夏帝王谱系予以认同。

小结

金元易代及女真、蒙古相继入主中原的特殊历史时期，很多士人历经社会动荡，目睹了蒙古铁骑南下造成的腥风血雨，因此大都具有深沉的忧患意识。他们摒除了儒家传统的夷夏之辨的消极思想，觐见蒙古可汗，甚至奉职汗廷，向蒙古帝王宣扬周孔指教，谏之以天下苍生为念，停止屠戮，并以其切身实践，推行儒家之道，这对于促进蒙古可汗接受中原文化，以汉法治理国家，起到了积极的作用。这些士人由南到达蒙古王庭，有些经由漠北远徙西域中亚，留下了大量的纪行之作，记载了蒙古高原及西域中亚的风俗历史，可补正史之不足。一些创作蕴含了丰厚的情感、通达的民族观念。总之，金元易代之际士人的北上及西行，具有重要的现实及理论意义。

【原发表于《内蒙古大学学报》2014 年第 4 期】

---

① 耶律楚材：《湛然居士文集》卷五《过闾居河》，中华书局 1985 年版，第 64 页。
② 陶宗仪：《南村辍耕录》卷一〇《丘真人》，文化艺术出版社 1998 年版，第 138 页。
③ 李修生：《全元文》第 1 册，江苏古籍出版社 1998 年版，第 323 页。

丘处机西游途中文学活动系年考略

金传道

丘处机携十八弟子西觐成吉思汗，既是全真道发展史上的重大事件，也是蒙汉文化交流史上具有划时代意义的事件。在此之前，成吉思汗对汉族文化的了解非常有限。虽然他的部下不乏来自汉地的人才，但仅限于军将、工匠、巫医之类，谈不上蒙汉文化的深入交流。由于全真道倡导三教合一，合儒佛于道，所以成吉思汗尊崇全真道，实为大规模接触汉文化的开始。而丘处机不仅将道教传播到了西域，他往来西域途中创作纪行诗词以及与其他文士的交游唱和，更是将中国传统文人的文学活动带入了一个前所未有的广阔天地。

前辈时贤对丘处机西游的研究，主要集中于历史、地理和中西交通，对丘处机此行当中的文学活动尚没有作专门的探讨。丘处机西游途中所作诗词，原本收在其所著文集《鸣道集》中，但是书亡于元明兵革之际，仅有片言只语留存，其内容已无从查考①。本文主要以李志常《长春真人西游记》②的记载为基础，参考王国维③、张星烺④、姚从吾⑤等人的研究成果，对丘处机往来西域途中的文学活动略作考察，并予以系年，以期为相关研究提供较为可靠的基础资料。

丘处机的西游之旅可以分为两段：自元太祖十五年（1220）正月从莱州（今山东莱州）出发，至元太祖十六年（1221）二月从宣德州（今河北宣化）北上，为第一段；自元太祖十六年二月从宣德州北上至元太

---

① 陈敬阳：《丘处机佚著〈鸣道集〉考略》，《中国道教》2006年第3期。

② 《道藏》第34册，文物出版社1988年版。

③ 王国维：《长春真人西游记校注》，广文书局1972年版。

④ 张星烺：《丘处机及〈长春真人西游记〉》，张星烺编注，朱杰勤校订《中西交通史料汇编》第5册，中华书局1978年版。

⑤ 姚从吾：《元邱处机年谱》，姚从吾《东北史论丛》下册，正中书局1976年版。

祖十八年（1223）八月返回宣德州，为第二段。前一段基本上都是丘处机曾经到过的区域，他的所见所闻和文学活动与以前没有本质的区别；而后一段则是他原来不曾经历的，他的西行能对全真道的迅速发展、中国文学活动的广泛传播以及蒙汉文化的深入交流起到巨大作用，主要在于这一段。所以我们这里对丘处机西游途中文学活动的系年仅限于他的后一段旅程。

元太祖十六年辛巳（1221）丘处机七十四岁

二月中旬，出明昌界，以诗纪实。

《长春真人西游记》卷上："（二月）十五日，东北过盖里泊，尽丘垤咸卤地，始见人烟二十余家。南有盐池，迤逦东北去。自此无河，多凿沙井以汲。南北数千里，亦无大山。马行五日，出明昌界。以诗纪实云：'坡陁折叠路弯环，到处盐场死水湾。尽日不逢人过往，经年时有马回还。地无木植唯荒草，天产丘陵没大山。五谷不成资乳酪，皮裘毡帐亦开颜。'"① 按，明昌界为金章宗明昌（1190—1196）年间所筑堡障，用以防御蒙古人入侵。丘处机所经界壕当在桓州（今内蒙古正蓝旗上都镇）之西、昌州（在今内蒙古太仆寺旗西南）之东北②。

三月一日，过鱼儿泺，有诗。

《长春真人西游记》卷上："又行六七日，忽入大沙陁。其迹（碛）有矮榆，大者合抱。东北行千里外，无沙处绝无树木。三月朔，出沙陁，至鱼儿泺，始有人烟聚落，多以耕钓为业。时已清明，春色渺然，凝冰未泮。有诗云：'北陆祁寒自古称，沙陁三月尚凝冰。更寻若士为黄鹄，要识修鲲化大鹏。苏武北迁愁欲死，李陵南望去无凭。我今返学卢敖志，六合穷观最上乘。'"③ 按，鱼儿泺即今内蒙古克什克腾旗达里诺尔。耶律楚材《湛然居士文集》卷五《过间局河四首》即用此诗韵，王国维《耶律文正公年谱》系于戊寅年（1218），但又指出："案间局河即《元史》之胪朐河，《西游记》之陆局河。公过此河当在诣行在时。然四首用邱长春辛巳出塞诗韵，又有亲见阴山冻鼠冰语，乃辛（巳）壬（午）间在西域

———————————

① 《道藏》第 34 册，第 483—484 页。
② 《长春真人西游记校注》，第 25—26 页。
③ 《道藏》第 34 册，第 484 页。

所追作也。"① 耶律楚材"戊寅之春，三月既望"被成吉思汗征召，从燕京启程，向北过居庸关，经武川（今河北宣化）、云中（今山西大同），而后翻越天山（今阴山），再经净州（在今内蒙古四子王旗西北）、沙井（今内蒙古四子王旗红格尔苏木），向北穿越沙漠，"未浃十旬"，即用了三个多月的时间到达位于怯绿连河（今克鲁伦河）畔的成吉思汗大帐②。

五月下旬，有诗记鱼儿泺驿路所见蒙古风物。

《长春真人西游记》卷上："五月朔亭午，日有食之。……行十有六日，河势绕西北山去，不得穷其源，西南接鱼儿泺驿路。……又行十日，夏至，量日影三尺六七寸。渐见大山峭拔，从此以西，渐有山阜，人烟颇众，亦皆以黑车、白帐为家。其俗牧且猎，衣以韦毳，食以肉、酪。男子结发垂两耳。妇人冠以桦皮，高二尺许，往往以皂褐笼之，富者以红绡，其末如鹅鸭，名曰故故，大忌人触，出入庐帐须低回。俗无文籍，或约之以言，或刻木为契。遇食同享，难则争赴，有命则不辞，有言则不易，有上古之遗风焉。以诗叙其实云：'极目山川无尽头，风烟不断水长流。如何造物开天地，到此令人放马牛。饮血茹毛同上古，峨冠结发异中州。圣贤不得垂文化，历代纵横只自由。'"③ 按，丘处机五月中旬所到之地为胪朐河（今克鲁伦河）曲，当黑山（在今蒙古国巴彦蒙赫北）之阳。夏至日所见大山，在土拉河南岸、喀鲁哈河东岸（在今蒙古国乌兰巴托西南)④。《湛然居士文集》卷五《感事四首》即用此诗韵，王国维《耶律文正公年谱》认为这四首诗也作于丘处机暂住于邪米思干的辛巳年（1221）到壬午年（1222）间⑤。

七月下旬，过雪山，有诗纪行。

《长春真人西游记》卷上："七月九日，同宣使西南行。五六日，屡见山上有雪，山下往往有坟墓。及升高陵，又有祀神之迹。又三二日，历一山，高峰如削，松杉郁茂。西有海子。南出大峡，则一水西流，杂木丛映于水之阳，韭茂如芳草，夹道连数十里。北有故城，曰曷剌肖。西南过沙场二十里许，水草极少，始见回纥决渠灌麦。又五六日，逾岭而南，至

---

① 耶律楚材著，谢方点校：《湛然居士文集》，中华书局1986年版，第340页。

② 刘晓：《耶律楚材评传》，南京大学出版社2001年版，第60—61页。

③ 《道藏》第34册，第484页。

④ 《长春真人西游记校注》，第30—31页。

⑤ 《湛然居士文集》，第344页。

蒙古营宿。拂旦行，迤逦南山，望之有雪。因以诗记其行：'当时悉达悟空晴，发轸初来燕子城（原注：抚州是也）。北至大河三月数（原注：即陆局河也，四月尽到，约二千余里），西临积雪半年程（原注：即此地也，山常有雪，东至陆局河约五千里，七月尽到）。不能隐地回风坐（原注：道法有回风、隐地、攀斗、藏天之术），却使弥天逐日行。行到水穷山尽处，斜阳依旧向西倾。'"① 按，张星烺认为，丘处机七月九日后屡见之山皆杭爱山；过杭爱山后所见之曷剌肖即乌里雅苏台②。据《长春真人西游记》所载，"迤逦南山，望之有雪"的南山是指阿不罕山（今阿尔洪山）。

八月初，在田镇海城，见黄沙蔽天，以诗自叹。

《长春真人西游记》卷上："邮人告曰：'此雪山北，是田镇海八剌喝孙也。'八剌喝孙，汉语为城。中有仓廪，故又呼曰仓头。七月二十五日，有汉民工匠络绎来迎。……八月初，霜降。居人促收麦，霜故也。大风傍北山西来，黄沙蔽天，不相物色。师以诗自叹云：'丘也东西南北人，从来失道走风尘。不堪白发垂垂老，又蹈黄沙远远巡。未死且令观世界，残生无分乐天真。四山五岳都游遍，八表飞腾后入神。'"③ 按，田镇海城在今蒙古国科布多东南④。

八月中旬，过金山，有诗三绝。

《长春真人西游记》卷上："中秋日，抵金山东北。少驻，复南行。其山高大，深谷长坂，车不可行。三太子出军始辟其路。乃命百骑挽绳悬辕以上，缚轮以下。约行四程，连度三岭，南出山前，临河止泊。从官连幕为营，因水草便，以待铺牛、驿骑。数日乃行。有诗三绝，云：'八月凉风爽气清，那堪日暮碧天晴。欲吟胜概无才思，空对金山皓月明。'其二云：'金山南面大河流，河曲盘桓赏素秋。秋水暮天山月上，清吟独啸夜光毬。'其三云：'金山虽大不孤高，四面长拖拽脚牢。横截大山心腹树，干云蔽日竞呼号。'"⑤ 按，金山即今阿尔泰山。三太子指成吉思汗第三子，亦即后来的元太宗窝阔台。丘处机"临河止泊"之河，王国维认

① 《道藏》第 34 册，第 485 页。
② 《中西交通史料汇编》第 5 册，第 94 页。
③ 《道藏》第 34 册，第 485 页。
④ 《中西交通史料汇编》第 5 册，第 94—95 页。
⑤ 《道藏》第 34 册，第 486 页。

为是乌伦古河①，徐松认为是额尔齐斯河，张星烺认为是布勒棍河（今布
尔根河）②。布勒棍河为乌伦古河上流支流之一。《湛然居士文集》卷七
《过金山和人韵三绝》即用此三首诗韵，仅次序不同，王国维《耶律文正
公年谱》记耶律楚材己卯年（1219）六月随成吉思汗大军过金山，故系
其诗于本年，但同时指出"乃辛、壬间在西域时追作"③。

　　八月下旬，过沙陁见阴山，有诗。

　　《长春真人西游记》卷上记丘处机"临河止泊""数日"后渡河面
南，过白骨甸（今新疆准噶尔盆地东侧博尔腾戈壁滩）、大沙陁（博尔腾
戈壁滩南边的沙漠），于八月二十七日抵阴山后回纥小城（今新疆奇
台）④。"初在沙陁北，南望天际若银霞，问之左右，皆未详。师曰：'多
是阴山。'翌日过沙陁，遇郊（樵）者再问之，皆曰然。于是途中作诗
云：'高如云气白如沙，远望那知是眼花。渐见山头堆玉屑，远观日脚射
银霞。横空一字长千里，照地连城及万家。从古至今常不坏，吟诗写向直
南夸。'"⑤ 按，丘处机此处所咏之阴山，当为天山山脉东段北支博格达
山⑥。《湛然居士文集》卷二《过阴山和人韵》其三即用此诗韵，王国维
《耶律文正公年谱》记耶律楚材己卯年（1219）九月望，随成吉思汗大军
过阴山松关，故系其诗于本年，但同时指出"乃辛、壬间在西域时追
作"⑦。

　　八月二十八日夜，宿鳖思马大城城西葡萄园，出诗一篇示众。

　　《长春真人西游记》卷上："八月二十七日，抵阴山后，回纥郊
迎。……翌日，沿川西行。……西即鳖思马大城，王官士庶僧道数百具威
仪远迎。……泊于城西蒲萄园之上阁。……其夜风雨作，园外有大树，复
出一篇示众，云：'夜宿阴山下，阴山夜寂寥。长空云黯黯，大树叶萧
萧。万里途程远，三冬气候韶。全身都放下，一任断蓬飘。'"⑧ 按，鳖思

---

① 《长春真人西游记校注》，第 43 页。

② 《中西交通史料汇编》第 5 册，第 99 页。

③ 《湛然居士文集》，第 341 页。

④ 《中西交通史料汇编》第 5 册，第 100—101 页。

⑤ 《道藏》第 34 册，第 486 页。

⑥ 陈正祥：《中国游记选注》第 1 集，南天书局 1994 年版，第 75 页。

⑦ 《湛然居士文集》，第 341 页。

⑧ 《道藏》第 34 册，第 486 页。

马大城即别失八里，在今新疆吉木萨尔北①。《湛然居士文集》卷二《过阴山和人韵》其二即用此诗韵，王国维《耶律文正公年谱》系其诗于己卯年（1219），但同时指出"乃辛、壬间在西域时追作"②。

九月四日，宿轮台之东，有诗赠书生李伯祥。

《长春真人西游记》卷上："九月二日，西行。四日，宿轮台之东。……南望阴山，三峰突兀倚天。因述诗赠书生李伯祥，生相人。诗云：'三峰并起插云寒，四壁横陈绕涧盘。雪岭界天人不到，冰池耀日俗难观（原注：人云向此冰池之间观看，则魂识昏昧）。岩深可避刀兵害（原注：其岩险固，逢乱世坚守，则得免其难），水众能滋稼穑干（原注：下有泉源，可以灌溉田禾，每岁秋成）。名镇北方为第一，无人写向画图看。'"③ 按，轮台在今新疆乌鲁木齐西北④。《湛然居士文集》卷一《过金山用人韵》即用此诗韵，王国维《耶律文正公年谱》系其诗于己卯年（1219），但同时指出"乃辛、壬间在西域时追作"⑤。

九月二十七日，至阿里马城，有自金山至阴山纪行长诗。

《长春真人西游记》卷上："重九日，至回纥昌八剌城。……翌日，并阴山而西。约十程，又度沙场。……南际阴山之麓，逾沙。又五日，宿阴山北。诘朝南行，长坂七八十里，抵暮乃宿。天甚寒，且无水。晨起西南行，约二十里，忽有大池，方圆几二百里，雪峰环之，倒影池中，师名之曰'天池'。沿池正南下，左右峰峦峭拔，松桦阴森，高逾百尺，自巅及麓，何啻万株！众流入峡，奔腾汹涌，曲折湾环，可六七十里。二太子扈从西征，始凿石理道，刊木为四十八桥，桥可并车。薄暮宿峡中，翌日方出，入东西大川，水草丰秀。天气似春，稍有桑枣。次及一程。九月二十七日，至阿里马城。……师自金山至此，以诗记其行，云：'金山东畔阴山西，千岩万壑攒深溪。溪边乱石当道卧，古今不许通轮蹄。前年军兴二太子，修道架桥彻溪水（原注：三太子修金山，二太子修阴山）。今年吾道欲西行，车马喧阗复经此。银山铁壁千万重，争头竞角夸清雄。日出下观沧海近，月明上与天河通。参天松如笔管直，森森动有百余尺。万株

---

① 《中西交通史料汇编》第 5 册，第 101 页。

② 《湛然居士文集》，第 341 页。

③ 《道藏》第 34 册，第 486—487 页。

④ 谭其骧主编：《中国历史地图集》第 7 册，中国地图出版社 1982 年版，第 38—39 页。

⑤ 《湛然居士文集》，第 341 页。

相倚郁苍苍，一鸟不鸣空寂寂。羊肠孟门压太行，比斯大略犹寻常。双车上下苦敦擗，百骑前后多惊惶。天池海在山头上，百里镜空含万象。悬车束马西下山，四十八桥低万丈。河南海北山无穷，千变万化规模同。未若兹山太奇绝，磊落峭拔加（如）神功。我来时当八九月，半山已上皆为雪。山前草木暖如春，山后衣衾冷如铁。"① 按，回纥昌八剌城即彰八里，今新疆昌吉；阿里马城即阿里麻里，今新疆霍城。丘处机所过之天池，即今赛里木湖；离天池后所经之峡，为塔勒奇山峡，俗名果子沟；出峡后所见之大川，即伊犁河②。入峡之前所经"万株相倚郁苍苍"的松岭今名松树头，宋元间谓之松关。"二太子"指成吉思汗第二子察合台③。《湛然居士文集》卷二《过阴山和人韵》其一、《再用前韵》《复用前韵唱玄》《用前韵送王君玉西征二首》《用前韵感事二首》均用此诗韵，王国维《耶律文正公年谱》指出这些诗"乃辛、壬间在西域时追作"④。

十一月中旬，过霍阐没辇，南望大雪山，有诗。

《长春真人西游记》卷上：十一月五日丘处机于赛蓝城埋葬弟子赵道坚后，"即行。西南复三日，至一城。……明日，又历一城。复行二日，有河，是为霍阐没辇。由浮桥渡，泊于西岸。河桥官献鱼于田相公，巨口无鳞。其河源出东南二大雪山间，色浑而流急，深数丈，势倾西北，不知其几千里。河之西南，绝无水草者二百余里。即夜行，复南。望大雪山，而西山形与邪米干之南山相首尾。复有诗云：'造物峥嵘不可名，东西罗列自天成。南横玉峤连峰峻，北压金沙带野平。下枕泉源无极润，上通霄汉有余清。我行万里慵开口，到此狂吟不胜情。'"⑤ 按，丘处机在赛蓝城（在今哈萨克斯坦奇姆肯特东）与霍阐没辇（今锡尔河）之间所历二城，一为塔什干（今乌兹别克斯坦首都），一为别失兰（在今塔什干西南）⑥。"河之西南，绝无水草者"当为今克孜勒库姆沙漠。过沙漠后所见之西山，乃邪米思干（今乌兹别克斯坦撒马尔罕）北面之岭，此岭在东南，

---

① 《道藏》第 34 册，第 487 页。

② 《中西交通史料汇编》第 5 册，第 102—104 页。

③ 《长春真人西游记校注》，第 52 页。

④ 《湛然居士文集》，第 341—344 页。

⑤ 《道藏》第 34 册，第 488 页。

⑥ 《长春真人西游记校注》，第 68 页。

与邪米思干南面诸山相连，两岭中间有柴拉夫香河①。《湛然居士文集》卷二《过金山和人韵》其四即用此诗韵，王国维《耶律文正公年谱》系其诗于己卯年（1219），但同时指出"乃辛、壬间在西域时追作"②。

是冬，在邪米思干，有至邪米思干大城诗。

《长春真人西游记》卷上："仲冬十有八日，过大河，至邪米思干大城之北。太师移剌国公及蒙古、回纥帅首载酒郊迎，大设帷幄，因驻车焉。宣使刘公以路梗留，坐中白师曰：'顷知千里外有大河，以舟梁渡，土寇坏之。况复已及深冬，父师似宜来春朝见。'师从之。少焉，由东北门入。其城因沟岸为之，秋、夏常无雨，国人疏二河入城，分绕巷陌，比屋得用。……太师作斋，献金段十，师辞不受。遂月奉米面、盐油、果菜等物，日益尊敬。公见师饮少，请以蒲萄百斤新作酿。师曰：'何必酒邪？但如其数得之，待宾客足矣。'其蒲萄经冬不坏。又见孔雀、大象，皆东南数千里印度国物。师因暇日，出诗一篇，云：'二月经行十月终，西临回纥大城堭。塔高不见十三级（原注：以砖，刻镂玲珑，外无层级，内可通行），山厚已过千万重。秋日在郊犹放象，夏云无雨不从龙。嘉蔬麦饭蒲萄酒，饱食安眠养素慵。'"③ 按，丘处机十一月十八日所过大河即柴拉夫香河，"太师移剌国公"指镇守邪米思干的耶律阿海④。《湛然居士文集》卷五《河中春游有感五首》即用此诗韵，王国维《耶律文正公年谱》系其诗于壬午年（1222）⑤。

是冬，游邪米思干城中故宫，书诗词于壁。

《长春真人西游记》卷上：丘处机初到邪米思干，"一日〔至〕故宫中，遂书《凤栖梧》词二首于壁。其一云：'一点灵明潜启悟，天上人间，不见行藏处。四海八荒唯独步，不空不有谁能睹。瞬目扬眉全体露，混混茫茫，法界超然去。万劫轮回遭一遇，九玄齐上三清路。'其二云：'日月循环无定止，春去秋来，多少荣枯事。五帝三皇千百祀，一兴一废长如此。死去生来生复死，生死轮回，变化何时已。不到无心休歇地，不能清净超于彼。'又诗二首。其一云：'东海西秦数十年，精思道德究重

---

① 《中西交通史料汇编》第 5 册，第 110 页。

② 《湛然居士文集》，第 341 页。

③ 《道藏》第 34 册，第 488 页。

④ 《中西交通史料汇编》第 5 册，第 110—111 页。

⑤ 《湛然居士文集》，第 343—344 页。

玄。日中一食那求饱，夜半三更强不眠。实迹未谐霄汉举，虚名空播朔方传。直教大国垂明诏，万里风沙走极边。'其二云：'弱冠寻真傍海涛，中年遁迹陇山高。河南一别升黄鹄，塞北重宣钓巨鳌。无极山川行不尽，有为心迹动成劳。也知六合三千界，不得神通未可逃。'"① 按，《长春真人西游记》卷上记邪米思干城中"有冈高十余丈，算端氏之新宫据焉"，丘处机在邪米思干时即居住于此②。《湛然居士文集》卷五《河中春游有感五首》其一首联云："西胡构室未全终，又见颓垣绕故墟。""西胡"下原注："寻斯干有西戎梭里檀故宫在焉。"③ "寻斯干"即邪米思干。"梭里檀"又作"算滩"或"算端"，今译为"苏丹"，"回鹘王称也"④。"新宫""故宫"当为一处。

　　是冬，与耶律楚材初会于邪米思干，二人交往颇密。

　　据王国维《耶律文正公年谱》，耶律楚材自辛巳年（1221）夏至壬午年（1222）夏，除了辛巳年闰十二月曾到过蒲华城（今乌兹别克斯坦布哈拉）外，大部分时间都在邪米思干。丘处机西行时，燕京士大夫多托其致书于耶律楚材，或耶律楚材见到丘处机携带的《瑞应鹤诗》诗卷中多有其燕京旧友题诗，故十一月丘处机抵邪米思干后，耶律楚材有多首诗寄燕京旧友⑤。丘处机与耶律楚材虽然年龄相差悬殊（本年耶律楚材三十二岁），信仰完全不同（丘处机是全真教的教主，耶律楚材则主张儒佛并用），但是初会于邪米思干时，二人交游唱和，情感甚笃。耶律楚材自述二人交往云："丘公之达西域也，仆以宾主礼待之。……予久去燕，然知音者鲜。特与丘公联句和诗，焚香煮茗，春游邃圃，夜话寒斋，此其常也。尔后时复书简往来者，人不能无情也。"⑥ 明年九月，成吉思汗先后三次召丘处机问道，并令左右将丘处机的讲道内容用汉字记录下来，要求"勿泻于外"。这一记录文件被命名为《玄风庆会录》，它的记录者就是耶律楚材。据信，这位深得成吉思汗信任的契丹人在成吉思汗接见丘处机时均在现场，只是由于后来他与丘处机的关系恶化，丘处机的弟子李志常才

① 《道藏》第34册，第489页。
② 同上书，第488页。
③ 《湛然居士文集》，第101页。
④ 同上书，第324页。
⑤ 同上书，第342—343页。
⑥ 耶律楚材：《西游录》，中华书局1981年版，第14页。

没有把他写入《长春真人西游记》中①。二人交恶是丘处机回到燕京以后的事②。《湛然居士文集》中诗用丘处机诗韵者凡 44 首，均作于辛巳至壬午年之间。丘处机亦当有较多和耶律楚材之诗，后皆不传。

元太祖十七年壬午（1222）丘处机七十五岁

二月二日，春分，与耶律楚材等游邪米思干郭西，归来有诗。

《长春真人西游记》卷上："二月二日春分，杏花已落。司天台判李公辈请师游郭西，宣使洎诸官载蒲萄酒以从。是日，天气晴霁，花木鲜明，随处有台池楼阁，间之蔬圃，憩则藉草，人皆乐之。谈玄论道，时复引觞。日昃方归。作诗云：'阴山西下五千里，大石东过二十程。雨霁雪山遥惨淡，春分河府近清明（原注：邪米思干大城，大石有国时名为河中府）。园林寂寂鸟无语（原注：花木虽茂，并无飞禽），风日迟迟花有情。同志暂来闲睥睨，高吟归去待升平。'"③ 按，耶律楚材《西游录》卷上："讹打刺之西千余里有大城曰寻思干。寻思干者西人云肥也，以地土肥饶故名之。西辽名是城曰河中府，以濒河故也。寻思干甚富庶。用金铜钱，无孔郭。百物皆以权平之。环郭数十里皆园林也。家必有园，园必成趣，率飞渠走泉，方池圆沼，柏柳相接，桃李连延，亦一时之胜概也。"④《湛然居士文集》卷五《壬午西域河中游春十首》即用此诗韵，其一云："幽人呼我出东城，信马寻芳莫问程。春色未如华藏富，湖光不似道心明。土床设馔谈玄旨，石鼎烹茶唱道情。世路崎岖太尖险，随高逐下坦然平。"⑤ 由此可知，耶律楚材亦与是日之游。

二月十五日，与耶律楚材、王君玉等复游邪米思干郭西，作诗二首以示同游。

《长春真人西游记》卷上："（二月）望日，乃一百五旦太上真元节也，时僚属请师复游郭西。园林相接百余里，虽中原莫能过，但寂无鸟声耳。遂成二篇，以示同游。其一云：'二月中分百五期，玄元下降日迟

① 党宝海：《〈玄风庆会录〉作者考》，上海社会科学院《传统中国研究集刊》编辑委员会编《传统中国研究集刊》第 3 辑，上海人民出版社 2007 年版，第 442—451 页。
② 《东北史论丛》下册，第 263—268 页。
③ 《道藏》第 34 册，第 489 页。
④ 《西游录》，第 3 页。
⑤ 《湛然居士文集》，第 95 页。

迟。正当月白风清夜，更好云收雨霁时。匝地园林行不尽，照天花木坐观奇。未能绝粒成嘉遁，且向无为乐有为。'其二云：'深蕃古迹尚横陈，大漠良朋欲遍巡。旧日亭台随处列，向年花卉逐时新。风光甚解留连客，夕照那堪断送人。窈念世间酬短景，何如天外饮长春。'"① 按，《湛然居士文集》卷五《游河中西园和王君玉韵四首》即用此诗第一首韵，《河中游西园四首》即用此诗第二首韵。《河中游西园四首》其一云："河中春晚我邀宾，诗满云笺酒满巡。对景怕看红日暮，临池羞照白头新。柳添翠色侵凌草，花落余香著莫人。且著新诗与芳酒，西园佳处送残春。"② 王国维指出："二月二日之游，李公辈为主，所谓'幽人呼我出东城'也；望日之游，文正为主，所谓'河中春晚我邀宾'也。文正与长春同游，并和其诗，乃集中绝不著长春之名，而托云和王君玉韵，则以二人道不同，不相为谋故也。"③ 王君玉，名不详，《湛然居士文集》中还有《和王君玉韵》（卷三）、《西域从王君玉乞茶因其韵七首》（卷五）、《西域和王君玉诗二十首》（卷六），均作于西域，可知王君玉与耶律楚材一样，同是随成吉思汗出征西域者。则此次春游，耶律楚材为主人，丘处机为主客，参加者有王君玉等人。和丘处机诗者，除耶律楚材外，尚有王君玉等人。王国维认为，《湛然居士文集》中诗用丘处机韵者凡44首，"至此二首而止，此下诸诗，遂不复和。盖文正于此会后，不复与长春相晤矣"④。实际上，耶律楚材当于本年三月陪同丘处机一同前往成吉思汗行宫，但未随丘处机返回邪米思干。成吉思汗会见丘处机时，耶律楚材当均在现场，只不过二人不再有诗歌唱和罢了。杨镰先生指出，耶律楚材与丘处机、王君玉等人在西域共同营造出一个华夏文化的"社区"，这是传统的中原文坛向西延伸的"极点"⑤。

三月二十九日，赴成吉思汗行宫途中过阿母没辇，有诗。

《长春真人西游记》卷上记丘处机"舟济大河，即阿母没辇也。乃东南行，晚泊古渠上。渠边芦苇满地，不类中原所有。其大者，经冬叶青而不凋，因取以为杖，夜横辕下，辕覆不折；其小者，叶枯春换。少南，山

---

① 《道藏》第 34 册，第 489 页。

② 《湛然居士文集》，第 99 页。

③ 《长春真人西游记校注》，第 77 页。

④ 同上书，第 77—78 页。

⑤ 杨镰：《元代文学编年史》，山西教育出版社 2005 年版，第 53 页。

中有大实心竹，士卒以为戈戟。又见蜴蜥，皆长三尺许，色青黑。时三月二十九日也。因作诗云：'志道既无成，天魔深有惧。东辞海上来，西望日边去。鸡犬不闻声，马牛更递铺。千山及万水，不知是何处。'"① 按，阿母没辇即今阿姆河。

五月初，由成吉思汗行宫回邪米思干途中过石峡，有诗二篇。

《长春真人西游记》卷上：因成吉思汗亲征，丘处机请求暂回邪米思干，"由佗路回。遂历大山，山有石门，望如削蜡，有巨石横其上若桥焉。其下流甚急，骑士策其驴以涉，驴遂溺死。水边尚多横尸。此地盖关口，新为兵所破。出峡，复有诗二篇。其一云：'水北铁门犹自可，水南石峡太堪惊。两崖绝壁摐天耸，一涧寒波滚地倾。夹道横尸人掩鼻，溺溪长耳我伤情。十年万里干戈动，早晚回军复太平。'其二云：'雪岭皑皑上倚天，晨光灿灿下临川。仰观峭壁人横度，俯视危崖柏倒悬。五月严风吹面冷，三膲热病当时痊。我来演道空回首，更卜良辰待下元。'"② 按，丘处机是五月五日回到邪米思干的，诗中云"五月严风吹面冷"，故系于五月初。诗中"铁门"指铁门关，张星烺有详细考证③。

五月初，由成吉思汗行宫回邪米思干途中见百草悉枯，有诗。

《长春真人西游记》卷上："始师来觐，三月竟，草木繁盛，羊马皆肥。及奉诏而回，四月终矣，百草悉枯。又作诗云：'外国深蕃事莫穷，阴阳气候特无从。才经四月阴魔尽（原注：春冬霖雨，四月纯阳，绝无雨），却早弥天旱魃凶。浸润百川当九夏（原注：以水溉田），摧残万草若三冬。我行往复三千里（原注：三月去，五月回），不见行人带雨容。"④ 按，事在出石峡后、至邪米思干之前，故系于此。

五月，在邪米思干，因宣差李公东行，以诗寄东方道众。

《长春真人西游记》卷下："宣差李公东迈，以诗寄东方道众云：'当时发轫海边城，海上干戈尚未平。道德欲兴千里外，风尘不惮九夷行。初从西北登高岭（原注：即野狐岭），渐转东南指上京（原注：陆局河东畔，东南望上京也）。迤逦直西南下去（原注：西南四千里到兀里朵，又西南二千里到阴山），阴山之外不知名（原注：阴山西南，一重大山，一

---

① 《道藏》第34册，第490页。
② 同上。
③ 《中西交通史料汇编》第5册，第119—122页。
④ 《道藏》第34册，第490页。

重小水，数千里到邪米思干大城，师馆于故宫）。'"① 按，事在仲夏，故系于此。

六月，在邪米思干，以诗记河中府风物。

《长春真人西游记》卷下在详细描述了邪米思干的气候、生产、服饰、器物、风俗等之后，云："师异其俗，作诗以记其实云：'回纥丘墟万里疆，河中城大最为强。满城铜器如金器，一市戎装似道装。剪镞黄金为货赂，裁缝白氎作衣裳。灵瓜素椹非凡物，赤县何人搆得尝。'"② 按，事在六月，故系于此。"河中城"即河中府。

六月，在邪米思干，见雪山夜景，有诗。

《长春真人西游记》卷下："当暑，雪山甚寒，烟云惨淡。师乃作绝句云：'东山日夜气濛鸿，晓色弥天万丈红。明月夜来飞出海，金光射透碧霄空。'"③ 按，事在暑天，故系于此。

六月，在邪米思干，以经书游戏，有诗。

《长春真人西游记》卷下："师在馆，宾客甚少，以经书游戏。复有绝句云：'北出阴山万里余，西过大石半年居。遐荒鄙俗难论道，静室幽岩且看书。'"④ 按，事在上一事之后、七月之前，故系于此。

八月十五日，再赴成吉思汗行在途中过阿母没辇，有诗赠郑景贤。

《长春真人西游记》卷下："中秋，抵河上。其势若黄河流。西北乘舟以济，宿其南岸。西有山寨，名团八剌，山势险固。三太子之医官郑公途中相见，以诗赠云：'自古中秋月最明，凉风届候夜弥清。一天气象沉银汉，四海鱼龙耀水精。吴越楼台歌吹满，燕秦部曲酒肴盈。我之帝所临河上，欲罢干戈致太平。'"⑤ 按，郑公名不详，字景贤，号龙冈，为耶律楚材好友，深得窝阔台崇信⑥。丘处机此处所渡之河即阿母没辇⑦。

元太祖十八年癸未（1223）丘处机七十六岁

五月初，离田镇海城东归前，书教语一篇示众。

---

① 《道藏》第 34 册，第 491 页。
② 同上书，第 491—492 页。
③ 同上书，第 492 页。
④ 同上。
⑤ 同上。
⑥ 《长春真人西游记校注》，第 89—90 页。
⑦ 《中西交通史料汇编》第 5 册，第 130 页。

《长春真人西游记》卷下：丘处机五月初返回至田镇海城，将东行，"书教语一篇示众云：'万里乘官马，三年别故人。干戈犹未息，道德偶然陈。论气当秋夜（原注：对上论养生事，故云），还乡及暮春。思归无限众，不得下情伸。'"① 按，《长春真人西游记》记丘处机三次为成吉思汗讲道均在上年九月，《玄风庆会录》《西游录》等记于十月，据该诗中"论气当秋夜"句，当以《长春真人西游记》的记载为是。

六月下旬，东归至丰州，为宣差俞公书诗一首。

《长春真人西游记》卷下：丘处机六月二十二日至丰州（今内蒙古呼和浩特），宣差俞公请泊其家。"时已季夏，北轩凉风入坐，俞公以茧纸求书，师书之曰：'身闲无俗念，鸟宿至鸡鸣。一眼不能睡，寸心何所萦。云收溪月白，焱爽谷神清。不是朝昏坐，行功扭捏成。'"②

七月七日，游下水郭外，放生鸡雁，赋诗二首。

《长春真人西游记》卷下记丘处机七月一日由丰州"复起。三日至下水，元帅夹谷公出郭来迎，馆于所居，来瞻礼者无虑千人。元帅日益敬。有鸡雁三，七夕日师游郭外，放之海子中。少焉翔戏于风涛之间，容与自得。师赋诗曰：'养尔存心欲荐庖，逢吾念善不为肴。扁舟送在鲸波里，会待三秋长六梢。'又云：'两两三三好弟兄，秋来羽翼未能成。放归碧海深沉处，浩荡波澜快野情。'"③ 按，下水即今呼和浩特南之黄水河④。夹谷公指夹谷通住，女真族⑤。

七月下旬，在云中，以诗赠云中士大夫。

《长春真人西游记》卷下记丘处机七月"九日至云中，宣差总管阿不合与道众出京（郭），以步辇迎归于第楼。居二十余日，总管以下晨参暮礼，云中士大夫日来请教。以诗赠之云：'得旨还乡早，乘春造物多。三阳初变化，一气自冲和。驿马程程送，云山处处罗。京城一万里，重到即如何'"。⑥ 按，云中即今山西大同。丘处机八月初离开云中，其赠诗当在七月下旬。

---

① 《道藏》第34册，第494页。

② 同上书，第495页。

③ 同上。

④ 《中西交通史料汇编》第5册，第144页。

⑤ 《长春真人西游记校注》，第103页。

⑥ 《道藏》第34册，第495页。

八月中旬，入居宣德州朝元观，有诗总结西行经历。

《长春真人西游记》卷下："八月初，东迈杨河（今山西大同以东之洋河），历白登（今山西阳高）、天城（今山西天镇）、怀安（今河北怀安），渡浑河（今桑干河），凡十有二日至宣德。元帅具威仪，出郭西远迎。师入居州之朝元观，道友敬奉，遂书四十字云：'万里游生界，三年别故乡。回头身已老，过眼梦何长。浩浩天空阔，纷纷事杳茫。江南及塞北，从古至今常。'"① 按，元帅指耶律秃花②。明年二月七日，丘处机应燕京行省石抹咸得不等人之请，入住燕京大天长观。至此，丘处机西觐之旅结束。

【原发表于《内蒙古大学学报》2014 年第 3 期】

---

① 《道藏》第 34 册，第 495 页。
② 《长春真人西游记校注》，第 17—18 页。

元朝诗人萨都剌题画诗的民族特征

葛 琦

在中国古代文学的研究中，元代文学研究一直相对滞后。虽然这种情况在 20 世纪 90 年代以后有所改善，并取得了一些成果，但与其他朝代的文学研究比起来，还是比较薄弱。而在元代文学中，比较受关注的是元曲，诗歌研究不是热点，甚至被认为"元无诗"。在这种情况下，对元代少数民族诗人研究的冷落是可想而知的。这中间，少数民族作家萨都剌的研究虽然相对多一些，但又多集中在其族属问题的讨论，或者是诗歌风格的探讨，或者对其宫词的研究，对他的题画诗的研究很少，而关于其题画诗所反映的民族特征几乎没有论及。所以，萨都剌题画诗的民族特征是本文力图解决的问题。

一

我国的诗歌传统源远流长，研究论著可谓汗牛充栋，但最受人们青睐的是诗经、楚辞、唐诗、宋词等，元代诗歌一直不受重视。但事实上元代的诗人和诗歌作品数量非常丰富，而且，元诗在诗歌发展过程中具有重要的作用：少数民族诗人加入汉文写作的队伍中，为中国诗歌注入了新鲜的血液，出现了"虞杨范揭"和杨维桢、萨都剌等杰出的诗人；题画诗数量剧增，少数民族诗人进入题画诗创作领域，为题画诗这一传统样式的发展带来了活力。少数民族诗人萨都剌的题画诗创作就反映了元代诗歌的上述特点。

题画诗，顾名思义，就是为画而作的诗。中国古代特殊的诗书画一体的文化环境，促成了题画文学这一特殊文学样式的产生和发展。题画诗滥觞于六朝，发展于唐、宋，到了元代，出现了极盛局面。据《御定历代题画诗类》统计，六朝及隋共有题画诗 34 首，唐有题画诗 175 首，宋有题画诗 1085 首；而元代的题画诗有 3798 首；到了明代，题画诗稍有减少，有 3752 首；清代因《全清诗》尚无人编辑，题画诗的数量难以做出准确统计。其中，明代统治 270 多年，接近元代的三倍，作品数量却少于元代。此外，迄今容量最大的元诗集顾嗣立《元诗选》中，收录题画诗 2000 多首，书中 340 位诗人中有题画诗者达三分之二。元代的题画诗之多、题画诗人之众，在中国题画诗史上可谓空前绝后。可见，题画诗是元代诗歌的重要组成部分，也是研究元代诗歌时必须注意的一部分。

元代少数民族诗人中，有许多诗画兼通的名家，如高克恭、萨都剌、廼贤、童童、贯云石、康里巙巙、泰不华等。他们浸润于汉文化圈，以题画诗这种独特的诗歌形式，表达思想感情，表现自己的审美情趣和对诗画艺术的认识与思考，为包括题画诗在内的元代汉文学注入了新鲜的血液。正如张晶在《辽金元诗歌史论》中所说：

> 在"延祐"之后，元代诗坛也发生了很大变化，开始改变了以"雅正"的审美观念为"一统天下"的格局，而是产生了更加多样化的风格，萨都剌、马祖常、廼贤、丁鹤年、泰不华等色目和蒙古诗人的绚烂多彩的创作，使元代诗史更为丰富厚重。这些少数民族诗人没有那么多根深蒂固的传统儒家诗教观念，而是从自己的性情出发，充分发挥他们的创造才能，因而他们的创作能够异彩纷呈，使中华的诗史长河多了一些奇美的浪花。在元代后期诗坛上，这些少数民族诗人的地位是很重要的，是我们认识元诗时所不应忽略的。①

同样，少数民族诗人的题画诗也是我们研究元代题画诗所不应忽略的。作为少数民族诗人、画家、书法家的杰出代表，萨都剌享有"有元一代诗人之冠"的美称。今存的萨都剌题画诗约有 40 首，内容涉及人物故事、山水景物、鞍马杂画等，多以古体诗为之。萨都剌以自己高质量、具有少数民族特色的题画诗作品丰富了元代题画诗的创作，为元朝多元文化交流做出了杰出的贡献。研究萨都剌题画诗的民族特征是深入了解萨都剌、全面了解元代多元文化背景下文学创作特征的必由之路。

从目前的研究看，萨都剌是元代诗人中被研究得最多的作者之一，但

---

① 张晶：《辽金元诗歌史论》，吉林教育出版社 1995 年版，第 339 页。

也是研究中存在问题最多的作者之一。他在元代诗坛的巨大影响，和有关他文献记载的缺失，形成极大的反差，这在元代诗史为仅有，在中国诗史上也不多见。所以，关于萨都剌的研究，有很大一部分是有关他个人、家族及其著作等方面的考证。但是在这方面，重复性研究比较多。关于他的题画诗研究的论文很少，比较有代表性的是岳振国 2010 年在《民族文学研究》发表的《元代回族诗人萨都剌的题画诗研究》以及王韶华在她的著作《元代题画诗研究》中的相关论述。这两位作者都是从内容和风格两个方面去论述萨都剌题画诗的特征，认为其诗意境深远，独具风貌。王韶华更是发现了萨都剌对绘画和诗歌艺术的认识有独到的见解，但始终未被注意，并较为客观地评价了萨氏的成功之处和不足之处。他们虽然都提到了萨氏少数民族作家的身份，但在行文中并未详细论及这种身份对其创作的影响和在作品中的表现。

我们无意强调民族决定论，也不应把民族特征的作用强调到不适当的地位。然而，一个作家的民族身份是与生俱来的，在其成长过程中，家庭教育、宗教信仰、民族心理等因素会长期、深入地产生影响。这样的影响不可避免地在作家创作时发挥作用。尤其是诗歌，作为一种情感的艺术，是人类最真实情感的表达，最容易受到人的潜意识的影响。所以在诗歌研究中，作家的民族心理、民族特征研究是重要的组成部分。萨都剌题画诗的研究也是这样。

二

由于资料的缺失与他在文学史上的重要地位形成了巨大的反差，萨都剌的族属问题一直是研究中的热点和难点，而要讨论其题画诗的民族特征又必须首先弄清楚他的民族属性。这是研究的第一步，也是基础。

萨都剌（1284？—1348？），字天赐，号直斋，元代诗人、画家、书法家。祖名思兰不花，曾随世祖征战有功。父名阿鲁赤，于英宗时（1320—1323）镇守云、代等州（今河北省北部赤城一带与山西省北部代州）。萨都剌出生于晋北的雁门，故称雁门萨都剌。青年时曾经商谋生，直到泰定四年（1327）进士及第，授应奉翰林文字，擢南台御史，以弹劾权贵，左迁镇江录事司达鲁花赤，累迁江南行台侍御史，左迁淮西北道经历，晚年居杭州。工诗、词，著有《雁门集》；善绘画，故宫博物院现收藏有其《严陵钓台图》和《梅雀》两幅真迹，笔法精巧，气韵生动；其书法也是骨力遒劲，超凡脱俗，世称"雁门才子"。

关于萨都刺的族属，历来说法不一，有色目、答失蛮、回回、回鹘、蒙古族等不同说法，比较有代表性的有以下几种：

第一，为色目人。据《雁门萨氏家谱·碑记》载："吾先世色目，仕元有功。"[①] 清乾隆年间，永瑢等在所撰《四库全书简明目录》卷十七载："萨都拉（刺），本色目人……"[②] 其他相同之说尚多，萨都刺为色目人较为可信，但据元末学者陶宗仪的《辍耕录》、明代史学家王光鲁的《元史备忘录》二书所载，色目人包括钦察、唐兀、阿速、秃八、康里、畏吾儿、回回、乃蛮歹、阿尔浑等三十多个部落或氏族。萨都刺的先世，出于色目人，但究竟属于何国、何地、何族、何氏、何教、何职？尚须进一步稽考。

第二，为回回人。与萨都刺同时的镇江人俞希鲁所撰《至顺镇江志·宰贰·录事司》项内注明：萨都刺"字天锡，回回人，泰定四年登进士第，将仕郎，天历元年（1328）七月至"。据现代史学家陈垣在其《元西域人华化考》卷四中提到："据《萨氏家谱》，萨都刺弟名刺忽丁。刺忽丁，回回教人名也。"但根据史实，"回回"一词，并非现在所说之回族，所谓萨都刺的先世，只是属于已被蒙古西征军所灭之回回国的回回教信徒，并非后来的回族。

第三，为答失蛮氏。元末名诗人杨维祯之《西湖竹枝集》序言中有："萨都刺，字天锡，答失蛮氏，泰定丁卯阿察赤榜及第。"按照《元史》诸帝《本纪》中有关答失蛮者的记录，可知答失蛮乃元代伊斯兰教中有较高文化的专业传教士。根据以上所述，萨都刺的先世，不仅信奉伊斯兰教，而且多为其传教士。

元朝的答失蛮，并不固定属于某一国、某一族，而是一种职业性的宗教人士而已，而在当时的蒙古人中，也有信伊斯兰教的。现代的回族，是在明代初期才形成的。回族多信伊斯兰教，但元代以后信奉伊斯兰教的人，并不限于回族。答失蛮是伊斯兰教的传教士，他们经常来往于信伊斯兰教的各个汗国与部族中，不能简单地认定他们就是后来的回族。说萨都

---

① 萨镇冰、萨嘉曦：《雁门萨氏家谱》卷二，民国二十四年（1935）版，第7页。

② 永瑢：《四库全书简明目录》卷十七，上海古籍出版社1985年版，第737页。

刺是回回民族证据不充分，《雁门萨氏家谱》中也没有谈到与回族有关联。

第四，为蒙古族诗人。持此观点的当代学者中，比较有代表性的是王叔磐先生和云峰先生。① 首先是萨氏后裔对自己族属的确定，如萨都刺亲弟萨天与的第十八代后裔、海军高级工程师萨本茂曾不止一次郑重地讲："我是蒙古族，是萨都刺的后代。""我看《辞海》写萨都刺的族属回回，是笔误。""航海家萨镇冰是我远房的叔祖父。物理学家萨本栋亦是我的本家。他们也都是蒙古族人。""元时无回族，回族是明代才形成的。""据史料记载，我是蒙古族，是萨都刺的后代。我的祖先是色目人，到色目蒙古人，再到蒙古人。"中国人民大学教授萨师煊也系雁门后裔，也曾说："我们同化日久，一直填为汉族。近年来，有些人也改填蒙古族。"

第五，萨都刺为蒙古人，在元代已有记载。如他的友人干文传为《雁门集》作的序中已谈道："我元之有天下，拓基启柞，皆始于西北。……观之姚牧庵、马文清（贞）、达兼善、噢子山诸公辈。其所以为诗者，往往宏伟、春容，卓然凌于万物之表，而性情不自失，……若吾友萨君天锡，亦国之西北人也。"② 王叔磐先生指出，元代称"国人"，即指蒙古人。干文传称萨都刺为"国之西北人也"，实际论定萨为西北的蒙古人。清代成书的《四库全书》中有《雁门集》一种，馆臣们分纂的《总目提要》中明确指出："萨都拉（刺）字天锡，号直斋，其祖曰萨喇布哈，父曰傲拉齐，以世勋镇云、代，居于雁门，故世称雁门萨都拉（刺），实蒙古人也。"③ 有些学者指出在《四库全书简明目录》卷17中有记载："萨都拉（刺）本色目人。"并据此指出其记录自相矛盾，可见其称萨氏为蒙古人不确。但是，《简明目录》完成于乾隆四十七年（1782），《总目提要》全书藏事于乾隆五十五年至五十九年（1790—1794），《总目提要》的内容，对《简明目录》是作过一番修订的。

此外，萨都刺虽然在应试、作官的族籍填报上填写"色目人"或"回回"，但与亲属、友朋问答时，则称后者"蒙古人"。因为在名义上，

---

① 王叔磐：《关于萨都刺的族属、家世、籍贯、生卒年、一生官历问题的考证》，《内蒙古大学学报》1986年第4期。云峰《元代蒙汉文学关系研究》，民族出版社2005年版，第110—115页。

② 萨都刺：《雁门集》，上海古籍出版社1982年版，第401页。

③ 萨都刺：《雁门集》，吉林出版集团有限责任公司2005年版，第1页。

他的祖父为色目人萨拉布哈（思兰不花）；实际上，他的父亲乃蒙古人。这又涉及一个传说，也就是萨本茂先生所说的"祖先是色目人，到色目蒙古人，再到蒙古人"。据传，1253 年，忽必烈奉长兄蒙哥之命，率领大军自塞外南征云南，旋平大理。次年春班师北返。一带兵的蒙古青年王子在行军路上，爱上了难民群中的一南方妙龄美女，相处数日。因开拔紧急，此王子派卫士数人，护守此女隐居某处山谷内，约定大军抵北方目的地时，即派人来接。约一两月，女感身已有孕，难于久候，遂随卫士等，备历艰辛，但终寻不到该王子。无可奈何之下，嫁一色目军官，未久生一男婴。后夫妇带此婴儿赴新疆戍守，抚之成人。此子体质强健，后来也当了军人，随忽必烈大军南下灭宋，立下汗马功劳，升为军官。后娶一蒙古公主之女为妻，生儿育女，晚年镇云、代一带以终。上述色目军官即思兰不花，美女之子即阿鲁赤，孙儿孙女即萨都刺兄弟与妹妹。所以说，萨都刺名为色目人后代，实为蒙古人血统。

云峰先生更进一步指出："伊斯兰教徒讳言'猪'，但萨都刺诗屡言之。如《终南进士行和李五峰题马麟画〈钟馗图〉》中有：'大鬼跳梁小鬼哭，猪龙饥嚼黄金屋。'按教规，伊斯兰教徒特别是传教士不允许喝酒，但萨都刺诗中多处可见诗人对喝酒的描写：'河鱼村酒不足醉'（《崔镇阻风》）；'呼子醉酒三百觞'（《送惟英之淮安》）；'醉吐不惜车中茵'（《送马伯庸之子之京》）；'锦袍醉倒玉山颓'（《李清庵见过》）；'痛饮不知过夜半'（《宿经山寺》）等等，简直就是一个沉湎于酒中的酒徒。"[1]我们知道伊斯兰教徒的戒律很严格，萨都刺的表述当可作为他本人族属的一个佐证。

综上所述，萨都刺实乃蒙古族，而非回族。

三

萨都刺的题画诗创作受到了汉文化传统的影响。元朝结束了一个半世纪的战乱分裂，建立了地跨欧亚的大帝国。这个统一的国度中，汇集了许多少数民族，包括蒙古族、契丹、女真、畏兀儿、党项、突厥、波斯等，因此，少数民族文化是元代文化的重要组成部分。同时，汉文化也并没有

---

① 云峰：《元代蒙汉文学关系研究》，民族出版社 2005 年版，第 115 页。

因为汉族政权的失落而失去主流文化的地位，依然深深地影响和支配着元代文化的发展。生活在中原汉文化圈子的很多少数民族文人，都使用汉文进行文学创作。顾嗣立《元诗选》除了初集、二集、三集中有诗歌集的少数民族诗人外，癸集中收录的少数民族诗人就有60多位。内蒙古学者王叔磐的《元代少数民族诗选》《古代蒙古汉文诗选》等著作中，少数民族诗人达300多位，主要集中在元代。可以说，诗歌是汉文学对少数民族影响最深的一种体裁样式，在萨都剌诗歌中，这种影响是显而易见的。

萨都剌生于北方雁门，长于江南，接受传统的汉文化教育，在元代诗坛以清新雅丽著称，在其题画诗中可以明显地看到汉文化对他的影响。

萨都剌以诗人的眼光赏画，以画家的心灵写诗，所以他的题画诗展现的是一幅幅生动多姿的画面。他对画面的描述也能做到准确细致，以诗歌的形式再现画幅，如《题四时宫人图》就是如此。诗人抓住了四季中最具代表性的景物：春天的"紫宫风暖百花香""小扇轻扑花间蛾"，夏天的"金猊吐烟清昼长""柳下轻挽宫人裳"，秋天的"盆池露冷荷半枯""凉风入树落翠槐"，冬天的"临眉半蹙愁夜长""翠竹雪响风前梢"。而且，对画中人物的动作、神态，甚至是心理活动，作了细致入微的描摹："淡阴桐树一女立，手抱胡床眼转波。""冰壶之傍立一女，背后随以双白羊。手拱金瓶泻水忙，酒翅洒雪惊鸳鸯。鸳鸯得水自双浴，美人抱膝空断肠。""金铃响处吠黄犬，美人笑托芙蓉腮。""小女手挽大女腰，笑看孔雀双翠翘。"①画中情景如在目前，画中人物呼之欲出，充分表现出一个诗人兼画家的艺术鉴赏力和语言表现力。诗与画相映生辉、各尽其妙。

据徐象梅《两浙名贤录》记载："天锡寓居武林，博雅工诗文，风流俊逸。每风日晴美，辄肩一杖挂瓢笠，脚踏双不藉，走两山间。凡深岩遂壑人迹所不到者，无不穷其幽胜。至得意处，辄席草坐，徘徊终日不能去。兴至则发为诗歌，今两山间多有遗墨。"萨都剌喜欢漫游于"深岩遂壑"之间，兴之所至，发而为诗，在欣赏山水风景画时，也会把自己的亲身感受融汇其中，所以他的山水风景题画诗让人身临其境，如在画中游。在这类题材中，萨都剌对雪和竹似乎特别钟情。写雪的有《题喜里客厅雪山壁图》《钓雪图》《题刘山长雪夜板舆图》《题朱泽民画雪谷晓行》。在《题喜里客厅雪山壁图》里，京口雪片大如手、建业白雪飞满

① 萨都剌：《雁门集》，吉林出版集团有限责任公司2005年影印本，第19—20页。

城、燕山积雪绝飞鸟、闽关雪花不落地，不同的雪却有着同样强烈的动感，激荡着热烈的声响。在《钓雪图》中，雪变成了"人间富贵草头露"的背景，并由此生发出"如此江湖归未得"① 的归隐之叹。文征明曾说过："古之高人逸士，往往喜弄笔作山水以自娱，然多写雪景，盖欲此以寄其岁寒明洁之意耳。"② 如我们熟悉的柳宗元《江雪》："千山鸟飞绝，万径人踪灭。孤舟蓑笠翁，独钓寒江雪。"诗人通过寂寥荒寒诗境的描绘来表露自己高洁的品行节操。萨都剌的这首题画诗也是深刻领会出画家的创作意旨，诗人的志趣与画家画意息息相通，所以诗才能传神写照、生动深切。萨都剌写竹的题画诗主要有《题李遵道画竹木图》《题画竹》等，还有散见于其他题画诗中关于竹的诗句，从中可以看出作者对竹的热爱。如：

> 风流未识生前面，翰墨空遗死后名。凤尾拂云秋有影，龙头出水夜无声。半生清节江南梦，万里灵槎海上行。应逐锦袍弄明月，倒骑赤鲤对吹笙。（《题李遵道画竹木图》）③

竹被称为"灵槎"，是"清节"的象征，萨都剌在对画面景物进行描绘的同时，展露了自己的胸襟。也许他对画家李遵道博才孤高、守节清高的行为并不赞同，但他对竹有着自己的解读，从中不难看出萨都剌自己豪迈乐观的性格和淡泊的胸怀。

不论是代表纯洁的雪，还是代表气节的竹，都是儒家传统文化的典型意象。萨都剌继承了汉文化对于高尚情操的热爱，也继承了儒者"达则兼济天下，穷则独善其身"的精神，他学识渊博，才华横溢，但一生薄宦微官，颇不得志。在他的题画诗中，屡屡感叹归隐的美妙，除了前面在《马翰林寒江钓雪图》中的归隐之叹，还有：

> 放光山下结茅庐，光照山人夜读书。童子抱琴随白鹤，邻翁看竹借篮舆。门前秋叶从风扫，屋后春田带雨锄。自笑天涯倦游客，十年

---

① 萨都剌：《雁门集》，吉林出版集团有限责任公司 2005 年影印本，第 19 页。
② 沈子丞：《历代论画名著汇编》，文物出版社 1982 年版，第 225 页。
③ 萨都剌：《雁门集》，吉林出版集团有限责任公司 2005 年影印本，第 52 页。

未有一廛居。(《题刘涣中司空隐居图》)

　　尘途宦游廿年余,每逢花月满幽居。烟萝荦确走麋鹿,云壑窈窕
通樵渔。那如隐君不出户,读尽万卷人间书。有生穷壤贵自摅,布韦
轩冕奚锱铢。便当买山赋归欤,石田老我扶犁锄。(《为姑苏陈子平
题山居图黄公望作》)

　　这是对尘世的摒弃,对自由生活的向往,跟他是否与统治者合作无关,
而是对烦扰的世俗生活的厌恶,对归隐读书、独立于尘世之外的渴求。

　　清人顾嗣立曾说:"有元之兴,西北子弟尽为横经。涵养既深,异才
并出。云石海涯、马伯庸以绮丽清新之派振起于前,而天锡继之,清而不
佻,丽而不缛,真能于袁、赵、虞、杨之外别开生面也。"① 萨都剌受汉
文化影响,在作品中有很多模仿学习汉族诗人作品的地方,比如《登众
妙堂题商学士画雨霁归舟图》中的 "万里澄江净如练,却从天际识归
舟"② 诗句,"万里澄江净如练"是化用谢朓《晚登三山还望京邑》中的
"余霞散成绮,澄江静如练","却从天际识归舟"又出自谢朓《之宣城郡
出新林浦向板桥》中的 "天际识归舟,云中辨江树"一句。《题喜里客厅
雪山壁图》中的 "鹭洲不见二水白,天外失却三山青"③,则是化用李白
《登金陵凤凰台》中的 "三山半落青天外,二水中分白鹭洲"诗句;其中
"一年在京口,雪片冬深大如手",显然化用了李白的《嘲王历阳不肯饮
酒》中的 "地白风色寒,雪花大如手"一句。萨都剌的题画诗善于运用
典故加深诗作的内涵,如《题二宫人琴壶图》中的 "却笑长门闭阿娇,
黄金好买相如赋"④,是用金屋藏娇及千金买赋之典。《钓雪图》中的
"风流不数王子猷,清兴不减山阴舟"⑤,则是用雪夜访戴之典。

　　可见,萨都剌受传统汉文化的影响很深。而作为一位少数民族诗人,
他的作品中又必然会体现出不同于汉族文人的民族性。

---

① 顾嗣立:《元诗选初集》,中华书局 1987 年版,第 1185 页。

② 萨都剌:《雁门集》,吉林出版集团有限责任公司 2005 年影印本,第 71 页。

③ 同上书,第 18 页。

④ 同上书,第 32 页。

⑤ 同上书,第 19 页。

四

　　萨都剌题画诗有明显的蒙古民族特色。萨都剌是元代少数民族诗人中的佼佼者，我们在他的题画诗中随处可以看到汉文化对少数民族作家影响的痕迹。同时，诗歌是一种情感的描写，是一种发自内心的表达，会不自觉地表现出最本质的东西，当然也包括自己的民族特征，萨都剌的题画诗也是如此。他的诗歌在不经意间流露出的本民族特点，增加了其诗歌的活力和吸引力。

　　这种民族特征首先表现在对传统题材的特殊视角。中国古典诗歌的题材通常是"春风春鸟，秋月秋蝉，夏云暑雨，冬月祁寒，斯四候之感诸诗者也"。① 而萨都剌的题画诗中，对这些题材的观察角度、审美取向发生了变化。比如雪景，许多人会写："撒盐空中差可拟，未若柳絮因风起。"（谢道蕴《咏雪联句》）"才见岭头云似盖，已惊岩下雪如尘。千峰笋石千株玉，万树松萝万朵云。"（元稹《南秦雪》）"梅须逊雪三分白，雪却输梅一段香。"（卢梅坡《雪梅》）……雪与柳絮、梅花、飞尘相联系，漫天遍野，飘摇静谧，雪成为春天来临的希望，甚至于冬天的凌厉肃杀也变成了温情脉脉，给人以柔婉可掬的优美感。而在萨都剌的笔下：

　　　　一年在京口，雪片冬深大如手。独骑瘦马入谁家，四面云山如户牖。大江东去流无声，金焦二山如水晶。瓜洲江口人不渡，时有蓑笠渔舟横。一年在建业，腊月梅花满城雪。五更冻合石头城，霜风鼓寒冰柱裂。秦淮酒楼高十层，钟山对面如银屏。鹭洲不见二水白，天外失却三山青。一年在镇阳，燕山积雪飞太行。滹沱冰合断人迹，井陉路失迷羊肠。长空万里绝飞鸟，卷地朔风吹马倒。狐裘公子猎城南，茅店酒旗摇树杪。今年入闽关，马蹄出没千万山。瘴烟朝暮气霭霭，石泉日夜声潺潺。雪花半落不到地，但见晴空涌流翠。海头鼓角动边城，木末楼台出僧寺。何人蹇驴踏软沙，出门无处不梅花。江潮入市海船集，水暖游鱼不用叉。良工画出雪色壁，过眼令人忆南北。玉京

---

　　① 钟嵘：《诗品序》，见赵则诚、陈复兴、赵福海《中国古代文论译讲》，吉林人民出版社1984 年版，第 93 页。

银阙五云端，待漏何年凤池侧。(《题喜里客厅雪山壁图》)①

不论是飘飘摇摇的北国之雪，还是温婉可人的南国雪景，放在了大江流动、流翠涌现的背景之下，读者感受到的不再是"静""媚"，而是一片雄浑壮阔，大气磅礴！即使身处南国也念念不忘飞雪连天，这一方面是为画面所限，但另一方面恐怕也是萨都剌对家乡的怀念使然。

再如上文提到的归隐题材。在传统文化中，儒家的积极用世与道家的清净恬淡共同作用，便有了"穷则独善，达则兼济"的训诫，也让知识分子无论在朝在野都能为自己的人生理想找到出口，甚至是借口。于是便产生了大量的叹世归隐类作品。但是这一题材到了萨都剌的笔下，便完全摒除了与朝廷的对抗，而转变成对整个凡尘世界的抛弃。这一方面是由于萨都剌身为武官的祖辈深得朝廷的恩惠，另一方面，也是豪爽的民族性格所致，故其诗歌中多豪迈辽阔，而少幽怨沉郁。在他的归隐类题画诗中，他称自己是"天涯倦游客"，渴望远离"尘途宦游"，而去追求"山下结茅庐""山人夜读书"，甚至要"读尽万卷人间书"。

另外，对马的关注也颇能看出萨氏的民族性格。在其题画诗中，有几首以马为题的作品，虽然数量不是很多，但颇能看出其对马的赞赏，这与蒙古族天生的爱马情结是分不开的：

> 汉水扬波洗龙骨，房星堕地天马出。四蹄蹀躞若流星，两耳尖修如削笔。天闲十二连青云，生长出入黄金门。鼓鬣振尾恣偃仰，食粟何以酬主恩。岂堪碌碌同凡马，长鸣喷沫奚官怕。入为君王驾鼓车，出为将军静边野。将军与尔同死生，要令四海无战争，千古万古歌太平。(《题画马图》)
>
> 沙场日暮春草肥，瘦马不受黄金羁。天生神骏天所爱，岂容过市无人知。郎官病坐芙蓉幕，喜见马图天上落。人生相遇贵相知，孰谓世间无伯乐。(《题寿监司所藏瘦马图》)

马勇敢、柔顺、善解人意，接受人对它的驾驭，从不欺侮弱小的动物；合群，热爱集体生活。蒙古人年年岁岁同马在一起，锻炼出他们粗犷豪放

---

① 萨都剌：《雁门集》，吉林出版集团有限责任公司2005年影印本，第18页。

的性格、敦厚质朴的感情、机敏果敢的气质。马在蒙古人的物质文化和精神文化中扮演着极其重要的角色，蒙古人的衣、食、住、行、用、玩等各方面都离不开马。他们骑马放牧，骑马狩猎，骑马出行，用马驾车，以马乳为饮食，以赛马为竞技……自豪地称自己为"马背上的民族"。因此，从古至今，蒙古族不论从事什么职业，对马都有着非凡的感情。在蒙古人的生产劳动、行军作战、社会生活、祭奠习俗和文学艺术中，几乎都伴随着马的踪影，听得到马蹄的声音。马在蒙古人的生活中、在民族的成长发展中的确是太重要了。萨都剌在他的题画诗中对马作了深情的描述，在他的笔下，马天生神骏、一身傲骨、忠直报国，充分表现出蒙古民族对马的热爱。同时，从"入为君王驾鼓车，出为将军靖边野。将军与尔同死生，要令四海无战争，千秋万古歌太平""人生相遇贵相知，孰谓世间无伯乐"等诗句中，不难看出，作为蒙古族诗人，生活在本民族执政的国家，萨都剌是颇有几分主人翁精神的，他渴望和平、渴望政权稳固、渴望贤才得到重用，形成了对"马"这一传统题材的重新解读。

而最能体现民族特点的，是人物故事题材的题画诗。比如：

> 沉香亭北春昼长，海棠睡起扶残妆。清歌妙舞一时静，燕语莺啼愁断肠。朱唇半启榴房破，胭脂红注珍珠颗。一点春寒入瓠犀，雪色鲛绡湿香唾。九华帐里熏兰烟，玉肱曲枕珊瑚偏。金钗半脱翠蛾敛，龙髯天子空垂涎。妾身日侍君王侧，别有闲愁许谁测！断肠塞上锦绷儿，万恨千愁言不得。成都遥进新荔支，金盘紫凤甘如饴。红尘一骑不成笑，病中风味心自知。君不闻延秋门，一齿作楚藏病根。又不闻马嵬坡，一身溅血未足多。渔阳指日鼙鼓动，始觉开元天下痛。云台不见汉功臣，三十六牙何足用！明眸皓齿今已矣，风流何处三郎李？（《华清曲题杨妃病齿》）[1]

诗中的"塞上锦绷儿"指安禄山。杨玉环天生丽质又值青春年少，却要"日侍君王侧"，有谁理解她已经"别有闲愁"，为了"塞上锦绷儿""万恨千愁言不得"。关于杨玉环和安禄山有染的传说，通常是通俗文艺形式才会采用的材料，但萨都剌把它写进了诗歌这一正统文学形式

---

① 萨都剌：《雁门集》，吉林出版集团有限责任公司 2005 年影印本，第 8 页。

中，这是对诗体认知的一种变化，是对宋代"无事不可入诗"的进一步发展，也是蒙古民族追求自然自在的性格在文学观念上的表现。而且，诗中对杨妃美貌的描写非常大胆而铺张，与中原传统文化中追求温柔敦厚、含蓄内敛的习惯大相径庭。诗中对杨妃和安禄山的私情表示同情，更是与传统的伦理纲常相违背。蒙古族入主中原以后，少数民族文人虽然受到汉族传统伦理道德观念的影响，但毕竟不像汉族文人浸染那么深。而且，蒙古族生存的自然条件恶劣，对人的生命格外珍视，对人的真性情非常尊重，所以才会对这种合情但不合"礼"的感情表示同情和认可。另外，诗中的语言色彩艳丽、想象丰富，显然受到了李贺诗歌的影响，但萨氏语言多用暖色调，不同于李诗的冷艳，更能反映情绪的活跃和世俗化的情调。这是蒙古族喜欢浓艳热烈的审美取向的反映。

此外如《终南进士行和李五峰题马麟画钟馗图》：

老日无光霹雳死，玉殿咻咻叫阴鬼。赤脚行天踏龙尾，偷得红莲出秋水。终南进士发指冠，绿袍束带乌靴宽。赤口淋漓吞鬼肝，铜声剥剥秋风酸。大鬼跳梁小鬼哭，猪龙饥嚼黄金屋。至今怒气犹未消，髶戟参差努双目。

诗歌刻画了钟馗捉鬼的场面，钟馗相貌丑陋，捉鬼的场面令人毛骨悚然，众阴鬼的形象更是惨得可怕。这首诗以民间传说故事为题材，语言上浓墨重彩，表达上铺张扬厉。在《雁门集》中，类似的作品还有很多，诸如"紫塞风高弓力强，王孙走马猎杀场。呼鹰腰箭归来晚，马上倒悬双白狼"（《上京即事》），等等。虽然这些不都是题画诗，但一个作家的作品风格是有一致性的，我们从中可以看出萨氏充满野性的豪迈，这是民族性格在其创作中的反映。

干文传在《雁门集序》中指出："其豪放若天风海涛，鱼龙出没；险劲如泰华云门，苍翠孤耸；其刚健清丽，则如淮阴出师，百战不折，而洛神凌波，春花霁月之女便娟也。有诗人直陈之事，有援彼状此托物兴词之义。可以颂美德而尽夫群情，可以感人心而裨乎时政。周人忠厚之意具在，乃以一扫往宋委靡之弊矣。"① 萨都剌诗歌既有雄浑豪放的一面，也

---

① 顾嗣立：《元诗选初集》，中华书局1987年版，第1185页。

有流丽清婉的一面。雄浑豪放风格的形成，一方面源于文学上的继承关系，另一方面，也是更重要的方面，就是民族性格、民族文化传统的影响。具体说，就是"与他出身蒙古族具有优越的社会地位及豪爽的民族性格有关。优越的社会地位使他具有较多的言论自由，比同时代的汉族诗人更敢于直言陈情，更少柔曼卑冗之气；豪爽的民族性格使他表达思想直截了当，较少曲折含蓄"。① 作为少数民族诗人，萨都剌个性淳朴豪爽，诗如其人，他的题画诗有着朴素自然、流丽清新的特质。这主要是由于他多年在江南做官、漫游，江南水乡的秀丽景色和民情习俗本身就是一种秀丽清新的美。萨都剌的题画绝句大多具有清新明丽的特点，如《秋江横笛图为维扬苏天爵题》《题屏风》《题画》《画二首》等，都是选取一些较为单纯的意象合成淡泊缥缈、秀逸流畅、清新可人的意境。这类诗歌篇幅短小，留给读者的想象空间很大。不论雄浑豪放还是流丽清婉，萨都剌都表现出与众不同的个性，宛如一位马背上执笔的仗剑书生在指点江山、激昂文字。

可见，萨都剌具有深厚的文化修养，在继承传统中原文化的同时，充分表现了蒙古族的民族特征。

题画诗是因画而作，诗人的个人因素容易被人忽略，也的确有一部分题画诗纯粹为画而题，从文字表面看不出诗人的特征。但是，"对图画中景物的选择和对画家绘画心理的再现，对任何一位诗人来说都不是一种绝对客观的存在，不具有一种绝对客观的标准"。② 可以说，只要是创造就会有创造者的态度在其中，题画诗从图画的挑选、角度的择取到语言的表达，无不渗透着诗人的感情，表现着诗人的个性。所以，研究作品必须从作家入手，做到"知人论世"。研究萨都剌的题画诗，就要从他的文化背景、民族心理入手，才能发掘共性，找到个性，对他在文学史上的地位作出准确判断。

萨都剌的题画诗，无论是题材还是风格都受到传统汉文化的影响，既有以准确细致的语言描绘画面的，也有以传统的雪、竹等题材表现高洁品格追求的，更有借画表达自己希望归隐的感情的。同时应当看到，蒙古民族的文化传统和文化性格是萨都剌情感和创造力的基础。传统的春花秋

---

① 云峰：《元代蒙汉文学关系研究》，民族出版社 2005 年版，第 121 页。

② 王韶华：《元代题画诗研究》，中国传媒大学出版社 2010 年版，第 120 页。

月、归田隐逸题材，到了他的笔下，也有了独特的个性；对马的关注是源于其游牧民族的天性；而最能体现其个性的是对汉文化伦理纲常的背弃，从蒙古族诗人的独特视角去解读经典故事，用蒙古人野性的豪迈去描摹画里画外的韵味。总之，萨都剌的题画诗在元代诗坛独树一帜，表现出鲜明的民族特征，成为元代诗歌之苑中的一朵奇葩，具有不朽的艺术魅力，也为蒙汉文学交流做出了杰出的贡献。

【原发表于《文艺评论》2013 年第 2 期】

从元代文言小说看汉族文人心态

李艳茹

　　"心态"是心理状态的简称，通过研究文人的行为和语言文字，尤其是作品，从而了解其一般的心理状态，这是心态史研究的一般原则。作为文学作品的小说无疑也是研究文人心态的重要凭据，而与史传有着天然联系的文言小说，更是较为明确地、艺术地折射出文人的心态。二者之关系较早可以上溯至魏晋时期的志人小说《世说新语》，这部由南朝宋刘义庆编撰的小说采集前代，尤其是魏晋时期的逸闻轶事，"记录了当时士族名士的言行和精神风貌，内容涉及政治、军事、经济、哲学、宗教、文学、美学、风俗以及士人和贵族妇女的心态，堪称一部百科全书式的文化名著"①。就是看似荒诞不经的志怪小说《搜神记》也表明在魏晋时期"有鬼""无鬼"的争论之下，很多士人也同干宝一样对鬼神之说深信不疑，进而通过著录小说以"明神道之不诬"②。至唐人有意为小说，也或明确，或隐晦地通过小说展现出当时文人的一般心态，"通过对小说创作背景、创作目的以及人物形象塑造的分析，可以触摸到作家们微妙而复杂的心理"③。如沈既济的小说《枕中记》写卢生在梦中娶清河崔氏女，中进士，历官渭南尉、监察御史、起居舍人、同州刺史等直至任同中书门下平章事（即宰相），居官五十余年，崇盛赫奕，年八十余病卒。虽然历历如真，但小说最后揭示这种种不过是一场梦幻而已，展现了作者仕途受到挫折而产生的人生如梦的消极思想和感慨。另外，小说的人物和事件虽为虚构，但卢生在梦中娶五姓女④、中进士、做宰相的经历却代表了唐代文人普遍

---

　　① 龚斌校释：《世说新语校释》，上海古籍出版社 2011 年版，第 1 页。

　　② 李剑国辑校：《新辑搜神记》，中华书局 2007 年版，第 19 页。

　　③ 程国赋：《唐五代小说的文化阐释》，人民文学出版社 2002 年版，第 211 页。

　　④ 五姓女：唐代刘餗《隋唐嘉话》卷中载："高宗朝，以太原王、范阳卢、荥阳郑、清河、博陵二崔、陇西、赵郡二李等七姓，恃其族望，耻与他姓为婚，乃禁其自婚娶。"

热衷的人生价值的最高追求。再如在元稹《莺莺传》当中，张生对莺莺始乱终弃，"时人多许张为善补过者"①，表明婚姻重门第的观念在当时的文人中间是根深蒂固的，而女人是祸水的观点在安史之乱之后也为文人深信不疑。这种心态与元代王实甫《西厢记》所表现的"愿天下有情的都成了眷属"朴素愿望实相去甚远，时代影响下的文人心态的差别异常鲜明。由以上可以看出，文言小说与文人心态有着密不可分的联系。虽然元代的文言小说与前代相比相对寥落，但仍不乏优秀之作，作者的心态亦通过作品折射出来。如《娇红记》《春梦录》《姚月华小传》《紫竹小传》等以才子佳人幽期密会、诗文酬答为主要内容的传奇作品，透露出了元代士人尴尬的地位与反传统礼教的婚姻观念。《癸辛杂识》《齐东野语》《归潜志》《钱塘遗事》《武林旧事》《三朝野史》等拾掇旧闻类小说的大量创作表明了元初文人对旧时代的怀念，寄托着他们的黍离之悲。《山房随笔》《乐郊私语》《稗史集传》《至正直记》等小说所记涉及元代的政治、文人轶事及市井传闻，展现了文人对元朝廷、对当时社会现状的一般看法。以下不妨一一试析。

一 重情轻礼的心态

唐传奇是文言小说发展的一个难以企及的高峰，与之相比，元代的传奇实在是黯淡寥落。不过，宋末元初的宋远所撰之《娇红记》却是元代传奇中为数不多的杰出作品。小说写书生申纯与表妹王娇娘相恋却因父母的阻碍不得成就姻缘，最终双双殉情而亡。故事委婉曲折，凄美动人，影响颇大。影响大一方面是因为小说本身高超的艺术水平、艺术技巧，另一方面也可能是因为在元代中表相恋，追求自主婚姻的现象非常普遍，尤其是在南方地区，如元代文人孔齐所著的《至正直记》卷二载："尝见浙西富家，多以母妻之党，中表子弟，使之入室混淆，渐致不美之事。"② 孔氏从封建礼教代言人的角度出发，谴责这种因内外混淆所导致的"不美之事"。事实上，当时更多的文人更加看重恋爱故事中的"情"而非"礼"，《娇红记》便是如此。小说竭力渲染了申生与王娇娘之间深挚感人

---

① 张友鹤选注：《唐宋传奇选》，人民文学出版社 1997 年版，第 150 页。
② 孔克齐：《至正直记》，《宋元笔记小说大观》，上海古籍出版社 2007 年版，第 6591 页。

的爱情，由初见时的一见钟情到诗赋传情，到灯花留情，进而到抛开顾虑拥炉定情，绚丽的爱情之花在逐步地开放。然而更能见证真情的却是由于婚事一再出现波折时，双方表现出的相思和痛苦，直至最后诀别，以生命捍卫爱情。作者在对这段真挚的感情表示同情和赞扬的同时，也对造成这场恋爱婚姻悲剧的封建家长制和封建礼教予以坚决的谴责。如作者在篇末有云：

> 呜呼！男女居室，人之大伦。一双两美，情之至愿。矧申生之与娇娘，乃兄弟之亲，已有瓜葛之好。玉镜之台，温峤已下；母党之重，苏妹犹云。其父泥于执一不通，未谙男女所愿，蠢尔凡庸，无足为道。①

在这段议论中，作者直接对"情之至愿"表示支持，而斥责这场悲剧的始作俑者——娇娘之父"泥于执一不通""蠢尔凡庸"，说明在作者看来，面对两情相悦的情况，父母之命等礼教的标准也是可以变通的，一味执着于礼就是愚蠢的。

其他类似《娇红记》这样以婚姻爱情为题材的元代文言小说，大多数也表现出同样的重情轻礼的思想倾向。如署名郑禧所作的《春梦录》就是一例。《春梦录》是一篇独特的书信体小说。小说以自序的形式讲述了馆宾郑禧与吴氏女的爱情悲剧故事。郑禧与吴女因诗赋酬答而互生爱慕，私订鸳盟。吴女之母因郑禧有妻、贫穷，故为吴女许婚周氏子。吴女因反抗婚事，而两被棰笞，遂一病不起，最终香消玉殒。郑禧虽有妻有子，却不顾礼法，一意效法司马相如，甚至一再变相鼓励吴女委身于己。后吴女身死，郑禧在祭文中把谴责的矛头对准了吴女的母亲和伯父，云："使灵之至此者，谁知咎欤？母氏之无明见，伯氏之无理言也。"② 在郑禧看来，正是封建家长的无知与固执造成这一局面。对于郑禧的惆怅与痛苦，他的朋友虽未感同身受，却也表现出了同情，他们感叹为情而亡的吴女"可怜一点真才思，辜负韶华二十年"③，慨叹有情人生死相隔，"生死

---

① 程毅中：《古体小说钞》（宋元卷），中华书局1995年版，第631页。

② 同上书，第638页。

③ 同上。

幽冥千古恨，临风批阅为伤神""空想彩鸳缘有分，可怜司马意难遵"。这些议论更表明了当时士人对"情"的瞩目远远高于"礼"。有时，这些同情和瞩目也能让有情男女达成所愿。《绿窗纪事》①"张罗奇缘"篇中，张幼谦与罗惜惜青梅竹马，暗通款曲，然而，罗之父母别受聘于富室辛氏，又将暗来与女幽会的张幼谦执送有司。受理此事的县宰与太守皆同情张、罗之情，并最终帮助二人结为姻缘。这个故事亦是一次情与礼的交战，作者安排张、罗二人得成眷属难道不是重情轻礼心态的体现吗？再进而言之，元代之所以产生众多才子佳人诗话小说，其实也是这一心态的体现。如有《绿窗纪事》中的"潘黄奇遇"、《姚月华小传》《紫竹小传》等，才子佳人以诗赋酬答既是文人炫耀才学，同时也是渴望真情、重情轻礼的一种体现。这种心态体现在戏曲上，杰出的例证便是王实甫所创之《西厢记》杂剧，它唱响了"愿天下有情人都成了眷属"这样重情的号角，因而成为家喻户晓的名作。

二　怀旧的心态

除了渴慕真情，元代的文人也充满了对过去时代的留恋，他们敏感的神经似乎接受不了现实时代的巨大变革，总是进退失据地徘徊在新旧时代之间，内心充满了怀旧的感伤，即使过去有时并不总是美好的。如元初的文人在小说中细细品味、咀嚼着已经成为历史的宋代轶事，哀悼逝去的时代，同时也通过作品隐晦地表达着黍离之悲；元代中后期社会又陷入动荡之中，士风日下，此时的文人又禁不住一面怀恋宋季元初知名文士的风采，另一面感叹今世之士风的衰颓，有一种大厦将倾而又无可挽救的无奈。

1. 追忆故宋

蒙古大军的铁蹄踏破了宋末元初文人家国之梦，他们惶惶然被抛入了新的朝代。新生活的种种不如意更引发了他们对前代的追忆，并将满腹牢骚都诉诸笔端，创作了不少此类内容的文言小说。周密就是这样一位多产的小说家。周密，字公瑾，号草窗，在宋时官至义乌令，宋亡后不仕，居于杭州。由宋祥兴二年（1279）至元成宗大德二年（1298）去世，在此

---

① 《绿窗纪事》：《宝文堂书目》子杂类著录，程毅中先生认为元无名氏所撰，今从其说。

期间，隐居不仕的周密著述颇多，其中以追忆前朝往事为内容，值得重视的文言小说作品就有《癸辛杂识》《齐东野语》《武林旧事》等。《癸辛杂识》因周密宋亡时寓居杭州癸辛街，遂得名。作品包括内容相当广泛，特别引人注目的是，"作者以大量的篇幅歌颂了为国牺牲的将士、坚持民族气节的士大夫，憎恶并斥责了破坏祖国统一的异族统治集团和那些厚颜无耻的投降派人物，诸如褚承亮就试条、文山像赞条、张世杰忠死条、襄阳始末条、蹇材望条、洪起畏守京口条、方回条、德佑表诏条等，表现出作者寄亡国之痛于笔端的苦心，诚足以起'千古之悲'。"①《齐东野语》也多记宋代故事，书前戴表元所作序谈及周密著书用意时有云：

　　周子曰："我自实其为齐非也，然客谓我非齐，亦非也。我家中丞公，实自齐迁吴，及今四世，于吴为家。先公尝言：'我虽居吴，心未尝一饭不在齐也。'岂其子孙而遂忘齐哉！而又大父侍郎公，践扬六曹，外大父参预文庄章公，出入两制。台阁之旧章，官府之故事，泛滥淹注，童而受之，白首未忘。失今弗图，恐遂废轶。古人有言：'人穷则反本。'若我者，今非穷乎？苟反其本，则当为齐。故吾编吾书，而系之齐，何不可乎？"②

　　周密借先祖所云"我虽居吴，心未尝一饭不在齐也"，表明自己身在元而实心念故宋；"故吾编吾书，而系之齐"，是说通过著书来寄托自己的一片怀念故国之心。的确，他所作的《齐东野语》《癸辛杂识》所记多为宋事，《武林旧事》亦是回忆南宋临安旧事而作，因此总的来说言周密心系故宋亦不为过。

　　与周密一样，在亡国之后以作品寄托故国之思的还有刘祁。刘祁，金末以文名，金亡后著《归潜志》，多记述金朝遗事。刘祁自论写作此书的目的时云："昔所与交游，皆一代伟人。今虽物故，其言论谈笑，想之犹在目。且所闻所见可以劝戒规鉴者，不可使湮没无传。"③此处刘祁以自己目见耳闻之人、事入书，有存一代文献之意，同时又何尝不是借追忆旧

① 周密撰、吴企明点校：《癸辛杂识》，中华书局1988年版，第2页。
② 周密撰、张茂鹏点校：《齐东野语》，中华书局1983年版，第2页。
③ 刘祁撰、崔文印点校：《归潜志》，中华书局1983年版，第1页。

事寄寓兴衰之感？除以上几种，元代专记宋代故实的作品还有无名氏《三朝野史》、刘一清《钱塘遗事》，陈世崇《随隐漫录》所记亦多有南宋典章制度及人物轶事。据以上所言可知，无论是出于坚持气节还是感叹历史兴亡，可以说元初士人具有相当普遍的缅怀故宋的心理。

2. 感喟元季

对于前代故国的种种眷恋，随着时光的流逝终究会渐渐淡出，到了元代后期，士人们同样在小说中流落出丝丝怀旧的惆怅，但缅怀的对象已然发生了改变，不再是故宋的种种旧闻，而是元初的君臣相得和文士风流。同时，通过今昔对比，发出今不如昔的感叹。郑元祐《遂昌杂录》记载了一则充满世事沧桑的故事，故事别出心裁地通过道士邓山房将宋、元初、元后期至正年间士大夫的生存境遇与士风加以对比，令人感喟不已。如小说云：

> 宋道士邓山房先生者，……宋亡。邓构室吴下，曰"会通观"。时浙西按察司治吴下，按察使阎公子静、雷公苦斋、胡公紫山、徐公子方等，皆与邓相遇从。一日质诸邓："宋士大夫较之今日，其所守何如？"邓因辞不敢答，诸公苦强之。邓曰："此事不难见，宋养士大夫厚，其廉隅可以守，较之今则相去远矣。"邓高士殁后五十年，西台中丞曹公士开访元祐于吴下，元祐僦屋湫隘，时方暑，中丞携小瓻酒以相饷，遂往会通观。观道士吴溪西者，跛一足，能学其师弹乌夜啼曲。鼓琴未竟，而郭公子昭、曹公克明亦皆有所携而来，吴遂出三、四巨轴，皆向时按察诸公与其师倡和诗也。其间一卷则阎公子静诗，诗小序有谓"昨日一讴者新到城"，当携烂煮牛牌，与讴者同往。与尊师饮酒，听歌玉蕊花下。中丞叹息谓曹、郭二公曰："今日宪司官敢若是乎？"于以见国初文网虽甚疏，而上下乐易不难治。今日无相反，而治道益不如昔。可胜叹哉！①

小说中的道士邓山房概括宋与元士大夫操守的区别，言"宋养士大夫厚，其廉隅可以守，较之今则相去远矣"。"廉隅"比喻端方不苟的行为、品性，非常明确地揭示了元初士大夫受现实所迫，多数已不得不放弃

---

① 郑元佑：《遂昌杂录》，上海进步书局印行本 1915 年版，第 8 页。

所谓的操守。作者似乎也通过这段叙述表达对元朝廷不重视文人的隐晦批评。另一方面，元初文网松弛，官员士大夫所受的限制并不严格，因此按察使阎公子静能"携烂煮牛脾"与一众与己相得者在会通观饮酒、听歌。这一情形令五十余年后的士大夫神往、钦羡不已。因此，作者郑元祐不禁感叹，与国初的"上下乐易"相比，"治道益不如昔"，这恐怕是当时一般文人的普遍看法。

今不如昔的慨叹实际上表达了文人对现实世界的失望之情，徐显《稗史集传》中的王艮就是如此表现的。小说先讲述了王艮为官之德政及其平易的态度和高洁之品性。因作者与王艮为乡里，故得拜于床下，而王艮常与作者说起的却是宋季元初的知名文士，如云："因与予言初出乡时得见宋季之遗老，观其典型，莫若赵公子昂、邓公善之、杨君仲弘、杜君伯原，皆其相与。"① 时常言及、追忆，也隐晦地表明了对时下士风的不满，又有云："末岁，见世变之愈下也，叹曰：'吾于斯世不忍见矣，所求速化耳。'"② 可见对于王艮这样的儒士来说，元初的士风是他的楷模，徐显也说"公之成德"实是来自这些宋季元初知名文士的影响。怀旧，对于末世的文人来说，也可以算作是理想的寄托。

三　民族融合的心态

褒奖忠义，激励臣节在历朝历代都是受到官方认可的正面思想，可在元代这个由异族统治的朝代提出就有了民族融合的特殊意义了。蒙元统治者以武力征服天下，建立了一个多民族的统一的封建国家，虽然实行的是以蒙古为尊的民族压迫政策，但在客观上的确促进了各民族的大融合。自元代的文言小说中很少出现以反映民族压迫、民族歧视为主要内容的。相反还表现出认可民族融合的倾向。

首先，虽然蒙古入主中原，极大地冲击了汉族文人夷夏大防的观念，但至迟在忽必烈至元年间，汉族文人已基本认同了元统一政权，认定了效忠于皇元，并不意味着就是单纯地效忠于蒙古人。如《南村辍耕录》卷二"巴而思"记载的监察御史姚天福母子义烈之事就可见一斑。姚天福

---

① 徐显：《稗史集传》，《笔记小说大观》第12编，新兴书局1976年版，第123页。
② 同上。

参奏宰相阿合马，众人皆为危之，"公之太夫人有贤识，勖之曰：'为国者忘其家，汝第尽力效忠，果不测，吾追踪陵母，死日犹生年也。'公泣谢，白其长曰：'万一得遣，乞不以老母坐连'"①。姚天福身在官位即为国家尽力效忠，虽死而不辞。其母也以"为国者忘其家"勉励其尽力效忠，不必考虑自己。这母子二人皆以为元效忠作为当然之事，说明早已在心理上认同了元朝统治的正统性。不但在朝为官的文人如此，即便没有官位的普通文人也甘于为国家效忠而牺牲生命。如《稗史集传》所记杨椿就是一例。平江人杨椿多次参加科举考试均落第，以尚书教授里中。至正年间，郡守招募民众守城，杨椿自告奋勇参加，曰："椿虽贱贡士也，即今有司不别择列予于编氓以守陴，岂国家所以重士意哉？"②后在守城中顽强抵抗死于非命。由上可见，无论是姚天福还是杨椿，这由上而下的汉族文人都早已将国家置于民族之上，认同了元——这个由蒙古贵族建立起来的统一政权。在统一的政权之下，民族融合的观念则已不言而喻。

　　除了表现文人对蒙元政权的认可，元代小说也反映出了汉族文人对蒙古文化的接受，如《至正直记》卷一"石枕兰亭"记汉族文人叶肃可"学国语，为蒙古长史，娶蒙古氏"③，卷四"敬仁祭酒"中的许敬仁祭酒也"颇尚朔气，习国语"④。如果说习学语言、风尚也只是民族融合流于表面，那么汉族文人也有与蒙古人、色目人交往，甚至以家人生命相托者，交情不可谓不深。如杨瑀《山居新语》卷四记载的叶子澄和伯颜即为此类。小说云：

　　　　叶子澄以清，号雪篷，吴人也，贫而尚义之士，与黟县达鲁花赤伯颜为厚交。至正壬辰，寇起江东，浙省调兵守昱岭关。时颜在遣中，没于王事。其家旧居嘉兴崇德州，讣音至，家人招黄冠岩隐者追荐摄召之。颜云："旦夕杭城受危，尔辈宜速往吾弟处逃生。"母妻以无弟可依，再叩之，云："即松江叶子澄，乃我存日生死交也，可往依之。"其即备船东行。比至前三日，叶夜梦伯颜相见，以家属为

---

① 陶宗仪：《南村辍耕录》，《宋元笔记小说大观》，上海古籍出版社2007年版，第6157页。
② 徐显：《稗史集传》，《笔记小说大观》第12编，新兴书局1976年版，第137页。
③ 孔克齐：《至正直记》，《宋元笔记小说大观》，上海古籍出版社2007年版，第6572页。
④ 同上书，第6662页。

托。叶即为留居供给不怠。后杭城果陷。①

　　叶子澄与伯颜结为生死之交，伯颜身死之后，一点精诚将家人托付给叶子澄，这足以说明对这位朋友是异常信赖的。在中国的历史上，一直以来不乏俞伯牙钟子期式的知己之情，也不乏范张鸡黍式重信义的友情，而像叶子澄与伯颜这样异族而能结成生死之交的情况，不能不说是民族融合的结果。

　　总体由小说来看，元代的汉族文人大多认同以国家代民族的思想，忠于皇元而不是蒙古；同时，小说中提到不少汉人与蒙古人、色目人交游，甚至互相引为知己的故事。这些足以表明，民族融合已成为元代文人基本认可的共同心理特征。

　　综上所述，在元代这个异族统治的特殊时代，小说作者们多数仕途无望，通过作品有意无意地展现出了当时文士的微妙复杂的心态。他们难得地表现出重情轻礼的一面，同时，怀旧的心态，以及民族融合的心理特征亦在他们身上表现得淋漓尽致。可以说，文言小说就是折射出文人一般心态的一面真实的镜子。

---

① 杨瑀：《山居新语》，《宋元笔记小说大观》，上海古籍出版社 2007 年版，第 6081 页。

从元代上都扈从诗看滦阳民俗

赵延花

上都扈从诗也称上京（都）纪行诗，是元代边塞诗的主要形式。元朝自定都大都（今北京）以后，每年春末夏初，历届皇帝都要到上都（上都，又称为上京、滦京、滦阳，遗址在内蒙古自治区锡林郭勒盟正蓝旗东北）巡幸避暑，以此来安边定塞。这种北巡活动，从众多，既包括翰林修撰、翰林文字、知制诰、监察御史、国史编修等官员，也包括一些诗文作家。有元一代，众多文士扈从圣驾巡幸北方，出现了中国历史上第二次文人出塞高潮，也形成了为数众多的纪行诗。

本文从民俗学的角度，通过对上都扈从诗中的民俗文化进行掘微与阐释，以期从一个全新的角度认识上都地区民俗的地域特色以及接受中原农耕文化影响的状况，也可以加深对上都扈从诗的认识和把握。

一 生产民俗：物质文明的全面展示

元代漠北、漠南的"原隰之地，无复寸木，四望惟白云黄草"，"其产野草，四月始青，六月始茂，至八月又枯，草之外咸无焉。"[①] 因而上都地区，富有特色的畜牧业在经济生活中占主导地位。正如杨允孚在《滦京杂咏》中所言："塞边牂牧长儿孙，水草全枯乳酪存。不识江南有阡陌，一犁烟雨自黄昏。"[②] 诗中用对比的手法来描绘上京与南方在生产方式上的差异，上京人民以牂牧为生，即使是水草全枯的季节仍然以留存的乳酪为食物，而不像南方人以耕种阡陌为生。牧民们在广袤的草原上放

---

① 彭大雅、徐霆：《黑鞑事略》，王国维遗书本，上海古籍书店 1983 年版，第 4 页。

② 顾嗣立：《元诗选》（初集三），中华书局 1987 年版，第 1967 页。本文所引扈从诗皆出此书，不再注明。

牧，牲畜的种类也很多，有牛羊："牛羊散漫落日下，野草生香乳酪甜。"（萨都剌《上京即事五首》之一）"连天暗丰草，不复见林木。行人烟际来，牛羊雨中牧。"（黄溍《擔子窪》）也有马："朔方戎马最，刍牧万群肥。"（周伯琦《纪行诗》之一）还有骆驼："遥见马驼知牧地，时逢水草似鱼村。"（吴师道《闻危太朴王叔善除宣文阁检讨三首》其一）"阴森晚色晦，寒沙聚群驼"。（袁桷《登候台》）

　　牧民以逐水草放牧为主要经济活动，夏季迁徙到山地，气候凉爽，还有充裕的水草。冬天迁牧到比较温暖的草甸，不但薪木易得，而且可避严寒给畜群带来的灾害。牧民经常更换牧场，是因为任何一块草甸的草料都不能够永远满足那么大群的牲畜的饲养需要，也是为了保护生态，实现可持续发展。廼贤的《塞上曲五首》其二表现的就是牧人们游牧生活中的一个场景——迁徙：

> 杂沓毡车百辆多，五更冲雪渡滦河。
> 当辕老妪行程惯，倚岸敲冰饮橐驼。

　　寒冷的清晨，一个游牧部落在迁徙，人头攒动，毡车杂沓，冒雪过滦河；一个身板硬朗的老太太，敲开冰层在饮骆驼。

　　骑射之长技是蒙古族传统中一项非常重要的内容，牧民们除了从事牧业生产以外，还经常进行狩猎活动。狩猎既具有经济意义，猎获物可以作为食物的重要补充；又具有军事意义，通过大型围猎活动训练战士，使牧民熟悉弓马，培养吃苦耐劳的精神。元朝统治者巡狩上都，除了举行忽里台与朝觐活动以外，还要在这里避暑狩猎。陈高华、史为民在《元上都》第四章里专门谈了上都宫廷生活，主要是宴会、佛事、狩猎、祭祀和其他娱乐活动。上都扈从诗中多有关于这方面的描绘：有写王孙贵族射猎的，如萨都剌《上京即事五首》其一：

> 紫塞风高弓力强，王孙走马猎杀场。呼鹰腰箭归来晚，马上倒悬双白狼。

　　杨允孚《滦京杂咏》之一：

月初王孙猎兔忙，玉骢拾矢戏沙场。皮囊乳酒锣锅肉，奴视山阴对角羊。

也有描写普通百姓射猎场面的，如廼贤《塞上曲》五首其一："秋高沙碛地椒稀，貂帽狐裘晚出围。射得白狼悬马上，吹笳夜半月中归。"描写了夜晚捕猎场面：秋天的月夜，牧人们在广阔的沙碛中围猎。夜半时分，围猎成功，射得白狼，骑马吹笳而归。还比如柳贯《后滦水秋风词三首》其二所言"丈夫射猎妇当御"的描写。

在上都打猎不仅是成年男子的事，连妇女和儿童也会参与进来，如柳贯《同杨仲礼和袁集贤上都十首》、杨维桢《走马》、郑元祐《出塞七首效少陵》等，描写在草盛兽肥的季节，家家户户拿上早已准备好的弓矢，骑上骏马出外打猎，妇女也不甘落后，凭着"胡女牵来狞叱拨，轻身飞上电一抹"的骑术，直接参与合围，"合围连妇女"，连五岁的孩子也能"翻身异鸟鼠，快捷如飞鸿。"

在游牧经济区，原来很少有耕种的土地。蒙古建国后，掳掠中原汉族人为奴隶，这些中原的人往往在水源充足的草原开辟小片耕地。入元之后，政府也在漠南、漠北有计划地开辟屯田，但因为这些地区纬度较高，天气寒冷，入夏始种粟、黍，种植的主要是抗寒而且生长期较短的作物，在扈从诗中描写的主要是荞麦，如贡师泰的"荞麦花深野韭肥"（《和胡士泰滦阳纳钵即事韵》），胡助的"荞麦花开草木枯"（《宿牛群头》）等诗句。

二　饮食民俗：丰富多样的天地

饮食是人们生存的基本条件。各民族的饮食内容和方式，受到经济、政治、文化等多种因素的制约。元代是一个多民族王朝，各民族饮食习俗相互影响以及域外传入的饮食习俗，使元代的饮食文化丰富多样。上都地区以蒙古族为主，蒙古族原来的饮食方式比较简单，随着势力的扩张，与其他民族的接触不断增多，在饮食方面受到很多影响。

肉食。上都地区以畜牧为主，人民过着游牧的生活，他们的食品，以家畜（主要是羊，其次是牛、马等）肉和奶制品为主，而以打猎所得的野生动物肉为补充。蒙古人和色目人都习惯吃羊肉，因而羊肉在肉食结构中的地位更加突出。宫廷饮食以羊肉为主，许有壬是元代奎章阁学士院侍书学士，多次扈从上京，他的《上京十咏》主要刻画了蒙古草原的物产和风光，其二为《秋羊》描写秋高气爽的季节，庖人供肥羊，皇帝以之颁赐重臣。其中"肉净燕支透，膏凝琥珀浓"的描写，逼真地写出了秋日肥羊的肉质和庖人烹饪的高超。张昱的《辇下曲》中有"大官羊膳两厨供"，《塞上谣》中也有"野帐吹烟煮羊肉"的诗句。元代时期，蒙古统治者到上都巡幸，与各路亲王举办大型的国宴也是重要的内容，其名为诈马宴，因为赴宴者都着皇帝钦赐的衣饰，也称为质孙（一色服）宴。周伯琦在《诈马行》序言中说："其佩服日一易，大官用羊两千噭马三匹，他费称是，名之曰'只孙宴'。'只孙'，华言一色衣也。俗呼曰'诈马筵'。"在诗中也说："大宴三日酺群悰，万羊脔炙万瓮酏。"除了羊肉，牛马的肉也是主要的食品。到元代时，蒙古族还有生食的习俗。陈伯通《海青马生肝》其二"催荐厨中语未阑，控拳豪客簇雕盘。翠翻云叶并刀乱，冰透霜花楚玉寒。一呍味甘牙齿滑，十分香彻鼻头酸。梦魂不到鲈鱼脍，醉眼江湖特地宽。"诗中描写生吃马肝的情景，马肝不仅可以生吃，而且味道堪比鲈鱼脍。

　　除了家禽肉，野生动物肉是重要的补充，这些多靠打猎获得。如上文所论，他们猎获的白狼、兔等猎物都是草原野味。杨允孚《上京杂咏》中有"北陲异品是黄羊"的诗句，提到了上都地区的一种野味——黄羊。许有壬《上京十咏》其三为《黄羊》："草美秋先腤，沙平夜不藏。解绦文豹健，脔炙宰夫忙。有肉须供世，无魂亦似獐。少年非好杀，假尔试穿杨。"诗中作者把饮食与狩猎结合起来，描写了狩猎之后，宰杀黄羊的情景。如果说黄羊是我们现代人依然熟知的一种野味，那么食用黄鼠在如今的北方却很少见。许有壬《上京十咏》其四为《黄鼠》，诗中称这是一种北方的"珍味"，南方人看到后大为稀奇，接着描写了捕获黄鼠的办法"发掘怜禽狝，招来或水攻。"贡师泰《和胡恭滦阳纳钵即事韵五首》其三有"健儿掘地得黄鼠，日暮骑羊齐唱归"，杨允孚《滦京杂咏》中也有："老翁携鼠街头卖"的诗句。考之今日的内蒙古锡盟草原，无论是蒙古族还是汉族人民都没有吃黄鼠的习俗，而诗中所说的对此"北方珍味"很好奇的南方人，如今却有一些民族有这样的饮食习俗。说明随着时间的推移，南北方人的饮食习惯发生了很重要的变化。天鹅也是当时人们狩猎的对象，柯九思《宫词》其十三就描写狩猎结束之后，"天鹅驰送入宫庭"的情景。

　　饮酒。元代的酒，就其使用的原料来区分，有马奶酒、果实酒和粮食酒几大类。元代以汉族为主的广大农业区，主要饮用的是粮食酒，马奶酒和葡萄酒并为宫廷的主要用酒。而在以蒙古族为主的上都地区，马奶酒就是最为重要的饮料。蒙古人蓄养牛马等家畜，马奶以及用马奶发酵而成的"忽迷思"（马奶酒）就成为他们喜爱的饮料，因为湩是乳汁，马奶酒也称为湩酒。受到蒙古风俗的影响，汉族和其他少数民族中也有一些人对此发生浓厚的兴趣，所以在扈从诗中吟咏马奶酒的诗歌就非常多："学士院官传赐宴，黄羊湩酒满车来。"（张昱《辇下曲》）"相官马湩盛浑脱，骑士题封抱送来。"（张昱《辇下曲》）"内宴重开马湩浇，严程有旨出丹霄。"（杨允孚《滦京杂咏》）"皮囊乳酒锣锅肉，奴视山阴对角羊。"（杨允孚《滦京杂咏》）"祭天马酒洒平野，沙际风来草亦香。"（萨都剌《上京即事五首》）"龙衣遵质朴，马酒荐馨香。"（周伯琦《立秋日书事五首》）"髯奴醉起倾浑脱，马湩香甜奈乐何。"（贡师泰《和胡恭滦阳纳钵即事韵五首》）"天马西来酿玉浆，革囊倾处酒微香。"（耶律楚材《寄贾搏霄乞马乳》）"悬鞍有马酒，香泻革囊春。"（许有壬《雨中桓州道中》）"味似融甘露，香疑酿醴泉。新醅撞重白，绝品挹清玄。"（许有壬《上京十咏》其一《马酒》）"慢说千杯不醉人，清光压倒洞庭春。携行可用紫丝络，渴饮不烦乌角巾。""摇动革囊成酝酿，封藏花盎作逡巡。坐中一混华夷俗，或有豪吞似伯伦。"（员炎《马酮》）这些诗歌描写了马酒的香甜、酿造、运储等多个方面，最值得一提的是员炎诗中的"坐中一混华夷俗，或有豪吞似伯伦。"因为这种美酒，使"华夷一俗"，其功至伟。

　　野菜。在草原地区，生长着数量众多的野菜，很多都具有极高的营养价值，如沙葱、野韭、蕨类、百合、桔梗、黄花、蘑菇、地椒、沙菌等。草原地区种植蔬菜较少，牧民多采野菜作为肉食的补充。许有壬的《上京十咏》中就有对这些野菜的描写，《地椒》诗中首先描写了地椒的花色、香味："冻雨催花紫，轻风散野香。"然后描写了其叶片的形状和长势："刺沙尖叶细，敷地乱条长。"接着写了地椒被采摘的情况："楚客收成里，奚童撷满筐。"最后说明这种野菜并非上品："行厨供草具，调鼎尔非良。"《韭花》诗盛赞其花美味美："西风吹野韭，花发满沙陀。气校荤蔬媚，功于肉食多。浓香跨姜桂，余味及瓜茄。"《沙菌》诗自注曰："此物喜生车帐卓歇之地，夏秋则环绕其迹而出。"诗中则描写了其形状和食用情况："帐脚骈遮地，钉头怒戴沙。斋厨供玉食，毳索出氊车。"杨允孚在《滦京杂咏》中提到过野生的蘑菇："更说高丽生菜美，总输山后蘑菇香"，马祖常《石田集》中有："六月椒香驼贡乳，九秋雷隐菌收钉。"袁桷《上京杂咏十首》也有："芍药围红斗，摩姑缀玉钉。"除了蘑菇外还有紫菊、地椒："紫菊花开香满衣，地椒生处乳羊肥。"（杨允孚《滦京杂咏》）

水果。上都扈从诗中反映元代食用的水果种类还是很多的。杨允孚《滦京杂咏》之一提到了梨："买得香梨铁不如，玻璃椀里冻潜苏"，并在自注中解释说"梨子受冻，其坚如铁。以井水浸之，则味回可食。"另一则曰"海红不似花红好，杏子何如巴榄良。"自注曰"海红、花红、巴榄皆果名。"再加上杏子，共提到四种水果。许有壬在《上京十咏》中有《寻梅》诗，诗中主要写的是梅花，有梅花就应该有梅子。廼贤《锡喇鄂尔多观诈马宴奉次贡泰甫授经先生韵》其二中提到葡萄："内官当殿出蒲萄"。

面食。如前所述，上都地区主要种植荞麦等植物，所以其面食主要是荞面，许有壬《上京十咏》其五《糁面》："坡远花全白，霜轻实便黄。杵头麸退墨，砲齿雪流香。玉叶翻盘薄，银丝出漏长。元宵贮灯火，蒸墨笑南香。"诗中有自注："南乡荞面黑甚，热则坚实若瓦石，可代陶盏贮膏火。"诗中描写了荞麦开花、结实、磨面、烹饪的过程，这里所做的食物被称为"河漏"或"合落""饸饹"。元代杂剧中有"糁子面合落儿带葱韭"[1] 的唱词（杨景贤《西游记》），可见在元代食用荞面是比较普遍的一种饮食习俗。

三　服饰民俗：对外在美的追求

服饰民俗是以衣服为主要内容的民间习俗。首先是用不同的质料制作的衣、袍、裤、裙、鞋、袜……其次是附加的饰物，如头发上的夹、簪、钗、梳等饰物；耳部饰物耳环、耳坠；颈部饰物，如项圈、项链；胸腰部饰物如胸针、腰佩……再次是人体自身饰物：如梳各种发式、画眉、描唇……

上都地区气候寒凉，主要的衣装是长袍皮袄，如范玉壶《上都》："上

---

① 张月中、王钢：《全元曲》，中州古籍出版社1996年版，第1351页。

都五月雪花飞，顷刻银装十万家。说与江南人不信，只穿皮袄不穿纱。"柳贯《午日雪后行失八儿秃道中有怀同馆诸公》："尖峰犹是漠南山，驼褐萧萧午日寒。艾叶漫将头上插，榴花应许梦中看。"廼贤《塞上曲》五首其一："秋高沙碛地椒稀，貂帽狐裘晚出围。射得白狼悬马上，吹笛夜半月中归。"虞集《雪后偶成》："晓来残雪在陂陁，远似羊群或似鹅。忆踏春泥香柳色，驼裘貂帽度冰河。"陈孚《明安驿道中四首》："貂鼠红袍金盘陀，仰天一箭双天鹅。彫弓放下笑归去，急鼓数声鸣骆驼。""帽尖花压翠，衣角锦围貂"（袁桷《上京杂咏十首》）从诗中可以看出，上都地区五月还大雪飘飞，所以皮袄、驼褐、驼裘、貂帽、狐裘等衣装才足以保暖。

首先，以质孙服最为独特。质孙，是蒙古语的音译，又写作"只孙""济逊"等。另称为"诈马"，是波斯语外衣、衣服的音译，即宫廷宴会上穿的一色衣服。穿质孙服参加的宫廷宴会，称为"诈马宴"，每日换一次衣服，所以皇帝、贵族、大臣等的质孙服都有多套。周伯琦《诈马行并序》序言中说："国家之制，乘舆北幸上京，岁以六月吉日。命宿卫大臣及近侍服所赐只孙，珠翠金宝，衣冠腰带……""只孙"华言一色衣也。俗呼为"诈马宴"。在诗中称"高官艳服皆王公，良辰盛会如云从。明珠络翠光茏葱，文缯镂金纡晴虹"。柯九思《宫词十五首》其五描写"只孙服"是"千官一色真珠袄，宝带攒装稳称腰"。此外，贡师泰的《上都诈马大宴五首》《上京大宴和樊使侍御》、王结的《上京大宴诗》、廼贤的《锡喇鄂尔多观诈马宴奉次贡泰甫授经先生韵》等作品都描写了这一服饰。

其次，女子们的服饰也很有特点。头上戴固姑、皮帽。"香车七宝固姑袍，旋摘修翎付女曹。""马上琵琶仍按拍，真珠皮帽女郎回。"（杨允孚《滦京杂咏》）皮帽很普通，"固姑冠"则比较独特，它是蒙古族妇女传统的冠饰，进入元朝之后仍然很流行。"固姑"译自蒙古语，有不同的写法，如姑姑、固姑、顾姑、故故、罟罟等。我国考古工作者从四子王旗乌兰花镇西南蒙元贵族墓中发现了十多个"顾姑冠"，它们用桦树皮围成长筒，缝起来，外面裹着色泽艳丽的丝绢。上面缀以珠饰、飞蝶饰片等物，顶端插孔雀羽毛。叶子奇在《草木子》中说："元朝后妃及大臣之正室，皆戴姑姑衣大袍，其次即带皮帽。姑姑高圆二尺许，用红色罗盖。"[①]

---

① 叶子奇：《草木子》，中华书局1959年版，第63页。

因为冠饰通常高二三尺，所以坐车时要摘下来。《蒙鞑备录》载蒙古妇女"往往以黄粉涂额"① 作为美容手段，扈从诗中也描写了妇女澹墨画眉，黄粉敷面："澹墨轻黄浅画眉"（杨允孚《滦京杂咏》）。在穿着上除了前述的皮衣、貂裘外还有"小绒绦子翠罗衣"。（杨允孚《滦京杂咏》）脚上"金线蹙花靴样小，免教罗袜步轻寒"。服饰色彩丰富，配饰多样，靴子上也有"金线蹙花"，体现了元人的服饰习俗以及他们对于服饰美的追求。

四　居住民俗：蒙汉人民杂居的生动展示

居住民俗指一个国家、民族或地域的广大民众在居住活动中所创造、享用和传承的属于本群体独特的民俗习惯模式。

上都地区蒙汉杂居，在居住方面也表现出两个民族不同的特点。汉族多住土房，又称土屋、板屋或地屋，屋宇矮小，土屋四周有土墙。袁桷在诗中描写了这些土屋："土屋层层绿，沙坡簇簇黄。"（《上京杂咏》）"土屋粘密房。"（《登候台》）"沙坡马鬣高下迎，土屋鱼鳞先后附。"（《端午日由车中抵开平客中三度端阳怆然有怀》）由诗中的修饰词"层层""鱼鳞"可知当时上都生活的汉族百姓人口是非常多的。土屋中，都建有生火的土炕，供取暖和做饭之用。诗人用"土房通火为长炕"（马祖常《石田集》），"土床长伏火，板屋颇通凉"（周伯琦《上京杂诗十首》），"泥上炕床银瓮酒"（杨允孚的《滦京杂咏》）描写了屋内的情形。而"土房催通马通乾"（袁桷）诗中的"马通"是"马粪"，在草原上，人们用马粪或牛粪作为烧火的燃料，而诗中住土屋的汉族人也使用这种燃料。表明蒙汉人民杂居日久，生活习俗的相互影响。这种土屋很不牢固，经过冬天冰冻、春天融化之后，往往会变形，宋本在《上京杂诗》中描写了春天东倒西歪的土屋："腊冬彻泉地坟起，土膏春动消成洼。千条万条壁缝拆，十家九家屋山斜。"

生活在草原上的蒙古族居住在帐幕中，帐幕也称为帐、幕、毡幕、毡房、穹庐和毡帐，我们现在称"蒙古包"。元代很多诗人在诗中描写了这种住房：袁桷"毡屋起营羊胛熟，土房催通马通乾。""土屋粘密房，文

---

① 赵珙：《蒙鞑备录》，王国维遗书本，上海古籍书店 1983 年版，第 16 页。

毡围锦窠。""帐殿横金屋，毡房簇锦城。"柳贯"雪毳千家帐"，李俊民《送郡侯段正卿北行二首》"入寒尽穿毡帐过，去乡须待锦衣还"。刘秉忠《宋义甫弹秋风》"穹庐悄悄夜漫漫，午醉醒来坐席寒"。柳贯《还次桓州》"寒雨初干草未霜，穹庐秋色满沙场"。蒙古族放牧时多是一个部族生活在一起，毡房相连犹如小村落，正如柳贯《滦水秋风词三首》所言"毡庐小泊成部署，沙马野驼连数群"。

草原上的毡帐都是圆形的。毡帐的骨架用交错的柳枝扎成。骨架的顶端为一小圆圈，由圆圈往下全用白毡覆盖，固结在骨架上。蒙古族崇白，所以常在毛毡外涂上石灰、白黏土，使之更加洁白。杨允孚的"白白毡房撒万星"说明了这个事实。小圆圈不用毡覆盖，即所谓的"天窗"，有通风、通光、通气的作用。马祖常《石田集》诗中言"毡屋疏凉启小棂"，就说明这天窗的作用。毡帐门全朝南开，用柳条扎成门框，门框上吊着用毛毡制成的门帘。萨都剌《上京即事五首》中说："卷地朔风沙似雪，家家行帐下毡帘"，就指的是这种门帘。为了适应游牧生活的需要，一般居民的毡帐都是可以移动的。

毡帐多是可以居住三五人的规模，但在元代也有深广可容数千人的大帐，也就是蒙古统治者所居的毡包，极其华丽宽阔。如柳贯《观失剌斡耳朵御宴回》诗所写："毳幕承空柱绣楣，彩绳亘地掣文霓。辰旗忽动祠光下，甲帐徐开殿影齐。……壁衣面面紫貂为，更绕腰阑挂虎皮。大雪外头深一尺，殿中风力岂曾知。"诗人自注云："车驾驻跸，即赐近臣洒马奶子御筵，设毡殿失剌斡耳朵，深广可容数千人。"失剌斡耳朵为蒙古语，汉意为黄账，也称金帐，一般做大汉行宫。外包白毡，后来也有包银鼠、紫貂皮者，内以黄金抽丝与彩色织物作为内饰，柱与门以金裹，钉以金钉，深广可容数千人。

五　节日民俗：情趣盎然的时空

元代一年四季的节日，基本按照汉族传统习俗安排。但是，每年皇帝都要带领大批随从人员到上都避暑，一年中有近半年在上都度过，上都除了按照汉族传统习俗安排的各种庆祝和娱乐活动外，也有按照蒙古族传统安排的各种活动。这在上都扈从诗中均有所反映。

元宵节。元宵节也叫元夕、元夜，又称上元节，因为这是新年第一个月圆夜。因历代这一节日有观灯习俗，故又称灯节。杨允孚《滦京杂咏》咏元宵节曰："元夕华灯带雪看，佳人翠袖自禁寒。"就是对人们元宵观灯习俗的表现。

上巳节。古时以三月第一个巳日为"上巳"，汉代定为节日。"是月上巳，官民皆洁于东流水上，曰洗濯被除，去宿垢疢（病），为大洁"（《后汉书·礼仪志上》）。后又增加了临水宴宾、踏青的内容。魏晋以后，上巳节改为三月三，后代沿袭，遂成汉族水边饮宴、郊外游春的节日。杨允孚《滦京杂咏》描写上巳节日："脱圈窈窕意如何？罗绮香风漾绿波。信是唐宫行乐处，水边三月丽人多。"元朝上巳日，滦京士女竞作彩圈，临水弃之，即修禊之义。

端午节。每年农历五月初五，又称端阳节、午日节、五月节等；端午节是中国汉族人民纪念屈原的传统节日，更有吃粽子，赛龙舟，挂菖蒲、蒿草、艾叶，薰苍术、白芷，系彩丝，喝雄黄酒的习俗。元代端午节，也大致如此："蒲（葡）萄万斛压香醪，华屋神仙意气豪。酬节凉糕犹末品，内家先散小绒绦。"（杨允孚《滦京杂咏》）这里描写了端午吃凉糕、系彩丝的习俗。旧传三闾大夫语人：五色丝蛟龙所畏，故是日长幼志以五色彩系臂，一名长命缕，一名续命缕，父老相传：可以辟蛇，至七夕始解弃之。柳贯《午日雪后行失八儿秃道中有怀同馆诸公》："尖峰犹是漠南山，驼褐萧萧午日寒。艾叶漫将头上插，榴花应许梦中看。"则是对端午插艾叶的描写。袁桷《端午日由车中抵开平客中三度端阳怆然有怀》中描写了挂菖蒲的习俗："旧岁滦阳万寿宫，九节菖蒲泛琼醽。"

游皇城。至元七年（1270），忽必烈听从帝师八思巴的建议，在大明殿御座上设置白伞盖，泥金书梵字于其上，以镇服邪魔护安国刹。此后每年二月十五日做大型佛事，奉伞盖周游皇城内外，为众生拨出不详，导引福祉。六月十五日，帝师等在上都做佛事，同样举行盛大的游皇城活动。杨允孚《滦京杂咏》记载："每年六月望日，帝师以百戏入内，从西华入，然后登城设宴，谓之游皇城是也。"并作诗曰："百戏游城又及时，西方佛子阅宏规。彩云隐隐旌旗过，翠阁深深玉笛吹。"袁桷《皇城曲》："岁时相仍作游事，皇城集队喧憧憧。吹螺击鼓杂部伎，千优百戏群追从。宝车瑰奇耀晴日，舞马装簪摇玲珑。红衣飘裾火山耸，白伞撑空云叶丛。王官跪酒头叩地，朱轮独坐颜酡烘。蚩氓聚观汗挥雨，士女簇坐唇摇风。"都记载了这一特殊节日的盛大景象，充满了宗教色彩。

　　元代的上都地区民俗，虽然已开始向汉民族靠拢，但仍保持了北方游牧民族的特色，所以扈从诗中表现的上都民俗丰富多彩，堪称是元代上都民俗文化的长廊，具有重要的民俗学价值。

【原发表于《北方论丛》2012 年第 4 期】

元代蒙古族诗人汉文诗歌创作研究谫论

冯文开

　　蒙古族是一个具有悠久历史文化传统的民族，源自"室韦—达怛人"，在形成过程中逐渐从东胡后裔历史民族区向整个蒙古高原扩散，同突厥铁勒人和其他各民族结合，吸收各种外族人口，生活在蒙古高原上。[①] 1206 年成吉思汗统一蒙古高原各个游牧部落，建立蒙古汗国，蒙古民族开始形成，至 14 世纪元亡后蒙古民族的形成过程大体结束，其间蒙古族创造了自己的民族文字，产生了自己的独特的文学和艺术。自入主中原起，蒙古族便开始系统地学习和研究汉文化，草原游牧经济文化与农耕经济文化的碰撞与交融也成为了蒙元时期具有标志性和主导性的文化生态类型。

　　正是在蒙元时期，蒙古族统治者不仅身体力行地研读儒家经典，而且采取各种措施倡导和鼓励各阶层的蒙古族民众学习汉语和汉文化，进而推动了元代蒙古族学习汉文化的进程，加强了蒙汉民族文化互相交流、互相影响。在蒙汉文化交融的过程中，许多受汉文化濡染熏陶较深的蒙古族文人登上了元代诗坛，开始借鉴和学习汉族诗歌的创作技巧，使用汉语创作大量优秀的诗歌。元代蒙古族使用汉文创作诗歌的文人上至帝王，下至平民，忽必烈、伯颜、郝天挺、泰不华、月鲁不花、笃列图、察伋、同同、童童、阿荣、萨都剌、达溥化、聂镛、买闾、阿盖等都在中国诗歌史上留下了鲜明的印记，他们之中有帝王、太子、公主、将相、状元、进士、平民，大多是蒙元时期蒙古族文人中的一时之选。这些蒙古族文人接受了汉文化教育与熏陶，对汉族古典诗歌产生了浓厚的兴趣，进而走上汉文诗歌创作的道路，引领了蒙元时期学习汉文化风气之先。他们的母亲或为汉

---

　　① 亦邻真：《中国北方民族与蒙古族族源》，《内蒙古大学学报》（哲学社会科学版）1979 年第 2 期。

族，如月鲁不花、童童等的母亲，或师从汉族诗人，如阿荣师从宋本、泰不华师从李孝光等。更为突出的是，他们中的许多人都在汉地生活过，与汉族诗人交游酬唱，如阿荣与虞集、陈旅、宋褧、吴元德等交游唱和，泰不华与虞集、柯九思、吴师道、杨载、杨维桢等交游酬唱，萨都剌与虞集、杨维桢等相酬唱，察伋与许有壬、王逢、顾瑛、释来复等相唱和，聂镛与顾瑛、张经等相互酬唱。

一

　　通过与汉族诗人的交往唱和，蒙古族诗人对汉文化有了更深刻的掌握与理解，汉文诗歌创作水平也得到了更好的提高，而由汉族、蒙古族以及其他少数民族构成的多民族诗人交游酬唱的文学活动也已然成为元代诗坛特有的一种文学现象，当然，这种蒙汉及其他少数民族诗人互相唱和的文学局面也直接促进了中华多民族文学的繁荣与发展。其间，蒙古族诗人的汉文诗歌题材多样，内容丰富，举凡叙事、咏物、田园、纪游、酬唱、题画等之作，应有尽有，艺术风格多为不事雕饰与直抒胸臆，亦有辞藻华美与风格婉丽的特征，或多或少地具有蒙古族特有的民族特色与地域特色。这些汉文诗歌创作既丰富和发展了蒙古族文学，也丰富和繁荣了整个中华民族的文学。因此，蒙古族诗人的汉文诗歌不仅在蒙古族文学史上占有重要的地位，在中国文学史上也占有同样的地位，是中国文学史不可或缺的重要内容。

　　但是，由于各种社会历史原因和民族偏见，郝天挺、泰不华、月鲁不花、笃列图、拔实等许多元代蒙古族诗人创作的汉文诗歌在流传过程中湮没和散佚了，月鲁不花的《芝轩集》、僧家奴的《崞山诗集》、达溥化的《鳌海诗人集》以及其他蒙古族诗人的汉文诗集也不传于世，这直接增加了全面掌握元代蒙古族汉文诗歌创作整体面貌的难度。而且，元代蒙古族诗人汉文诗歌这一笔宝贵的民族文化一直未得到应有的重视，很少有学人问津，长期被诗歌研究界所忽视。元代蒙古诗人及其汉文诗歌创作存在、价值、特征及发展过程等在文学史中的描述也不明晰，甚至常常被忽略不计。

　　不过，古代汉文文献典籍还保留了一些文人对元代蒙古族诗人汉文诗歌的赏鉴与评论，如虞集评价萨都剌"最长于情，流丽清婉"[1]、胡应麟

---

① 萨都剌：《雁门集》，上海古籍出版社1982年版，第433页。

评价泰不华"兼善绝句，温靓和平，殊得唐调"等。① 元、明时期的文人辑录文献，也保存下来了一些蒙古族诗人创作的汉文诗歌，如顾瑛的《草堂雅集》、偶桓的《乾坤清气》、宋绪的《元诗体要》等。有清一代，许多诗歌总集和诗歌史料著作都收入了蒙古族诗人的汉文诗歌，如《御选宋金元明四朝诗》《元诗选》《元诗纪事》等。《御选宋金元明四朝诗》是清康熙年间张豫章等人奉敕编纂的诗歌总集，选录忽必烈、图帖睦尔、妥懽帖睦尔、萨都剌、聂镛等蒙古族的诗人及其汉文诗作。但是，它没有准确地区分一些少数民族诗人的族属，如将伊圻、雅尔噶萧被笼统地划为蒙古色目人，未对塔布台、果啰罗纳延、乌库哩屯、达勒达约苏、突默巴延、喀喇布哈、哲尔伊尔台、巴延特穆尔、特穆尔、达实特穆尔、布哈特穆尔等许多少数民族诗人的族属进行考订，显然，这些诗人中有不少人应该是蒙古人，如塔布台、巴延特穆尔、布哈特穆尔、达实特穆尔、特穆尔等。

有清一代还要提及的与之有关的诗歌总集是顾嗣立编选的三集《元诗选》，它收入图帖睦尔、妥懽帖睦尔、萨都剌、泰不华、月鲁不花的诗歌，附有萨都剌、泰不华、月鲁不花的小传及对他们的评点。顾嗣立原编、席世臣修订校刊的《元诗选》癸集收入了同同、聂镛、八礼台等许多蒙古族诗人的诗歌。但是，因史料不足，《元诗选》癸集对许多少数民族诗人的族属问题避而不谈，使用"□"字表示待考，如"童童字□□，□□人"②"察罕不花字□□，□□人"③ 等，有时因为难以确认诗人身份而将他们含混地划为蒙古色目人。不过，瑕不掩瑜，《元诗选》"虽去取不必尽当，而网罗浩博，一一采自本书，具见崖略，非他家选本饾饤缀合者可比。有元一代之诗要以此本为巨观矣。"④ 郑方坤称赞《元诗选》使得"元人之真面目至是乃出，一代才士之英华，不至与陈根宿草同归澌灭，亦可谓功在百世也已。"⑤

20 世纪初期，中国学界开始关注元代的多民族文化文学及其互融与

① 胡应麟：《诗薮·外编》，上海古籍出版社 1979 年版，第 242 页。

② 顾嗣立、席世臣编：《元诗选》，中华书局 2001 年版，第 390 页。

③ 同上书，第 424 页。

④ 顾嗣立编：《元诗选初集·出版说明》，中华书局 1987 年版，第 2 页。

⑤ 舒位、汪国垣、钱仲联、郑方坤等著：《三百年来诗坛人物评点小传汇录》，中州古籍出版社 1986 年版，第 248 页。

共进，陈垣的《元西域人华化考》便是这一方面的开拓性著作。他充分肯定了元代文化和文学的繁荣以及多民族文学的交流与影响，说道："盖自辽、金、宋偏安后，南北隔绝者三百年，至元而门户洞开，西北拓地数万里，色目人杂居汉地无禁，所有中国之声明文物，一旦尽发无遗，西域人羡慕之余，不觉事事为之仿效。……故儒学、文学，均盛极一时。而论世者轻之，则以元享国不及百年，明人蔽于战胜余威，辄视如无物，加以种族之间，横亘胸中，有时杂以嘲戏……以论元朝，为时不过百年，今之所谓元时文化者，亦指此西纪一二〇六年至一三六〇年间之中国文化耳。若由汉高、唐太论起，而截至汉、唐得国之百年，以及由清世祖论起，而截至乾隆二十年以前，而不计其乾隆二十年以后，则汉、唐、清学术之盛，岂过元时。"① 毋庸置疑，这部著作材料丰实、条理明晰、考据精确，准确把握了元代文化文学的总体风貌，突出了元代文化文学的特征，而它将泰不华、昂实带、郝天挺、鲁古讷丁等考订为色目人的观点在 20 世纪后期也得到了中国学界的修正。自此，北方游牧文化与中原农耕文化的接触与交融逐渐成为中国学界的共识。

二

不过，中国学界较为系统地对蒙古族诗人及其汉文诗歌的考证与研究以及将蒙汉文化文学的交流与互融作为重要研究课题展开研究却始于 20 世纪 80 年代。1984 年，王叔磐、孙玉溱合作编注出版了《古代蒙古族汉文诗选》。② 这部著作一共收入 86 位古代蒙古族诗人，其中元代蒙古族诗人 44 人。王叔磐与孙玉溱为他们立传，且对他们的诗歌进行简要的评价，从思想内容和艺术形式两个方面选注了他们创作的 330 余首诗歌。这部诗歌选集揭开了新中国成立后中国学界整理与研究古代蒙古族汉文诗歌创作的序幕，对蒙古族文学以及蒙汉文化文学交流的研究具有重要的参考价值。20 世纪 80 年代，中国学人对顾嗣立的《元诗选》进行全面整理，将全书加以标点，根据有关总集或别集改正了它的某些版刻错讹以及填补了部分墨钉，且于 1987 年以初集、二集、三集的形式由中华书局出版，随

---

① 陈垣：《元西域人华化考》，上海古籍出版社 2000 年版，第 133 页。

② 王叔磐、孙玉溱选注：《古代蒙古族汉文诗选》，内蒙古人民出版社 1984 年版。

后《元诗选》癸集也于 2003 年出版。《元诗选》的整理出版对蒙古族诗人的汉文诗歌创作以及元诗研究具有重要的学术价值。这一时期，中国学人对元代蒙古族诗人的汉文诗歌的思想内容与艺术成就进行了总体评价。除了王叔磐与孙玉溱在《古代蒙古族汉文诗选》对元代蒙古族汉文诗歌创作的整体面貌作出概述外，云峰的《元代蒙古族汉文诗歌漫谈》对伯颜、泰不华、月鲁不花、聂镛、童童、买闾、达普化、帖木儿、达不花、阿盖、凝香儿、忽必烈、图帖睦尔、妥懽帖睦尔等蒙古族诗人诗作的思想内容与艺术特色，高度评价了这些诗作的诗学价值。① 1980—1981 年，朱永邦撰写了《元明清蒙古族汉文著作家简介》，内中对 25 位元代蒙古族诗人及其汉文诗歌创作进行了简要的介绍。1988 年，门岿在《文学遗产》第 5 期上发表了《元代蒙古族及色目诗人考辨》，对 14 位蒙古和色目诗人的族别和生平进行考辨，纠正了古今著录中与诗人族属相关的一些错讹。这些整理和研究成果标志着 20 世纪 80 年代中国学人开始认识到了元代蒙古族诗人汉文诗歌的价值以及他们在中国诗歌史上的地位，预示着蒙古族诗人及其汉文诗歌创作以及蒙汉诗歌关系的研究正在兴起。

20 世纪 90 年代以后，蒙古族诗人及汉文诗作以及蒙汉诗歌关系的研究进入了一个新的历史时期，长期不被重视的这些研究越来越受到中国学界较多的关注，学人对它们的评价也逐渐由否定走向肯定。研究方法上，马克思主义文艺学的社会阶级分析法由主流话语转换成一家之言，且逐渐淡出了研究视野，由此同时，中国学人接受了民族文化心理学、接受学以及其他学科的理论与方法，分析与研究蒙古族诗人及汉文诗作以及蒙汉诗歌关系。在古代文学研究中宏观研究和心态分析成为学术风气以及多民族文学史观确立的背景下，20 世纪 90 年代以后中国学人从多个理论角度来认识蒙古族诗人及汉文诗作以及蒙汉诗歌关系，提出了与以往不同的观点与见解，一些学术价值较高的研究成果相继涌现，使得蒙古族诗人及其作品以及蒙汉诗歌关系的研究展示出新的面貌，达到了一定的广度和深度。

云峰先后出版了《蒙汉文化交流侧面观——蒙古族汉文创作史》②《蒙汉文学关系史》③《元代蒙汉文学关系研究》④，它们在蒙汉文化交流、

---

① 云峰：《元代蒙古族汉文诗歌漫谈》，《中央民族学院学报》1986 年第 3 期。

② 云峰：《蒙汉文化交流侧面观——蒙古族汉文创作史》，天津古籍出版社 1992 年版。

③ 云峰：《蒙汉文学关系史》，新疆人民出版社 1997 年版。

④ 云峰：《元代蒙汉文学关系研究》，民族出版社 2005 年版。

冲突和融合的社会历史背景下分析了元代蒙汉文化文学的关系，阐述了伯颜、泰不华、月鲁不花、聂镛等许多蒙古族诗人的汉文诗歌创作，对蒙古族汉文诗歌的史学价值以及文学价值给予了高度的评价。云峰指出蒙古民族文化粗犷豪放的风格影响了元诗创作，推动了元代豪放雄健诗风的形成，进而对当时清新婉丽的"雅正"诗学形成了冲击，促进了元代中后期诗风的转变。同时，云峰指出蒙古族诗人将蒙古族特有的文化生活经历、地域风情等融入诗歌中，创作出具有民族特色的汉文诗歌，丰富了元诗的创作。

1994 年，荣苏赫、赵永铣、贺西格、陶克涛等编撰了《蒙古族文学史》。它将蒙古族诗人汉文诗歌创作划分为前期与中后期两个阶段，认为前一个阶段艺术手法略显粗朴、内容充实而气魄宏大，后一个阶段艺术手法注意辞藻修饰，追求风格婉丽，内容多为流连山水、酬答唱和之作。[①] 这部文学史著作还专设两节描述与阐释伯颜、泰不华、月鲁不花、聂镛、萨都剌等诸多蒙古族诗人及其汉文诗歌的思想内容与艺术成就。1994 年，萧启庆的《蒙元史新研》从环境的影响、政府的提倡、政治利益的追求三个方面分析元代蒙古人研习汉文化的原因，考订了二十五个蒙古族诗人的族属。[②] 2002 年，白·特木尔巴根的《古代蒙古作家汉文创作考》阐述了古代蒙古族作家汉文创作队伍的构成以及文献特点等，其中将元代帝王、贵胄世家、科举士人等蒙古族诗人汉文创作放在社会历史文化背景下进行较为系统的考证与研究。2003 年，杨镰的《元诗史》专辟"蒙古诗人"一章考证许多元代蒙古族诗人，分析他们的汉文创作，指出蒙古色目诗人的出现使元诗坛充满生机和变数，使得元代文学独具特色、与众不同，为诗人的"双语化"创作提供了鲜活的例证。[③]

这些学术力作以及其他一些专家学者发表的专题论文将蒙古族诗人及作品以及蒙汉诗歌关系的研究推向了高潮，深化和拓展了蒙古族诗人及作品以及蒙汉诗歌关系的研究，标志蒙古族诗人及作品以及蒙汉诗歌关系研究已经成为中国文学研究中的重要课题。

---

①　荣苏赫、赵永铣、贺西格、陶克涛等编：《蒙古族文学史》，辽宁民族出版社 1994 年版，第 592—593 页。

②　萧启庆：《蒙元史新研》，台北允晨文化实业股份有限公司 1994 年版。

③　杨镰：《元诗史》，人民文学出版社 2003 年版，第 67 页。

三

20 世纪 80 年代以来，元代蒙古族诗人族属的考订是中国学界的一个重要的学术课题，因为它是元代蒙古族汉文诗歌创作及蒙汉文学关系研究的一个需要解决的基本问题，它的解决能够为这些研究奠定坚实的基础，也能够为这些研究的深入探讨提供强有力的理论支撑。但是，因为史料不足或缺失，古典汉文文献典籍对蒙古族诗人的族属没有进行精密地考订，对某些难以确认的蒙古族诗人族属或含混处理，或略而不谈。王叔磐与孙玉溱的《古代蒙古族汉文诗选》、赵相璧的《历代蒙古族作家述略》收录了较多的元代蒙古族作家，分别为 44 人和 50 人，但是考据不甚精严。《元代蒙古族及色目诗人考辨》指出《古代蒙古族汉文诗选》将阿鲁威与阿鲁温混淆了，将燕不花误认为是捏古剌之后、教化之子，将完泽误认为月鲁不花之弟等，而《历代蒙古族作家述略》也存在着这些错讹。《元代蒙古族及色目诗人考辨》还纠正了《元诗选》中的一些舛误，如《元诗选》将笃列图实诚与笃列图敬夫混为一人。同时，它对《元诗选》中拔实、哲理野台等一些族属关系处于空白的诗人进行考订，确定其蒙古族身份。①

考证不严谨是《古代蒙古族汉文诗选》《中国历代少数民族汉文诗选》以及其他 20 世纪中后期元代蒙古族诗人和少数民族汉文诗选常见现象。为了避免浮滥，萧启庆在《元代蒙古人的汉学》里将孛罗、月忽难、拜住、达失帖木儿、达不花、伯颜九成、观音奴、帖木儿、和礼普化等十三位无法证明其确实族属的蒙古诗人没有收入考订范围，详细考订了二十五位诗作流传于世的蒙古族诗人。② 他没有将萨都剌和郝天挺划入蒙古族的范畴，而对二位诗人族属的讨论已经成为 20 世纪 80 年代以来中国学界重要的学术论争，学者众说纷纭。

对郝天挺族属的争议源自《元史》对郝和尚拔都及郝天挺的相关记载存在着抵牾。陈垣认为郝天挺是色目人，《元史》错误地将他与汉文同

---

① 门岿：《元代蒙古族及色目诗人考辨》，《文学遗产》1988 年第 5 期。

② 萧启庆：《蒙元史新研》，台北允晨文化实业股份有限公司 1994 年版，第 141—160 页。

列。① 萧启庆则坚持《元史》是正确的，且以王磐的《忠定郝公神道碑铭》为佐证，认为郝天挺是汉人。② 根据《元史》《清一统志》《河南通志》《新元史》《池北偶谈》等官方和私人史乘笔记，王叔磐、孙玉溱、云峰、白·特木尔巴根等认为郝天挺是蒙古族诗人。但是一时之间，学界也难以对它给出一个定论。

　　萨都剌族属问题较为复杂，有清一代及其以前的文献典籍对它记载不一，或是色目人，或是回回人，或为回纥人，或为答失蛮人等。依据《元史》《西湖竹枝集》《史书会要》等文献的相关记载，陈垣推定萨都剌为西域回回人。③ 游国恩主编的《中国文学史》、袁行霈主编的《中国文学史》等都沿袭了这种观点。刘真伦的《萨都剌姓名族别及家世考索》肯定了陈垣对萨都剌族属的考证，进一步考订出萨都剌属于信仰伊斯兰教的"回回"人中的"答什蛮氏"这一具体族别。④ 北京大学主编的《中国文学史》和中国社会科学院文学所主编的《中国文学史》等都赞同这种观点。但是，许多学者主张萨都剌是蒙古族诗人。王叔磐的《关于萨都剌的族属、家世、籍贯、生卒年、一生官历问题的考证》驳斥萨都剌是回回人、答失蛮人、汉人等诸多观点，推定他是蒙古族诗人："他的先世为色目人、伊斯兰教（回回教）的信徒，还属传教士家族（答失蛮）。但就实质论，抚育他的祖父思兰不花（萨拉布哈）乃仕元王朝的色目军官，并非职业的传教士；他的父亲奥鲁赤（傲拉齐）和他自己及亲弟萨天与、剌忽丁，还有妹妹，以及后裔，都属蒙古族，并非色目人之真实后裔，更不属于回族。"⑤ 云峰的《元代杰出的蒙古族诗人萨都剌》论证了萨都剌是蒙古族的观点，萨兆沩的《元人萨都剌先世族属考辨》指出萨都剌先世是西域哈剌鲁王朝答失蛮氏，而萨都剌是已经蒙古族化了的蒙古色目达失蛮氏。白·特木尔巴根的《元代诗坛巨匠萨都剌族属考略》、⑥

　　① 《蒙元史新研》，第63页。

　　② 同上书，第21页。

　　③ 陈垣：《元西域人华化考》，上海古籍出版社2000年版，第69—70页。

　　④ 刘真伦：《萨都剌姓名族别及家世考索》，《重庆师范学院学报》1991年第1期。

　　⑤ 王叔磐：《关于萨都剌的族属、家世、籍贯、生卒年、一生官历问题的考证》，《内蒙古大学学报》（哲学社会科学版）1986年第4期，第8页。

　　⑥ 白·特木尔巴根：《元代诗坛巨匠萨都剌族属考略》，《内蒙古师范大学学报》（哲学社会科学版），2002年第4期。

荣苏赫、赵永铣、贺西格、陶克涛等编撰的《蒙古族文学史》赞成萨都
刺是蒙古人，而且这种观点已经逐渐成为中国少数民族文学研究中的一种
较为主流的话语。不过，对萨都刺族属持有不同的观点原因在于观察的视
角和运用的材料不同，孰是孰非一时还难以看出究竟，要完全解决这个问
题还需要从多学科角度加以进一步综合考订。

　　20 世纪 80 年代以后，中国学界对单个蒙古族诗人展开研究成为元代
蒙古族汉文诗歌创作及蒙汉文学关系研究的新趋势，泰不华、伯颜、达溥
化等都引起了中国学人的关注，与他们相关的学术论文都已经在国内不同
期刊上公开刊发了，但是学界关注点主要集中在族属还存在一定争议的萨
都刺身上。除了对萨都刺的族属进行多角度的考证与研究外，萨都刺的生
平、仕履也得到了较为系统的研究，如王叔磐的《关于萨都刺的族属、
家世、籍贯、生卒年、一生官历问题的考证》、① 张旭光的《回族诗人萨
都刺姓氏年辈再考订》、② 刘真伦的《萨都刺生年小考》、③ 杨光辉的《萨
都刺生年考述》、④ 张迎胜的《萨都刺宦迹考》⑤ 等。同时，萨都刺诗歌
及其艺术特色也得到了相应的研究，如周双利的《自是诗人有清气，出
门千树雪花飞》、⑥ 李延年的《雄浑清雅——萨都刺诗歌创作阳刚美、阴
柔美初探》、⑦ 岳振国的《元代回族诗人萨都刺的题画诗研究》⑧ 等。

　　虽然中国学人对蒙古族诗人及其汉文创作的搜集、整理与研究取得了
一定的成果，但是还有许多有待加强的地方。首先，除了萨都刺及其汉文
诗歌的研究相对趋于深入细致，介绍与评价更为详细之外，中国学人对其
他一些元代蒙古族诗人及汉文诗歌研究明显薄弱与不足，他们的族属还需
要进一步考订，他们的生平、仕履以及与之相关的许多难点还有待解决。
元代蒙古族诗人及其汉文诗歌得到了一定程度的搜集与整理，但是它们已

　　① 王叔磐：《关于萨都刺的族属、家世、籍贯、生卒年、一生官历问题的考证》，《内蒙古
大学学报》（哲学社会科学版），1986 年第 4 期，第 8 页。

　　② 张旭光：《回族诗人萨都刺姓氏年辈再考订》，《扬州师院学报》1983 年第 3 期。

　　③ 刘真伦：《萨都刺生年小考》，《晋阳学刊》1989 年第 5 期。

　　④ 杨光辉：《萨都刺生年考述》，《华东师范大学学报》（哲学社会科学版）2000 年第 6 期。

　　⑤ 张迎胜：《萨都刺宦迹考》，《宁夏大学学报》（社会科学版）1985 年第 1 期。

　　⑥ 周双利：《自是诗人有清气，出门千树雪花飞》，《固原师专学报》1987 年第 1 期。

　　⑦ 李延年：《雄浑清雅——萨都刺诗歌创作阳刚美、阴柔美初探》，《河北师范大学学报》
1988 年第 3 期。

　　⑧ 岳振国：《元代回族诗人萨都刺的题画诗研究》，《民族文学研究》2010 年第 2 期。

不适应元代蒙古族诗人及其汉文诗歌以及蒙汉文学关系研究的需要，亟待加强，应该对它们进行全面系统的注释与评价。其次，应加强对蒙古族诗人及其汉文诗歌的宏观研究，发掘蒙汉诗歌关系在中国文学精神和中华文化传统生成中的作用，这既是对中国文学史的丰富与补充，也有助于学界更深刻地认识到各个民族文学遗产的宝贵价值，确立蒙古族文学在中国文学史上的价值和地位。再次，要在古典文学、民族学、文化学、比较文学等多学科的视野下对蒙古族诗人及其汉文诗歌创作展开更深层的开掘，揭示蒙汉文化关系相互影响的特点，勾勒北方游牧民族文化与农耕文化的碰撞、交流、吸纳、认同的历史轨迹。这对于正确理解中华民族多元一体文化格局下蒙汉文化的互动、共进，具有重要的学术价值和现实意义。可喜的是，近年来，蒙古族诗人及其汉文诗歌研究的价值与意义已得到中国学人的较为充分的重视，它业已成为中国学界的新的学术生长点，而且取得了相应的成绩，但也为以后研究的拓展和深入留下了许多空间。

【原发表于《内蒙古大学学报》2014 年第 3 期】

论锡缜及其诗歌的现实主义叙事风格

米彦青　魏永贵

作为晚清著名的蒙古族作家，学界对锡缜的研究关注尚且不足①，现有论文均是对锡缜的诗文进行大致梳理，而其诗歌创作流变及在艺术价值、审美接受方面还有颇多可议之处。本文拟考察锡缜诗歌中现实主义叙事风格的源流及形成过程，借以彰显清代蒙古族汉诗创作在清诗史上的重要性。

锡缜（1823—1887）②，原名锡淳，字厚安，号渌矼，博尔济吉特氏，蒙古正蓝旗人，祖籍奉天（今辽宁省）③。诰授通奉大夫、一等轻车都尉加一云骑尉。道光二十年（1840），锡缜随父保恒到西安，在那里跟随杨澹人游历，并且开始学习创作诗歌、古文④。锡缜三十四岁以前随父迁徙任所，游历过陕、甘、青以及江淮、河北等地，咸丰六年（1856）得中进士，改庶吉士，授编修，后曾任户部郎中、江西督粮道，光绪元年（1875）被任命为驻藏大臣，以疾辞谢，颐养天年。

锡缜善诗文，工书法，一生勤于创作，室名"退复轩"。其文学创作结集为《退复轩全集》（又作《退复轩诗文集》）⑤，包括《退复轩文》二卷50篇，其中诗论、文论若干篇；《退复轩诗》四卷，编年收录自道光

---

① 国内目前没有锡缜研究的专著，论文两篇，一是云峰《清代蒙古族作家锡缜诗文》，《中央民族学院学报》（哲学社会科学版）1991年第4期；二是高兴璠《工书善诗锡厚安》，《满族研究》1995年第4期。

② 朱彭寿编著：《清代人物大事纪年》载："光绪十三年丁亥（1887）锡缜，原任驻藏帮办大臣，十二月卒，年六十五。"北京图书馆出版社2005年版，第1615页。

③ 罗春政、赵东昱编著：《关东书画名家辞典》，万卷出版公司2006年版，第369页。

④ 锡缜《西辑依永集序》有言："道光庚子（1840）家大人官西安参将，佐司徒较庠射，缜甫十九岁，大人辄取诗文质之。"锡缜《退复轩文》卷上，光绪刻本，辽宁图书馆藏。

⑤ 《退复轩全集》，光绪刻本，辽宁图书馆藏。以下征引锡缜诗文，均出此版本，仅随文标注题目，不另注。

辛丑（1841）迄光绪甲申（1884）作品近 400 首；《退复轩随笔》一卷；
《金贞佑铜印题词》一卷；《时文未弃草》两卷，存词 6 首。事实上，锡
缜作品并不止此十卷。锡缜在致友人翠岩的一封书柬上说："缜十五六岁
习骑射不学，十八九习制艺，弱冠后始为古文辞，更不长进。"① 弱冠者，
二十岁之雅称。锡缜生于道光三年（1823），创作当始于道光二十三年
（1843）之后，然其族叔恭钊于咸丰元年（1851）作七绝《宗侄厚安以诗
示阅竟志以二绝》为赠，第一首曰："宋艳班香手自抄，挥毫想见费推
敲。果然谢朓惊人句，不比雕虫只解嘲。"若诗中所赞为实情，则锡缜在
咸丰元年（1851）三十岁时就有抄就待梓的诗稿。

　　有学者这样描述锡缜，"锡缜，榜名锡淳，字厚安，号渌矼，博尔济
吉特氏，满洲正蓝旗人。清咸丰丙辰（1856）进士，曾官江西督粮道。
光绪元年（1875），诏修《穆宗实录》。光绪四年（1878）冬，拜驻藏大
臣以疾辞，不久病卒。锡缜颇富文才，诗、词、文俱佳并以书法知名，尤
工四体书。著有《抱冲斋诗集》凡七十一卷，存诗五千六百余首，《眠琴
仙馆词》一卷，另有文二卷、随笔一卷、《感旧拾遗集》一卷。他是清代
晚期一位重要的满族文学家。"② 生平叙述大体正确，但论及著述，却是
张冠李戴。《抱冲斋诗集》《眠琴仙馆词》《感旧拾遗集》等俱是道光年
间的满族正红旗诗人斌良所著，他也曾做过驻藏大臣。

　　在清代蒙古作家中，得入《清史稿》文苑传者二人，一为法式善，
另一为锡缜。锡缜传甚简短曰："原名锡淳，字厚安，博尔济吉特氏，满
洲正蓝旗人。咸丰六年进士，由户部郎中授江西督粮道，为驻藏大臣，乞
病归。工书，善诗文。著有《退复轩诗文集》。"③ 此传外，金梁《近世
人物志》也收有锡缜传，文字简约，系辑录同人回忆文字而成。另有清
末文士所撰笔记、诗话等，征文考献兼及生平，可补《清史稿》本传之
阙。关于锡缜的家世，有科举文献等可稽考求。

　　《咸丰六年丙辰科会试同年齿录》载：博尔济吉特氏锡淳，字渌矼，
号厚安，行一，道光癸未年三月初一日吉时生。正蓝旗满洲穆克登布佐领

---

① 锡缜：《与翠岩论文书》，《退复轩文》卷上。

② 彭书麟、于乃昌、冯育柱主编：《中国少数民族文艺理论集成》，北京大学出版 2005 年
版，第 610 页。

③ 赵尔巽：《清史稿》卷四百八十六，列传二百七十三，文苑三，中华书局 1977 年版，第
13435 页。

下监生，旗籍。① 小传后列父祖三代名爵，其曾祖多隆武，祖尚安泰，父保恒。还列有其胞弟锡纶，子龄昌。科举齿录是士子应试时填写的报名登记档册，有规定的格式和审核程序，属于原始文献。该齿录明确记载锡缜的先世隶籍满洲旗，实为蒙古人，而清初满洲八旗中蒙古人、汉人并不罕见。其本人生于道光三年（1832）三月，确可信据。② 唯一的缺憾是世系始自曾祖多隆武，氏族源流无从得知。光绪二十五年（1899）锡缜子龄昌应顺天乡试中举，己亥恩科《顺天乡试齿录》对其世系有详载，多隆武以上五世均在其中。"始祖垂尔扎尔，元裔，蒙古兀鲁特贝子。天聪八年率部来归隶满洲正蓝旗，授二等轻车都尉。"③ 其世次为：垂尔扎尔—巴朗—拉普斋—旒相—永绥—多隆武—尚安泰—保恒—锡缜—龄昌。其中除二世祖巴朗，四世祖旒相分别出任过都察院副都御史、刑部侍郎外，自锡缜以上均为武职。《八旗满洲氏族通谱》称垂尔扎尔与明安为同族，世居兀鲁特地方。据《八旗通志》，在正蓝旗满洲都统第一参领下所属十六个佐领中，国初从兀鲁特地方归附的蒙古人丁分别编立于第一、第十二、第十三佐领中，隶籍于满洲。锡缜的先祖为元朝帝系后裔，入清后，又屡膺显秩，世代簪缨，至清朝末年始出现风雅儒士。锡缜确为世家子弟，张文襄在翰林时为其父桓靖公所撰御赐碑文有"衍四卫拉特之贵族，气奋风云；读七大黄册之秘书，胸罗象玮。出为牙将，领银枪效节之都；继帅偏师，居黄河远上之地。属重臣经营西事，为国家荐举边才。一岁超迁，三边提控。甘泉烽火，惟资当道之王黑，滹水坚冰，不渡临流之铜马"④ 等语。

　　锡缜创作才华富赡，"淹雅能文"⑤，实为蒙古族作家中之翘楚。他的诗歌承传了唐代杜甫元白所形成的现实主义叙事诗歌传统，在创作中擅于选取哀时感事、叙写史实的题材，集中表现具有爱国情怀和忧患意识的内

　　① 《咸丰六年丙辰科会试同年齿录》，咸丰刻本，北京图书馆藏。

　　② 《退复轩诗》卷二壬子（1852）年内第一首《元日》："三十无名世所怜，举头又见有情天。"也可证其生于道光三年（1832）。

　　③ 《顺天乡试同年齿录》，光绪刻本，北京图书馆藏。

　　④ 张之洞：《博尔济吉特桓靖公御赐碑文》，杨钟羲撰，雷恩海、姜朝晖校点《雪桥诗话》卷一二，人民文学出版社 2011 年版，第 687 页。

　　⑤ 郭则沄：《十朝诗乘》卷二十，张寅彭主编《民国诗话丛编》第四册，上海书店出版社 2002 年版，第 679 页。

容，并形成了气象沉雄、真挚情深的风格。

锡缜自幼被儒家思想浸染，他在诗歌创作中展示的现实主义情怀与其家族代相沿递的忧生念乱、心系国族的传统有很大关系。锡缜之父与弟皆精忠报国，史载"博尔济特桓靖公以道光辛丑（1841）官西安参将，咸丰壬子（1852）摄古北口提督，同治癸亥（1863）署古城领队大臣。古城北通蒙部，为乌、科两城咽喉，无古城，则北路危。时回匪势张，连陷南路各城，并陷乌鲁木齐、迪化州，围攻宁夏、巩昌。古城旧无仓储兵食，皆取给奇台，乃运粮预为之备。六月，寇至，出战大捷。无何巩、宁失守，贼复来犯，出奇兵击之。以积劳成疾，量移哈密，未赴，与后任领队大臣壮节公惠庆誓死捍御，十一月卒于军。明年二月城陷。壮节与妻妾一女举火自焚。公之妾女子妇亦赴火死，子锡纶子猷负骨还乡，寻复提兵绝塞。子猷以同治戊辰（1868）为布伦托海帮办大臣，赋《北征诗》云云。历古城领队大臣、塔尔巴哈台参赞大臣，署伊犁将军，久任边疆，守孤城，抗强敌，为数千里内蒙古扎萨克所归附，威行西域"。① 郭则沄也曾记述保恒的忠勇。②

父亲的忠勇对锡缜一生影响颇大，而父亲的朋友爱国名臣林则徐对他的垂怜也让他受益匪浅。道光二十二年（1842），保恒官西安参将时，锡缜随侍在侧，得以结识林则徐。林则徐很欣赏锡缜的书法，遂命其缮写奏章，并手临皇甫诞碑一册惠赠锡缜，此事载于林则徐日记中。③ 光绪三十年（1850）十月，林则徐去世，时锡缜在徐州，惊闻噩耗不胜悲痛，作《挽林文忠公》四首，以表悼念之情。这四首七律通篇用林则徐生活经历结构，穿插以佛典，以纪实之笔法，于叙事中表述对林则徐的崇敬之意，同时抒发国事日非、干臣难求的悲慨之情。沉郁苍凉之气贯穿全诗。保恒

---

① 杨钟羲撰，雷恩海、姜朝晖校点：《雪桥诗话》卷一二，第687—688页。

② "保恒靖权古城领队，时回匪方炽，连陷南路诸城，进攻宁夏、巩昌。桓靖预储粮，待寇至，与战，大捷。未几巩昌陷，复来犯，出奇兵击之，劳瘁致疾。有诏调哈密，未赴。与后任惠壮节协力捍御，卒于军。"郭则沄《十朝诗乘》卷二〇，张寅彭主编《民国诗话丛编》第四册，第678页。

③ "尝见林文忠《享师日记》一册……道光壬寅，公以督部戍边路出西安，留两月。博尔济吉特桓靖公时官西安参将，始以子锡缜厚安见公。公手临《皇甫诞碑》一册与之，厚安为刻石于陕。乙己，公入关，摄总督剿番，命厚安缮奏章。庚戌九月，力疾奉诏，讨粤西贼，未至，卒于潮州。厚安挽诗四首云云。"杨钟羲撰，雷恩海、姜朝晖校点《雪桥诗话》卷一一，第603页。

和林则徐都是关心现实，以天下苍生为己任之人，在他们的影响下，锡缜一生都执持着关注国事民生的现实主义情怀。

锡缜初出茅庐，正逢两次鸦片战争，外国的坚船利炮敲打国门的迫促，让部分清醒的中国人开始直面乾嘉盛世后的积贫积弱的老大中国，当锡缜用诗笔记录下现实生活中的世间万象时，他也在思考这其中的因由。咸丰辛酉（1861）锡缜出使河北滦阳，路经新乐县时写了《过新乐二首》，对当地人民在官府的欺压和苛捐杂税的盘剥下的悲惨境况亦作了真实描写。"供支竭膏血，官军犹鞭笞。鞭笞纵及死，徭役无了期。"官府的徭役无论天灾人祸有增无减，百姓竭尽膏血犹不堪驱使，稍有所误，就要被鞭笞拷打，然而大部分税利入于官吏手，造成百姓"岁寒无衣褐，炊冷无鸡黍"的状况。锡缜出使陕西、甘肃、青海一带所作的诗歌也同样反映了百姓生活困苦与饱受赋税盘剥的现实。"穷民夹路啼，草间弃饥妇"（《岷州道中二首》其一）反映了灾荒之年饿殍遍野、民不聊生的悲惨状况。"贵者肉如陵，贱者无完肤"（《关陇行》七首之一）是对百姓困苦生活的最好白描。《役湟四首》《役东七首》亦对"索赋朝三与暮四，年来民命几能堪"的情形进行了多方面描写。

锡缜以天下为己任，他的诗歌中充满了救时行道的责任意识。咸丰戊午（1858），锡缜为户部郎中时写的《仿白香山新乐府体三首》就是在唐人现实主义精神烛照下的精心结构之作："地丁盐务关税课，应得者失别需索。沦丧精神转采补，如何养生不服药？方寸之木高岑楼，不庇瑕兮恣取求。恣取求，不偿失，朘利源，伤民力。内焉宝钞与大钱，外焉津贴与厘捐。谓供于上上不足，谓济于饷饷减数……几人饱欲死，亿兆同声哭。"（《仿白香山新乐府体三首》其三）"且有门下神护呵，有神民将奈官何！"（《仿白香山新乐府体十首·封神》）通过自己在户部的所见所闻，锡缜对那些只知勒索百姓的官吏进行了揭露，并将批判的矛头直指封建皇帝。这是锡缜仿白居易所作新乐府体式诗歌的代表性作品。他的这类诗歌通过对百姓痛苦生活的描写，不但揭露了官吏的贪婪残暴，指出社会动乱的缘由，并且对当时文坛有人一味歌功颂德行为提出批驳，具有强烈的针对性和现实性。诗中所叙史实虽然与唐诗描写景况相去甚远，但气象联络，观之可知脉理为一。

诗与史本不相同，但历史急遽变迁的风云常常激发诗人的救世的人文关怀，促使他们将"诗"向"史"靠拢，杜甫之后，这种现象尤为突出。在近代诗潮中，因灾难频发，民族被难，时事多艰的历史使得纪录现实的诗史类诗歌在诗人笔下频现。此类诗歌，正代表了锡缜现实主义诗作。关于此点时人已经注意到了。郭则沄《十朝诗乘》载："锡厚安都户，道光甲辰赴京兆试，途径灵州，东北天池子，遇西征兵迫奸民女。厚安以大义呵止之，兵竟引去。作《天池子纪事诗》云云。"① 锡缜《天池子纪事诗》写作手法颇似杜甫《石壕吏》，诗云："夜投天池子，僻在长城窟……欹枕未成暝，叩门声何疾。女子拭面啼，男子脚不袜。云是戍边来，隶籍榆林卒。感慨使吷龙，不者徇以拶。闻之投袂起，瞋目愤所切。出与健儿言，于尔实有缺。天家幅员长，启宇到回纥。边防日以重，负戈鲜休歇。惓言结褵初，戚戚新婚别。既不以家为，而忍自佻达……却携所娇女，发乱肌如雪……"诗人谴责欺侮民妇的戍卒忘记别离家乡时对新妇的眷恋，而现在竟然自甘佻达。同时面对百姓贫瘵却为兵所扰困境，感到自己民胞物与精神的缺失。这首诗境与杜甫《石壕吏》情景不同，但反映民生苦难，不平则鸣的纪实手法是相通的。读此诗，自然使人想起杜甫的《石壕吏》和李商隐的《行次西郊作一百韵》一脉相传的现实关怀的激情奔泻在异代的诗人笔下。锡缜五古多叙写现实主义作品，刘熙载《诗概》曾云"杜陵五七古叙事，节次波澜，离合断续，从《史记》得来。而苍莽雄直之气，亦逼近之。"又云"代匹夫匹妇语最难，盖饥寒劳困之人，虽告人人且不知，知之必物我无间者也。杜少陵、元次山、白香山不但如身入闾阎，目击其事，直与疾病之在身者无异。"② 观杜甫《北征》《饮中八仙歌》《兵车行》"三吏三别"和白居易的新乐府篇章《卖炭翁》《新丰折臂翁》《缭绫》《红线毯》能于真实叙述的字里行间流露出复杂深沉的悲怆情感及作者对这种感情的自觉压抑和刻意消解。时人谓锡缜诗歌创作"直逼盛唐"③，他的五古叙事真实，且能在叙事中流露对叙事对象的深切同情。故此，锡缜在追步唐代杜甫、元白后成长为长于纪事之诗人。

锡缜生活的时代，正值中国处在鸦片战争以后面临内忧外患的严重关头，诗人秉承家族传统，自觉关注国事，以杜甫"诗史"精神为范式，

---

① 郭则沄：《十朝诗乘》卷一六，张寅彭主编《民国诗话丛编》第四册，上海书店出版社2002年版，第510页。

② 刘熙载：《艺概》卷二《诗概》，上海古籍出版社1978年版，第60页。

③ 潘文勤：《退复轩诗序》，锡缜《退复轩诗》。

用纪实的笔触反映鸦片战争前后许多重大历史事件和当时社会风貌。如其《闻道》一诗，诗云："闻道南风至，军声死不骄。泪倾吴沼碧，恨满浙江潮。都尉频搜粟，公徒识采樵。从来歌舞地，几见霍嫖姚？"以汉代抗击匈奴名将霍去病之典发出了清末军无良将之喟叹，揭露了统治者面临强敌压境却只顾搜刮民财、沉迷歌舞的昏庸腐败。笔端饱含感情，对百姓充满了同情，对贪财误国的权奸进行了鞭挞，将爱憎之情融入具体的描述中。《古北口三十韵》则描写了南海边关外敌入侵的状况，歌颂了蒙古骑兵勇赴国难、抵御外侮的英雄壮举。锡缜站在时代制高点来透视社会人生，他的作品充满了对杜甫、元白现实主义的时代精神的接受和传承，他的诗歌是诗人对当时百姓生存发展环境的忠实记录和独特感悟。动荡时世面对困苦的百姓，诗人"揽辔旷四顾，悲凉摧心肝"（《岷州道中二首》其二），悲天悯人之心昭昭可见。

当诗人书写的不再是片段的个人灵感，而是全民族的集体记忆与情感，文学创作就获得了"诗史"价值。此种诗歌的另一层意义是对历史价值的追求。一个民族的成长，一种文化的确立，同他的诗歌形象的确立是一样的，伟大人格与精神形象的诞生既是结果、又是标志还是先决前提。道咸同之际的清代蒙古族汉诗作家诗歌文本的成长与诗人人格的成长是同步的，时代成就了锡缜这样用诗歌见证历史的诗人。而在清诗史上他又与其他各具特色的诗人一道，支撑起清代诗歌的天空。

锡缜心中常常涌动着强烈的治世激情。动乱的社会现实在锡缜头脑里打下了深深的烙印，使他充满忧国忧民之思，因而他的大部分写景诗作不仅仅表现消散情怀，而是蕴含了更为丰富、复杂的内涵，也充满忧患意识，属于另一种方式的心迹展露。如《古北杂诗三首》其三："朔风夜半起雕楼，吹彻山城五月秋。一曲琵琶催上马，白狼河水送征愁。"诗人自注：时点兵南征。在叙事的诗歌中，自然也成为叙事意象的组成部分，叙事诗歌中的意象将一地一景的空间感凸显出来，增强了叙事的可视性与直观感。河水本自无情，但诗人心中忧愁，所以景物在他的观察入诗后已经发生了改变。郑燮曾说："江馆清秋，晨起看竹，烟光、日影、露气，皆浮动于疏枝密叶之间。胸中勃勃，遂有画意。其时胸中之竹，并不是眼中之竹也。因而磨墨展纸，落笔倏作变相，手中之竹又不是胸中之竹也。"①
中国画与写景诗间的相通之处最多。这点亦如德国哲学家、生理学家冯特
和他的学生铁钦纳建立的构造主义心理学派中所提出的"物理境"和
"心理场"的概念。他们认为，现实世界可以分为两个世界，即物理世界
和心理世界："物理世界是事物的原初存在是人们的双眼能够观照到的自
身所生存的现实世界，它不依赖于任何的特殊的个人经验；而心理场则是
人依据于自身的体验发生的对于物理世界的距离、错位和倾斜，是人的具
体的个性的表现和心灵的独立抒发。"② 物理境主"真"，心理境重
"情"。"物理境"是表象世界，"心理场"才是人性本然反映。因此，无
论诗作场景怎样变化，贯穿锡缜诗歌始终的都是其挥之不去的如杜甫般的
忧患意识，这点在他的诗歌题材的选择上看得更加明晰。

　　锡缜诗多为纪实之作，朝廷得失，天灾人祸，鸦片战争，这些重大社
会内容在其诗歌中都有生动的反映，除此之外，对于现实生活中的思亲、
送别、生活遭际等，诗人或直陈其事或曲笔言情，也都是杜甫哀时感事，
叙写史实精神的承袭。前人曾说，唐诗以"情"胜，锡缜在其叙事诗歌
中对唐诗的摹范就表现了他的创作中的真挚情味。弟弟锡纶常年戍边，锡
缜《壬午九日忆子猷弟塞北》云："十年十度看归雁，又到今年草木黄。
大漠穷荒思弱弟，凄风冷雨过重阳。同怀出虑相参错，异域音书半渺茫。
近日诗情聊寄与，傲人天气菊花霜。"《癸未九日和子猷弟寄和去年之诗
依其韵》又云："去岁重阳寄诗去，和诗寄到又重阳。一年一首诗来往，
十首诗成两鬓霜。松菊故园秋瑟瑟，牛羊衰草野茫茫。雁行更寄空中字，
榻人西山落照黄。"中国古典诗歌传统是抒情和叙事交织并行的。《壬午
九日忆子猷弟塞北》和《癸未九日和子猷弟寄和去年之诗依其韵》剪裁
了重阳、菊花、归雁、鬓霜、故园等一连串的时空意象，描画出诗人在重
阳节这个登高怀亲之日对远戍塞北兄弟的怀念。在习见的思亲叙写中，诗
人笔下移动的空间也包孕了时间的流动。不同于通俗文学叙事多着眼于具
体的事件本身，诗歌因其内涵的抒情品质，往往超越了叙事的具体本事。
两首诗俱是以情入景，情景交融，在空间的隔绝中以南飞北归的鸿雁传递
问候的消息，以云起云生来看待兄弟间的匆匆聚散，读来感动人心。当时

---

① 于民：《中国美学史资料选编》，复旦大学出版社 2008 年版，第 508 页。
② 转引自童庆炳《中国古代心理诗学与美学》，中华书局 1992 年版，第 4 页。

锡纶为布伦托海帮办大臣，历古城领队大臣，塔尔巴哈台从参赞大臣，署伊犁将军，久任边疆；守孤城，抗强敌，为数千里内蒙古扎萨克所归附，威行西域。也正因如此，就不能还乡归家，兄弟暌隔，佳节难逢，只有将思念付之诗行，"忆弟看云，词意最为真挚"。① 这首诗作于乾元二年（759）秋，杜甫时在秦州。这年九月，史思明从范阳引兵南下，攻陷汴州，西进洛阳，山东、河南都处于战乱之中。彼时，杜甫的几个弟弟正分散在这一带，由于战事阻隔，音信不通，引起他强烈的忧虑和思念。《月夜忆舍弟》即是他当时思想感情的真实记录。锡缜集中学杜最为用力，因而，锡缜忆弟诸诗虽然多用七律，与杜体不同，但情感力度、诗中所蕴含的真挚深沉是如一的。

　　锡缜官户部时，与尚书肃顺抗，遂不被见用。《写怨诗》云："不识人间世，残春何处归？疾风回雪落，病叶带花飞。历劫名心灭，浇愁酒力微。平生受恩重，未敢学忘机。"用浓缩的诗性语言叙写了仕宦生涯中的一段长官见弃、个人苦闷但依旧期待能有报效朝廷得偿夙愿的生活史。郭则沄《十朝诗乘》载："锡厚安都护初官户部，隶陕西司，以公事与肃顺抗。时肃掌部，深忌之几得罪。庚申，京师陷，借居萧寺，有《写怨诗》云云。言外之感深矣。"② 将这段历史叙述得很清楚。后锡缜在户部被肃顺陷害事厘清，锡缜重被朝廷任用。可见，诗歌的叙事功能并不一定只体现在长篇叙事诗中。

　　具有忧世意识和关注现实的精神，创作上法乳杜甫而又出入元白等诗人，锡缜或以白描手法入诗，或以历史典故入诗，不遵一轨，交互相容，但其创作是特定的历史文化、人文精神和诗学传统在特定的时代风会中的表现，而且在诗歌特色上均体现出了他的文学观和诗歌创作的主要特色。"下笔便有我""出言心有声"③，面对国家多难所产生的种种无可奈何的选择，蒙古族汉语创作者承担的对文明兴废的忧患感，由锡缜的诗中都透露出来。因此他的文字也体现了个人主体转而到群众主体的过程。也就是从个人抒情诗式的表达转轨到所谓"史诗"性的表达。锡缜诗歌从某种程度上来看是把清代满蒙贵族士人阶层吟风弄月、闲情偶寄的抒情书写下

---

① 杨钟羲：《雪桥诗话》卷一二，第 689 页。
② 郭则沄：《十朝诗乘》卷一六，第 511 页。
③ 锡缜：《说诗质蒋蔼人农部》，《退复轩诗》。

放到日常生活里，下放到当下历史实践的过程当中，下放到叙事文学中，在他的诗史类叙事诗中，已经成为他承接、看待历史的方式，回应历史的过程，他的书写过程逐渐理解群体的重要，亦即从"诗可以怨"的书写转向"诗可以群"的层面。

锡缜诗歌中引人思考具有现实批判性的诗歌精神和艺术感染力，是在承传唐人的现实主义叙事传统基础上形成的。而他的诗歌风格不但折射出他的精神内质，也可见出时代的内核，积淀着主体的审美心理，是特定的政治、经济、文化、思想等综合凝聚的产物。

【原发表于《民族文学研究》2014 年第 3 期】

清代蒙古族诗人和瑛与他的《易简斋诗钞》

米彦青

一

　　和瑛（1741—1821），原名和宁，为避道光帝旻宁之讳，改名和瑛，字太菴，号太庵（亦作泰庵）。姓额尔德特氏，蒙古镶黄旗人。乾隆三十三年（1768）北闱，乾隆三十六年（1771）会试中辛卯科进士。以主事用，分户部，荐升员外郎。乾隆四十七年（1782）充张家口税务监督。乾隆四十九年（1784）充理藩院内馆监督。乾隆五十一年（1786）京察一等，六月授安徽太平府知府，十二月调颍州府。乾隆五十二年（1787）擢庐凤道。乾隆五十三年（1788）迁四川按察使。乾隆五十五年（1790）二月擢安徽布政使，三月调四川布政使，九月调陕西布政使。乾隆五十八年（1793）赏副都统衔，命赴西藏办事，寻授内阁学士兼礼部侍郎衔，仍兼副都统。嘉庆五年（1800）七月迁理藩院右侍郎，十月兼正白旗蒙古副都统。嘉庆六年（1801）正月调工部右侍郎，四月转左侍郎兼正红旗满洲副都统，七月调户部左侍郎，九月调仓场侍郎，十月授安徽巡抚，十一月调山东巡抚。嘉庆七年（1802）八月因事遣戍乌鲁木齐，十一月赏蓝翎侍卫充叶尔羌帮办大臣。嘉庆八年（1803），擢三等侍卫调喀什噶尔参赞大臣。嘉庆九年（1804）七月，赏三品顶戴授理藩院右侍郎，九月转左侍郎仍留喀什噶尔办事。嘉庆十年（1805）十二月兼正红旗汉军副都统。嘉庆十一年（1806）正月，招回京调吏部右侍郎、镶蓝旗满洲副都统，五月调仓场侍郎，十月授乌鲁木齐都统。嘉庆十三年（1808）十月招回京。嘉庆十四年（1809）正月署陕甘总督，五月实授，六月以前仓场任内过失降五品京堂。嘉庆十五年（1810）补大理寺少卿。嘉庆十六年（1811）三月擢盛京刑部侍郎。嘉庆十七年（1812）以宗室移居盛京。嘉庆十九年（1814）二月调热河都统，同月招回京迁礼部尚书兼镶红旗满洲都统，三月调兵部尚书，四月因前任将军任内过失降盛京副都统，五月迁热河都统。嘉庆二十一年（1816）七月调回京授工部尚书兼正黄旗汉军都统，九月充翻译乡试正考官，赏紫禁城骑马。嘉庆二十二年（1817）六月调兵部尚书加太子少保衔，七月调礼部尚书兼镶蓝旗满洲都统，十一月复调兵部尚书。嘉庆二十三年（1818）二月命在军机大臣上行走，三月上谒西陵，命留京办事，五月充文颖馆总裁官，八月充崇文门监督，九月授正黄旗领侍卫内大臣阅兵大臣，十月充上书房总谙达。嘉庆二十四年（1819）正月调刑部尚书罢军机大臣任。二十五年三月上谒东陵，命留京办事，四月授内大臣充翻译会试正考官。道光元年（1821）卒。

和瑛从科举入仕为宦凡五十年，屡迁屡谪，屡谪屡迁，足迹遍及南北。其间在藏八年，先后驻节新疆七年，任职边疆的十五年在他的整个仕宦生涯中为时最长，其政绩彰著于边陲，《清史稿》称他"久任边职，有惠政"①，所以他是清史上有名的边疆重臣。他去世后，道光帝诏曰："刑部尚书和瑛服官五十余年，抚绥封圻，内擢正卿，总理部务，老成勤慎，宣力三朝。骤闻溘逝，深为轸惜。著加恩晋赠太子太保，其任内降罚处分悉予开复，所有应得恤典该衙门查例具奏，寻赐祭葬，予谥简勤。"②

和瑛虽为朝廷重臣，然而并非为附庸风雅才习文墨，早在参加科考之前十年，他就开始了文学创作。和瑛在乾隆十二年（1747）七岁时受业于绍兴俞敦甫先生，十三岁读毕五经，此后曾数易其师，并于十七岁时投到名士何嵩堂门下，制时文之余开始学习诗歌创作。和瑛一生创作颇丰，而且种类繁多。他著有《读易拟言内外篇》《经史汇参上下编》《读易汇参》《易贯近思录》，编有《风雅正音》等著作，对中国传统经史文化多所阐释发挥；还编有《回疆通志》十二卷、《三州辑略》九卷，是为研究新疆历史地理、社会政治、宗教信仰、风物山川的重要著作；他创作了《西藏赋》一部，《太庵诗稿》九卷、《易简斋诗钞》四卷，并编有诗歌总集《山庄秘课》。和瑛一生在文学创作和经史研究方面用力甚勤，除了他的丰富的著作足以印证此点外，同僚朋辈的诗文亦有论及。法式善曾在

① 赵尔巽：《清史稿》卷三百五十三《和瑛传》，中华书局1987年版。
② 王钟翰点校：《清史列传》卷一百四十六，《国朝耆献类征初编》卷一百，中华书局1987年版。

乾隆五十五年（1794）写有《寄泰庵和宁方伯》给时任四川布政使的和瑛，诗曰："宛转碧幢影，曾来秋水庐。猿啼巴雨外，马踏塞云初。酒半休看剑，花间且读书。少年旧狂态，老去可能除。"① 嘉庆七年（1802），法式善又寄诗与任山东巡抚的和瑛回忆二人以诗文相切磋的往事，并谆谆告诫诗人文章政事须两者兼顾，不宜偏废等语。看来法式善对朋友的担心是正确的。不久，金乡发生冒考被控案，和瑛误听知府所言诬断此事，嘉庆皇帝"以和瑛日事文墨，废弛政务，即解职"②，而和瑛对舞文弄墨的偏好也由此可见一斑。

和瑛自己创作的诗集有两部，即《太庵诗稿》和《易简斋诗钞》。

《太庵诗稿》亦作《太庵诗钞》，九卷，为自订稿本。卷首有诗人撰于嘉庆十六年（1811）的自序，时年和瑛已七十一岁。《太庵诗稿》未经刊刻，是为钞本。集中所收诗歌创作始自乾隆二十六年（1761），止于嘉庆十五年（1810），创作时间为五十年，收诗 1060 首。卷九最末一首诗作于嘉庆十五年除夕，题为《除夕偶成》，曰："守岁儿孙拜膝前，百无一善老而传。幸开八帙陶情事，检点吟编五十年。"由此可判定此诗集确由诗人手订。经与《易简斋诗钞》比勘，《太庵诗稿》初集、二集即作于乾隆二十六年（1761）至五十一年（1786）的诗歌 100 余首为前者所阙，而《易简斋诗钞》卷四的全部诗歌作于嘉庆十五年（1810）之后，因而不见于《太庵诗稿》。

《易简斋诗钞》四卷，清道光初刻本，收诗 576 首。现存于复旦大学图书馆。卷首有当时被尊为"浙西六家"之一的吴慈鹤撰于道光三年（1823）的一篇序文。与《太庵诗稿》一样，《易简斋诗钞》中的诗也是按年代次序编排的。检读《易简斋诗钞》，其开篇之作是《太平府廨八咏》，作于乾隆丙午，即乾隆五十一年（1786），当时诗人在安徽太平府知府任上。压卷之作则是写于道光辛巳亦即道光元年（1821）的《春分前一日雪》，而诗人逝世也在该年。和瑛一生笔耕不辍，他从乾隆二十六年（1761）二十一岁时开始创作直至道光元年（1821）逝世，终身不离笔墨。诗人历时六十年的勤奋著述，诚如吴慈鹤在《易简斋诗钞》序中所说："公挺河岳之英，应玑衡之曜，有楷模之范，为宗栋之资，孜孜穷

---

① 法式善：《存素堂诗初集录存》卷二，《四库未收书辑刊》本。

② 赵尔巽：《清史稿》列传一百四十《和瑛传》，中华书局 1987 年版。

年，娓娓好学。其始也，虽名冑华阀而惟事缥缃；其继也，虽南北东西而必携铅椠；其允升也，虽高牙大纛不废雅歌；其耆艾也，虽黄发儿齿犹事绨素。可谓聿修厥德，终始於学者矣。"

二

《易简斋诗钞》中的诗作，凡历时三十五载，除少量的应和之作外，其他大多为纪游诗。读其诗，可以清晰地感知诗中对前代汉族诗人诗风的熟悉，对语言运用的讲究，在诗中大量展示少数民族风情及边疆风光和以诗行呈现宦行的特点。下文拟就此分别论述。

1. 转益多师中蕴蓄的性情之作

和瑛诗中所表现的对汉族古代诗人的深入了解和在自己诗中对此特点的展示与应用与同时期的蒙古诗人相比要更为明显。如在梦麟的《大谷山堂集》和法式善的《存素堂诗集》中也都有对古代汉族诗人的学习，但远不如和瑛这样频繁和宽泛。

在《易简斋诗钞》卷一里，和瑛在《黄溢浦渡江遇风》一诗中写道："乾坤一噫本偶然，戏我何如戏坡老。"以己比拟苏东坡。在《清颖书院课士毕偕张松泉裴西鹭两明府劝农西湖上燕集会老堂即席赋诗》中又说："东坡老居士，须眉曾泛颖。"《宿上涨渡民家咏白菊花》中更道："寒生虚室露华流，坡老书中墨渍收。"苏轼是一位思想旷达、胸襟开阔、感情奔放、想象丰富的诗人，他的诗歌创作具有以清雄豪放为主调的丰富多样的艺术风格。和瑛作为一名蒙古族诗人，又长期戍边，与生俱来的豪放的性格和旷达的襟怀造就了他诗歌中的豪宕之气，而相似的个性也促成诗人对苏东坡的喜爱，所以他在诗中屡屡提及苏东坡也就不足为怪了。除苏轼而外，和瑛对古代汉族其他诗人和当时的诗坛状况也多有了解。卷二《诗囊》曰："梁园杜荀鹤，一枕泥可叹。更拟香山老，乐地黄居难。数数詅痴符，诗名怕野干。国称诗坛将，何独师黄韩。"和瑛此诗写于嘉庆戊午（嘉庆三年，1798），此时在诗坛上，正是袁枚（1716—1798）"性灵说"影响深远之时，袁枚明确强调诗歌抒写性情，而不要以时代化疆界，对前代的诗歌，只要抒写性情，合乎己意，便都在取鉴之列，否则概不盲目崇拜，无论唐宋。和瑛一生宦海沉浮，走遍南北，又翰墨须臾不离，所以对性灵说当是熟知的，而他在这首诗中所言，也恰如性灵派所主张的理论。和瑛对汉族前代诗人的熟知在他的《易简斋诗钞》中随处可感。卷三《百尺垂虹》："君不见，蓝关雪磴嘲迁韩；又不见，玉门沙幕娱老班。"卷四《赋得家在江南黄叶村》曰："坡老题名迹，秋风忆故园。短笺山有色，淡墨水无痕。摩诘图中客，渊明记里村。江天万里梦，家室五更魂。落叶应怀友，扁舟欲到门。空林归未晚，荒径喜犹存。笔笔抒闲趣，声声见寓言。那徒歌李氏，诗画悟真源。"在以上所列诗中，和瑛不仅对汉族诗人的诗风行迹非常熟悉，而且对一些典故的运用也谙熟于胸。如其化用韩愈"学拥蓝关马不前"而来的"蓝关雪磴嘲迁韩"。"数数诊痴符，诗名怕野干。"一句中的"诊痴符"语则出自北齐颜之推《颜氏家训·文章》"吾见世人，至无才思，自谓清华，流布丑拙，亦以众矣，江南号为诊痴符。"而他的诗集卷二《草亭》"南阳报琴庐，西蜀浣花圃"一句又很显然是化用刘禹锡《陋室铭》"南阳诸葛庐，西蜀子云亭"而来。

　　除了在诗中多次提到汉族诗人之外，和瑛对这些诗人的了解更多体现在他用其诗韵和诗。《易简斋诗钞》卷二《拟白香山乐府三十二章》，以古戒今，托物言志，充分反映了诗人的儒家思想。卷二《放鱼用东坡韵》和卷三《题垕圃五峰祷雨图用东坡张龙公诗韵》《五月朔东郊观麦泛大明湖燕集小沧浪用东坡迁鱼西湖诗韵》三首又用了苏东坡的诗韵。实际上，苏东坡是和瑛在诗集中提到次数最多的前代诗人，而纵观和瑛一生，苏东坡对待生活的通达的态度在其身上有很明显的反映。和瑛本人仕途虽然比较显达，但一生中也屡遭贬谪，可是读其诗，感其人，并不见文人常有的忧事叹己的牢骚，这大概既与诗人的蒙古民族生性旷达的血缘有关，同时也和他在常年边地生活的所见及其所好也有很大关系。卷三《泰安试院七柏一松歌用少陵古柏行韵》是诗人在山东巡抚任上所作。诗中借咏古柏古松"树人树木百十年，霜根合近量才尺"说到"文章不朽德不孤，门前立雪座上春"，诗的旨归依旧在文章千古事上。卷三《九日书怀和颜岱云制军用陶诗拟古韵》《追和陶渊明形影神三首元韵》都是用了东晋诗人陶渊明的诗韵。诗人拟古之范围的宽泛由此可见。不过，在和瑛所有的和古人诗作中，最为后人所激赏的当数他的两首和李商隐的长篇纪游诗。卷二《纪游行》一诗序曰："山庐寂静，梵阁清寒，偶忆丙午己未游十四载山川风景如在目前爱傚玉溪生转韵体作纪游一百七十六句"；卷四《续纪游行》序云："前诗纪游起乾隆丙午止嘉庆己未，盖行十万余里。自庚中至癸酉阅十四载，又历四万余里，其间景物聊可更。仆兹留守陪都，公余仿李义山转韵二百句为续纪游行，恐阳里子华未免操戈逐儒生也"。这两首诗的价值正如符葆森《国朝正雅集之寄心庵诗话》所云："太庵先生官半边陲，有纪游行、续纪游行两诗，自云前行十万余里，续行四万余里，可谓劳于王事矣。诗述诸边风土，可补舆图之缺。"

2. 清新意境中的自然山水

人们在欣赏自然美时，由于各自秉性气质、生活经历和艺术素养的差别，对绰约多姿的自然美的欣赏，便有不同的爱好与兴趣。和瑛生活阅历深广，视野开阔，感情豪迈奔放，因此，他最爱欣赏和表现的，是那些在美的现象形态上属于"阳刚之美"的、壮丽雄奇的山水自然景物。表现自然美是和瑛诗中呈现的主要艺术风格，艺术风格是作者的创作个性在具体作品中的鲜明表现，诗人善于同时把握和表现外物和主观心境的变化，故能在诗中展现出变化无穷、毫不雷同的意境。和瑛的诗集中既有表现气象峥嵘，色彩绚烂的诗句，也有"外枯而中膏，似淡而实美"的诗行。无论哪种都呈现出其多姿多彩的艺术风格，而底蕴却都是清新的。

《易简斋诗钞》卷一《四月十日城北刘秀才勺园牡丹盛开阜阳张松泉大令携榼邀赏坐未定暴风大作遂罢燕还赋绝句四首》中一首云："扑面黄云走白沙，百忙争渡颍之涯。天公羡我清贫守，恐恋人间富贵花。"这是诗人运用"拟人化"手法描写的暴风，它同人一样有感情，能行动，栩栩如生的文字表现出了诗人以"物色带情"的状物手法，同时也反映出诗人乐观旷达的胸襟。《宿上涨渡民家咏白菊花》云："最喜陶家径未荒，数丛冷蕊过重阳。凝晖不怕遭梅妒，未到荒时已傲霜。"虽然只是寥寥几语，却抓住了菊花的时令特点及陶渊明独爱菊的史事，很好地展现出写咏物诗"体物为妙"的特性。而《出巡后藏夜宿僵里》中的"河山环野暗，霜月带沙明"不但展示了西藏的独特风光，而且"环""带"这两个词的使用有如传神之笔，诗人在这里创造出的清雄奇富、变态无穷的意境，使诗句寓有了图画美，给读者留下丰富的想象空间。这种恰当运用个别词语以增加诗味的特点在和瑛的作品中屡见不鲜。卷三的《巩宁城望博克达山》："博达神皋拥翠鬟，行人四望白云间。遥临地泽千区润，高捧天山一掬悭。弥勒南开晴雪圃，穆苏西接古冰颜。钟灵脉到伊州伏，为送群峰度玉关。"诗中的"拥""捧""送"这些表现"动"的词，是寂处之音，静中之动，是以不易觉察的轻微细小的动态来反映自然的空旷和幽寂。而在"边沙夜净马蹄印，岭雪春消燕爪痕"（《喀什噶尔巡边》）和"山如卷目巢春燕，水似弯弓射宿禽"（《过大宁故城》），"不见人烟只见驼，一丛田鼠拜荆窠"（《喀浪圭》）这样工整的对句中，不仅可以看出作者如上述的驾驭诗歌语言的功力，而且让我们看出边疆独特的地理风貌带给诗人的独特的艺术感染和想象。不过在《易简斋诗钞》中，诗人的更多作品，明显地是从着意表现大自然蓬勃旺盛的生机和奔腾磅礴的气势出发去描写动态的。如其《甘州歌》所云："朔风溷波霜天高，弱水冻涩流沙焦。行人到此缩如猬，况复西指瀚海遥。"这样的动态就绝非轻微细小的动，而是强烈鲜明、持续不止、气胜势飞的动，这样的动比静更美。

和瑛诗很讲究语言的运用，无论是遣词炼句还是明白晓畅都展示了他掌握诗歌语言的纯熟程度。

3. 独特的边疆少数民族风情画卷

和瑛因为长年驻扎边疆，所以读其诗作，有如在看一幅幅的民族风情画，并且可以了解到少数民族的地域、物产、历史风俗以及清政府对边疆辖地的管理。

读《易简斋诗钞》卷一的《渡象行》、卷三的《题路旁于阗大玉》《获大白玉》《突厥鸡诗》可以欣赏到少数民族的一些不为中土所有的"于阗玉""象""突厥鸡"等物产，而"初识关山险，人争脚马拖"（《大关山》）中的"脚马"，更是边地特有之物，大约诗人也意识到了这一点，故和瑛诗中自注云："土人以铁齿束足底名脚马"，从这一解释就可感受到边疆的苦寒。"迢迢大雪山，万顶覆银瓯"（《东俄洛至卧龙石》）、"百川尽东注，此处独西流"（《三月抵前藏渡噶尔招木伦江》）、"坡仄群羊叱，天空一鹗寒"（《过巴则岭》）等诗句中反映的又是边地独特的地理风光。卷三的《观回俗贺节》是一幅典型的民俗图，诗云"怪道花门节，刲羊血溅腥。鸡充里，娄故震羌庭，酋拜摩尼寺，僧喧穆护经。火祆如唼蜜，石橄信通灵"，这是只有亲临其地观看后的人才能写出的。和瑛身为边疆重臣，在其西藏任上，他曾多次会晤班禅并作诗纪事。如卷一中有和瑛写于乾隆五十九年（1794）的《晤班禅额尔德尼》，卷二中有写于嘉庆元年（1796）的《班禅额尔德尼共饭》《班禅额尔德尼燕毕款留精舍茶话》《留别班禅额尔德尼》。郭则沄《十朝诗乘》曾云："和简勤尝为驻藏大臣……有《班禅额尔德尼燕毕款留精舍茗话》诗云云，燕飨款洽，历历如绘，洵杰作也。"

4. 以诗行展示宦行

和瑛《易简斋诗抄》是以编年来划分诗歌的，所以读此集，他的宦海变迁如在目前。诗人从乾隆五十一年（1786）到道光元年（1821）的为官生涯，在本文第一部分已有详细叙述，兹不重述。和瑛一生仕宦时间长达五十年（1771 年入仕到 1821 年去世），《易简斋诗抄》记录的时间是三十五年（从 1786 年到 1821 年），而他的宦海沉浮、南北变迁也主要发生在这段时间中，和瑛在诗集中以诗歌做载体，详细记录了他生命中的这些重大变故，也给后人留下了充足的研究他个人以及不同地域风物的资料。所以读《易简斋诗抄》有如随着诗人频频调动一样。

总之，作为三朝老臣的和瑛，不仅其政治身份在有清一代占有重要地位，仔细研读其诗作，他的"娴习掌故，优于文学"① 的特点也尽现无余。诗人以其少数民族边疆重臣的身份和宦行作为土壤，以深厚的诗歌素养为肥料，在一生勤于笔墨的蓄积中，结出了具有他自己清奇豪放特点的诗集。因此《易简斋诗抄》一书也展示了他独特的诗风。诗人在他的诗歌创作中真正做到了"随物赋行"，即按照大自然和社会生活事物的发展变化规律，把它们的形态、色彩、声音、气韵，真实、准确、生动地再现出来，所以他的作品就产生出姿态各异、毫不雷同的风格。

【原发表于《内蒙古社会科学》2006 年第 4 期】

---

① 　赵尔巽：《清史稿》卷三百五十三《和瑛传》，中华书局 1987 年版。

蒙汉诗歌交流视域中的那逊兰保创作

米彦青

　　有清一代，能写汉诗的蒙古族诗人多如过江之鲫，女性诗人较之前朝虽有较大发展，然而人数依旧不多，因此，她们的创作也就格外引人注目。《八旗艺文编目》收录女性作家52位，其中蒙古族女诗人有4位，分别是那逊兰保、熙春、博尔济吉特氏（名不详）、成妛。作为唯一有诗集传世的女诗人，那逊兰保及其创作，显得弥足珍贵。虽然此前已有多篇论文对她的文学创作进行研究，但就其家族文学传承和诗歌中对唐诗的接受方面尚有很多可议之处，本文愿在此进行讨论。

—

　　那逊兰保（1801—1873），字莲友，博尔济吉特氏，祖居库伦（今蒙古人民共和国乌兰巴托），为漠北喀尔喀部落首领之一，后归依清廷受封，故其自署"喀尔喀部女史"。那逊兰保4岁随父入京，7岁入家塾，师从著有《冰雪堂诗稿》的名儒陈延芳之女归真道人。早慧的那逊兰保在成长中，受到擅诗的外祖母金墀的影响很大，所以她12岁即工吟咏，15岁就通经义，17岁嫁满洲宗室副都统御史恒恩后继续诗歌创作。终其一生，可谓雍容华贵。因此，李慈铭在其诗序中称其为"和林贵种，瀚海名家。毓秀璇枝，远承薛禅之帝，绍封珪叶，代袭名号之王"①，后人称那逊兰保为蒙古族的易安居士。

　　那逊兰保著有《芸香馆遗诗》上下两卷，共存诗91首。作品系由其子，时任国子监祭酒的著名学者盛昱搜集整理并刻印的。盛昱在诗"跋"中说其母"家务之暇，不废吟咏，所作已衰成巨帙"，可是，因"太夫人

---

　　① 那逊兰保：《芸香馆遗诗》，同治十三年（1874）刻本。

之家，本不欲以诗传，故散失已多，无从收拾。即以此论，亦不过存什一于千百"。那逊兰保的诗多系早年之作，盛昱记忆中的母亲"中岁喜读有用书，终年碛碛经史，诗不多作"，那逊兰保的丈夫恒恩于同治丙寅年（1866）去世，悲痛之下的那逊兰保觉得"内事摒当，外御忧患，境日以困，遂绝不复为诗"①。由此可见，那逊兰保习诗多是闲暇所为，非专力为之，但因其富有才华，所以作品也能自成一家。著名学者李慈铭为《芸香馆遗诗》作序，称赞那逊兰保诗作是"清而弥韵，丽而不佻。高格出于自然，深思托以遥情。怀人送远之什，登山临水之吟，踵转风骚，熔情陶谢，洵足抗美遥代，传示后来，名士逊其智珠，国史炜其彤管矣"。这些话或有溢美之嫌，但盛昱跋中所引时人称赞那逊兰保诗作"清雄绮丽，文意不自满，而诗实可传"之语，倒是非为虚妄之词。

因为女性生存的空间所限，她们的文学交流空间也极为有限，因此，那逊兰保诗集中，和家人、亲戚、朋友的奉赠送别类诗歌是她书写的主要内容。《瀛俊二兄奉使库伦，故吾家也，送行之日率成此诗》是亲友间交往的代表性作品，诗云：

四岁来京师，卅载辞故乡。故乡在何所？塞北云茫茫。成吉有遗谱，库伦余故疆。弯弧十万众，天骄自古强。夕宿便毡幕，朝餐甘湩浆。幸逢大一统，中外无边防。带刀入宿卫，列爵袭冠裳。自笑闺阁质，早易时世妆。无梦到鞍马，有意工文章。绿窗事粉黛，红镫勤缥缃。华夷隔风气，故国为殊方。问以唲嘶语，逊谢称全忘。我兄承使命，将归昼锦堂。乃作异域视，举家心彷徨。我独有一言，临行奉离觞。天子守四夷，原为捍要荒。近闻颇柔懦，醇俗醨其常。所愧非男儿，归愿无由偿。冀兄加振厉，旧业须重光。勿为儿女泣，相对徒悲伤。②

中国古典诗歌传统是抒情和叙事交织并行的。诗歌中所摹写的历史、自然等物象本身就蕴涵着诗性浓郁的意象与意境。在叙事的诗歌中，自然也成为叙事意象的组成部分，叙事诗歌中的意象，将一地一景的空间感凸

① 那逊兰保：《芸香馆遗诗》，同治十三年（1874）刻本。
② 同上。

显出来，增强了叙事的可视性与直观感。《瀛俊二兄奉使库伦，故吾家也，送行之日率成此诗》剪裁了京师、塞北、库伦等一连串的空间意象，描画出诗人心中变迁的故乡风貌。那逊兰保幼年远离故土，家乡的风情和民族的荣光只能从长辈的言传口述中留下印记，对于故土的种种忆念，是其民族感情自发心理的显现。这首诗的思想表达属于中国古代诗歌中传统的思乡主题，作者特定的民族属性赋予了汉文化影响诗思带来的民族融合的新意蕴。在习见的送别叙写中，诗人从本事中阐发出高远的思致，作品虽然写于送别兄长之时，主要篇幅却是历数自己对于故土的眷恋和对当下文化气质的认同。空间的转移包孕了时间的流动，在特定的时空场域，透过为奉使出行的二兄送别事件，展示了诗人家族在清代的生活变迁。家族的荣显既然与国家命运休戚相关，当然要勉力兄长戍边卫国。不同于通俗文学叙事多着眼于具体的事件本身，诗歌因其内涵的抒情品质，往往超越了叙事的具体本事。这首诗作为五律长诗，四十句二百字，在那逊兰保诗集中并不多见，整首诗的抒情和叙事全然是杜甫《北征》的模式，或在抒情中插入叙事，或在纵向叙述中插入横向描写，或在描写中转入议论。使得诗作顿挫起伏、情感跌宕。诗末化用王勃《送杜少府之任蜀州》中"无为在歧路，儿女共沾巾"之健朗笔触，让别离的愁绪远离自己的亲人。

　　唐代诗歌是古代诗歌史上的高峰，无数经典诗作成为后世诗歌史上的"母题"，诗人们在习诗时不由自主地就会把目光投向这里。作为"从少年时代就培养了对汉族古典诗歌的浓厚兴趣"[①] 的清代女性诗人，那逊兰保注目唐诗是很自然的事情，因此，她在诗歌创作中常常法乳唐人经典诗作。《庚申冬寄外，时在滦阳》诗云："漫道相思苦，从悲行路难。烽烟三辅近，风雪一裘寒。去住都无信，浮沈奈此官。亲裁三百字，替竹报平安。"诗中颔联再次化用王勃《送杜少府之任蜀州》中"城阙辅三秦，风烟望五津"之诗句，而整首诗中弥漫的对丈夫的深切思念，更是唐代王昌龄闺怨类诗歌模式。《清史稿·文宗本纪》载："（咸丰）十年庚申……六月夷人犯新河，官军退守塘沽。七月，大沽炮台失守……僧格林沁退守通州。八月洋兵至通州……瑞麟等与战于八里桥，不利。命恭亲王奕䜣为钦差大臣，办理抚局。上幸木兰……驻跸避暑山庄。九月，抚局成……十

---

　　① 孙玉溱：《那逊兰保诗集三种》，内蒙古大学出版社 1991 年版，第 1 页。

月，诏天气渐寒，暂缓回銮。"①那逊兰保的丈夫恒恩彼时随咸丰皇帝远离京师，与家人分隔两地，那逊兰保在自己内心的忧思无法派遣的时候，选择以诗歌的形式将之记叙下来。

"微妙的情感体验是否被觉察，要依这种体验在一定的文化中被培养的程度而定。"②那逊兰保虽然是蒙古族诗人，但她生活的时代和环境并不能让她有很多的外出活动，所以描述家庭朋友亲情是其诗歌的主流。而她又有着很好的文学素养，所以在她的笔下对于家庭生活有着非常细腻而生动的描述。对于中国人来说，家庭伦理、婚姻爱情无疑是最能触动读者心怀的题材，林语堂认为："家是中国人文主义的象征"③，因此，讲述发生在家庭成员之间聚散悲喜交集题材的文学作品无疑最容易产生最大范围的影响力。论者谓那逊兰保"蕙性夙成，苕华绝出"④，信然若此。诗人无论是描景写意，还是状物镂情，都善以清词秀句和新巧的技法传递于读者。如《赏雪》中的"尊酒未终明月上，爱他天地一般凉"，本当说是漫天飘舞的雪花，满地一派银白，而诗人出以温度的"凉"，使由视觉转化为感觉，令人着实觉得寒气袭人。又如《得凤仪大嫂盛京书》"偶对好花思笑貌，时从明月想仪容"，诗句刻写思念亲人的美好情意，真挚感人，而又韵味醇浓。那逊兰保这类题材的诗作还有《题〈冰雪堂诗稿〉》《和友兰三姊留别韵》《五月廿八日即席再别友兰三姊》《和友兰三姊杭州见怀原韵》《祝归真师八十寿》等，都能巧用"偶对""时从"这类时空不确定的诗性语言，使得亲友间的离居酬唱诗不黏滞于分离层面的悲情，而是跃升至情感可以跨越万水千山的思想层面。

二

女性诗人的创作多围绕家庭中人来叙写，是因为家庭在女子的生存中占有绝对重要的地位。宗规、家训的制约，使得生活在古代的女子在女性权力和行为方面都受到很大的限制。清代女诗人的主体是闺秀女子，其中生活于望族或官宦家庭的女性占了相当大的比重，女性诗人的成长大抵囿

---

① 赵尔巽：《清史稿》第四册，中华书局 1977 年版，第 760—761 页。

② 弗洛姆：《精神分析与禅宗》，洪修平译，辽宁人民出版社 1988 年版，第 200 页。

③ 林语堂：《中国人》，浙江人民出版社 1988 年版，第 89 页。

④ 李慈铭：《芸香馆遗诗序》，那逊兰保《芸香馆遗诗》，同治十三年（1874）刻本。

于家族之中，女诗人所进行的文学活动也大抵被限制在读书人所占比重较大的社会中上层。在这一点上，蒙古族上层家庭也不例外。一般而言，这样的家庭文化氛围很好，因此，女诗人无论是学习条件、图书条件，还是诗歌作品的出版以及流传，都得到家庭的很大帮助。冼玉清在《广东女子佚文考·自序》中说："就人事而言，则作者成名，大抵有赖于三者。其一名父之女，少禀庭训，有父兄为之提倡，则成就自易。其二才士之妻，闺房唱和，有夫婿为之点缀，则声气易通。其三令子之母，侪辈所尊，有后嗣为之表扬，则流誉自广。"① 那逊兰保就是这种范式的代表性人物。

那逊兰保有来自家族的高门血统，对于她来说，首先，娘家的声望与生俱来；其次，又因门当户对的联姻观念而嫁给既有功名地位又有文化的男子，丈夫及孩子的地位都对她的人生产生重要影响，进而影响到她的诗歌创作，甚至也影响到她的诗集的编纂和传播。钱穆指出："'家族'是中国文化的一个最主要的柱石。我们几乎可以说，中国文化，全部都从家族观念上筑起，先有家族观念乃有人道观念，先有人道观念乃有其他的一切。"② "社会重心，文化命脉，在下不在上，一皆寄托于此。"③ 古中国的宗法传统社会中，家族在传承文化学术中起着主导性的作用。清代社会的发展进程决定了蒙文化与汉文化的融和是从上到下一体式的，因此，当蒙文化家族与科举考试结合后，蒙世家大族中的传统文化因子就会被进一步激活，并在社会文化体系的建构中发挥着独特的、巨大的作用。那逊兰保出身于官宦世家，家庭中一直有文化传播意识，无论是父家还是出嫁后的夫家对文化业绩的追求都是相当强烈的。生长在这样的家庭，即使是女性，文化意识也很强烈。那逊兰保幼年即在家塾中跟家中的兄弟一起读书，接受相同的教育。良好的教育是其成为诗人进行诗歌创作的必备条件。家族中长辈的文学成就也往往为后辈所钦羡，因女诗人与外人接触少，对家族之外的世界认知少，也因之更成为女诗人学习的对象。这里我们需要将考察的视角移向与母教相关联的"外家"。在清代很多文化家族的演进过程中，外家曾发挥过重要作用。关于此点，罗时进先生的阐述甚

---

① 冼玉清：《广东女子佚文考》，商务印书局 1941 年版。
② 钱穆：《中国文化史导论》（修订本），商务印书馆 1994 年版，第 51 页。
③ 钱穆：《国史新论》，生活·读书·新知三联书店 2004 年版，第 248 页。

为周详。由于那逊兰保的外家风气相对开放，女性在家族中从事文学阅读和文化研习有着得天独厚的条件。而且，在婚配时因为更重视文化和道德层次，因此所嫁的也同样是文化家族。这样的家族在丈夫长期游宦或早逝时，母亲就担负起教育和培养子女的责任。"每当此际，为了使子女有一个更好的教育和成长环境，她们往往动员外家的力量，让母系家族成为母教的延伸，使整个外家成为重要的支持力量。同时，外家源于亲情，也源于文化传承的需要，每每尽心尽力，有意识地培育、扶持外孙或外甥。这样，'母教'实际上扩大为'母系教育'，这对学术和文学人才的培养具有特殊意义。"① 那逊兰保的外祖母金墀是满族旗人，姓完颜氏，著名女诗人，著有《绿芸轩诗钞》，诗作多以表现闲情为主，致力于清疏诗境的营造。受到外祖母的熏陶，那逊兰保诗歌风格也以清为主。而这种艺术风格体现最为鲜明的就是在其诗集中占有重要比重的写景、咏物、纪游类闲暇之作。其五绝《成趣园夜坐》，诗云："林壑杳以深，拂石坐忘冷。凉月不亲人，孤松转清影。"诗人以深杳林壑、月下凉石、孤松等清疏意象勾勒出夜晚幽阒的成趣园，诗境清幽孤寂，显然是承续唐代王维风格。

那逊兰保诗作中所描绘的风景和实物，大都取自诗人生活的北京周边地区，如西山的大觉寺、秘魔崖等。诗人以女性特有的细腻，仔细观察周遭环境，在寻常景物间擅于发现不凡之处，并以写实笔法将之复现于诗歌中，读来如随其行，如探其心。如《游西山》其一云："清晨驾巾车，日晡到山脚。顿簌不辞劳，山灵如有约。转路入烟霞，回头隔城郭。危磴杂松楸，远寺闻钟铎。孤青表遥峰，万绿争一壑。行行下笋舆，径窄步引却。还与叩僧寮，荒荒红日落。"西山是北京西郊的风景区，诗人选取险峰、远寺、钟声以及烟霞、落日等意象入诗，在清晨到日落的一天之中移步换景，随着时间流逝而改变空间景物，将自然景象的改变与人的旅途进程有机结合。其二云："我爱秘魔崖，怪石高撑天。复爱宝珠洞，下瞰及平田。快哉御风行，顷刻如登仙。探幽及穷僻，选胜防人先。所愧腰脚劣，呼婢相引牵。夹路橡实厚，嵌石孤花鲜。流连剧忘归，峰峰凝暮烟。"位于西山八大处的证果寺为八大处最古老的寺院，坐落于卢师山上。寺后秘魔崖峰顶有一巨岩突兀而出，极其险峻。崖壁镌刻"天然幽

① 罗时进：《地域·家族·文学：清代江南诗文研究》，上海古籍出版社 2010 年版，第46 页。

谷"四字，崖侧有一石洞，据传为卢师和尚修行之所。清代诗人对秘魔崖风景多有赞述，乾隆年间的蒙古族诗人法式善就曾创作了数首关于秘魔崖的佳作。那逊兰保在这首作品中并不单纯写景，而是寓情于景，在情景交融中抒发了诗人对自然的热爱之情。山水诗虽然产生于晋末，但彼时谢灵运笔下的山水仅是摹象而已，并不能融情入景，到了唐代王维孟浩然才完成了山水诗歌中的情景交融，而后世诗人在书写山水诗歌时也更多地以王孟诗风为范式。与此同时，诗人还表明了自己虽是须眉女子，探幽访胜，却也不遑多让男子的风姿，展示了蒙古族女性的豪壮之情。

三

清代蒙古族女性诗人创作与古代文学史中的女性叙写基本是一致的，大多数的诗作没有鲜明的民族特性，她们笔下的描写对象似乎生活在虚拟的情境中，从未经历过冲突、变化和选择。女性形象的内涵和涉及女性的生活场域被固定在婚姻和爱情的范围内，对女性完整真实的自我缺少细致的了解与体察，描写者很多是贵族妇女，她们对于下层妇女（比如婢女）的关注常显得遥远而生疏。但是，那逊兰保在其间对女性的体察显得格外突出。她的诗作中记述了对婢女的关怀。《仆妇李氏随余六七年，今为家大嫂凤仪夫人携往盛京，因成十韵以畀之》诗云：

> 聚散原无定，亲疏各有缘。料应难惜别，无那总情牵。意逐辽东水，思萦蓟北烟。随人千里外，伴我十年前。挑绣资分线，梳妆倩整钿。他时我还忆，此去汝堪怜。衣服随行笥，平安好寄笺。离怀飞鸟迹，心绪落花天。旧主思休切，新知礼欲虔。沈阳吾旧里，古迹待归传。①

诗作中"随人千里外，伴我十年前。挑绣资分线，梳妆倩整钿"的细节回忆能见主仆间的深挚情谊，而"旧主思休切，新知礼欲虔"又是主对仆的周到提点，殷切嘱托传达了非一般的情感。又作《以布衣一袭赠仆妇李氏》："缕缕丝牵别绪真，布衣一袭赠离人。前途冷暖原难料，

① 那逊兰保：《芸香馆遗诗》，同治十三年（1874）刻本。

借得斯名要谨身。"七绝的语言虽然简短，但其间蕴涵的深切关怀和惜别留恋之情却是真挚而悠长的。诗人虽然在家庭中居于"主"位，但在生活中并未受到主奴关系的约束，这首诗中她摒弃了主仆关系，对即将离开自己的婢女表达了真切的关心。像这样专门为仆人写送别诗且与仆人关系如此亲密的诗人，在女性文学叙写中还是不多见的。

明清时期女性文学创作达到了前所未有的繁盛局面，然而女性诗词作品大部分仍然只在闺闱之内或诗友之间流传、欣赏；小部分才由家族男性文人辑录并刊刻成书，在有限的范围内赠送或留存。正如光绪间女诗人施补华所说："世谓井臼缝纫为妇人之事，不宜偏近文字。又谓闺帏所作，不宜传述人口如学士然。"① 文学在彼时只是妇德之附庸，少数民族女诗人同汉族女性诗人的观念在此点上并无分别。清代尽管是女性作家最多，女性文学最为兴盛的朝代，但是因为文化传统的深层影响，女性的文学才艺并未得到充分的施展，有时处在被抑制的状况中。徐世昌《晚晴簃诗汇》载那逊兰保在丈夫去世后不复为诗，"同治丙寅，副宪逝世，遂绝不为诗"。从这里可以看出，源自颇具影响力的世习，即使是风气开明的蒙古族，也不可能完全摆脱世习的作用。对女性而言，文学创作更多时候都只是生活边缘的点缀。"总之，女人的性格——她的信仰、价值观念、智慧、道德、格调和行为——显而易见的，我们都可以从她的处境来解释。笼统地说，没有给予女人超越性这个事实，使她无法达到人类的崇高境界，诸如正义、豪侠、大公无私，以及想象力和创造力。"② 当然，在她们的诗作中也有对自己才华的肯定，那逊兰保在其诗作《题冰雪堂诗稿》中明确地指出："国风周南冠四始，吟咏由来闺阁起。漫言女子贵无才，从古诗人属女子。"时人认为此诗"足为闺门生色"③。而且《寄心庵诗话》载"莲友女史系出外藩，深于经史"，并评论其诗作"寒风添竹得闲声"句，妙在"得闲声"三字，体物入微。这些都是时人对那逊兰保才华的肯定之论。

作为蒙古族女诗人，那逊兰保在诗歌方面取得了骄人的成绩，她属于

① 张宏生、石旻：《古代妇女文学研究的起点及其拓展》，《江西社会科学》2008年第7期。

② 波伏娃：《第二性：女人》，桑竹影、南珊译，湖南文艺出版社1986年版，第409页。

③ 符葆森：《寄心庵诗话》，钱仲联《清诗纪事》，凤凰出版社2004年版。

"后来因为某种机缘来到内地，写出的作品仍然保留浓郁的蒙古族民族特色"① 的诗人。从现存的篇什不多的诗作中可以看出，对于各体诗歌，那逊兰保都能熟练掌握，尤其是近体诗更为突出。在语言的提炼上，诗人也是精益求精，进而形成诗韵轻灵、语言工丽却又富于自然美的诗歌特色。其《小园偶兴》云："小步意徘徊，西风几阵催。淡烟随暮起，落日促秋来。红叶点高树，黄花压翠苔。晚来清兴好，随意过平台。" 深秋时节，暮色苍茫中的诗人在小园香径的徘徊中，观看红叶黄花。"从孤寂生活的深处，女人领会了应该对自己的生活采取何种态度。她对过去、死和时光的流逝，比男人更有切身的经验。"② 文学创作是一种最具个人创造性的精神生产方式，当那逊兰保将自己对于世界的情感体验、感受、评价诉诸诗行，力求在其间表达自己对于世界的认知时，从某种程度上看来，她写下的文字已不仅仅属于自己，而是代表了她的民族属性、她的阶层价值观，甚而是像她一样的女性对世界的看法。自然，她的创作灵感都来源于生活，然而也有她曾受过的教育和她潜在的才华的影响。因此，物候变迁，季节更迭，都成为那逊兰保挥发诗情的绝佳对象。娴静的诗人，在春夏秋冬的鸟语绿荫落叶赏雪时节感受着生命流逝的点点滴滴，无论诗作是通俗明快还是典雅含蓄，都体现了唐诗中那种行云流水般的自在自然的诗歌意境。"滴遍芭蕉雨，秋晴写一庭。云容沉水白，山色接天青。树寂蝉添籁，花眠鸟唤醒。卷帘新爽入，斜照上疏棂。"（《秋晴》）颔联的"沉"和"接"字，将云水、天山巧妙地融在一起，而秋日晴空的天高云淡、蝉寂鸟鸣也在诗人的淡然书写中跃然纸上。

不过，任何时候，"他们对生活的审美感受、审美体验、审美判断和评价以及运用文学语言反映生活的技巧、风格，都受到时代精神、社会意识、公共心理、民族特性、阶级意识等因素的影响"③。因之，从传统的角色分工考虑，那逊兰保认为"偶耽薄饮忘家务，每为微吟误女工"（《春日三首》之二）。用"忘"和"误"说明在其心中，做家务、女红才是女子的本色。但是她也有"清标傲骨绝群流，凡卉输君一百筹"（《咏菊》）的不甘之语。这种看似矛盾的表述更加说明晚清的女性诗人们

① 扎拉嘎：《比较文学：文学平行本质的比较研究——清代蒙汉文学关系论稿》，内蒙古教育出版社2002年版，第3页。

② 波伏娃：《第二性：女人》，桑竹影、南珊译，湖南文艺出版社1986年版，第411页。

③ 童庆炳：《文学理论教程》，高等教育出版社1998年版，第116页。

在理家闲暇之际书写这样赋予女性理想的觉醒之语，是伴随着对其性别角色的思考中的巨大的痛苦和勇气的。在晚清的大时代氛围中，诗人们大都旨在回应强国保种、救亡图存的时代命题。因而，那逊兰保笔下的女性形象作为家国问题的一部分而被思考与塑造。

　　闺阁生活在很大程度上使那逊兰保只能从有限的活动环境中《寻诗》（"绿窗人静篆烟消，春引诗情上柳条。正欲寻题无觅处，小环报道是花朝"）、《检书》（"傍架齐书小课功，安排身入古香中。旧遗花样新翻得，又省窗前细剪红"）。读书对知识女性产生了积极影响，滋润她们的心田，开拓她们的精神。让她们学会用文字表达自己的眷恋悲哀。然而，法国的女性主义理论家西蒙·波娃（Simon de Beauvior）也指出："业余的女作家们则认为文字只是人与人之间交流思想的方法，一种向别人倾诉自己的工具，只需要直接表达自己的感觉。"① 在文学构件上，清末蒙古族女性诗人并未与现实的女性生活、女性情感，特别是女性主体意识切实相通、紧密关联，从对这些女性形象的梳理中，可以看出晚清作者的家园理想充满矛盾，个中心结和理路正与20世纪中国的激进思潮相辉映。那逊兰保处于那个大时代风潮即将到来的时代中，她通过女性的直觉，即使在封闭的闺阁环境里，依然敏锐地感受到了时代的新气息。并将这种敏锐感融入诗篇，在诗作中呈现出自由、潇洒、豪迈的生命魅力。"自是高标韵自长，不将颜色都群芳。爱他闺阁生花笔，写出人间第一香"（题香湖女士《墨兰册》）就是她在承传了家族文学精神，在时代女性创作风会中不甘人后的思想觉醒的真实写照。

【原发表于《苏州大学学报》2014年第4期】

---

　　① 波伏娃：《第二性：女人》，桑竹影、南珊译，湖南文艺出版社1986年版，第500页。

清代蒙古族诗人锡缜研究

毛淑敏

我国的诗歌创作历史悠久，诗歌可用来表达人类喜、怒、哀、乐，也可记录人们的生活点滴。《墨子·公孟》中说："诵诗三百，弦诗三百，歌诗三百，舞诗三百"，生动反映了先人们赏诗、用诗的浓烈兴味与形式多样性。诗传至晚清，中国传统社会由繁荣转入衰落、急剧动荡、变化、思想极具冲击的时期，晚清国力的衰微以及由此引起的国内农民运动频发、帝国主义列强入侵，这些客观的、外在的历史事实不仅被记录入汉族作家的作品中，也在少数民族作家创作的作品中有所反映。晚清这一特殊的历史时期铸造了很多优秀的少数民族作家，锡缜就是其中一位。

锡缜（1823[①]—1887[②]），原名锡淳，字厚安，号禄矼，博尔济吉特氏，奉天（今辽宁）人[③]。正蓝旗蒙古人[④]，诰授通奉大夫、一等轻车都尉加一云骑尉。道光二十年（1840），锡缜随父到西安，跟随杨澹人游历，并从那时起学习创作诗歌、古文[⑤]。道光二十二年（1842），保恒任西安参将，锡缜随侍在侧，得以结识爱国名臣林则徐，受到林则徐的赏识，并命锡缜抄写奏章。道光二十四年（1844）举人，咸丰六年（1856）进士。改庶吉士，授编修，咸丰八年（1858），官户部郎中，与尚书肃顺不和，不得重用。同治十一年（1872），任布政使衔江西督粮道，光绪元

---

① 《退复轩诗》卷二壬子（1852）年内第一首《元日》："三十无名世所怜，举头又见有情天。"因知其生于道光三年（1823）。

② 朱彭寿编著：《清代人物大事纪年》中有："光绪十三年丁亥（1887）锡缜，原任驻藏帮办大臣，十二月卒，年六十五。"北京图书馆出版社2005年版，第1615页。

③ 罗春政、赵东昱编著：《关东书画名家辞典》，万卷出版公司2006年版，第369页。

④ 张佳生在《中国少数民族集成》中说锡缜为满族人。

⑤ 《西辋依永集序》中亦提出："道光庚子（1840）家大人官西安参将，佐司徒较射，缜甫十九岁，大人辄取诗文质之。"

年（1875），诏修《穆宗实录》，光绪四年（1878）招为驻藏大臣①。室名"退复轩"，著有《退复轩诗》四卷，潘祖荫序，诗编年，自道光二十一年迄光绪十年共 383 首、《退复轩文》二卷，《退复轩随笔》一卷、《金贞佑铜印题词》一卷、《时文未弃草》两卷，系光绪年间刻，现存词 6 首。锡缜并未靠父辈的荫泽求官，而是通过科举入仕，通过自己的努力逐步走上为官之路。锡缜有两任妻子，前妻那穆都鲁氏，诰赠夫人，满洲正蓝旗人，是原任荆州将军台涌之女，早逝。后娶佟佳氏，诰封夫人，满洲正白旗人，原任甘肃、土鲁番同知英贵之女。锡缜生有一子，名龄昌。

一

清朝前期暂时结束了战乱纷争，实现全国统一的局面。各民族由此交融杂居在一起，在交融的过程中相互学习优秀的文化传统，虽然清朝统治者出台了很多不允许蒙汉民族交往的政令，但仍无法阻止蒙汉人民的交往的潮流。清朝乾嘉时期，形成蒙古族汉文诗人的创作高潮，"厚庵结交贤士大夫遍海内"②，锡缜交游人物也不乏对其心态、创作产生很大影响之人。

潘祖荫（1830—1890），字伯寅，号郑盦，江苏吴县人。咸丰二年（1852）进士，授翰林院编修，官至工部尚书。他一生著述颇丰，著有《四本堂文集》二卷、外集二卷，纂写《攀古楼彝器图释》，辑成《刻滂喜斋功、顺堂丛书》。"潘祖荫一生好学，精通经史，学问渊博，好收藏金石。与翁同龢并称'翁潘'。"③ 锡缜在户部为官时，潘祖荫亦以侍郎佐户部，二人在工作中是同事，在生活中为朋友。他为锡缜的《退复轩诗》写序文，在序中说："顾以厚庵之文章如此，干济如此，初未尝入词馆，掌文衡、权枢要，与厚庵同年同官者无不横飞直上，外而封疆，内而台阁，肩背相望。而厚庵独以疾困，岂非遇而不遇欤？得不谓之命欤？"④

---

① 钱实甫编：《清代职官年表》第三册："光绪四年，戊寅（1878）锡缜十、丁亥；阁读学任。光绪五年，二、辛丑、廿七，319，病免。"中华书局 1980 年版，第 2396—2397 页。

② 潘祖荫：《退复轩诗序》，锡缜《退复轩诗》，光绪刻本，第 1 页。以下征引锡缜诗歌，均出此版本，不另注。

③ 朱绍侯主编：《中国历代宰相传略》，大象出版社 1997 年版，第 1572 页。

④ 潘祖荫：《退复轩诗序》，锡缜《退复轩诗》，第 1 页。

为锡缜多才而有如此的命运而感到惋惜，又说："厚庵结交贤士大夫遍海内，而独有取于余，殆以余为知之者深乎！"可见二人交情之深。

刘达善（1825①—1875②），字子迎，顺天府（今北京）大兴县人。与锡缜道光二十四年（1844）同举顺天乡试。刘达善少聪颖，工诗文。写有《听秋轩弈谱》不分卷，诗集与文集现不可见。锡缜于咸丰辛亥（1851）年作《怀人诗五首》，其中包括好友刘达善，又于在咸丰壬子（1852）时作《送刘子迎同年达善下第南归，兼寄弢甫》一首，诗中提到"前年访碑萃墨亭，未过淮浦心怦怦。刘子觏止甚非偶，相期他日不胜情。"简单的语句道出锡缜对刘子迎的眷恋及对日后再相见的期待。

周腾虎（1816—1862），字弢甫，江苏阳湖人。有《餐芍药馆诗文集》《餐芍药馆日记》《秣营琐记》，后两种是研究太平天国革命的重要文献，系手稿本。有《蕉心词》一卷。锡缜与周腾虎相识于道光丁未（1847），二人一见如故，交流学问、思想，畅谈世事变幻。周腾虎去世当年，锡缜作《哭弢甫》一诗寄予悲恸之情。

杨维屏（1797—?），字大邦，号翠岩，福建连城人。杨维屏作诗诗笔极隽秀，颇有佳句。戊申（1848）年夏，杨维屏与锡缜二人相识于宁夏，"久闻杨子心相许，今日相逢古朔方"。③ 二人相见恨晚，彼此有心心相惜之意，遂成忘年之交。

孙运锦（1790—1869），字绣田，号心仿，别号铁围山樵，室名"与我周旋斋"，江苏铜山人。孙运锦为铜山县的知名学者，天性聪颖，读书过目不忘。博学，工诗文。明朝文学家万寿祺诗文散佚，孙运锦搜集编辑为《隰西草堂集》附《遁渚唱和集及拾遗》。孙运锦曾参与了二十四卷本《铜山县志》（1630）的撰写工作，运锦广搜古载籍，想着重修徐郡志，著《徐故》七册，凡十余年，但是书未完成就逝世了，他一生著有《垞南诗集》《与我周旋斋文集》，另有《搬姜集》二十四卷。道光二十九年（1849），锡缜于徐州识得孙运锦，于道光三十年（1850）年作《徐州赠

---

① 锡缜在《送刘子迎同年达善之官湖南序》中有"武进同岁生刘子迎孝廉达善少缜两岁"之句。

② 赵烈文在《阳湖赵惠甫烈文先生年谱》中有"德宗光绪元年乙亥（1875），四十四岁，六月，刘子迎卒。作七律二首吊之"之句，陈乃乾《近代中国史料丛刊续辑985》，文海出版社1983年版，第75页。

③ 锡缜：《喜杨翠岩大令维屏见访》，《退复轩诗》卷一，第13页。

孙心仿明经运锦二首》，二人在这年冬天分离。① 锡缜曾为孙心仿诗集作序，孙运锦诗才横绝，"胎息苏文忠大家也"，然老而不第。

锡缜的交游极为广泛，循着锡缜交友轨迹可对锡缜的生平事迹、思想的变化、心态的把握、文学理论的探寻等方面有一个很好的把握。

二

清人入关以后，清朝统治者设立国学，在满汉文化融合的同时，汉文化占绝对优势，"以小量加诸巨量，譬如一杯水对一束薪之火，不特水不胜火，而火犹将胜水，其势然也"。② 在这种情况之下，八旗满洲子弟向学于儒者，学习孔孟之学，受到儒家思想的熏陶。锡缜作为八旗子弟中的一员，受着汉文化的熏陶，写出了很多令人称谓的汉文诗歌。

（一）诗歌内容

严迪昌在《清诗史》中说："诗的本质能量有时对才慧之士特具移情改志的魔力，潜移默化，几乎难以遏止。"③ 锡缜之诗文注重抒情、写景，善于表现亲情、友情、乡情以及其他各种细微的个人情感。他的诗或实录其所见所闻，或借以言志抒怀，或用以呈献应酬，抒发自己情思及与志在报国的理想。

1. 思亲怀友

《归去三首》书写锡缜远离家乡时亲朋与自我的难舍之情。

> 侍亲徂秦陇，言念归故乡。故乡归无何，梦寐在西方。屺岵隔游子，瞻望气不扬。去去不能辞，谁复悲河梁。请看秋雁飞，送我又远翔。
>
> 亲朋并远送，戚戚临永路。人生如过鸟，所栖无定树。吾道在知心，何必日相晤。卒卒出郊坰，策马不回顾。秋风吹落叶，过耳自来去。

① 锡缜：《孙心仿明经运锦诗序》，《退复轩文》，光绪刻本。以下征引锡缜文，均出此版本，不另注。

② 刘体仁：《异辞录》卷四，见《清代历史资料丛刊》，上海书店1987年版，第41页。

③ 严迪昌：《清诗史》，浙江古籍出版社2002年版，第846页。

　　秋风听未已，霜露寒衣襟。水落桑干河，叶丹枫树林。萧索岂足悲，忧思故弗禁。艰难共道路，无乃损雄心。关塞不可极，嗷嗷鸿雁音。山水不相知，凄凄伯牙琴。

　　第一首书写侍亲在外的诗人在一个落叶的秋日思念着被山水阻隔的故乡；第二首身在远方的作者回想离家之时的情形，亲朋远送不忍离去，悲戚之情环于心中，作者安慰自己也安慰别人道："吾道在知心，何必日相晤。"将悲伤隐于胸，故作决绝的匆匆策马出郊外；第三首诗中描写离别之时正值秋季，今又到了落叶纷飞、霜露打湿衣襟的季节，萧条的外景勾起作者内心的悲伤，然而关塞遥远，书信难至，心中寄托，山水不知。这三首诗从现实到回忆过去再回到现实的一个过程，表达了作者对故乡亲人的想念及有家不可回的无力感。

　　锡缜与锡纶两兄弟，二人情意非常深厚，并不因各自侍宦不经常在一起而影响两人的感情。① 平日里，二人因公务之需不得相见，只能通过书信交流感情。如《壬午九日忆子猷弟塞北》：

　　　　十年十度看雁归，又到今年草木黄。大漠穷荒思弱弟，凄风冷雨过重阳。同怀出处相参错，异域音书半渺茫。近日诗情聊寄与，傲人天气菊花霜。

　　重阳节是家人团聚之日，古已有之在这一天登高远望、佩茱萸、赏菊花的习俗。又到重阳团圆日，而弟弟在边远的大漠，凄风冷雨地过着重阳节。对弟弟的思念日切，却也只能通过书信而安慰自己的心，聊以解思念之情。壬午已过，又一重阳节来临，而弟弟去年的书信刚至《癸未九日和子猷弟寄和去年之诗依其韵》：

　　　　去岁重阳寄诗去，和诗寄到又重阳。一年一首诗来往，十首诗成两鬓霜。松菊故园秋瑟瑟，牛羊衰草野茫茫。雁行更寄空中字，拓入西山落照黄。

----

　　① 郭则沄：《十朝诗乘》："子猷兄即厚庵都护（锡缜），博雅能文，《寄弟》句云：'同怀出处相参错，异域音书半渺茫。'亦见性情之笃。"福建人民出版社2000年版，第840页。

锡缜因与众好友长久没有相聚怀念而作《怀人诗五首》，今只其一首进行分析：

> 武昌杨夫子，遁迹古长安。受徒博一醉，酒家杂昏眠。文章益恣肆，耻受公卿怜。陈词吊荒冢，独登五陵原。一自返汉阳，契阔垂四年。何人载酒游，执经□垄间，□今论古文，不习谁与传。落落复落落，自解元之元。（大冶杨澹人先生）

杨夫子，即为杨澹人，是锡缜的汉文创作启蒙老师。杨淡人因仕途不顺，隐居于长安，他性情洒脱、不喜小节、不依附于权贵、喜好喝酒以解愁绪，做文章亦如其人，恣肆奔放。现今二人已阔别四年之久，锡缜想起他犹如还在日前，落落几笔将老师的性情喜好及对老师的思念展于读者面前。

2. 写景言志

锡缜除了写怀友思乡的感情细腻之作，还留有一些景色怡人的作品。他的写景诗中有田园的安闲、静谧，山水的率直自然，亦有以景言志、托物言情的诗歌。锡缜随父为官，在忙于公务之余，信步穿行于乡间小路，遍览田间景色。《秋望三首》其一、其二：

> 远岭带秋色，平畴铺夕阳。田水引河流，莫接云影黄。野眺不知晚，吹面风渐凉。俯仰多所娱，吾乐且无央。（其一）
> 寓目有佳趣，称心便已欢。农人筑场圃，未及秋阑干。但闻相告语，今年渠水宽。禾稼既用成，岂复霜露寒。（其二）

远山景色已有秋意，近处的田间被斜阳铺上一层金光，田间细水蜿蜒流转，外界的景色使得他忘却了时间的推移，俯仰之间，尽得其乐。接下来作者将目光从田野转到筑场圃的农人身上，从农人的交谈中可知今年又是丰收的一年，"禾稼既用成，岂复霜露寒"，短短几句表现了作者对农民生活的关注。

还如庚戌年（1850）所写《田家词四首》：

> 新田开得两三畦，恰有前宵雨一犁。夏日纳凉知更早，柳条垂比

短墙低。

　　桥板才撑短竹竿，蛙声未歇水流宽。残花几朵霑新雨，隔入疏篱转耐看。

　　笠影当风雨乍晴，轻担雨树耸肩行。麦秋未至犹闲暇，移得新榆种入城。

　　喜看二麦吐新芒，采采春蔬载满筐。夜雨才添渠水绿，午风时送菜花香。

　　此诗的画面感很强，"柳条""蛙声""笠影""新榆""春蔬""菜花香"是春日不可缺少的元素，一个个物种组成了春天。这些独立的画面组合到一起，给人以清新之感，作者用静逸的心情写出人们的温暖与安闲。《秋望三首》第三首："田野有余绿，微凉风在衣。流水声未歇，夕阳红已晞。贺兰山影来，隄边人缓归。暮色入遐心，悠悠知者希。"此诗描写入秋时的一个暮色时分，绿野、轻风、流水、落日、山影、归人，有动有静，人与自然融为一体。表现这种主题的还有很多，例如《题画》《归来十七首》《涿州夜发》等小诗也写得清新淡雅，读来朗朗上口、唇齿留香。

　　清人吴乔曾说："夫诗以情为主，景为宾。景物无自生，唯情所化。情哀则景哀，情乐则景乐。"① 锡缜诗作中如《杨柳枝词二首》：

　　陌头春晚苦相思，浅绿迟迟上柳枝。莫是张郎偏阁笔，画眉爱看未成时。

　　金丝拖地总娇柔，软碧摇烟怨未休。莫说年年攀折苦，一生但解送春愁。

　　此诗言辞优美，清新淡雅，将愁表现得轻淡而不厚重，代表相思的柳枝在作者的笔下被赋予了生命。此诗首句点出作者深深地期盼着春天的到来，而春色似不了解作者的心意，迟迟未能爬上枝头。苦苦期待，春色拂过，带着丝丝哀愁的柳枝随风摇曳，轻软地滑过地面，也拂过作者的心。

---

① 吴乔：《围炉诗话》卷一，转引自丁放《金元明清诗词理论史》，安徽大学出版社 2000 年版，第 170 页。

3. 羁旅行役

锡缜的部分诗歌表现出经历了动荡之后身心无所依傍的彷徨与失措；生处乱世、朝不保夕的忧患；仕途的艰辛与不顺，侍宦在外的伤感以及追求功名、心怀报国、不断奔走于道路的孤寂。

1843 年锡缜第一次赴京考试，"少年飞动意，不唱定风波"，信心满满，对前路充满希望。路经涿州写有《涿州夜发》："星光散迷离，树影掠出没。微闻村落间，野犬吠残月。"在旅途上的人是辛苦的，风餐露宿是常有的事情，作者也不例外，在布满星光的夜里，孤寂地行走在路上。

锡缜为人刚正耿介，不趋炎附势，为当时权臣肃顺所忌，也因此十多年不得重用，在内忧外患、国破家亡之时，空负其才而不能施展，为国家尽一份力，因而痛苦不堪，不是用言语能说明的。咸丰庚申（1860）作《写怨三首》中说：

臧否人化鉴，文章空谷音。浪名如梦得，狂疾入愁深。王烈曾遗布，钟义不鼓琴。西凉重钩距，未必在儒林。

不识人间世，残春何处归。疾风回雪落，病叶带花飞。历劫名心减，浇愁酒力微。平生受恩重，未敢学忘机。

鼠窥灯暗淡，鸦集月昏沉。古殿神明肃，幽房鬼火侵。所存惟夜气，可见是天心。未及穷途哭，犹为梁父吟。

郭则沄在《十朝诗乘》中说："锡厚安都护初官户部，隶陕西司，以肃顺抗。时肃长部，深忌之，几得罪。庚申，京师陷，借居萧寺，有写怨诗云云。言外之感深矣。"作者直抒胸臆，用诗句表达内心所想。[①] 此组诗用深沉的笔触融情于景，以景托情地道出内心所感。第一首点出自己空负其才，而不得重用，只能是文章空谷音，作者用"梦得""王烈""钟义"等典故表明心迹；第二首诗作者面对眼前的困境，不知何去何从，就像不知道残春应该归于何处。病叶、残花被疾风任意卷起，肆意吹，病叶、残花就如同现在的自己，空负一腔热情而无用武之地，用外界之景表露内心的失望。外界的景色无法使自己忘却内心的忧愁，即使是一醉解千愁的酒也无法消除心中的哀愁；第三首用外在"萧寺"的景色反衬出作

---

① 郭则沄：《十朝诗乘》卷二十，福建出版社 2000 年版，第 900 页。

者内心的愁苦。

锡缜于庚戌年（1850）侍宦于芦台，在路过沧州时，作《过沧州》一诗：

> 行过沧水郡，岁晚感途长。日晕寒云凝，沙崩老树僵。西来山律律，东去海茫茫。年少书生耳，驰驱鬼骕骦。

此诗表现一个羁旅行役之人的苦痛与无奈。"寒云""老树"及冰冷的空气衬托出作者的心情。面对冰冷的天气，作者心生几分凄怆寥落之感。然而心中的疾苦只有自己知道，道路的漫长让人感到迷茫亦如前程一样。光绪十年（1884）所作《漫兴三首》其一，诗云：

> 三复葩经及考槃，几曾古井起波澜。仰邀明月同心少，凝恨斜阳独语难。暮喈朝唏浑负负，云愁海思阔漫漫。愿将殷浩书空字，寄与苍冥一笑看。

已垂垂老矣的他，回忆自己时而跌宕起伏、时而微波不兴的一生。作者用明月、斜阳、暮、云、海等自然之景寄托自己的情思，表现愁思的无时无刻与漫漫无际，表现出年老的自己的孤独与忧愁。

4. 民生疾苦

"自乾隆后期直至清末，吏治逐步败坏，官场贪污腐化，贿赂公行；州县巧立名目，横征暴敛；断案官滥施淫威，草菅人命变动和浮动引发于四海治乱，生民休戚"① 处在四海皆乱境遇下的人大多有着强烈的现实关怀，关注国家、命运、社会、百姓的问题，而这种主题往往是诗人通过自己的人生境遇和心灵历程去感悟，通过描绘自然界山川万物，人间世事民情来体现的。锡缜所写的诗里面，其中有不少描写人民生活困苦、揭露官场黑暗、徭役繁重的诗篇，读来感情激切，极富现实意义。

（1）反映现实

己酉年（1849）所作《岷州道中二首》：

---

① 张力均：《清代八旗蒙古汉文著作家吏治思想初探》，《内蒙古社会科学》2007 年第 1 期。

北风吹征衣，凛冽莫出手。峻阪寒嵯峨，老马僵不走。冻雪凝石坚，斧凿冰落肘。

古干霜皮皴，空谷谁薪樵。穷民夹路啼，草间弃饥妇。悠悠伤我心，昏昏如中酒。

此诗字里行间显露着寒风凛冽、冷气逼人，"寒""僵""凝""霜"几个关键字尽显冬天之冷、雪凝石坚，然而在这样的天气中，人民由于战乱的缘故而流离失所，"穷民夹路啼，草间弃饥妇"，使得同情人民的作者伤心、悲痛。反应同样主题的还有"同云铺高岗，雪片粗压鞍。石梁著冰劲，灌木惊风干。揽辔旷四顾，悲凉摧心肝""人命投豺虎，天涯老骎骦""凶焰隔山燎，河冰带血流。逃生行迹乱，野哭暮云愁。"（《役湟四首》）《役东七首》《闻道》，等等。

咸丰戊午年（1858），锡缜为户部郎中时写的《仿白香山新乐府体三首》反映了当时他在户部的所见、所闻。其三云：

地丁盐务关税课，应得者失别需索。沦丧精神转采补，何如养生不服药？方寸之木高岑楼，不疵瑕兮恣求取。恣取求，不偿失，朘利源，伤民力。内焉宝钞与大钱，外焉津贴与厘捐。谓供于上上不足，谓济于饷饷减数。始乐持筹终仰屋，几人饱欲死，亿兆同声哭。彼司农者方悔悟，吁嗟乎，仓金民支同一曹，尚书有言询刍荛，不利君，不利臣，不利身，乃能利于天生之蒸民？

这则诗歌表现出晚清的社会现状、政治腐败、官员贪污，最大的受害者是平民百姓。户部是掌管田地、户籍、财政等事宜的机构，诗人作为户部中的一员，对于其中某些官员"在位不能与政谋，谁持珠算与牙筹"（《仿白香山新乐府体三首》其一）表达出怨怼之情。一些官员在征收赋税时中饱私囊，乱增杂税，恣意榨取税民，这样做的结果是损伤民力，浪费财政资源。财政资源不足造成一串的不良后果，导致国库严重不足，军饷供应不上。有这样的"不利君，不利臣，不利身"的官员，出现"几人饱欲死，亿兆同声哭"的结果。作者在愤懑的同时担心百姓与国家的命运，借尚书之口说出心中担忧：如果官员都是这样的做事风格，怎么能治理好国家？

（2）心系百姓

清朝自嘉庆帝以后，国势日渐衰微。吏治腐败、经济凋敝、军事力量薄弱。农民的生活日益贫困，与统治者之间的矛盾日趋激化。在国内矛盾白热化的同时，帝国主义又对中国进行疯狂的经济、政治、文化的侵略，压榨和奴役中国人民，形成了前所未有的民族危机。

锡缜于道光二十四年（1844）自灵州赴京赶考的路上写有《天池子》一诗：

> 夜投天池子，僻在长城窟。荒村四五家，沙漠无块轧。窗前马伏枥，风里驼鸣圆。敧枕未成眠，叩门声何疾。女子拭面啼，男子脚不袜。云来诸健儿，戍边榆林卒。供亿罔敢匮，粢粮如盗颉。感悦使吠龙，不者徇以抶。闻之投袂起，瞋目愤所切。出与健儿言，于尔实有缺。天家幅员长，启宇到回纥。边防日以重，负戈鲜休歇。倦言结礼仪，戚戚新婚别。水萍与兔丝，引蔓事恍惚。既不以家为，而忍自挑达。歌者同母弟，封侯烂勋阀。岂无将相种，所赖精神刷。健儿闻我语，仿佛中心恒。相顾辄引去，若兽走戕狱。吾亦从此逝，瘦马踏残月。主人乃爱客，男妇道遮迣。却携所娇女，发乱颜如雪。长跽齐涕洟，狼藉粉黛阔。夙夜耻行露，此志敢弗揭。鸿雁哀嗷嗷，中谷泣以惙。湛恩汪秽时，退陬易饗肝。庖丁暗道窾，牛刀谁善割。平生胞与意，相对惘然失。记取甲辰春，三月十五日。

"锡厚安都护，道光甲辰赴京兆试，途径灵州东北天池子，遇西征兵迫奸民女。厚安以大义呵止之，兵竟引去，作《天池子纪事》，厚安旋贵显，论者谓有阴德。"[1] 诗人夜宿长城脚下名天池子的荒村，倚枕未眠之时，突然听到紧急的敲门声，进来一男一女诉说其被一伙戍守榆林的军卒抢劫勒索、鞭打虐待的遭遇。诗人听后难以压抑愤懑之情，当面斥责军卒的暴行。可军卒也有他们的不平，边防日益重，练兵、打仗不得休息，许多人新婚宴尔之时即被拉充军，长期过着孤苦的军营生活。作者听完军卒的话，以自己的弟弟锡纶为例，说他"岂无将相种，所赖精神刷"，军卒在诗人现身说法的劝导下抱愧离去。爱客的主人因家境贫困而捉襟见肘，

---

[1] 郭则沄：《十朝诗乘》，福建人民出版社 2000 年版，第 632 页。

为报答作者全家长跪泣涕。此情此景，更让诗人思绪万千，泪洒中谷。这首诗颇似杜甫的"三吏""三别"，通过对于事实的记载表现"诗史"的魅力所在，此诗中作者没有仅仅停留在描绘人民苦难生活的现象上，而是升华思想，进一步揭示了战乱纷争给人民带来的苦痛。

作者在《退复轩随笔》的《疯人处绞》中有样一段文字："钦派军机五大臣会同刑部严审，系上司疯疾罪，无可逭，二十七日覆奏奉旨，处绞。"① 短短的几句文字将当时官府的不分青红皂白、草菅人命展露无遗。

锡缜在《上杨澹人先生书》中对当时京城官吏结党营私、钻营求利的情形进行了详细描写，文中写道："我以就物莝毂之下，豪俊之所辐辏，耳目之所及，牵引依附，揣摩之所至，比比焉。与为浮沉而自丧其守，所求于人者重。而所以自待者轻，自轻者是人亦轻之。"揭露当时官场腐败，当时的官员轻者自轻，丧失操守，牵引依附，沆瀣一气。

（二）诗歌的艺术特色

锡缜的诗作，是与其生活轨迹相始终的文学创获，南来北往的行役、侍宦、任职等种种经历丰富着他的心灵世界。

从表现形式上来看，锡缜诗歌五古、七言、新乐府体皆擅长。锡缜之诗风格多变，有凭吊怀古、行役送别之作，登高望远、寄情山水之作，送友伤别之作，诗歌情意真切而又含蓄蕴藉。

一方面学习杜甫记录时事、反映现实的创作态度，内容上具有"史"的功能，抒发忧国忧民的情怀，记载当时众多事实，记录内地动荡、民生凋敝的社会现象。这类诗歌大多擅长叙事，善于刻画形象，常以议论感慨结尾，卒章显志，发人深省，亦有通过景物衬托，直抒胸臆者；锡缜在学习杜甫反映现实主义诗风的时候又集杜句成新诗，融入自己的学识、智慧与情感，表达新思想、新内容。可见锡缜对于杜甫的诗歌信手拈来，早已了然于胸，锡缜集杜甫诗句为己所用，表达了新的内容，记叙身边事、抒己之怀、记录史实与夸赞朋友等，如同己出，浑然天成。另一方面学习白居易的平易通畅的特点，模仿新乐府诗记录现实以及时下的新鲜事物。他在学习前人的基础上又不落入前人窠臼，自有创新。

---

① 锡缜：《疯人处绞》，《退复轩随笔》，光绪年间刻本。

锡缜之诗直写心声"下笔便有我""出言心有声"①，选取符合情志的体裁，所以他的诗可以豪放浑厚，也可以清新自然；可以缠绵悱恻也可以汪洋恣肆；可以通畅易懂，也可以用典以表其心。一个人的诗歌风格折射出他的精神内质及其时代的内核，积淀着主体的审美心理，是特定的政治、经济、文化、思想等综合凝聚的产物。

1. 清新淡雅

锡缜的诗歌摹景状物、模山范水，风格清新淡雅之作时见于诗集中。如《交城山行三首》：

> 山花自开落，行行意未阑。幽情不欲泄，马上岂能看。
> 古洞有古佛，初祖讫六祖。一阵山风来，片片天花舞。
> 松柏千万树，堆作众山碧。马乘白云高，行行已倦迹。

此诗没有刻意雕饰、没有典故、诗出自然。此诗首句让人联想到王维《辛夷坞》中的"木末芙蓉花""纷纷开且落。"等句，首句凸显山中的静寂，春光即将逝去，行人意兴阑珊。作者行于鲜花蔓舞、古色古香、松柏成林的山中已经不想离去，"随意春芳歇，王孙自可留"，山中的清悠让人忘了尘世的纷乱。

写于咸丰三年（1853）的《看雨同观师舟祐赋》：

> 层阴环绕乱峰吞，远树低沉落照昏。风噤无声凝雨气，电飞有力划云痕。将洗甲河倾水，山欲留人翠闭门。之子莫随鸿雁去，行行不得且开尊。

作者将雨欲来的情形融入诗句，清新之语、颂之唇齿留香。层云将山峰遮掩，远处的树群映衬着夕阳，一般地说"山雨欲来风满楼"，而作者眼中的雨欲来又是另一番情形，无风凝雨气，闪电将云团撕裂，这些情形都昭示着一场大雨即将来临。众多的铺垫与描写是为了引出结句："之子莫随鸿雁去，行行不得且开尊。"鉴于对友人的留恋与担心，作者对即将远行的友人说，留下来喝一杯吧，此语表现出作者对于将行之人的眷恋之

---

① 锡缜：《说诗质蒋蔼人农部三首》，《退复轩诗》卷三，第13页。

情。作者将直白的语言写入诗句，更显出他的性情之真。

2. 雄壮寥远

锡缜之诗无论是书写边塞风光、记录现实、羁旅行役、怀古伤今都有雄壮、寥远之语，风格雄奇壮阔，以大气阳刚为主。例《潼关二首（其一）》：

> 天险峰尖凿，云根版下生。大河吞落日，绝壁控坚城。隆准曾先入，哥舒未解兵。兴亡千载事，揽辔意纵横。

潼关即陕西省渭南市潼关县北，北临黄河，南踞山腰，一直是兵家必争之地。此诗气势宏大、用语大胆、大气高远，将潼关之险书写出来。山峰之高欲将天空戳破，高耸入云，好像云生长于山峰之上；黄河气势磅礴欲吞落日，潼关壁立千仞保卫着城池。然而，潼关失守之事至今想来思绪万千。

咸丰三年（1853）锡缜仕宦古北口，作《古北杂诗三首》：

> 凹凸边墙接碧空，山云开处引雄风。桓桓自有熊态士，力挽潮河不向东。
> 急水挟风横蹴石，斜阳隔雨倒穿云。眼前奇态谁能写，愁绝当时郑广文。
> 朔风夜半起碉楼，吹彻山城五月秋。一曲琵琶催上马，白狼河水送征愁。

此组诗雄浑沉着，大气豪放，拥有雄肆浑厚的气势，宏伟博大的意境尽显边关的奇丽风貌。

3. 语言生新

锡缜作诗很看重语言的锤炼，力求形象生动。例如"大河吞落日"（《潼关二首》）中一个"吞"字将大河奔涌的气势写出，同时也写了大河远去与太阳连成一线。"斜日含霜晕，孤城抱树圆"（《抚彝》）一"含"字写出夕阳的包孕万物，一"抱"字孤城将不再孤单。

"松柏千万树，堆作众山碧。"（《交城山行三首》）一个"堆"字凸显出树木之多以及松柏碧绿。"古寺敛深翠，春暮最堪惜。"（《陪鄂松亭舅氏恒游檀柘山宿岫云寺次苏文忠公寒食诗韵二首》）一"敛"将古寺写活，动人的翠色也蠢蠢欲动、呼之欲出。"晚风荡虚谷，梨花乱飞雪。"（《陪鄂松亭舅氏恒游檀柘山宿岫云寺次苏文忠公寒食诗韵二首》）晚风飘荡地吹过山谷，着重表现出风的劲健及山谷的空阔，风吹过，梨花像雪片一样纷纷扬扬地飘落，"乱"字一出，风力尽现。

锡缜不仅注重运用动词，对于形容词和副词的使用也很考究。"鞭影留残月，车声走乱山"（《闻喜夜发》）中"残"和"乱"二字的使用恰如其分地表现出时间与地点。诗人驾车独行于乱山之中，夜半时只有月为伴。月又非圆月，已是残月挂于天边。夜半静寂的四周，万籁俱寂，车行于路上的声音被放大无数倍，这种声音更反衬出山路的静寂，反衬出作者的孤单。"是时木叶犹送青，怪石砰磕苔痕凝。"（《放鹤亭》）中的"犹"字点出阴历八月虽已变冷，但是树叶依然清绿，石上苔痕通过一"凝"字显现，苔藓的绿色像是印于石上一样。

锡缜对于色彩的运用也有深刻独到的一面："凉飔吹白杨，赤云拥村落。"（《自宁夏之洮州得廷芳宇孝廉桂寄诗途中作答》）白色与红色两个色彩搭在一起，强烈的色彩冲击，勾画出一幅色彩亮丽的画面。"平沙万树多梨枣，红杏数株三月花。"（《归来十七首》其五）广袤的绿色中，一点点红色映衬其中，随风摇曳。"一望浅红深绿裹，晚风疏雨到蒲州。"（《归来十七首》其十四）则通过声音、色彩相结合，听觉、视觉乃至触觉多方面的混合，很容易产生立体的想象空间，仿佛能看到作者在一个细风疏雨之夜到达了蒲州。还有"雪痕衰草白，日色乱山黄""碧草侵阶粉蝶飞"等诗句，多形象生动。

锡缜为了加强语言效果，善用叠字。"薄结春冰三月天，五原东去草芊芊。"（《归来十七首》其四）初春十分，薄冰未化，芊芊细草绿五原，彰显小草的顽强生命力。"睘睘孤客行，凄凄寸心惮。"（《投孟津不至》）叠字的运用更能刻画出行人的孤寂。"迟迟寒水凝，郁郁冻云交。"（《灵石》）"迟迟""郁郁"二字连用，寒水与冻云二字相对，可见锤炼之深。

三

锡缜诗词创作丰富的同时，他还写有很多古文与随笔，锡缜的随笔或长或短、或议论或叙事，或记录身边的奇闻轶事、社会时事或论说学术问题，对于锡缜的随笔在这里不加以赘述，现仅取锡缜的古文作为分析对象，以探寻古文的特点与古文理论。

（一）文的内容

锡缜现存五十多篇古体散文，体裁大多为序、书、跋、记、书、颂、碑、传、墓志铭，内容也较为丰富，涉及地理风光、人物论说、针砭时事、诗文理论等，无论何种文体都能阐发己意，颇有见解。

1. 地理风光

锡缜文章中多有描写风光者，或写自然天成的风光或是浑然天成的人工开凿之物，这些文章多有其特别之处，写地理风光多为人物性格做伏笔，景物描写切合作文需要。例如锡缜在《孙心仿明经诗序》中写道：

> 黄流至徐包郡，城北劲折，而东高于城七八丈，城内仰视帆樯林立空际，城南云龙山，平远凹凸作微风鼓浪之状，起伏层叠，渐远渐高，水势如山，山形如水，蠢蠢焉，袅袅焉。

此段文字用语清丽，白描与比拟相结合。作者登高远望，一切景物尽收眼底。把黄河环绕的徐包郡奇特景观展现于眼前，并认为徐包郡的独特景色"足以寄奇士襟抱"，由此引出作者对孙心仿的评说，观其平生的著述，文章中流动着"抑扬雕绘其文辞"，才知道孙心仿是一名真正的奇士。通过前文的铺垫，以所观之景象征孙心仿才是真正的奇士，也暗示出孙心仿作文章构思奇绝、新颖，想象力丰富。

锡缜在《晒柯轩记》中说：

> 延树南少司徒煦之居旧有"思永斋"，丛石茂树、苍翠周帀眇眇如也。斋之西南有隙地，以同治庚午之夏筑室之楹，倚枕古槐下曰："晒柯轩"，曲廊达之荡荡如也。去旧斋数武而地小，抵五之一，自旧斋过者，若出深山瞰平原，意为之畅，大者奥之而忘其为大乃旷，其小者而使大化而裁之存乎，变将以是拟化工之工焉。曲池危桥遮以小阜，掩苒众卉，迥环日星，春夏而和秋冬，而曦抑又以适其时者，适其性也。

描写文字简洁、晓畅易懂，曲池危桥、众卉嫣然、茂树苍翠并写出"思永斋"更名为"眄柯轩"的原因。本文写景善于从细处着笔，生动如画，"大者奥之而忘其为大乃旷，其小者而使大化而裁之存乎，变将以是拟化工之工焉"用怡人景物表现出所居住者卓然的性情。

2. 人物论说

锡缜写了很多人物传记、传碑、墓志，多为亲戚、朋友故交、同僚而作，详尽简赅不一，或叙其生平著述及主要事迹，或表彰其忠孝节烈。作墓志铭共三篇，烈女传碑一篇，人物传记一篇，锡缜为人作传，文章多主旨鲜明、条理明晰、情理结合、多记述详略结合，生动感人，其中堪称代表的当为《刑科给事中蒋君墓志铭》，主要表现蒋彬蔚孝顺、精于学问、乐于帮助他人的事迹。

> 城公故廉，以道光十九年十一月卒于官，君晕绝十余日始杖起，乃扶榇归吴，肆业取膏火赀奉母。六应省试皆不售。吕大恭人卒，君哀毁甚，而家愈贫，服阕以眷属寄外家，独赴顺天试。二十九年己酉中式，又越七年丙辰始通籍，贫如故，学益力。

蒋彬蔚是一孝顺之人，蒋彬蔚之父逝世后，蒋彬蔚伤心至极，遂"晕绝十余日"后才扶杖而起，扶灵柩归乡，并因此专心侍奉其母，母丧后，蒋彬蔚"哀毁甚"愈加悲痛欲绝。"天下惟忠孝发乎至性……不必尽通语言之、文字之。"① 在父母双亡之后，蒋彬蔚再次踏上求学、求仕之路。

> 其治史汉三国志，则取张皋文、吴仲伦诸先生评本，考其天文、疆域、礼仪、制度，雌黄之无隙地，再易本书之，以审定其异同，遂续成董方立先生之《汉官谱》。又取李志常之《长春真人西游记》，考其山川道里，释以今名，累数千百言，以补自来舆地书之所未备。

蒋彬蔚在做官之余还致力于学问钻研，续成董方立先生之汉官谱，又补充完善李志常之《长春真人西游记》。涉及面广泛，以严谨的态度，广

---

① 锡缜：《书陈太守元禄汶水沉舟图后》，《退复轩文》。

证博采，校其异同，考证详慎。锡缜评其"斯其可以经世，卓卓乎大者，他弗计焉"。

蒋彬蔚努才治学、才气异人。

> 以故充文渊阁校理，武英殿国史馆纂修官、文宗显皇帝实录纂修官、充乡会试同考官、江西乡试副考官，皆称职泊乎。转御史，擢给事中，不轻言事，陈漕务、荒政，辄见施行。巡中西城，决事而民服，无敢于以私者。先以实录馆议叙得四品衔，至是截取以知府用，又荐以道用，人益以重君。

蒋彬蔚刻苦向学，取得功名使得他才有所用，屡迁官职，想人民之所想，为当地人民所称道。

> 君之措于外而不爱其力，约于己而不慊其意；不窥时俯仰，赴势物之会以同众人之求。是能读书而明乎真积力久之道，卒用之，未必无益于天下，而惜哉！不竟其施也！

蒋彬蔚严于律己，做事利人不为己，不趋炎附势，唯以读书做学问为积力之道。蒋彬蔚性情诚恳笃厚，并乐于帮助别人。

> 君性肫笃，能济人之事。同岁生张太史亮畴、范侍御熙溥、张礼部锡基死，皆经理其丧；华太史晋芳卒，釀金归其眷属；洪给谏昌燕病，侍其汤药；死，焚所负券，且助其归葬。吕恭人之兄尧仙中丞佺孙之抚闽也，其停米捐税茶诸善政多谘于君，丙辰之秋，江西贼犯闽，陷光泽、邵武，中丞疾病甚；君自京星夜驰至，挈其眷口百余人，取道浙东而归。

作者质朴的语言表明蒋彬蔚令人敬仰的情操和深明大义之举：同僚张亮畴、范熙溥、张锡基去世之后，他都帮忙料理丧事；华晋芳去世，筹集钱财送其家属；洪昌燕生病，在身旁侍其汤药，死后将家中债券全部付之一炬，并帮助家属料理后事；咸丰丙辰年（1856），太平军攻打福建，光泽、邵武两城陷，吕尧仙又重病在床，在这种紧要关头，"君自京星夜驰至"携吕尧仙众家眷离开是非之地，救人于水火中。

墓志铭的最后一句曰："不为岳岳，而为徐徐。斯外博而中不虚。学子众难，遇于时为艰？岂遇之艰？匪时所臧，道乃不昌，呜呼，子良。"整篇文章朴质淡雅、用语贴切、情感真实、发人深思。

值得一提的还有《故明梁烈女碑》，此篇突出赵烈女的大义凛然、从容赴死。清代前期，袁枚的"性灵说"重性情、尊重女性等思想倍受关注且影响深远，锡缜亦对"性灵说"持赞同态度，本文主要表达对女性品质的称赞与发扬。

"崇祯十六年，李自成屠凤翔"之时，"梁烈女珊如侍其父大业"，凤翔县朝不保夕，在这种情形之下，珊如挺身而出，为民请缨，请求父亲，并且建议岐山令"练义兵守城"，然而岐山令久不执行，以至于城被攻破岐山令逃逸。"大业骂贼死"，珊如没有来得及死去，就被李自城手下俘获。"囚之楼，不饮啜三日，给守者去，触壁死，年十六。"表现了珊如临大难而能沉着面对，将生死置之度外，正如花儿一样年龄的她，瞬间消失。然而与此同时"南安、临淄诸钜公为明季庞臣杰辅，负海内重望，皆习知与国存亡之义"。在"猝膺变难"之时，没有选择以死明志，而是"蒙耻而二心"前后的对比使得作者发出这样的言论："嫛婗弱女子独能决其当死而死，彼济济者何以自解夫当死而不死也？"① 更显出梁烈女品质的可贵，拥有一颗保卫家园、勇敢的心，即使是男子，犹有不及之处。

由一及百，锡缜接下来叙说了其他女性。"抑闻思陵之难，宫女辈死御河者盈三百，汪伟、陈良谟、马世奇之妻妾皆同死。"众女子遇变能毅然有所抉择，以死明志，无丝毫犹豫。锡缜论曰："不如是女也，而组绶，而兜鍪，而况邑之侯？不是女也，而不组绶、兜鍪。明也，以是可忧，二百年后而发其幽。"

锡缜用看似平静的口吻叙说着沉重深情的故事。善于用典，对这些女性心生万分敬意，并且不遗余力进行大力表彰。

锡缜文章不仅论及普通民众而且对于历史中的政治人物也有所论述，并且有自己独到的见解。例如《宋太祖顾命论》，对于宋太祖的死因，一直是被人们争议的问题。烛影斧声已成为一个历史的谜团。锡缜支持宋太祖顾命论，抨击李焘《续资治通鉴长编》里所持有的观点，并举众多事

---

① 锡缜：《故明梁烈女碑》，《退复轩文》。

例以反驳：其一，"太祖爱太宗如左右手，尝偕太宗幸普第计下太原。……无时不为太宗为天子计"；其二，"太宗亦事兄如事父，恶有迫不及待而遽行大逆不道之事"；其三，"此则迫于不得已而先改元，以正其统云尔，况史载即年改元者，不惟太宗也"；其四，"逊避者太宗，引斧者太祖，即使其（李焘）言可信，亦安可以弑逆加太宗乎?"

在批驳李焘观点的同时，并肯定太宗的政事。他在位期间"悯农事，考治功，慎刑纳谏，惧灾悔过，削平海内，功业炳然"。此篇文章语言浅显明白，并没有人云亦云，敢于怀疑所谓定论，立论明确。

3. 对现实的评说

锡缜的书、序、跋等篇多抒写内心的情感与心志，或是诗评文论的思想交流。锡缜不仅诗歌中有很多反映现实的诗句，古文的写作中亦有许多文字反应当时社会"学问之道无他求，其实而已矣。"①

如《上杨澹人先生书》对当时京城官吏结党攀附、营私失节的情形进行了详细描写，其中写道："我以就物荤毂之下，豪俊之所辐辏，耳目之所及，牵引依附，揣摩之所至，比比焉。与为浮沉而自丧其守所求于人者重。而所以自待者轻，自轻者于是人亦轻之。"比拟形象地点出部分官员的现状、击中个中要害，并点明自己的态度。

《西辅依永集序》中记录这样一段文字：

> 且夫皇华原隰建旗设旄，古使臣所以忧心孔疚，每怀靡及者，不周知郡县利病，虽靡室靡家，不足以为功，不能拯斯民疾苦，虽载渴载饥不敢告无罪于天子。绣衣使者一出，挟简书以取方物，数道置顿，叱牧令如奴，作威福唉间阎膏血。天子爱民甚，使使察虐民者罪之，而虐愈益甚，是方命也。上罪虐民者，不及罪察虐民者之罪，是逃刑也。天下太平，在官不爱钱建功名，在读书之人能自立。

锡缜善用典故，整篇文章多运用典故表达自己的观点，借古论今，立论明确，条理清晰。绣衣使者是指作威作福呵斥县令像呵斥奴仆、唉间阎膏血的人，并指出天下太平的条件是"在官不爱钱建功名，在读书之人能自立"。

---

① 锡缜：《报慕葛园先生书》，《退复轩文》。

锡缜在《送刘子迎同年达善之官湖南序》中对自己的好友坦露心迹说："今天下之不治，天下之失其学也。学其所学而不知学之所以为学，浸假而不知心之所以为心，盖心之不属久矣。"对于当时的社会内忧外患、人民危在旦夕的多变故的时代，造成的结果是"合天下人不足以为功，合天下人之精神不足以适用。非无用也，用非所用也。"并在接下来论述道：

> 语云："君子喻于义，小人喻于利。"易地焉，而心之为用，小人与君子无殊。今夫人之谋利也。其在上也有士行运甓之勤，在下有子房进履之忍，而能受王孙胯下之辱。故苏秦之揣摩可以袭阿衡五就之迹，桑宏羊、孔仅东、郭咸阳之心计可以佐伯禹六府之治。术有不同，而其用心一也。

锡缜用典广博缜密，列举张良、韩信、苏秦、桑宏羊等人阐明如心为用，"小人"与君子没有区别。此文谈古论今，前后对比地说明今天下不治，时人追求名利。

（二）诗文理论

锡缜古文各种文体均擅长，且诗文理论值得重视，兹取几点主要的加以分析。

1. 注重文、质相统一

锡缜一直很重视文学创作，锡缜在《与周彀甫书》中与周腾虎交流文学思想时，谈及"古文一道，有江河日下之势"并讲到时下文人的状态："有雄俊为国家宝臣者，有修身正行俶傥瑰玮者，有冠等伦而魁杰可匹耦于皋伊之类者。"因为在京所见到人都是上述几类，故"下走治蠹简古文，自不入人之眉睫，而欲权量人哉？诚废然返矣。"同时也指出科举文章的弊端："然制科文又须杂沓做作，未敢便抛却，便不得一意治古文，乃甚病之。"说明科举文"不必律以古人之范围"，杂沓做作，不能一意治古文，"以科举速化之学自鸣其盛，而史学衰"[①] 导致"有用之人日益以少"。

---

① 锡缜：《淡云川广交含培鉴略四字分韵序》，《退复轩文》。

锡缜对科举文持有反对态度的同时，他认为作文章讲求"文理"，锡缜在《与翠岩论文书》中说：

> 是故为文客气不除者，必不至读古人之文，亦必以此辨之高下，可以立定，此固不尽操之于文者也。折王、杨、卢、骆以周、程、张、朱必不能帖然服其心。而其飞扬踔厉，挢诘卓鸷，正坐行不顾言，以故客气不能尽去，是故不昌无表，不真无里，表里皆裕，乃谓文理。

陈良运在《论筱园诗话的诗学价值》中说："所谓'客气'，笔者以为是今人所谓浮躁之气，浮躁之气非由内心深处而发"① 所以锡缜认为"客气"除不能读古人之文，不能尽操于文，更不能表里皆裕。"表里皆裕"，即要求作品既要文辞华丽，又要内容充实，也就是要达到内容与形式的完美统一，阐明了作家修养与文学作品的关系，表里皆裕文理自现。

俄国的文学家车尔尼雪夫斯基也曾谈道："当形式是内容的本身，它和内容是这样地密切，以致把形式和内容分割开来，就是毁灭内容本身；反过来也是一样，要是把内容和形式分割开来，也就意味着形式的毁灭。"② 可见，内容与形式的统一对于文学创作的重要性。

内容与形式相统一一直是文学创作颇有争议的理论，在锡缜以前已有很多前人提出自己的看法。最早提出内容与形式（文与质）相统一的是孔子："质胜文则野，文胜质则史，文质彬彬，然后君子。"（《论语·雍也》）所谓的"质"即为人的内在品格，"文"则指人的外在仪表。南北朝时的刘勰《文心雕龙》："使文不灭质，博不溺心，正采耀乎朱蓝，间色屏于红紫，乃可谓雕琢其章，彬彬君子矣。"③ （《情采》）这说明写文章要注重文与质的关系，必须要凸显出文、质的本性，既不能以文灭质，也不可能用质灭文，而是要保证质、文两者各自的审美独立特性得以展现。魏晋南北朝以后，文质成为文学批评的常用术语。发展到清朝时期，清朝的众多理论家也注重于文质关系的探讨，在王夫之的《尚书引义·

---

① 陈良运：《论筱园诗话的诗学价值》，《思想战线》2003 年第 3 期。

② 车尔尼雪夫斯基：《艺术与现实的美学关系》，周扬译，人民文学出版社 1957 年版，第 160 页。

③ 刘勰著，冯春田释：《文心雕龙》，山东教育出版社 1986 年版，第 165 页。

毕命》与叶燮的《原诗》中对文质的关系都有了进一步的论述。

2. 积理养气、通经达道

锡缜创作文章还重视"真气",如他说:"书家无虑数十辈,体格高下不必同,掩其名,辄能辨其为某氏书,虽一人兼数体,而不能自掩无他,真气存也。掩其名即不辨为谁氏书者,无真气也。有真气者,传无论高下也,古文、时文之不同如人之面焉,人之死,生在气,不在面也。"①"窃然而深怀翛然而独得真气,所由生也。"②

作者虽未具体指出真气是什么,但却指出真气的作用,说真气是辨别文章所属类别的标准,作文章体格不必相同,但应有真气在。重视真气的同时还提出重视"积理养气"之说,如他在《与翠岩论文书》中说:"缜窃以为,为文在积理养气,其抗辞幽说、闳意眇指,驰骋有无之际,非格物致知不可。""抗辞幽说、闳意眇指,驰骋有无之际",一句取自《汉书·扬雄传下》是指作文章时高深的言论、精妙的言说以及宏大微妙的意旨都可以随着文笔涌出,如果想着表达出作者的思想与真理,不可缺少积理养气。

他十分强调文章的"积理养气"。所谓"积理",指通过读书、涉世积累各方面的经验,加深对人生、生活的理解,以此增长见识,使得万物万事之理"积蓄融化,洋溢胸中。""养气"多是强调养生理之气,儒家指修养心中正气,刘勰曾说:"昔王充著述,制养气之篇,验己而作,岂虚造哉!夫耳目鼻口,生之役也;心虑言辞,神之用也。率志委和,则理融而情畅;钻砺过分,则神疲而气衰。"③作好文章与积理养气,二者缺一不可,相辅相成。

自孟子在《公孙丑上》中提出"我善养吾浩然正气"以后,"气"备受推崇。魏晋时期的曹丕在《典论·论文》中提出"文以气为主",刘勰《文心雕龙·养气》将"气"演变为"养气"、随着时间的推移经过殷璠《河岳英灵集序》中的论述、韩愈《答李翊书》"气盛则声之高下与言之长短皆宜"、苏辙《上枢密韩太尉书》"以为文者,气之所形",清代方东树在《昭昧詹言》中对"养气"的重视和"养气"方法的探讨,一

① 锡缜:《剑虹居续刻制义序》,《退复轩文》。
② 同上。
③ 刘勰著、周振甫注:《养气》,《文心雕龙注释》,人民文学出版社2002年版,第445页。

代一代的诗文理论家对此发表各自的看法，锡缜在前人总结的基础之上提出自己对积理养气的理解，并且强调它的重要性。

锡缜在讲求积理养气的同时还强调"通达"。如他说："缜窃以为，立言一也，发于古文为古文，发于时文为时文，通经达道，虽时文是也，剿说雷同，虽古文非也。"① 即强调无论是作古文还是时文，通经达道为最高要求。又说："孔子曰：辞达而已矣。又曰：言之无文，行而不远。夫有文而能达，其必闳而能肆。可知也。"② 即作文章有文采与通达相结合，那么文章既会内容丰富又能豪放恣肆。

在《潘水部小楷善书录序》中提到："且善读书者，视其理之明不明，不论其言之文不文，文而无所用不如不文而有用，故天下有字之书皆有可究之理。极粗鄙不文者，但使足以达理即为两间之所不能废……"锡缜强调不能过分讲求"文"，文而无用不如不文，应该观察其"理"，理明、"达理"则有文采与否都是好文章。

3. 文贵创新、抒写内心

沈德潜《说诗晬语》"诗不学古，谓之野体。然泥古而不能通变，犹学书者但讲临摹，分寸不失，而己之神理不存也。"③ 锡缜与沈德潜的观点相同，"知文者以文为格，不知文者以格为文""文之不可以格例也"④ "用笔独往独来，不为古人所缚"⑤ 以及《报慕蔼园先生书》说："故风文章经术可以声施于世，趋向不必苟相同，要未有不实而能至，不至而能自声施者。"又曾在《滦阳更唱集序》："合吾生平，万里之行不足为多，而是以趣吾趣、路吾路、物吾物，不言其故而知其故，盖颠倒梦想而无有恐怖焉。"性由心生，情由心生，随着自己的内心走，做事，写文章，即使颠倒梦想也没有什么可怕的。

他认为古人作文并不局限于一定的模式，学习古人之文只可借鉴，不可套用古人的固定模式，那样会束缚人发挥自我才气，影响文学创作。应该取法于古人，又不囿于古人，在继承中创新。

锡缜创作诗文始终贯注着强烈的个人思想感情，明代公安派"性灵

---

① 锡缜：《上杨澹人先生书》，《退复轩文》。

② 锡缜：《与翠岩论文书》，《退复轩文》。

③ 沈德潜：《说诗晬语》卷上，王夫之《清诗话》，上海古籍出版社1978年版，第100页。

④ 锡缜：《与翠岩先生书》，《退复轩文》。

⑤ 锡缜：《跋梁闻山大令临宋秘阁帖后》，《退复轩文》。

说"、李贽"发乎情性"都强调注重自己的内心，锡缜在接受前人的基础上还与清代前期影响深远的袁枚的"性灵说"遥相呼应。这种思想不仅出现于他的诗歌当中，例如"古人为文章，下笔便有我。""就中言怒哀，人性发于中。"(《说诗质蒋蔼人农部绍和三首》)而且在文章中也有专论，如在《王香雪先生乃赋红蝠山房诗集后序》中说：

> 文字之于天地亦若是焉已矣，言有抑扬、高下以宣其喜怒哀乐之意，而各适其所适声为之也。……造物者既凿人之窍，受之声，而假之声，虽千万年而不能闭，夫岂徒不能闲，且藉以鼓荡天地之气，畅其消长之机，而操转移变化之权，故诗教之所系，在天地间为最大。

文字的创造是为了表达作者的心声，语言的抑扬、高下为了表达作者的喜怒哀乐之感，写文章的最终目的是为了要表达作者的真实情感，重诗教，重真气，表达自己的心性。袁枚在《答蕺园论诗书》中也曾说："且夫诗者，由情生者也。有必不可解之情，而后有必不可朽之诗。"①

与锡缜同为八旗子弟的法式善亦赞同诗歌反应作者内心世界："窃尝思之，文之有理，犹人之有心也；文之有清奇浓淡，犹人之有耳目口鼻也。耳目口鼻有不同，心有不同乎。元明人不逮唐宋，汉魏人不逮周秦，风气有升降，人心有升降乎!"②二人异曲同工地说出情性对诗文创作的重要性。

---

① 袁枚：《小仓山房诗文集》第 4 册，上海古籍出版社 1988 年版，第 1803 页。

② 法式善：《复汪均之书》，《存素堂文续集》卷二，扬州绩溪程邦瑞刻 1807 年版。

清代蒙古族诗人柏葰研究

万巨莹

柏葰作为蒙古族官员，一生钟爱汉文、优于文墨，擅长写诗作赋，为后世留下了许多优秀的汉文作品。长达三十年的宦途生涯造就了他独特的人生经历，极大地丰富了诗歌创作内涵，也使艺术风格呈现出多样化特点。

一　柏葰生平行实研究

柏葰作为蒙古族汉文诗人，他在诗歌领域取得的成就与他的家世、交游、人生经历息息相关。三世皆以公贵的大夫之家为柏葰的成长奠定了坚实的基础，也为他设定了仕宦之路的人生方向；丰富的人生旅程开拓了柏葰的创作视野，也丰富了他诗歌的创作内容；顺达的宦途和卓越的政绩让我们对柏葰有了更加深入的了解，也奠定了其诗歌平和温厚的主旋律。

（一）柏葰的生平著述

对于柏葰生年的记载多有不同。按照朱彭寿《清代大学士部院大臣总督巡抚全录》所记，柏葰生于嘉庆四年（1799）十二月二十一日，年六十一。而根据诗人自己的记录，柏葰乾隆五十九年（1794）生于北京。《薛箖吟馆诗抄》卷七一诗云："先生墨宝诗书画，珍袭都归弟子家"（自注："甲寅六十贱辰，夫子曾画扇见赠"）。柏葰将丙辰年得来的手杖赠与石樵夫子，以此感谢自己六十岁生日时夫子所赠的画扇。甲寅年即1854年，柏葰时年六十，由此推算，柏葰生于1794年。柏葰原名松葰，号静涛，卒于咸丰九年（1859），年六十五。柏葰是元太祖十五世孙达延车臣汗少子鄂尔博特的后代，祖居于克什克腾地方。天聪八年（1634）举家来归，隶属正蓝旗蒙古。柏葰的曾祖父曾官理藩院郎中，祖父曾任钦天监五官正，父亲为甘肃宁夏道，柏葰是家中的长子。"三世皆以公贵，封光禄大夫，妣封夫人"① 显赫的家世为柏葰的成长和人生抉择奠定了坚实的基础。

柏葰为后世留下了许多优秀的汉文作品。根据《王钟翰清史论集》的记载，柏葰所撰述，有《奉使鄂尔多斯驿程记》一卷、《奉使朝鲜驿程记》一卷、《守陵密记》一卷、《薜箖吟馆诗钞》六卷、《赋》二卷、《自订年谱》一卷、《日记》若干卷。其中除《奉使朝鲜驿程记》一卷、《守陵密记》一卷、《薜箖吟馆诗钞》六卷、《赋》二卷有文本存世，其余均散佚。《薜箖吟馆诗钞》六卷、《赋》二卷收于《续修四库全书》，总称《薜箖吟馆抄存》，由柏葰次子钟濂刻录，共收录诗歌596首，是柏葰一生的真实写照。

（二）柏葰的羁旅足迹

柏葰从踏上仕途的那一刻就开始了漫长的宦游生涯，并在宦游途中写下了大量诗作。其子钟濂在《薜箖吟馆诗抄·跋》中写道："薜箖吟馆诗集十卷，先大夫宦游之作也"，道出了宦游生涯对柏葰诗歌创作的重要影响。他以北京为中心，羁旅足迹辐射四方，实可谓："南踰大江北河套，西客秦陇东沈州。"② 丰富的人生旅程开拓了柏葰的创作视野也丰富了诗歌的创作内容。

1. 二客秦中

秦中，又称关中，指陕中平原一带。这里是柏葰停留最久的地方。

柏葰在道光六年（1826）考中进士之前，从丙子年（1816）冬至癸未年（1823）腊月，曾在山西、陕西、宁夏一带停留了七年时间。柏葰诗中有"我作贺兰山下客，邀头五度过今年"（自注："余以丙子冬至宁，迄今四岁矣"）之句，可知他在丙子年（1816）冬天来到宁夏，又在《嘉平由北地郡将旋京师留别贾子东茂才》一诗中感叹"慨我萍踪已七年"，癸未年（1823）柏葰回京，所以可以确切地知道在走入仕途之前柏葰有七年时间停留在秦中。

---

① 邓之诚：《五石斋文史札记》（八）。

② 柏葰：《出古北口放歌》，《薜箖吟馆诗抄》卷三，咸丰三年（1853）刻本。以下所引柏葰诗歌均出此，不另注。

柏葰自戊戌年（1838）在沈阳任职两年后，于辛丑年（1841）冬奉使秦中①。他从沈阳启程来到关中平原、渭水流域，停留在陕西、山西等地。他此行游览了大量名胜古迹，也留下了颇多诗作，如《井陉关》《绵上聚怀古》《自霍州至平蒲道中》《望中条山》《骊山怀古》《望少华》等，表现了诗人对名胜古迹和名山大川的喜爱与折服。

2. 出使鄂尔多斯

柏葰在道光六年（1826）进士及第后，六七年间一直担任馆职，"芸馆芝坊六七年，星轺初使倍惶然"② 直到道光十二年（1832）二月由赞善晋升为司业，才获得教学考试的机会，从此开始了奔波劳碌的仕途之旅。道光十七年（1837）二月，柏葰升任詹事府詹事，同年有谢恩诗《致祭鄂尔多斯贝勒启行日途中报擢詹事诗以志恩》，由此可知，柏葰出使鄂尔多斯的时间是在道光十七年（1837），而在《留别王晓林学使》一诗中"佩君兰谊真千古，笑我萍踪近一年"（诗下自注"二月奉使鄂尔多斯，孟夏始返，六月复典试江南。"）可见，柏葰奉命出使鄂尔多斯，目的是去祭奠鄂尔多斯贝勒。

3. 二到江南

柏葰在道光十七年（1837）六月"充江南乡试副考官"③，同年秋，典试江南。这是他第一次来到江南，主要活动的范围是今南京、安徽等地，他此行去的地方不多，留下的诗作也极为有限。柏葰在次年去沈阳的途中回想此行曾有"年来足迹历南东，大半烟峦指点中"④ 诗句，诗下自注"去秋至江南名胜多未能到"，表达了柏葰对此行未尽游兴的遗憾之情。

时隔十年，道光二十六年（1846）六月柏葰再次来到江南，他此次"充江南乡试正考官"⑤，故地重游令柏葰感慨颇多，刚到南京便赋诗一首："依旧春明太瘦生，十年重到秣陵城。……前尘未尽登临兴，拟听归

---

① 《薛簏吟馆诗抄》卷四《易水于役喜晤德默庵同年》一诗自注："辛丑仲冬奉使秦中，君时官少寇，旋即移镇易水。"

② 《张诗龄观察以诗索和即步元韵》，《薛簏吟馆诗抄》卷二。

③ 王钟翰点校：《清史列传》卷四十，中华书局 1987 年版，第 3180 页。

④ 《道出间阳游山未果》，《薛簏吟馆诗抄》卷三。

⑤ 同上。

舟疑乃声。"① 充分表现了柏葰前兴未尽的遗憾和此行急欲弥补迫切。这次的江南行他游历了南京、镇江、常州、苏州和无锡多地，游览了焦山、燕子矶、虎丘、慧山、金山寺等多处名胜，《登燕子矶》《登焦山》《虎邱》《夜过慧山》等都是这一时期所作，柏葰此行极尽游历、观赏之乐。

4. 四至辽东

柏葰于道光十九年（1839）第一次奉使辽东。所据乃"几缕东风六花舞，有人迎着上陪都"② 陪都，即清盛京，今沈阳。按照《清史列传》记载，柏葰道光十八年（1838）十一月升任盛京工部侍郎，道光二十年（1840）六月调任盛京刑部侍郎，同年十二月调盛京行部左侍郎。可知，柏葰此行是去沈阳上任。

道光二十三年（1843）十二月柏葰"充谕祭朝鲜正使"③，途经辽东，出使朝鲜吊祭朝鲜王妃。他们于正月"十二日乙卯午时启行"④，二月到达辽宁境内，一行人渡过鸭绿江⑤后，一路由朝鲜远接使、差备官陪同，于二月二十一日面见朝鲜国王，四月初二日回京复命。根据史载，柏葰在出使事毕后，朝鲜曾馈赠柏葰黄金五千两，"柏葰携副使副都统恒兴固辞不获。"⑥ 在他们临走的时候，朝鲜使者"持金卧车辙，曰：'国王命馈公金，不受，无以返命，国王怒，使者必死。均之死也，宁死公前。'"⑦ 柏葰不得已将黄金收下带回朝廷，后来又把黄金交由来朝的朝鲜贡使带回，此举得到宣宗嘉奖。

道光二十七年（1847）柏葰第三次来到辽东。由"昨使江以南，兹复沈之阳"⑧ "三至辽东已十年，昔游风物尚依然"⑨ 诗后的自注"戌官沈阳，甲辰使朝鲜，今三至矣"，可知柏葰此行的时间是在奉使朝鲜三年后的道光二十七年（1847）。又据《出都即目》诗后的自注"戊戌腊月赴工侍任，甲辰正月使朝鲜，丁未修殿工兼查东边"可知柏葰此行的目的

---

① 《偶吟》，《薜篆吟馆诗抄》卷四。

② 《腊八日出京》，《薜篆吟馆诗抄》卷三。

③ 王钟翰点校：《清史列传》卷四十，中华书局1987年版，第3181页。

④ 同上。

⑤ 《渡鸭绿江》，《薜篆吟馆诗抄》卷四。

⑥ 王钟翰点校：《清史列传》卷四十，中华书局1987年版，第3184页。

⑦ 王钟翰：《王钟翰清史论集》第四册，中华书局2004年版，第2447页。

⑧ 《拟励志篇》，《薜篆吟馆诗抄》卷五。

⑨ 《驻节小黑山和松岑少农题壁》，《薜篆吟馆诗抄》卷五。

有二：修宫殿和巡察。柏葰在辽宁未多作停留，同年十月又奉密旨到济南勘查抚藩事宜。

咸丰四年（1854）柏葰继戊戌年（1838）腊月赴工侍任、甲辰年（1843）正月出使朝鲜、丁未年（1847）修殿工兼查东边后，开始了第四次东征。"雨雪惯行役，东都四度来"① 史载柏葰在咸丰四年（1854）十一月因"以前在镶白旗蒙古都统任内拣选承袭佐领错误，罢总管内务府大臣，降补都察院左副都御史"。② 与他在东征途中所作《燕郊道中》一诗（诗中自注"时降补副宪"）表达的信息一致，因而可以确定柏葰的东征时间是咸丰四年（1854）。"现派柏葰带同陆应毂查勘迁安县桑园山银矿"③ 勘查银矿是柏葰此行的目的之一。

柏葰一生奔走，而辽东是他来往最为频繁的地方，实可谓"半在辽阳半在家"④。

（三）柏葰的仕途遭际

柏葰自道光六年（1826）考取进士至咸丰八年（1858）戊午科场案爆发，宦海生涯三十二年，期间少有波折，在道光十七年（1837）和咸丰八年（1858）更是一年间升迁四次之多，官居一品。顺达的宦途对柏葰的人生和诗歌创作都产生了重要影响，平和温厚是他诗歌的主旋律。

柏葰自道光六年（1826）考中进士后，人生发生逆转。道光九年（1829）散馆，授编修，此后，历任山东、江南乡试副考官，顺天乡试正考官，正红旗汉军副都统，正白旗满洲副都统，正黄旗汉军都统，热河都统，盛京工部侍郎，盛京刑部侍郎，户部尚书，文渊阁大学士等，一路顺畅。但最终并没有画上圆满的句号，咸丰八年（1858）戊午科场案爆发，柏葰是涉案官职最高的一品大员，作为顺天乡试正考官，这一年乡试结束后，榜上却出现了一位众人熟知的戏曲名伶，名叫平龄。此事一经传开，很快有人上报了朝廷，咸丰帝对此颇为重视，命怡亲王载垣、郑亲王端华等人认真查办。咸丰帝先将柏葰革职收押，等待调查结果，虽"有矜全

---

① 《出都即目》，《薛榕吟馆诗抄》卷七。

② 同上。

③ 王钟翰点校：《清史列传》卷四十，中华书局1987年版，第3182页。

④ 《得家言有梅谷少宗伯自寿诗即步其韵》，《薛榕吟馆诗抄》卷五。

之意"①，但无奈"为肃顺等所持"②，最后挥泪将柏葰处斩。

其实，柏葰的死并没有改变后人对他的评价。柏葰被斩是多种政治、历史因素作用的结果。首先与政敌肃顺、载垣等人的构陷密不可分，政治斗争是一个主要原因，其次，联系有清一代的科举实际，乱世用重典可谓另一个重要原因。

咸丰十一年（1861），文宗病死热河，慈禧太后趁机发动"辛酉政变"，除掉了肃顺、端华等摄政大臣，随即柏葰一案得到昭雪。柏葰虽有罪，但未免处罚过重，后来清廷顾念他身为两朝重臣，在内廷行走多年，而且办事勤慎，政绩斐然，赐其子钟濂四品卿衔，后官至盛京兵部侍郎，此举大有矫枉过正之意。

二　《薜簳吟馆诗抄》的思想内容

《薜簳吟馆诗抄》收录诗歌 596 首，是柏葰生活经历和思想情感的集中体现。其中既有写景咏物的情怀流露，伤感离别的情感表达，也有行役思归的情致抒发和怀古伤今的情感碰撞。

（一）行人一路如披画，不在山边即水边③——写景咏物的情怀流露

诗歌创作方式多种多样，柏葰属于且行且吟一类。《薜簳吟馆诗钞》八卷是他宦游途中所作，对沿途自然风光的描绘和对喜爱之物的歌咏构成了他诗歌的主体风貌。他以自然界中的景物、植物为写作对象，通过细微的观察和体悟，赋物以鲜活的生命力，并以此寄寓自己的情、志，做到了景中含情，物中寄志。

1. 写景篇

柏葰热爱大自然，钟情名山大川，碰到美景便即兴创作，所以他对自然风光的描绘往往表现出以鲜活的文字，蕴藏饱满的热情。如其作于道光四年（1824）由秦中回京途中《磁州口号》，诗云：

---

①　王钟翰点校：《清史列传》卷四十，中华书局 1987 年版，第 3184 页。

②　同上。

③　《晓行口占》，《薜簳吟馆诗抄》卷一。

　　　　日暖风熏四月天，低垂官道柳如烟。避人水鸟忽飞去，半在莲塘半稻田。

　　四月天暖风和日丽，<u>丝丝嫩柳似袅袅青烟低垂于官道两旁</u>。水鸟被行人惊起，飞落在满是莲花的荷塘与水边的稻田。短短四句就将一幅春日美景活灵活现地展现在读者面前，为博功名，柏葰在秦中停留七年后终得归家，这首诗以一幅布满春风、垂柳、飞鸟等动态意象的图画，将诗人归心似箭的心情和将要归家的愉快表现得淋漓尽致。

　　道光二十七年（1847）柏葰于第三次入沈时作《时花甚鲜独秀于野》，诗云：

　　　　枝条遮莫伍荆榛，才到花开分外新。时有风来增妩媚，纵无人处亦精神。几回幽谷兰偕茂，一例东篱菊耐贫。落混飘茵两无着，胜他飞逐软红尘。

　　柏葰在一个春归夏迎、杂花满地的季节来到沈阳，却以此诗写出了万花丛中不一样的情韵。"荆榛"指杂生灌木，一般用来形容荒凉，新开的花朵将其覆盖，形成一种生机与荒凉的对比。"兰生空谷，无人自芳"，三四句便是此意，时花在天地之风的吹拂中，纵使无人欣赏，也像幽谷中的兰花一样风流自赏，像东篱下的菊花一样耐得住寂寞。写到此处，一种孤傲独立的花的形象浮现在读者眼前。

　　2. 咏物篇

　　柏葰在流连美景的同时，也喜欢将目光投射到花草植物上，因此创作了大量咏物佳篇，这些作品俱能"状难写之景，如在目前；含不尽之意，见于言外"①。

　　（1）琴筑凤声叶，烟云龙势飞——咏竹

　　柏葰的咏竹诗以《种竹依苏长公寒碧轩韵》《雨中看竹再叠前韵》为代表：

　　　　新翠着山扉，丛篁乍作围。引泉分草带，扫石破苔衣。终拟青霄

---

　　①　欧阳修：《六一诗话》，人民文学出版社1962年版，第9页。

上，先期碧雨飞。莎槚终夜滴，明日绿应肥。

　　风雨静重扉，层阴万竹围。寒声惊鹤枕，急点溅鱼衣。琴筑凤声叶，烟云龙势飞。会看生稚子，晴带土膏肥。

　　此两首诗用韵与苏轼所作《寿星院寒碧轩》相同，先种竹后观竹。第一首前四句是竹子生长状态与生长环境的布局，种在半山腰，长在清泉边，清泉流过石子冲刷着石头上的青苔，构成一幅有声有色的美景。后四句不再单纯构景，而是表现出一种期许，雨后新竹在春雨的沐浴下必将枝繁叶茂、终拟青霄。后一首前四句春雨终至，急促的雨点敲打竹叶的声音将梦中人惊醒，也溅在游鱼身上。最后稚嫩的枝芽终于在雨露的滋润下破茧而出。两首诗看似咏物，实则物中寄志，在柔美清新的自然图画中蕴含着勃勃生机。

　　（2）水边亭子绿裙腰，画舫低随翠带遥——咏杨柳

　　柏葰的咏杨柳诗以《杨柳枝词》四首为代表：

　　　　楚腰蜀带擅风流，新月初闻黄栗留。连日微云并微雨，烟丝遮住小红楼。

　　　　闻说新醅出杏林，杏花村外绿阴阴。酒旗低亚平桥晚，牵惹游人醉不禁。

　　　　水边亭子绿裙腰，画舫低随翠带遥。争道春阴眠未起，湿烟压软一条条。

　　　　春水生时柳叶青，春江暖后柳花馨。花飞依旧随江水，谢絮风流到楚萍。

　　杨柳以天生丽质的婀娜姿态和纤软飘逸的自然神韵，赢得了古往今来众多诗人的青睐，柳芽、柳枝、柳叶、柳花都成为广大诗人竞相歌咏的对象。柏葰的《杨柳枝词》四首通过对嫩芽、枝条、花絮的描写，写出了春日里杨柳的妩媚之态。诗人着笔于杨柳刚抽绽出的嫩叶细芽，以比譬的方式写出其嫩于金、软于丝的柔嫩；以"楚腰""蜀带""烟丝""翠带"等多个形象的指代尽写柳枝之婀娜。这几个词语的共同之处可以概括为细、长、柔软和朦胧，柳枝在春风的吹拂下翩翩起舞，近看像美人的裙带，远看似朦胧的烟峦，千丝万缕，娇态百出；最后诗人写到柳絮杨花，

它们随风飘飞，婆娑起舞，飘落后随江水流去。此四首诗从柳芽写到柳枝，从柳枝写到柳花，全篇不着杨柳字，却将初春新柳的多姿百态展现得淋漓尽致。

（3）剪玉镂冰瓣瓣工，东离冷艳弄秋风——咏菊花

柏葰咏菊花诗以《咏菊》四首为代表：

> 枝枝笑靥破秋烟，占断螯寒蝶瘦天。不数秾华二三月，略施脂粉自嫣然。
>
> 剪玉镂冰瓣瓣工，东离冷艳弄秋风。多缘竟体饶清洁，留取芳心向日红。
>
> 晓风斜月写精神，宅畔篱边别有春。一派冷香无觅处，也应妒煞玉楼人。
>
> 几朵寒英孕水精，茎边冉冉绿云生，化工欲貌之而态，数缕银丝画不成。

百花凋零，芳菊始荣。菊花作为肃杀秋日中独有的意象，深受历代文人的喜爱。菊花的品种有很多，本组四首诗写的就是桃红人面、朝阳素、玉楼春晓和银龙须四个不同的菊花品种，品种不同颜色也不同，像朝阳素就呈淡紫色①。本组诗从菊花的体态着手，通过对色、形、味的体察，写出了菊花"嫣然""冷艳""清洁""冷香"的特点和傲霜而开、凌寒不屈的性格。在诗人眼中菊花的神韵是画不出来的，菊花的美是让人嫉妒的。此组诗是诗人进士及第后所作，经过七年的屡败屡战，他终于如愿以偿博得功名。诗人仿佛在迎寒绽放的菊花身上看到了自己，经过山重水复的煎熬，迎来柳暗花明的春天。诗人喜爱赞赏菊花姿容与美态的同时，在凌霜耐寒、不屈不挠的性格上也找到了与菊花的共鸣之处。

大量咏物诗的出现使植物作为重要意象走进文学的殿堂，这既是其客观特点决定的，又是诗人主观选择的结果。竹、杨柳、菊花作为意象在文学史上的地位不分伯仲，柏葰对它们更是情有独钟。柏葰喜欢竹的坚忍不拔，喜欢杨柳的千姿百态，也欣赏菊花凌寒不屈的性格，他以植物为描写对象，更多的时候是在比譬自己，咏物即是写人。

---

① 《丛书集成续编》第83册，自然科学类，新文丰出版公司，第425页。

（二）有恨随帆影，无言付泪痕①——伤离感别的情感表达

相见时难别亦难，对于现实人生的感悟和希冀往往会在离别时集中迸发出来，柏葰所创作的离别诗可分两类：一类写与友人分别，即离别诗；另一类写在妻子去世之后，是一种特殊的离别诗，即悼亡诗。

1. 诗因话别情难尽，酒为浇愁量易醺——离别诗

柏葰由于长年奔走于各地，知己友人也遍布四方，所以离别诗在他《薜篆吟馆诗抄》中所占比例是很可观的。

柏葰道光十七年（1837）奉使鄂尔多斯，途经大同府作《大同府别谌葆初同年》，诗云：

> 荷风曾忆祖离筵，漠北相逢四月天。投辖客多招旧雨，歌骊人去踏朝烟。如君善友真千古，况我同官已十年。别久始逢逢又别，教人岐路倍凄然。

谌葆初又叫谌厚光，是道光六年（1826）丙戌科三甲进士②。柏葰在出使鄂尔多斯时经过大同府，拜访了昔日的同窗好友谌厚光。柏葰和谌厚光在四月的漠北相逢，感慨良多。同朝为官十年，二人结下了深厚的友谊，终于在久别后重逢，但重逢只是短暂的相聚，短暂相聚后可能是更长久的别离，这让诗人很是伤悲。此诗直抒胸臆，直写离愁别恨，让人体会到一种难舍难分的友谊和一股催人泪下的哀伤。

柏葰途经朔平府又作《朔平府别张椒云同年》，诗云：

> 兰交喜晤五原间，春暮归来月又弯。使溯张骞穷九塞，政推魏尚泽三关。主人漫拟歌骊待，游子应如倦鸟还。别后与君同怅望，朔云燕树万重山。

张椒云又名张集馨，道光九年（1829）进士。柏葰告别谌厚光之后

---

① 《五味诗》，《薜篆吟馆诗抄》卷二。

② 道光六年（1826）丙戌科，一甲 3 名；二甲 110 名；三甲 152 名。朱保炯等：《明清进士题名碑录索引》，上海古籍出版社 1980 年版，第 2785 页。

来到朔平府，与昔日好友张集馨在朔平府相遇。此首诗是柏葰与张集馨别
后回京所作，在表达离愁的同时又流露出一些不一样的情感。张集馨道光
十年（1836）被外放到山西朔平府任知府，柏葰在表达相逢喜悦之情的
同时，也表达了对友人的安慰与勉励。诗人将友人与游子并提，希望他终
有一天可以倦鸟还家，并借诗人与友人的两地相思表达对朋友回京的美好
希冀。

2. 悼亡诗

死之于生，是一种特殊的离别，悼亡诗也是离别诗的一种，只不过这
种离别是永久的，别后不复相见。柏葰共创作了两组悼亡诗，共32首，
第一组《感世词集唐二十首》写给第一任妻子宗室夫人，第二组《悼亡》
12首写给最后一任妻子费莫夫人。柏葰娶费莫夫人时已年过五十[①]，费莫
夫人于1851年5月去世。柏葰两组悼亡诗在内容与情感表达上颇为相似，
笔者截取后一组《悼亡》诗，诗曰：

> 中馈勤劳莱尔贤，稠桑难觅路三千。最怜新苗兰芽短，一现昙花
> 也溘然。
> 才知难觅返魂香，怛化从容絮语详。老泪双挥小儿女，怪他绕膝
> 尚呼娘。
> 来嫔当日笑生稀，满拟狐邱送我西。君似姮娥奔月窟，我如牧犊
> 泣郊堤。
> 待漏趋朝望启明，庄姜不愧赋鸡鸣。昨宵窗外潇潇雨，怕听风铃
> 滴沥声。
> 出门强作笑颜开，岂尽红尘念未灰。午夜彷徨时坐起，不禁悲已
> 自中来。
> 玉轸珠徽韵不调，五弦续尽凤麟胶。从今不奏和鸣曲，独抱枯桐
> 尾半焦。

柏葰此首悼亡诗可以清晰地分为忆昔、伤逝、抚今三个段落。首先，
回忆妻子的贤惠，赞美亡妻的德行。"中馈勤劳莱尔贤"一句直接夸赞妻
子的勤劳贤惠。"怛化从容絮语详"一句，人死为怛化，此句写妻子与他

---

① 由《悼亡》诗自注"辛亥五月哭费莫夫人作""年五旬夫人来归"可知。

最后分别时的依依嘱托，有娘白发渐衰残，有弟青年试一官，有小儿女尚且绕膝呼娘，这些家人家事都让妻子无限牵挂无法释怀。"待漏趋朝望启明，庄姜不愧赋鸡鸣。"此处将费莫夫人与庄姜并提，庄姜是卫庄公的正室，自己虽不能生育却对卫庄公的儿子视若己出，费莫夫人也是一样，年纪虽轻却对其他夫人的孩子疼爱有加。接下来，历述与亡妻的点滴，抒发天人永隔的悲痛。"来嫔当日笑生稀，满拟狐邱送我西。君似姮娥奔月窟，我如牧犊泣郊堤。"枯杨生稀，意枯萎的杨树长出了新芽，借喻老夫娶少妻。当年本以为老夫少妻的我可以走在夫人前面，不料白发人送黑发人，如今我们却像月宫的嫦娥与堤边的牛郎一样，天人永隔。"遗挂空存金缕裙"物是人非，留下的只是睹物思人的追忆。最后，颓然回到现实，感叹岁月流逝，表现出不再续娶的决心。"出门强作笑颜开，岂尽红尘念未灰。午夜彷徨时坐起，不禁悲已自中来。"平时出门强颜欢笑，午夜梦回却总不能安寝，徘徊无眠，悲不自胜。诗人宦海沉浮几十载，常年漂泊在外，与家人在一起的时间少之又少，回首几十年的漂泊生涯，留下的只是无限的遗憾和新愁旧恨。刹那间已到垂暮之年，"从今不奏和鸣曲，独抱枯桐尾半焦"，从今以后不再续娶，表达出"梧桐半死清霜后，头白鸳鸯失伴飞"（贺铸《鹧鸪天·重过阊门万事非》）的悲怆。本组诗可谓字字含泪，笔笔含情，充分表达出诗人的丧妻之痛和对亡妻的深切思念。

柏葰在费莫夫人去世一年后，咸丰二年（1852）又作《中秋对月》，诗云："良宵独坐望遥天，银汉无声一镜悬。织女素娥同寂寂，无言相对只相怜。"诗人独自一人中秋望月，遥想天上的织女与嫦娥在这样的团聚时刻应该也像诗人一样孤单寂寞，相思之情顿时涌上心头，此时费莫夫人虽然已经去世一年，但思念依然绵长久远。

（三）乡怀千里切，宦味一心知① ——行役思归的情致抒发

1. 风尘鞅掌怯征鞍，謦古原歌行路难——羁旅行役

羁旅行役之作，主要是通过书写跋涉生活的经历来抒发游子长期在外奔波劳碌的辛苦，表达寄居异地、无法归家的心境。柏葰一生宦游在外，羁旅行役之作颇多，书写人生苦旅是他此类诗歌的主调，但几十年羁旅奔波中，他的心态是存在变化的。

---

① 《骥甥子襄旅居僧寺寄怀率和》，《薛箖吟馆诗抄》卷三。

柏葰在下第出都途中作《道出鸣谦驿》，诗云：

> 秋色倍凄冷，其如行路心。空山出短树，落叶警栖禽。岚重云生岫，烟寒月满林。萧萧晚风起，又送数声砧。

鸣谦驿位于山西境内，柏葰在嘉庆二十一年（1816）左右下第出都停留秦中七年，这是关于他出行的最早记录，在途经山西的时候写下了此首诗，首先从环境的渲染来看，山是空旷寂寥的，树叶是萧索凋落的，林间的雾气是凝重清冷的，风是肃杀的，月是清寒的，而此时诗人行路的心境也如此番秋色一样倍加凄冷。在如此不堪的状况下，声声捣衣声又传入了诗人耳中，化李白的《子夜吴歌》"长安一片月，万户捣衣声"道出诗人远离家乡的惆怅。

《行路难十四韵》诗云：

> 风尘鞅掌怯征鞍，綮古原歌行路难。不管南交同北塞，每咨暑雨与祁寒。春风秋月多佳日，胜水名山偶大观。夫马滥称天子使，酒筵叨扰地方官。画来照壁席单片，扎得辕门竹两竿。……毕竟亏他东道主，累人到处愧猪肝。

这首诗算是对他十年宦游生涯的一个小结，十年间他留给自己最多的是无奈和愧疚。首句"风尘鞅掌"交代了自己繁忙纷扰的为官状态，一个"怯"字写出了自己看待行役的态度，像老马畏惧险路一样害怕远行。虽然在旅途中也欣赏了一些风光美景，也借着天子的名义，在各地方州府享受了很高的待遇，但自己的辛酸苦辣无人知晓，对劳累他人的愧疚也只有自己知道。无奈，这样的生活仍要继续。

柏葰十年间三次宦游，在时间的洗礼中他慢慢习惯了这样的生活，"轮蹄况味余经惯，辜负梅花只鹤知"① 但这种状态在道光二十七年（1847）柏葰第三次去辽东时发生了改变，他在习惯"轮蹄况味"的同时找到了一些苦中作乐的兴趣，《晓发兴京》诗云：

---

① 《卢龙道中》，《薛簏吟馆诗抄》卷五。

于役忽永久，春归夏已迎。随囊书几卷，幞被夜三更。作客期无定，思乡念转平。偶逢山水好，亦足以怡情。

此首诗主要书写了诗人在旅途中心态的变化。在旅途中奔波得久了，早已习惯了三更半夜整理行装，自己心里也明白此生的宦游没有期限，与其如此倒不如苦中作乐，"偶逢山水好，亦足以怡情"。

2. 咫尺渺天涯，衷曲何由伸①——倦客思归

入仕以来，柏葰典试过江南，出使过鄂尔多斯，但停留时间最长的要数辽东。柏葰自道光二十九年（1839）十一月任盛京工部侍郎至道光三十年（1840）十二月调刑部左侍郎，一年间一直任职沈阳。他书写思家思归情绪的诗在这一时期也比较集中。《辽西寄家人》《旅馆》《旅馆》二首、《庚子正月京宅遇火陶靖节有遇火诗》都是这一时期的作品。

"乡心略似知途马，虽隔重关路不迷。未识长安小儿女，可曾有梦到辽西。"（《辽西寄家人》）"嘹亮夜鸿过，乡心邈若何。孤檠不成寐，窗外雨声多。"（《旅馆》）两首诗都以"乡心"为中心，直抒胸臆，表达诗人对家的思念。诗人觉得自己的思家之心如识途之马一样，不管走多远，不管走到哪里，都永远无法忘记来时的路。"白云红叶满山秋，好是滦京一月游。祇有家园频问讯，两株丹桂着花不。""寒灯孤馆夜三更，童子酣眠万籁清。细雨淋漓不成寐，秋蛩窗外一声声。"（《旅馆》）此组诗首先渲染了一幅萧条的秋景，"白云秋叶"与"孤馆寒灯"内外结合，引出一个孤独寂寞、夜不成寐的思家羁客。长夜无眠，只有淅沥的雨声和恼人的蟋蟀声作伴，唐人雍裕："蛩鸣谁不怨，况是正离怀。"（《秋蛩》）秋日的蛩鸣为离别增添了更多惆怅。以上三首诗在意象的选择与意境的营造上手法相似，表达的情感也是如出一辙。

如果说柏葰为官后在沈阳停留的时间最长，那么出使朝鲜就是他一生中走过最远的地方，这一时期他思家思归的作品也相对多产。其中《沈阳寄内》《次义州》都是佳篇。

《次义州》诗云：

见说义州好，平安此乍经。双流合鸭绿，群岫送螺青。雉堞江边

---

① 《道出榛子镇寄怀李苕堂太守昆季》，《薛篆吟馆诗抄》卷四。

郭，龙湾岭上亭。异乡二千里，宵雁未堪听。

此诗是诗人入朝鲜后所作，初到义州，前六句都是对风光美景的描绘，最后两句点明主题，"异乡二千里，宵雁未堪听"。大雁秋天南飞，春天北飞，古人常由大雁的南来北往联想到自己独在异乡、无法归家的无奈。看到往返的大雁，思乡之情便油然而生。此时诗人身在朝鲜，离家两千里，北飞的大雁时刻触动诗人思归的敏感神经。

（四）于今衰草迷荒趾，半逐江烟半落辉——怀古伤今的情感碰撞

1. 怀古篇

方回云："怀古者，见古迹，思古人。"① 柏葰的怀古诗可以细分为两类，第一类是通过登临古迹古墟，感慨世事无常、盛衰多变，表现诗人的兴亡之感和对历史变迁的思考；第二类是通过追思古人古事，或反思历史或讽刺现实，表现诗人的人生价值取向和对人生哲理的思索。

第一类以《过佟府遗址》《五台诗》选其二为代表。

《过佟府遗址》诗云：

> 四面颓墙一径斜，云林苍翠幕谁家。夕阳依旧空亭冷，满地青青剩菜花。

此诗中的佟府，是清初一等公佟国纲、佟国维兄弟二人的府第，由于佟家女儿嫁给了顺治帝，生下康熙帝，因而佟家世代显赫至极，佟府更是奢华富丽。而今景象萧条，高屋建瓴只余四面颓墙，留下的只是夕阳依旧、草木依稀。今昔之态形成鲜明对比。

> 报越三年奏凯归，高台百尺筑崔嵬。骊宫买笑前车是，金屋藏娇后事非。歌响未终麋鹿伏，花容不见鹧鸪飞。于今衰草迷荒趾，半逐江烟半落辉。（《五台诗·姑苏台》）
>
> 五仞匏居作者谁，章华卜筑创新奇。细腰宫里看歌舞，长鬣班中较礼仪。壮志未酬□压璧，痴心不死敢投龟。可怜雨雪干溪畔，人去

---

① 方回：《瀛奎律髓》，上海古籍出版社2005年版，第78页。

台空又一时。(《五台诗·章华台》)

　　此组诗一首写姑苏台，一首写章华台。姑苏台是吴王夫差在吴中称霸后建造的亭台，是他享乐逍遥之地，"高台百尺筑崔嵬"足见其雄伟壮丽。三四句用周幽王"千金买笑"和汉武帝"金屋藏娇"的典故，说明虽有周幽王的前车之鉴，也有汉武帝的追随效法，但是在纵欲享乐面前历代帝王都是乐此不疲；后一首诗人将章华台与匏居台对比出现，匏居台为楚庄王所建，章华台为楚灵王所建，一个朴实一个华丽。亭台富丽堂皇，灵王更是野心勃勃，"投龟"指楚灵王"投龟诟天"之事，楚灵王欲独霸天下，行占卜之事，结果不祥，遂投龟诟天。两首诗的末尾两句都进行了转折，"于今衰草迷荒趾，半逐江烟半落辉""可怜雨雪干溪畔，人去台空又一时"无论历史的昨天多么辉煌灿烂，今天都依旧多变、无常，盛衰之感、兴亡之叹油然而生。

　　佟府遗址、姑苏台、章华台，这些古迹承载着辉煌灿烂的历史，当后人凭吊时，思绪穿越时间的隧道，往昔的精彩历史犹在目前。但回到当下，断井残垣、人去楼空，今昔之感油然而生。柏葰在此类诗中常用"空"字，取没有、虚无之意，"夕阳依旧空亭冷""人去台空又一时""凤去台空波自流"(《登石头城》)暗示时间消逝、历史逝去，诗人把从古迹之上拉扯出来的历史记忆，放在现实的空间里，看着它消失不见，感慨万千。

　　第二类以《殷太师墓》《韩侯岭》《茌平怀古》为代表。

　　《殷太师墓》诗云：

　　　　淇泉左右抱丛林，华表巍峨尚可寻。本拟撄鳞存国脉，不难剖腹见臣心。龙逢同志昭天日，鱼鲠何人冠古今。千载桥陵一抔土，松楸犹自振商音。当日三仁称绝调，惟君一意乃孤行。只应一片西山石，亮节清风并莫名。

　　殷太师比干之墓位于河南淇县城北十五里处，史载商纣王暴虐无道，"三仁"即比干、微子和箕子，微子屡谏，纣王不听，遂离开，比干坚持，遭剖心焚面，箕子见比干遭难，便佯狂为奴。虽然千百年后，如比干、关龙逢一样的忠臣烈士留给世人的只是一抔土、一片石，但他们的

"商音""亮节"，他们舍生取义的刚烈性格，他们视死如归的价值取向却一直长存世人心中。

《韩侯岭》诗云：

> 峨峨峻岭说韩侯，国士雄名万古留。此日云山埋侠骨，当年钟室中阴谋。祸机断自封王伏，战绩终推佐汉优。却怪文忠终不友，娥姁赐剑复何尤。

此首诗写西汉开国名将韩信，韩信战功赫赫、功高无二，刘邦曾向其允诺，只要他"顶天立地于汉土，绝不加兵刃于身"，但韩信后来自封为王，招致杀身之祸，吕后将他吊在大钟内，脚悬于空，不见天日，在未违背刘邦诺言的情况下将他杀死，"当年钟室中阴谋"说的便是此事。韩信虽死，但他的侠骨雄名却流传千古。

再如《茌平怀古》中"清琴浊酒怀张镐，火色鸢肩说马周"，以"清琴浊酒"说张镐的清廉忠正，以"火色鸢肩"比喻马周的济世之志。柏葰欣赏像关龙逄、比干一样的忠臣烈士，像韩信一样的功勋大将，像张镐、马周一样的清官廉臣。他极其讨厌那些与自己价值取向格格不入的、蝇营狗苟的小人。他讨厌"所恃在利口"① 的蚊子、"营营乱黑白"② 的苍蝇，此外还写有《憎蝇》《捕虱》专篇，柏葰写蚊子、苍蝇、虱子皆有所指，他讨厌和它们拥有一样特质的人，茹毛饮血占尽便宜，蝇营狗苟颠倒黑白。柏葰云："君子本无朋，小人扇危辞。幸灾而乐祸，一倡百和之。一篑谗谤书，四言鸥鸒诗。若非王圣明，其祸不可知。"③

2. 入门不乞长生药，何术能医四海贫——关注现实

清后期社会危机、民族危机纷至沓来，皇权统治风雨飘摇。道光时期政治危机凸显，官场吏治腐败，民不聊生，大量流民饥民为求生存流窜联合，不断爆发农民暴动，导致社会动荡不安；清政府经历两次鸦片战争，损失大量耕地、赔款，导致更多的农民流离失所，民族危机又加重了政治危机，形成了社会危机的恶性循环。到了咸丰时期，政治危机、经济危机

---

① 《夏二子》，《薛篪吟馆诗抄》卷二。

② 同上。

③ 《读史有感》，《薛篪吟馆诗抄》卷六。

更是变本加厉，咸丰朝存在 11 年，伴随着太平天国起义、英法联军侵华。1851 年太平天国起义爆发，历时 14 年，蔓延 18 个省区，赋税无处征收，军饷频年增加，沉重的财政负担让清政府无力喘息，可以说，整个咸丰朝一直都在危机四伏中艰苦度日。咸丰朝的危机四伏在柏葰诗中有明显体现，他自序："中年以来，更历忧患，应有所触，韵语宣之，譬之时虫时鸟，自鸣自已，聊适己意而已。"① 这一时期他创作了大量表现民生疾苦、关注现实的作品，以《羽书》《驿卒谣》为代表。

《羽书》诗云：

> 羽书傍吾逼几闉，未料余年值不辰。雀角难平惭我辈，蛾眉不让笑伊人。似居乐国不思蜀，竟说桃源可避秦。身在辽东心冀北，何时重睹太平春。

此诗是柏葰于咸丰四年（1854）四去辽东时所作，"羽书"指插有羽毛的紧急军事文书，首两句为诗人的感叹，诗人虽已年老，却正逢战乱频发，感叹世事无常，晚年不得其时。接下来诗意发生转折，"乐国""桃源"都是避祸之地，虽然自己远离战火，身在辽东，但心中牵挂，希望战事快快过去，百姓安居乐业，重获太平盛世。此诗虽未直写战事，但字里行间都透露出当时社会的动荡不安，诗人远在千里之外，也无法躲避战争的纷扰，表现出忧国忧民的情怀。

《驿卒谣》诗云：

> 一日复一日，日日驿递至。四百五百六百里，其中尚有加紧字。心惊双马串铃声，目眩千番诉功纸。我问驿卒何处来，驿卒未语先含哀……瘏痡人马同奔波，山川林木一瞥眼。星驰电掣云烟过，昼夜遄行忘近远。渴不暇饮饥未饭，词未终时时已晚。入厕登床思息偃，戎曹官吏又来呼，促使回程飞马返。

这首诗中诗人的着手角度有所不同，他以小见大，借写驿卒来表现整个社会。此诗可以分为直接描写、间接描写两个方面。"一日复一日，日

---

① 《薜篆吟馆诗抄·序》。

日驿递至。四百五百六百里，其中尚有加紧字。心惊双马串铃声，目眩千番诉功纸。我问驿卒何处来，驿卒未语先含哀。""当年闲煞七尺身，而今忙坏尺八骸。""瘃痛人马同奔波，山川林木一瞥眼。星驰电掣云烟过，昼夜遄行忘近远。渴不暇饮饥未饭，词未终时时已晚。入厕登床思息偃，戎曹官吏又来呼，促使回程飞马返。"以上都是通过驿卒状态的描写来间接表现当时战事之紧张，当年没有战事的时候清闲无比，而今战事频发，忙得不可开交，日复一日地传递文书，星驰电掣、昼夜奔波，口渴顾不上喝水，饥饿顾不上吃饭，刚要睡下又被叫起，继续奔波，通过驿卒的忙碌、文书的繁多，可以看出当时社会的动乱不堪。接下来，"滇黔闽浙三江地，苗教回捻纷起如虫灾""元戎阃外何阳阳，壮士输忠死沙场。兵勇骄横扰乡国，谗慝贪婪买官爵。偶然小捷时，一闻荐剡敷。陈乱黑白收，复少保举多"，都是直接描写，各种起义、暴动如虫灾泛滥，无数兵士战死沙场，而此时朝中却是卖官鬻爵、颠倒黑白、混淆视听，腐败成风。柏葰此诗不仅表现了当时混乱不堪的社会状况，也对其成因提出了自己的看法，农民起义、民族侵略是外患，吏治腐败是内忧，柏葰认识到政权的摇摇欲坠是内因、外因共同作用的结果。

此外，"入门不乞长生药，何术能医四海贫"（《寓塔儿山药王庙》）、"即今群盗弄潢池，扫穴擒渠竟难得"（《捕虱谣》）、"即今军饷劳筹笔，南望烽烟暗暮云"（《遵化怀古》），都是柏葰关注现实、忧虑现实的作品。

三 《薛簶吟馆诗抄》的艺术特色

柏葰诗歌风格的形成离不开历史土壤的滋养，唐诗、宋诗是诗歌发展史上两座不可逾越的丰碑，后代在他们面前失去了更上一层楼的勇气，却在总结与借鉴方面作出了可圈可点的成绩。清人分唐界宋，各有所趋，清代先后出现了神韵说、性灵说还有宋诗派。柏葰在诗歌艺术造诣上充分吸收前人的优秀成果，既有对神韵说、性灵说的继承，也受到宋诗派的熏陶，本文从以下四个方面对其诗歌的艺术性进行了探讨。

（一）和平温厚的主调

和平温厚作为儒家传统诗教的创作原则，与温柔敦厚相近，在诗歌创作上表现为方式含蓄婉转、情感温润柔和以及音韵和谐流畅。

　　柏葰此中诗风的形成与他的个人经历密切相关。柏葰自入仕后，仕途顺达，少有坎坷，诗歌创作中没有过于激昂的情绪表达。宋诗派对柏葰此种诗风的形成也产生了重要影响。嘉道以来，国势渐衰，盛世不再，士风学风都发生了变化，在邓显鹤、程恩泽、何绍基等人的倡导下，行成了共同的宗宋诗风，形成道、咸宋诗派。宋诗派的一个重要主张就是强调人品与诗品的合一。"'温柔敦厚，诗教也'此语将《三百篇》根柢说明，将千古做诗人用心之法道尽，凡刻薄、吝啬两种人，必不会做诗。"① 他们推崇一种温柔敦厚、忠厚蔼然的儒者品格。"温柔敦厚，诗教之本也。有温柔敦厚之性情，乃有温柔敦厚之诗。"② 柏葰就是一个具有温柔敦厚性情的人，他不阿谀、不逢迎，以旁观者的立场来对社会发声，以宽广包容的胸怀对社会、人生作出严肃理性的思考。

　　柏葰作为蒙古族诗人，他的诗歌创作呈现出日常化的特点，对于现实有所关注，但从不参与时政，讥评时政。柏葰关注现实的诗作，像《羽书》《寓塔儿山药王庙》《驿卒谣》等，都非直接讥讽时政的作品，《羽书》一诗通过羽书增多的现象展现战争频发的社会状况，《寓塔儿山药王庙》一诗借助祈求医治贫穷的药暴露社会的积贫积弱，《驿卒谣》也是通过驿卒的繁忙表现战事的多发和社会的动荡不安。柏葰虽然关注现实，但这种关注是中和的，他温婉地以诗歌形式表现社会现状，诗作中不存在过激的情绪表达和讥讽的意味。《薛篆吟馆诗抄·跋》中有这样一段话："思公者，不置夫古之君子，思其人，则其平生服御之微，尚犹爱之，况于公之遗集乎？今读其诗，和平温厚，可想见公之为人，则稚泉衷集而梓行之，亦海内士大夫所企望也。"这段话道出了柏葰人品与诗品的内在联系，读其诗可想见其为人。

（二）性灵说对柏葰诗风的影响

　　"性灵说"起源于六朝，经过唐、宋、明的传承发展，清初大盛。袁枚在继承前人性灵说的基础上，形成自己诗学主张，自成性灵一派。"性灵说"崇尚自然，反对堆垛典故成诗，追求诗人天然本性的表露，高扬

---

　　① 何绍基：《题冯鲁川小像册·论诗》，《何绍基诗文集》，岳麓书社 2008 年版，第 729—730 页。

　　② 朱庭珍：《筱园诗话》，《清诗话续编》，上海古籍出版社 1983 年版，第 2378 页。

主体个性，认为真性情是诗歌创作的根本，"诗难其真也，有性情而后真"（《随园诗话》）号召诗人在创作过程中写出自己的真情实感。

"诗者本于性情，其人有廉介之节，忠信之行，则其发于诗者必有醇雅之音，以道其缱绻之怀，而不可以伪为也。"柏葰的诗歌继承了袁枚"性灵说"抒写真情的特质，其中伤离感别诗，最见真情实感。他在多年的为官之路上，结交了很多朋友，有同朝的官员也有他乡的过客，都与他结下了深厚的友谊，像汪小舫、周景桓、谌葆初、张椒云还有朝鲜的李尚迪，等等。赠别、留别诗在柏葰的创作中占很大一部分，每一首都写得真挚感人。在写别离的诗作中最让人痛彻心扉的要数悼亡诗，诗人往往从日常生活的点滴出发，描写亲人离世后日常生活发生的变化，通过昔日的美好与残留的遗憾来加重从今以后天人永隔的悲痛，发自肺腑，动人心脾。与袁枚的悼亡诗异曲同工，有很明显的沿袭性，同样善用朴素自然的语言，通过对日常琐事的追忆，表达天人永隔的悲恸。

柏葰一生的生活、思想、情绪、爱憎都鲜明地表现在诗歌当中，心中所感、落笔成篇，每一首诗表达的都是他的真性情，都带有鲜活的生命力。他在污秽的官场中不伪装掩饰自己，爱就是爱，憎就是憎，从不违背本心。就像《薜篆吟馆诗抄·跋》中所写："公以廉直受知宣宗，由词林跻位冢宰，迨文宗御极，参密勿登宰辅，向用尤？矣。而忌者卒以奇祸害公，然海内之士知与不知，述其事者至今为之泣下。"他为官为人廉洁正直，做人做事皆出本心，这就是他遭受政治迫害的原因，也是海内之士对他念念不忘、为之泣下的原因。

（三）神韵说对柏葰诗风的影响

王士禛以山水田园诗为体验感悟对象，"神韵说"应运而生。"神韵说"在意境方面追求清远、清奇。在风格方面崇尚冲淡、自然，要求创作主体心态平和，与万物同化，在可觉与不可觉之间发自内心地完成创作，俯拾即是，浑然天成，非挖空心思搜寻，取之于他人。在审美要求方面强调含蓄蕴藉，言有尽而意无穷，含无尽之情于言外，在诗中留白，给读者想象的空间，容纳欣赏者的再创造。柏葰对王渔洋极其崇拜，他在诗集中收录了很多采用王渔洋秋柳韵所作的诗歌，《秋柳用渔洋山人韵》《定郡王用渔洋秋柳韵赋秋海棠四律属和》《定郡王以前韵赋菊花属和》《定郡王以前韵赋梅花属和》《和定郡王海棠四绝》，等等。

《四库提要》说："士祯论诗，主于神韵，故所标举，多流连山水、点染风景之词，盖其宗旨如是也。""神韵"是一种活泼、灵动的神采和偏于阴柔的美感；有着天生丽质、超凡脱俗的气质和自然而然的风度；常常是以模糊朦胧的景致、轻柔婉转的笔调表达一种含而不露的愁思，言有尽而意不尽，让人回味无穷。柏葰的《杨柳枝词》可谓"神韵说"的典型代表：

　　　　楚腰蜀带擅风流，新月初闻黄栗留。连日微云并微雨，烟丝遮住小红楼。
　　　　闻说新醅出杏林，杏花村外绿阴阴。酒旗低亚平桥晚，牵惹游人醉不禁。
　　　　水边亭子绿裙腰，画舫低随翠带遥。争道春阴眠未起，湿烟压软一条条。
　　　　春水生时柳叶青，春江暖后柳花馨。花飞依旧随江水，谢絮风流到楚萍。

此四首诗，没有正面的体悟描写，不著杨柳字，却尽显杨柳之妙。其一首，以楚腰蜀带尽显柳丝的婀娜之态，以若隐若现的小红楼营造一种朦胧之美；其二首，侧面烘托，以游人为视角，尽显陶醉之态；其三首，以一"遥"字和一"眠"字，赋杨柳以生命；其四首，以杨花随江水，谢絮随楚萍，渲染出一缕淡淡的哀而不悲的忧伤。此四首诗赋予杨柳鲜活的生命，将杨柳的姿态写得活灵活现，装点出婷婷袅袅的蓬勃生机和纤柔飘逸的自然神韵。全组诗没有感慨也不发议论，只是凭借画面的构造与气氛的渲染，将悠悠淡远的朦胧之美和绵长无尽的淡淡愁思留给读者玩味，心领神会、方见其妙。

（四）柏葰后期诗作对杜甫沉郁诗风的模仿与尊崇

一直以来学界对"沉郁"一词的阐释众说纷纭，章培恒、骆玉明主编的《中国文学史》认为"'沉郁'主要表现为意境开阔壮大，感情深沉苍凉"；袁行霈、罗宗强主编的《中国文学史》则云："沉郁，是感情的悲慨壮大深厚"；还有人认为"沉郁"也应包含构思之深沉。综上阐释不难看出，要想全面理解"沉郁"，必然离不开如下几个方面：构思的博大精深，意境的开阔壮大，内容的厚重丰满，感情的深沉郁勃。

柏葰晚期的诗歌作品有明显的学杜倾向，沉郁之风随处可见。《瓦房遇雪》诗云：

> 群山万壑势相连，寒气吹来雪满天。闭户拥炉中妇艳，敝车羸马大夫贤。无才能识金银气，有兴时寻山水缘。内翰一场春梦过，且随李广度残年。

咸丰四年（1854）十一月柏葰因之前在镶白旗蒙古都统任内拣选承袭佐领错误被降职，时隔不久，他开始第四次东征，勘查银矿是他此行的重要任务，"无才能识金银气，有兴时寻山水缘"，便是对勘矿之事的自谦。柏葰在东征途中创作了《瓦房遇雪》，此诗开头两句中"群山万壑""寒气""雪满天"意象的组合，将整首诗置于浓重的荒寒氛围中，三四句又由外及内，"敝车羸马"与恶劣的天气形成强烈的对比。末尾两句点明主旨，"且随李广度残年"化用杜甫"短衣匹马随李广，看射猛虎终残年"（《曲江三章章五句》）二句，看射虎度残年，实为抒发积愤，柏葰此处的化用也带有明显的不满，在如此恶劣的环境里，如此不堪的状况下，想到自己被降职，瞬间感觉自己不懈追求的功名恰如一场梦，荒寒的诗境中流露出诗人郁闷的愁思。

再如《重九日揭晓登明远楼》诗云：

> 公余乘暇一登楼，乍睹西山豁醉眸。烟树万家皆入画，风窗四面不胜秋。且教眼界明还远，陡忆驹光去莫留。五十年前簪笔地，古槐依旧绿云稠。

诗人闲暇时登上明远楼，映入眼底的是云烟缭绕的山林，成千上万的人家还有四面风窗都难以抵挡的秋风。诗人登高望远，陷入深深的哀思之中，时光飞逝，转眼间青丝已成白发，回想五十年前自己在学府以古槐为题作诗的情景，依然历历在目。对时光飞逝的感叹，对人生如梦的伤感都蕴含其中。以景写情是柏葰此类诗歌的一大特点，他善于将所见、所感的外部环境构造成开阔壮大的诗境，并与自己深沉浓重的情感相勾连，形成一个厚重丰满的有机整体。

清代蒙古族诗人梦麟诗歌研究

黄佳然

　　一直以来，关于清代少数民族诗人及其诗歌研究的篇目相对较少，而对于清代蒙古族汉诗的研究就更是少之又少。事实上，作为清代诗歌的一个重要组成部分，八旗诗歌在经历过顺治、康熙、雍正三朝之后，进入乾嘉时期已经达到了高度的繁荣。严迪昌在《清诗史》中曾说："以满族为主体，包括蒙古、汉军在内所构成的'八旗'诗人集群，是清代诗歌宏大阵容的重要一翼，也是这一断代诗史得以有异于前代诗歌史的不应忽略的因素之一。"[①] 梦麟即为上述"八旗"诗人集群当中的重要一员。在梦麟短短的一生中已经写下了不少的诗篇，杨钟羲《雪桥诗话》云："自少即能以诗名，初有《行余堂诗》、入词馆，有《红梨斋集》，在吴删为《梦喜堂集》，重订为《大谷山堂集》六卷。"[②] 经整理，梦麟现存的诗歌共三百余首，由此可见，梦麟诗歌产量之丰富。梦麟是清代蒙古民族中杰出的现实主义诗人，他的诗歌思想内容丰富，艺术风格多变，恰如沈德潜为其《大谷山堂集》作序时的评价："谢山梦先生，穷诗之源而不沿其流者也。先生具轶伦之才，贯穿百家，其胸次足以包罗众有，其笔力足以摧挫古今，而能前矩是趋，志高格正。"[③]

　　本文旨在全面研读梦麟诗歌并结合清中期时代背景和梦麟的个人境遇对梦麟诗歌进行系统的分析。首先介绍其生平，其次将其诗歌按照内容详细分类并逐个研究对比，结合其生平经历，分别阐述各类诗歌所传达的真情实感，在一定程度上发掘其人生态度、高尚品格及生存状况。最后全面论述梦麟诗歌多变的艺术风格。

---

①　严迪昌：《清诗史》（下），浙江古籍出版社 2002 年版，第 844 页。
②　杨钟羲撰集，刘承干参校：《雪桥诗话》卷六，北京古籍出版社 1989 年版，第 269 页。
③　梦麟：《大谷山堂集》，民国九年（1920）刘氏嘉业堂刻本（影印本）。

一　梦麟生平介绍

　　生于官宦之家的梦麟勤奋好学，仅仅十七岁便考中举人。咸丰时期山东莒州知州福格云："蒙古人典试外省，自午塘始。"① 梦麟过人的才学由此可见。梦麟（1728—1758），字文子，又字瑞占，号谢山，一号午塘，又作耦堂、喜堂，是宪德的第五个儿子。宪德被调往四川的第二年，即雍正六年（1728），梦麟出生于成都官舍。六岁那年，父亲宪德遭到皇帝斥责被召回京，梦麟即随父亲迁回京师定居，自此开始接受传统的汉文化教育。梦麟自小对诗歌有着浓厚的兴趣，七岁开始学习唐人作诗。这一时期担任过四川提督、甘陕总督的黄廷桂就因欣赏梦麟的才气，遂将自己的女儿嫁与他做妻子。

　　梦麟的个性爱憎分明、疾恶如仇，父亲去世后，梦麟的家境状况有所下降，这一切更加坚定了他考取功名，实现政治抱负的理想。通过不懈努力，终于梦麟于乾隆九年（1744）参加乡试中举，当时只有十七岁。此后，梦麟不断进取，次年，即乾隆十年（1745）便考中进士，被改选为庶吉士，散馆授检讨，梦麟的仕途生涯由此展开，随后数年担任了许多的官职。乾隆十五年（1750）三月，梦麟任日讲起居注官，同年五月，梦麟升任侍讲学士、广西乡试副考官，接着又任国子监祭酒、提督河南学政。正是这一年官职的变迁，迫使梦麟离开京师外出赴职，因而梦麟《大谷山堂集》中写有许多羁旅行役类的诗歌。梦麟的仕途是比较平顺的，乾隆十六年（1751）三月，他被授予内阁学士，乾隆十八年（1753），梦麟署理户部侍郎，担任江南乡试考官，并被任命为提督江苏学政。据史料记载，清代以蒙古族典试外省就是以梦麟为开端的。乾隆二十年（1755），梦麟被授予工部侍郎，之后调到兵部，兼任镶白旗蒙古副都统。乾隆二十一年（1756），梦麟被命在军机处学习行走，大臣在军机处当差且资历声望比较浅的，被称为"学习行走"，这一惯例就是从梦麟开始的。同年，梦麟调往户部后返回京城。乾隆二十三年（1758），梦麟又调回工部，并署理翰林院掌院学士，同年由于治理水患积劳成疾去世，年仅三十一岁。朝廷赏赐祭葬。

　　梦麟短暂的一生中，已经取得了不错的政绩，其作诗方面的才华也均

---

① 福格撰，汪北平点校：《听雨丛谈》卷十，中华书局1959年版，第128页。

在其《大谷山堂集》中一一体现。《清史稿·梦麟传》末云："梦麟早年
负清望，参大政，方驾遽税，惜哉。"① 可见，作者对梦麟的评价甚高，
同时也对其英年早逝感到十分惋惜。

二　梦麟诗歌内容研究

关于梦麟诗歌的基本内容，沈德潜已在《大谷山堂集》序中做出了
比较详细的概括："诗凡若干卷，皆奉使于役，经中州江左，成于登临校
士余者，凭吊古迹，悲闵哀鸿，勖励德造，惓惓三致意焉。准之六义，比
兴居多，盖得乎风人之旨矣。至平日歌天宝，咏清庙，矢音卷阿，铺张宏
休，扬厉伟绩，应有与雅颂相表里者，而此犹九川之一隅也。"② 通过对
梦麟全部诗歌的分析整理，结合沈德潜的上述概括，笔者现将其诗歌依据
内容重新整合为如下几类。

（一）描绘自然

梦麟热爱自然，曾在诗中自述："我本爱山兼爱云，爱其纡回参错无
相倾。"③ 因而梦麟的写景诗在《大谷山堂集》中占有很大的比例，诗人
自六岁随父亲迁居京师，许多年来一直生活于此，故其早期的写景之作多
描写京师及其周边的景色，且写作对象大多为寺庙。直至梦麟考取功名逐
渐走出京师，游历大江南北，其写景诗的数量也随之大大增加，且更注重
诗情画意的营造。

在梦麟早期的京师岁月中，其诗歌创作主要着眼于乐府诗，极少有描
绘自然之作，即便如此，这些写景诗却也不失清丽。当中最具有代表性的
即景之诗即《朝往香山山》：

　　梦觉钟鱼清，褰裳月在栋。盥濯辞精庐，山僧出林送。苔光上芒
屩，昨宵知露重。乱泉听乍失，溪涧涩余冻。石骨生清寒，行吟抱朝
瓮。日出照幽谷，山鸟发新哔。微风被空翠，流云散岩洞。永怀煨芋

---

① 赵尔巽：《清史稿》卷三百四十，列传九十一，中华书局1977年版，第10504页。
② 梦麟：《大谷山堂集》序文，民国九年（1920）刘氏嘉业堂刻本（影印本）。
③ 梦麟：《循山西南行宿北壁小阁放歌》，《大谷山堂集》卷五，民国九年（1920）刘氏嘉
业堂刻本（影印本）。

者，隔岫闻清诵。①

香山位于北京海淀区西郊，风景怡人，金代皇帝始建大永安寺于此，后不幸遭到英法联军焚劫，现香山寺遗址只剩石屏、石碑和石台阶。诗人投宿于香山寺的僧舍中，梦醒时便已听到寺中传来清脆的钟声和木鱼声，于是他穿好衣裳起身，此时还未天明，月光正投在梁柱间。洗漱过后诗人辞别僧舍，好心的僧人出林相送。更深露重，一路上苔藓润湿了诗人的草鞋，此时的天气有些寒冷。在这样的环境中，诗人听到的是泉水时断时续的声音，这是余冰的阻滞致使水流不畅，随后诗人又看向路旁的石头，似乎石头也透着几分寒意。然而，诗人并没有将这种冷寂延伸下去。日出打破了山谷的幽静，此时，诗人眼中的景物也随之变得鲜活而生动。山间的小鸟发出清新的鸣叫声，微风吹拂着绿色的草木，流云散步在岩洞上方，可见诗人此刻的心情也舒畅了许多。末尾，诗人化用唐代僧人明瓒给李泌"煨芋"并预言其做十年宰相的典故，来喻示自己的方外之遇，表达对这位僧人的感激怀念之情。这首诗主要描写了梦麟辞别香山寺途中的所见之景，这些景物在诗人笔下都十分逼真和清新。

此外，梦麟还写有许多登临远眺之作。登高远眺，于是四周景色尽收眼底，较前诗不同，梦麟以宏观的视角观察自然，此时呈现于诗人眼帘的景物皆变得沉寂，不再欢快，因而诗歌所表达的情感也悲壮了许多。梦麟的这一类诗歌通常写景以抒发感慨，风格偏重豪放，如《北固绝顶眺望》：

> 铁瓮城高落木荒，支筇北顾一回肠。天容带雨连空没，日气沉波到海黄。客足祇今归汗漫，江声终古恸兴亡。伤心龙虎皆销歇，薄暮风吹鬓有霜。②

这首诗应是乾隆十八年（1753），梦麟任提督江苏学政并充江南乡试考官时所写。北固山在江苏省丹徒县北，因山下临大江、地势险固而得名。诗人登上北固山顶眺望远方，看到铁瓮城（镇江）落木萧萧，十分

---

① 梦麟：《大谷山堂集》卷二，民国九年（1920）刘氏嘉业堂刻本（影印本）。

② 梦麟：《大谷山堂集》卷五，民国九年（1920）刘氏嘉业堂刻本（影印本）。

的荒凉，于是又支着手杖望向北方，感到内心一阵焦虑。恰巧阴霾的天空又下起雨来，这时诗人想到自己的旅程依旧漫漫无边，听着山下的江水声，不禁悲悯千古兴亡，伤心英雄俊杰流失。登上北固山，映入诗人眼中的景象尽是一派萧索荒凉，诗人面对此景显得格外心忧，整首诗感情基调都是悲壮的。类似登临远眺的写景诗还有《登燕子矶旷望大江》《登长干浮图绝顶放歌》《登清凉山绝顶展眺望放歌》《登舞剑台展眺作歌》《薄暮登清晖阁眺望》等，其中不乏写景抒怀的佳作。

（二）凭吊古迹

梦麟赴外地供职期间，游历了许多名胜之地，其中也包括不少历史遗迹。梦麟作为儒林中人，具有古代文人优秀的文化传统，即富有一种社会责任感，千百年前的历史事件、历史人物，常常触动梦麟的心灵，因此梦麟写有许多以历史遗迹为题材的诗歌，咏史以抒发内心强烈的情感。

梦麟的咏史诗从内容上可以分为两类，第一类是咏史怀人：诗人多是感慨古代忠臣功勋卓著，却惨遭陷害的人生际遇，以此抒发悲痛惋惜之情，兼歌颂他们的高尚气节。如《汤阴岳忠武祠》其一、其三：

> 啼鸟徒闻唤奈何，君王久已厌挥戈。紫宫宵冷铜驼荒，碧血秋添鄂渚波。三字一经称信谳，六师不复望争河。可堪遗庙烟荒里，无数昏鸦响暮柯。（其一）
> 官家尚不解仁亲，七尺空悲岳降身。糠秕业看忘彼妇，股肱浪说惜斯人。格天有阁旌奸相，返日无戈效荩臣。千古英雄同一哭，我来惟有泪沾巾。（其三）①

梦麟于乾隆十五年（1750）任提督河南学政，是年，梦麟来到河南汤阴岳飞忠武祠，有感而作。其一当中，诗人为我们还原了岳飞蒙冤时的场景。啼鸟哀鸣，王宫宵冷，君王久已厌战。奸臣秦桧暗领金命不断弹劾迫害岳飞，并以"莫须有"三字谎称证据确凿将岳飞定罪。可恨皇帝昏庸听信谗言。岳飞最终还是难逃碧血撒尽的命运，此后全军士气大衰，不敌金兵。目睹遗庙今日荒烟弥漫，诗人最后一句用"可堪"二字道了出

---

① 梦麟：《大谷山堂集》卷三，民国九年（1920）刘氏嘉业堂刻本（影印本）。

了他对一代抗金将领的惋惜之情。其三当中，诗人理性分析了岳飞的死因。诗人认为岳飞是精忠报国的股肱之臣，只是由于皇帝缺乏仁爱亲贤之心，面对奸相挑唆，浑然忘记了岳飞的累累战功和一片忠心，才致使岳飞最终"无戈返日"。同样，梦麟在《汤阴岳忠武祠》其二当中也有"父子浑忘鸟哺力，君臣劳唱白头吟。"的诗句感慨君臣之间的嫌隙。岳飞英勇善战，始终坚持抗金收复边疆，诗人敬佩岳飞的民族气节，痛恨奸臣作祟，因而在全诗的收尾处转向抒情，与千古英雄一同哭泣，为岳飞的不幸遇害感到悲愤。

梦麟的另一类咏史诗则多感慨兴亡，发思古之幽情，情感较第一类诗更加沉重悲壮。如《项王墓下作二首》：

陵阙咸阳变，君王尚有坟。起缘杀卿子，死亦伏诸军。朔气生残碣，秋郊驻断云。恸君思战事，拄策立斜曛。（其一）
灞上前嫌释，东归亦可休。如何返翁媪，遂使失鸿沟。一马嗟公赐，千金漫若酬。伤哉时不利，涕下野花秋。（其二）①

乾隆二十二年（1757）山东各县遭受水患，梦麟前往治理，在一个秋日的黄昏，梦麟来到东平县项羽墓下创作了这首诗。其一当中，诗人首先追忆了项王骁勇善战的历史事件：最初，项羽一剑杀掉畏敌不前的卿子宋义，在巨鹿之战中带领楚军破釜沉舟大破秦军主力，从此威震四方；项羽自刎前于东城快战，仍能以二十八骑兵对战数千汉军且成功突围，鼓舞士气。正所谓"好战必亡"，项羽"谓霸王之业，欲以力征，经营天下，五年卒亡其国，身死东城。"② 昔日的西楚霸王，现如今变成了一座残碑，曾经的英勇壮举都已化为乌有。这里，诗人将项羽的失败归结为"思战事"，并为他的结局悲恸不已。事实上，楚霸王的千秋霸业最终被刘邦夺去，也是项王自身的原因所致，其二就是诗人对这一历史问题的理性思考。项羽所向披靡自封为王，优势本远远胜于刘邦，他的第一个失误就在于"鸿门宴"放刘邦逃回灞上，放虎归山导致了后来的楚汉相争。东城快战项羽突出重围，此时如果东渡乌江便能留得青山，这一选择或许会改

① 梦麟：《大谷山堂集》卷四，民国九年（1920）刘氏嘉业堂刻本（影印本）。
② 《项羽本纪》，司马迁《史记》卷七，中华书局1959年版，第339页。

变历史格局，但项羽自觉无颜面对江东父老，为了使江东地区摆脱战争杀戮，他放弃东归选择了自刎，因此失掉了江山。最后一幕，项羽将钟爱的乌骓马赠予恳请他东渡的长者，又承诺将自己的头颅送给汉军领赏，挥剑自刎。诗人将项羽的死描写得慷慨悲壮。对于项羽的失败，诗人并没有去谴责，事实上项羽虽败犹荣，李清照"至今思项羽，不肯过江东"① 就是极好的写照。项王"力拔山兮气盖世，时不利兮骓不逝"。② 诗人伤其天时不利，黯然泪下。一代霸主从战无不胜到兵败自刎，千古兴亡可叹可悲。

梦麟关于凭吊古迹的诗歌并不是很多，这些诗歌一一反映出历史的沉重。通过凭吊古迹，梦麟在诗中道出了许多历史故事，从中可以看出梦麟对古代历史有着清晰深刻的认识。不论是历史人物还是历史事件，梦麟始终理性看待，并善于思考总结历史教训。梦麟个性爱憎分明，对忠臣极力褒扬，对奸臣昏君无情批判，在一定程度上反映出梦麟正直高尚的品行。

（三）羁旅行役

古人为官，大都经历过背井离乡的宦游岁月，梦麟也不例外。自乾隆十五年（1750）任广西乡试副考官、提督河南学政时起，梦麟便多年漂泊在外，直至乾隆二十二年（1757）冬天水利工程竣工，梦麟才得以返回京城。七年间梦麟远离家乡亲朋好友，加上交通不便，旅途劳顿，作为诗人的他只好用写诗的方式来抒发愁绪。因此，《大谷山堂集》中的羁旅行役诗占有相当大的比例。

古时道路崎岖山川阻隔，交通工具单一落后。梦麟常年奔走在外，一路上难免会风餐露宿，饱尝辛酸。梦麟的羁旅行役诗中有一些直接反映旅途劳顿。如《暮春四日发汴》：

> 戒旦饬行服，驾言游邺都。独客虑多忌，未去意已孤。出郭晞平郊，荆棘罗荒途。倦鸟西北翔，离兽东南徂。望云辨京邑，中情何由抒。辗转歧路侧，黄尘盈征襦。我仆亦已痡，我马鸣踟蹰。畏此平生

---

① 李清照：《夏日绝句》，李清照著，黄墨谷辑校《重辑李清照集》，中华书局 2009 年版，第 86 页。

② 《项羽本纪》，司马迁《史记》卷七，中华书局 1959 年版，第 333 页。

劳，遂尽贱子躯。①

　　这首诗应是梦麟担任提督河南学政期间所写。暮春本应是万物复苏，满是生机的季节，诗人却因外出心生愁绪。诗人一早辞别河南开封前往邺都，还未出城便已心生孤寂。出发后，这段旅程并不顺畅，道路两旁荒无人烟，荆棘满布，这给诗人的出行造成了诸多不便。一路颠簸，诗人早已疲倦万分，诗人眼中所见之景皆已受低落情绪影响，蒙上了沉重的色彩，即飞倦的小鸟和离群的野兽。这时，黄尘迎面扑来，诗人辗转于岔路难以前行。"我仆亦已痛，我马鸣踟蹰。"一句，诗人化用《诗经·卷耳》中"我马瘏矣"和"我仆痛矣"②的诗句，表示自己已经陷入几乎无法前行的困境，然而前路茫茫，眼前也只能尽力克服困难继续前进，诗中句句透露着诗人的疲倦和无奈。

　　梦麟告别亲友远离家乡，时常思念故乡的亲人，最具代表性的一首诗当属《中元旧县驿夜歌二首》：

　　　　长河在南斗在北，丛树无人月深黑。破栅残扉不满百，夜昏沥酒家家哭。独客闻之黯无色，欲见邱陇那可得。四年此节在异国，但见他人供酒食。孤儿何曾在亲侧，灵不见我应叹息。生不能欢祭远适，父母生我亦何益。去年南顿月之日，白六来闻我母卒。惊回泪断哭无声，仰睇皇天白日失。仓卒翻疑前月书，书上平安谁所笔。怜儿或恐儿心伤，儿归更绕何人膝。濒危知复欲云何，未亲含殓凭谁说。归来一恸儿今还，呼天不应心如割。朝来浆酒陈应同，楸梧肃肃生灵风。五子罗立独不见，灵魂应到东阿东。（其一）

　　　　我妻嫁我十年半，十日啼饥九无饭。苦忆严冬一破裳，嫁我鬻尽供炊爨。年余饱暖抵几何，奄欻销沈魂已断。肝摧隐痛弥留时，肠牵儿女泪被面。流连知尔意无限，到头何日重泉见。月来数女知何如，凄飙浙沥吹裳裾。朝携祭楂缘青芜，秋坟呼母母则无。觅爷中夜声呜呜。（其二）③

---

①　梦麟：《大谷山堂集》卷三，民国九年（1920）刘氏嘉业堂刻本（影印本）。
②　程俊英、蒋见元：《诗经注析》，中华书局1991年版，第11页。
③　梦麟：《大谷山堂集》卷四，民国九年（1920）刘氏嘉业堂刻本（影印本）。

中元节即农历七月十五，是民间祭祀的节日。诗人在题目中交代这一日他身在旧县驿，这也使得他对亲人的思念更加深刻。乾隆二十二年（1757）的中元夜里，诗人听到家家祭祀传来的哭泣声，想到母亲和妻子已相继离世，自己却远在山东旧县无法回乡祭奠，心中悲伤不止。事实上，由于公务，四年来中元节这天诗人都是在异乡度过。其一是诗人凭吊已故的母亲。母子情深，诗人先是回忆了"去岁"听闻得知母亲亡故消息的场景，那一刻犹如晴天霹雳，令他悲痛欲绝，泣不成声。翻出母亲去世前月寄来的家书，诗人才恍然大悟，原来母亲不愿他徒生担忧，一直谎报平安。这一事令诗人久久不能释怀。梦麟由于常年漂泊之故，母亲在世时就无法陪伴其身边，未能尽孝，这令他抱憾终身。想到再也无法侍奉母亲，诗人心如刀割。而今中元节里，不能亲自为母亲扫墓，供奉酒食，令其在九泉之下独自叹息，当为不孝，诗人自觉愧对父母的养育之恩，于是伴着灵风深深地自责。其二中诗人凭吊亡妻，反映夫妻间的恩爱情谊。中元夜里，诗人回忆起妻子在寒冬腊月身穿破衣为自己烧饭的情景。跟随诗人十年来，妻子经常衣不保暖、食不果腹，直至生命垂危仍为儿女牵肠挂肚。妻子为家庭操劳一生，诗人身为丈夫却不能为她提供基本的温饱，心中的愧疚溢于言表。想到夫妻已阴阳相隔，再见无期，诗人肝肠寸断。这两首诗不仅表达了梦麟对母亲和妻子的怀念，从梦麟的回忆中还反映出他拮据的经济和困苦的家庭状况。

梦麟的羁旅行役诗并非全部表达寂寞艰辛、思乡惆怅的负面情绪，也有少数反映诗人积极心态的作品。如《晚行沂上》：

古原迟落日，一径入林邱。老树堕残雪，孤村闻叱牛。颇怜行客倦，兼爱茅檐幽。旦夕好眠食，吾行何所求。①

虽然呈现在诗人眼前的依旧是"落日""老树""残雪"和"孤村"，这些萧条的景象却并没有引起诗人的愁绪。终日奔波，旅途疲倦是自然的，仅仅是留宿于一间寂静清幽的茅屋，诗人就会满心喜悦。面对生活条件的恶劣，诗人并没有过多的怨言，他对生活的要求非常简单，似乎只是每日能够安然入睡、衣食无忧，别无所求。这首诗充分体现了梦麟面对困

① 梦麟：《大谷山堂集》卷五，民国九年（1920）刘氏嘉业堂刻本（影印本）。

境时的乐观心态。

（四）赠别亲友

梦麟受儒家思想的熏陶，十分重情重义，仕宦生涯中梦麟常常不得已漂泊离家，深厚的亲情、友情令他难以割舍。带着对亲友的关切与牵挂，这类诗中屡屡弥漫着离愁别绪。此外，宦游途中艰险异常，异地生活压力重重，梦麟一方面需要通过诗歌向友人倾诉，一方面也有必要问候友人，增进情谊，因此免不了会怀远赠答。

陈向春在《中国古典诗歌主题研究》中说："但凡人与人之间的交往，大都是喜聚而悲离。而天下毕竟无不散之筵席，人与人之间的别离因空间的阻隔带来的心理缺憾和伤感的情感，给诗人提供了丰富的情思与灵感。"[①] 梦麟辞别手足至亲，多诉哀伤怅惘，风格凄婉。如《今年别》：

> 前年别，泪填臆，卷舌入喉啼不得。上有白发母，下有扶病室，忍啼作笑笑无力，出门三日不能食。今年别，苦复苦，出门无僔，入门无主。不见我母送我，但见儿女盈前，泪下如雨。我无母忆我无旅，尔无母怜尔无所，提携保抱恃尔父，父去谁与慎寒暑，尔伯尔叔善觑女。呜呼，前年别，啼不得；今年别，哭无力。[②]

诗中所述"前年"应指乾隆十五年（1750）。是年，梦麟被任命为广西乡试副考官，启程赴任时所作《使粤别家》云："老亲携手送，病妇沾巾顾。依依去兄弟，切切共徒御。"[③] 当时，诗人即将辞家赴职，年迈的母亲出门携手相送，生病的妻子落泪不止，送行的兄弟们也都依依不舍。面对"白发母"和"扶病室"，诗人表面若无其事，实则强忍泪水。前年一别尚有妻母相送，今年一别，家中只剩儿女相依，诗人不禁泪如雨下。诗人虽痛心自身出门无人牵挂，更怜惜的却是儿女今后无家可归。儿女年幼就失去母亲的呵护，作为父亲的梦麟自然更应当留在儿女身边，更竭力地照料，但如今就连做父亲的也要离他们远去了。面对孤苦伶仃的儿女，

---

① 陈向春：《中国古典诗歌主题研究》，高等教育出版社 2008 年版，第 90 页。
② 梦麟：《大谷山堂集》卷四，民国九年（1920）刘氏嘉业堂刻本（影印本）。
③ 梦麟：《大谷山堂集》卷二，民国九年（1920）刘氏嘉业堂刻本（影印本）。

诗人已无法在旁嘘寒问暖，只能忍痛将儿女托付给兄弟代为照料。母亲和妻子的双双离世令诗人痛心疾首，又要狠心抛下孤苦的儿女，诗人当时的心情可想而知。任何人面对亲情的缺失都会产生悲痛的情绪，更何况是梦麟这样一位内心丰富的诗人，但在悲痛之余，我们还看到了梦麟的责任感，始终以大局为重，不因任何事牵绊影响公务。

梦麟的赠答诗多陈述自己的处境、抒发心情，如《古诗三章寄钱师》其一、其三：

> 看柯坠繁露，润逮陇上苗。膏泽良自天，荫息终尝邀。春暄发土脉，芳畹滋申椒。可怜幽兰葩，寂寞寒江皋。宁弗畏霜雪，雨露知非遥。逝当爱春晖，藉以酬长条。（其一）
>
> 腰衺如可识，伯乐胡见思。奋踠驰横门，弥忆哀鸣时。俯首就凡轨，或以恶马訾。哲人见叹息，一顾悲吾饥。从戎力健步，畏辱君子知。浮云东南来，怅望中难持。含情睇天半，白日予心悲。愿奉王乔丹，永驻洪崖姿。（其三）①

其一中诗人将自己比作兰花，向友人叙述自己孤身在外，缺少上苍眷顾，处境非常艰难，但尽管如此，他也要积极地面对生活。这首诗既是对自己的激励，也是向友人表达自己不畏逆境的精神。其三诗人以马自喻，述说自己怀才不遇，一直以来勤勤恳恳、脚踏实地，却遭流俗嫉妒。最后诗人向友人表明决心，虽然艰难困苦的境遇令他悲伤，但自己仍会坚持品行。两首诗皆委婉含蓄，道出了梦麟追求美好的德行的坚定信念，意味深长。

（五）描摹民情

《中国古典诗歌主题研究》云："对黎民苍生生存状态的关注，是中国文化的一贯精神，所谓'天地之大德曰生'（《易·系辞下》），就反映了厚生爱民的思想。"② 梦麟后期就写有许多反映劳动人民疾苦的诗作，体现了他厚生爱民的高尚精神。

---

① 梦麟：《大谷山堂集》卷六，民国九年（1920）刘氏嘉业堂刻本（影印本）。
② 陈向春：《中国古典诗歌主题研究》，高等教育出版社 2008 年版，第 137 页。

　　自古黄河就多水患发生，在梦麟治理水患期间，广泛接触到下层人民的生活，亲眼看见了洪水对劳苦大众造成的伤害，并记录成诗。这一类诗歌情感真挚、意义深刻。从《大谷山堂集》的编排顺序来看，《沁河涨》《河决行》《悲泥涂》《哀临淮》均是梦麟相对早期创作的以水患为内容的诗歌。

　　《沁河涨》是此类诗歌的第一篇，这场水患是诗人由河南奔赴山西途中所见。诗中首先描写了沁河洪水的汹涌气势："天波霾蘁阗风长，沁河水涌一丈强。山水逼河河水激，驰突怪石奔牛羊。怀州夜半万霆斗，洪声浩汹隳堤防。涛翻浪吼大堤决，冲屋屋塌墙坍墙。"① 这些诗句读来令人毛骨悚然，足见诗人对现实场景把握的功力。接着又描述村民遭受洪水的惨状："富室没仓困，贫家漂糇粮。猛潄壑松秃，横灌田禾荒。东家携孩稚，西家呼爷娘。苍茫未识天地意，夫挽妻袖牵儿裳。"② 在洪水的侵袭下，百姓粮田屋室被毁，人员伤亡惨重，这些客观描写句句道出了灾民们危险的处境。洪水过后即是赈灾："府吏报监司，监司报大官。大官连夜来，骑马巡河干。鸡黍杂瓦砾，按视潜辛酸。批府发仓廪，批县分金钱。封章奏陛下，施济科条颁。明旨敕大吏，抚恤筹民艰。停征岁赋室给赈，白镪分救灾偏全。瓦屋一两茅屋半，丁男计口官徭蠲。"③ 以上诗句不仅体现了诗人对灾民的同情，更多地表达了他对朝廷自上而下全力赈灾行为的认可。此时梦麟并没有亲身参与治河工程，对下层人民生活的认识和理解只能停留在表面，事实上，在这场洪水中，诗人看到的仅仅是朝廷的赈灾行动，对其真正的执行过程和效果可以说是毫不知晓。因此，梦麟早期的描摹民情的诗歌，在一定程度上高估了朝廷和天子的力量，对灾民处境的理解还不够客观。

　　后期，梦麟参与河工治理，渐渐与下层劳动人民有了密切的接触，对他们的生存环境及朝廷官员的办事态度都有了全新、深刻的认识。如《触目行》：

　　　宿迁桃源土不毛，清河而下皆洪涛。高宝村户半坍塌，存者墙趾

---

① 梦麟：《大谷山堂集》卷三，民国九年（1920）刘氏嘉业堂刻本（影印本）。
② 同上。
③ 同上。

庭生蒿。下河东望浩无际,积潦乃与天争遥。闻昔邵伯堤坝决,扫落
不敌天吴骄。湖涨没河河倒闸,中间弗辨横堤高。眼见田庐肆冲突,
不别贫富齐飘摇。淮扬所属作薮泽,一任河伯恣贪饕。田禾漂荡仓廪
没,妻卧灶下夫出逃。洪泽水溢惫已甚,黄流况乃乘其涸。目下虽觉
渐平落,尚存余涨回霜郊。前已截漕四十万,川湖米石来轻舠。皇仁
伫见浃万室,庙堂擘画中常焦。我昨试竣归谒帝,谘诹纤屑综锱豪。
乌菟剖析念蓬户,感颀知厪天心劳。披陈千语动深愧,御水无术臣郁
陶。圣衷忧恻有如此,当轴何以生衡茅。天灾原非力可塞,人事须慰
哀鸿曹。仁恩如海民弗及,费而不惠空嗷嗷。岂必官吏肆吞噬,偏全
极次分纤毫。我历徐淮逮高宝,幸无民蠹来喧嚣。坐知大吏善筹画,
斯事奚必余代庖。但念灾黎恤生命,触目未免中切切。敢因所见道余
意,作歌聊当陈风谣。①

　　根据《清史稿》记载,乾隆二十二年(1757),乾隆帝巡查检阅河
工,六塘河以下积水成疾,桃源、宿迁、清河等县均遭到洪水侵袭,于是
皇帝命梦麟前去勘察。该诗应创作于这一时期。洪水来势迅猛,宿迁、桃
源、清河县灾情严峻。灾民们眼睁睁看着自己的农舍被冲垮,粮仓被淹
没,为躲避洪水还不得不东躲西藏,狼狈不堪。同之前的诗对比来看,诗
人此处不止单纯描摹灾情,而且感同身受,并因为无术治水拯救灾民而心
急如焚,加入了切身的担忧。然而天灾刚过,人祸又至。仁恩如海,诗人
看不到灾民们获得半点儿恩惠,看到的竟是朝廷官员在赈灾的过程中辜负
圣意,中饱私囊。参与治河之前,一方面,由于梦麟的官途没有经受过坎
坷挫折,另一方面,梦麟长久以来保持着传统的忠君思想,致使他没能注
意到官场的黑暗,对朝廷灾后救济工作的看待缺乏客观的眼光。当亲自了
解到官吏们的冷酷和自私后,梦麟对朝廷办事态度的看法发生了很大的转
变,因而这首诗大胆揭露贪官污吏的丑恶行径,从中我们真实感受到了下
层人民生活的艰辛,也读出了诗人对百姓们切实的担忧和深切的同情。

　　当然,梦麟描摹民情的诗歌不仅限于水患主题,还包括下层人民所遭
受的其他压迫。梦麟生于乾嘉盛世,又多奔走于京师以外,对官场中的不
良风气并不了解,因此前期的诗歌多感念朝廷为民尽心尽力,为朝廷歌功

① 梦麟:《大谷山堂集》卷三,民国九年(1920)刘氏嘉业堂刻本(影印本)。

颂德。但自从亲历河工，梦麟看到了许多与这个盛世完全不合的现象，对治河过程中的弊病有了非常充分的了解，对下层人民的疾苦也有了更加清醒的认识，从劳苦大众艰辛的生活中，梦麟看到的不仅是天灾的无情，更多的是封建制度对他们的剥削。如《螯阳夜大风雪歌》：

> 山风吹山山夜号，雷砻霄霆奔崩涛。地轴挫折鸣巨鳌，攫拿老树鸦雀逃。夜入万族掀蓬茅，砂砾旋舞雪疾作。鹅毛万片如手落，东邻墙塌西叫呼。夜半抢攘声势恶，雪片转粗风转急，长空叫啸坤轴裂，仓卒真同海水翻。敲铿时见檐瓦掷，毋乃下民干风伯，不然行者丁奇劫，冬尽知无雨雹来。夜昏疑有鬼神入，双扉翕歙塞无力。僮仆凋丧妇走匿，娇儿顾我意惶惑，揽袪呱呱傍爷泣。嗟呼儿泣尚可休，无衣之人何以活？君不见铜山县东四十里，筑堤十日工方起。呼集丁壮谐汝声，下堈日仅尺与咫。手僵脚冻堀不稳，眼见千夫万夫死。我乞天神顾神已，此风莫入黄河水，呜呼，此风莫入黄河水。①

　　处于社会底层的劳动人民生存条件原本就十分艰苦，在狂风大作、大雪纷飞的恶劣气候下，可怜的百姓们寒冷难耐，甚至遭遇墙倒屋掀的悲剧。在天灾的侵袭下，穷苦的百姓无衣蔽体，甚至无家可归。如此情形，朝廷官吏理应抚恤救济，但事实上他们却在隔岸观火，并在这个时候广泛征集壮丁，到铜山一带修筑堤坝。沉重的徭役负担令百姓们困苦的生活雪上加霜。天寒地冻，堤坝的修筑工作更会艰难万分，不难想象，许多人在如此摧残下最终都将难逃一死。双重压力的折磨之下，百姓的生活苦不堪言，而诗人的一己之力又实在太过渺小，虽然万分同情焦急却也爱莫能助，因而在诗歌末尾，诗人只能够祈求天神庇佑，为百姓们祈福呼救。诗人向我们无情揭示了官吏不顾及百姓的安危，反而对这些穷苦百姓一再欺压和剥削的事实，当中暗含了诗人对统治阶级的批判，这较梦麟前期的诗歌而言，又获得了思想层面的一大进步。梦麟"眼见千夫万夫死"，为百姓们痛心焦急，这充分体现了梦麟厚生爱民的进步思想。此外，结尾处诗人无奈将希望寄托于天神，也在一定程度上反映出他对朝廷的失望。

---

① 梦麟：《大谷山堂集》卷五，民国九年（1920）刘氏嘉业堂刻本（影印本）。

三　梦麟诗歌的艺术风格

梦麟的诗歌广受时人好评，杨钟羲《雪桥诗话》云："自少以能诗名，后益浸淫于汉魏六朝暨唐宋元明各大家，萧闲清远之旨与感激豪宕之气并发于行墨，四方才俊揽其所作无不变色却步。"[①] 当然，梦麟诗歌方面的辉煌成就，绝不仅限于其诗内容丰富、思想感情深刻，还不应忽视诗歌中呈现出的多样的艺术风格特征。总体来看，他的诗歌众体兼备，长于叙事，语言凝练质朴，风格集高古、豪放、沉郁、清远于一体，各有佳作。沈德潜称赞其诗曰："乐府胚胎汉人，五言咀含选体，即降格亦近王韦，七言驰骤豪宕宗太白，沉郁顿挫宗少陵，离奇坏伟宗昌黎，近体亦不肯落大历以下。"[②] 这段点评大抵道出了梦麟的诗学渊源及其相应的艺术风格。

（一）朴拙高古

如前文所述，梦麟受沈德潜格调派的影响，追求古诗源流，崇尚风雅正统，务求"温柔敦厚"，故《大谷山堂集》中的许多诗歌风格朴拙高古，绝无俗韵。这类诗大部分为卷一当中的乐府诗，诗歌内容贴近社会生活，寓意深刻，语言朴拙自然，十分类似"感于哀乐，缘事而发"的汉魏乐府。如《雉子班》：

> 雉子班，女胡止邪，离哉翰水，有茄河有鱼以盘桓。何来虎贲郎，张弓囊金丸，雉子踯躅，蜚不及树号田间，阿母心悲飞鸣叩上下。行当结巢南山阿，南山有毒蛇，噬雏吞卵，厉吻磨牙，不如野雀游。婆娑野雀，闻之大恸，子朝敖于田，暮弗入窠。[③]

这首诗描写雉子被人类捕获，老雉无力救子的故事，诗中雉鸟母子的生离死别之情感人至深。在这首诗中，诗人没有运用华丽的词藻，全诗不

---

① 法式善：《八旗诗话》，张寅彭、强迪艺编校《梧门诗话合校》，凤凰出版社 2005 年版，第 509 页。

② 梦麟：《大谷山堂集》卷首，民国九年（1920）刘氏嘉业堂刻本（影印本）。

③ 梦麟：《大谷山堂集》卷一，民国九年（1920）刘氏嘉业堂刻本（影印本）。

经雕饰，自然流畅。值得格外注意的是，诗人能够将雉鸟、野雀的形象刻画得细致生动，如"阿母心悲飞鸣叩上下"一句就形象反映出老雉焦急无奈的心情，因而这首诗虽自然古朴却也不失生气。

此外，梦麟的乐府诗还能够在朴实平和的叙事中反映当代社会生活的某些侧面或暗示某种道理。如《大墙上蒿行》云：

> 墙上蒿，长于人。我高不及墙，曷得如女长。出头岂不好，嗟嗟露与霜，憔悴先百草。①

诗人为我们叙述了一个墙上蒿总是先于百草憔悴的故事，墙上蒿的形象平凡无奇，整首诗也是朴实无华，但诗人却向我们含蓄地揭示了出头人物易遭不幸的社会现象。又如《煌煌京洛行》运用大量笔墨叙述了统治者穷极奢华，荒淫腐败的生活："狭邪傍驰道，雕户遮云房。其间多美人，一一如姬姜。鸣筝达远塵，讴歌纷长廊。调笑酒家胡，宴饮邯郸倡。"② 最终导致的结局是："一自灭阉寺，火熖炎八荒。怆惶走逃匿，岂复成帝王。可怜洛阳城，焦土连崇冈。"③ 诗人于平实的历史叙述中，向我们揭示了统治者奢侈荒淫必将亡国的社会哲理。

（二）豪放纵逸

梦麟少年得志并且仕途平顺，深受儒家文化影响的他始终保持着一种进取精神，加上北方少数民族天生豪爽的性格，使得他的许多古体诗风格豪迈奔放、浪漫纵逸，如《梦游缥缈峰歌》：

> 缥缈峰，独立具区烟霭微茫之当中。波饕浪啮山根空，晴天攀出万岁不老之芙蓉。鸾骖鹤驾来青童，辄欲引去遨元穹。蓬莱瀛洲望不到，但有碧霞绛气缭绕神仙官。酒酣夜卧芙蓉国，魂逐江流眺江月，震泽三万六千顷。一片琉璃远明灭，明灭变没云涛是非海，若荡桨水夷解维森潒，退鹜金光倒披舟，平浪蹙波昂岫低，群灵夜游金支翠旗

---

① 梦麟：《大谷山堂集》卷一，民国九年（1920）刘氏嘉业堂刻本（影印本）。

② 同上。

③ 同上。

玄鹤影。落海蚌月开龙威，毛公之属招摇以并下，青蚪素螭恓恍而交回，帆樯风利不得驻，送我直去凌丹梯，丹梯矗空几千丈，才出波心便天上。泓涛漱击山灵惊，顾影虚无摇澒濛。玉柱竦峙金庭雾，纷珠斗拂袖玉兔，伺人海日倒出云，绵布焚繁星错弹。雪涛沸盆游氛动，趾浮光荡身危峦。飘忽浮天津，举手扪天拂天阊。云璈琅琅惊潜鳞，罡风灵籁虚空闻，钧天夜奏开重闉。天鸡仙犬遨游以鸣叫，流飙冉冉便欲扶我乘飞云，泠然麾袖升丹轮。紫襟拂带交流氛，羡门高誓纷吾宾。瑶车驰突嬉清旻，铿锵虎瑟嘘龙唇。青霄抗手辞八垠，御空逝与邱崖群。下视玉盘一片堕水底，动摇偃仰如欲沉糒糒。月落空江卧江野，虚檐恍听飞流泻，圆峤方壶本素期，旷怀岂为风尘下，梦断仙岩忆列仙，我何为是栖栖者。①

题目《梦游缥缈峰歌》中"梦游"二字已经向我们暗示了这首诗的浪漫基调，整首诗即梦麟的梦中幻想之作。这首诗境界虚无缥缈、广阔无边，诗中的景象变幻莫测、万般神奇，弥漫着浩然之气。诗中梦麟大胆借助想象为我们营造出一个缥缈无边的幻境，他想象自己被驾驭青鸾的仙童指引遨游苍穹，洒脱豪迈无所拘束。天上的"青童"及其所骑的"鸾"，世人遨游所见的"神仙宫""山灵""天鸡仙犬"等都是现实中不存在的，是诗人通过想象虚构而成的，此外诗人还想象自己灵魂出窍追逐江流云海，潇洒自如不受现实约束，这些都为诗歌蒙上了离奇、神秘的色彩面纱，营造出一个浪漫纵逸的境界。此处"震泽三万六千顷""丹梯矗空几千丈，才出波心便天上"的诗句均属于夸张描写，这样极力夸张的描写突出了天地之间的巨大差别，表现出苍穹之境的，不仅体现了苍穹之境的非凡神力和浩瀚之气，也在一定程度上增强了诗歌的豪迈奔放的气势。这首诗运用浪漫主义写作手法，综合想象、拟人、夸张，主观抒发情感，其艺术特点颇似李白名篇《梦游天姥吟留别》般天马行空，汪洋恣肆，有关梦麟对李白诗歌接受方面的内容，米彦青老师已有《论李杜对清代蒙古族诗人梦麟诗歌风格和意象形成的影响》②和《清中期蒙古族诗人汉文

---

① 梦麟：《大谷山堂集》卷一，民国九年（1920）刘氏嘉业堂刻本（影印本）。

② 参见米彦青《论李杜对清代蒙古族诗人梦麟诗歌风格和意象形成的影响》，《人大复印资料》2013 年第 6 期。

创作唐诗接受史》①，故本文不作赘述。

另外，梦麟豪放纵逸的诗作还有《登清凉山绝顶展眺望放歌》《六朝松石歌》《渡江望金山放歌》《彭门怀古放歌》等，均是梦麟擅长的歌行体长诗。值得注意的是，这些诗十分注重描写壮阔的场面："送江入海半天下"②（《登清凉山绝顶展眺望放歌》）"黄河之水来向东"③（《彭门怀古放歌》）"我行五岳历其四"④（《渡江望金山放歌》），诗中的山、河、江、海都是辽阔无边的，并且气势磅礴，具有壮美的特点。同时，梦麟还善于选取具有大体积的描写对象，如："鲸鱼夜吼翻枯肠"⑤"骑鼋我昔遨平羌"⑥（《登清凉山绝顶展眺望放歌》），"谁从瓦砾区龙虾"⑦（《六朝松石歌》）中的"鲸鱼""鼋""龙"都是体型庞大的动物，这些壮阔场面和大体积对象的运用都为其诗歌注入了强大的力量，彰显了雄豪奔放的气概。

在这类豪放纵逸的诗中，我们不难发现梦麟有着洒脱狂放的一面。梦麟个性积极进取，且心态乐观，因而在劝勉友人时有"我辈岂即随蓬蒿，所亲在道非关得。"⑧（《张筵行留别知己》）在遇到艰难险阻时，也会"仰天大笑上马去，江城聊许听寒更。"⑨（《大风阻我渡江》）梦麟狂放的一面多表现为他对饮酒的热爱："酒酣研地坐长啸，幽丛月黑号惊禽。"⑩（《梁父吟》）"攻强押险力排篡，掷笔呼酒何昂藏。"⑪（《长歌赠陈生宗达》）"碑兀类病马，酒酣泼墨殊轩昂。阑干醉拍动五岳，天地独许诗人狂。"⑫"当风一笑掷盅起，寒宵去促桓公装。"⑬（《登清凉山绝顶展眺望

---

① 参见米彦青《清中期蒙古族诗人汉文创作唐诗接受史》，内蒙古教育出版社 2009 年版。

② 梦麟：《大谷山堂集》卷五，民国九年（1920）刘氏嘉业堂刻本（影印本）。

③ 梦麟：《大谷山堂集》卷四，民国九年（1920）刘氏嘉业堂刻本（影印本）。

④ 梦麟：《大谷山堂集》卷五，民国九年（1920）刘氏嘉业堂刻本（影印本）。

⑤ 同上。

⑥ 同上。

⑦ 同上。

⑧ 梦麟：《梦喜堂集》，清乾隆十九年（1754）刻本（影印本）。

⑨ 同上。

⑩ 同上。

⑪ 梦麟：《大谷山堂集》卷六，民国九年（1920）刘氏嘉业堂刻本（影印本）。

⑫ 梦麟：《大谷山堂集》卷五，民国九年（1920）刘氏嘉业堂刻本（影印本）。

⑬ 同上。

放歌》）饮酒可以解忧，酒醺能够忘形，这些诗句尽显梦麟的洒脱张扬之气，同时也造就了诗歌的豪迈恣肆风格。

（三）沉郁苍凉

梦麟后期的诗歌更加偏重叙事，并加入了情感的表达，风格沉郁苍凉。王明居《唐诗风格论》云："沉郁，就是指情感的深厚、浓郁、忧愤、蕴藉。所谓沉，主要是就情感的深沉而言；所谓郁，主要是就情感的浓郁而言。"① 深厚且浓郁的感情并不是轻而易举就能够抒发，它需要真实、贫苦的人生经历作为基础，"真实"即表现为梦麟继承杜诗重叙事的现实主义精神，所述事件皆来源于现实生活，且扎根于现实生活。梦麟早年在京师的诗作相对平凡无奇，离京赴职之后，梦麟体会到异地生活的艰辛，特别是母亲和妻子的相继去世对他的打击非常大，在这种状态下，梦麟的诗歌所流露的感情也渐渐深沉、浓郁。如梦麟以诗叙述自己的亲身经历："我无母忆我无旅，尔无母怜尔无所。提携保抱恃尔父，父去谁与慎寒暑。"②（《今年别》）"孤儿何曾在亲侧，灵不见我应叹息。生不能欢祭远谪，父母生我亦何益。"③（《中元旧县驿夜歌二首》）诗中所诉之情真实诚恳，绝无丝毫虚伪造作，失去亲人的沉重的心情和无力改变现状的低落情绪，都为梦麟的诗歌注入了深沉、浓郁的色彩。

当然，仅仅具备非常的人生经历是不够的，沉郁的诗歌更加需要社会阅历的丰富。梦麟人品正直高尚，为官清廉，具有强烈的社会责任感，在治理水患期间，梦麟看到了许多违背盛世和谐的现象。关于贫富差距，梦麟道："有钱生风云，无钱莫抬头。"④（《企喻歌》）关于战争残酷，梦麟言："清燐黯不流，枯骸望城哭。"⑤（《饮马长城窟行》）关于徭役沉重，梦麟云："呼集丁壮谐汝声，下扫日仅尺与咫。手僵脚冻埠不稳，眼见千夫万夫死。"⑥（《螯阳夜大风雪歌》）梦麟这类诗融入了强烈的社会责任感，往往能够切中要害深刻阐发，诗中所表达的"忧愤"之情，更有助

---

① 王明居：《唐诗风格论》，安徽大学出版社 2001 年版，第 144 页。
② 梦麟：《大谷山堂集》卷四，民国九年（1920）刘氏嘉业堂刻本（影印本）。
③ 同上。
④ 梦麟：《大谷山堂集》卷一，民国九年（1920）刘氏嘉业堂刻本（影印本）。
⑤ 同上。
⑥ 梦麟：《大谷山堂集》卷五，民国九年（1920）刘氏嘉业堂刻本（影印本）。

于体现整首诗的沉郁苍凉之风。

　　梦麟的这类诗通常表达他对下层人民的关注和对弱者的同情，这种民胞物与的情怀和关心民瘼、反映人民疾苦的精神成为梦麟诗歌最具进步性的特点。梦麟运用现实主义写作手法，往往以下层劳动人民为描写对象，将个人的忧愁与人民的苦乐安危紧密相连，选取典型场景，创作出《沁河涨》《触目行》《悲泥涂》《舆人哭》等多篇以水患为背景的叙事长诗："沁源村户数千室，十家遭水死五个。时见浮尸逐堤岸，半日已阅数人过。"①（《沁河涨》）"眼见田庐肆冲突，不别贫富齐飘摇。淮扬所属作薮泽，一任河伯恣贪饕。田禾漂荡仓廪没，妻卧灶下夫出逃。"②（《触目行》）这些语句读来让人触目惊心，无限担忧。这些诗充分反映了人民的苦难，体现了梦麟对广大劳动人民的深刻同情。此类诗歌的感情较其他诗更加深厚，更加富有层次，因而最为深沉浓郁。

（四）清远恬淡

　　梦麟还有一些诗风格比较清新自然、闲远恬淡，这些诗往往写景。如："天影入秋涧，清晖闲与同。"③（《西涧赴山将往云罩憩天香禅刹》）"夜静寒露下，微响出深樾。"④（《秋夜寂石堂》）"如听竹林客，空山吹玉笙。"⑤（《晓行卫上望苏门山》）"微惊契岑寂，雅怀慕登眺。"⑥（《卫州校试毕遂抵百泉》）"黄石青松各无主，断云零落谷城山。"⑦（《东郡道中杂咏十四首》其一）"白鹭轻鸥队队还，远峰如黛碧波间。"⑧（《东郡道中杂咏十四首》其十四），这些诗句中出现了"闲""静""空""寂""无""远"的字眼，这些字眼巧妙地为诗歌创造了闲逸、静谧、淡泊、悠远的境界，使得这些诗歌自然闲远，宁静淡泊。

　　此外，梦麟这一类诗还融入了绵绵禅音："山翠昏禅扉"⑨（《祕魔

---

① 梦麟：《大谷山堂集》卷三，民国九年（1920）刘氏嘉业堂刻本（影印本）。
② 梦麟：《大谷山堂集》卷五，民国九年（1920）刘氏嘉业堂刻本（影印本）。
③ 梦麟：《大谷山堂集》卷一，民国九年（1920）刘氏嘉业堂刻本（影印本）。
④ 梦麟：《大谷山堂集》卷二，民国九年（1920）刘氏嘉业堂刻本（影印本）。
⑤ 梦麟：《大谷山堂集》卷三，民国九年（1920）刘氏嘉业堂刻本（影印本）。
⑥ 同上。
⑦ 梦麟：《大谷山堂集》卷四，民国九年（1920）刘氏嘉业堂刻本（影印本）。
⑧ 同上。
⑨ 梦麟：《大谷山堂集》卷二，民国九年（1920）刘氏嘉业堂刻本（影印本）。

崖》），"髣髴闻钟鱼"①（《晓入东岩往千像寺》），"古寺入修竹"②（《永济寺》），"山僧出林送"③（《朝往香山山》），这些诗句并没有参入抽象的禅理，因此不会影响诗歌闲远冲淡的风格，古寺梵音，钟鱼声声，反而将诗中的情境渲染得更加空灵而清虚。

梦麟并不屑于追求功名利禄，并且厌倦长期在外风餐露宿的日子，渴望着鱼鸟为伴的田园生活，因此，我们常常可以感觉到他的诗歌散发着一种淳朴的泥土味，充满了生活的气息，这些诗也表达了他归返家乡和隐居田园的愿望："鱼鸟为知己，烟霞自写真。待寻餐玉诀，来结孟家邻。"④（《寄题云壑草堂四首》其四）"好识在乡乐，日月其未遒。"⑤（《古诗二首寄都中知己》其二）"玉床著肤莹不瑕，归来好向东邻夸。"（《十洲画浣纱图》）⑥"出门无所得，不如归种田。"⑦（《采葛篇》），田园生活没有喧嚣，没有纷争，从中我们可以读出梦麟对宁静生活的渴望。这些诗歌于纯真质朴的气息中透露出自然恬淡的韵味。

（五）惊险怪奇

梦麟还善于运用"波涛""雷电""蛟龙""鬼怪"等凶险、诡异、恐怖的意象，这些诗歌读来令人惊心动魄，显现出惊险怪奇的风格特点。如"蛟"的意象使用非常频繁："断夭蛟之怪于重渊"⑧（《试剑石歌》），"蛟垂水立沴风上"⑨（《蛟桥行》），"血光疑带蛟涎腥"⑩，（《晾甲石歌》）"舌翻霹雳蛟龙吼"⑪（《送何西岚出守凉州》），"蛟龙奔突庭昼昏"⑫（《丛桂堂玲珑石歌云间使院作》）等，这一意象总共出现了近二十次，在

---

① 梦麟：《大谷山堂集》卷一，民国九年（1920）刘氏嘉业堂刻本（影印本）。
② 梦麟：《大谷山堂集》卷五，民国九年（1920）刘氏嘉业堂刻本（影印本）。
③ 梦麟：《大谷山堂集》卷二，民国九年（1920）刘氏嘉业堂刻本（影印本）。
④ 同上。
⑤ 梦麟：《大谷山堂集》卷四，民国九年（1920）刘氏嘉业堂刻本（影印本）。
⑥ 梦麟：《大谷山堂集》卷二，民国九年（1920）刘氏嘉业堂刻本（影印本）。
⑦ 梦麟：《大谷山堂集》卷一，民国九年（1920）刘氏嘉业堂刻本（影印本）。
⑧ 梦麟：《梦喜堂集》，清乾隆十九年（1754）刻本（影印本）。
⑨ 同上。
⑩ 梦麟：《大谷山堂集》卷一，民国九年（1920）刘氏嘉业堂刻本（影印本）。
⑪ 梦麟：《大谷山堂集》卷二，民国九年（1920）刘氏嘉业堂刻本（影印本）。
⑫ 梦麟：《大谷山堂集》卷六，民国九年（1920）刘氏嘉业堂刻本（影印本）。

十四首诗中均有出现。其他具有危险性的动物意象还有："夜笑猩猩唤"①
(《梁父吟》),"豺狗那可当熊貔"②,"风动刀环虎豹嗥"③ (《送友人从
军》),"水枯草短豺狼嗥"④ (《上方角鹰歌》),等等。这些意象与"雷翻
电绕万山晦"⑤ (《二陵苦热忽大风雨作歌》),"松涛骤起髯落笔"⑥ (《题
陈髯画松障子》) 中的雷电波涛共同构成了梦麟诗歌中的"险"。"梣丽戟
门动怪灵"⑦ (《石鼓歌》),"怪石倏森立"⑧ (《排山驿》),"作歌摩崖泣
山鬼"⑨ (《晾甲石歌》),"天昏号哭魂披猖"⑩ (《二陵苦热忽大风雨作
歌》) 中的怪石、鬼怪又构成了梦麟诗歌的"怪"。这些险怪狰狞意象的
注入,无疑为梦麟的诗歌创造了惊险怪奇的特征。

---

① 梦麟:《梦喜堂集》,清乾隆十九年 (1754) 刻本 (影印本)。
② 梦麟:《大谷山堂集》卷二,民国九年 (1920) 刘氏嘉业堂刻本 (影印本)。
③ 同上。
④ 同上。
⑤ 梦麟:《大谷山堂集》卷三,民国九年 (1920) 刘氏嘉业堂刻本 (影印本)。
⑥ 梦麟:《大谷山堂集》卷四,民国九年 (1920) 刘氏嘉业堂刻本 (影印本)。
⑦ 梦麟:《大谷山堂集》卷二,民国九年 (1920) 刘氏嘉业堂刻本 (影印本)。
⑧ 梦麟:《大谷山堂集》卷三,民国九年 (1920) 刘氏嘉业堂刻本 (影印本)。
⑨ 梦麟:《大谷山堂集》卷一,民国九年 (1920) 刘氏嘉业堂刻本 (影印本)。
⑩ 梦麟:《大谷山堂集》卷三,民国九年 (1920) 刘氏嘉业堂刻本 (影印本)。

论清末民初蒙古词人三多的词学与词风

李桔松

　　三多是晚清民初著名的政治人物，同时是活跃文坛的诗人、词人。以往文学界多关注其《可园诗抄》，认为三多是近代以来继延清后最有名的蒙古族汉文诗人，[①] 其《粉云庵词》的价值则往往被忽略。事实上，三多同时是晚清词坛屈指可数的少数民族词人。

　　三多（1871—1941），号六桥，晚年又号鹿樵[②]，钟木依氏，蒙古正白旗杭州驻防。三多历任浙江杭州知府、浙江武备学堂总办、洋务局总办、北京大学堂提调、民政部参议、归化城副都统、库伦办事大臣。民国后任盛京副都统、金州副都统、华工事务局总裁、铨叙局局长。南京政府成立，任东北边防军司令长官公署谘议。三多虽然身在仕途，但从小就喜作诗填词，有《可园诗抄》《粉云庵词》《柳营谣》等行世。《粉云庵词》共收词204首，贯穿三多一生，在其生前并未刊行。1930年三多曾自己选择了部分作品，以纳兰三多的署名发表于《东北丛刊》。在三多死后，三多门人董毓舒等将三多《粉云庵词》并附《柳营谣》及《可园诗抄》第七卷合成一册，于1942年刊行[③]。

　　三多自幼生长于杭州旗营中。杭州旗营为杭州城中城，而杭州自古即是人文荟萃之地，所以杭州旗营中诸人无不受到浙地文化熏染。三多先拜王廷鼎为师，后事俞樾，所以其词有"浙西"之味；后又入谭献之门，

---

　　① 郭延礼：《中国近代文学发展史》第3卷，高等教育出版社2001年版，第225页。

　　② 三多在生活中用鹿樵为号的实例较为稀见。只在玉井《香珊瑚馆悼词》中何振岱用此号指称三多，民国刻本。参见陈玉堂《中国近代人物名号大辞典》，浙江古籍出版社2005年版；江庆柏《清代人物生卒年表》，人民文学出版社2005年版；陈文新主编《中国文学编年史　晚清卷》，湖南人民出版社2006年版，中称"鹿翁"，不确。

　　③ 三多：《粉云庵词》现藏中国国家图书馆。本文引用皆出此本的馆藏微缩胶卷，后文不再另行标注。

浸染"常州"作词之旨。除此之外，三多还取径稼轩，并在中后期崇慕纳兰性德。由于转益多师，三多广泛吸取前人的填词经验，形成了自己风流婉媚又兼具豪迈的词风。正如冒广生评："其词旨之美合屯田稼轩为一手，饮水再世，世无间言。"① 平心而论，三多词多写闺情艳事，且有些作品有曲化的趋向，但瑕不掩瑜。樊增祥曾评价云："忆云（莲生）麋月（复堂），合教鼎足钱塘。"② 虽有夸张，但作为晚清词坛屈指可数的少数民族词人，三多词作的价值仍然是值得肯定的。

一　"浙西词""常州词"对三多词风的影响

三多少年时期由其父引荐拜王廷鼎为师，而王廷鼎问学于俞樾，所以王廷鼎、三多都是承袭俞樾词风。俞樾在诂经精舍任教期间与浙西词派的杜文澜等人交往密切，所以词作受"浙西词派"影响。俞樾提倡"温柔敦厚"的词风，亦以纠"浙西"之弊为目的。谭献记："六桥都尉，（珂谨按：即三副都统多）学于梦薇，倚声乃冰寒于水。"③ （箧中词）指明王廷鼎词风切近南宋，而三多词尽得南宋风流，且更柔弱婉媚。三多词有："调衍青莲，声偷白石，说甚梦窗叟"（《摸鱼儿·题徐中可珂纯飞馆添词图》），虽是题咏徐珂之作，但俞樾在词集序言中特指此句曰："殆其自道语乎？"④ 可见，俞樾认同三多的词风乃为"浙西"一脉。

俞樾为三多《粉云庵词》所作序言又云：

> 六桥性情中逸，举止娴雅，一望而知秦七黄九门径中人。其于诗宜，其于词更宜，婉媚深窈，读之意消，殆所谓辞情兼胜者乎？

将三多纳入"秦七黄九"门中，与之前的评价又相矛盾。这是由于三多在向俞樾和王廷鼎学习作词之法后，又自己找寻到适合自己的词学风格进行模仿学习之故。从俞樾评论可知，三多先是入浙西词"醇雅"之门，后又学习了秦观、黄庭坚词婉媚香艳的风貌。

---

① 冒广生：《粉云庵词》序。

② 樊增祥：《粉云庵词》题词。

③ 谭献辑：《清词一千首　箧中词》，西泠印社出版社 2007 年版，第 350 页。

④ 俞樾：《粉云庵词》序。

　　王廷鼎在光绪十八年（1892）离世后，三多入谭献门下，同谭献门下的徐仲可、赵伯英共同校刊了周济著、谭献评的《周氏止庵词辨》《周氏止庵介存斋论词杂著》。谭献融合了"常州派"词学中"比兴寄托"之要旨，以挽"浙西派"之饾饤恶习。他标举"柔厚"，即词作要有柔媚婉约之格调，又兼笃实温厚之情感，这同俞樾所倡"温柔敦厚"不谋而合。王易《词曲史》就将他们都归入一类，称"皆浙西之变也"。① 三多词根底在"浙西"，极易入谭献之门，他也努力在其原本的词风之上表现出比兴之旨，而这种努力却由于自身学年尚浅，力有不逮，极力为之则使词作缺乏内在的"真诚"。以三多作《昭君怨·晓游》一词为例：

　　　　新霁落花春曙，骄马一鞭何处？纵辔踏芳洲，绕红楼。帘里有人如玉，帘外有人惨绿。相见正无因，卷帘颦。

　　此词记述了三多自己春游踏青之事，用字秾丽。词中将谭献《蝶恋花》"惨绿衣裳年几许，争禁风日争禁雨""下马门前人似玉，一听班骓，便倚栏干曲"，巧妙嵌入词中，所以乍看之下词风与谭献颇有相近之处，细品仍是不同。王国维曾用"寄兴深微"② 评价谭献词，虽然谭献词艳，但却有寄托、有境界，从这一点来看，三多词则逊色许多。"词之雅正，在神不在貌。永叔、少游虽有艳语，终有品格。"③ 所以艳词并不是不可做，而是要有深厚的学养和内心的感兴，欧阳修、秦观词是，谭献词亦是，所以为高。三多词中唯缺一"真"。谭献评此词曰："三河年少，风流自赏"④，可谓切中要害。

　　三多《红情·自题苏堤试马图》一词也是描写自己出游踏青之事，与前举《昭君怨》所写内容相近，一为记事，一为题画。此词风格较之更加明丽轻快，风流潇洒：

　　　　一鞭得得。向柳丝乡去，杏花村人。翠绕红围，团住吟魂怎生出。多谢联翩凤子，紧随着，玉鞯金勒。导我访，有个当垆，还在跨

----

① 王易：《词曲史》，江苏教育出版社 2005 年版，第 297 页。

② 王国维：《人间词话》，上海古籍出版社 1998 年版，第 23 页。

③ 同上书，第 7 页。

④ 三多：《粉云庵词》自注。

虹北。需惜好春色。胜骑鹿听箫，坐牛吹笛。里人都识，斜照归来帽
微侧。驴背清凉，居士应暗羡，者般标格，莫更问，麟阁上，画行
何日。

冒广生论此词曰："春秋佳日，骑款段马，沿西子湖行，垂髻俊童携
酒榼尾之，轻裘缓带，与柳丝花片相掩映，真浊世之翩翩者也。其《自
题苏堤试马图·暗香》一词，不啻颊上添毫，栩栩活矣。"① 冒广生在
《粉云庵词》序中回忆："往闻人言，杭州盛时，钱塘江干江山船雁形排
列，每日暮，船山桐严妹开窗理镜，发香如云。六桥鲜衣怒马，驰骤往
来，桐严妹争致殷勤，冀得一盼。"② 这段描写，很容易同《世说新语》
中潘安的描写联系到一起："潘岳妙有姿容，好神情。少时挟弹出洛阳
道，妇人遇者，莫不连手共萦之。"③ 三多正是通过此词鲜活描画出自己
的闲逸生活和风流自赏的心态，所以樊增祥亦评此词是"身人画景"④。
三多将自己塑造成风流倜傥的青年才俊，在杏花春雨的天气去寻找人们口
中所传的"当垆西施"，虽格调不高，但符合当时文人的审美心理。下阕
表意更加露骨，不仅直接称赞自己风姿潇洒，还用"麟阁"之典说自己
功成名就指日可待，虽可用年少轻狂为其开脱，但可窥见少年时期三多的
心性。

三多后期还喜作淫词艳语，如"把凤鞋偷视，肤圆六寸。燕脂馋啮，
唇点三分。已觉魂儿，销尽了欲，真个销魂宁有魂，"（《沁园春·纪遇》）
等，直入郑卫之声。顾宪融的《无师自通　填词百法》中亦评："若如三
六桥之'月白单衫熏北麝，水红双履绣南蝴'等非不工巧，而格斯
下矣。"⑤

但三多也有意境醇美雅致之词，如《绿意》一词就值得玩味：

　　　　非珠不玉。甚彩光一片，流照如烛。启了窗棂，卷上帘拢，寻到

---

① 冒广生：《小三吾亭诗话》，唐圭璋《词话丛编》，中华书局 1986 年版，第 4730 页。

② 冒广生：《粉云庵词》序，中国国家图书馆藏微缩胶卷。

③ 徐震堮：《世说新语校笺》，中华书局 1984 年版，第 335 页。

④ 三多：《粉云庵词》自注。

⑤ 顾宪融编纂：《无师自通　填词百法》（上册）（第六版），上海中原书局 1931 年版，第
21 页。

画阑杆曲。方晖恰可中庭印，飞白写、几竿修竹。更拂墙、花影无声，疑是凌波芳躅。钩起年时往事，水边悄，看著纤手亲掬。同样清宵，依约黄昏，冷煞琴台箫局。凝眸半晌遥相忆，怕此际、渠侬幽独。等恁时、双拜琼楼，多谢绮绿重续。

此词风格醇雅，意境清新。上阕描写月光皎洁，竹影似飞白书印于庭院之中，源于苏轼《记承天寺夜游》："庭下如积水空明，水中藻荇交横，盖竹柏影也"之句，而"更拂墙、花影无声"是借用"云破月来花弄影"之意。后半阕中"凝眸半晌遥相忆，怕此际、渠侬幽独"亦有"想佳人妆楼颙望，误几回、天际识归舟"之味道。从整篇看来，上阕写景，下阕抒情，情景交融，有"屯田家法"之妙。此词意境清空婉约，所以谭献评语"清绮"①。在冒广生和夏孙桐的序言中不谋而合都将三多词比作柳屯田之词，以此词来看，不是虚言。

此词同时也透露出三多作词手法上的一个特点，就是善于取用前人词意词句来抒发自我感情。如果说《月夜》中表现手法算为隐晦，《虞美人·题晓妆图》中"熏笼未灭灯初妣，那个将莺打？隔帘埋怨这般声，偏是今朝偏早叫人醒"同毛文锡《喜迁莺》中"碧纱窗晓怕闻声，惊破鸳鸯暖"是何其相似。《朝中措·自题小影》中"除却醉乡广大，更寻底处容身"明显是化用秦观词《醉乡春·题海棠轿祝生家》中"醉乡广大人间小"句。所以郝幼权曾回忆三多词"内有用宋人句'红了樱桃，绿了芭蕉'，此种用他句植己作，或为辘轳体，然非天衣无缝，了无痕迹为佳。多六桥用宋人句，十分熨帖，亦'作手'也"。②

二　三多对辛弃疾词的学习和借鉴

三多家族世代簪缨："勋胄钟木依，世世衣着绯"。③ 三多在诗中也写道"御屏三世荷题名"④，并自注曰："先叔祖、先父皆记名副都统"

① 三多：《粉云庵词》自注。
② 郝幼权：《"新京"诗人眼见耳食录》，《长春文史资料》第5辑，长春政协文史委员会1988年版。
③ 见果勒敏《可园诗抄》题词，清光绪年间石印本，中国国家图书馆藏。
④ 三多：《可园诗抄》卷五，清光绪年间年石印本，中国国家图书馆藏。

（《权镇归化城谢恩恭纪》），到三多任副都统时，皇家恩泽已承三代。三多自幼也以习骑射，学兵法，一直以承袭家族荣耀为己任。所以在三多的词作中，可以看到其勇武豪壮的一面。

三多早期接触和学习的是南宋词人蒋捷。其《浪淘沙·重九夜雨》中"忽逢天外雨萧萧。这个声儿都够了，还有芭蕉""不是今宵犹怕听，何况今宵"明显是化用蒋捷《虞美人·听雨》"悲欢离合总无情，一任阶前点滴到天明"并《一剪梅·舟过吴江》"流光容易把人抛，红了樱桃，绿了芭蕉"中之意境。另外，在其《虞美人·题晓妆图》后即有洪未丹评曰"神似竹山"①，同时樊增祥也评说其《霜天晓角》词"绝似蒋竹山"②。虽然蒋捷词风格多样，但是他的主体词风还是浸透着"苏辛诗人词的色彩"③。三多从蒋捷词入手，加之其人生阅历的增加，胸襟和视野的扩大，有些词作便从婉媚的词风中跳脱出来，带有了苏辛词爽快豪迈的风格。

三多《金缕曲·渡宣化洋河》一词是其被任命为归化城副都统后，北上途经张家口所作，已趋近"苏、辛"词风：

> 水势来天上。挟泥沙，浩如海倒。浑疑潮长。手拔宝刀挥不断，又似黄河闸放。且休度，苍茫一望。仿佛淮阴征战处，演当年决壅军声壮。平地起，峭波浪。　　朝宗要有能容量。且兼涵，飞泉万道，奔流万丈。济利岂凭帆布力，忠信自应无恙。扶轴去，将军为舫。转惜观涛黄仲则，未追随、这里同高唱（黄仲则曾客山西）。出险否，问亭长。

此词境界开阔，开阖有致，充满了乐观积极的情绪。经过多年的等待和经营，三多终于谋得一个理想的官职。词中用韩信、项羽的典故，借古喻今，三多有心与之相比，雄姿英发之态跃然纸上。

三多一直以武将自居，希望自己可以建功立业，而这就同辛弃疾有了心性相通之处。从外蒙古失意归来后，三多作《买陂塘·题稼轩词集》，

---

① 三多：《粉云庵词》自注。

② 同上。

③ 刘大杰：《中国文学发展史》，百花文艺出版社 2007 年版，第 365 页。

这是三多词集中明确表明自己习读辛弃疾词的作品，因而与辛词风格最为贴近：

> 拥旌旗，大江南渡，笔锋都带豪气。风流算得真儒将，韩岳怎生能比。呼近侍，且学取，钱田按谱歌帘里。还劳粉指把红豆轻拈，碧阑低拍，和击铁如意。　　黄金印，我亦当年肘系。弓刀遮护千骑。于今鹧在深山听，同感一般身世，须料理。何必买瓢泉，隐也如青兕，良辰胜几。恐寒食清明，匆匆过，却又是落花矣。

三多虽是题《稼轩集》，词中直接写明“同感一般身世”，亦是借由辛弃疾的生平而抒发自己的愁苦情怀。三多外蒙古政治失败，革职听候查办，对他来说是一个不小的打击。此词几乎是用辛弃疾词重新组合而成。首句“拥旌旗，大江南渡，笔锋都带豪气”化用辛弃疾“壮岁旌旗拥万夫，锦襜突骑渡江初”（《鹧鸪天·壮岁旌旗拥万夫》），接下来称赞辛弃疾是“真儒将”，韩信岳飞是不能和他比肩的。接着连续使用“轻拈红豆”“把阑干拍遍”和“击铁如意”三个意象，描写了辛弃疾壮志难酬的抑郁愤恨之气，同时，这也是三多心理的自我抒写。下阕开头化用辛词《一枝花》“黄金腰下印，大如斗。更千骑弓刀，挥霍遮前后”，将辛弃疾境遇与自己的心境打并到一起，在议论辛弃疾的同时，也是在描画自己。“于今鹧在深山听”出于辛词《菩萨蛮·书江西造口壁》“江晚正愁余，山深闻鹧鸪”。在这样的愁苦情绪中，三多如辛弃疾一样是归隐于山林间。结句用辛弃疾《摸鱼儿》“更能消几番风雨，匆匆春又归去”①作结，暗示春光不再，年华老去，意境涵永深远。

前节已揭三多是化用前人词句的行家里手，此词几乎全为借用，但是意向圆融，风格统一，很好地表达了三多政治失意，虽有壮志但苦于英雄无用武之地的内心愤懑之情。辛弃疾词本身喜爱用典，虽然词中广泛地用典隶事，但是仍然“语语有境界”，叶嘉莹分析说：“他（辛弃疾）乃是‘自有境界’的缘故。只要作者之情谊深挚感受真切能够自有境界，而且学养丰厚才气博大可以融汇古人为我所用，足以化腐朽为神奇，给一切已

---

① 文中所引辛弃疾词，皆本邓广铭《稼轩词编年笺注》（增订本），上海古籍出版社2007年版。

经死去的词汇和事典都注入自己的感受和生命，如此则用典隶事不仅不会妨碍'境界'之表达，而且会经由所用之事典而引发读者更多之联想，因而使所表达之境界也更为增广增强。"① 借这段话来分析三多词也是非常恰当的，三多也是由于对辛弃疾的遭遇感同身受，性情流露，所以此词的境界风格都为之一振。

此后，三多作为清代遗民更不可能在新的社会中找寻到适合自己的位置，所以颓唐之心渐盛，只能通过修佛参禅来安稳自己的内心，在澄净空明的世界中化解内心的苦涩。晚年的辛弃疾的词风也从豪情壮志转到悲凉颓放，同三多的境遇相合，所以三多词中不断套用辛弃疾的词句，来表达自己的心境。其《满江红·写怀》一词：

> 我欲归田。田未买，怎生归得？惟印上字镌斋馆，不萦阡陌。持节三为穷塞主，杖藜重作豪门客。且修仁、明月与清风，谈今夕。
>
> 耕只有，龙钟笔。耨只有，螺丸墨。莫词将儿骂（稼轩骂儿词有："咄豚奴，愁产业"句）。字烦妻迫（李东阳嚚字事）。富贵本来如露电。神仙难学思泉石。待何时，鞭鹿种梅，花居山泽。

首句"我欲归田"脱自辛词"求田问舍，怕应羞见，刘郎才气"，其实此处带有写实性，反用了"求田问舍"的典故。三多想归隐田园，但是并未购置田产，所以只能是在名号上做文章。三多晚期曾用"鹿樵"为号，表现自己的心志。"且修仁、明月与清风，谈今夕"用南朝梁政治家徐勉的典故，表现自己为官清廉，并未有余钱添置产业，改善家庭生活。紧接着下阕就谈到产业的问题，用辛弃疾与李东阳的故事，说明自己也同徐勉一样"遗子孙以清白"，并无余资。上下阕内容前后照应，语意连贯。结句表现出三多希望退避红尘，乐享山林的人生理想。

不敢说三多词完美地继承、表现了辛弃疾词的风格和境界，但是由于三多独特的个人生长背景和同辛弃疾相类的宦场经历，其模仿辛弃疾的作品仍是很好地表达了作者性情，同时也为自己的词风增添了豪迈爽快的新特色。

---

① 叶嘉莹：《王国维及其文学批评》，广东人民出版社1982年版，第262页。

三　三多对纳兰性德的崇拜和模仿

　　三多早年不管是在作品或者是生活中并没有表现出对纳兰性德的崇慕，反而是其师友多赞他是纳兰性德之后继。谭献在光绪十九年（1893）为《粉云庵词》所作序言中说："衰迟何幸，得见承容若子久替人邪？"① 冒广生亦评说："饮水再世，世无间言。"② 虽说这些评论有美化作品、褒扬作者的成分，但无疑会给三多带来重要的影响。综观他的词风终究和纳兰不同，之所以三多有如此的选择，首先是看中了他同纳兰性德相同的民族背景，其次是纳兰性德在汉族文人心目中的地位及影响力。

　　三多《眼儿媚·次和成容若〈红姑娘〉》一词是集中首次出现的与纳兰性德直接相关的作品，其时年三十七岁，是为归化城副都统任上。从此以后，三多才开始痴迷于纳兰性德，并广泛搜集纳兰性德存世物品：他藏有纳兰生前所用的双凤砚和纳兰性德存世的唯一画像③，均题词留记。

　　《金缕曲·题新得禹尚吉画成容若小像即次其赠顾梁汾原韵》④ 一词，是三多1926 年所作的题画词，并命其妾玉并书于画下：

　　　　公子今重耳。却风流、又能文字，早登科第。歌哭似含亡国恨（容若本叶赫国主金台什之曾孙），至竟莫名底意。天悟肯、欲都从己。然诺等于金鼎重，染猩袍、恐是相思泪。看（平声）富贵若云水。　　　丹青晤对难同醉。遇良辰、瓶花盏酒，寿如生忌。我亦纳兰弓箭手，错认前身不已。得再作、词人无悔。亲把沉檀熏宝鸭，当香山、供奉瑶轩里（张功甫有景白轩供香山像）。磨凤砚（余有容若双凤砚），自家记。

---

　　①　谭献：《粉云庵词》序。

　　②　冒广生：《粉云庵词》序。

　　③　《清词玉屑》中记："三六桥早岁与樊山分赋红绿梅，有红梅布政、绿梅都护之目。比居京师，僦宅城东板桥胡同，为满洲文某旧邸。厅事前，古杏一株，大将合抱，花时灿如绛血。每招客共赏。夏闰庵赋《燕归梁·双凤砚斋杏花》……双凤者，纳兰容若旧物，为六桥所得，因以名斋。六桥又别藏容若画像，尝语余云：'此二物，虽贫不鬻，异日有为刊集者，当举此为酬。'嗣闻旅食不继，已质砚于人，恐无望璧成矣。"郭则沄：《清词玉屑》卷一二，载朱崇才《词话丛编续编》，人民文学出版社2010 年版，第2890 页。现故宫博物院藏纳兰性德画像即为三多旧藏。

　　④　三多在词集中收录此词时稍有改动，文中所引为《粉云庵词》所录版本。

词的上阕主要总结纳兰性德的一生功绩，不仅风流蕴藉，而且文武双全；为人重诺守信，淡泊名利。首句三多原写"公子今重耳"，而在集中则改为"公子非重耳"。首句马上让人会想起重耳这个历史人物，但是由于此词乃是步纳兰《金缕曲·赠梁汾》韵，其首句为"德也狂生耳"，所以三多在词中应当不是用典。一个"今""非"可以看出三多的想法，"今重"是想说三多生活的时期纳兰性德在当时是名重一时。上阕主要是回忆纳兰的功绩，所以三多考虑到词义整体的统一，所以改为"非重"，是说在纳兰生活的时代，其并不声名显赫。而后夸赞纳兰性德是真正风流才子。题画中此句为"忒风流、璧台珠殿，早登科第"显然不如改动后的词义雅驯。"歌哭似含亡国恨，至竟莫名底意"，是形容纳兰词中有着浓厚的末世情怀。之后引纳兰性德《金缕曲·赠梁汾》"然诺重，君须记"之语，指纳兰性德对待友情的忠厚品格。最后说纳兰性德虽出身豪门，但是视富贵如云水。下阕首句，原本为"鸳鸯小社同吟醉"，这里用纳兰性德本事，但前后语意不连贯，三多在下阕中主要是写自己对于纳兰性德的崇慕之情，所以三多改为"丹青晤对难同醉"，将纳兰词中"共君此夜须同醉"化用其间，表达出的不仅是思念，更是古今心意相通但不能对秉烛对饮的遗憾。其后三多写"我亦纳兰弓箭手，错认前身不已"，说明三多是把自己当成纳兰性德的转世，所以说"得再作、词人无悔"。最后是说自己将纳兰的画像供奉于家中，晨昏相对，显示出三多对于纳兰性德的崇敬。

从这首词即可看出，三多在意的是自己成为纳兰性德人生的一个延续，而并不是说他的词风与纳兰性德有密切关系。在距离此词不久前，三多《朝中措·自题小影》中写"天亦忒无公道，硬差我作诗人"，而这里则说"得再作、词人无悔"，两相比较就会看到三多性格中的矛盾性。三多家本世代武将，他从少年时期就希望自己将来可以延续家族荣耀，同时实现自我价值。结果他终是一介儒生，并不能驰骋疆场，所以他悲叹命运的捉弄。但在这首词中，他主观认为自己是纳兰性德的继承人，由于纳兰的盛名，他发现借由文字也可以实现自己树碑立传的人生理想，所以才有了自己并不悔恨成为词人一说。

在《风流子·同社约用此调咏余所藏成容若双凤砚》中云："涬妃驾彩翼，辞丹穴、又伴纳兰人（余祖籍纳兰部落）。"三多直接将自己祖籍归入纳兰部落，等于认纳兰氏为祖。三多与纳兰家本毫无瓜葛，《满族宗谱研究》记载："胜清乾隆朝相国明珠本叶赫纳拉氏，而其子成德则名为纳兰，改那拉为纳兰，音同字不同，此又一例也。吾友三多将军自称系叶赫那拉氏，杭州驻防，联为同宗，而其旗则蒙古镶黄，是又同宗不同旗之一例也。"① 可见三多是由于倾慕于这位满族词人，而攀附于其下，联为同宗。当时三多还邀请好友集诗社题咏此砚，成为当时一段文坛佳话。此词题咏双凤砚，但字里行间都是三多自己的身影，他已经把自己当作了双凤砚的主人，并且用它来续写前世的文字因缘了。

从这两首词可以看出，三多先是把纳兰性德作为了自己超越时空的知己，而后把自己当作了其在现世的化身。究其原因无非是他们两人具有相同的民族、文化背景和相似的生活经历，加之当时文人的推波助澜，最终使三多从意识上自觉地将自己与纳兰性德联系到了一起。

三多词风和纳兰性德并不相同。纳兰词以"哀感顽艳"著称，且有"真切自然之气"，而三多词则香艳妩媚。如三多在其爱妾玉并卒后，作《玉连环影·效饮水词》：

> 烦恼忒比春难了。糁径残花，红煞无人扫。只围屏，不闻笙。行遍画阑干曲独寻鹦。

将其与纳兰性德的《玉连环影》（其一）② 作比：

> 何处几叶萧萧雨？湿尽檐花，花底人无语。掩屏山，玉炉寒。谁见两眉愁聚倚阑干。

可明显发现三多与纳兰之词风的不同。二词内容相近，结构相同。三多在描写春去之时，用语造境均显俗白，明显有"曲化"的特点，反观纳兰词，愁绪如同水墨晕染满纸，含蓄蕴藉。在表现愁绪上，纳兰词情景交融，通过主人公的神情将意蕴点明和深化。三多化用唐窦巩《少妇词》"昨来谁是伴，鹦鹉在帘栊"诗意，虽然亦是愁绪满纸，总觉少了一份真切情肠。所以郝幼权评三多："乾隆以降满族能诗、词者甚多，皆无出其

---

① 李林：《满族宗谱研究》，辽沈书社 1992 年版，第 336 页。

② 录自张秉成《纳兰词笺注》，北京出版社 1996 年版，第 180 页。

右（此处指纳兰性德）。如伪满之三多六桥，亦少数民族诗词之佼佼者"，其词"典丽妩媚，与纳兰迥然不同"①。当时谭献、冒广生等人将三多比之于纳兰性德很大原因并不是由于二人词风的接近，而更多倾向于三多的少数民族背景。相较于谭、冒等人的评价，郑逸梅的评价更为直接："饮水侧帽之词，出于黑水白山间之纳兰容若手笔，惊才绝艳，传诵中原人士。不意晚清三六桥，为韦耩毳幕中人，居然作雅颂之声，篇什流播，足与纳兰后先辉映，虽不谓之佳话，不可得已。"②

四 结语

三多词作体现出娴熟的技巧性，这和他从小受到的教育有很大关系。他生长的杭州旗营文化氛围浓厚，三多从小就接受正规的启蒙教育，后从名师王廷鼎、大儒俞樾学习，打下了深厚的文化根基。江南文化、杭城风物对三多性格的养成，日后的发展产生了巨大的影响。关于此问题，也有待于更进一步的探索和研究。

三多先从"浙西"词派入手，后出入于"常州"词派，自己又广泛吸收南宋众词家之长，虽然词作偶有儇薄之语，但可以在婉媚浅白的词句中蕴含比兴寄托之意，形成自我的独特风格。尤其是在他的词作中，可以出现类如苏辛声气的作品，是十分难能可贵的。另外，他对纳兰性德的钦慕与学习，也成就了文坛上的一段佳话。

同时，三多作为晚清民初的政治人物，其诗词创作在当时有不小的影响力，他的作品经常见诸报端，也受到当世文学家的肯定。尤其是他出身名门又喜好交游，有自己的文学圈。通过对三多词的研究，也可以窥探晚清民初的文人生态，有助于理解当时的文学活动。

三多作为晚清民初屈指可数的蒙古族词人，其作品是应当引起重视并给予肯定的。

【原发表于《民族文学研究》2015 年第 1 期】

---

① 郝幼权：《"新京"诗人眼见耳食录》，《长春文史资料》第 5 辑，长春政协文史委员会编 1988 年版。

② 郑逸梅：《梅阉谈荟》，黑龙江人民出版社 1985 年版，第 204 页。

清末民初蒙古族诗人三多的诗歌创作和诗歌特色

李桔松

三多是晚清民初著名的政治人物，同时是活跃文坛的诗人、词人，被称为近代以来继延清后最有名的蒙古族汉文诗人①。但由于缺乏对三多诗歌风貌的整体研究，在评价三多诗歌风格和其特征时，多因袭前人评断，有片面草率之嫌。本文在三多生平考证的基础上，梳理三多诗歌的发展轨迹和阶段，同时讨论其诗歌特色的形成和发展。

三多（1871—1941），号六桥，晚年又号鹿樵②，钟木依氏，蒙古正白旗杭州驻防。历任浙江杭州知府、浙江武备学堂总办、洋务局总办、京师大学堂提调、民政部参议、归化城副都统、库伦办事大臣。民国后任盛京副都统、金州副都统、华工事务局总裁、铨叙局局长。南京政府成立，任东北边防军司令长官公署谘议。三多虽然身在仕途，但从小就喜作诗填词，有《可园诗抄》《粉云庵词》《柳营谣》等行世。

三多先后师从王廷鼎、俞樾学习，在这期间接受了俞樾"唐宋并兼"的诗歌创作理论。后期又受樊增祥、易顺鼎诗风影响，形成了藻丽绝艳的诗词特色，被归入清末民初"晚唐诗派"。在继承传统诗词创作方式的同时，三多能突破传统的束缚，尝试创作出蒙、满、汉语言混杂的诗作，形成了一种独特的诗词审美体验。

---

① 郭延礼：《中国近代文学发展史》第3卷，高等教育出版社2001年版，第225页。

② 三多在生活中用鹿樵为号的实例较为稀见。只在玉并《香珊瑚馆悼词》，民国刻本中何振岱用此号指称三多。陈玉堂《中国近代人物名号大辞典》，浙江古籍出版社2005年版；江庆柏《清代人物生卒年表》，人民文学出版社2005年版中均有录，陈文新主编《中国文学编年史 晚清卷》，湖南人民出版社2006年版中为"鹿翁"，不确。

一　唐、宋诗歌对三多诗风的塑造

三多师从王廷鼎、俞樾。俞樾本身是一个开放的学者，其诗主张"消除门户，调和唐宋"，他自己就诗学白居易、陆游。三多在这样的教育方针下广泛学习前代诸家诗学，唐代除杜牧外，也学李白，杜甫，在俞樾影响下对白居易、陆游诸家也颇留心。三多曾作《题唐宋人诗集》，对于其倾慕的作家给予了很高的评价：

> 唐到韩潮宋到苏，诗坛健将可言无。他人纵具通身胆，不似偏裨便武夫。　除却坡公与谪仙，低头止拜杜樊川。性灵偶有相同处，范陆无心类乐天。[1]

三多自己诗中还写道："乐于苏玉局，闲是杜樊川。"（《湖上绝句四首》）"诗从杜甫集中补，词学秦观柱上填。"（《回忆海棠作歌》），可见三多广阔的诗歌视野。三多十七岁北上入京所写《初夏旅窗漫兴次白香山闲居诗韵》云：

> 羁栖阁三间，小拓诗酒地。错落金叵罗，纵横铁如意。醉拟南薰歌，倦学北窗睡。但得梦长圆，莫干软红事。

诗中首联先说自己是淹留他乡，点明已在北京，后用陆游"高秋风雨天，幽居诗酒地"（《题柴言山水（三)》），说明自己自得其乐的心境。颔联化用清代武进人刘翰的《李克用置酒湮同赋》："铁如意，指挥倜傥，一座皆惊；金叵罗，颠倒淋漓，千杯未醉。"[2] 表现自己年少轻狂、意气风发之态。颈联又用"南薰""北窗"之典，意欲表达自己超然脱俗之情致，最后一句化用自范成大《醉落魄》词："凉满北窗，休共软红说。"

---

① 三多：《可园诗抄》，光绪年间石印本。此后所引诗句未标出处皆出自《可园诗抄》中，不再另行标注。

② 本文收入清末王先谦《清嘉集初编》，此书是作者在南菁书院（在江苏江阴）讲学时学员试卷、习作的选编，是作为科举范文收录的。三多原本一直准备科考，后因承袭世职，不能参加考试，所以对科场范文应当也极为熟识。

而"软红"是指"红尘",杜牧有"一骑红尘妃子笑"句,此处三多借由范成大的词句,表现了自己看淡世俗名利,意欲归隐田园、求得平和安乐之心。此诗题目上标明是次韵白居易的诗作,可见其熟读白居易诗,诗歌频繁用典隶事,有陆游、范成大、杜牧等人诗句,或化用,或引用,虽然过于明显,但不见违和之感。暂且抛开诗歌意境,就技法本身而言,此诗可以说代表了三多的一种写作风格。

三多一生尤好杜牧。在《柳营诗传》中,三多介绍其外祖裕贵,有"昔杜牧之将卒,取其诗文尽付焚如,公亦殆其人乎"语,说明三多对杜牧诗歌的情有独钟是受家学影响。蔡玉瀛在《可园诗抄》评跋中就称赞三多才华横溢如同杜牧。① 然而三多对于杜牧的喜爱更源自杜牧诗歌中所散发出的精神气质的共鸣。杜牧传承了家族的荣耀和责任,在诗中迸发出渴求实现自我理想和抱负的力量,所以杜牧诗歌中有大量的怀古伤今之作。但是他正处于一个朝代的尾声,自我的怀才不遇与颓唐社会、世风日下的两相激荡,同时奏出杜牧心中哀婉的心曲。与其他人不同的是,杜牧是在自我精神的解放中寻求一种解脱,用放浪形骸来表现内心的矛盾。所以"他的诗中虽然有颓唐的成分,却并不显得局促阴暗,相反,无论感慨往事、针砭现实还是抒写怀抱、描摹自然,都能在忧郁中透出高朗爽健、意气风发、俊逸明丽的气格"。② 三多同杜牧有着相似的家庭背景,相近的社会状况,更重要的是杜牧希望实现自我抱负的壮志是最契合三多心性的。不过三多自我价值的实现是自我的成功,与杜牧将自我理想与国家兴亡紧密联系的精神气质不可同日而语,所以三多只是学习到了晚唐诗歌明亮鲜艳的色彩、流利婉转的声韵,与杜牧诗歌貌合神离。

如三多《春申江》一诗:

　　春江花月不知愁,十里珠帘尽上钩。看遍梢头红芍药,浑如小杜在扬州。

首句化用杜牧"春风十里扬州路,卷上珠帘总不如",后化用姜夔由杜牧"二十四桥明月夜,玉人何处教吹箫"生发出的"念桥边红药,年

---

① 蔡玉瀛:《可园诗抄》题词诗:"交好俞莘老,才华杜牧之。"光绪年间石印本。

② 章培恒、骆玉明主编:《中国文学史》,复旦大学出版社2001年版,第239页。

年知为谁生"而感兴，本在秾丽背景之下隐隐有岁月流转、国家兴亡之恨。"浑如小杜在扬州"则将整诗意境打破，三多以杜牧自比，不过自我欣赏，诗格高下立辨。

三多诗中提及杜牧的地方还有很多，如"风流难继杜樊川，况乏江郎彩笔传。"（《二月廿二日同人于可园作买春第一集秦散之敏树先生绘图纪事自题六绝并呈诸社长》）"长安灯市今犹昔，争羡樊川杜牧闲。"（《新年作》）等。

但杜牧并不是三多唯一学习揣摩的对象，俞樾太夫子的教导使三多开始学习白居易的诗歌。俞樾自语："所为诗终不外香山剑南一派"，并说"诸君子兴高采烈，更唱迭和……以期入香山剑南之门径"①，所以三多从对王廷鼎、俞樾诗歌的模仿中自觉接受了白居易的诗歌理论和风格。这一点俞樾在《可园诗抄》序言中已首肯："自曲园而瓠楼，自瓠楼而六桥，沆瀣一气洵不虚矣。"②

但三多对白居易诗的接受是因为其语言风格浅俗直白的特色，而并非是"文章合为时而著，歌诗合为事而作"的创作宗旨。如其《新葺可园拟〈琴隐园十八咏〉并次原韵》诗："种得森森树，绿云环我家。桃李亦有阴，不独赏其花。"（《种树》）"不可居无竹，多竹可消暑。先连此君来，数竿风自古。"（《乞竹》），再如"不可居无竹，有竹使不俗。"（《种竹篇》）等，浅白如话，倒也算得上清新自然。

三多年少聪慧，善于学习，所以很快掌握了中国传统文人的文学语言和表达方式而且运用自如。这突出地表现在三多开始理解诗人们表现恬静、闲适生活的诗句背后实际上是胸中苦闷的自我排解。另外，虽身在官场位居将相但在诗词中抒写归隐田园的思致也成为中国文人惯常表现的诗歌内容。三多深得其味，所以在其诗中经常表现出渴望退隐山林、躬耕自足的心情。如前所举《初夏旅窗漫兴次白香山闲居诗韵》诗。再如"水有锦鳞且拂竿，山有白鹿勿用鞍，明朝一笑骑入山。山山或复飞，我亦从之还。"（《湖中望诸山感而作歌》）"七十二沽烟水阔，不如同泛钓鱼蓬。"（《无题》）等。

《可园诗抄》中除了明快艳丽风格的作品外，《过黑水洋放歌》《湖中

① 俞樾：《可园诗抄》序，光绪年间石印本。
② 同上。

望诸山感而作歌》《观岳鄂王铜印歌》等诗,风格洒脱豪迈,与其他诗作不类。来裕恂《赠三六桥》诗中写道:"长歌高和李青莲,新词学谱姜白石。"① 俞陛云在题诗中亦云:"诗成健者谁敢撄,仙气磅薄骄长庚。犹如太白楼大会名诸生,白袷少年一诗出,上客压倒楼君卿。"② 诗中将三多比作黄景仁,黄景仁诗即学李白。由此可见,当时文士认为三多诗中有李白的身影。

三多家族本杭州驻防,历代武将,三多血液中天生继承有洒脱豪放的基因,而这种性情会在诗中自然流露。三多学习的杜牧诗作中本身也有很多旷达豪迈的成分,更加之三多后期任职边塞,开阔了他的视野和胸怀,在这些因素的共同作用之下,《可园诗抄》中有很多诗风豪迈的篇章就不足为奇了。三多喜欢用歌行体来描写壮阔恢宏的景物,抒发自己的豪情壮志,而且很多篇章想象大胆,色彩瑰丽。如以《拍案歌》为例:

> 拍案闷欲死,奇叫跳而起。丈夫贵有为,食粟吾所耻。人生百年过隙驹,束发便合游山水。结识犬屠牛贩流,缔交凤鸷龙蟠士。储材广蓄药笼物,求访何必宰相始。一朝抵掌黄金台,贡之庙堂量器使。如指应手手应身,中外合并事求是。电激雷砰号令新,炮利船坚何足恃。兵固凶器不可用,用乃不得已而已。和歌猛士守四方,决胜强邻动千里。天下大事犹可为,其奈诸公妇人耳。默者明哲以保身,弱者优柔可臧否。主和主盟为老谋,割地弃城如敝屣。事后纷然策富强,一言九梗无定止。灭此朝食尚嫌迟,更不奋发将何俟。一战直须霸地球,判人兽替有巢氏。止戈永逸乐升平,儒将填词同奉旨。吁嗟吁!我今所生真不辰,路鬼揄揶道虎兕。低头折腰以事之,辱等穿人胯于市。天地生必有用才,何为嶙峋骨亦尔。素餐俸钱三十万,蹉跎忽长仲华齿。那得尚方斩马剑,庶几天下听挥指。行矣当垂万世名,藏则去寻赤松子。不然靴匕首报知己,安能石破天惊尚坐此!

此诗写于戊戌变法之前。整首诗慷慨激昂,讽刺了当时朝廷内部钩心斗角,在强敌面前软弱无能的清廷大臣,表现出三多意欲做出一番伟业的

---

① 来裕恂:《匏园诗集》,天津古籍出版社 1996 年版,第 63 页。
② 俞陛云:《可园诗抄》题诗,光绪年间石印本。

宏愿。诗中"低头折腰以事之""天地生必有用才""素餐俸钱三十万"明显化用自李白诗句。不久，三多又作《观岳鄂王铜印歌》，借由观瞻岳飞印之机，要"试为忠裔一放歌"。诗中云："关壮缪印玉同坚，并向湖山镇妖魅。岂独湖山妖魅多，神州处处待降魔。"说明当时社会动荡，三多也想"灵旗天上曷飞来，来挂九头狮子印"，实现自己的理想抱负。

三多归绥任职后，诗风更带豪情，如《出猎》诗，不由得让人与苏轼的《江城子·密州出猎》词联想到一起：

> 大漠先霜昨夜风，手挥小队出云中。拂云堆下无雕射，一笑重韬霹雳弓。

整诗起承转合落落有致，气度潇洒豪放。此时"喜逢瑞雪今冬足，处月西郊笑数程。"（《奉敕毋用来见迅即赴任六叠前韵恭记》）"金桃枝悦扶疏发，从此长听好鸟声。"（《人日》）等诗，皆能表现出三多豪迈的胸怀。

在学习唐诗的同时，三多还倾慕于苏轼的人品和诗歌所表现出的境界。在《自题摄影》中三多云："百不如人苏玉局，三须对我李青莲。"可见其对李白、苏轼的感情。三多集中有《渔父拟东坡》《临安怀东坡》等诗，另有"疆域新思开北漠，湖山旧治愧东坡。"（《次和厚卿归化秋感八首》）"我与世人多殊科，戆于汲黯如东坡。"（《自题读书秋树根镜影》）等句，明显三多有意以苏轼自比。他在诗中也常用"苏玉局"来夸赞自己所尊敬的师长先贤。三多一生挚爱海棠，在杭州居所可园内专植海棠，命名为"粉云庵"。三多《粉云庵赏海棠》（选其一）云：

> 何必人烹雪锦茶，品题吟管自拈牙。一身多节坚于竹，万口无香屈此花。斜插粉瓶青玉案，高烛红烧碧窗纱。环肥燕瘦谁堪赠，赠与东邻助脸霞。

"高烛红烧碧窗纱"就是对苏轼《海棠》诗"故烧高烛照红妆"的化用。从这点当然不能断定三多喜爱海棠一定是由于苏轼的原因，但是苏轼对三多的生活和思想产生过影响则是毋庸置疑的。

三多的一些诗作中还出现了宋诗言理的特色，如《感鹭》诗：

　　　　烟水苍茫际，悠然可一生。自招攻击处，白质太分明。

　　在通俗晓畅的语言中有所寄寓，颇值玩味。

　　三多一直努力将他所吸收的唐宋诗歌糅杂一体，化为自用。但由于他出色地完成了自身的社会化，官居高位，所以性格越来越世故老练，以致其诗总是有一种感情的疏离和隔膜，诗中的真味越来越少。赏景登山一定要牵扯故实，附庸风雅一定要退隐避世，所有中国文化中有代表的基本要素都会出现在他的笔下，虽然排布再巧妙，技巧再高超，终不能让人有所感动，反不如他幼年所做诗歌，有自然清新之气：

　　　　楼外红墙一道斜，吹来消息比邻家。声声似劝抛书睡，早起披衣看杏花。（《春雨》）

二　三多诗风与晚唐诗派的关系

　　三多被归入"晚唐诗派"，是由于自身学诗即尊晚唐，且后又和樊增祥、易顺鼎往来密切，诗风切近。但如果说三多是单纯向樊、易二人学习，则这种判断未免过于草率。

　　钱基博认为三多诗歌藻丽绝艳，是樊、易一派："三多称增祥诗弟子，工于隶事，得其师法。于清末，历官绥远都统，库伦驻防大臣；尤熟于满蒙各地方言，与故实稍雅驯者，多以人诗。而歌行似增祥，尤似易顺鼎；七律似顺鼎，尤似增祥。……赠罗惇曧诗有句云：'人品如西晋，家居爱北平'，稳称雅切，咸得增祥师法。"① 此语影响颇大，后人大多因袭此论，直接写三多乃向樊、易学诗，而这种观点实是承袭于陈衍《石遗室诗话》中的评断：

　　　　六桥歌行似樊山，尤似实甫；七律似实甫，尤似樊山。近见其《十叠牙字韵和夔盦主人》云："兼并文武大林牙，（《辽百官志》：'大林牙，翰林学士也。'又行枢密有左右林牙。）天锡能诗敢比夸。泼墨如倾饶乐水，（喀喇沁为古鲜卑地，饶乐水出焉。）运筹当赛沈

---

①　钱基博：《现代中国文学史》，中国人民大学出版社 2004 年版，第 202 页。

阳瓜。(近人《沈阳百泳》诗云:'批红判白知何事?尽有输赢说赛瓜。')人才《金史》师安石,王位元朝脱不花。莫笑梁园旧宾客,春风不坐坐东衙。(此间称副都统署曰东衙门。)"《吊耶律倍》云:"天子能为薄不为,此心千古有谁知?联唐未必全无力,立木甘吟去国诗。让国名如太伯贤,乘槎计比范蠡全。美人书卷同浮海,胜作辽皇廿一年。"句如"鞭马电驰登柳子,(岭名)楼船风顺度松花""倦游莫对王维竹,好学曾尝郑灼瓜""兀良北伐思阿术,耶律南来盼秃花""身复在官殊善果(唐郑善果,)脊能擒将让奴瓜。(辽耶律奴瓜)""十分热血乌拉草,一片冰心哈蜜瓜",皆极似樊山处。①

又"近来诗派,海藏以伉爽,散原以奥衍,学诗者不此则彼矣。若樊山之工整,祈向者百不一二,六桥、合公其最也"。②后汪辟疆、钱仲联先生皆沿用此说,遂为定语。

三多后期确实和樊增祥、易顺鼎交往频繁。樊增祥比三多大二十五岁,考察二人的生平轨迹并无多少重合。光绪二十六年(1900)樊氏应召至京,三多恰巧此时也在京城。樊增祥与袁爽秋关系密切,三多在京也要拜会同乡前辈袁爽秋,很可能经由袁氏的推荐和介绍,将三多介绍给当时已有诗名的樊增祥。此后,三多与樊增祥保持着密切联系,虽然在樊增祥的诗集中找寻不到有关三多的诗作,但是三多在归化城副都统任上所作《边塞苦寒莳花不易,偶够盆梅数株,红者尤佳,适读樊樊山师〈红梅七律〉八首,和而赏焉》即是为唱和樊增祥诗作所写。另外在《粉云庵词》中,还可以看到樊增祥的批注,三多自标为"樊山师曰"。三多姜玉并病故后,樊增祥也应邀写诗悼念,辑于《香珊瑚馆悼词》中。由此可知,二人交往还是频繁而密切的。

三多认识易顺鼎亦是在光绪二十六年(1900)。三多在京中写下了《易时甫顺鼎观察示读〈召对记恩诗〉次和原韵送行》③诗:

欲买京华五色丝,绣君拜诏出丹墀。文章久炙群公口,经济深邀

①　陈衍撰,郑朝宗、石文英校点:《石遗室诗话》,人民文学出版社2004年版,第142页。

②　同上。

③　三多:《可园诗抄》,光绪年间石印本。

圣母知。宣室应陈三策稿，甘泉待赋九茎芝。日边指日还联襼，只恨今生识面迟。

才名如水溢乡邦，今见长河与大江。湘社诗人推第一，淮阴国士本无双。粉身何处图同报（原诗有："小臣真恨粉身迟"句），热血忧时共沸腔。不尽伤春伤别感，葡萄美酒岂能降。

诗中表现了三多对于这位诗人的仰慕，并希望在艺术上可以得到易顺鼎的指教。易顺鼎后亦写有《寄三六桥即题其诗集》，存于自己的诗集中。

这个时段，三多的诗歌风格已然自成一格，如上节所分析，他的诗歌是走唐宋兼收的路子。三多前期即作："一片久长书带草，十分圆满绣球花。"《春分日与古酝先生沈韵松庚垚太守同谒曲园太夫子敬呈》"野竹翠环门隐寺，溪花红映锦成涛。鸟啼密树声逾静，人踏层岖影共高。"（《侍仲修师暨雪渔筱甫古酝诸先生谶集净慈寺并访南湖诸胜》）同样对仗工巧，辞藻华丽。三多诗格律严谨是得益于俞樾的教导，而用辞绮丽实源于自身对晚唐诗风的喜好，由此来看，三多诗学樊增祥和易顺鼎的结论可能过于草率。

樊增祥、易顺鼎两人论诗是受到张之洞与李慈铭二人的直接影响，他们两个都主张诗歌风格要兼收并蓄。樊增祥认为作诗要博采众长，不名一家，并在此基础上形成自我的诗歌风格。钱仲联先生评樊增祥诗风是"取经随园、瓯北，上及梅村"[1]。易顺鼎也说："故其所作，皆抒写己意，初不敢依附汉、魏、六朝、唐、宋之格调以为格调，亦不敢牵合《三百篇》之性情以为性情。于古者所以重，及世所目为甚轻，均未有当也。"[2]二人均反对当时流行的同光体，主张唐宋兼容。钱基博比较二人云："顺鼎诗才绮绝，自少至壮，所做将万首，尤工裁对，与樊增祥称二雄。惟在增祥不喜用眼前习见故实，而顺鼎则必用人人所知之典。增祥诗境到老不变，而顺鼎则变动不居，学大小谢，学杜，学元、白，学皮、陆，学李贺、卢全，无所不学，无所不似，而风流自赏，以学晚唐温、李者为

---

① 钱仲联：《梦苕庵清代文学论集》，齐鲁书社 1983 年版，第 149 页。
② 易顺鼎撰，王飚校点：《琴志楼诗集》，上海古籍出版社 2004 年版，第 1481 页。

最佳。"①

由樊、鼎二人所推举学习的前代诗人看，同三多极为相似：都学元、白、温、李，所以诗歌风格自然会非常近似。也可能由于三多原本的诗风与樊、易的接近，所以三多才会由衷欣赏并倾慕二人，诗歌风格上受到其二人的影响也是自然不过的事情。这同时也从一个侧面证明了三多诗歌的一大特色就是藻丽绮艳，极具晚唐诗歌风韵。

三多学习晚唐诗歌并不是没有佳作，试看其于光绪十七年（1891）作《吴门周次》：

> 姑苏城外夜行船，人自欣然我黯然。百八钟声杨柳岸，两三点雨杏花天。红楼近水皆灯火，翠幕深宵尚管弦。此是神州新乐土，不知盱食正筹边。

以眼前所见所闻入诗，语言平易又不乏明丽，对仗工整，立意深刻。如此之作集中寥寥，三多诗作总体上缺乏深刻的精神境界和高远的人生追求，所以诗作只是单纯模仿晚唐艺术风格，诗作终流于庸俗。所以刘世南在《清诗流派史》中如是说："向他们（樊、易二人）学习的'少年后进'，除了一批批变成遗少，还有什么呢？"②

三　三多诗歌语言上的大胆实践

三多北上任职后，将满蒙俚语加入了诗词创作当中，别具一格。陈衍《石遗室诗话》载："六桥尤熟于满蒙各地方言，凡故实稍雅驯者，多以入诗。可诵者，如：'沙亥无尘即珠履，板申不夜况华檐'。沙亥，蒙言鞋也。板申，蒙言房屋也。又'尚嫌会面太星更，万里轺车我忽征'。星更，绥远方言稀也。又'蔬餐塞上回回白，楼比江南寺寺红'。盖蒙人不事耕种，六七八等月，稍有蔬食。回回，白菜名，而庙宇穷极精华也。"③

---

①　钱基博：《现代中国文学史》，中国人民大学出版社 2004 年版，第 195 页。

②　刘世南：《清诗流派史》，人民文学出版社 2004 年版，第 499 页。

③　此话被反复征引，最早见于陈衍著《石遗室诗话》，但无后面的举例，此转引自郑逸梅《郑逸梅选集》第 4 卷，黑龙江人民出版社 2001 年版，第 565 页。

汪辟疆、陈声聪、钱仲联等亦从此而论①，这一点也成为三多诗歌中的一大特色。

陈衍所举是三多在归化作《归绥得冬雪次尖义韵》诗，共两首：

> 白凤群飞坠羽纤，大青山上朔风严。精明积玉欺和璧，皎洁堆池夺塞盐（蒙盐产于池）。沙亥无尘即珠履（沙亥，蒙言鞋也），板申不夜况华檐（板申，蒙言房屋。《明史》作板升，此间作板申）。铁衣冷著犹东望，极目觚棱第几尖。

> 无垠一白莫涂鸦，大放光明篾戾车（篾戾车，佛经言边地也）。难得退荒皆缟素，不分榆柳尽梨花。琼楼玉宇三千界，毛幕毡庐十万家。预兆春耕同颖瑞，陈平宰社饷乌义（满蒙以少牢祀神，馈饷其膊曰乌义）。

这是三多在归绥冬日见雪，感而所赋。诗中虽嵌蒙语，但贵在对仗工整、自然熨切，再如"尚嫌会面太星更（星更，绥远方言，稀也）"（《答怅别》），"恪素易名菩萨白（蒙言雪曰恪素，有堆雪人者笑谓此真白普萨也），垂金左道喇麻黄（黄金喇嘛，黄教谓能驯伏一切妖魅）"等，不仅声韵和谐，且使整首诗呈现出鲜明的民族特色。同时期的词集中也有"扣肯胭脂山下过（蒙古姑娘曰扣肯）"（《长相思》），"比乌刺奈（一名欧李，蒙古处处皆有），塞沙挼子，红得尤殷"（《眼儿媚 次和成容若〈红姑娘〉》）②，给人耳目一新之感。

实际上三多此类诗在诗集中并不多见，仅限于其在归化城以及库伦任职期间的创作。这种语言实验最早可以追溯到唐朝诗人顾况的《囝》，其是少有的嵌入闽南方言的诗作。三多在诗中运用此法则很有可能是发展自俞樾，而俞樾则是师法白居易，俱是对元白诗歌创作的发展。

俞樾作诗主张温柔敦厚，自云"所为诗终不外香山剑南一派"，虽世人以白诗浅白而诟病之，但俞樾却认为：

---

① 参见汪辟疆著、王培军笺证《光宣诗坛点将录笺证》中《地隐星白花蛇杨春杨忠义一作志锐、唐晏、三多》条注释中对三多的评论有一个系统总结，中华书局 2008 年版，第 332 页。

② 三多：《粉云庵词》，1942 年，中国国家图书馆藏微缩胶卷。

世传白香山诗必老姬能解而后存之，故多流于率易，此不知诗者也。白香山使老姬解诗，正其经营惨淡之苦心也。文章家贵深入显出，惟诗亦然。使老姬读之而不解，必其深入而未能显出也。故方其求入之深也，径路绝而风云通，虽鬼神不能喻及其求出之显也。①

如俞樾作《谷雨日，陈竹川、沈兰舫两广文招作龙井虎跑之游，遍历九溪十八涧及烟霞水乐石屋诸洞之胜，得诗五章》其三云："九溪十八涧，山中最胜处。昔久闻其名，今始穷其趣。重重叠叠山，曲曲环环路。咚咚叮叮泉，高高下下树。"② 感觉是信手拈来，实则寓深于浅，妙趣横生，甚至被选入小学语文教材。又如晚年作"三春常是雨廉纤，永昼如年不卷帘。窗下喃喃猫念佛，床头唧唧鼠求签。"③ 当中就嵌入了杭州谚语，对仗精工，风趣自然。三多自王廷鼎辞世后一直跟随俞樾学习，所以三多的诗歌直接受到俞樾诗教的影响。三多青年时期作诗模仿俞樾，在明丽俊逸风格的基础上，追求一种平易雅切的风格，如果说"薜荔墙垣涂素粉，梅花院落撒香盐。侵晨密似风搓絮，永夜明于夜挂檐。"（《对雪次尖义韵》）还觉雅致，其"不可居无竹，有竹使不俗。"（《种竹篇》）"湖上月即天上月，月中人即意中人。"（《湖上对月》）"春来最好是清明，处处莺莺燕燕声。"（《清明游松木场口号》）等则俱是浅显直白口语入诗，颇近俞樾。所以俞樾赞三多："六桥年少而才美，得吾说而深思之，与其师瓠楼互相切磋，以求其深而又深，又求其显而又显。"④ 这可以看作是三多后将满蒙俗语入诗的一个发端。

除此以外，三多北上入京后，不断接触到和南方不同的文化娱乐形式，这也应该是三多能够将蒙满语入诗的另一个原因。当时北京流传的俗文学样式主要是《竹枝词》，在嘉庆二十二年（1817）刊行的满洲旗人得硕亭所做的《草珠一串》中就有将满蒙语嵌入竹枝词的作法，如"奶茶有铺独京华，乳酪（奶茶铺所卖，惟乳酪可食，其余为茶曰奶茶，以油面奶皮为茶曰面茶，熬茶曰喀拉茶）如冰浸齿牙。名唤喀拉颜色黑（拉

---

① 俞樾：《可园诗抄》序，光绪年间石印本，中国国家图书馆藏。

② 俞樾：《春在堂诗编》癸丁编，清光绪二十五年（1899）刻春在堂全书本。

③ 俞樾：《排闷偶成》，《春在堂诗编》丁戊编，清光绪二十五年（1899）刻春在堂全书本。

④ 俞樾：《可园诗抄》序，光绪年间石印本，中国国家图书馆藏。

读平声，蒙古语也），一文钱买一杯茶"。① "喀拉"即蒙语"黑"，"喀拉茶"即黑茶。而在"子弟书""牌子曲""岔曲儿"等广泛流行于民间的曲艺形式中，类似的用法数不胜数。② 三多在京中多与八旗官员交往密切，接触到这些表演的机会非常多，且有些八旗贵族自己就参与到"子弟书"的创作中来，所以三多受到曲辞的影响而将满蒙方言入诗是极其自然的事。

由于满蒙八旗人中诗词出众者较少，同时汉族文人懂满蒙语者亦少，而三多自幼生长于文化繁盛的江南之地，诗书画皆精，又惯熟满蒙语言，所以他可以把方言口语与文人诗词完美结合。三多诗一出，即得到圈内好友的称道，将满蒙俗语入诗也就成为三多诗歌的一大标志。

四　结语

三多诗作体现出娴熟的技巧性，这和他从小受到的教育有很大关系。他生长的杭州旗营文化氛围浓厚，三多从小就接受正规的启蒙教育，后从名师王廷鼎、大儒俞樾学习，打下了深厚的文化根基。江南文化、西湖风物对三多性格的养成，日后的发展产生了巨大的影响。关于此问题，也有待于更进一步的探索和研究。

三多虽为蒙古八旗，但是从小学习汉文化，并有幸入俞樾门下，所以诗歌呈现出唐宋诗歌兼容并包的特色。由于对晚唐诗歌的偏爱和模仿，所以其后在与樊增祥、易顺鼎来往酬答中将自己明艳藻丽的语言特色发挥得淋漓尽致，以致学者将其归入"晚唐诗派"当中。

随着人生阅历的增加，他将蒙满俚语创造性地写入诗词中，形成了一种独特的诗词审美体验。这同时也体现出作者身上多元的文化背景。

三多终生沉浮宦海，谋求显达，并无意于自己在文学史上留名。他的诗词创作，多是公事之余的消遣娱乐，诗词只不过是他生活中的雅好和必备的技能与工具，所以他的诗词虽然在当时也颇有些声名，最终湮没无闻。虽然如此，三多作为晚清民初的政治人物，其诗词创作仍然在当时有

---

① 得硕亭：《草珠一串》，杨米人等著，路工选编《清代北京竹枝词》，北京出版社1962年版，第50页。

② 有关此研究，可参见太田辰夫《满洲族文学考》，白希智译，中国满族文学史编委会编印1980年版。

不小的影响力，他的作品经常见诸报端，也受到当世文学家的肯定。尤其是他出身名门又喜好交游，有自己的文学团体并经常参加诗社、词社，通过对三多诗词的研究，为我们在一定程度上还原了一部分晚清文人诗词创作风格形成的路径，也可以窥探晚清民初的文人生态，有助于理解当时的文学活动。

三多作为晚清民国最优秀的蒙古族诗人，是当之无愧的。

【原发表于香港《新亚论丛》2015 年总第 16 辑】

从《可园诗抄》看三多任库伦办事大臣前后之心路历程

李桔松

三多（1871—1941），号六桥，晚年又号鹿樵，[①] 钟木依氏，蒙古正白旗。三多17岁时承袭三等轻车都尉，历任浙江杭州知府、浙江武备学堂总办、洋务局总办、京师大学堂提调、民政部参议、归化城副都统、库伦办事大臣，民国后任盛京副都统、金州副都统、华工事务局总裁、铨叙局局长，南京政府成立，任东北边防军司令长官公署谘议，有《可园诗抄》《粉云庵词》《柳营谣》等行世。

三多颇受历史学界关注，多半由于他是清朝最后一任驻库伦办事大臣，近年来的研究也仅止于三多在库伦时期的政策分析。[②] 从现存资料来看，三多在归绥的改革工作令人瞩目，得到了清廷的首肯，也由此右迁库伦。三多在外蒙古的改革工作一开始也取得一定的成效，但由于诸多原因，外蒙古仍告"独立"，三多狼狈回津，被革职查办。当时之具体情形，因三多并未留下详细日记，所以一直都是靠一些历

---

① 三多在生活中用鹿樵为号的实例较为稀见，只在《香珊瑚馆悼词》中何振岱用此号指称三多。陈玉堂《中国近代人物名号大辞典》（浙江古籍出版社2005年版）以及江庆柏《清代人物生卒年表》（人民文学出版社2005年版）均有词条。陈文新主编《中国文学编年史 晚清卷》（湖南人民出版社2006年版）称"鹿翁"，不确。

② 张力均：《清代八旗蒙古汉文著作家政治思想研究》（辽宁民族出版社2007年版）以及尹书强《辛亥革命时期沙俄与蒙古地区的"独立"事件》（内蒙古师范大学2006年硕士论文）都以专章或专节讨论了三多的执政理念和具体方针以及对历史上的内、外蒙古地区所带来的影响。翟培佳《三多与清末蒙古地区新政研究》（中国人民大学2010年硕士论文）以边疆史研究为出发点，探讨了三多的政治作为和历史意义。这些著作和论文虽然主旨并非评价三多，但对重新构建和还原三多任边疆大吏时期的思想和生活大有帮助。刘学铫《清季末任驻库伦办事大臣三多》（《中国边政》第172期），对研究三多提供了翔实的资料和客观的视角。

史旁证来推测。幸而三多存有《可园诗抄》，其中包含他在内蒙古和外蒙古的兴发感慨。仔细考察三多从归绥到库伦的行迹，读诗阅史，从中不仅可补校历史之缺漏，也可以读出这位驻疆大臣的心理与思想，可补史之不足。

一　从杭州到归绥：归化城副都统任期的三多

光绪二十七年（1901）清廷全国推行"清末新政"。蒙地推行新政是在当年十一月二十六日，以"放垦蒙地"为开端，其根本目的就是通过招垦土地来弥补清廷财政缺口。① 后归绥出现当时轰动朝野的"贻谷弹劾案"，绥远将军贻谷遭到归化城副都统文哲珲的弹劾。文哲珲参劾贻谷贪赃枉法，后二人俱被朝廷革职查办。光绪三十四年（1908）四月十七日，三多奉旨接替文哲珲的职务来到塞外边城，协助继任督办垦务的绥远将军信勤推行新政。

三多年三十七，终于实现了自己"少年快事是提兵，我亦时思去请缨"（《春日书感》）② 的夙愿。其《权镇归化城谢恩恭纪》诗说："朝班联步进乾清，雉扇云开旭照明。祖德百年惭继武，御屏三世荷题名（先叔祖、父皆记名副都统）。恩前已觉难为报，宠后方知受可惊。幸相温公边事少，四夷今是活长城。"可见朝廷任用三多在一定程度上考虑了其家庭的因素。三多的叔祖隆广平，讳隆铿，杭旗营协领，在杭州"辛酉难"时殉职，三多由是承袭三等轻车都尉世职。三多的父亲有连，字銮溪，以功历官至记名副都统，掌右习官防协领，统带八旗步兵营最久。二人皆有政绩。

从朝廷的实际需要来看，自庚子年事变起，清廷由上而下实行了一系列的新政。当时国库空虚，内外交困，急需银两。清廷实施"新政"，希求改革，重点就是在"移民实边"的口号下做好内蒙古地区的垦荒工作。此时的内蒙古地区是清廷重要的财税来源。贻谷的任务就是主持垦荒工作，收取"押荒银"充实国库。虽然"贻谷案"导致垦荒的政策力度有

---

① 参见王炳明《是"放垦蒙地"还是"移民实边"》，《蒙古史研究》第三辑，内蒙古大学出版社1989年版。此处以"放垦蒙地"的说法为准。

② 三多：《可园诗抄》，清光绪年间石印本。下文所引诗句未标出者处皆出自《可园诗抄》，不再另行标注。

所减缓，但是清廷还是希望这项政策可以持续推行①。三多作为早期就支持维新变法的积极分子，在新政的实施过程中也承担了不同的职务，如浙江武备学堂总办、洋务局总办等，所以他对于施行改革有一定的经验，这也成为他入选副都统的一个重要原因。

三多虽仅为归化城副都统，但"边疆大吏"的职务还是让他燃起了青年时期"那得尚方斩马剑，庶几天下听挥指"（《拍案歌》）的豪情壮志，所以在到达归化城时，他感觉"拔地雄关迎我翠，黏天芳草送人青"（《抵任书寄杭州戚友》），表现出一派积极乐观的情绪。这种乐观情绪多半还由于此次上任的绥远将军信勤亦是三多在杭州的老上级。信勤，钮祜禄氏，字怀民，满洲镶黄旗人，以荫生累至浙江布政使，署巡抚，代贻谷为绥远城将军。《清史稿》赞其"益勤远略，颇礼致贤才，思有所建树"。② 三多在这个时期诗词中也常将信勤比作苏轼，而以辛弃疾自喻，《次和怀帅塞下作》中云"何当共奉填词旨，公式髯苏我是辛"，借由苏、辛既表达出二人非同一般的关系，又展现希图在蒙有所作为的壮志。

三多认为归绥地区仍然落后，希望可以借由发展教育推动内蒙古地区的全面进步，最终达到强蒙固边的目的。三多《奏为请选内外蒙古王公以次勋旧子弟送入陆军部贵胄学堂肄业以宏造就恭摺仰祈》中云："以为固圉莫如强蒙，强蒙莫如兴学，而欲兴蒙古之学，尤必自蒙古王公勋旧子弟始。盖贱之效贵，捷于影响，贵族教育实有顺风而呼之势。"③ 而教育，仅是三多来蒙古地区实施改革的一个方面。三多最终的设想是把蒙地分为四部，以蒙地之财银而自养，使得内蒙古地区得到全面发展，既有利于清廷加深对蒙地的控制，又可以抗击沙俄的侵略。除此之外，三多还开办了新式学堂、设立图书馆、建立了时政讲习所。④

但是信勤接替贻谷在内蒙古的垦荒工作并不顺利，且生退志。三多在

① 参见黄时鉴《论清末清政府对内蒙古的"移民实边"政策》［《内蒙古大学学报》（社会科学），1964 年第 2 期］以及汪炳明的论文《是"放肯蒙地"还是"移民实边"》，《蒙古史研究》第三辑。

② 赵尔巽等撰：《清史稿》列传二百四十《信勤传》，中华书局 1977 年版。

③ 三多：《可园文抄》，清宣统抄本。

④ 有关三多在蒙地施行新政的具体内容可见三多《归化奏议》《库伦奏议》。翟培佳《三多与清末蒙古地区新政研究》（硕士学位论文，中国人民大学，2010 年），张力均《清代八旗蒙古汉文著作家政治思想研究》（辽宁民族出版社 2007 年版）均对三多在蒙地改革有分析和总结。

《怀帅坚萌退志，余亦有感，赋呈一律》中记："风虎云龙列朔方，自惭
无策佐边防。青山障眼官犹隐，黄菊簪头醒亦狂。推位尚书虽独许，同舟
仙侣莫先杭。有田不逝如河套，我也思耕十亩桑。"诗中首先夸赞信勤乃
龙虎之将，但是自责在政务上并没有很好地辅佐信勤。后用辛弃疾词
《蝶恋花·用前韵送人行》意，挽留信勤不要先行离职。最后说他愿与信
勤同时辞官归里，同进退。三多之所以如此选择，也由于此次晋升和信勤
的推荐提携有关。信勤在署浙江巡抚时，三多任杭州知府。汤寿潜呈给信
勤的信中即说"六桥得公援引青云，茅茹之吉，感同身受"，① 所以有了
此处的"同舟"之喻，前"苏辛"之比皆豁然开朗。

　　而信勤萌生退意的原因，从三多诗中亦可看出端倪。三多《感怀次
韵》说："画虎平生总不成，何如卖剑买牛耕。倘逢南岳谈飞解，胜载西
施变姓名。渊水已闻鱼可数，风枝犹见雀相争。澄清天下须年少，徒有登
车揽辔情。"诗中用"察见渊鱼者不祥"之典，又云"风枝犹见雀相争"，
暗指信勤在内蒙古的工作乃是由于过于明察秋毫，而为众所忌。光绪三十
四年（1908）九月二十七日，信勤奏折中就详细说明了他此次接任的
困局：

　　　　……此次奉命督垦，适承前办垦员获谴之后到任。旬日加意访
　　求，知补救之难，殆有逾于创办者。就款目论，办垦七年，放地逾七
　　万顷，出入以数百万计。当时经手或由各局或由公司辗转挪移，殊多
　　牵辗。现在存款无几，而渠工亏垫且数十万。前奉钦差查办大臣覆奏
　　案内请饬查追之款甚多，此外又有牵涉旗库之款，亦实有民间积欠之
　　款，均非查得实数，无从厘剔追缴。就放垦论，垦地升科，利在国
　　家，优给荒价，利归蒙长。利国利蒙，而独不利于私租。私垦之蒙汉
　　各民勾结抗阻，办理本难，而目前应放之地又皆累年抗阻，未放之余
　　前办者已穷于术，接办者适值其难，操之过蹙恐愧事端。……②

　　而与信勤同在一个政治阵营的三多，也有唇亡齿寒之感。最后只能用

　　①　《致山西绥远将军信勤》，《萧山文史资料选辑　第 4 辑　汤寿潜史料专辑》，政协浙江
省萧山市委员会文史工作委员会 1993 年，第 572 页。
　　②　《奏设政治官报 14》，文海出版社 1965 年版，第 560 页。

"揽辔登车"之典，来显示自己虽近不惑之年，虽有些许失意，但是仍有平定边患，济世天下之心。①

　　宣统元年（1909）二月初，三多母病重，②初五日，三多即上奏折请假卸任，扶其母灵柩回旗。其奏折中记录了这次的回京过程："（三多）于三月初十到旗治葬。四月十五日百日孝满。六月初十日跪请圣安并叩谢天恩，仰蒙召见一次。二十三日陛辞，复蒙召见一次，备承训诲，周详莫名。"③三多于七月二十八日回到归化，并继续任职。此次为母奔丧历时四个月，三多抓住上京蒙皇帝召见的机会，于六月二十三日上呈《条陈蒙古事宜摺》，并《江北荆襄请编练劲旅片》和《变通旗制片》，向圣上陈述了蒙地改革刻不容缓之情势，并提出了基本改革方向。此次的面圣上奏成为他宦途进阶的一个重要契机。

二　库伦办事大臣三多

　　三多在《条陈蒙古事宜摺》中为以后蒙古地区行政区规划了蓝图：

　　　　时势日急，外患至深，整顿蒙旗万难再缓，拟请将蒙地分建四部：以东四盟为一部，而设治所于洮南；西二盟为一部，察哈尔、土默特并套西之阿拉善附焉，而设治所于绥远；土谢图、车臣为一部，而设治所于库伦；三音诺彦、札萨克图为一部，科布多、塔尔巴哈台并额济纳之土尔扈特附焉，而设治所于乌里雅苏台。并拟各设蒙部大臣一员，仿东三省总督兼将军之例，而于其下分设总务、调查、警政、垦地、劝业、财政、编练、文化、裁判、交通、交涉、咨议十二局，以综理庶务。其筹蒙经费，除开办初每部拨一百二十万两外，每年递减二十万两，五年一律减尽。以蒙财治蒙地，

---

　　① 此年三多三十八岁。"登车揽辔"语出陈子昂《上军国利害事三条·出使》："先自京师，而访豺狼，然后揽辔登车，以清天下。"参见陈子昂《陈伯玉集·陈伯玉文集》卷八，《四部丛刊》景明本。

　　② 三多得知母病忧思难禁，其时作《梅花》诗云："岭上梅花渐渐开，北枝花未可能催。冰心近日寒于水，安得春风酒一杯"，隐约表现出内心的担忧。

　　③ 三多：《宣统元年七月二十八日恭报回赴归化署任接印谢恩摺》，《归化奏议》，清宣统抄本。

当可安中夏而御强邻。①

目的就是将自己酝酿多时的蒙地分四部而以自养的想法上奏皇帝。虽然三多此次的改革建议并未被朝廷采纳，但是作为新任边疆大臣，三多在归绥地区的施政能力及其积极的表现无疑引起了当权者对他的注意。恰好驻库伦办事大臣延祉因外蒙古情况复杂特殊，且自觉无力推行新政，不宜再事留任，遂称病请辞。清廷于宣统元年（1909）十月准延祉辞职，二十四日任命三多为新任驻库伦办事大臣。

三多按照惯例，准备上京叩谢天恩，但由于朝廷急需派人赴任补缺，所以皇帝下令三多不必再回京面圣，直接赴任即可。三多《奉敕毋用来见迅即赴任六叠前韵恭记》："天语飞来以力更，乘轺遽此便遄征。行经万里刚经岁，守在三边岂在城。荦确钩心堆鄂博，舥棱回首望通明。喜逢瑞雪今冬足，处月西郊笑数程。"全诗前三句即记事，表达虽身在边地，赶赴上任，但仍遥望京城，叩谢皇恩。整首诗虽多为套语，但其简要描述了上任经过，最重要的是表现出三多抑制不住的喜悦。

宣统元年（1909）十一月二十六日，三多匆匆交卸完归化副都统的工作，即于十二月初一日冒风雪启程，经张家口置办行装后，宣统二年（1910）正月二十六日到达库伦，二月初一正式接任库伦办事大臣一职。由于正处旧历年下，所以皇帝特别赏赐御书"福"字、荷包、银锞、食物等，以显皇恩。等到天气转暖，三多就按当地习俗上汗山祭祀，写下《汗山行》《即景》《过图拉河》等诗。三多刚上任，就有马贼侵扰车盟，随即派兵迎击。其后有喇嘛酗酒行凶，且聚众拒捕。此外衙内日常琐碎事务，事必躬亲，加之其边疆治理经验不足，三多虽有雄心壮志，也倍感劳碌异常。于是，当年七月二十六日，三多请旨病休调养。② 而此次的病

① 邢亦尘主编：《清季蒙古实录》，内蒙古社会科学院蒙古史研究所1981年版，第436页。《宣统政纪》，宣统元年（1909）六月庚子。此为三多任归化城副都统时所上《条陈蒙古事宜》奏折的精编，原文陈述更加详细。三多任归化城副都统时的奏章汇集为《归化奏议》。

② 三多：《奏为微臣水土不服恳恩赏调理一折》云："库伦地居极北，即盛夏犹著重棉。前者臣感冒风寒兼触肝气，只以诸事正在竭蹶经营，未敢请假。入秋以来，愈觉不支。查近三十年中，掌印大臣之以病退者已有五人。其水土之恶劣可知，其地方之难治亦可知。臣抱病数月，据医家云非静加调摄未易告痊愈。可否仰恳赏假二十天以资调理之处出自逾格鸿施。如蒙俞允，所有任内紧要公事仍由臣督饬各员力疾办理，一面赶紧医治。"详见《库伦奏议》，《边疆史地文献初编》编委会《边疆史地文献初编·北部边疆》第2辑，中央编译出版社2011年版。

休，从历史时间点上看，也非常耐人寻味。

是年六月，四品衔掌甘肃道监察御史刘显于向朝廷检举三多贪淫横暴，奏折中详细列举了三多在署库伦大臣时公然收受贿赂，讹诈勒逼蒙古喇嘛商民钱财诸事："其贪淫乱政，横暴残酷，闻之者人人均为发指。至其扣留土药私自吸食，挟妓饮酒，均属大干法纪，相应请旨简派廉明公正大臣并饬下禁烟大臣严密详查，按律严办，以为边疆大员萦情嗜好贻误地方者戒。"① 或许正是面对同僚的攻讦，三多才称病请假，此时的诗作中记录了三多忧愤的心情："空洞容人止此中，边忧相思忽交攻。仲升未老求贤代，小范无病敢自雄。东浙夜潮如雪白，南屏霜叶比花红。莼羹鲈鲙加餐饭，那用调和众口同。"（《秋日偶成》）

全诗乍看上去仿佛是写思乡之情，但其中不仅写到屡遭奸佞诬谤、数度被贬的范仲淹，而且末句自注是用丁晋公《斋僧疏》意。欧阳修《归田录》载："丁晋公之南迁也，行过潭州，自作《斋僧疏》云：'补仲山之衮，虽曲尽于巧心；和傅说之羹，实难调于众口。'"② 此是借用丁晋公之口，道出了自己的心迹。三多是否曾呈上为自己辩解的奏折，现已难考其实，但无疑三多采用了以退为进的方法：称病休养，并将其心迹写入了诗中。《秋日偶成》组诗不单说明外蒙古治理之不易，亦是为自己的辩护："苡薏明珠难止谤，伏波千古竟雷同。"（《叠前韵》）"独为安攘筹补苴，群居忍与雁臣同。"（《三叠前韵》）"良才圆外必方中，任重奚防被器攻。"（《四叠前韵》）如果不是为了国家的江山社稷，怎么会愿意居住在塞外苦寒之地，同"雁臣"为伍？而且自己现在身居高位，各方利益难以调和，难免被人中伤。

此时三多才深知边疆治理之不易，有心力交瘁之感，其诗感叹说："钓鳌我欲浮东海，何必边城万里专。"（《述怀》其二）任职库伦大臣刚将近半年，三多就已经有买山归田、抽身退步的想法。这年八月十五日三多偕家人在库伦过中秋节，细算"全家行万里，今夕忽三年"（《中秋夕与家人登汗阿林楼观月》），塞外边地生活的苦辛促使三多有了"佛家无尽灯多少，只照欢愉不照愁"（《和幕中诸友库伦中秋诗》）的人生感慨，

---

① 此项弹劾奏折现存台北"故宫博物院"。刘学铫《清季末任驻库伦办事大臣三多》（《中国边政》第 172 期）认为三多的操守私德均有辱官箴，并认为三多如此敛财乃是为了填补自己补得如此肥缺之花费 20 万金之数。但从前段对三多的分析，且结合其诗作，此项推断不确。

② 欧阳修撰，李伟国点校：《归田录》，《唐宋史料笔记丛刊》，中华书局 1981 年版。

并且流露出渴望南归之感。在《思归借明妃文姬自感》一诗中，三多表达了一种更为复杂的心理："又卷毡帘拜月明，姮娥应鉴远人情。他生不愿蛾眉妓，已被蛾眉误此生。"虽然博得了皇帝的信任，委以重任，但却由于这个原因而困守边城，这也使得三多感到一种发自内心的苦闷。

由于三多颇得皇家倚重，且正是朝廷急需用人之际，三多并未因检举受到任何处分，病休之后，他继续在外蒙古实施自己制订的改革计划，而朝廷所看重的就是垦荒工作的进展。三多《九日无菊怅然作歌》中也强烈地表达了这种愿望："安得甲兵三十万，卖刀买犊垦穷荒。不妨今日难逢菊，须济新民困里粮。傥将我愿此间偿，乞骸不种南阳桑。卷起西湖灌晚香，花开补看三万六千场。"三多在诗中还表达了对于皇帝的忠诚："怀归岂仅明堪畏，止谤何妨自更修。若士胸中容海宇，褚衷皮里贮春秋。边夷骇政须情恕，遥减宵衣旰食忧。"如今只能是尽自己最大的努力改革外蒙古经济社会状况，替皇帝分忧，来报效皇帝对自己的厚爱。

除却外蒙古改革要协调内部矛盾，三多同时还要随时防备来自俄国的威胁。当时沙皇俄国觊觎外蒙古土地已久，频繁和外蒙古王公、活佛接触，三多也早有警觉。其在归绥任职期间，就曾上摺阐述形势，认为要积极发展蒙古地区以防御日后可能发生的边境危险。三多来到外蒙古以后，更加注意这个问题。其《天山》诗中就明言："安禅城栅木，海盗地铺金。何日传飞将，跳梁丑并擒。"期望朝廷可以重视外蒙古地区的军备建设。其后又写："我与世人多殊科，戆于汲黯如东坡。既不能效冯异，又不能学达摩。手掩《汉书》三叹息，安用诗书弼火德。还是磨剑控弦驰异域，大呼樊哙李广同戮力。"（《自题读书秋树根镜影》）言下之意外蒙古内部仍旧矛盾不断，但是各方应该统一起来用武力来保卫国家疆域的稳固。

但是，边疆情势的危机，外蒙古改革的不顺，再加上外蒙古恶劣的气候，都使三多萌生退意。宣统二年（1910）岁末，三多作《答巽初》以诗代简，陈述了外蒙古的危机情势和自己不得归家的无奈："仰天昨日弹飞鸿，忽得万里之邮筒，问我胡不毕志辞边功？……我亦久久怀归东，无如甚处无蛇龙，马能独善安其躬。况复绝域深山大泽中，魑魅魍魉方匈匈。方匈匈，忧九重。敢不着铁衣兮拥角弓。"

宣统三年（1911），三多继续留任库伦，其在外蒙古推行新政与当地蒙民的矛盾日深，同时与哲布尊丹巴面和心不和，积怨日深。外蒙古王公投靠沙俄之心已经非常明显,三多《公等》诗中云:"边局艰于古,中原蹙自今。屯田充国志,如水正崇心。禄厚施同厚,恩深谤亦深。"在《得阶青杭州书并赋诗见怀次韵代简》中亦说:"未销边警劳相问,无补时艰负此心。"这都显示出三多自知现在正是国家情势危难关头,而且他对于外蒙古的政局已经渐失掌控之力,实乃勉力维持。同年六月,外蒙古政局情势急转直下,杭达亲王等秘密赴俄请求沙俄派兵支援。三多到七月才通过北京外务部得知消息,急忙采取挽救措施,但沙俄军队已然进入蒙境。三多除上奏陈明事实外,希望朝廷另派贤能接替自己,其《次和杜樊川书怀寄中朝往还诗韵》中云:"书生那有安危略,出镇终期济世才",已然认清自我。但朝廷以三多熟悉库伦情况为由,劝勉其力任其难,回绝了他的要求。三多亦知清廷大势已去,无奈之下发出"我亦宦游真倦矣"的慨叹。

三　三多与外蒙古"独立"

三多在接任库伦办事大臣一职时,虽只有在归绥几个月的治边经验,但是信心百倍。"杭爱山前回首望,图南万里仰鹏程"(《怀帅以诗赠行次韵答谢》)、"金桃枝枝觇扶疏发,从此长听好鸟声"(《人日》)等诗都作于此时,表明三多不仅有积极乐观的心态,更有治理边疆的雄心。但当时的外蒙古,和内蒙古的情况完全不同。原库伦大臣延祉和驻科布多帮办大臣锡恒都曾上奏折条陈外蒙之地并不适合推行新政。从地理条件来说,"库伦北境俄邻,荒沙绵亘,南境水草不生,均难种植,中段稍行膏腴,又碍牧场,计惟速修铁路,开采金矿煤矿较为利多弊少"。[①] 虽然清廷推迟了在外蒙古推行"放垦蒙地"的工作,但仍在宣统元年(1909)命肯务总局对外蒙古的土地情况进行调查统计,拟定了开垦计划,并开始同蒙古王公开会商议签署相关协定。三多后来推行垦边政策时,自身才感受到巨大的阻力。他在《三叠上汗山韵》中写道:"九边田猎地,惟此绝庐令。……如许膏腴壤,匈奴拒不耕。"

随着垦务计划的全面开展,原来的牧场变为投机的对象,很多牧民被驱逐而被迫居住到条件更加恶劣的地区。据当时沙皇俄国的调查统计,截

---

① 延祉所上奏折见《清德宗景皇帝实录》卷五六八,光绪三十二年(1906)十二月己巳。

至 1911 年外蒙古北部转卖土地就达 4905000 俄亩。① 这就从根本上改变了外蒙古以畜牧经济为主的经济生产方式，触动了当地王公和喇嘛们的利益。主导外蒙古政治的上层贵族们开始同清廷离心，"以'放垦蒙地'为主的清末对蒙'新政'导致的民族矛盾激化，是蒙古地区发生'独立'分裂事件的重要内因"。②

开垦草地还只是新政的一面，如陈崇祖在《外蒙古近世史》中所记述，三多上任不久，朝廷就督促三多在外蒙古全面推行新政："三多莅位未久，中央各机关催办新政之文电，交驰于道，急于星火，而尤以内阁及军咨府为最，于是设兵备处、设巡防营、设木捐总分局、设卫生总分局、设车驼捐局、设宪政筹备处、设交涉局、设垦务局、设商务调查局、设实业调查局、设男女小学堂。除原有之满、蒙大臣衙门、章京衙门、宣化防营、统捐、巡警、邮政、电报各局外，库伦一城，新添机关二十余所，各机关之开办经费及经常应需之柴炭器具铺垫马匹杂用等费，悉数责令蒙古一律供给。蒙官取之于蒙民，蒙民不堪其扰，相率逃避，近城各旗，为之一空。"③ 这些新政虽然有助于外蒙古的开发建设，但是由于过急过快，结果却造成了民心大失。对于三多来说，他在改革的问题上确实欠考虑，这也与其个人性格心理有直接的关系。

三多虽然隶属蒙八旗，但是来到外蒙古任职，却是带着天朝上官对待藩属的姿态而来，加之皇室对于三多颇为倚重，所以他在处理外蒙古事务时多有轻视孤高之表现。这种心态与三多生活的环境和接受的教育有关。三多虽为蒙古八旗，但实已"满化"。他自觉是为清帝尽忠，在心理层面上并无把自己当作蒙古人，尤其是三多家族世代沐享隆恩，实同满族贵族无异。清代祖制，边疆大吏非满人不任，而从乾隆朝后就有蒙古八旗贵族任边疆大将军之职，可见从朝廷来说，早已对这些"外人"视同己出。

所以三多上任后遇到"喇嘛抢德义涌木场"之事，即拿出钦差大人的架子严惩喇嘛，并责令沙比衙门摊陪损失，对当地蒙民的抵触情绪也是硬性弹压。"一时蒙人以为三多仇视黄教，咸切齿痛心焉。"④ 三多留在蒙民心中的第

---

① 苏联科学院、蒙古人民共和国科学委员会编：《蒙古人民共和国通史》，科学出版社1959 年版，第 191 页。

② 汪炳明：《是"放垦蒙地"还是"移民实边"》，《蒙古史研究》第三辑。

③ 陈崇祖：《外蒙古近世史》，文海出版社 1979 年版，第 5 页。

④ 同上书，第 3 页。

一印象不佳，与此同时，三多发现外蒙古的宗教信仰成为社会发展中的极大障碍。三多和当地活佛哲布尊丹巴呼图克图多有摩擦，"喇嘛抢德义涌木场"之事完结后，三多上书奏请嘉奖活佛，奏折中云："……该哲布尊丹巴则事后并未干预，且自三月至今，库属喇嘛均安分守法，为近年所未有，是该哲布尊丹巴畏怀威德，约束严明，以著成效"，① 遂请皇帝给予嘉奖。这实际是典型的恩威并施的政治手法，对活佛有畏上之心提出褒扬。

郭则沄对三多在外蒙古之事亦有记述："蒙俗有三年贡佛之例，谓之'丹书克'，哲布改为一年一贡，群情益愤。西盟札萨克汗首抗之，经部议往复，始仍其旧。活佛向无女侍，哲布则有梵嫂敦都克拉穆者，译称'白菩萨'。哲布既瞽，庶政操于阃内，朝廷因而封之，如忠顺夫人故事，非定制也。六桥都护三多为最后驻库大臣，谋练兵改制，蒙情疑惴。时哲布已潜希非分，六桥屡举朝鲜覆辙讽之，不省。辛亥变作，俄人乘而胁之，遂侈然自帝。……六桥初至，哲布以其英年专阃，颇惮之。尝使所谓拜菩萨者独见，意存蛊惑，六桥不为所动，颇以此自矜。"②

此事《许宝蘅日记》中亦有记载："三六桥都统初到库时，照例与哲布尊丹巴互换哈达，哲布处有一番女称为女佛爷，亦递哈达。六桥仅回以赏物，继求换哈达，六桥以非礼却之。向例有蒙女四人在办事大臣衙门内当差，实则伺察举动。前任有与苟合者，辄为所持，六桥裁去此例，故颇为彼部所疑畏。"③ 这些记述都与三多作《咏哲布尊丹巴呼图克图》组诗相合：

一出金瓶便独尊，竟忘先辈自西奔。（自注：沙毕衙门公文中动言"我师哲布尊丹巴之库伦"，或驳禁不止。余尝谓之曰："汝辈忘噶尔丹之役乎？"乃语塞。沙毕即沙门。）维摩花室争相入，罗什盆针早已吞。无上上乘新世界，想非非处小乾坤。定边终仗降魔杵，此亦西方不二门。

总无妙法说哥更，（自注：活佛亦称哥更。）那有慈航济众生。咒钵浪夸莲出现，舐刀还为蜜相争。（自注：前达赖喇嘛来库伦，蒙众之皈依哲布者移而顶礼达赖。达赖为黄教第一支，哲布乃第三也。

---

① 三多：《库伦奏议》，《边疆史地文献初编·北部边疆》第 2 辑，中央编译出版社 2011 年版。

② 龙顾山人纂，卞孝萱、姚松点校：《十朝诗乘》，福建人民出版社 2000 年版，第 1017 页。

③ 《许宝蘅日记》摘抄（许恪儒摘）《北京文史资料》第 54 辑，北京市政协文史资料委员编，1996 年。

哲布怒，欲以武力逐之，几成大战斗。）丹书克欲年年受，（自注：
丹书克，贡献也。三年一递，哲布改为一年一递，蒙众苦之，畏不敢
言。西盟扎萨克汗为民请命，起而反抗，往返部议，始从定章。）般
若汤先日日倾。（自注：嗜酒无度，首犯教规。）不信金刚身不坏，
自家妞笃失光明。（自注：双目已瞽。妞笃，译言眼也。）

玉门关外本无春，忉利天边竟有人。云朵白描菩萨面，（自注：
梵嫂敦都克拉穆即察汗达拉。察汗达拉，译称白菩萨。）桃花红现女
儿身。（自注：沙毕多扣肯，有桃花儿者尤名于时。扣肯，蒙女也。）
色空几辈能垂戒，香火前身未结因。一任广长莲舌妙，度辽安稳胜仙
真。（自注：谚云："神仙难过大库伦"，其习染之不易免可知。）

危疆何以转为安，膜拜应惭对可汗。登哩啰曾并政教，（自注：
教力干涉政事，不下西藏达赖。官斯土者，初则利用之，积久成风，
尾大不掉。蒙人迷信宗教，由来尚矣。读《九姓回鹘碑》所谓登哩
啰者，亦其人也。）高句丽合鉴艰难。（自注：哲布久思非分，时以
高丽前辄讽喻。）广参欢喜禅无补，大发慈悲我本宽。倘得横行兵十
万，军中自有范兼韩。（自注：以四十三旗地面仅有二百五十名之宣
化客军分驻各处，正筹练新军，又奉部令停止。）

第一首即说哲布尊丹巴呼图克图妄自尊大，清廷想要定边还需武力。
第二首直接讽刺哲布尊丹巴呼图克图为保独尊而驱逐达赖，在外蒙古讲经
宏法之事。第三首指明外蒙古有用女性喇嘛来迷惑并操控人之事。而最后
一首则说明哲布尊丹巴呼图克图早已萌生不臣之心，其蒙地最大的问题就
是宗教势力对政治的干预。哲布尊丹巴呼图克图最后的登基也是三多早已
预见的。所以三多一直希望可以在外蒙古拥有自己的武装力量。三多在宣
统二年（1910）九月上奏即请增添巡防队员 105 人，后在十二月又上奏
说："至巡警一项，从前止有七十七名，复以宣化防兵四十四名，错杂其
内，共足成一百二十一名。臣于春间将防兵剔出，募足一百二十一名，使
之各专……幸明年新军分期成立，兵备较充，则原有防营即可贱人巡缉，
以辅巡警之不足。"① 但最终没能实现强兵固边的设想。

---

① 三多：《库伦奏议》，《边疆史地文献初编·北部边疆》第 2 辑，中央编译出版社 2011 年
版，第 400 页。

外蒙古"独立"前，三多曾向来署的蒙古王公陈述利害："如以本大臣办事不洽蒙情，宁将予一人置诸锋刃，不可受人愚弄，将蒙古送于他人之手。抑或不愿内地官吏管辖，如欲改为自治，本大臣立刻即为电奏请旨，但不可倡言独立。"① 三多作了最后的努力，但是清政府大势已去，国内革命浪潮汹涌，三多也无计可施。这时的三多也清楚地知道自己既无救世之能，亦无鏖战之勇。在外蒙古所写的最后一首诗中，他以院中古松自喻："汗山之中获此松，瘦皱如石，弯环若弓。既不能登诸廊庙兮为梁为栋，又不愿竞腾雷雨兮化蛟化龙。吁嗟乎，吾志欲东兮，曷勿作舟楫而乘风！"诗以古松自喻，三多虽然有青松之志，但是终不堪大用，非栋梁之才，又不敢勇于担当，所以只能"乘槎东游"，逃离避世。三多在这首诗里既有自责，更多的则是无奈。宣统三年（1911）十月十五日，三多被俄兵护送出外蒙古。他的选择注定了他不能逃避历史的质问与谴责。

四 结语

三多从外蒙古归来，辗转回到天津，当起了寓公。三多从杭州调任归绥，直至成为库伦办事大臣的人生经历，既是他人生的辉煌点，同时也是他一生的转捩。库伦办事大臣是三多官职履历上的最高位，但也正是这个位置，让他成为中国近代史上争议最多的人物。三多怀揣着自己的政治理想从杭州到达归绥，在把自己的政治理想移植到外蒙古时却遭到了失败，最后不得不黯然离开。在批判三多的同时，我们应该看到三多在边地所作的努力，体味历史人物内心的矛盾与挣扎。刘学铫在论文中总结了三多之三不幸，三多在外蒙古任职时未见著述即是其中一点："截至目前为止，论及三多者，似皆为缺席裁判。"② 而三多的诗词恰可以补充和发现历史当中缺失或者遗漏的事实。通过诗史互证的方法，挖掘诗词内部所隐秘的历史细节，不仅可以帮助我们理解历史人物在复杂情势下的抉择，为历史研究提供新的材料，更有助于加深我们对历史和人物本身的认识和评断。

【原发表于《中国边疆史地研究》2016 年第 2 期】

---

① 陈崇祖：《外蒙古近世史》，文海出版社 1979 年版，第 10、11 页。
② 刘学铫：《清季末任驻库伦办事大臣三多》，《中国边政》第 172 期。

瑞常的诗歌研究

张　博

　　瑞常生活在道光、咸丰、同治年间，身历鸦片战争、义和团起义、洋务运动，是清中后期重要的蒙古族诗人，有《如舟吟馆诗抄》①一部，此外还有五首为《如舟吟馆诗抄》所未录，分别为载于裕贵《铸庐诗剩》的《奉题》两首，以及《国朝正雅集》所收《园中山石》《山海关》《平安道中》三首。瑞常的诗作在当时颇有影响力，在京时与弟弟瑞庆被人比作"两宋双苏"②，他的诗歌也被《国朝正雅集》《国朝杭郡诗三辑》

---

　　①　目前存世的《如舟吟馆诗抄》皆为光绪年间刻本，存诗三百二十七首。道光三十年（1850）瑞常被调为吏部左侍郎，一直持续到咸丰七年（1857）八月，据《国朝正雅集》的瑞常小传"现官吏部左侍郎，著有如舟吟馆诗抄"，可知《如舟吟馆诗抄》最晚在咸丰七年（1857）便已经成书。该集国家图书馆古籍馆存有四卷，一册无封皮，到三十七页《感怀》一诗为止；一册有封皮，至三十五页《酒家》一诗为结，且这一册三十五页本有朱笔与墨笔的圈点，墨笔痕迹在朱笔之上，可以看出时间上朱笔圈点在先，墨笔圈点在后。朱笔随处可见，以句读为主，部分诗歌全文标记，如《郊居》，部分诗歌句子下画红线，如《西湖晚眺》"花落轻红燕子飞"一句，《初冬早起》"霜叶无风落砌隈"一句，《秋暮》"弹琴倚画廊"一句，墨笔仅到八页为止，有在句读处圈点的，有后三字圈点，有后四字圈点，个别诗甚至从头圈到尾。另外两册均有封皮，共六十八页，到丁巳（1857）《十一月秒赏紫禁城骑马谢恩恭纪》为止，首都图书馆存有六十八页本一卷。以上五卷的排版，字体，雕刻质量，颜色都一致，但有细微差异：三十七页本与首图六十八页本的《如舟吟馆诗抄序》为"芝生相国，蒙古人"，而三十五页本与国图六十八页本皆为"芝生相国，满洲人"，其中三十五页本满洲人旁有墨笔所写的繁体蒙古二字，此外第三页《盼雪》一诗第四句三十七页本与首图六十八页本的《如舟吟馆诗抄序》为"炉篆偏宜傍晚曛"，三十五页本与国图六十八页本则为"镜篆偏宜傍晚曛"，五册都有夏同善所作的序，从序中"光绪戊寅春公子葵卿通副以公遗集《如舟吟馆诗钞》一编问序于余"可知这五卷诗抄为瑞常长子文晖刻于光绪年间，比较而言三十五页本与国图六十八页本成书相对较早且有错误，首图六十八页本错误较少，同时也较国图三十七页本全面，所以本文以及之后的校对都以首图六十八页本为准。

　　②　三多：《柳营诗传》，清光绪年十六年（1890）刻本。

《两浙𬨎轩续录》《晚晴簃诗汇》等所选录，还因符葆森之请为《国朝正雅集》作序一篇，这篇谈论瑞常诗学主张的《国朝正雅集序》也被《八旗文经》所收录，下文将瑞常的诗作分为山水风物、人伦亲情、家国忧思，在此基础上进一步研究其诗歌特色及诗学思想。

一　瑞常笔下的诗意世界

如果按题材分类，瑞常的诗歌可分为纪游、赠答、咏物、闺情、怀古、感怀等，但每种题材在诗集中所占比重并不一样，如怀古只有两首，闺情也仅有七首，使得这种分类不便于行文，所以本文按诗歌内容将瑞常诗歌分为三类，一曰山水风物，一曰人伦亲情，一曰家国忧思。

《如舟吟馆诗抄》所载诗歌的起止时间为道光二年（1822）至咸丰七年（1857），在这段时间里有两个事件对瑞常诗歌走向产生了至关重要的影响，一是道光十二年（1832）中举，由杭州入京，此前瑞常诗歌以描摹杭州之景为主，表达一种恬淡舒适之趣；进京之后的诗歌则以思乡为多，在其道光十二年（1832）之后的写景与赠答诗里多有体现。再则是太平天国起义席卷全国之时，具体时间大致为咸丰元年（1851）前后，这时诗集中对家乡的思念让位于对家国的忧思，一些纪游怀古咏物之作也由此带有了一股苍凉之气，以上三个时间段将在本节中多有体现。

黄永武在《中国诗学》里曾说："诗歌是作者心灵的投影，心事不易窥识，只有从时、地、人、事各外缘的关系去考察。"① 沈祖棻在《古典诗歌论丛》后记中也提道："在过去的古代文学史研究当中，我们感到有一个比较普遍的和比较重要的缺点。那就是，没有将考证和批评密切地结合起来。"② "我们就尝试着一种将批评建立在考据基础上的方法"③。所以在具体的行文中，笔者尝试将考据与鉴赏相结合，还原作者作诗时的背景，以此考察瑞常隐藏在诗歌中的灵魂。

（一）山水风物的深情吟赏

瑞常存世诗歌 300 余首，大半为写景诗，按瑞常的生平与所写诗歌之

---

① 黄永武：《中国诗学·考据篇》，新世界出版社 2012 年版，第 19 页。
② 程千帆、沈祖棻：《古典诗歌论丛》，上海文艺联合出版社 1954 年版，第 263 页。
③ 同上书，第 264 页。

内容可分为三个时间段：道光十二年（1832）之前以描写杭州风景为主，兼有赴京途中的纪游之作。道光十二年（1832）初进京时思乡之诗居多，其后主持乡试，所到之处渐多而眼界益宽，诗歌内容也随之丰富起来。

1. 在杭州时期的写景诗

夏同善称瑞常诗歌"此以知真山水真性情固有凝结于不可解者，千秋万岁公之魂魄必犹依恋此湖也"，西湖是唯一一个贯穿《如舟吟馆诗抄》的意象，进京前，它代表着瑞常在杭州时期无忧无虑的生活，进京后，它就变成了思乡与归隐的符号。瑞常的西湖诗大多都是进京前在杭州时所写，直接描写西湖景色的如：

> 春色二分描，西湖荡画桡。东风吹杨柳，绿过假家桥。（《湖上》）

末句化用王士祯"东风着意吹杨柳，绿到芜城第几桥"，再如"红紫万千呈，西湖拨棹行"（《湖上》），一些隐秘的心情也常隐于其中，如作于道光九年（1829）的《湖上》[1]：

> 扁舟初泊岸，枫树指山隈。雪意天边酿，湖光镜面开。白波冲鸟去，黄叶打船来。孤屿寻梅客，看花拄杖回。

瑞常作这首诗时正值第三次会试不第，在他这一年写给妻子的诗中有"此身只合林泉隐，好上扁舟理钓竿"（《寄内》）之句，充满了消极避世的念头，这首诗便作于这种心境之下。本诗妙在五六句，湖水不动而鸟动，瑞常却反说"白波冲鸟去"，将动物与静物颠倒，扁舟泊岸，黄叶悠悠落下，瑞常却偏偏用一"打"字，将本来静态的画面瞬间写得动了起来，另外这两句对仗工整，一"去"一"来"也颇有空间感。末句"孤屿寻梅客，看花拄杖回"为这幅画里加了一个孤独的寻梅客，颇有柳宗元"孤舟蓑笠翁，独钓寒江雪"之意境，与作者落榜失意想要隐居避世的心情暗合。

---

[1]　瑞常诗集中共三首《湖上》，分别作于不同时间，前两首《湖上》分别为道光四年（1824）和道光七年（1827）。

西湖是一个景观群，自元代起就有钱塘十景一说，这些景物也频频出现瑞常的诗歌中，如"凄清莫对平湖月，剩有荒烟锁六桥"（《苏小小墓》）的平湖月和苏堤上的六桥，"大观台畔立，香送桂花妍"（《吴山远眺》）的吴山大观台，"孤屿静留盘鹤地，危亭斜对钓鱼几"（《放鹤亭怀林和靖》）的放鹤亭，"行过苏隄又白隄，湖边春色斗芳菲"（《西湖晚眺》）的苏堤与白堤，"南屏一杵钟声动，催得游人款款归"（《西湖晚眺》）的南屏晚钟，"草青苏小墓，柳绿假家桥"（《春晴》）的苏小小墓和假家桥，"云水光中望眼迷"（《南屏》）的云水光中水榭，"遥指清波门外路，绿杨深处晓莺啼"（《南屏》）的清波门及其附近的柳浪闻莺，还有《韬光》所描写的韬光寺，《日游宝云庵》所游的"宝云庵"等，其中《苏小小墓》两首尤值得一提，诗为：

西泠桥畔种桃花，管领春风是妾家。多少湖边游侠子。携樽争访碧油车。

歌舞当年意态娇，而今抔土客魂销。凄清莫对平湖月，剩有荒烟锁六桥。

苏小小墓位于西泠桥桥畔，所以诗一第一句为"西泠桥畔种桃花"。第二句"管领春风是妾家"化自白居易《杨柳枝词八首》第三首"句引春风无限情"，这两句是写如今苏小小墓的景色，三四句"多少湖边游侠子。携樽争访碧油车"典出相传苏小小所作的"妾乘油壁车，郎跨青骢马。何处结同心，西陵松柏下"，极写苏小小在世时的盛况，诗二后两句"凄清莫对平湖月，剩有荒烟锁六桥"紧接上句"客魂消"而写，这里瑞常并不接着继续感慨，而是将视角由苏小小墓向东扩展至平湖秋月，向西扩展至苏堤六桥，用凄清的景色将全诗收住，使得一股佳人已逝，独留青冢的惆怅之情油然而生。从结构看，全诗共有三处对比，一是诗一苏小小去世后的墓与苏小小在世时的对比，二是诗二"歌舞当年意态娇，而今抔土客魂销"当年与如今的对比。三是诗一苏小小墓白天桃花春风与诗二晚间凄清冷落的景况对比，在这些对比中寄托了瑞常对一代名妓苏小小的哀思。

自宋代以来，西湖日渐繁华，柳永《望海潮》一诗详细记述了"市列珠玑，户盈罗绮"的盛况，发展到清代，西湖早已不是苏白笔下那个风清月白的桃花源，而是体现出另外一种更加世俗的景象，而这在瑞常的诗歌里也有体现，如：

> 忽听画船歌艳曲，遥看粉堞映斜晖。南屏一杵钟声动，催得游人款款归。(《西湖晚眺》)

再如《初夏》：

> 布袜青鞋任所之，风光满郭画图披。花余芍药人还赏，春尽郊原蝶未知。野店堆盘多豆荚，市桥压担半蓴丝。村边绿树环流水，正是渔家返棹时。

第一句化用杨万里"清风明月行乐耳，布袜青鞋随所之"（《送颜几圣龙学尚书出守泉州二首其二》），三四句颇有"后三字大出上四字意外"之感，百花都开过，只留芍药殿春，却依然有人欣赏，转眼已到了初夏，蝴蝶却依然以为春天还没过去，还在翩翩起舞，五六句则是描写西湖市井热闹的一面，末句用"环"和"返"将一个小村、绿树、流水、渔家的静态画面变得动了起来。

除西湖外，瑞常在杭州还有其他的写景诗作，在这些作品里，常常在景中用自己独特的观察力，从细节处表现某种趣味，正如他在《学诗》中所说"即景便生情，形形兼色色。活泼见天真，鸢鱼参消息"，这些趣味一言以概之，就是闲适之趣，如"水气清如许，闲寻午梦长"（《水阁》），"雨后芭蕉新绿长，闲看饥雀啄莓苔"（《新秋》）而这些闲趣可以进一步细分。"难得村居门卷僻，隔篱春水叫虾蟆"（《郊外》）是村居之趣；"昨夜雨丝吹已遍，海棠底放一支红"（《早起》）是赏花之趣；"指点柳阴深处好，诗筒携上采菱舟"（《即景》）是作诗之趣；"短彴偶然双屐踏，惊人水鸟破苍烟"（《山行》）是山行之趣。

瑞常在表现这些趣味时，常常会动用多种感官，如《郊居》：

> 新萍漾碧满池塘，众绿围村树影凉。闲向柴门扶杖立，晚风吹送稻花香。

"碧""绿"是颜色，"凉"是触觉，"香"则是嗅觉。

描写江南采莲之趣的《早秋湖上》：

> 荷花香裹露霏霏，菱角鸡头漾水肥。呼得扁舟刚欲采，池塘惊起鹭鸶飞。

将荷花的香气、呼叫扁舟的声音以及鹭鸶飞的动感交织在一起。

描写西湖垂钓之乐的《湖上看莲花》：

> 万朵红霞照眼明，香浮莲沼雨初晴。钓几都被新荷掩，暗听游鱼拨刺声。

首句借用韩愈"五月榴花照眼明"，将红艳如火的五月榴花换成同样颜色的莲花，还巧妙地将之比作红霞，给人视觉上的冲击，第二句的"香浮莲沼雨初晴"，将莲花本身的香混合刚下过雨之后空气中的泥土味。"钓几都被新荷掩"，一个"掩"字，将荷叶的多和密表现在画面上，对于画面上看不到的游鱼，则用声音的方式予以呈现，使得画外有画。

再如描绘品题风景之趣的《暮春》：

> 草满郊原水满溪，拖蓝泼翠遍高低。打鱼舟去冲波稳，叱犊人来插稻齐。芍药殿春千朵放，鹧鸪带雨一声啼。湖山十里开图画，好把风光细品题。

"打渔舟去""叱犊人来"空间上一去一来，"芍药颠春""鹧鸪带雨"空间上一远一近，草与水"拖蓝泼翠"的色彩，渔舟"冲波"的动作，农夫"叱犊"与鹧鸪啼叫的声音，苏东坡有诗"尚留芍药殿春风"，满山的芍药表明此时正是暮春时节，最后两句化自文嘉"十里湖山开画障，一双小艇载琵琶"，与前句拖蓝泼翠相呼应，呈现了一幅色彩与声音交织的西湖暮春山水画。

宗白华在《美学与意境》中认为"中国人看山水，不是心往不返，目极无穷，而是'返身而诚''万物皆备于我'"①，《诗经·大序》云

---

① 宗白华：《美学与意境》，人民出版社 2009 年版，第 156 页。

"在心为志，发之为言"。诗人常常要通过吟咏景物来自陈心志。这在瑞常在杭州时所作的诗歌中也有体现，如《落叶》：

> 昨夜阶前叶有声，林园籁籁嫩寒生。风吹老树昏鸦集，霜满荒郊塞雁鸣。曲径归来凉雨歇，疏枝秃处夕阳明。始知松柏坚无比，苍翠何曾有变更。

从一二句"叶有声""嫩寒生"可知此时已经是杭州的冬天，三四句则描绘了老树昏鸦，雁鸣荒郊，风霜遍布的肃杀景象，五六句一转，描绘了曲径归来时骤雨初歇，之前被乌云遮蔽的夕阳透过疏枝望去格外耀眼的景象。末两句再接五六句，"夕阳明"是因为夕阳经历了"凉雨"，"松柏坚无比"也是因为松柏不管在多冷的季节依然苍翠不变，在写景中道出了人生的哲理。瑞常道光二年（1822）中举后曾与父亲一起进京，有"人着貂衣身早贵，我披鹤氅岁将残"（《随家大人入值西华门》）之句，尽管身份低微，但瑞常依然在隔年所作的《寄意》中用"不随流俗转，傲骨本崚嶒"表达自己愿望，《落叶》一诗也作于这一年，当他看到"苍翠何曾有变更"的松柏便写下了这首诗，松柏之苍翠不随季节改变，自己高洁的品性也不随流俗转变。同样寄托情怀的还有作于道光八年（1828）的《古松》。

瑞常在杭州时期共三次赴京会试，往返途中路过浙江、江苏、山东、甘肃，写下了大量的纪游诗，按内容可分为如下几个方面，一是思乡，如"听到深宵船未泊，离家不惯梦难成"（《冬至日随家大人北上》），"京华那有团圞乐，鹫岭迢迢望白云"（《盼雪》），"遥忆西湖上，烟波动远愁"（《阊门遇雪》），"梦醒不知重作客，鸡声听处悮家乡"（《塘栖舟次》）。二是驿路之难，如"飞尘满人面，落日照山头"（《南沙河》）的沙尘之苦，"桥霜店月十分寒，况味初尝道路难"（《冬至日随家大人北上》）的寒冷之苦，"尘羹土饭苦难支，宿露餐风只自知"的食物难以下咽之苦，还有雨天行路之苦，如《大雨行》，披星戴月之苦，如"酒醒舟初泊，鸡鸣夜未阑"（《舟次苏州》），其中不乏上乘之作，如描写乘船遇风浪之苦的《渡江有风》，诗为：

> 我欲渡江舟子招，阴风飒飒终日飘。忽惊雪浪掀云霄，澎湃镗鎝

鱼龙跳。浓云低压金与焦，布帆一挂愁飘飘。风声水声十里遥，奇险直驾钱塘潮。我欲高歌魂已销，万顷茫然难笔描。此身汛汛如浮瓢，旅人相对愁思饶，愁思赖有浊酒浇。

"雪浪掀云霄"是由下自上，"浓云低压"是由上自下，瑞常所乘的小舟被夹在中间，其险可知，诗人还特意在"风声水声十里遥""旅人相对愁思饶"从听觉与视觉两个方面，以声音之遥远、旅人之愁苦侧面衬托风浪之险，末三句还打破了传统诗歌需要两两对仗的特点，给人耳目一新之感。

再如《苦水铺大风》：

> 野阔晓风寒，尘沙奔苍莽。前途不见车，但听铃辕响。

"晓风"一词表明了天刚亮作者就踏上了旅途，而原野的空阔与天色刚破晓更突出了风的寒冷，仅五个字就将披星戴月的行路之苦与寒冷之苦表现出来，三四句接二句来说，不从视觉上写尘沙如何大，反从听觉来写，能听到"铃辕响"，说明车与作者离得很近，离得近却看不到，则漫天尘沙迷目可知。

旅途虽苦，却不妨碍瑞常苦中作乐，如《即景》：

> 落月荒村外，凄清夜色残。板桥霜更滑，扶梦上征鞍。

这首诗前三句化用温庭筠"鸡声茅店月，人迹板桥霜"，描绘了一幅荒村天色初破晓的情景，末句尤妙：凌晨赶路而人被从梦中叫醒，将醒未醒之际中被人扶上马鞍，将旅行者的倦意披上了一层朦胧梦幻的色彩。

再如《微雨过辛丰》：

> 细雨斜风暗客程，池塘水满听蛙鸣。牧儿牛背骑偏稳，披得蓑衣自在行。

不仅不以冒雨赶路为苦，反而还有闲心欣赏牧童骑牛与青蛙鸣叫，将诗人悠然自得之趣表现得淋漓尽致。再如《渡江》：

风翻急浪打船头，月暗深宵动客愁。忽听舟人相笑语，布帆无恙进瓜州。

一二句写渡江历风浪之险，三四句忽然将时间压缩到进瓜州这一瞬间，从舟人的笑来得知布帆的无恙，时间上先长后短，另外本诗结构上两两相对，"急浪打船头"与"无恙进瓜州"相对，"动客愁"与"相笑语"相对，用对比将有惊无险的旅程绘色绘声地描述出来。

瑞常还有一些描绘途中所见，吟咏路过的风景的诗作，如《渡江》：

万顷江天阔，轻舟一叶张。波涛掀日月，云树接溟沧。帆影随风折，铃声绕塔长。金焦高峙处，朝旭吐苍凉。

这首诗作于道光六年（1826）瑞常进京赶考途中，心中充满了对建功立业的向往，诗一二句以水天无际来对比扁舟一叶，豪迈之情油然而生，三四句写波涛汹涌用"掀日月"三字，则风浪之大可知，写云树之高用"接溟沧"三字，则树木之挺拔可知。五六句写得最好，水被风一吹便起波痕，这时水中的帆影好似被折断一般，铃声是塔所发出的，混以风声，好似铃声在绕着塔转圈，体现出瑞常观察之细与用字之精。

当然途中所见的也并不全是景物，还有一些体现民间疾苦的诗作，如"茧成尽是心头血，罗绮人家那得知"（《育蚕词》），道光二年（1822），瑞常就有描写水灾的《书所见》：

连朝淫雨作轻寒，满野哀鸿不忍看。一瓣心香河伯祷，斯民完聚在安澜。

之后还有"东风吹雨雨未歇，农夫农妇忧心煎"（《大雨行》），道光六年（1826），瑞常赴京赶考回家，《荒村书所见》有句"东邻破屋连，西邻炊烟断"，用互文的手法表现出破屋相连，炊烟断缕的惨状，突出了"催税税难缓"所造成的影响。

2. 进京之初的风景诗

况周颐《蕙风词话》称"南人得江山之秀，北人以冰霜为清"[①]，瑞

---

① 况周颐撰，屈兴国辑注：《蕙风词话辑注》，江西人民出版社 2000 年版，第 118 页。

常自己也在诗中说："南北由来风气别，一为柔弱一刚强。"（《武闱校射》）如果瑞常在杭州时期所写的诗歌得江山之秀的话，那么从道光十二年（1832）中进士入京之后，瑞常的诗歌便开始呈现出不一样的内容，首先是思乡之情，北京和杭州，一个地处温带，一个地处亚热带，气候的不同让久居江南水乡的瑞常倍感不适，这些也反映在了他的诗作中，如《春寒》：

> 时序转青阳，重裘冷莫当。小池留冻意，曲径滞花香。重拨炉中火，难消瓦上霜。愿将寒燠事，昂首问东皇。

为什么京城到了春天却需要重裘和炉中火这两个在杭州冬天才能用到的东西呢，似乎也只能去问东皇这个司春之神了。再如《花朝》：

> 曾记家乡二月时，满堤花柳日迟迟。如何京国春来缓，仍是围炉冷不支。

这种气候对比写得最好的要数《思乡》：

> 思乡不解意缠绵，南北真疑气候偏。花过三春才见蝶，树稀五月未闻蝉。怕逢赤日窗先闭，为盼甘霖眼欲穿。曾记江南梅子熟，夜来风雨搅清眠。

蝴蝶和蝉，在江南分别代表了春天和夏天，花过三春才第一次见蝶，等到五月树叶都稀疏了却依然听不得蝉鸣，北方阳光直射而少雨，南方太阳温和而多雨，故曰："怕逢赤日窗先闭，为盼甘霖眼欲穿。"全诗通篇都在对比江南与北京的气候，末句"夜来风雨搅清眠"也与"为盼甘霖眼欲穿"相对，思乡之情跃然纸上。

京城与杭州的不同固然让瑞常思乡，京城与杭州相同的地方也能勾起他的思乡之情：

> 园中隙地尽栽花，疑是孤山处士家。昨夜还乡曾有梦，醒来残月照窗纱。（《园中》）

由园中所栽的花想到了位于杭州西湖林和靖的居所。

再如：

> 花木参差冒晚烟，一钩新月斗婵娟。庭前添个梧桐树，便是家乡五月天。（《夏夜即景》）

目光所及的是京国的风景，脑中所想的却是家乡的夏夜。

在这种思乡之情的触动下，瑞常在道光十八年（1838）曾乞假返乡，有《湖上看山》一首，诗为：

> 久困风尘客，归来饱看山。寺藏红树里，僧住白云间。远渚眠鸥稳，孤峰倦鹤还。黄昏时已近，石磴尚登攀。

作这首诗时瑞常在北京已经生活了六年，在这六年里瑞常经历了丧偶、续弦、生子，自己被擢为翰林院侍讲学士，弟弟瑞庆也连中举人进士，回到家乡自然恍如隔世。本诗好在后四句，"远渚"与"孤峰"表明作者在山上观景，黄昏时分，鸥眠鹤倦，与之相对瑞常不仅没有下山，反而"石磴尚登攀"，对家乡的思念，久困京城的无奈，对西湖山水的喜爱，全被这五个字写尽。

当然瑞常也并不总是思乡，还有一些诗歌是在描绘北京特有的景观，如《游二闸》《清漪园》等，其中作于道光十二年（1832）的《陶然亭》尤值得一说，诗为：

> 久困尘埃里，登高眼忽明。山遥青霭合，树密晚烟生。春水绿围郭，夕阳红到城。地偏心自远，坐对一壶倾。

这首诗写于道光十二年（1832），瑞常刚中进士，之前接连三次进士不第，一二句虽是在吟咏陶然亭的位置之高，但结合瑞常此时心情，应有"频年名落孙山外，忽看泥金喜报通"（瑞常《春闱报捷》）之意，中间四句紧扣登高写景，"山遥青霭合"化自毛万龄"水遥青霭合"，"树密晚烟生"化自周邦彦"密霭生烟树"，瑞常站在高处，青山、绿树、晚烟、春水、夕阳以及被夕阳映红的城池全部一览无余，末句"地偏心自远"

化用陶渊明"心远地自偏",反其意而用之,"化故为新",强调环境对诗人心境的影响,为本诗的点睛之笔。

在瑞常描写北京的风景诗中,更多的是以春夏秋冬四时命名的诗歌,这类诗歌正如瑞常在《学诗》中所云:"即景便生情,形形兼色色。"都是随时随地有感而发而写就的,除上文提到的《夏夜即景》,还有《夏日闲咏》(道光十三年道光十五年两首)《初夏》《初寒》《秋暮》《闰夏偶吟》《暑退》《送秋》(道光二十一年道光二十二年两首)、《饯春》《初夏》《冬夜》《秋雨》《园中秋晓》《冬日海淀即景》,其中不乏佳作,如《暑退》:

> 暑退夜初凉,迎风人意适。长笛一声吹,庭前秋月白。

本诗运用了多种感官,"夜初凉""人意适"是感觉,"一声吹"是声音,"秋月白"是色彩。后两句最见诗人功力,似乎随着长笛吹奏的声响,庭前的秋月也变得皎洁起来,颇有柳宗元"欸乃一声山水绿"之感。

再如《秋夜》:

> 淡淡星河映碧空,葛衣新换倚帘枕。素琴弹彻三更月,纨扇摇来两袖风。蟋蟀声多凉露白,玻璃窗静夜灯红。尘心到此真无着,一种幽怀寄酒筒。

这首诗妙在中间两句,"素琴弹彻三更月"化自李白"闲坐夜明月,幽人弹素琴"(《月夜听卢子顺弹琴》),"纨扇摇来两袖风"则以担风袖月来形容自己此时尘心无着的心境,五六句对仗工整,且一响一静,一白一红,对比明显,蟋蟀的鸣叫声更衬托出秋夜的静,凉露之白也使得夜灯更红,此情此景又怎能不让诗人生出远离尘嚣的幽怀?

再如《初夏》:

> 花到残时蛱蝶稀,年年京邸送春归。荷钱贴水青如画,麦穗盈畴绿更肥。戏沼鸭雏穿荇出,离巢燕子傍林飞。郊原午后天微热,小立溪边换袷衣。

首句化用了杜诗"穿花蛱蝶深深见"(《曲江》),杜诗作于暮春,写蝴蝶在花丛深处时时可见,而瑞常写作此诗的时间已是初夏,花渐渐凋零,连蝴蝶也稀少了,通过化用杜诗,将不同时空的春夏粘合到了一起。九十韶光匆匆而过,但诗人并没有继续感伤,反而笔锋一转,连写了四句夏景之美,前两句写植物,后两句写动物,三五句写水景,四六句写陆景,构思极为精巧。末句转回诗人,以"换袷衣"将春去夏来天气渐热之感写出,使读者感到初夏仿佛就在眼前。

带悲春伤秋原是诗人的共性,瑞常也不例外,《饯春》:

> 艳阳天气春光好,瞥眼忽惊春光老。乱红堆砌落花深,蝴蝶飞来添懊恼。韶华九十如水流,惜春有客强登楼。打窗风雨连宵急,林外鹧鸪啼不休。主人整顿饯春酒,劝我风前斟满斗。今年春去明年来,何苦伤心离别久。东风飘泊柳花飞,池塘草色青且肥。多情燕子曾相识,试问春从何处归。

这首诗作于道光二十三年(1843)春天,瑞常道光十七年(1837)被擢为翰林院侍讲学士,一直到此时仍未获得升迁,所以此诗既是惜春,也是在哀叹自己逝去的时光。全诗用"连环勾搭"之法,用一"春"字将全诗串起,开头便夺人眼目,第一句刚说"春光好",下句便忽惊"春光老",于是在诗人眼中景物也随之变化,满野的鲜花变成了"乱红堆砌",看到美丽的蝴蝶飞来也平添懊恼。兼之窗外风雨连宵,鹧鸪啼叫不止,这一切都让作者心口郁结,不得释放,诗人的友人见到作者如此伤春,便替诗人安排酒筵为春送别,并安慰诗人春天今年走了明年还会再来,你看外面东风吹拂,柳花乱飞,池塘草色如茵,何必为春天要走了伤心呢?于是诗人放眼望去,但刚看了燕子,便又想到了去问它,春天走了从哪里回来呢,仍旧对春天的离去难以释怀,显得无比痴情。傅庚生云"情深则往往因无端之事,作有关之想。情之愈痴,愈远于理",瑞常这首诗便达到了"无理而妙"的境界。

3. 把持文柄后的风景诗

魏禧有云:"古之能文者,多游历山川名都大邑,以补风土之不足,而变化其天质"① 道光二十四年（1844）擢内阁学士之后瑞常屡次担任各省乡试主考，足迹遍布大江南北，最远甚至到达过朝鲜，瑞常在自己的诗中就承认这些名山大川对自己诗兴的激发作用，如"此行欲得江山助，李贺诗囊一例看"（《七月下浣喜峰口偶作》），"得江山助"用唐代张说谪官岳州，诗歌反而较前为进的典故，"李贺诗囊"用李贺骑驴背一古破锦囊，遇有所得，即书投囊中的典故，再如"风光无限好，一一付诗囊"（《九月既望自省启行》），在诗兴的激发下其中不乏好句，如"江声带雨听残夜，山色分青梦六朝"（《抵金陵宿朝天宫》），"天低远树浓云压，水漫孤村行客稀"（《途中即景》），"辉腾远树三竿日，冷逼征衣万瓦霜"（《九月十四任邱道中晓行》）。

这些诗按内容大致可分为如下几类：

一是写景，《舟泊维扬》：

> 插脚红尘十载遥，蒲帆一幅水光摇。邗江风景浑如昔，好梦难忘廿四桥。

道光二十四年（1844）瑞常典试福建，路过扬州，遂成此诗，"插脚红尘"语出陆游词"插脚红尘已是颠"，瑞常道光十二年（1832）入京，到作这首诗时已经过了十二年，固有"十载遥"之谓。瑞常早年赴京赶考，先后六次路过江苏，对江苏风景自也非常熟悉，故地重游，瑞常已从考生变成主考官，苏州的风景却如昔日一般，这首诗在结构上注重时间的对比，如"十载遥""浑如昔"，对仗上皆是一句昔时，一句今日，在时间的交错中写出了"物是人非"之感，符葆森是江苏人，《寄心庵诗话》曾引此诗，称扬州"一从乱后，已作芜城，读吾师诗不仅怃然"。

再如《过赵北口》：

> 直疑霄汉架长虹，十二联桥一线通。鸭绿新添三伏雨，乌竿斜挂半帆风。蓼花临水知秋近，谷穗盈畴识岁丰。泛宅果能成小隐，携将簑笠作渔翁。

---

① 魏禧著，胡守仁等校点：《魏叔子文集》卷八，《曾庭闻文集序》，中华书局 2003 年版，第 401 页。

首句起得颇有气势，三四句转到诗人自身，水色绿，更添三伏之雨，舟行快，更添半帆之风，将细雨斜风之景与凉爽舒适之感写出，意思加了一层，五六句再一转，蓼花临水即将凋谢，则秋日已近，但作者并没有为夏天的逝去而感伤，反而从满野将要成熟的谷穗看出了秋天的丰收，不仅体现出作者观察的细微，也使诗歌的意思再上一层，末句跳出写景，诗人因为美丽的景色油然而生一种想要以船为家的隐士情怀，既烘托了让诗人产生这种情怀的景物，同时自陈心志，使意思又翻了一层。

二是客途，有描写客途之苦的，如《途中即景》：

> 肩与过处绿阴肥，蒲扇轻将溽暑挥。
> 没踝最怜泥滑滑，恼人何苦雨霏霏。
> 天低远树浓云压，水漫孤村行客稀。
> 才试薄绵旋换葛，暖寒难定客中衣。

此诗作于咸丰元年（1851）瑞常主试江南途中，三四句化用杜甫"雨脚泥滑滑"，写雨天行路之苦，七八句则写由北到南的寒暖更替之苦。

也有描写旅途欢欣的，如"笋舆舁我飞如鸟，山色迎人碧似螺"（《七月初旬出都》）"隔水犹嫌山色远，近家翻觉棹行迟"（《衢州舟次》）等。

道光二十九年（1849）十月，瑞常充册封朝鲜正使，有《平安道中》一首，诗为：

> 黄海行来西复西，平安道上雪融泥。十分心事留燕邸，两月征途困马蹄。略有酒痕襟上着，不多诗稿箧中携。归来旧雨如相讯，东国风光待品题。

平安道位于朝鲜，是朝鲜八道之一，该诗未被选入《如舟吟馆诗抄》，是现存唯一的一首记录朝鲜风景的诗歌，诗人在旅途劳顿的情况下对国家的想念，对朝鲜风景期待的复杂心情都在诗中。

三是思乡，如"我本西湖旧有家，今来东鲁驻轺车"（《大明湖》），"千里京华乡梦隔，又来茅店听鸡鸣"（《临城驿途次偶成》）。道光二十四年（1844）瑞常充福建乡试正考官，与副考官杨福祺过桐庐写下了

《七夕泊子凌钓台邀子厚杨君小酌》，诗为：

> 桐庐江水碧于天，岸阔沙平望渺然。千古钓台高士节，一尊绿酒
> 美人缘。苍苍云树诸峰合，耿耿星河七夕悬。无限乡心同怅触，西湖
> 东岱两情牵。

子陵钓台相传是东汉隐士严光隐居垂钓之地，一二句写钓台景色之
美，首句化用韦庄"春水碧于天"之句。三四句则由钓台想到了隐居的
高士严光。如果这首诗也就此展开对严光高洁的抒情，则很难出新，本诗
妙在诗人写五六句将这感情以景截住，转为思乡：七夕本来并不是思乡的
日子，但触目所及都是浙江的山水，严子陵的淡泊名利义让瑞常想起了著
名隐士林和靖所隐居的西湖，这思乡之情也感染了一同饮酒的杨福祺，杨
福祺是山东历城人，所以诗末句为"西湖东岱两情牵"。全诗一二五六句
写景，三四七八句写情，也正是因为情景交融，使得全诗由咏严光转为思
乡显得水到渠成，体现了瑞常作诗的功力。

人伦亲情的沉挚抒写

瑞常的这部分诗歌按家世考与生平考可分为亲人、朋友、同僚，其中
亲人里的妻子在瑞常的诗中较为重要，故单独成节，分别选取有代表性的
人物与诗作详述之。

妻子

瑞常共三任妻子，《如舟吟馆诗抄》中存有其写给妻子的诗共 14 首，
第一任妻子伍弥特氏独占 11 首，两人成婚于道光七年（1827），瑞常有
诗《授室后示内》两首，由其二：

> 读书半夜月微明，代剔兰缸梦未成。万籁销沈秋夜冷，无鱼且倩
> 汝支更。

可以看出伍弥特氏是瑞常读书的伴侣。道光九年（1829），瑞常去参
加会试，路上有"频来离别惯，何必劝加餐"（《舟次苏州》），化自"弃
捐勿复道，努力加餐饭"（《行行重行行》），表现了与伍弥特氏离别之情。

然而这次会试又是名落孙山，心情苦闷的瑞常有《寄内》一首，诗为：

> 回顾青袍泪欲弹，年来三度困征鞍。春闱阻隔谁能遣，秋思缠绵强自宽。裘敝归来惭季子，雪深卧处羡袁安。此身只合林泉隐，好上扁舟理钓竿。

一二句以"征鞍"来比喻会试途中的辛苦。清代会试在春天举行，故又名"春闱"。三四句以"秋思"对"春闱"，极为巧妙，体现了作者的匠心。五六句连用苏秦裘敝金尽、季札弃其室而耕、袁安卧雪三个典故，用三个名垂青史的人来对比自己此时的落魄，末句似乎是表达了要隐居一意，但"只合"一词却表露了不甘。全诗充满了自怨自艾之情。

在这最艰难的岁月，是伍弥特氏鼓励他、陪伴他。他在晋秩侍讲之后写诗给伍弥特氏表达自己的感激之情：

> 曾记春闱报罢初，蹉跎岁月等闲居。感卿劝慰无多语，嘱我芸窗再读书。(《晋秩侍讲后寄内》)

可以看出，如果不是伍弥特氏的劝慰，也许瑞常就会一直蹉跎消沉下去，那么今天的史书上就会少一位屡司文柄的宰相了。

不幸的是，道光十五年（1835），伍弥特氏去世，瑞常伤心欲绝，有《悼亡》三首。瑞常在两人成婚之初所作的《授室后示内》正作于七夕，有"屈指双星明日会，人间天上两团栾"之句，所以在伍弥特氏去世后的七夕，瑞常会有感而作"暂时相会且徜徉，那管将来别恨长"（《七夕》）。多年后瑞常奉父母命续娶的妻子瓜尔佳氏给瑞常生了第一个儿子，这种喜悦却不能让瑞常"怜取眼前人"："念我宦都门，伉俪旧有偶。人事不可知，伤心骨已朽"（《感怀》）。道光二十二年（1842），瑞常为伍弥特氏作《感怀》三首，诗为：

> 忆我瀛洲鹭序联，光阴逝水十余年。如何寂寞长安里，无计传书到九泉。
>
> 鸾弦重续瑟琴声，毕竟温存不似卿。纵说持家勤且俭，矜寒惜暖自经营。

夜月凄风冷镜台，十分心事付尘埃。何时最是思卿处，两度京华
汝弟来。(《感怀》)

作这首诗时距离伍弥特氏去世已经过了十一年，此时瑞常已和第二任妻子
共同生活近十载并生有一子，光阴逝水，瑞常对伍弥特氏的思念反而愈久弥真。

除了直接写给伍弥特氏的诗，瑞常诗集里还有一些以女子口吻所写的诗
作，皆作于与伍弥特氏新婚后，如《闺中吟》即作于两人新婚之时，诗为：

方床睡起日初斜，茗椀擎来满绿牙。怪道清香霏枕角，鬓边新插
玉簪花。

本诗特意选取了女子刚睡醒这个时间去描绘，颇有情趣。

有时瑞常还会化用前人诗意来表现闺情，如作于道光十年（1830）
《春闺》三首：

不向花阴便柳阴，黄鹂也爱绿云深。侬今未有辽西梦，任尔枝头
弄好音。

昨夜花残怨雨声，今朝小阁爱新晴。忙拈针线帘前坐，要把鸳鸯
补绣成。

牡丹新向玉盆栽，惹得浓香满镜台。深院风微帘自动，一双燕子
恰归来。

诗一"侬今未有辽西梦，任尔枝头弄好音"化用唐代金昌绪的《春
怨》："打起黄莺儿，莫教枝上啼。啼时惊妾梦，不得到辽西。"诗二"忙
拈针线帘前坐，要把鸳鸯补绣成"化用唐寅《题倦绣图》："夜合花开香
满庭，玉人停绣自含情，百花绣尽皆鲜巧，惟有鸳鸯绣不成。"皆用其词
而不用其意，借反用闺怨诗歌来表现一种和谐的爱情。诗三"一双燕子
恰归来"也用燕子成双表现了这一主题。

如果要对瑞常为什么化用这些闺情诗细加考察，则需要研究这三首诗
的写作背景：闺情三首都是瑞常在杭州时期娶妻后所作，此诗作于道光十
年（1830），是瑞常第三次会试不中的隔年，这三首闺情表面上是写爱
情，实则是自我安慰：如果考中进士，妻子就会像金昌绪和唐寅笔下的女
子不能与心爱的人成双入对。

但入世思想对于从小就受儒家文化教育的瑞常来说是根深蒂固的，爱情只能作为求仕失败的自我安慰，却不能让瑞常放弃科举。

道光十二年（1832）瑞常中进士，道光十五年（1835）伍弥特氏去世，从瑞常作于此年的《悼亡》其二来看："求艾三年意欲痴，缠绵病骨苦难支。谁知送我登车日，即是与卿永诀时。"伍弥特氏正是在道光十二年（1832）瑞常中进士开始生病，是巧合还是因为离愁别绪所导致已不可知，三年后伍弥特氏去世，瑞常也终究没能再见其一面，而瑞常的闺情诗，也呈现出与之前完全不同的风格：

> 光阴屈指到九秋，深闺勾起闲中愁。凭阑不语有所思，之子远游无归期。终夕怀君不成寐，红绫湿透枕边泪。去年寄衣天未寒，今年寄衣道路难。一针一线不辞劳，盼郎指日披宫袍。旅中旧衣虽可浣，旧衣那及新衣暖。知君何日还故乡，天涯地角遥相望。相思正在停针处，寒风飒飒吹庭树。镇日剪刀声格格，装入轻棉花映白。鸿雁何时过我庐，临窗写就回纹书（《寄衣曲》）

这首诗作于道光十六年（1836），按时间来看应是怀念伍弥特氏所作，瑞常以亡妻的视角，想象着自己赴京求官，妻子对自己的思念之情。从瑞常《晋秩侍讲寄内》"感卿劝慰无多语"一句来看，伍弥特氏是个安静沉默的女子，"凭阑不语有所思"说的正是伍弥特氏这个特点，而她所思的，是"之子远游无归期"，即便如此，她依然"盼郎指日披宫袍"而将自己"终夕怀君不成寐，红绫湿透枕边泪"以及对瑞常无归期的担心深深埋在心底。"旅中旧衣虽可浣，旧衣那及新衣暖"一句与瑞常道光二十二年（1842）怀念伍弥特氏所作的"鸾弦重续瑟琴声，毕竟温存不似卿"（《感怀》）诗意相同，道光十六年（1836）瑞常已经续娶瓜尔佳氏，由"父母命续弦，谓我尚无后"（《感怀》），"娱亲终乏术，得子已嫌迟"（《书示拴儿》）等句可知与瓜尔佳氏成婚并非瑞常本意，所以"旧衣"一句应是就此而发。末句"回纹书"典出《晋书》，指秦州刺史窦滔之妻苏蕙所绣的《璇玑织锦诗》。这一针一线，本是妻子对丈夫的思念，现在却针针刺在瑞常心上，使得这首诗读起来字字带血。

类似的诗作还有《纨扇词》，诗为：

纨扇摇清飔，团圞如明镜。朱夏倏已更，红颜叹不永。妾心纨素
同，贞洁岂改性。漫道捐弃时，秋风伤薄命。

这首诗作于道光二十七年（1847），瑞常的第二任妻子道光二十八年
（1848）才去世，所以这首诗歌依然是怀念伍弥特氏所作，通常男子作闺
声是以男女关系来比君臣关系，但瑞常则不然，瑞常的这些诗都以伍弥特
氏为视角，随着伍弥特氏的死，这些诗就笼上了一层悲剧色彩，也许瑞常
的心里，一直对自己抛下生病的伍弥特氏去京求官充满了内疚，"漫道捐
弃时，秋风伤薄命"这句，便是瑞常的悔恨之语。

亲属

夏同善序称瑞常诗"思亲忆弟及朋僚赠答之作，低徊往复，未尝不
时动乡关之思"，其中"忆弟"指的就是瑞庆，而将"忆弟"与"思亲"
及"朋僚赠答"并举，也可以看出关于瑞庆的诗在《如舟吟馆诗抄》中
所占的分量。

《如舟吟馆诗抄》关于瑞庆的诗共有 18 首，几乎涵盖了瑞庆道光十
二年（1832）到咸丰五年（1855）的游踪宦迹，数量上也居与瑞常交游
唱和诗人之榜首。

道光十四年（1834）瑞庆中举，瑞常有《雪堂弟得捷秋闱》，道光十
六年（1836）瑞庆又中进士，瑞常作诗庆贺，赞其"士伸知已诚难得，
主司击节称良才"（《雪堂春闱报捷》其一），其二为：

叩门忽听泥金报，得珠果从龙渊回。亲朋驰车争相贺，何以酬之
酒一杯。酒阑灯炧夜将半，我虽款客心徘徊。高自位置胡不可，阿兄
盼汝登蓬莱。

在大家争相庆贺之际瑞常却担心连续高中会让瑞庆负才傲物，既喜且
忧的复杂心情体现了兄长对弟弟的关怀。由同样作于这一年的"泥金虽
报喜，炉火未成丹"（《七月杪盛恺廷明府偕雪堂买舟南旋》）一句可知瑞
庆中举后仕途并不如意，瑞常以"云程暂阻莫徘徊，旧业重寻一卷开。
欲得贯通须仗学，不经盘错岂成材"（《九月朔接雪堂袁江信》）四句
慰之。

道光二十三年（1843）瑞庆来京赴选，瑞常有诗《二月雪堂赴选来京作此以赠即和其韵》。其后瑞庆被选为湖北郧县知县。道光二十五年（1845），瑞常因恩麟一事降三级留任，十二月作诗《腊月廿八日入直六班有怀雪堂》三首，诗为：

> 腊鼓声中岁欲残，双扉静闭直庐寒。照人有镜颜非昔，避债无台梦尚安。槛外雪铺迷夜月，厨中韭熟荐春盘。头衔早荷君恩重，清夜扪心愧素餐。
>
> 山抱襄樊万笏深，衙齐遥望暮云沈。案无留牍官声好，县有裁花乐事寻。渡虎可能敷善政，县鱼应不改初心。簿书闲暇须携管，时把平安报武林。
>
> 万木无声酿雪天，耳惊爆竹不成眠。乡心萦绕三千里，轮铁消磨十五年。珍味初颁膺渥宠，绨袍相赠愧前贤。侈谈广厦原非易，风雨聊期蔽一椽。

作诗这一年瑞常被授镶红汉军副都统，管理新旧营房，诗一是自述情况，三句感叹时间流逝，四句用赧王上台避责的典故形容自己问心无愧。五六句则用槛外大雪夜月与厨中的春盘作对比，描绘了一幅腊月雪夜值班的画面。诗二首句的襄樊位于湖北，《国朝杭郡诗三辑》载"雪堂春官报捷后以知县选补湖北郧县"，可以推知，此时瑞庆为湖北郧县知县。五句自注"郧邑万山回抱，有虎出没"，"渡虎"用宋均任九江太守，虎悉东渡江，不为民害的典故，从郧县之虎想到了九江之虎，由宋均之善政教导瑞庆要实行善政，典用得极为巧妙，体现了诗人的博学与匠心独运。末句不忘叮嘱瑞庆要常给在杭州的父母写信。诗三"乡心萦绕三千里，轮铁消磨十五年"以距离对时间，概括了自己道光十二年（1832）进京以来的生活，堪称妙笔。前面考证部分已提到，作诗这一年瑞常因恩麟事降三级留任，让他了解到了清代吏制的黑暗，"侈谈广厦原非易，风雨聊期蔽一椽"写出了鸦片战争之后社会动荡风雨欲来人人求庇之一椽而不得，也是瑞常在乱世中心态对清代管制失望的写照。

道光三十年（1850）九月，瑞庆候选来京，瑞常有《九月雪堂弟赴京候选》四首，有句"未可匆匆便归去，攀辕应听子民歌"，以侯霸攀辕卧辙的典故叮嘱瑞庆以民为重，其四为：

姜桂从来性辣传，料应阅历胜前年。莫嫌仕版名居后，究竟皇仁汝占先。世味漫将鸡肋比，客居难得雁行联。澶西遥望慈云断，风木萦怀共惘然。

首句典出《宋史·晏敦复传》，用姜桂愈老愈辣的特点形容瑞庆，此诗作于道光三十年（1850），瑞常和瑞庆的父母分别去世于道光二十七年（1847），由《两浙輶轩录》："（瑞庆）通籍后以知县用选湖北郧县，丁忧服阕改道隶"可知瑞庆回家服阕，时间从由瑞常道光二十七年（1847）"楚山浙水三千里，莫怪羁人返棹迟"（《八月十七知雪堂抵杭》）可知为道光二十七年（1847）八月，从《清史列传》瑞常传记载，"二十六年五月，丁父忧……十二月，承恩骑尉，旋丁母忧。二十七年四月，百日孝满"① 这次两人是父母亡故之后的首次见面，自然免不了为来不及奉养父母而相顾怅惘，故末句为"澶西遥望慈云断，风木萦怀共惘然"。

咸丰六年（1856）瑞庆调任宣化，瑞常作诗两首勉之，"无论畿南与畿北，阿兄侧耳听循声"（《雪堂调任宣化作诗勉之》）充满了对弟弟的信任以及期盼之情。

除写给瑞庆的诗外，道光三十年（1850），瑞常有《哭家姐》四首，其四写得尤为动人：

人间难觅返魂香，往事思量欲断肠。荆树摇风花堕影，兰缸倚壁月无光。廿年仕宦伤离别，一夕音容隔渺茫。地下双亲应拜见，为言两弟殢他乡。

本诗胜在情感真挚，五六句以"廿年"对"一夕"，通过时间上的对比，突出了姐姐突然离世给人的猝不及防之感，七八句转为与死去的姐姐直接对话，写得深情无比，逝者已矣，而生者却被困仕途不得回乡，由姐姐想到了自己和瑞庆，多少辛酸、无奈全在这两句诗中。

友人

正如前引夏同善序所说，瑞常写给友人诗很多是表达"乡关之思"

---

① 王钟翰点校：《清史列传》卷四六，中华书局 1987 年版，第 3642 页。

的，主要集中在太平天国起义之前，如"诗句好从行箧检，关心第一陇头春"（《藕香赞善假满旋京书赠四律》），"回忆假家桥畔路，湖光山色寄相思"（《再和藕香见答原韵》），"他乡明月同翘首，小阁寒梅定着花"（《再和藕香见答原韵》），"举头怕见长安月，入梦犹寻故里花"（《寄玉亭诸弟》），"屈指乡书随雁到，寒梅又是着花时"（《再寄冠梅》），"西湖十里让君游，梦到孤山动客愁"（《答文月湖》），"漫道长安秋色好，他乡怕见月当头"（《答文月湖》），"千里莼鲈归未得，十年苜蓿志能甘"（《答贵镜泉见寄原韵》），"遥忆故园春信早，梅花开放两三枝"（《远行有日同乡王霭堂，赫藕香，裕乙垣贤乔梓，万花农，伊萼楼，苏宝峰并爱新楣八人公饯于敝庐邀玉亭弟同饮诗以志感》）。

夏同善序云"余自丙辰来京师，洎公之薨，承色笑而聆绪论者，十有余年，窃见公之厚于吾杭人与吾杭人之敬公爱公也"，对在杭友人的鼓励在瑞常诗集中随处可见，如"莫讶鹏程千万里，但抟健翮自凌霄"（《文吟香茂才读书于菩提禅院即赠》），"正是木樨花放候，果抟鹏翮上青云"（《接文冠梅捷音》），"平安两字能消受，即是吾侪适意时"（《答文月湖》），写给裕贵的诗较有代表性，如：

> 草草移家事亦忙，安排酒鼎与茶铛。飞来燕剪风初暖，典到羊裘日渐长。莫共牡丹争富贵，好同姜桂吐芬芳。安贫本是书生分，且等黄花晚节香。（《乙垣移寓法华禅林即赠》其一）

道光二十一年（1841），裕贵移居法华寺，从《乙垣移寓法华禅林即赠》其二瑞常对裕贵的规功来看，裕贵这次移居应该和他心直口快有关，道光二十一年（1841）恰好是鸦片战争失败，签订《穿鼻条约》的年份，再结合瑞常形容裕贵的"满腔热血谈时事"（《奉题》）[①] 一句来看，这次移居很有可能是触怒了权贵导致的，瑞常这首诗便是在这样的背景下写成的，"典到羊裘日渐长"用了东汉严光"披羊裘钓泽中"的典故，用严子陵的高洁来比喻裕贵，之后又将富贵比作俗而艳的牡丹，将裕贵比作愈老弥辣的且具有芬芳之气的姜桂，劝裕贵不要过于执着于名利，"安贫本是书生分"则是让裕贵莫忘初心，"且等黄花晚节香"用耐寒的菊花形容裕

---

① 裕贵：《铸庐诗剩》，清光绪年间石刻本。

贵晚年的操行，既是安慰，又是赞扬，处处表现着他对友人裕贵的关怀。

再如写给贵成的《答贵镜泉见寄原韵》其一：

> 芳讯传来定解愁，那知愁更触心头。人逢佳节须歌舞，事等浮云任去留。作宦敢云清似水，封侯不羡曲如钩。遥觇器宇终腾达，漫说无人识马周。

这首诗是为回复贵成《秋日感吟寄瑞芝生少司马》①一诗所作，每句皆非平空而发，如"作宦敢云清似水，封侯不羡曲如钩"是瑞常自陈心志，用顺帝之末，京都童谣"直如弦，死道边。曲如钩，反封侯"的典故来回复贵成"作赋空思陈汉殿，酬思何日解吴钩"②，"遥觇器宇终腾达，漫说无人识马周"充满了对后学的鼓励劝勉，是对贵成"古来屈指英雄辈，潦倒谁人识马周"③一句所作的回复。

随着太平天国的爆发，忧国忧民变成了瑞常写给友人的诗里的主旋律，如《怀伊笑山盟兄》：

> 偶向山斋抱膝吟，怀人怅望暮云深。虎林山好描青黛，燕邸春残剩绿阴。何日干戈江上戢，与君壶榼案头斟。尺书欲写胸怀事，豪气消磨岁月骎。

这首诗作于咸丰三年（1853），首联颈联写景兼点题，颔联指太平天国与湘军作战一事，期待战争可以早日停止，尾联则是瑞常自己因定郡王一事被开缺而报国无路的叹息。

再如写给苏呼讷的《夏日偶检旧箧得苏笑梅观察乙未所赠诗章感而有作》"出山我盼为霖雨，闭户翁真作信天"是对曾经的友人在国难当头之时辞官在家的指责，写给裕贵的"同抱匡时愿，谁为济变才"（《元旦和八桥见赠原韵》）则是两人对时局的一声长叹。"此去苍生仍系望，袁安对雪莫高眠"（《送薛鹤门侍御归里》）则是叮嘱友人回故乡后仍要关心

① 贵成：《灵石山房诗草》，清同治刻本。
② 同上。
③ 同上。

时局，心系苍生。

这些诗里写得最荡气回肠的当数《闻万花农同年落职》：

> 君本一书生，作宰到萍乡。孤单吊形影，骨气多轩昂。当其初捧檄，贼已扰豫章。君仗忠义悃，不肯山林藏。决计莅斯土，视民真如伤。下车约绅士，御侮筹良方。多募乡兵至，锐意扫欃枪。谁知弹丸地，枭獍来猖狂。杀贼未泄恨，蔽野皆尸僵。城破胆未破，旋即复我疆。功过本可抵，讵料事改常。大吏乃参劾，势如雪沃汤。谓君才识短，不足系民望。遽尔遂褫职，我闻心彷徨。与君共兰谱，三十余星霜。盼君筮仕日，得为邦家光。可怜命途舛，半路风波扬。干戈徧郊野，何时束归装。茕茕妻孥辈，千里如投荒。诗成口欲噤，涕泪沾衣裳。

咸丰六年（1856），太平军大败清军于江西，使曾国藩遭遇了"军兴以来，各省所未见"的败局，万清作为江西萍乡知县，落职应是受此牵连。从诗中可知万清被授职时，太平军已攻到南昌，万清以救民水火为己任毅然赴职，却因敌众我寡最终失守，"城破胆未破，旋即复我疆"指咸丰六年（1856）的三月底至四月初，湖南援军刘长佑终于"克复萍乡"一事，大吏忽视万清所作的"下车约绅士，御侮筹良方。多募乡兵至，锐意扫欃枪"，以这次失守参劾万清，最终使万清落职，而与万清"与君共兰谱，三十余星霜"的瑞常自然为其不平，于是"诗成口欲噤，涕泪沾衣裳"，含泪写下了这篇诗作，国难当头，办事者反而被免职，吏治腐败至此，这泪不仅为万清而流，也为步入末年的清朝而流。

同僚

瑞常还有一部分酬答诗是写给同僚的，这些诗内容为相互吹捧，并没有多少真情实感，价值不高，故只择《赠金可亭侍讲即用其韵》和《双就园述职入都即赠》分析。

《赠金可亭侍讲即用其韵》共两首，诗为：

> 结得芳邻德不孤，与君谈笑尽鸿儒。异书直欲撑肠满，余事从来挂眼无。昔向北闱搜杞梓，今来南国网珊瑚。天资学力惟公擅，岂止

胸藏记事珠。

　　洋洋腕底走风涛，叠赠诗筒兴致豪。持鉴真同秋水朗，论文仰见泰山高。三年时雨关中化，一月春风座上叨。望若神仙蓬岛里，服官我愧滥铨曹。

　　诗一的前四句，句句有典，"结得芳邻德不孤"出自《论语·里仁》"德不孤，必有邻"，与君谈笑尽鸿儒典出刘禹锡《陋室铭》"谈笑有鸿儒"，"异书直欲撑肠满"出自叶适《哭郑丈》："插架轴三万，撑肠卷五千"，"余事从来挂眼无"典出韩愈《赠张籍》诗："吾老着读书，余事不挂眼。"后四句"昔向北闱搜杞梓"指金国均曾任顺天乡试考官，"今来南国网珊瑚"指这次瑞常与金国钧一起主试江南，"天资学力惟公擅，岂止胸藏记事珠"，"记事珠"典出王仁裕《开元天宝遗事》，相传"或有阙忘之事，则以手持弄此珠，便觉心神开悟，事无巨细，涣然明晓，一无所忘"。诗二"洋洋腕底走风涛，叠赠诗筒兴致豪"是赞扬金国钧的诗歌气势宏大，"持鉴真同秋水朗"是赞其作为考官选拔和识别人才的能力，"论文仰见泰山高"是赞其对文章的独特理解非常人可比。"三年时雨关中化"瑞常自注"君曾亲学陕甘"，"一月春风座上叨"指的是两人典试江南，相处时间为时一月。"望若神仙蓬岛里，服官我愧滥铨曹"是瑞常通过自谦来赞扬对方，这种抑己扬人的手法在瑞常写给其他同僚的诗歌里也可以见到，如"羡君藻鉴心如水，愧我樗材学就荒"（《六月考教习闱中作此呈王薆堂前辈、曾涤生阁学》）。

　　《双就园述职入都即赠》是瑞常写给双成的诗作，诗为：

　　别经十稔客魂消，萍水重逢兴更饶。矍铄精神夸马援，腾骧魄力似票姚。头衔昨日权专阃，血战当时压众僚。漫道鬓霜如许白，好留晚节等松乔。

　　"别经十稔年客魂消"指道光二十六年（1846），双成被道光帝召见时两人曾有来往，"萍水重逢兴更饶"述说了思念之情和久别重逢的喜悦。"矍铄精神夸马援"典出《后汉书·马援传》"援据鞍顾眄，以示可用。帝笑曰：'矍铄哉！是翁也'"用东汉开国功臣马援来赞美双成老当益壮，"腾骧魄力似票姚"中的"票姚"指霍去病，因其曾为票姚校尉，将双成比作霍去病，是赞其剿匪之功。"头衔昨日权专阃"瑞常自注"署宁夏将军"，指双成被授宁夏将军一职，"血战当时压众僚"瑞常自注"出征有功上赏花翎"。"漫道鬓霜如许白，好留晚节等松乔"则用传说中的赤松子与王子乔两位仙人赞其精神矍铄，指日变可成仙。

从以上两诗可以看出，瑞常与同僚的赠答诗以罗列典故，一味吹捧来代替真情实感，与他写给好友的诗形成了鲜明对比。一方面与其多年主试清代科举，受"试贴诗"影响有关。另一方面，则是人在宦海，身不由己。

伤时感世的家国忧思

道光二十年（1840）爆发了鸦片战争，瑞常在隔年写下了《岁除日抒怀》"更盼海疆春雨渥，洗兵早慰兆民欢"用了周武王出师遇雨的典故，希望鸦片战争可以凯旋。不幸的是鸦片战争失败，而太平天国起义更是让满目疮痍的神州大地雪上加霜，咸丰元年（1851）爆发太平天国金田起义，瑞常是年有诗《感怀》，应是为此而发，诗为：

> 一任阴霾作劲寒，此生常抱寸心丹。疮痍满目怜人苦，时事关情度岁难。未免歌风怀汉祖，那能卧雪效袁安。闻鸡起舞须今日，手拂青萍子细看。

洪秀全道光二十三年（1844）便创立了拜上帝教，直到咸丰元年（1851）发动起义，首句"一任阴霾作劲寒"便是据此而发，"未免歌风怀汉祖"用汉高祖刘邦大风歌的典故，发出"安得猛士兮守四方"的感慨，"闻鸡起舞"则用了晋代名将祖逖、刘琨的典故，渴望自己也能像他们慷慨吞胡羯一样将眼前的劲寒驱散。"青萍"指宝剑，以手拂剑，可见诗人决心。从"雪深卧处羡袁安"（《寄内》）到"那能卧雪效袁安"，这是瑞常心态的重要转变，也是瑞常诗歌内容开始转变的起点，所谓"欢愉之辞难工，而穷苦之言易好""国家不幸诗家幸"，瑞常在这之后写下了大量与之前迥然不同的诗作。

就在瑞常写成此诗后不久，恰好遇到定郡王违反定例，瑞常与之力争，却被开缺，想要闻鸡起舞奈何报国无门，这给瑞常浇了一盆冷水，他在咸丰二年（1852）和咸丰三年（1853）所写的诗可以看作他心态的一种反应，如《书怀》：

　　　不嫌门径掩苍苔，独坐功从习静来。诗未惬心频易稿，酒因知己
亦倾杯。春花秋月游踪记，去燕来鸿节气催。回首少年春梦隔，那堪
鬓雪渐成堆。

　　诗人努力地想习养静寂之心，但"此生常抱寸心丹"又怎能忍受自
己无所事事，所以他写诗却频频易稿，借找知己喝酒来麻痹自己，如要考
察诗中的"少年春梦"指的是什么，需要结合咸丰六年（1856）瑞常写
给知己裕贵的诗句："同抱匡时愿，谁为济变才。少知尘事好，何用买痴
呆"，从这四句可知，瑞常诗中的"少年春梦"指的正是他刚到京与裕贵
同抱的匡时之愿，奈何自己两鬓渐渐斑白，却依然对时局无能为力。他在
咸丰三年（1853）所作的《五旬初度》里也说"腹枵那有文章蓄，鬓秃
仍无事业传""一笑藤花厅上客，负他四十九年春"，由瑞常好友张祥河
《来京集》中《吏部藤花厅诗追和壁间程莘田相国元韵六首》可知藤花厅
为吏部代称，瑞常官居吏部反对越次升补却被开缺，这一笑不仅是对自己
"鬓秃仍无事业传"的苦笑，也是对自己曾抱匡时之愿的苦笑。四十九年
匆匆而过，是谁也无法抗拒的，这恰与王朝的衰败一样，都是瑞常无能为
力的，这种无力感在瑞常咸丰年间的感怀即事诗里随处可见，如"弹指
驹光二月过，华年一去叹蹉跎"（《即事》）。全诗为：

　　　弹指驹光二月过，华年一去叹蹉跎。树因春冷开花少，人为时艰
谏草多。江上几番成壁垒，天心何日厌干戈。瓣香默向苍苍祝，梅子
黄时唱凯歌。

　　此诗作于咸丰四年（1854），此时太平军已经定都天京并出师北伐，
溯江西征，"江上几番成壁垒，天心何日厌干戈"便是指此。三四两句对
得很巧妙，"少"与"多"本是正反相对，但"少"是春天冷开花少，
"多"是时事艰难谏书多，景与事对，自然切合，颇见作者功力。
　　但是瑞常并没有消沉下去，他在咸丰三年（1853）作了一首《无
题》，诗为：

宦亦飘零如转蓬，能为劲草自当风。虚心且学窗前竹，焦尾何嫌爨下桐。处室尧夫胸磊落，安贫颜子乐冲融。读书所贵希前哲，时运休占塞与通。

《无题》做题，常用来表达不便于直说的情怀，此时瑞常还处在载铨一事的余波里，故第一句为"宦亦飘零如转蓬"，但诗人却并不悲观，第二句用王霸"疾风知劲草"的典故，以"劲草"自比，第三句以竹为师，竹子中空，故曰"虚心"，为双关语，清人彭绍生有"唯竹幽幽，中虚不有。君子观之，白生于牖"之句（《养竹山房诗四首》），四句用焦尾琴之典，指有才华就不怕被埋没，五句尧夫指范纯仁，曾因卫士牧马，践踏民稼而捕天子宿卫杖之，这与瑞常为定例而顶撞权贵何其相似，六句用颜回"一箪食，一瓢饮，在陋巷，人不堪其忧，回也不改其乐"的典故，表达了自己虽然被开缺但安贫乐道的精神。全诗几乎句句用典又衔接得当，体现了诗人的博学，表达了瑞常在逆境中以古为师安于天命的乐观精神。

虽然此后瑞常受咸丰帝提拔并渐渐受到重用，但国事渐颓让他"剧谈时事空挥剑，欲遣愁怀强作诗"（《即事》），手握青萍却无发力处，心有愁怀却只能作诗强遣，于是他只能发出"众醉独醒谁傲俗"（《岁暮写怀》）的悲叹，以屈原自比，明知日暮途远，依然尽己所能撑住清王朝这座摇摇欲坠的大厦。

瑞常作为清朝大臣，有时并不方便将这类思绪表现得太过显露，除了抒怀类的诗，还有一部分较为隐晦，如《马嵬怀古》：

鸟蹄花落总凄凉，奈此崎岖蜀道长。埋玉至今云黯澹，升仙到底事微茫。女牛密誓留私语，锦袜传观枉断肠。回首咸阳歌舞地，尊前难觅荔枝香。

题为"马嵬怀古"，所用的典故都与杨贵妃有关，如"升仙"出自白居易《长恨歌》，锦袜传观则出自《杨太真外传》："妃死之日，马嵬媪得锦袜一只，相传过客一玩百钱，前后获钱无数。""荔枝香"出自杜牧"一骑红尘妃子笑，无人知是荔枝来。"（《过华清宫》）方回说："怀古者，见古迹而思古人，其事无他，兴亡贤愚而已。可以为法而不之法，可以为戒而不之戒，则又以悲夫后之人也。"安史之乱是唐朝由盛转衰的标志之一，这首诗作于咸丰二年（1852），当时太平天国起义席卷中国，对清朝造成的伤害只怕比唐时的安史之乱更甚，诗人虽然咏的是杨贵妃，题中之意却是太平天国起义。

再如《冬夜》：

> 孤雁唳长空，扃门听朔风。破寒添酒盏，得句付诗筒。地掺霜花白，炉围火焰红。挑灯中夜坐，酣睡羡儿童。

这首诗作于道光三十年（1850），雁，在瑞常早期诗歌中常常与杭州联系起来抒写乡愁，如"不闻寒蛩入夜声凄凉，但见鸿雁南去思故乡"（《送秋》），"屈指乡书随雁到，寒梅又是着花时"（《再寄冠梅》）及《闻雁》一诗，而本诗的首句的雁更像是"鸿雁于飞，哀鸣嗷嗷"（《诗经·鸿雁》）中的雁，再与门外朔风联系起来，应当是指道光三十年（1850）太平天国如朔风一般席卷广西，造成哀鸿遍野的景象。在这样的形势下，诗人自然愁不能寐，孩童是不懂这些家国忧思的，所以瑞常不由得对这些"未解忆长安"的孩童心生羡慕。

与之类似的还有作于咸丰六年（1856）的《破寺》：

> 平沙乱石觉苍凉，有客行吟古寺傍。屋破久无僧说法，檐颓只有佛撑墙。几株老树留孤干，一段残碑卧夕阳。错采镂金当日事，废兴自古说沧桑。

瑞常早年吟咏寺庙的诗作，如"忽闻梵磬飘云外，万种尘心一例空"（《韬光》），"寺藏红树里，僧住白云间"（《湖山看山》），"凉浸当窗月，寒停远寺钟"（《初寒》），表达的都是一种幽远静谧，恬淡舒适之趣，但这首诗歌却写得沉郁苍凉。本诗采用影射的手法，三四两句以屋破人散，连佛都跳墙而走的破寺比喻此时的清王朝，五六句用只留孤干的几株老树，以及残碑、夕阳等破寺周围之景，侧面烘托了破寺之古，这些意象可以看作各有所指。末句借"错采镂金"来怀念当年康乾盛世，当年如此鼎盛的王朝，也难逃历史规律，将破寺及其所代表的清王朝融入了茫茫的历史当中，多少个王朝的兴废恍然如在目前。

瑞常的咏物诗还有表现忧国忧民之情的作品，如《咏菜》：

一览畦中色，斯民系我思。灌园输仲子，学圃笑樊迟。叶熟飞霜候，香凝滴露时。若非根可咬，清味有谁知。

咸丰三年（1853），瑞常恰满 50 岁，到了知天命之年，朝堂外太平天国和西方列强虎视眈眈，朝堂内的吏治又如此腐朽不堪，这首诗便作于此时。"灌园输仲子"用陈仲子，谢绝楚王邀请其为相反而去为人灌园之典，瑞常从早年的"纵然室小膝堪容"（《再和藕香见答原韵》）到"风雨聊期蔽一椽"（《腊月廿八日入直六班有怀雪堂》），官位越高，反而越无处容身，"学圃笑樊迟"典出论语：樊迟请学稼，子曰："吾不如老农。"请学为圃，曰："吾不如老圃。"樊迟出，子曰："小人哉，樊须也！上好礼，则民莫敢不敬；上好义，则民莫敢不服；上好信，则民莫敢不用情。夫如是，则四方之民襁负其子而至矣，焉用稼？"一方面，是对于清朝上层不好义不好信不好礼致使民众起义的痛心，另一方面，国难当头又怎能学樊迟仲子一样学圃种田呢。末句"若非根可咬，清味有谁知"是自比，与"能为劲草自当风""焦尾何嫌爨下桐"（《无题》）诗意类似，却没有这两句自信。瑞常曾作咏物诗《唐花》一首，诗有"户外冰霜地，堂前锦绣丛。恰嫌香味薄，难与艳阳同"之句，暗含讽意，与菜恰好形成了鲜明对比，虽是咏物诗，但也暗含了诗人高洁的志向。

二　多样的诗歌特色

瑞常的诗歌在群星璀璨的清朝中晚期虽并不能独树一帜，但其个人经历与身份的特殊仍然使其诗作有了属于自己的特色，因为瑞常诗歌前文已基本说尽，所以这一节如遇与前文有重复之处，一概跳过，诗歌前文所引过如无特别必要也一概不引，以求精简：

缠绵悱恻的感情

纵观瑞常一生，爱情上对去世的伍弥特氏念念不忘，仕途上想要建功立业却屡遭不顺，他的思乡之情更是贯穿了《如舟吟馆诗抄》，从其诗集署名："生长西湖芝生氏"便可见一斑，咸丰以后国事衰退更是让瑞常"世事关心梦未安"（《世事》），如瑞常诗"心绪频年只自知"（《即事》）所言，这些感情瑞常并不愿找人倾诉，于是郁结于心，发之为诗，便成了伤情感物的缠绵悱恻之作，夏同善称瑞常诗"一往情深若此。呜呼，何其缠绵悱恻"，这些诗作在《如舟吟馆诗抄》中不胜枚举，在前文"人伦亲情的沉挚抒写"中亦多有表述，故不再言。

同时缠绵悱恻也是瑞常诗学观的反映，瑞常认为："纤僻乖滥之音，去诗教也实远"，强调"温柔敦厚"，清代薛雪在《一瓢诗话》中说："温柔敦厚，缠绵悱恻，诗之正也"，可见，"缠绵悱恻"的诗风是瑞常对自己诗学观身体力行的必然结果。

浅白空灵的语言风格

袁枚曾说："口头话，说得出便是天籁"，瑞常身为蒙古族而习汉诗，堆砌辞藻本就不是其所擅长，况且瑞常以《诗经》为师，曾说"三百篇之体格不必一一模拟之也，而三百篇之奥窔则以正性情为根本"，这些体现在语言上，表现为写景则空灵清新，咏物浅白易懂。当这种风格走向极端后，有时瑞常甚至将一些本不该出现在诗歌中的俗语带入诗句，如"女儿女儿娇可怜，欲来不来茆舍边。"（《宿茌平》）"如何京国春来缓，仍是围炉冷不支。"（《花朝》）"庭前添个梧桐树，便是家乡五月天。"（《夏夜即景》）"一丝一粒原非易，我替斯人细较量。"（《书所见》）

有些甚至全篇都是口语如：

> 自言体壮冷何曾，未着羊裘力不胜。怪道今朝寒意重，砚池浅水已成冰。（《冬日早起》）
>
> 读书竟日苦匆忙，秋到深时亦渐忘。不是窗前风雨搅，那知明日是重阳。（《重九前一日作》）
>
> 隙地半栽花，不论妍与丑。灌溉勿失时，朝菌亦耐久。（《夏日闲咏》）
>
> 去岁灾荒谷似金，夏初喜见沛甘霖。爱民本属苍苍意，何苦重教沴气侵。　思患从来在豫防，县官下令急收蝗。贫民掘地争搜捕，抵得衙斋半斗粮。　居然螳臂敢当车，趯趯看来眼欲花。德政祇凭贤父母，定教入水幻鱼虾。（《浃水途中见蝻子有感》三首）

有些在口语的基础上还要加入一些戏谑，如他作于道光二年（1822）的《出京途次两餐甚劣诗以解嘲》：

尘羹土饭苦难支，宿露餐风只自知。安得此身换凡骨，行厨六甲镇相随。

前两句抱怨餐饭难以下咽，后两句表示自己不过是凡人一个，不像仙人一样有六甲相随，旅途之中自然免不了吃些尘羹土饭，无奈之中流露出诙谐。再如《自嘲》和《饮酒》也均以戏谑的口语写成。当然瑞常手握科举杠杆，诗作中亦有用词典雅考究之作，如他写给同僚的赠答诗以及吟咏皇家景物的颂圣诗，但这些诗歌既无真情，在诗抄中亦不多见，且大多千篇一律，因此难以称之为瑞常诗歌特色。

以画比景的创作技法

苏轼曾说："味摩诘之诗，诗中有画"，拿来形容瑞常亦分毫不差，在瑞常诗中以画比景的例子比比皆是，如"湖山十里开图画，好把风光细品题。"（《暮春》）"玉河春水漾粼粼，殿阁参差画未真。"（《玉河桥晚望》）"荷钱贴水青如画，麦穗盈畴绿更肥。"（《初夏》）"田家清景画图呈，屈指江南第一程。"（《临城驿途次偶成》）"楼外炊烟添墨画，云中雉堞锁岩尧。"（《抵金陵宿朝天宫》）"赵北燕南添画本，何须清景绘潇湘。"（《九月十四任邱道中晓行》）"山抱玉泉青入画，树依仙簏绿成团。"（《端阳散值张诗翁周芝台前辈同登平安园楼》）等，有时更是以画来比拟诗歌，如"明雪楼前寻画本，晓星岭上寄吟情。"（《题花松岑尚书车辖诗刻手卷》）可以看出瑞常作写景诗有意无意间是以描摹图画的手法来经营所写之景，如《洪山桥晓望》：

层峦叠嶂望空蒙，又隔长江路未通。一棹扁舟轻似叶，半篙秋水静无风。露零晚稻平畦润，桥亘荒堤宿霭笼。雉堞遥环深树外，桑麻徧野卜年丰。

首句描写隔河遥望远处千山万壑，而由于水在夜晚降温较空气缓慢，所以夜间从水体蒸发出的水蒸气遇到空气便遇冷液化，天光破晓阳光一照，就形成了诗中所说的"空蒙"之景，同时又点出诗题中的"晓望"，四句"静无风"一词照应首句：有风则云散雾开，也就没有烟雨朦胧之致了。后四句瑞常将目光由远山和江面移到了水的两旁，使空间由远变近，又细变宽，使原本空旷的画面骤然多了好多景物，仿佛画家作画一般，先在白纸上绘出远山长江，江上画一叶扁舟，舟上画一拿篙渔人，之后补上晚稻、平畦、联桥、荒堤，环绕深树的城墙与遍野的桑麻，将一幅洪山桥早上的秋景图展现在读者面前。

创作类型的丰富多样

瑞常诗歌除前文常见的五七言诗外，另有歌行体与吴曲，如《猎鸟歌》：

> 活泼任天机，鸣鸟多聚族。朝从南山飞，暮向西山宿。谁知猎鸟人，搜寻徧林麓。树深不及藏，业密那能覆。一炷青烟飞，火光散林木。忽堕山之崖，俯取盈一匊。吁嗟乎！鸟飞鸟止本无心，此景此情真惨目。君不见圣人育物垂深仁，破卵杀胎皆鞭朴。又不见中牟童子有仁心，桑田雉驯任饮啄。

通篇以五言为主，杂之以三言、七言、十言，极尽参差错落之致。再如《采莲吟》：

> 采莲复采莲，嘱郎自检点。清洁似此花，莫被污泥染。采莲须采叶，秋露如珠滴。何时碧筩杯，与郎同醉月。采莲兼采子，的皪盘中数。妾心比莲心，滋味同其苦。采莲莫采藕，藕丝绵且长。藕断丝不断，与妾共肝肠。

四句为一组，分别吟咏了莲的四个部分，以比喻的手法贯穿全诗，以莲花比高洁、莲叶比酒杯、莲子比妾心、莲藕比相思，诗中的抒情女主人公又很容易让人想到中国诗歌以夫妇喻君臣的传统。

清新与苍凉的风格

米彦青教授在《接受与书写：唐诗与清代蒙古族汉语韵文创作》说："清新的写景之作在瑞常诗集中占有主导地位"，夏同善也称瑞常诗歌"清新俊逸"，可见"清新"乃是瑞常诗歌的主要特征，上文分析诗歌时亦多引用，但瑞常诗歌中也有很颇为壮阔之句，如《大雨行》《渡江有风》《七月下浣喜峰口偶作》等，作这些诗作时国家相对太平，所以这些诗只见豪放，不见苍凉。当国事开始衰退之时，瑞常作为文学侍从，难以避免作一些以诗饰世的典雅之作，但他的内心却随着局势的动乱越来越受煎熬，这种煎熬落到笔下，便使得瑞常的诗作有一种苍凉之感。如《山海关》：

> 一出雄关道路长，乱山枯草半河梁。数家矮屋成村落，万顷平沙接莽苍。夕照到墩圆似笠，朔风刺面利如钢。车中不觉征尘满，忽讶重裘白有霜。

这首诗被符葆森选入《国朝正雅集》，却不知为什么没有被瑞常选入《如舟吟馆诗抄》，首句开篇便有雄壮的气势，第二句实字密集，显得颇为刚健，将乱山枯草河梁诸多景物一下子展现在读者眼前，出关后骤然空阔如在目前，三四句以数家对万顷，将几间矮屋与无边大漠"平沙莽莽黄入天"之景对比，壮阔中见沧桑，这种反衬对比的作诗技法与瑞常早期诗歌"万顷江天阔，轻舟一叶张"（《渡江》）颇为相似，具体表述中，数间矮屋便成村落，既写了人烟稀少，又为下文写气候恶劣做铺垫，五六句上句写夕阳下句写朔风，用夕阳照在土堆之景来对诗人寒风扑面的感受，摆脱了前四句景景相对的单一，且自上而下的阳光和来自四面八方的朔风也极有空间感，令人眼前一亮，末句由空间写到时间，"不觉""忽讶"是惊觉时间流逝之快，"征尘满""白有霜"则是时间流逝之久以致车中尘满，重裘结霜。

三　儒道影响下的诗学思想

瑞常《春闱报捷》自注云："家大人以读书励品为训。"可见其从小接受的便是儒家的教育。在他写给弟弟瑞庆的诗中，有"欲得贯通须仗学，不经盘错岂成材"（《九月朔接雪堂袁江信》）之句，"贯通"典出汉时大儒董仲舒《春秋繁露·正贯》："援天端，布流物，而贯通其理，则事变散其辞矣"，句中的"学"指的自然便是儒家经典了，再如"学古乃有获，读书期致用"（《书寄雪堂弟》），教导弟弟学以致用，而这正是儒家所一向重视的：孔子在《论语·子路第十三》中曾说："诵《诗》三百，授之以政，不达；使于四方，不能专对，虽多，亦奚以为？"再如"努力爱春华，儒业须珍重"（《书寄雪堂弟》）中的"儒业"一词更是明白不过，可见儒学乃是瑞常的家学渊源。

瑞常的诗学也深受儒家影响，在瑞常咸丰七年（1857）所写的《国朝正雅集》序中，其儒家文化影响下诗学思想一目了然。他说："昔孔子论诗，蔽以思无邪一言，谓夫善者足以感而恶者足以惩。厚人心，美风俗，诗之本教。""下至里巷歌谣辀轩所采圣人删诗仍录而不废者，盖将以验政治之得失，民俗之漓浇，其用归于使人得性情之正，故曰诗与政通，道与艺合，此三百篇之大义也。"强调诗歌的作用是正性情，厚人心，美风俗，感善者，惩恶者，此外他还说："故诗教昌则世运盛，其关系岂浅显哉？""自汉魏六朝，唐宋元明，求其不背温柔敦厚，兴观群怨之旨，始卓然可以名家，否则无益身心，无裨政治，纤僻乖滥之音，去诗教也实远。"强调诗歌对政治及诗运的影响。可以看出瑞常的这些诗学主张是典型的儒家文以载道观，其中好几次都提到了《诗经》，并称"三百篇之体格不必一一模拟之也，而三百篇之奥窔则以正性情为根本"，可知，《诗经》是瑞常诗歌学习的主要对象之一，这在瑞常诗作中亦有明证，如《如舟吟馆诗抄》开篇的《学诗》一诗里即有"活泼见天真，鸢鱼参消息"，鸢鱼一词便是出自《诗经·旱麓》："鸢飞戾天，鱼跃于渊"，再如"杯棬又添新旨蓄，历画重换旧支干"（《岁除日书怀》），"旨蓄"一词见于《邶风·谷风》"我有旨蓄，亦以御冬。"再如"难招桑梓魂千里，应堕妻儿泪十分"（《挽喀清堂姻丈》），"桑梓"一词见于《小雅·小弁》："维桑与梓，必恭敬止"，再如"属国久承天泽渥，皇华又沐圣恩稠"（《远行有日同乡王霭堂，赫藕香，裕乙垣贤乔梓，万花农，伊萼楼，苏宝峰并爱新楣八人公饯于敝庐邀玉亭弟同饮诗以志感》），"皇华"一词见于《小雅·皇皇者华》，再如"满野鸿嗸风色冷，四方豕突阵云盘"（《世事》），"鸿嗸"一词见于《小雅·鸿雁》："鸿雁于飞，哀鸣嗸嗸。"再如"此去斯民应有豸，看来乔木正迁莺"（《雪堂调任宣化作诗勉之》），"乔木正迁莺"见于《小雅·鹿鸣之什·伐木》："伐木丁丁，鸟鸣嘤嘤。出自幽谷，迁于乔木。"从以上所举出瑞常诗歌中对《诗经》典故的化用即可看出《诗经》以及儒家文化对瑞常的影响。

与儒家相对的是瑞常的道家思想，在瑞常的诗中经常引用《庄子》的典故，共有六处，数量上与《诗经》相同，远高于其余同类典籍，可以看出庄子对他的影响，这六处分别为"活泼见天真，鸢鱼参消息"（《学诗》），"天真"典出《庄子·渔父》："圣人法天贵真，不拘于俗"，"鹪鹩借树一枝栖"（《移居赠邻友周云舫孝廉》），"绝似鹪鹩寄一枝"（《移居鹁鸽市》）均典出《庄子·逍遥游》："鹪鹩巢于深林，不过一枝"，"譬诸鼠饮河，腹满难消瘦"（《饮酒》），"鼠饮河"典出《庄子·逍遥游》"偃鼠饮河，不过满腹"，"栉风沐雨意陶陶，轮铁磨穿志气豪"（《乙垣抱恙诗以慰之》），"栉风沐雨"典出《庄子·天下》"沐甚雨，栉急风"，"嘉名寻丙穴，得意问濠梁"典出《庄子·秋水》："庄子与惠子游于濠梁之上"。

《论语》载子贡问孔子："有美玉于斯，韫椟而藏诸？求善贾而沽诸？"孔子选择了后者："沽之哉，沽之哉！我待贾者也。"庄子则选择了前者："吾将曳尾于涂中"（《庄子·秋水》），儒家与道家，一为入世，一为出世，庄子云"儒家游方之内，道家游方之外"，表现在瑞常诗歌上，反映为出仕与归隐。

早在道光二年（1822）瑞常就有表达想要博取功名的诗作："移时琐院春风拂，试向天街刷羽翰。"（《随家大人入值西华门》）在此后赴京会试也有表达此类的思想的诗作，如"文章声价知谁重，只盼骊珠入手来"（《抵都偕苏笑梅孝廉同作》），当他考中进士时，其内心喜悦表现得尤其明显："虫技雕成惭往日，马蹄踏处笑春风。"（《春闱报捷》）但对于深受儒家影响渴望学以致用的瑞常，翰林院的清闲成了他的心病。以官闲无事，客居难遣频频出现在瑞常道光十二年（1832）到道光十六年（1836）的诗歌中，如"安排笔砚松窗下，趁着官闲好读书"（《移居鹁鸽市》），"莳花种竹与如何，毕竟官闲乐事多"（《漫兴》），"清晨初试葛衣凉，无事难消夏日长"（《初夏》），瑞常作于道光十七年（1837）的《春暮书怀》的前四句，可以视为对这段时期的总结："燕台镇日困风尘，坐守清毡敢厌贫。六载冷官浑似水，三间老屋不知春。"

当瑞常为不得建功立业感叹"文章报国期他日"（《再和藕香见答原韵》）的同时，厌恶仕途，渴望隐居的道家思想便渐渐地占据了瑞常诗歌思想的主导地位，如作于道光十二年（1832）的"宦味尝来如嚼蜡，闲情寄处等浮鸥"（《中秋感怀》），对瑞常来说，西湖是他归隐之所，故而在瑞常的诗作中，隐居常常表现为思乡：最明显的是"风清三径人吹笛，月朗重霄客举头"（《中秋感怀》），上句"三径"用蒋诩归乡，舍中有三径的典故，寓归隐之意，下句以客自居，举头望明月，含思乡之情。这些思乡之作前文已多有提及。

杜牧曾作诗云："人道青山归去好，青山曾有几人归。"道光朝后期，瑞常的思乡诗逐渐减少，这一方面是由于职位的升迁和文柄的交付让瑞常终于可以一展身手，符葆森称瑞常"屡典秋试，藻鉴独精"，在瑞常自己的诗中也有反映："文字因缘虽有定，明珠收拾莫辞劳。"（《闱中》其一）"一样心情须郑重，青衫休使泪珠挥。"（《闱中》其二）另一方面则是因为国难当头，思乡显得不合时宜，咸丰元年（1851），瑞常因载铨一事被免除左翼总兵一职，万念俱灰的他又萌生了久已忘却的归隐念头："何时得遂蓴鲈愿，第一难忘儿女情。"（《感怀》）"磨穿轮铁缘何事，宦海茫茫未息踪。"（《岁暮写怀》）"忽向银河高处望，乡心又逐雁南飞。"（《秋夕口占》），但天空盘旋着的战争的阴云，满野饥民哀号求食的惨状，太平天国与西方列强的步步紧逼，让深受儒家文化影响的瑞常不肯轻易辞官归隐，于是在这儒道两家思想激烈碰撞之下，瑞常决定效仿李白"待吾尽节报明主，然后相携卧白云"（《驾去温泉宫后赠杨山人》），在咸丰七年（1857）写下了"镜清寰海我归去，西子湖边理钓竿"（《世事》）一句，在诗中立志等到一切结束天下太平之时，便回到自己朝思暮想的西湖做一个功成身退的钓鱼翁。然而仅仅四年后，杭州驻防营城便被太平军攻破，史载"合营纵火自焚，烟陷蔽天，殉烈八千余人"[①]，瑞常的两个弟弟瑞亮、瑞恒以及好友赫特赫纳、苏哷讷均死于是役。夏同善称之为满纸"思亲忆弟及朋僚赠答之作，低徊往复，未尝不时动乡关之思"的《如舟吟馆诗抄》所载之诗也到咸丰七年（1857）就戛然而止。

---

① 张大昌：《杭州八旗驻防营志略》，辽宁大学出版社1994年版，第129页。

瑞常"交游"考索

张　博

从瑞常的存诗可以看出，瑞常的交游可分为两类，一类是杭州驻防旗人，一类是朝中的官员，如果排除其他因素，仅以对瑞常诗歌的影响而论，则可以清晰地看出道光二十五年（1845）瑞常出任各省主考前，受杭州驻防旗人影响较为明显，表现为内容多以思乡为主，而道光二十五年（1845）之后，与同僚的唱和诗明显增多，内容与风格也和之前的诗作有所不同。本文拟将对瑞常有重要影响的诗人作详细论述，至于瑞常诗中偶有提及，或存诗中与瑞常有交往记录但影响不大的诗人，则在其余诗人小传中一并介绍，以求详备。

一　与杭州驻防诗人的交游

瑞常长于杭州，从《如舟吟馆诗抄》瑞常自署为"生长西湖芝生氏"就可以看出他对杭州的归属感，他的诗也深受杭州山水影响，夏同善序称其"真山水真性情固有凝结于不可解者，千秋万岁公之魂魄必犹依恋此湖（指西湖）也"。杭州驻防诗人与瑞常存有师友之谊且唱和颇多，对瑞常影响最大，所以是本文交游考的重点。这批杭州驻防诗人均有科名，且相互都有姻亲关系①。与瑞常唱和的驻防诗人按辈分与唱和圈可分为两个群体：一个群体是赫特赫纳、裕贵、瑞常、苏呼讷、喀朗、万清、伊勒哈图、瑞庆、文秀等人，这些人很多都曾在京城为官，经常以诗会酒会的形式小聚唱和，唱和内容多为表达官途之苦和思乡之情，虽然这群人的诗集除瑞常、

---

① 由裕贵《哭喀清堂表兄》可知喀朗为裕贵表兄，裕贵称喀朗弟福尔善为姊丈，即喀福尔善为裕贵姐夫。贵成有诗《题先外舅喀清堂助教春宵听雨遗册》可知喀朗是贵成妻子的伯父。裕贵孙三多称文秀为外舅祖，可知裕贵有女嫁与文秀外甥，与贵成唱和的文瑞是喀福尔善子，瑞常《三月偕喀清堂姻长入都》称喀朗为姻丈，裕贵《铸庐诗剩》载有瑞常《奉题乙垣二兄亲家大人集》可知瑞常与喀朗裕贵都有姻亲关系，同时瑞常侄女也嫁给伊勒哈图的长子。

裕贵外都已不存，但依然可以在现存的诗作里找到他们小聚的明证①；另一个群体则是贵成、文瑞等人，《柳营诗传》载贵成"同时为唱和友者如文冠梅、文仲莲、白吉云、禄缦庭诸公"②，瑞庆诗《喜文冠梅镜泉蓉卿三孝廉至即用前韵》《腊月望日饯别镜泉、冠梅、蓉乡三孝廉，用前同捷秋闱韵二首》③亦可佐证，他们因为辈分以及中举较迟等原因，无法与瑞常裕贵等人在京频繁聚会，但私下都有互相唱和的诗作，同时这群人也以杭州作为自己诗作的中心意象和灵魂，如瑞庆"此日燕台才小住，梦魂时觉绕湖西"（《闲写截句呈裕乙垣监簿》），贵成《灵石山房诗抄序》"然每读至湖山啸咏、名胜留题之作，目首家山不禁乡思怦怦，窃念与君为忘形交"④，与瑞常裕贵诗集之序如出一辙⑤。这两个诗群组成了一个"交谊兼姻谊，诗怀并酒怀"（《三月偕喀清堂姻长人都》）的诗歌交际网，他们有共同的唱和内容和主题，诗歌风格相近并相互影响，可惜学界目前没有研究杭州驻防诗人的文章。这些人的生平以只零星见于《柳营诗传》《两浙辀轩录》《国朝杭郡诗三辑》等选集，诗集大多不传，对瑞常有重要影响的诗人如下。

瑞庆

瑞庆，瑞常弟，字雪堂，蒙古镶红旗人，道光十四年（1834）举人，

---

① 如道光十五年（1835）瑞常有《重九日集同乡友小酌》，道光十八年（1838）裕贵有《小寒后四日喜遇于莲波于芝生学士斋中约过亦是吾庐灯前话旧欢若曩时喜赋索和》，从其自注"藕香、笑梅伯仲、芝生学士，并梅臣、小云两茂才皆是吾庐客中吟侣也"，可以看出这次聚会有瑞常，裕贵，赫特赫纳，苏呼讷等人，再如道光二十年（1840），裕贵《庚子重阳，瑞芝生学士招同扎云柯比部，连心斋同年，喀清堂表兄，赫藕香苏笑梅伯仲，作茱萸会兼与陆研畊洗尘爰赋一律》，人物有瑞常，裕贵，喀朗，赫特赫纳，苏呼讷；道光二十四年（1844）万清《甲辰花朝与赫藕香、裕八桥、瑞芝生、元锦堂诸君子作二分春吟诗社即席赋呈》，人物有赫特赫纳，裕贵，瑞常，万清；道光二十九年（1849）瑞常《远行有日同乡王霭堂、赫藕香、裕乙垣贤乔梓、万花农、伊尊楼、苏宝峰并爱新楣八人公饯于敝庐邀玉亭弟同饮诗以志感》人物有王广荫，赫特赫纳，裕贵父子，万清，伊勒哈图，苏呼讷等。

② 三多：《柳营诗传》，清光绪年十六年（1890）刻本。

③ 瑞庆：《乐琴书屋诗集》，清代抄本。

④ 贵成：《灵石山房诗草》，清同治刻本。

⑤ 瑞常序："然其中思亲忆弟及朋僚赠答之作，低徊往复，未尝不时动乡关之思。此以知真山水真性情固有凝结于不可解者，千秋万岁公之魂魄必犹依恋此湖也。"裕贵序："余读其诗，格高意远，味淡情深，有萧然自得之致，似不在九衢车马间者，而其中往往有追念西湖之作，信乎！先生之为杭人矣。"

道光十六年（1836）进士，以知县选补湖北郧县，历任：宣化、清苑县知县，易洲知州，遵化州直隶州知州。同治中开缺，以道员归隶补用，寻卒。其生卒年没有记载，但从瑞庆作于道光三十年（1850）的《岁暮书怀》"四旬已届徒增齿"①，可以推知瑞庆生于嘉庆十九年甲戌（1814）。《杭州八旗驻防营志略》卷二十一《撰述志目》载瑞庆有《乐琴书屋诗稿》四卷，可惜今只存手抄本《乐琴书屋诗抄》一卷，录诗仅百首，与瑞常有关的有《呈芝生兄》和《接家兄抵金陵信即和元韵》②。三多《柳营诗传》载："（瑞常）与弟雪堂观察在都时均以诗名，人比之二宋双苏云。"③

道光十三年（1833），瑞常散馆后授翰林院编修，又大考二被赏文绮，仕途顺达，瑞庆此时还未中举，瑞常作《书寄雪堂弟》以示劝勉，之后瑞庆连中举人进士，瑞常也都有诗赠。

瑞常孤身一人在京为官，虽然也有朋友在此，但京城的风景气候处处与杭州不同，难免"每逢佳节临，思亲泪常有"（《述怀》）。道光二十三年（1843）瑞庆来京赴选，这次相聚让远离亲人的瑞常有了片刻的欣慰，

---

① 该诗位于《哭女婴诗》之后，《哭女婴诗》之前两首为《呈芝生兄》，《呈芝生兄》共五首，由"六年不到帝城隈，曾寄家书几度催"可知此诗作于瑞庆入都之时，"春草而今秋更绿""八月中秋整客装"可知作于秋天，"人间诗稿海东传"可以推知该诗作于瑞庆自朝鲜归来之后，"盘飧空荐先人食，斗米难销家姊愁"得知作诗时家姐未死。瑞庆道光三十年（1850）正月自朝鲜归，九月有诗《九月雪堂弟赴京候选》，其后有《哭家姐》四首，时间与事件皆与瑞庆《哭女婴诗》和《呈芝生兄》完全吻合，故可以断定瑞庆《呈芝生兄》即作于道光三十年（1850）九月前后，"乔迁不次贺官迁"指瑞常是年二月授刑部左侍郎，三月又调吏部左侍郎，"天上文星山左照"指临行前瑞常主试山东，可为上述结论之佐证。再结合瑞庆诗集中可以确定时间的《寄贺贵镜泉成蓉卿同捷秋闱》《接家兄抵金陵信即和元韵》《意有未尽再步金可亭侍讲同年韵，并请代呈侍讲》（详见后注），可以确定《乐琴书屋诗集》中的诗歌是按时间先后顺序编排的，这首诗的位置既然在《哭女婴诗》和《呈芝生兄》之间，自然也是道光三十年（1850）所作。

② 《呈芝生兄》的考证详见上注，该集有《接家兄抵金陵信即和元韵》一诗，咸丰元年（1851）瑞常充江南乡试正考官，有《抵金陵宿朝天宫》一诗，不管是史料还是《如舟吟馆诗抄》此前都没有瑞常到过金陵的记载。况且该诗有："鱼书忽喜临风展，驿路方知冒雨多"句，与瑞常是年所作《途中即景》"恼人何苦雨霏霏""水漫孤村行客稀"也可互相印证，此外这首诗之后紧接《意有未尽再步金可亭侍讲同年韵，并请代呈侍讲》，金可亭即金国均，咸丰元年（1851）与瑞常同在金陵，为江南副考官。篇首孙丛桂称该集"为道光时抄本"，国家图书馆据此认为该集为道光年间手抄本，但诗集所收录的诗歌有咸丰元年（1851）所作，可知此本最早也要抄于咸丰之后，从而澄清了"为道光时抄本"实系未加考证之言。

③ 三多：《柳营诗传》，清光绪年十六年（1890）刻本。

"从今寒暖怜同气，不独调停仗友生"（《二月雪堂赴选来京作此以赠即和其韵》）是其喜悦心情的真实反映。之后瑞庆被选为湖北郧县知县。道光二十五年（1845），瑞常因恩麟事降三级留任，稍后又被授镶红汉军副都统，管理新旧营房。是年十二月作诗《腊月廿八日入直六班有怀雪堂》三首，道光三十年（1850）九月，瑞庆候选来京，瑞常有《九月雪堂弟赴京候选》，《乐琴书屋诗集》中的《呈芝生兄》也正作于此时，其诗共五首，以瑞庆视角分别写了准备启程、来京途中、弟兄相逢、犹子迎门、故乡光景，可与瑞常诗相互参看。咸丰五年（1855）瑞庆调任宣化，瑞常有《雪堂调任宣化作诗勉之》两首。

　　瑞常作为瑞庆的兄长，自然要不断要求自己以身作则，在诗文上也是如此，而瑞庆对瑞常的学习在现存不到百首诗歌中即有明证，如瑞常在道光六年（1826）作《苦水铺大风》，有"前途不见车，但听铃辕响"之句，而瑞庆作于道光末年①的《固安大风》中"前程有车亦不见，但闻铃动声琅铛"明显化用瑞常的诗句，再如还有诗作《采茶曲》中的"女儿女儿娇可怜，风貌绰约如蝉娟"与瑞常早年在杭州时所作的"女儿女儿娇可怜，欲来不来茆舍边"（《宿茌平》），瑞庆写西湖的"十里湖光宽眼界"（《立夏二日游南屏》）与瑞常道光二年（1822）写西湖的"湖山十里开图画"（《暮春》），瑞庆"隔林恼杀鹧鸪啼"（《高鲁桥又雨》）与瑞常道光四年（1824）所作"隔林犹有鹧鸪啼"（《山雨》）都可看出明显的影响关系。瑞庆对瑞常的诗也有影响，如瑞庆"天工近有怜人意，微雨朝朝替洗尘"（《闲写截句呈裕乙垣监簿》）作于道光末年，而瑞常作于咸丰初年的"天意似怜行客苦，故教微雨送心凉"（《漫兴》）对瑞庆诗句的化用亦较为明显。有些诗歌更能体现两人的相互影响，如瑞庆《宿鸡鸣驿》：

　　　　一片山城月色清，我来荒驿听鸡鸣。天涯茅店知多少，唤醒羁人尽此声。

　　明显受瑞常道光六年（1826）《即景》影响：

---

① 《乐琴书屋诗集》第十九首为《寄贺贵镜泉成蓉卿同捷秋闱》，贵成为道光二十三年（1843）癸卯举人，可知《乐琴书屋诗集》所载诗歌为道光二十三年（1843）前后到咸丰元年（1851）之间，本文在这里统称为道光末年。

落月荒村外，凄清夜色残。板桥霜更滑，扶梦上征鞍。

而瑞常作于咸丰元年（1851）的"又来茅店听鸡鸣"（《临城驿途次偶成》）又可看出是受上诗"我来荒驿听鸡鸣"一句影响。

裕贵

裕贵，字乙垣，号八桥孝廉，满洲镶红旗人，杭州驻防。嘉庆戊寅（1818）举人，官至礼部员外郎，有《铸庐诗》《蕉竹山房词》。三多《柳营诗传》载"（裕贵）易箦时命将所着尽纳诸棺……今仅于瑞文端公家得其诗词副本各一册"①，可见瑞常对裕贵的作品有保存之功，裕贵的诗集今只存《铸庐诗剩》一卷，载有瑞常《奉题》两首，为《如舟吟馆诗抄》所未录，署曰"时丁巳六月初十日芝生弟瑞常拜稿"②，丁巳即咸丰七年（1857），篇首有光绪二十三年（1897）八月俞樾所作的序。序中有句："余读其诗格高意远味淡情深有萧然自得之致，似不在九衢车马间者而其中往往有追念西湖之作，信乎先生之为杭人矣。"③ 与夏同善《如舟吟馆诗抄》序："此以知真山水真性情固有凝结于不可解者，千秋万岁公之魂魄必犹依恋此湖也" 如出一辙，可知瑞常与裕贵诗作内容和风格之相似，也正是诗文风格的相近使得两人"芝兰臭味十分深"④（《奉题》其二），而"同宦燕台岁月骏"⑤（《奉题》其二）更是让瑞常生活上受裕贵不少照顾，裕贵精通医理，《国朝杭郡诗三辑》载其："善医，寓京师时活人无算。"⑥ 瑞常生病就蒙裕贵赠药痊愈⑦，裕贵生病，瑞常也有《乙垣抱恙诗以慰之》相赠。

道光七年（1827）瑞常有《十月十二鲁班茶社迟八桥孝廉不至》是两人最早的交往记录。道光十二年（1832）裕贵携瑞常北上进京⑧，从裕

---

① 三多：《柳营诗传》，清光绪年十六年（1890）刻本。

② 裕贵：《铸庐诗剩》，清光绪年间石刻本。

③ 同上。

④ 同上。

⑤ 同上。

⑥ 丁申、丁丙：《国朝杭郡诗三辑》卷九二，清光绪十九年（1893）刻本。

⑦ 瑞常：《二月雪堂赴选来京作此以赠即和其韵》"不独调停仗友生"句自注云："余小病服八桥药即愈至今铭感。"

⑧ 裕贵：《铸庐诗剩》，清光绪年间石刻本。

贵诗注:"藕香、笑梅伯仲,芝生学士,并梅臣、小云两茂才,皆是吾庐客中吟侣也。"① 可知瑞常是裕贵家中吟诗作对的常客。

道光十三年(1833)瑞常晋为侍讲,道光十六年(1836)仍未升迁,裕贵作《柬瑞芝生学士》安慰瑞常。

关于裕贵的性格虽然前引的小传并未记载,但从瑞常诗"怒骂笑嬉皆学问,缠绵悱恻总天真。满腔热血谈时事,一片婆心待故人"(《奉题》其一)一诗来看,裕贵是个心直口快,不谙世事之人,道光二十一年(1841)裕贵移居法华禅林,瑞常有诗寄赠,劝其"舌存恰合前贤意,骨傲终非智士名"(《乙垣移寓法华禅林即赠》)。从瑞常写给其他人的赠诗来看,瑞常并不好为人师,就连给瑞庆的诗都是鼓励多于劝勉,这样寓有规谏之意的诗作是极少数的,所以裕贵回赠的诗题为《移寓法华寺芝生学士赠以诗中寓规谏之意,予感其学之深而谊之厚也,遂不计工拙依韵奉答》②,其后瑞常又复叠前韵两首,裕贵亦叠韵奉酬,可惜瑞常叠韵两首并未录于《如舟吟馆诗抄》,只存裕贵《瑞芝学士复迭前韵见示亦迭韵奉酬》两首,均载于《铸庐诗剩》。裕贵这种"满腔热血谈时事"的豪情也影响了瑞常,如咸丰四年(1854)瑞常把自己给裕贵的规劝抛之脑后而与违反规矩的载铨力争,便是这种影响的直观反映。咸丰六年(1856),瑞常有《元旦和八桥见赠原韵》,此时的清朝经历了太平天国的动乱之后已经满目疮痍,瑞常也已届五旬,经历了官途大起大落,面对昔时曾和自己畅谈国事,希望扭转时局的旧友,也只能发出:"同抱匡时愿,谁为济变才。少知尘事好,何用买痴呆"(《元旦和八桥见赠原韵》)这样的感叹了。

赫特赫纳

赫特赫纳,号藕香,赫舍哩氏满洲镶黄旗人,道光壬午(1822)进士,与弟苏呷讷皆入词林,官至江苏粮储道,庚申(1860)在籍守营立功加布政使衔,次年合家殉难,有《白华馆诗抄》。今已不存。浙江忠义录载之最详:"赫特赫纳由翰林出,官江南淮海道,咸丰九年(1859)九月以防蒋家桥霸叙劳加按察使……十年(1860)二月杭州城陷随将军瑞

---

① 裕贵:《铸庐诗剩》,清光绪年间石刻本。

② 同上。

昌守驻防营城克复杭州，品顶戴，留办军务，素有贤声……十一年（1861）杭州城再陷，苍战阵亡。"①

赫特赫纳是道光年间杭州驻防最先考中进士的人，瑞常道光十二年（1832）中进士写诗"早抟鹏翮钦前辈"（《春闱报捷》）中的"前辈"即是指赫特赫纳。从前文所引裕贵的诗作中可知，赫特赫纳也是瑞常在京时的吟侣之一，《如舟吟馆诗抄》今只存道光十六年（1836）瑞常与赫特赫纳唱和的《藕香赞善假满旋京书赠四律》及《再和藕香见答原韵》共八首，从"未遂乌私添怅惘"可以猜测赫特赫纳这次回家与父母去世有关，"联床客邸数年俱，索处今番独怅余。缓步我频来问字，闭门君只爱摊书"是怀念两人在旗营的时光，可知两人早就交好，赫特赫纳与瑞常关系更是亦师亦友。赫特赫纳也是瑞常好友文秀的老师②，文秀《书奉仪部赫藕香师》称其："狂来咳唾尽文章"③，从赫特赫纳仅存的诗歌来看，其为人确实放浪形骸，亦狷亦狂，如《饮酒戏书》有"一世不得官，不失为丈夫。一日不饮酒，遂觉诗肠枯"之语④而他的《有时》更是一副绝好的自画像：

　　有时起太早，不待鸡鸣警。有时起太迟，日午尚倚枕。迟早亦何为，此理客难省。奚童笑屈指，略述主人梗。庭花放一枝，不用开门请。晚夕坐敲诗，明日炊饭等。是固不足奇，可以预先谂。所怪主人性，不饮有醉醒。忽然狗亦怜，忽然客都屏。痴任鼠入厨，狂看帽脱顶。畏事如畏炎，做官爱做冷。一半似糊涂，一半颇聪敏。独往复独来，怪哉主人品。⑤

如前文所述，瑞常在道光十六年（1836）因仕途不顺耿耿于怀，赫特赫纳从杭州归来使得瑞常的注意力从仕途转到了思乡："关心第一陇头春"（《藕香赞善假满旋京书赠四律》），在赫特赫纳的影响下，瑞常对仕

---

① 潘衍桐辑：《两浙輶轩续录》卷三十，清光绪十七年（1891）刻本。

② 《柳营诗传》载："（文秀）后从藕香太吏游"《国朝杭郡诗集三辑》载赫特赫纳遗诗"赖其（文秀）手录以存"。

③ 三多：《柳营诗传》，清光绪年十六年（1890）刻本。

④ 丁申、丁丙：《国朝杭郡诗三辑》卷九二，清光绪十九年（1893）刻本。

⑤ 三多：《柳营诗传》，清光绪年十六年（1890）刻本页。

途的困境也终于能淡然处之： "到底官闲心自乐，纵然室小膝堪容。"（《再和藕香见答原韵》）

作为道光年间第一个中进士的人，他的诗歌风格对以科举为目的的杭州驻防诗人群体影响不言而喻，实际上瑞常早期很多诗歌虽有宗法袁枚的痕迹，但说是学习赫特赫纳也无不可，如作于道光十三年（1833）的《自嘲》和道光十五年（1835）的《饮酒》等。虽然此后《如舟吟馆诗抄》并未收入瑞常与赫特赫纳的唱和，但从道光二十九年（1849）瑞常有出使朝鲜前写就的《远行有日同乡王霭堂、赫藕香、裕乙垣贤乔梓、万花农、伊尊楼、苏宝峰并爱新楣八人公饯于敝庐邀玉亭弟同饮诗以志感》来看，两人的交往一直持续未断。

苏呀讷

苏呀讷，字宝峰，号笑梅，道光八年（1828）举人，道光十三年（1833），赫特赫纳弟，满洲镶黄旗人，官山西归绥道。国朝杭郡诗集称："笑梅戊子举于乡，捷南宫，改主事，分工部，擢郎中，出守宣化府，调保定，升归绥道，道光戊申引疾归，优游十稔乃卒。"① 其死因载于《两浙輶轩录》赫特赫纳传："其弟前河南开归道苏呀讷……各率妻女阖门自焚。"②

道光九年（1829）瑞常与刚考上举人的苏呀讷赴京参加会试③，有《抵都偕苏笑梅孝廉同作》，此后两人分别在道光十二年（1832）和道光十三年（1833）中进士，两人关系也由此益近，依前文可知在京时瑞常与苏呀讷、裕贵、赫特赫纳常有唱和，《藕香赞善假满旋京书赠四律》"埙篪迭唱天伦乐"指的就是赫特赫纳与苏呀讷两兄弟。咸丰四年（1854），此时瑞常依然受载铨一事余波的影响，偶然发现了苏呀讷道光十五年（1836）的赠诗，彼时两人都是初生牛犊，一心期望能扭转时局，建功立业，而现在苏呀讷已经罢官居家，瑞常虽然身居高位，却自觉"腹枵那有文章蓄，鬓秃仍无事业传"（《五旬初度》），心境与那时也早已不同，看着苏呀讷墨痕脱落的旧诗，瑞常百感交集，作诗《夏日偶检

---

① 丁申、丁丙：《国朝杭郡诗三辑》卷九二，清光绪十九年（1893）刻本。
② 潘衍桐辑：《两浙輶轩续录》卷三〇，清光绪十七年（1891）刻本。
③ 由《抵都偕苏笑梅孝廉同作》"文章声价知谁重，只盼骊珠入手来"可知这次苏呀讷也是来京参加会试。

旧箧得苏笑梅观察乙未所赠诗章感而有作》一首，国事危亡之际，瑞常入仕以泽被苍生为己任，而苏呼讷罢官居家自然不是瑞常所赞赏的，"出山我盼为霖雨，闭户翁真作信天"一句略有指责之意，但对这位昔日的友人瑞常也没有过分苛求，末句仍然化用袁枚"平生自想无官乐，第一骄人六月天"（《消夏诗》）赞其"第一骄人逢六月，科头跣足傲神仙"。

万清

万清，号花农，满洲正白旗人，杭州驻防，道光壬午（1822）举人，官至江西萍乡县知县，《国朝杭郡诗三辑》载："花农以嘉庆戊寅（1818）科第一名入泮，初名国宁，道光初乃改今名……乡举后大挑以知县补萍乡，因案被议，随营效力，奏保开复以直隶州州同用。"①

从万清诗《甲辰花朝与赫藕香、裕八桥、瑞芝生、元锦堂诸君子作二分春吟诗社即席赋呈》② 即可看出万清也是瑞常在京吟侣之一，且与裕贵、赫特赫纳等都很熟悉，瑞常出使朝鲜前的诗作《远行有日同乡王霭堂、赫藕香、裕乙垣贤乔梓、万花农、伊蓴楼、苏宝峰并爱新楣八人公饯于敝庐邀玉亭弟同饮诗以志感》中的万花农就是万清，咸丰六年（1856）万清任萍乡知县，被免职后瑞常有诗《闻万花农同年落职》，从"与君共兰谱，三十余星霜"一句可知两人关系一直很好。

文秀

文秀，字清士，号吟香，瓜勒佳氏满洲镶蓝旗人，道光己亥（1839）举人，官至国子监典簿，有《亦芳草堂诗集》。《柳营诗传》称其"才情横厉，倜傥不羁，绮岁入泮，其长歌短咏即得烟月扬州之誉。后从藕香太吏游，所学益进，而其奔放处尤能青出于蓝，道光间为营湖平海书院山长"③。

瑞常刚入京时酬和之作并不多，除了写给妻子与弟弟瑞庆以外，便是写给文秀的诗歌，《国朝杭郡诗三辑》文秀小传称"瑞文端相国每以诗见怀"，可见两人相交之好。道光八年（1828），文秀读书于菩提禅院④，瑞

---

① 丁申、丁丙：《国朝杭郡诗三辑》卷九二，清光绪十九年（1893）刻本。

② 三多：《柳营诗传》，清光绪年十六年（1890）刻本。

③ 同上。

④ 即苏轼：《菩提寺南漪堂杜鹃花》中的菩提寺，元代末年被毁，明洪武初重建。

常作诗《文吟香茂才读书于菩提禅院即赠》两首赠之,有"莫讶鹏程千万里,但抟健翮自凌霄"之句,鼓励与钦佩之情溢于言表。道光十三年(1833),瑞常被授翰林院编修,其后在大考中脱颖而出位列二等,随即被拔擢为侍讲,前文已经提到清代翰林院表面风光实则俸禄低微,这种苦瑞常除了写诗给妻子伍弥特氏外,便是吐诉给文秀了,诗题为《寄怀吟香》,其中"白菡萏边应赏雨,碧梧桐下定吟诗"是回忆两人在杭州时赏花赏雨吟诗作对的情景,与"燕台客况君休问,仍是盘堆苜蓿时"的穷困苦闷形成鲜明对比。可以看出在瑞常早期的翰林院生活中,文秀给了瑞常很大的安慰。

文瑞

文瑞号冠梅,赫舍哩氏满洲正红旗人,孝廉喀福尔善子,裕贵外甥①。道光己亥(1839)举人,官至保定府知府,有《树庐诗草》。今已不传。

文瑞是瑞常的晚辈。道光十九年(1839),文瑞中举,瑞常作《接文冠梅捷音》贺之,赞其"武林年少合推君"。道光二十一年(1841),瑞常有《再寄冠梅》一首,诗中有"闻君粉壁尽黏诗,愧我肠枯得句迟"可见文瑞作诗之用功。《柳营诗传》称其"工骈体,文能入温邢之室而诗派则在工部玉溪间"②,所选的诗作内容也多以思乡和厌倦仕途为主,与瑞常诗歌基调相近,典型的如文瑞《客斋遣兴》诗五有"此事问卿应悔否,钓竿曾劝掷西溪"③之句,与瑞常咸丰六年(1856)诗"镜清寰海我归去,西子湖边理钓竿"(《世事》)对比风格及用词即可看出两人诗歌的相互影响。

贵成

贵成,号镜泉,马佳氏,蒙古正白旗道光癸卯(1843)举人,庚戌(1850)翻译进士,官至热河兵备道,善篆隶书,诗学亦佳。《国朝杭郡诗三辑》称:"其居官于公家职事,搜抉利弊,有所不可辄,议论侃侃,百折不回,与人交,重然诺,不苟取……不与流俗合,盖古所谓疆直清介

---

① 从裕贵诗《寄外甥文冠梅孝廉》可知,裕贵《铸庐诗剩》,清光绪年间石刻本。

② 三多:《柳营诗传》,清光绪年十六年(1890)刻本。

③ 同上。

士也。"① 有《灵石山房诗草》一卷、《续吟草》一卷。

贵成也是瑞常的晚辈，同时是杭州驻防里除瑞常裕贵外唯一一个有诗集存世的人，其《灵石山房诗草》存有《秋日感吟寄瑞芝生少司马》两首，瑞常有《答贵镜泉见寄原韵》②两首回赠，诗句中充满了对后学的鼓励劝勉。瑞常对贵成的帮助还不止于此，《国朝杭郡诗三辑》载："公（瑞常）在京邸杭人公车北上者厚敦乡谊，款待极周。"③夏同善在《如舟吟馆诗抄》序中也提道："余自丙辰来京师，泊公之薨，承色笑而聆绪论者，十有余年，窃见公之厚于吾杭人与吾杭人之敬公爱公也。今读是编，益叹其所由来者，非偶然矣。"贵成与瑞常同为杭州驻防，得到的帮助自然比他人更多，其诗作《偶成》"借得数间屋"就自注云："予寓蒙芝生协揆慨假者。"④ 在瑞常的帮助下，贵成于道光三十年（1850）中举并感激于心，咸丰四年（1854）瑞常三子文俊生，贵成写诗贺之，瑞常写《十月七日庄儿生和镜泉贺诗原韵》回赠。

喀朗

喀朗，字清堂，满洲镶黄旗人，嘉庆己卯（1819）举人，官国子监助教。《国朝杭郡诗三辑》载："清堂膺乡荐后，以大挑二等选授国雍助教……京中苦寒，辄置地炉，煤毒熏蒸等于岚瘴，清堂遽被斯害，遂至不起，妻叶勒氏南旋，殉辛酉之难"⑤

瑞常称喀朗为姻长，可知两家有姻亲关系。道光十八年（1838）瑞常乞假返杭省亲，道光十九年（1839）假满，此时正值喀朗被授国雍助教⑥，于是与假满的瑞常一同进京，瑞常《三月偕喀清堂姻长入都》就作

---

① 丁申、丁丙：《国朝杭郡诗三辑》卷九二，清光绪十九年（1893）刻本。

② 司马西周始置，在清代为兵部相关职位的别称，瑞常道光二十五年（1845）二月才升为兵部右侍郎，所以贵成《秋日感吟寄瑞芝生少司马》也应在道光二十五年（1845）二月之后，瑞常的《答贵镜泉见寄原韵》成诗时间更要晚于贵成诗，不可能是《如舟吟馆诗抄》所说的道光二十年（1840），存疑。

③ 丁申、丁丙：《国朝杭郡诗三辑》卷九二，清光绪十九年（1893）刻本。

④ 贵成：《灵石山房诗草》，清同治刻本。

⑤ 丁申、丁丙：《国朝杭郡诗三辑》卷九二，清光绪十九年（1893）刻本。

⑥ 喀朗死后裕贵《哭喀清堂表兄》有"三年北辙家常别"，自注云"兄官助教三年"，喀朗道光二十二年（1844）死，三年前为道光十九年（1839）。瑞常诗《三月偕喀清堂姻长入都》注云"时补助教"可为佐证。

于此时，用"交谊兼姻谊，诗怀并酒怀"形容两人关系，在京时与瑞常等人经常聚在一起饮酒谈诗①，可惜仅过三年便死于煤毒，无诗集留传，瑞常作《挽喀清堂姻丈》四首哀悼。

二　与京城官宦的交游

瑞常前期多跟杭州驻防诗人饮酒唱和，但到道光二十五年（1845）瑞常被擢光禄寺卿后，与驻防诗人的唱和诗便日渐减少，与京城官员的唱和日渐增多，尤其是咸丰四年（1854）之后诗歌中更是频频出现同僚的名字，这一方面由于瑞常的交际圈随着官职升迁变得更广，另一方面也与以前一起唱和的驻防诗人纷纷调到地方任职有关。这些与瑞常唱和的京城官宦常常随着瑞常官位的迁转、职位的变动而变化，比如瑞常充福建乡试正考官，就与副考官杨福祺有《七夕泊子凌钓台，邀子厚杨君小酌》；主试江南，就与副考官金国均有《赠金可亭侍讲即用其韵》。但值得一提的是，这些人的名字均只在诗中出现过一次，相交并不深，另有一些人在瑞常诗集中出现频率稍高或从材料中可以看出与瑞常有密切来往的，如花沙纳、张祥河、双成、符葆森，他们彼此也有着千丝万缕的联系，如符葆森与"华亭张祥河""往来论诗称莫逆"②，瑞常、花沙纳与张祥河三人都为符葆森《国朝正雅集》写序，从张祥河诗作《得凫翁见怀诗，有棘闱深锁画如年句，复和二首，兼柬花松岑尚书、瑞芝生侍郎申十利海看荷之约》可以看出三人还曾结伴赏荷，花沙纳与裕贵也有来往③，双成则本身就是杭州驻防旗人。但可惜的是《如舟吟馆诗抄》咸丰七年（1857）之后就没有诗作了，致使瑞常与这些人的唱和诗只占诗抄总量很少的一部分，对瑞常的影响也难以从诗歌上得以反映。这些官员可分为五类：第一类为同年，有花沙纳、舒与阿等；第二类为同僚，有张祥河、杨福祺、黄琼、曾国藩、金国均、宝鋆、周祖培、徐郙、夏同善等；第三类为杭州驻防官员，指的是与瑞常有来往但不属于上节提到的唱和圈的诗人，有双成、杰纯、隆锵等；瑞常屡典秋闱，收门生无数，又经常施恩与杭人，所

① 按裕贵诗《喀清堂表兄赫藕香苏笑梅伯仲作茱萸会兼为陆研畔洗尘爰赋一律》。
② 蔡寿祺：《故友诗录二编》符葆森传，清同治八年（1869）刻本。
③ 《铸庐诗剩》有花沙纳的跋，裕贵也有诗《花大司成师补种丁香花赋诗纪事谨和》《庚子科题名碑工告成上大司成花松岑师》，详见裕贵《铸庐诗剩》，清光绪年间石刻本。

以第四类为瑞常门生及后辈，有符葆森、徐郙、夏同善等。第五类为姻亲，除上节提到的伊勒哈图外还有琦善和舒与阿，其中对瑞常有重要影响的如下。

花沙纳

花沙纳，蒙古正黄旗人，姓乌米，字毓仲，号松岑。道光十二年（1832）进士，咸丰九年（1859）卒，咸丰帝谕曰："花沙纳人品醇粹，学问优长，勤慎宣劳，克尽厥职，方以年力正强，长资以畀，兹闻溘逝，悼惜殊深。"① 赐一等候，予谥文定。诗作目前只存《东使吟草》和《国学补植丁香花酬唱集》。

道光十二年（1832）瑞常与花沙纳同年考中进士并同时被选为翰林院庶吉士，瑞常《柬花松岑舒云溪两同年》中"木天清处共登临"一句即是指此。道光二十三年（1843），瑞常为顺天乡试考官，作诗《分校秋闱》，其中"文章有司命，分校亦前脩"一句自注："主试三人许滇翁②，麟梅谷③，花松岑两同年"可知时任祭酒的花沙纳恰好为顺天乡试副考。两人的缘分还不止于此，道光二十五年（1845）花沙纳奉命出使朝鲜④，紧接着道光二十九年（1849）瑞常也被封为朝鲜正使，咸丰四年（1854）瑞常作《题花松岑尚书车辖诗刻手卷》，"持节曾经步后尘"指两人先后出使朝鲜，诗中"明雪楼前寻画本，晓星岭上寄吟情"一句中的明雪楼和晓星岭均位于朝鲜，是出使朝鲜的诗人经常吟咏的景物，如道光二十四年（1844）出使朝鲜的柏葰就有诗作《南别宫登明雪楼》，而花沙纳《东使吟草》中即有《晓星岭》两首⑤，瑞常去朝鲜前有诗《远行有日同乡王霭堂，赫藕香，裕乙垣贤乔梓，万花农，伊蕚楼，苏宝峰并爱新楣八人公饯于敝庐邀玉亭弟同饮诗以志感》有"句丽自昔明文着，准备风光一卷收"。之句，《国朝杭郡诗三辑》亦称瑞常"尝持节朝鲜与彼都人士酬

---

① 王钟翰点校：《清史列传》，花沙纳传，中华书局 1987 年版。

② 许乃善，时任兵部尚书。

③ 麟魁，时任礼部尚书。

④ 由花沙纳诗《乙巳三月奉命敕封朝鲜王妃恭纪》可知出使的原因是道光二十四年（1844）朝鲜王妃金氏卒，继室洪氏被立为妃，请清朝册封一事。

⑤ 花沙纳：《东使纪程》，清末刻本。

答得诗甚伙"①，自然也吟咏过这些景物。既是同年进士，又有如此多的相同经历，这自然使得瑞常和花沙纳的关系较其他官员更近。

张祥河

原名公璠，字符卿，号诗舲，一号鹤在，又号法华山人，娄县人，嘉庆庚辰（1820）进士，官工部尚书。卒于同治元年（1862），谥温和。有《小重山房全集》。同治谕曰："前任工部尚书张祥河学粹品端，老成持重。由进士历官京秩，简放外任，擢授封疆。"②

咸丰三年（1853），张祥河被召回京城，四年三月授内阁学士，署吏部右侍郎，是年除夕张祥河赠瑞常手卷诗画，瑞常写诗《张诗龄少宰除夕赠手卷诗画即步韵志谢》回赠。张祥河诗画俱佳，《清画家诗史》称其画作"山水为董蔗林笛子，又喜仿石涛一派，花卉得改七芗传兼宗青藤白阳两家"③，瑞常"羡君工诗兼工画"便是就此而言。张祥河与瑞常同样官居吏部，公务闲暇时瑞常每每受教于张祥河，"与君同在藤花厅，公余昕夕聆清话"（《张诗龄少宰除夕赠手卷诗画即步韵志谢》）即是指此。两人还时常结伴出游：如"藤花厅上接清晖，说到闲游兴共飞"（《张诗龄少宰除夕赠手卷诗画即步韵志谢》）以及瑞常在两人游玩时所作的《三月晦日张诗翁约极乐寺看海棠即和原韵》和《端阳散值张诗翁周芝台前辈同登平安园楼》。善能《七夕瑞芝生大司寇招饮自怡园赋呈》④"翩翩欲掉舟"句自注云："公自署如舟吟馆，有未能抛却云云"⑤，巧合的是张祥河在《怡园集》里有《如舟》一诗，诗为：

> 平生万里舟，乘风辄破浪。一从宦西北，车舆苦尘障，兹喜值御园，昆明湖在望。烟波相浩渺。乡梦入清旷。吾斋拓三间。春水如天上，得闲此坐观，林花与人向。吴淞念故里，渔庄有高尚，几时青笠

① 丁申、丁丙：《国朝杭郡诗三辑》卷九二，清光绪十九年（1893）刻本。
② 王钟翰点校：《清史列传》，中华书局1987年版，第3671页。
③ 李浚之：《清画家诗史》，民国十九年（1930）刻本。
④ 张祥河：《怡园集》作于调回京城之后，可知怡园就在京城。司寇，西周始置，清代为刑部尚书之别称，咸丰八年（1858）到咸丰十一年（1861），瑞常为刑部尚书，善能这首诗应该作于这段时间，此时瑞常的《如舟吟馆诗抄》已经写成。
⑤ 三多：《柳营诗传》，清光绪年十六年（1890）刻本。

归，白发身无恙①。

其诗虽然写的是祥和自己，但其中表现出对家乡的恋恋不舍之情，正可以作为瑞常诗集名字的注解②。

符葆森

符葆森，字南樵，江苏江都人，编有《国朝正雅集》一百卷，《故友诗录二编》称其"少孤，负异禀，弱冠后着声痒序多交海内名流"③。

瑞常所作的《国朝正雅集序》里说"江都符生南樵为余辛亥所取士"④。辛亥即咸丰元年（1851），是年瑞常为江南乡试的主考官⑤。之后符葆森《国朝正雅集》纂成，请瑞常作序，符葆森《寄心庵诗话》瑞常小传称"丙辰（1856）寓京师时辱教益，并为鉴订是集（即国朝正雅集），多所改正，深可感也"⑥，这段师生缘分让符葆森铭记终生，其诗集《癸丑怀人诗》第一首便是怀"座主瑞芝生先生"，有"平生感知遇，私翼足惊魂"之句⑦，此外《国朝正雅集》载有瑞常所作的《园中山石》《山海关》《平安道中》三首，均为瑞常诗集《如舟吟馆诗抄》所未录。

双成

双成，字鹭园，满洲正蓝旗人，官西安副都统，《国朝杭郡诗三辑》载："咸丰甲寅，发逆犯东平，领兵出征，冯官屯累捷，赏花翎。"⑧ 著有《听雨轩集》《归田草辑》《雅堂诗话》，由三多《柳营谣》"听雨一编无

---

① 张祥河：《怡园集》，第 26 页，《清代诗文集汇编第五五一册》，上海古籍出版社 2011 年版，第 358 页。

② 由瑞庆诗"我家吟馆本如舟"（《大水行》），"如舟吟舍近池边"（《新居杂咏》），再结合三多《柳营诗传》载"瑞文端公故第在清湖河北岸丁家桥相近"，可以确定"如舟吟馆"指的就是瑞常在西湖家中的吟馆。

③ 蔡寿祺：《故友诗录二编》符葆森传，清同治八年（1869）刻本。

④ 符葆森辑：《国朝正雅集》卷一，清咸丰七年（1857）刻本。

⑤ 钱实甫：《清代职官年表》，中华书局 1980 年版，第 2968 页。

⑥ 符葆森辑：《国朝正雅集》卷七七，清咸丰七年（1857）刻本。

⑦ 符葆森：《癸丑怀人诗》，咸丰七年（1857）刻本。

⑧ 丁申、丁丙：《国朝杭郡诗三辑》卷九三，清光绪十九年（1893）刻本。

觅处，天防著作掩功勋"① 可知其《听雨轩集》在清末就已经失传了，余下的两本也未能保存到今天。

《两折辖轩录》称："近年瑞文端之相业，浙人士至引以为重，若宣劳疆场，则就园之壬寅防海乍浦，甲寅秦捷西宁，战功尤著"②。瑞常与双成一文一武，代表了当时杭州士人在仕途上所能达到的最高成就，咸丰六年丙辰（1856），双成回京，瑞常写诗《双就园述职入都即赠》，从"别经十稔客魂消，萍水重逢兴更饶"可以看出早在道光二十六年（1846）双成被道光帝召见时，两人就已有来往了。《题双就园都护义马图》也作于咸丰六年（1856），歌咏了双成克敌凯旋，乞休归杭准食全俸一事。

三　其余诗人小传

除以上诗人外，还有一些虽与瑞常有零星的诗歌往来，但考证后发现对瑞常影响甚微的诗人，现录之与下：

伊勒哈图，杭州驻防，字萼楼，满洲镶黄旗人，道光乙酉（1825）举人，官湖北鹤峰知州。《国朝杭郡诗三辑》载"萼楼由大挑授助教，拣发楚北，历署郧县、隋州"③，瑞常与伊勒哈图为姻亲，瑞常侄女嫁给伊勒哈图的长子荣恩④，两人最早的交往记录见于裕贵《哭喀清堂表兄》，其诗自注云："壬辰岁余，协瑞芝生、伊萼楼并清堂、听秋两伯仲结伴北上"⑤，可知道光十二年（1832）瑞常中进士之时曾与伊勒哈图结伴北上，此外瑞常去朝鲜前有《远行有日同乡王霭堂、赫藕香、裕乙垣贤乔梓、万花农、伊萼楼、苏宝峰并爱新楣八人公饯于敝庐邀玉亭弟同饮诗以志感》一诗，记载了道光二十九年（1849）他们的一次聚会。

喀福尔善，杭州驻防，字听秋，满洲正红旗人，道光辛巳（1821）举人，官堂主事，喀朗弟，文瑞父，与瑞常亦有姻亲关系。瑞常《挽喀

① 三多：《柳营谣》，清光绪十六年（1890）石刻本。
② 潘衍桐辑：《两浙辖轩续录》卷三六，清光绪十七年（1891）刻本。
③ 丁申、丁丙：《国朝杭郡诗三辑》卷九二，清光绪十九年（1893）刻本。
④ 来新夏主编：《清代科举人物家传资料汇编》第 74 册，学苑出版社 2006 年版，第356 页。
⑤ 裕贵：《铸庐诗剩》，清光绪年间石刻本。

清堂姻丈》："生原无病人多骇，殁不知时泪更弹。"自注云："令弟听秋孝廉殁于泰安途次。"可知其死于泰安，另从裕贵《哭喀清堂表兄》与《国朝杭郡诗三辑》的记载可知喀福尔善死于道光十二年（1832）①。裕福，杭州驻防，字秋生，满洲镶红旗人，嘉庆丙子（1816）举人，官翻译笔帖式，与瑞常有《和瑞芝生除夕感怀韵》一诗，与瑞庆亦有《和瑞雪堂夏日闲写韵》。

善能，杭州驻防，字廷丞，号雨人，孝廉音善子，《国朝杭郡诗三辑》文秀小传载其与文秀同时入泮②，道光辛卯（1831）举人，官至光禄寺丞，光绪初归营掌教梅青书院，工行楷。有《自芳斋诗二卷》，今已不存。与瑞常有《七夕瑞芝生大司寇招饮自怡园赋呈》③一诗。

盛元，杭州驻防，字恺庭，巴噜特氏蒙古正蓝旗人，道光丙申（1836）进士，官至江西候补道，有《杭防小志》，瑞常有《七月抄盛恺廷明府偕雪堂买舟南旋》一诗，瑞庆亦有《赠盛恺庭同年》。

陈邦泰，杭州驻防，号鲁山，嘉庆甲子（1804）孝廉，裕贵表舅④，瑞常有《陈鲁山先生六十寿》，"居然桃李同门植"句自注"君举甲子孝廉兴余同出潘相国门下"，潘相国即潘世恩⑤。

杰纯，杭州驻防，字硕庭，蒙古镶白旗人，官乍浦副都统，谥果毅。《国朝杭郡诗三辑》称果毅洞晓韬钤，深得士心，为历任将军倚重⑥，瑞常有《重九柬石硕庭隆华平诸乡友同饮》。

隆锵，杭州驻防，《柳营诗传》瑞常《重九柬石硕庭隆广平⑦诸乡友同饮》上有手写批注："隆广平乃先伯祖，上讳隆下讳锵，广平字也。"⑧瑞常有《重九柬石硕庭隆华平诸乡友同饮》。

夏同善，字舜乐，号子松，仁和人，咸丰六年（1856）丙辰科进士，

---

① 裕贵：《哭喀清堂表兄》载："谁知泰岳幽燕地，偏阨郊祁两弟兄。"自注云："壬辰岁余协瑞芝生伊尊楼并清堂听秋两伯仲结伴北上，听秋姊丈殁于泰安旅舍。"《国朝杭郡诗三辑》载："听秋因公难返殁于泰安途次。"

② 丁申、丁丙：《国朝杭郡诗三辑》卷九二，清光绪十九年（1893）刻本。

③ 三多：《柳营诗传》，清光绪十六年（1890）刻本。

④ 由裕贵《和陈鲁山表舅氏咏桃花元韵》可知。

⑤ 《会试考官年表》载于钱实甫《清代职官年表》，中华书局1980年版，第2846页。

⑥ 丁申、丁丙：《国朝杭郡诗三辑》卷九二，清光绪十九年（1893）刻本。

⑦ 《如舟吟馆诗抄》为隆华平，详见瑞常《如舟吟馆诗抄》，清光绪年间刻本。

⑧ 三多：《柳营诗传》，清光绪年十六年（1890）刻本。

选庶吉士，散馆授编修，历官庶常馆庶子、詹事府詹事，卒于光绪六年（1880），谥文敬，善写文章，时人誉谓："在曾、左之上。"因瑞常长子文晖之请为瑞常《如舟吟馆诗抄》作序。

徐郙，字颂阁。嘉定人，同治元年壬戌（1862）一甲第一名及第，授编修撰，官至协办大学士，礼部尚书，工画山水，《如舟吟馆诗抄》有封面"光绪戊寅冬日受业徐郙谨署签"。

舒与阿，西安驻防，字叔起，号云溪，正蓝旗散馆授编修，历官军机大臣外任陕甘总督，左迁内阁学士，与瑞常同年进士，且有姻亲关系，瑞常侄女嫁于舒与阿第五子益龄①，瑞常有《柬花松岑舒云溪两同年》。

杨福祺，字子厚，号润生，山东历城人，散馆授编修，官至安徽凤阳府知府，道光二十四年（1844）甲辰瑞常充福建乡试正考官，杨福祺为副考官②，七月，两人在桐庐子陵钓台饮酒，瑞常有《七夕泊子陵钓台邀子厚杨君小酌》。

黄琮，字象坤，号榘卿，又号翕斋，云南昆明人，散馆授编修，官至兵部又侍郎，同治二年（1863），逆回马荣诈降，黄琮殉难，谥文洁。辑有《滇诗嗣音集》，道光二十五年乙巳（1845）正月与瑞常同为会试知贡举③，瑞常《入闱口占》"叔度相逢消鄙吝"自注云："谓同事黄矩卿前辈"。

王广阴，字爱堂，江苏通州人，授编修，官至工部尚书，谥文慎，关于两人的交往瑞常有《六月考教习闱中作此呈王爱堂前辈、曾涤生阁学》及《远行有日同乡王霭堂，赫藕香，裕乙垣贤乔梓，万花农，伊荸楼，苏宝峰并爱新楣八人公饯于敝庐邀玉亭弟同饮诗以志感》两首。

曾国藩，原名子城，字伯涵，号涤生，湖南湘乡人，散馆授检讨，官至武英殿大学士，两江总督，一等毅勇候，谥文正，着有《曾文正公全集》，同治元年（1862）到同治六年（1867）与瑞常同为协办大学士④，同治二年（1863）五月曾国藩书信有《复瑞芝生》，后曾国藩迁为体仁阁

---

① 来新夏主编：《清代科举人物家传资料汇编》第 74 册，学苑出版社 2006 年版，第 356 页。

② 《乡试考官年表》载于钱实甫《清代职官年表》，中华书局 1980 年版，第 2965 页。

③ 《会试考官年表》载于钱实甫《清代职官年表》，中华书局 1980 年版，第 2854 页。

④ 《大学士年表》载于钱实甫《清代职官年表》，中华书局 1980 年版，第 108—110 页。

大学士，瑞常为文华殿大学士①。瑞常有《六月考教习闱中作此呈王爱堂前辈、曾涤生阁学》。

金国均，字阶平，号秉之，又号可亭，湖北黄陵人，授编修，官至侍读学士，咸丰元年（1851）瑞常主试江南，金国均为副考官②，瑞常有《赠金可亭侍讲即用其韵》。与瑞庆也有唱和，瑞庆有《意有未尽再步金可亭侍讲同年韵，并请代呈侍讲》。

宝鋆，字佩蘅，索绰络氏，满洲镶白旗人，世居吉林。道光十八年（1838）进士，官至英武殿大学士，谥文靖，瑞常有《四月朔与宝佩蘅少农同值六班话雨》。

周祖培，河南商城人，字鹤亭，号芝台，又号青槎，嘉庆二十四年（1819）进士，散馆授编修，官至体仁阁大学士，同治六年（1867）卒，谥文勤，咸丰六年（1856）十一月，周祖培调为吏部尚书③。瑞常此时为吏部左侍郎。在科举方面与瑞常一样受清朝倚重。同治谕称其"叠司文柄"④。咸丰九年（1859）主试顺天，瑞常为副考官⑤。瑞常有《端阳散值张诗翁周芝台前辈同登平安园楼》。

琦善，字静庵，满洲正黄旗人，官至文渊阁大学士，卒于咸丰四年（1854）赠太子太保，谥文勤，琦善女嫁与瑞常长子文晖⑥。

---

① 《大学士年表》载于钱实甫《清代职官年表》，中华书局 1980 年版，第 111—113 页。

② 《乡试考官年表》载于钱实甫《清代职官年表》，中华书局 1980 年版，第 2968 页。

③ 王钟翰点校：《清史列传》，中华书局 1987 年版，第 3629 页。

④ 同上书，第 3631 页。

⑤ 《乡试考官年表》载于钱实甫《清代职官年表》，中华书局 1980 年版，第 2972 页。

⑥ 来新夏主编：《清代科举人物家传资料汇编》第 74 册，学苑出版社 2006 年版，第 357 页。

后　记

　　博士在读期间，为了确定毕业选题，我曾经在一个暑假遍觅内蒙古图书馆和内蒙古大学图书馆藏民族文学的资料。因为不通民族语言，我尝试搜检少数民族汉语创作的资料，结果令我非常吃惊，我发现，在清代凡从事文学写作之满蒙八旗士人，大抵都有汉文创作。因此，现存的未经整理研究的满蒙汉语诗文资料宏富。毕业选题最终确定是"清代李商隐诗歌接受史"，与民族题材无关，看着近半人高的复印好的资料，我觉得很可惜，写了《和瑛与其〈易简斋诗钞〉》一文，发表在《内蒙古社会科学》上，算是给自己一个交代。博士毕业后，我回到内蒙古大学工作，作为民族地区综合性大学的教师，若要结合地域性来申报课题，必定会与民族文学有关联，我想起了被自己搁置起来的那批资料，结合已有成果，申报"清代中期蒙古族诗人汉诗创作的唐诗接受史"作为自己的第一个课题，没想到一发而不可收拾，继这个内蒙古规划项目之后，我又连续完成了国家社科基金青年项目"清代蒙古族汉语诗歌创作的唐诗接受史"和教育部人文社科项目"唐诗对清代蒙古族汉语韵文创作的影响"。并继续申报了国家社科基金一般项目"中国古代蒙古族汉语创作研究"和国家社科基金重大项目"元明清蒙汉文学交融文献整理与研究"。十年下来，对清代蒙古族汉语创作的各类文体资料有了一定了解，对于蒙汉文学交融的清代诗坛也有了基本了解。

　　蒙古族的汉语创作研究，是学术界的冷板凳，两年前，在教育部的结项成果《接受与书写：唐诗对清代蒙古族汉语韵文创作》一书的出版后记中，我曾写道："在蒙汉两个语言方阵中曾经左右逢源的这些文学史上本来可以被关注的群体，而今在学术研究中竟然是属于夹缝中书写的文字了。他们已经被冷落了很久，而我无意中选择了这样的冷锅冷灶。"七八年前，有一次和首都师大的吴相洲老师谈起在做的课题，他觉得很不错，有开创性，建议可以深入扩大研究，而我对自己的学术自信力不够，在蒙汉交融的文学研究中一直处在犹疑着陆续申请课题、陆续发表论文的阶段，他说你可以带着研究生做这方面的工作，还举了他做乐府研究的例子给我。恰好，研究生们找毕业论题，能自己找到的少，大多需要我给题目，我就把手头的资料和研究对象介绍给他们，学生一茬茬地毕业，我在一点点地摸索，流走的时光麦田里，不经意间竟被我们蹚出了一条小路。前年来参加研究生答辩的刘跃进老师以极强的学术敏锐注意到了这一现象，建议我把学术团队这几年的成果编辑出版，一向敬畏学术的我有些惶惑，但师命须恭谨从之。我细加拣择后惊喜地发现，原来我们这个团队的成果已经初具规模。

这本论文集选编了 29 篇论文，分为"影响研究""家族研究""作品研究"三部分，其中 18 篇是已经在各类期刊上发表过的论文。论文的主体写作者是我和我的学生，但也有六位团队教师的成果。

学术之路漫长，重大项目的获批，使得我们可以凝聚更广范围内有志于此的学者们从事研究，而这本论文集也恰好成为这一项目学术成果的第一辑。我迫切地期望可以得到各方师友的批评指正，以裨未来事业的发展。

丙申岁末于青城